小学館文庫

私はあなたの記憶のなかに

角田光代

小学館

私はあなたの記憶のなかに＊目次

私はあなたの記憶のなかに

父とガムと彼女

毒々しいほど甘ったるいガムのにおいが鼻先をくすぐった気がして顔を上げると、列から顔をのぞかせているのはたしかに初子さんだった。においがしなければわからなかっただろう。なんたって私の知っている初子さんはジーンズをはいた二十代で、私のなかの初子さんはそこで時間を止めている。

目が合う。初子さんは遠慮がちに私を見ている。大きく息を吸いこんでみる。今しがた感じたばかりの甘ったるいにおいは、会場じゅうに漂う線香のにおいに紛れてしまったのか、あるいは気のせいだったのか、もう消えている。それで、私を見るショートヘアの女性が初子さんであるかどうか、とたんに自信がなくなってしまう。はつこさん？　とちいさく口を動かすと、初子さんはきまじめな顔で顎をかすかに動かした。前の人の焼香が終わり、初子さんの番になる。初子さんはそろそろと前に進み出て、私たち遺族席に向かって深く頭を下げ、焼香台に向き合い、ぎこちない動きで抹《まっ》香《こう》をつまみ、額の高さに上げ、香炉にそれを落とす。三回くり返す。中年といっていい年格好なのに、あまりにもぎくしゃくと動くので、大人のまねをする子どもみたいに見えた。それから初子さんは、意を決したようにくちびるを引き結んで遺影を見上げた。見上げてすぐぱっと顔をそらしてしまう。ほんの数秒だけ両手を合わせて目を閉じ、それからはもう遺影は見ずに逃げるように席に戻っていった。母は初子さんに気づいただろうかと隣を盗み見ると、うなだれてハンカチを握りしめた母は焼香客の顔など見ていなかった。白いハンカチに、血管の浮き出た白い手の甲に、薄い桃色の数珠《じゅず》の上に、ほとほとと水滴が落ちていた。

初子さんは、私が小学校に上がってまもなくのころからしばらく、私の面倒を見てくれた人だ。今ふうにいえばベビーシッターということになるのだろうか（私はすでにベビーではなかったが）。それまで専業主婦だった母が、私の小学校入学とともに働きはじめた。私の父はそのころテレビやラジオの脚本を書いて私たち家族を養っていたが、収入には波があった。私の小学校入学前までは、父はあるドラマのシリーズを手がけていて経済的に安定しており、この先もずっと安定しているだろうと思った楽天的な両親は、だからこそ私を短大まで一貫教育の私立小学校になど入学させたのである。ところがその直後、そのシリーズが終わってしまったか、あるいはべつの脚本家が起用されたのか、詳しくは知らないが父の経済の波は下降の一途をたどり、それで母が働くことになった。父は電車で一駅の町に仕事場を借りていて、なおかつ取材のためにに外をうろついていることが多かった。町を歩きまわったり、電車を延々乗り継いだり、興味を持った職場、たとえば探偵事務所や墓石専門の石屋や、パチンコ換金所や小学校の用務員室、等々にまぎれこませてもらったりするのだ（父には人を警戒させない一種の特殊能力があったと大人になった私はしみじみ思う）。

　郊外にある私の家から都心にある小学校までは、二回電車を乗り継がなければならなかった。

　私の通っていた小学校では、三年生以下の児童は保護者が迎えにくること、という決まりがあった。下校時間は学年によって微妙にずらされていて、その時刻になると両親のどちらかが子どもを迎えにくる。車でくる親が多かったが、徒歩の人もいた。明日からおかあさんではなく、このおねえさんが迎えにきてくれるから、おとなしくして、言うことをきちんときくのよ、と、ある日母は私に初子さんを紹介した。そして実際その次の日から、校門の外には母ではなく初子さんが立っていた。

　焼香をする人の列はなかなか途切れず、読経《どきょう》が続く。母は顔を上げようとしない。私は初子さんらしき人をさがすために会場に目を這わすが、黒い服の人の群れに彼女を見つけることができない。私が十八で家を出てから、父にはほとんど脚本の仕事などなく、プールの監視員だの学習用辞書のセールスだののアルバイトをしていたと母から聞いていた。この五年ほど、ケーブルテレビのチャンネルが増え、昔のドラマの再放送が盛んになって、父の元には著作権使用料が支払われ、はたまた随筆や講演の依頼があったりしていたらしいが、父は知人に乞われて一冊の本（『私のドラマ人生』というひどいタイトルの）を書いただけで、ほかの仕事は受けてはいなかったから、お通夜もお葬式もさみしいものになるだろうと私は思っていた。私の想像に反して多くの人が集まったのは、私たちのかつての生活と同じく、母の奮闘のたまものだろうと参列者席を見ながら私は考えた。

焼香が終わり、読経を終えた僧侶が一礼して去っていく。司会の人が通夜ぶるまいの案内をしている。すねたように顔を上げようともしない母に、

「初子さんらしき人がきてたけど、見た？」と訊いた。

「え、初子さん、いらしてた？」母の目は赤いが、もう涙は流していない。案外けろりとしている。

「たぶん初子さん。でもわかんない。ずいぶん会ってないし」

「じゃあ、ぜひお食事をしてもらわなきゃ。あたしさがしてくる」そう言うやいなや母は、さっきまで泣き続けていたとは思えない素早さで、人でごった返す出入り口に

駆け出していった。

「初子さんて、だれ」私の隣に座っていた季弘《すえひろ》が訊く。季弘とは来年の春に入籍することになっている。父が亡くなった日の夜、おとうさんはあんたの結婚が決まって安心したのね、と母は言って泣いた。結婚を決めず安心させなければ父はまだ生きていたような口ぶりだったので、なんだか決まりが悪かった。

「ほら、前に話した」

「あっ、あの、おとうさんの？」季弘が驚いたように言い、私は彼を肘でつつく。

「それは違ったの。私の勘違いだったの。よけいなこと、言わないでよ、ごはんのとき」

「言わないけどさ」

「喜実《きみ》ちゃん、おかあさんどうしちゃったの」遺族席に座ったおばが訊く。

「知り合いをさがしにいったんです、あの、通夜ぶるまいに寄ってもらうために」

「知り合いって、おとうさんの？」ともうひとりのおば。

「いえ、あの、家族でおつきあいしていた方で」私は言葉を濁す。

「ああそうなの、私たちもそろそろ移動したほうがいいわねえ」

「それにしても、ずいぶんな人がいらしてくれて」

「好き勝手やった人間なのになあ」

おじやおばは会話しながら立ち上がり、ぞろぞろと移動をはじめる。樟脳《しょうのう》のにおいが鼻を突く。私と季弘も席を立ち、親戚たちに続いて通夜ぶるまいの席に向かう。セレモニーホールの三階に、温泉宿の宴会場のように襖が並んでいる。我が家の名の書かれた部屋に向かうと、すでに喪服姿の数人がビールを注ぎあっていた。隅に座り母をさがす。見あたらない。「まあまあまあ」と、おじが季弘にビールを注ぎ、私にも勧める。それを受けてから、テーブルに並んだにぎり寿司や煮物の皿にかかったラップを剝がしていると、母がひとりの女性を連れてやってきた。

「喜実、初子さん」

母の隣に立つ初子さんは、照れたような顔で私にちいさく会釈する。私はあわてて立ち上がり、お久しぶりですと挨拶をする。

「いいの、いいの、そんなの。それにしても、大人になっちゃって」初子さんは上目遣いに私を見て言う。

「どうぞ、こちら」おばのひとりが私の隣を指すが、初子さんは親戚たちに囲まれたくはなかったのだろう、

「私はあちらでけっこうです」と、私の後ろを通り抜けるようにして真ん中あたりへ

と向かう。母もそれに続いた。初子さんが背後を通るとき、やっぱりガムのにおいがしたような気がした。母と初子さんは奥の席に並んで座る。母は周囲の人に挨拶をしながらビールを注いでまわる。並んでいると初子さんと母は姉妹のようだった。

初子さんは、じつは父の恋人だったのではないかと急に思い当たったのは、十五歳のときだった。

初子さんが私の家にきていたのは、私が小学校四年生のころまでのおよそ三年半だった。その当時はもちろん、初子さんは何ものなのかなどと私は考えたりしなかった。父の波のある仕事と経済事情について知るのは、もっとずっとあとのことだった。ともかくある日から、母ではなく、初子さんという母より若い人が迎えにくることになった。なんとなく母に見捨てられた気分の私は、だれであれ私を待っている人がいてくれてうれしかった。半ば媚《こ》びるようにして私は初子さんになついた。

居並ぶ母親たちのなかで初子さんは抜群に若かった。夏場はTシャツにジーンズ、冬場はジャージにジーンズといった出で立ちは、きちっとした身なりの母親たちのなかで目立った。校門を出ると、向かいにある自動販売機の前で、初子さんは退屈そうに腕組みをして私を待っていた。駆け寄ると、私の手を握って歩き出す。若くて、多くの母親とまったく雰囲気の異なる初子さんを、私は得意に思っていた。

初子さんと私は、駅までの十五分ほどの道のりをいつも歩いて帰った。初子さんが寄り道をしはじめたのは私が小学校二年に上がってからだ。カウンターだけのたこ焼き屋や、正午から開いている居酒屋や、甘味処、店先でおでんを売る駄菓子屋など、駅の付近には古い佇《たたず》まいのあやしげな店がいくつかあり（風紀が乱れるとＰＴＡから糾弾されていたらしい）、はじめて初子さんがたこ焼き屋に入ったときは、緊張のあまり私は泣いた。学校帰りの寄り道はかたく禁止されていて、小学校一年生のときから私はそれがどんなにいけないことか知っていたのだ。すすり泣く私にかまわず、初子さんはたこ焼きを二十個とラムネを二本注文し、ひとりでたこ焼きを食べラムネを飲んだ。

「泣いてないで、食べなよほら、冷めるよ」と勧められ、たこ焼きをおそるおそる口に入れると、それは熱くて驚くほどやわらかくて、今まで食べたどんなものよりもおいしく感じられた。「言わなければ、ばれないよ」と初子さんは言い、私は死ぬまで今日のことはないしょにしようと、かたく決意した。そして実際、母にも先生にもたこ焼き屋の寄り道はばれなかった。私は味をしめた。

毎日のことではない。でも週に二日は初子さんは寄り道をした。居酒屋にすら、私を連れていった。二品ほど頼み、私にはジュースを、自分にはちいさなグラスに入ったビールを頼んだ。母が作るものとはまったく異なった料理が、ちいさな皿に盛られて出てくるのが私にはおもしろかった。お店の人が、制服姿の私が外から見えたらまずいからと言って、いちばん奥の席に隠すように座らせた。甘味処では、腰の曲がったおばあさんがいつもあんころ餅をサービスしてくれた。

寄り道しないときには、初子さんは駄菓子屋に寄って、十円、二十円の駄菓子を山ほど買った。四角い箱に入った蜜柑《みかん》味のガムを嚙みながら、電車に乗って家に帰る。蜜柑の味がなくなるとガムを出し、新しいものを口に入れた。だから毒々しくて甘ったるい味は、いつまでも消えなかった。

母が帰ってくる七時過ぎまで、私と初子さんは好き勝手に過ごした。昼寝をすることもあれば、買ってきた駄菓子を次から次へと食べ続けることもあった。父の書斎にしのびこんで、偶然見つけたエッチな本を二人で眺めたこともある。外に出るときもあった。私の実家のまわりにはまだ田畑が残っていた。空き地は至るところにあり、五分ほど歩けば川があったし、もう少し歩けば小高い山があった。私と初子さんは田んぼに腹這いになっておたまじゃくしをすくい、空き地の土管に寝ころんでみなしごごっこをし、山道で見つけたぽちりと赤い蛇苺《へびいちご》を食べ、民家の塀から突き出た枝の柿に石を投げて遊んで叱られた。学校が休みの土曜日は、朝から初子さんがきてくれるので月曜日からすでに待ち遠しかった。初子さんがこず、一日母とすごす日曜日はうんざりするくらい退屈だった。

初子さんは無口で、おもしろい話をたくさんしてくれるわけでも、私の話を辛抱強く聞いてくれるわけでもなかったが、そんなふうに新しい経験を次々とさせてくれるので、私にとって扉のような人だった。初子さんがあらわれる前は閉ざされていた扉の向こうには、興奮が、発見が、冒険が、未知が、自由が詰まっていた。その扉は初子さんがいなくなったあとでも閉ざされることはなかった。思春期に向けて成長した私は幾度となく、かつて時間をともにしてくれた彼女に強く感謝することになった。学校の外にも世界はあると教えてくれたのは彼女だった。私が見ているより世界はずっと広くて、退屈ならばそこから出ていけばいいと教えてくれたのは彼女だった。思春期特有の閉塞感を私が感じずにすんだのは扉が開かれていたからだし、いじめがはやったときに、それにかかわらずにすんだのは扉の向こうの世界を知っていたからだった。

私たちの特別な時間に、父が混じるようになったのは、私が小学校の三年に上がるころだった。毎日、私が学校にいく時間には眠っていて、私が眠るよりほんの少し前

に帰宅していた父が、あるとき自動販売機の前で初子さんと並んで立っていた。父がいることに驚いた私は、

「おとうさん、ここがよくわかったね」と言い、初子さんと父は笑った。初子さんと父が一緒にいるのを見るのもはじめてだったから、さらに混乱し、けれど駅にたどり着くころには、母が私を驚かせるために仕組んだのだろうと結論づけて納得した。入学式にも運動会にも父はきていたのだから、場所はわかって当然だとも気づいた。

　初子さんと父と三人で、たこ焼き屋に入った。私の両隣に座った二人は、ビールを飲みながら低い声でぼそぼそと話した。ときどき父が甲高い声で何か言い、大声で笑うのでびっくりした。二人の話に耳をすましてみたけれど、何を話しているのかまでは理解できなかった。電車に乗って三人で帰った。駄菓子屋で買ったガムを、父も噛んだ。父が私に話しかけるたび、嗅ぎ慣れた甘いにおいがするのはなんだか不思議で愉快なことだった。家の最寄り駅の、ひとつ手前で父は電車を降りた。仕事してから帰るから、と私に、父には不釣り合いの甘い息を吹きかけるようにして言った。二人きりになると、ないしょにしていればばれないからね、と初子さんは私に言った。それで、この三人の寄り道は、先生にそうであるように母にも秘密なのだとわかった。私は決して言わなかった。母が仕組んだことであるのならば、母にないしょにする必

要はないではないかという矛盾には、思い至らなかった。

　父がくるのは毎日ではなかった。けれど、くれば毎回、初子さんに連れられるようにして居酒屋や甘味処に寄った。そしていっしょに電車に乗って、乗り換えて、一駅手前で降りる。私が眠る直前に、何ごともなかったかのように帰ってくる。帰宅した父からはもう甘いにおいはせず、煙草の苦いにおいばかりがした。父はひょっとして二人いるのではないかと私は考えていた。

　父の仕事場にもいったことがある。小学校三年の冬休みだったと思う。父の仕事をよくわかっていなかった私は、工場のようなところを漠然と想像していたのだけれど、父の仕事場はうちよりだいぶせまいマンションだった。壁に沿って本が塔のように積まれていた。部屋の真ん中にこたつがあって、買ってきた駄菓子をその上に広げ、私と初子さんはそれを食べながらお絵かきをした。父は、窓際に置かれた机でずっと何か書いていた。「うわ、これすっぱい」「ほんと、すっぱいね」と、いかのお菓子を初子さんと食べて言い合っていると、くるりとふりむき、「どれ」とそれを口に入れ、「うん、うまい」と言ってまた背を向けたりした。父の部屋は、私たちが大量に持ちこんだ、甘すぎたり油じみていたりする駄菓子のにおいで満ちた。

　父の仕事場は、もうひとつの家みたいだと私は思った。初子さんと私が姉妹で、私たちには父親しかいない。私も初子さんも学校にいっていなくて、お菓子が三度の食事なのだ。そんなもうひとつの暮らしが、父と母と学校とで成り立つ私の暮らしに並行して存在しているようだった。父が二人いるんだとしたら、私が二人いてもおかしくないと私は考えた。

私が小学校四年に上がった夏、母が帰ってこなくなった。父の説明によれば、おばあちゃんが病気で、看病のため、おうちにしばらく帰ることになったということだった。夏休みなのに私を連れていかないのはへんだ、と思ったけれど、子どもは邪魔になるのだろうとも思った。母からの連絡はなかった。

母がいないあいだ、初子さんが私の家に泊まっていた。初子さんは料理が苦手らしく、夕食はいつも、出前のお寿司やラーメンだった。父が自転車で出かけ、焼き鳥やコロッケを買ってくることもあった。父は母がいなくなってから、ほとんど家にいるようになっていた。

食事の前やあとに駄菓子を食べても怒られなかった。それどころか、「ねえ、これ、おかずになるかも」と、初子さんは、カツを模した駄菓子を鍋に入れて煮たりした。それは充分おいしくて、私たちは馬鹿みたいに笑いながら煮たカツのお菓子でごはんを食べた。初子さんと父と囲む食事は、母が用意するそれよりも品数も色味も少なかったが、私は不満を感じなかった。残さず食べなさいとか、お野菜もちゃんと食べなさいといちいち指図されるより、駄菓子を煮たりラーメンをすすったりするほうがよっぽど新鮮でたのしかったのだ。やっちゃいけないことなんて世のなかにはないのだと、十歳の私は思った。初子さんが開けた扉の向こうの世界には、やってはいけないことなどただのひとつもない。おかあさんが帰ってくるまで家で仕事をすることにしたんだと父は私に言ったが、父が家にいるようになった本当の理由は、それではないかと私は十歳なりに考えた。父もまた、やってはいけないことのない、扉の向こうの広大な世界に、私同様魅了されているのではないかと。

夏休みが終わっても母は帰ってこず、母からの電話もなかった。おかあさんに電話をしたいと私は幾度か父に言ったが、正直に言えば、それは母に申し訳なく思ったからそう言っただけだった。私は初子さんと父との新しい暮らしにすっかり慣れていたのだ。もちろん母が帰ってこなくてもかまわないと思っていたわけではないけれど、今じゃなくてもいいとは思っていた。そのことが申し訳なく、わざわざ母が恋しいふりをした。父は電話をかけさせてくれなかった。母は看病で忙しいからという理由だったと思う。

母のいない新学期、初子さんの用意する菓子パンの朝ごはんを食べて学校にいった。

授業を終えて校門を出ると、四年生以上の子どもは迎えにこなくてもいいのに、初子さんが待っている。ときどき父もいっしょに。寄り道をして帰る。父は仕事場には寄らず、いっしょに帰るようになった。体に悪い、歯が悪くなると母が食べさせてくれなかった、甘い甘いガムをくちゃくちゃくちゃと噛みながら、私たちは三人で帰った。

私の記憶では、三人のそんな暮らしはずいぶん長かったような気がするのだけれど、あとで考えてみると、ほんの二、三カ月だったようだ。秋と冬が完全に入れ替わるより先に、初子さんは私たちの前から消えた。

初子さんがいなくなる直前だから、たぶん九月の終わりか十月のあたま、初子さんは学校から呼び出しを受けた。学校は父と母を呼んだのだろうけれど、そのとき母はいなかったし、父はそういう厄介そうなにおいのするところからはともかく逃げる人だったから、初子さんが受けることになったのだろう。ジャージにジーンズ、手ぶらで初子さんは学校にやってきた。私と初子さんは、生徒たちの帰った教室に、担任教師と学年主任の先生と向き合って座らされた。

「あの、宮本さんのおかあさまではないですわね？」と学年主任が言った。ピンクだのレモンイエローだの、ぼやけた色のツーピースをいつも着ている中年女性で、ですわね、とか、ですわ、とか、そんな言葉づかいをする人だった。鶴、と生徒たちに陰で呼ばれていた。細長い体と首が鶴に似ていたからだ。

「親戚のものです。母親は祖母の看病で実家に帰っています。祖母は末期の癌なんです。父親は仕事をしています」と、初子さんは面倒くさそうに言った。初子さんは私から見れば大人だったが、先生と話すときの口ぶりは私たち生徒とよく似ていた。照れているようで、むくれているようで、期待しているようで、怒っているような。

「学校帰りに飲食店に寄っているという報告を、ほかの保護者の方から受けたのですけれど」と、担任が言った。担任はいつもフリルのブラウスを着ている、学年主任よりはだいぶ若い先生で、生徒からは人気があった。

「家が遠いもので、腹ごしらえっていうか」初子さんはうつむいて言った。今度は私たちよりもだいぶ年下の生徒みたいに見えた。

それから学年主任と担任は、学校の規則について、規則の重要性について、風紀の乱れについて、寄り道が私に及ぼすだろう悪影響について、すでに出ていると感じられるその悪影響について、延々と話した。そのときの私は、そうはっきりと理解できたわけではない。ただ叱られているのはわかった。私が問題児扱いされていることも。それが初子さんのせいにされていることも。初子さんはうつむいて二人の話を聞いていた。私は顔を上げて教室内を見まわしていた。一日文字を書かれたり消されたりしていた。

ていた黒板は粉を吹いたように白かった。窓が数センチ開いていて、空色のカーテンの端っこがひらひら揺れていた。空は青かった。窓の隙間から、帰宅する子どもたちの、さようならー、さようならー、という声が響いてきていた。

永遠に続くかと思われた教師の話が終わり、ご理解いただけましたでしょうか、と学年主任が訊いたとき、初子さんはうつむいたまま、

「私はこの子の父親を、尊敬しています」とつぶやくように言った。初子さん、その受け答えは間違っている、理解したかという問いへの答えは、はいといいえしかないのだと、私は心のなかでテレパシーを送るように思った。けれどそれは伝わらないようだった。初子さんは続けた。「この子の父親はドラマのシナリオを書いています。ドラマというのは人間を書くのです。だから彼は人に混じろうとしています。人に混じって人を感じようとしています。人を知らなければ人は書けないからです。私はそんな彼の娘であるこの子にも、あそこにいってはいけない、ここに入ってはいけないと言いたくないのです。先生方が汚い、風紀的によくないという場所も、見せてあげたいのです」

一気に言った。一気に言ったが、話の方向性が違うと、十歳の私にもわかった。私が規則を破って寄り道をする、しかも居酒屋にまで寄っていることの正当化にはなら

ない。

「でも規則は規則なんです」気の毒な人を見るような目つきで、学年主任が言った。

初子さんはなんにも言わずに立ち上がり、一礼して教室を出ていこうとした。私はあわててあとを追った。担任が私を呼び止め、さようなら、と笑顔で言った。私は口のなかでだけその言葉をくり返し、廊下に出ていった初子さんをあわてて追った。初子さんに追いついて横に並ぶと、彼女は右手を差しだした。私は一年生のときのようにその手をそっと握った。

校門を出て二人で歩いた。なんだか彼女にたいして、猛烈に悪いことをしてしまった気がした。ごめん、と言おうと思ったけれど、言ったら嘘くさいような気がして言えなかった。それでも何か声をかけなければならないような気がし、

「初子さんもおとうさんみたいな仕事をしたいの」と、訊いてみた。訊くとなんだかどきどきした。

「そうだなあ、したいけど、無理だろうな」初子さんは私を見下ろし、肩をすくめて笑ってみせた。

「どうして？　そんなことないよ、おとうさんにもできることだから」

「私は人を知らないから書けないな、きっと。なんにも」初子さんは空を見上げて独

り言のように言った。

その日、初子さんはたこ焼き屋にも駄菓子屋にも寄らなかった。電車に乗って、私は手提げ鞄のなかを手でまさぐった。蜜柑味のガムが出てきた。

「初子さん、これ」と手渡すと、

「ありがと」初子さんは受け取り、二個入っているガムを二つとも口に入れた。甘いにおいが漂ってきて、ようやく私は安心する。

初子さんが私の目の前からいなくなったのは、そんなことがあってすぐだったので、てっきり私は、あの日、先生に叱られたからだと思いこんだ。だから、その日以来、鶴のような学年主任とも、人気のある担任の教師ともいっさい口をきかなかった。初子さんがうちにこなくなって数日後には母が帰ってきた。父は元どおりの生活になった。私が学校にいくときは寝ていて、私が眠る直前に帰ってくる日々。四年生はお迎えの決まりから解放されるし、ひとりで鍵を開けて留守番をすることもできた。そのくらいには成長していた。

校門を出て、とりあえず私はいつも自動販売機のところを見る。そこにだれもいないことを確認する。正確にいえば、そこには空洞があった。初子さんがいない、という空洞。それを一瞥《いちべつ》して、私はひとり、最寄り駅目指して歩いた。ときたま、駄菓子屋で駄菓子を買った。電車のなかでひとり、それを食べた。

小学校を卒業するころ、我が家の経済はいよいよ逼迫《ひっぱく》を極めたらしく、私は付属の中学校へは進まず、公立校へ進学することになった。その学校までは徒歩で十五分だった。学校が替わっただけなのに環境はがらりと変わり、それについていくのに必死で、私はだんだん初子さんのことを忘れた。父と母も、初子さんのことなどまるきり忘れたかのようだった。帰ってきた母は、以前よりずっとわかりやすい愛情表現を父に向けてするようになり、それは年々強まった。家族三人で出かける際は私の前で平気で腕を父の腕にからめたし、たまに夕飯に父がいると父の好物がテーブルに並んだ。また、仕事がなくなりつつある父に代わってがむしゃらに働くことも、彼女の愛情表現のひとつであったようだ。

中学二年生のとき私には同級生のボーイフレンドができ、三年生のとき初キスをした。

初キスの日の夜、私はなぜか、急に思い当たったのである。かつて我が家にきていた女の人、私の面倒を見てくれたあの彼女は、もしや父の恋人ではなかったのか。もともと父の恋人が、父方の親戚だと偽って私の家の手伝いをかって出たのか、あるいは、うちの手伝いにきているあいだに父と恋仲になったのか、順序はわからない、わからないが、でもそう考えると数々のことに合点《がてん》がいった。初子さんとともに私を迎えにきた父。三人の時間。もうひとつの家族という私の印象。母の突然の帰省。教師に呼び出されたときの、意味不明な初子さんの受け答え。初子さんがいなくなるやいなや帰ってきた母。母はそもそも本当に帰省していたのだったか。短い失踪ではなかったのか。そんなことを思いつくにつれ、次第に遠ざかりはじめていた記憶の数々が、あらたに着色され輪郭を濃くしてたちあらわれた。初子さんを思い出すたび、駄菓子屋のガムのにおいがむせ返るほど強く漂った。

このことを母に訊こう、訊こうと思いながら私は成長した。やっと訊けたのは高校二年生のときだ。友だちと遊ぶのに夢中で連日帰りが遅いことを、夕食の支度をしている母に執拗に咎《とが》められ、ついかっとして口にしたのだ。母を傷つけたかったのだと思う。

「昔うちにきていた女の人、あの人ってだれだったの？　どうして突然いなくなったの？」

母はぽかんとして私を見、「ああ、初子さんね」と目線をそらして答え、そそくさと台所に消えた。私はあとを追った。母はオーブンを開け、グラタンの焦げ具合を確認しながら、「あの人はおとうさんのお友だちのお嬢さん。おかあさまが亡くなったんで、故郷に帰ることになったのよ」と、いかにも演技じみた口調で言い、オーブンの扉をばたんと閉めて、「話そらさないで。今はあなたのことを言っているんでしょう」と尖《とが》った声を出した。

「お友だちってだれ」私は食い下がった。

「山田さんよ、ほら、前にうちにいらしたこともあるでしょう。それより喜実ちゃん、門限決めてあげようか？　そういうふうにしないと帰ってこられないというんなら、門限を決めて、遅れたらそのぶんだけお小遣いから差し引くとか、そういうふうにしてさしあげましょうか？」母は苛々と小言に戻っていった。

それで私は確信した。母の動揺。話題の切り替え。それに、山田さんなんていう適当な名前。嘘に決まっている。私の想像は正しい。正しいんだ。

私はぜんぶわかった気になって、それ以上訊くのをやめた。ぜんぶわかってしまえば、やっぱり母が気の毒に思えたのだった。グラタンは父の好物だった。そうしていそいそと父の好物を用意する母はかわいそうだった。父の腕に腕をからめる母はかわいそうだった。もう何年も前のことなのに、私はいなくなった母を恋しがらなかったことを急に申し訳なく思ったりした。

十八歳になると私は家を出てひとり暮らしをはじめた。大学は自宅からでも通えたが、私は自分の家庭に少々嫌悪感を抱くようになっていた。いなくなった母をさがすこともせず恋人と暮らし、学校からの呼び出しに年若い彼女ひとりを向かわせた父に、また、裏切られたのにかんたんに父を許し、媚びるように父にやさしくする気の毒な母や、あんなことがあったのに何ごともなかったかのように暮らしてきた私たち、そうしたものに、それまでは感じなかった嫌悪を抱くようになっていた。学生のころは、学費を出してもらっているという負い目もあって正月には帰省していたが、働きはじめると帰ることもほとんどなくなり、電話がかかってくれば応じたが、こちらからかけることはほとんどなかった。二十代の終わりころには、すでに家族への嫌悪感など薄れていたが、父と母は以前にも増して仲良く暮らしているようであり、邪魔したくない気持ちもあって足は遠のいたままだった。もちろん私は私の生活で忙しかった。いくつか恋をして、仕事のことで悩み、お金が貯まれば友人と誘い合って旅行にいった。初子さんのことを思い出すこともめったになくなった。

ときどき、不思議な光景がふいに浮かんでくることがあって、なんだこれは、どこで見たものか、旅先か、それとも読んだ小説の光景か、などと考えていると、ふっとその光景の先に初子さんが見えることがあった。初子さんと過ごした時間や見た光景は、私の記憶のなかで異物のようなものだった。そこだけ手触りが違う。そこだけ色合いが違う。そこだけ前後の脈絡がない。そのくらい遠い記憶になっていた。

初子さん、と急に思い出したのは、父が息を引き取ったときだ。癌で入院していた父が、いよいよ危ないからと母に呼び出され、私は会社から数日の休みをもらい、実家近くの病院に母とともに寝泊まりしていた。私が病院に着いたとき、おう、喜実、元気か、季弘くんはどうした、とはっきり口にした父は、その日の夜に意識不明になり、二日目の夕方、息を引き取った。母と看護師さんと三人で、濡れタオルで父の体を拭いた。母は吠えるように泣き続けていた。看護師さんがもらい泣きするほどだった。私は不思議とかなしくはなくて、いや、充分かなしいのだが母のそれとはかなしみの種類が違うようで、涙は一滴も流れず、そして唐突に思い出した初子さんのことばかり考えていた。初子さんに教えなくていいのだろうか。かつて父の恋人だった女性は、父の死を知りたいだろうか。そんなことを。

父の遺体を病院地下にある霊安室に移し、病院で紹介してもらった葬儀屋さんと葬儀の段取りを決め、手分けして親戚に連絡し、だいぶ遅い時間になってから母と病院を出た。朝からなんにも食べていなかったので、病院のそばにあるファミリーレストランにいった。母はだいぶ落ち着いていて、なんにも食べたくないと言っていたが、メニュウを広げるとしげしげと見つめ、天ぷら蕎麦《そば》とビール、とちいさな声で言った。私も母につきあってビールと、それからオムライスを頼んだ。

「あたしがしっかりしなくちゃ、おとうさんがかわいそうだわね。片っ端から知り合いを呼んで、うんと豪勢なお別れをしましょう」と、ビールを半分ほど飲んだ母がたのもしいことを言ったので、私はおそるおそる、初子さんは呼ばなくていいのかと訊いた。

「初子さんって、あの山田初子さん？」母は目をまん丸くして言い、「ああ、初子さんにもきてもらわなくちゃあ。あんた、よく覚えていてくれたわね。山田さんの連絡先、たしか書き留めてあったと思うけど……」と、バッグから古びた手帳を取り出してめくっている。

「いいの？　呼んでも」と訊くと、

「何がよ？」母は不思議そうに私を見つめる。

「だって、あの人、おとうさんと何かあったんじゃないの」私は声を落として言った。

「何かって、何？」きょとんとして私を見る母が焦《じ》れったくなり、

「だってあの人、おとうさんの恋人だったんでしょう」と思いきって言った。

母は目を見開いたまま、数秒無言で私を見ていたが、ふいに顔をゆがめると、頭を

大きくのけぞらせて笑い出した。離れたテーブルにいたカップルがふりむくくらいの大声で。

「やーだ、何言うの、あんた、ばっかねえ、やーだもう」テーブルに身を乗り出し私の腕を思いっきりばんばんと叩いて、まだ笑っている。「そんなこと考えてたのー？いやーだ、もう、へんなこと思いつくんだから！　あーおかしい」笑いすぎて目尻に流れる涙を、紙ナプキンですくいとっては笑い続ける。

「え、そうじゃないんなら、あの人はだれだったの」私は小声で訊き、小声にする必要もないのかと馬鹿馬鹿しくなる。

「あの人は山田さんのお嬢さんよ、山田さんっておとうさんが最初に就職したラジオ局のお友だちで、ご実家が長野なの。おとうさんと同時期に会社を辞めて、ご実家に戻ったのよ。名家《めいか》っていうの？　ずいぶんご立派なおうちなのよ、初子さんはそこのお嬢さん」

ときおり思い出したように笑いながら、母は話し続けた。注文の品が運ばれてくると、話を中断して母が食べはじめたので、私も黙ってオムライスを食べた。天ぷら蕎麦を食べ終えた母は、ビールを追加注文して続きを話した。

母の話によれば、私の小学校入学時、父の仕事が減り、母が働きに出るようになった。当初母は、父に私の面倒を見させようとしたらしい。が、父は断った。そんなことをしたら自分はそのまま主夫となって、一生脚本を書かないだろうと言うのだった。それで母は、同級生の母親に、学校の最寄り駅までという条件でお迎えを頼み、私を学童保育に預けることにした。郊外にある私の家の近所には学童保育があって、両親が共働きの子どもはそこで父か母の帰る時間まで遊んで過ごすようになっている。私は同級生とその母親と駅で別れ、ひとり電車で帰ってきて、学童保育におとなしく通いはじめたが、三日目にして拒絶反応を示した。学童保育にきている子どもたちはみな同じ小学校の子どもたちであり、ひとり制服を着た私は第一日目に無邪気で残酷な子どもたちから、さんざっぱらからかわれたらしい。二日目もからかわれ、三日目になるとだれも口をきいてくれなかったらしい。まったく覚えていないのだが、私は泣いて母に懇願したという。ひとりで留守番をする、ぜったいにそのことについて文句を言ったりしない、言いつけを守って火も使わないし知らない人も家に上げない、だから、だから学童保育にいかせないでくださいと。

　そんなおりにあらわれたのが、初子さんだった。初子さんは長野から上京して大学に通っていて、その年卒業したのだが、希望どおりに就職できず（というより、ハナから就職する気なんかなかったのかもね、と母はつけ足した）、ぶらぶらして暮らしていた。ぶらぶら暮らさせることが可能なほど、山田さんちというのは経済的に恵まれた家だった。初子さんの父親は、何ごとも経験だと言って娘を好きにさせていたが、彼女の母は一刻も早く彼女に嫁にいってほしかった。都会でひとりで暮らすなんて体裁が悪いわ危険だわで、いいことなんか何もないと思っていた。とはいえ初子さんに帰る気はまったくない。しかもお芝居の脚本を書いて暮らしたいと言い出した（ええと、小説とか詩だったかもしれないわ、と母は宙を見据えて言った）。そして我らが父が登場する。山田さんは父に電話をかけ、娘の書いたものを読んでとにかくけなしてやってほしい、そんなに甘いものではないと教えてやってほしいと頼み、父は言われたとおり初子さんに会う。そのころ経済的に逼迫していた父は、将来の見通しが立つ仕事ではないという意味合いでもって、自分の家庭の事情——妻が働きに出て、娘は学童保育を嫌がって、どうにもならないといったような話——をつまびらかにしたところ、じゃあ私、その子の面倒を見ます、と初子さんから言い出したらしい。初子さんがどうしてそんなことを言い出したのか、母には知る由もない。もしかしたら、おとうさんの近くにいたら、脚本のコツというものがわかるかも、なんて思ったのかもしれないわね。あのころはおとうさん、少しは名も知られていたからね。だって、お夕飯とお風呂と洗濯機を提供するかわり、お給金なんて雀の涙だったんだから。まあ、ご両親からの仕送りもあったから、こちらもそんな図々しいことを頼めたんだけれどもね。と、母は言った。

そうして初子さんは、自動販売機の前に立って私を待つようになったのだ。

「でも、おかあさん、何カ月か家に帰ってこなかったこと、あるでしょう」私は口を挟んだ。

「それは前に話したことあったじゃない。おばあちゃんの面倒を見にいってたのよ」

「末期の癌？　でも、おばあちゃんが亡くなったのは私が高校生のころだった」

「だれが末期の癌なんて言ったの？　おばあちゃん、ぼけちゃったのよ。あのころおばあちゃんは智宏《ともひろ》にいさん夫婦と住んでたでしょ？　面倒見るのに疲れちゃって、陽子さん、智宏にいさんの奥さんだった人ね、その人が家を出ちゃったの。智宏にいさんは会社があるし、介護施設は半年待ちだったの。それであたしが実家に帰って、面倒見てたのよ、おばあちゃんの。話したじゃないの」

「はじめて聞いたよ、そんなこと」

「ああ、話さなかったのかなあ。あたしもあのときショックだったから、話せなかったのかもしれない。凜《りん》とした厳しい人がさ、生ゴミ漁ったり、あたしのこと見て、おたくはどなた、なんて訊くんだもの。半年もせずに施設に空きがでて、それであたしは帰ってこられたの。でも今考えればよかったわ。母親とああいう時間が過ごせたか過ごせなかったかっていうのは、亡くなったあとずいぶん違うものだものね」と、母の話はべつの回想へとずれていく。

「じゃあ初子さんは、おとうさんの恋人じゃなかったの」私は念押しするように訊いて話を元に戻した。

「やあねえ、親馬鹿ならぬ子馬鹿よ。あんなお金もないおじさんが、初子さんみたいな若い人にもてたはずがないでしょう」

「でも、初子さん、おかあさんが留守のとき、ずっとうちにいたし……」

「あたしが頼んだのよ。だっておとうさん、ごはんも作れないし、お風呂だって沸かせやしない人だったでしょう。あんたはまだちいさかったし」

「でも、私が高校生のとき、初子さんのこと訊いたら、おかあさん、ものすごくへんにごまかして……」

「ええ？　そんなことあった？　どうせ忙しくしているときに声かけてきたんでしょ」

でも、となおも言おうとして言葉をさがしたが、もう何も思い浮かばず、私は笑い出した。なんだ、そうだったのか。なんでもなかったのか。私の思い過ごしだったのか。中学生のころから今に至るまでの、なんたる長い勘違い。私は笑い続けた。さっきの母のように、涙がにじむくらい笑った。母も笑い出し、私たちはテーブルをばんばんと叩いて笑いあった。店内の客がこちらを見ているのもかまわず、テーブルを叩き、互いの体を叩き、天井を見上げ、背を折り、のけぞり、笑い続けた。

通夜ぶるまいの席は、時間の経過に従って宴会の様相を呈してきた。父がもっとも旺盛に仕事をしていたころの知り合いだろう、芸術家風の一団がいて、車座になって座り、酒を注ぎあって大声で笑ったり、かと思うとしんみりとうつむいていたりする。みな、もう老人といっていい年齢域だ。親戚たちは季弘をつかまえ、来年、式は挙げるのかとか、新婚旅行はどうするのかと訊き続け、それに飽きると大声で近況報告をしあい、思い出話をしあった。私はときおり初子さんに目をやり、話す機会を待っていた。ずっと母が隣にはりついて何ごとか熱心に話しかけているので、あいだに割って入るのははばかられた。

母が席を立ったとき、だから私はすかさず立ち上がり、母の座っていた位置に座った。大きく息を吸いこんだが、初子さんからはあの甘ったるいガムのにおいはしなかった。

「初子さん、きてくれたんですね」私は言った。「会えてすごくうれしい」

「私もうれしい、喜実ちゃん」初子さんは照れくさそうに笑った。私が見知っているより初子さんは老けていたが、そんなふうに笑うと、一瞬にして時間が巻き戻るようだった。色あせた自動販売機が、青い空が、たこ焼き屋の汚れたカウンターが、本の積み上がった父の仕事場が、次々に初子さんの背後にあらわれては消えた。

「今、どこに住んでいるんですか」訊きたいことがありすぎて、何から訊いていいかわからず、そんなことを私は口にして、口にしてから、馬鹿みたいな質問だと思った。

「長野の実家。母も父ももういなくて、ひとり暮らし」

「ご結婚は」

「してない」初子さんはいたずらが見つかった子どものように笑い、「兄のやってるお蕎麦屋さんを手伝ってるの。今度食べにきて」と言った。そしてテーブルのビール瓶を持ち上げ、新しいグラスにビールを注いで私に渡し、「私、何にもなれなかったわ。あなたのおとうさんのようになりたかったんだけど」と、私の手元を見つめて言った。

初子さんは脚本を（あるいは詩や小説を）書きたかったのだという母の話を思い出した。それから、小学校の教師に向かって、私の父を尊敬していると唐突に言った若き初子さんを。

「あのとき、私、うれしかったです。あの、初子さんが、父は人間を書こうとしてると先生に言ったとき。あのあと父にはあんまり仕事がなくて、母ばっかりが働いて、もし初子さんの言葉を聞いていなかったら、私は父を軽蔑していたかもしれない」あのときの初子さんのように私は一気に言った。

「私、そんなこと言ったっけ」初子さんは覚えていないのか、しらばっくれているのか、そう言ってちいさく笑う。

「そのほかのことでも、私は本当に初子さんに感謝してるんです。初子さんと過ごせて本当によかった」初子さんは扉だった。初子さんが開いた扉は閉じることがなかった。私は心のなかでそうつけ加えた。

「これ、喜実ちゃんにおみやげ。私、トイレいってくる」初子さんは足元に置いたバッグのなかから何かを取り出し、私の片手に握らせると、すっと立って部屋を横切っていく。手のひらを開くと、蜜柑の絵が描かれた箱入りガムがあった。思わず笑みがこぼれる。初子さん、父の恋人だったなんて勘違いをしてごめんなさいと、これもまた、心のなかでだけ謝り、はたと思いつく。父にも謝らなければならなかった。仕事のことでは私は父を誇りに思っていたが、けれど初子さんが恋人だったと勘違いしていたことで私は父を嫌悪したのだ。

私は席を立つ。何、どこいくの、と季弘が訊き、うん、ちょっと、と私はあいまいに笑い、そのまま通路へ出て、階下の斎場に向かう。もう間に合わないけれど、父の遺影に謝るつもりだった。長きにわたる私の、子どもみたいな勘違いを。

斎場のドアは閉まっていた。そっとドアを開きかけて私は動きを止めた。二人の女が、父の遺影の前で抱き合って泣いていたからだった。ひとりはさっき姿を消した母で、ひとりはトイレに立ったはずの初子さんだった。二人は抱き合い、迷子になった子どもみたいに大声を上げて泣いているのだった。

そうして私は気づく。初子さんは、やっぱり父の恋人だった。母はぜんぶ知っていた。ファミリーレストランで、初子さんのことを私に訊かれた母は、一世一代の芝居をしてみせたのだ。かつて憎んだこともあったかもしれない。でもきっと、私相手に芝居をしてみせるうち、許そうと思ったのではないか。彼女を呼ぼう、呼んで一緒に父を見送ろうと決めたのではないか。

今、私の目の前で、抱き合って泣いているのは、妻でも昔の恋人でもなくて、ただひとりの男をおんなじくらい愛した二人の女だった。おんなじ分量だけかなしみを持たされた二人の女だった。私は音をたてないようにそっとドアを閉めた。ドアに寄りかかって、握ったままのちいさな箱からガムを取り出し、二個いっぺんに口に放りこむ。甘ったるいにおいが鼻先に広がる。一粒、右目から水滴が落ちる。父がいなくなってはじめての涙だと気づく。

猫男

人生においてはじめてフルコースの中華料理を食べたのは十八歳のときで、K和田くんといっしょだった。

それまで、私にとって中華料理といえば炒飯でありラーメンであり餃子であった。しかしその日、くらげと鶏肉の胡麻和えだとかフカヒレのスープだとか、牛肉の豆豉《トウチ》炒めだとか海老のチリソースだとかが、中華料理と呼ぶにふさわしい料理であると私は知ったのだった。K和田くんと向き合った席で。

もう食べられないよ、まだくるの、もうほんとうに限界だよ、と言いながら、私は目の前に置かれたものを皿までなめるいきおいでむさぼり食い、紹興酒でくちびるを濡らし、そうしながら、K和田ごときがどうして中華のフルコースを知っていたのか（私は知らなかった）、どうしてなんの躊躇もなく中華料理専門店に足を踏み入れられるのか（私はどぎまぎしてその赤い絨毯を踏んだ）、どうしてひとり一万二千円のコースをたのめるのか（私にとってアルバイト四日ぶん、ふたりなら八日ぶん）、いぶかしんでいた。もっともおおきな謎は、なぜ彼が私にこのような高価な食事を、無償であたえてくれるのかということであった。

しかし私はそれらの謎を口にすることなく、K和田くんと向き合って、次々と食事をたいらげていった。学校のことについて話したり、笑ったり、他愛もないことをK和田くんに質問したりしながら。

季節は冬だった。十二月だ。最後に運ばれてきた杏仁豆腐を食べ終えると、腹の皮があますところなく突っ張って、中国茶さえ流しこむ余裕はなかった。

K和田くんが会計をすましているあいだ、私は先に店の外に出て、おおきく息を吐いたり吸ったりしながら、あたりを見まわした。煉瓦敷きの町にはクリスマスの飾りがほどこされていた。葉の落ちた街路樹に結びつけられた豆電球が点滅し、通りに面した店のショーウィンドウのなかにはサンタクロースや樅《もみ》の木が飾られていた。どこからかクリスマスの音楽がひっきりなしに聞こえてきて、見上げると、空に数個、くっきりとした星があった。

K和田は私のことが好きなのにちがいないと、中華料理屋の外で私は考えていた。語学のノートも金も貸していないし、悩みをうちあけられてもいないし相談をもちかけられてもいない、それなのに、わざわざ遠くの町まで私を連れてきて、かように高価な料理をご馳走してくれるのだから。

かわいそうなK和田。私は思い、続けてつぶやいた。かわいそうな私。つぶやくと息がしろかった。K和田がかわいそうなのは私がその思いにむくいてあげられないからだし、私がかわいそうなのは、好きな男といっしょにいないからだった。はじめての中華料理のフルコースを、クリスマス用に飾られたうつくしい町を、たよりない冬の夜更けを、好きでもない男といっしょに味わい、歩き、笑っているからだった。

会計をすませたK和田くんが店から出てきて、紹興酒で頬を赤くさせ、もう一軒いこう、いいところ知ってるんだ、と言いながら近づいてきた。煙草を吸っているみたいにしろく息が流れる。うん、いこう、いこう、私は笑って言った。

どのようないきさつであの日、はるばる横浜までK和田くんと中華料理を食べにいったのか、思い出そうとしても何も思い出せない。クリスマスが近かったとすると、学校はもう休みに入っていたはずで、私とK和田くんは、わざわざ学校の外で待ち合わせて、横浜へいったのだろうか。K和田くんはなんと言って私を誘ったのだろうか。何も思い出せない。ただ、あのとき、かわいそうなK和田と思ったのは覚えている。かわいそうな私、と続けて思ったことも。

K和田くんは、二年後、ぱったりと学校にこなくなった。連絡もとれなくなった。

心配した男の子たちが何人かで、K和田くんの住むアパートにいった。K和田くんは引っ越していたらしかった。それを聞いて私も一人、数回いったことのあるK和田くんのアパートにいった。中野駅から二十分ほど歩く、住宅街のなかの、築三十年はゆうにたっている木造アパートだ。ポストにK和田の文字はすでになく、玄関の戸をたたいても、しんとしずかなままだった。耳をくっつけて息をころすと、なかから、音楽が聞こえてくるような気がした。K和田くんが好きだった曲が。「そのひと、もうそこにいないわよ」という、年老いた大家さんの声で、それが幻聴だと知らされた。

それきり、K和田くんはみんなの前からいなくなった。手品みたいだった。ほんとうに、どこにもいなかった。どこかにはいたのだろうが、私たちの見える範囲の、そのなかにはどこにも、見あたらなかった。

私と同級生たちは、K和田くんの不在とともに卒論を書いたり書かなかったり、卒業したり留年したり、就職したりしなかったりした。

指を折って数えてみると、あれから、きっかり十五年たつ。K和田くんは消えたままだ。

そんな話を、薄暗い中華料理屋で、私は恋人に話している。

私たちは今、異国のちいさな島にいる。一週間の短い休暇だが、ずいぶん前から二人で計画していた。仕事を休む日にちをあわせるのに手間どったし、場所を決めるのにも長く話し合った。私は南国のリゾートにいきたかったが、彼はしずかなところでゆっくりすごしたいと言い、結局、彼の主張がとおった。南国リゾートはこの次の休暇、と約束をした。

夏には観光客でずいぶんにぎわうらしいこの島は、初冬の今、完璧な季節はずれで、海辺に並んだホテルや、そこからのびる大通りのレストランのほとんどは冬季休業に入っている。しずかにすごさざるを得ない場所ではある。

埃《ほこり》をかぶったガラスの壁に顔を近づけると、休業中の店のなかは夏の、ひっきりなしに客がきたのであろう時期のままになっている。テーブルが並び、業務用の冷蔵庫にはビールやコカ・コーラが詰まっている。夏の余韻をどこか後ろめたくのこしたまま、店は冬のなかにとりのこされ、ガラス戸の入り口の前では、枯れて乾燥した葉が渦を描いている。

中華料理屋は、裏通りに一軒、ぽつんと開いていた。ほかに店を捜すのが面倒で、私たちはそこに入った。客はおらず、私たちが隅の席に着くと、店主はのそのそと奥から出てきて、私たちの席の上にある照明だけをつけた。

牛肉と青菜の炒めもの、春雨のスープ、蟹の炒飯、イカの中華風揚げもの、を私たちはたのんだのだが、運ばれてきたものはどれも中華料理ではなかった。樽のような体型をした、銀髪の店主の独創料理であった。牛肉とピーマンは炒めておらず、トマト味で煮込んであり、春雨のスープはコンソメ風味で、炒飯はポテトフライの添えられた、ライスサラダのごとく冷えた炊き込み飯で、オリーブオイルで揚げたらしいイカの揚げものには大量にオレガノがふりかけてあった。しかし、そのどれも、まずくて食べられない種類のしろものではけっしてなかったので、私たちは無人のレストランで、ひっそりと驚きの声をあげつつその斬新な中華「風」料理を食べていた。

ワイン用の葡萄《ぶどう》の絞りかすでつくるという、この島の安い地酒をボトルでたのみ、それをちびちびとすすりながら、私はふいにK和田くんのことを思い出したのである。

「それで、どこにいったの、彼は」

恋人は訊く。

「それがほんとうにどこにもいなかった。実家に問い合わせても、どこにいるかはわからなかった。卒業して二、三年後、同窓会があって、そのときK和田くんの話になって、何人かが捜そうとしたみたい。なんだかもりあがって、興信所にたのんだり、ずいぶん大がかりに捜したみたいよ。でも結局、見つからなかった」

私は言った。ふうん、と恋人は言って、油染みのついたガラスのコップを親指でこする。

「なんで急にいなくなったんだろうね。そうする理由があったのかな」

おそらく、それほど興味はないだろうに、私がまだそのことを考えていると察して恋人は質問を続けてくれる。こういうとき、私は彼を、とても礼儀ただしい人間だと思う。尊敬の念すらいだく。

「K和田くんがいなくなったあと、みんな驚いたけど、少したつとなんとなく、そうするしかなかったのかなって空気になったの。K和田くんは単位もほとんどとってなかったし、学校にもあんまりきてなくて、住んでいたアパートの家賃もずいぶん滞納していたんだって。K和田くんはそういうことに積極的に対処できるタイプの子じゃなくてね、ずるずるとひきずられちゃうというのかな……。借金がかなりあったとか、トラブルにまきこまれてたとか、そんな噂もいろいろ聞いた。だから、どこかにいってしまった、というより、ここから逃げた、っていうほうが近いんじゃないかって、みんなは言ってたっけ」

「だめ男系？」

恋人は場の雰囲気を和《なご》ませるように冗談めかして言う。しかし、だめ男、という言葉を聞くと、それはK和田くんにぴったりの言葉であるように思えてくる。

「まさにそう、それよ、悪い意味でもいい意味でも、だめ男」

私は言う。

「いい意味のだめ男って……」

恋人は笑う。

「なんていうか、ものすごく弱い感じの子だったな。本人を目の前にしてると、弱いなんて言葉思いつきもしなかったけど。今思うと、弱い、ってああいうことなのかもしれない」

ふうん、とまた恋人は言う。店主はカウンターの内側で、サッカーの試合を見ている。ガラス窓の向こうを、ときおり人が通りすぎる。ぴたりとくっついたカップルや、ふざけながら歩くおさない兄弟や。私たちの前には、油の浮いた皿が並んでいる。

「もういこうか」

恋人は言って立ち上がる。会計をしてくれと、店主に向かって歩きながら言う。弱いと形容される種類の人のことを、恋人は嫌悪している。口には出さないが、私はそれを知っている。弱いことは怠慢だと彼は思っているのだ。

ひとけのない路地を歩き、大通りに出、私たちはぴったりと体を寄せ合って歩く。

海沿いの、一軒だけ開いているホテルに戻る道を歩く。海からの粘りけのある風が吹きつけ、一カ月も前なのにもう飾りつけられた、クリスマスのための電飾が、まだ明かりをつけてもらえず風に揺れている。

ホテルの部屋で、私はふたたび、K和田くんのことを恋人に話したい衝動に駆られる。K和田くんはただ弱い男だったのではなくて、共振しやすい人間だったのだと、訂正して話したくなる。彼がだめになるのは、自身の沈殿ではけっしてなくて、近くにいる人間に過剰に影響されるからだ、と。

けれど恋人は、知りもしない、また今後会うこともないであろうK和田くんの話はもはや聞きたくないだろうし、そのことについて話そうとすれば、過去の私自身についても話さなくてはならなくなる。だから私は言葉を飲みこみ、窓を開け、海風にあたりながら缶ビールを飲む。恋人はシャワーを浴びにいく。鼻歌が聞こえてくる。弱さをにくんでいる男の鼻歌が、暖房のききすぎた部屋に薄く流れる。

K和田くんはたとえてみれば消しゴムのような男の子だった。他人の弱さに共振して、自分をすり減らす。共振された他人は、K和田くんのおかげでか、もしくは時間の力でか、自己治癒力でか、そのうちたちなおってふたたび世のなかに向き合い同化する。けれどK和田くんは、いつまでもすり減ったままなのだ。自分とは露ほども関係のないことがらに傷つき、うなだれ、気力を失い、そしてそのまま、たちなおることができない。それなのにまた、だれかの痛みに共振し、さらにすり減る。元に戻るすべを知らないまま。それがK和田くんだった。

だから、どこからもK和田くんがいなくなったとき、ああやっぱりと、私はどこかで思った。私は、いや私も、K和田くんのある一部分を削り落としてしまったのだろうと思った。一万二千円の中華料理のフルコースばかりではなくて、もっと、埋めることのできない何かを。

海の向こうに点々とたよりない光が見える。漁火《いさりび》だろうと思っていたが、それは水平線近くでかすかにまたたくいくつかの星だった。

十八歳のときの私にはべらぼうに好きな男がいた。十代の偏狭と無知は、その男が運命的な相手であり、その男抜きでは世界は成立しないという思いこみにかんたんにすりかわった。その男は、もてるタイプでもなく格好がいいわけでもなく、どちらかというともっさりした、ぱっとしない男だったが、致命的に優柔不断だった。人と向き合うという経験をある程度積んだ今なら、彼は無意識のレベルで非常に女をおそれつつにくんでおり、一対一で女と正面から向き合うことのできない、一種、病的な男だった、云々と分析することもできるが、自分の痛みにさえ無頓着なそのころ、私はただ、けっして自分に安心をくれないその男をひたすら好きだった。

恋愛においてもっともつらいことは、拒否ではなくて、意志のない受容である。そして、自分が彼にとって何ものであるのかを、けっして規定してもらえないことだ。私は彼との関係にかたちをあたえるため、躍起になり、しかし私にできるのはとことん彼につきあうことのみだった。私のアパートを訪ねてくればそれが深夜三時でも迎え入れ、性交を求められれば応じ、ほかの女の子との色恋沙汰について相談を持ちかけられれば真剣に答え、何週間も連絡が途絶えればその沈黙を受け入れた。

どうやら、彼のような人間ととことん向き合おうとすると、こちらはひどく疲弊していくらしい。日々を形成するあれこれを行動に移すエネルギーがどんどん減少していく。学校にいくこと、授業を受けること、食事をすること、友達としゃべり、テレビを見て、お洒落をし、アルバイトをして小銭をかせぐこと。そのひとつずつを手放していき、次第に私は、彼を待つことにしか興味をもてなくなっていた。

重い布地をかぶったような眠気がずっと続き、学校をさぼって寝ていると、いつまでも眠ることができた。食べることも風呂に入ることも、着替えることもテレビのスイッチをつけることも面倒になり、眠ってばかりいた。それでも好きな男から連絡があれば、部屋をかたづけ、風呂を浴びて着替え、普段どおりのふりをして彼を待った。おそらく、致命的に優柔不断な彼のような男がもっともおそれているのが、そのときの私みたいな女である。逃げるから追う、追うから逃げる、の単純な図式が見事に成立し、彼はめったに私へ連絡をよこさなくなり、私は家に閉じこもり彼に電話をかけ続けていた。

K和田くんが私に連絡をとるようになったのはそのころからで、彼からだ、と思って電話をとるとK和田くんで、あからさまにがっかりしているのに彼は電話を切らず、あれこれと、くだらないことを続けざまに話して、三回に一回は私を笑わせるのに成功した。そのうち、家に閉じこもっていた私は、K和田くんとなら外出するようになった。

K和田くんと私と私の好きな男は三人ともゼミがいっしょで、K和田くんと彼はそこそこしたしかった。だから、私はK和田くんといれば彼にふたたび接触できると思っていたのだ。もしくは、K和田くんといっしょにいるということは、私と彼のつながりがまだ完全に切れていない、その証拠のように思われた。

K和田くんといっしょに、彼のアパートを訪ねたこともある。

その日は彼の誕生日で、学校の帰りに私はケーキを買い、彼のアパートへ向かったのだった。冬休みが終わったばかりのころだった。学校から彼のアパートに向かう電車の私鉄駅で、K和田くんにばったり会った。ケーキの箱を持っていた私は、今日が彼の誕生日であると説明した。誕生日はいっしょに祝おうと約束したのだ、半年前の夏の日に。彼はきっと覚えていて私を待っているにちがいないと私はK和田くんに言った。K和田くんはとてもへんな顔をしてそれを聞いていた。へんな顔――抜こうとした棘《とげ》を反対に指に押しこめてしまったときみたいな。

ぼくもいこうかな。K和田くんは言った。これから六限があるんだけど出たくないし。

やめてよ、それ、無粋だよ。私は笑わずに言った。恋人同士の誕生パーティにお邪魔するなんてどういう神経？

それでもK和田くんはいっしょについてきた。いきたいと言っているものを無理に断ることもできなかった。一万二千円のフルコースのこともある。

電車はひどく混んでいて、私が大事に抱えるケーキの箱をK和田くんはそっととりあげた。そして両腕をあげ、頭上におおきくかざした。K和田くんがよろめかないように、彼のジャンパーを私はしっかりつかんでいた。電車が揺れるたび、混んだ電車の空中で、まっすぐ掲げられたケーキの箱は、電車とともに右に、左に揺れ、幾人かの視線がその箱を追って、やはり左右へと動いていた。

私鉄沿線の住宅街にある彼のアパートにたどり着いたときには、あたりはもう暗かった。古いビルの三階角部屋が彼の部屋で、インターフォンをいくら鳴らしても扉は開かず、扉の向こうに人がいる気配もなかった。私は玄関に背中を押しつけてしゃがみこんだ。そのときはほんとうに、彼が夏の日の約束を覚えていて、遅れたことを詫びながら一瞬あとにでもあらわれると一点の曇りもなく信じていたのだった。

私とK和田くんは玄関を背にしてしゃがみこみ、ときおり、手のひらに息を吹きかけて暖をとった。K和田くんが買ってきたコーヒーの空き缶を灰皿にして、二人でひっきりなしに煙草を吸った。煙草の橙《だいだい》色の煙が暖かそうに見えるからだった。

十二時をすぎても、深夜一時をすぎても、彼は帰ってこなかった。

ケーキ、食っちゃおうか、私は言った。息がしろかった。うん、食っちゃおうよ、と、なぜだかK和田くんは泣きそうな顔で言った。それで私たちは箱を開け、ろうそくに火をともし、ちいさな声で彼の生誕をたたえる歌をうたい、ろうそくを吹き消して手づかみでケーキを食べた。寒すぎて、ケーキの味などまったくわからなかった。手がふるえて、口のまわりにやたらとクリームがこびりつき、私とK和田くんは幾度も笑った。笑い転げた。空のかなたがしろく染まるまで笑っていた。

かなしみに底というものがあるとするなら、おそらくあのとき、私は両足で軽く、けれど確実に底を蹴った。彼という人間と、私との関係と、恋愛というものと、そんなもろもろに、自分なりに決着をつけた。だから、彼が帰ってこなかったあの夜、そのことについて傷ついたのは私ではなくてK和田くんにちがいない。こわれたのは私ではなくてK和田くんにちがいない。

恋人がシャワー室から出てきて、テレビと向き合う。さっき買ってきた缶ビールを開け、首をかたむけて飲む。

「来週にはもういつもどおりの仕事だな」

そんなことを快活に言う。

「そういうのって、なんだか信じられないよ、いつも。自分は東京からこんなに遠くにいるのに、もうひとりの自分はいつもあの仕事場で働いてるみたいだ」

私は相づちを打ちそこねてぼんやりとテレビ画面に目を向ける。

ほんとうは、偶然私はK和田くんを見つけだしたのだと、ベッドのなか、本を読む恋人の隣で私は言おうとし、逡巡し、結局、口にする。

「さっき話していた同級生の、K和田くん、同窓会のあとみんなで捜したと言ったでしょう？」

彼は本から顔をあげて私を見る。

「あれだけ大がかりに捜して、それでもみんなは見つけられなくて終わったけど、私、偶然、見たのよ、彼のこと」

「へえ、どこで」

恋人は礼儀ただしく尋ねる。

「公園で」

私は答える。言わなければよかったと思っている。

「何してたの」

「ベンチに座って、空見てた」

慎重に、私は言う。ははは、と、どこかとまどいの混じった声で恋人は笑う。

「空？　それだけ？」

「うん。それだけ。電車の窓から、ちらりと見ただけだから」

「じゃ、声かけなかったんだ」

恋人は言いながら、眼鏡を外し、ベッドにもぐりこむ。

かけなかったと、私は心のなかで答え、「おやすみ」と言う。おやすみと、恋人も言う。

明くる日、朝食を食べ終えた私たちは散歩がてら、岬の突端に建てられた、十六世紀の要塞を見にいく。石造りの薄茶色い要塞に向けて堤防を歩いていくと、やけに猫の数が多いことに気づく。

アスファルトの路上に、堤防と海のあいだを埋めるテトラポッドの上に、路上駐車された車のボンネットに、大小さまざまの猫がいる。気取りすました様子で歩いていたり、のんびりと陽にあたっていたりする。

なんか猫が多くない？　と、隣を歩く恋人に言おうとしたとき、一台の小型バイクが走りこんできて私たちのわきで止まる。バイクの男はハンドル部分にずいぶんたくさんのビニール袋をぶら下げており、彼がバイクからおりてそれを手にとると、かさかさという音を聞きつけて、おびただしい数の猫が集まってきた。うわ、と声をあげ思わず恋人は数歩後ずさる。

バイクの男がビニール袋からとりだしたのは餌だった。男は餌袋を手にして、所定の位置に置いてあった餌箱に餌を盛ってまわる。餌箱も男が用意して置いたのだろう、アルミの丸皿や、木の箱や、しろい食器などさまざまで、そのすべてが餌で満たされると、煮詰めた魚のにおいが強く鼻をつき、あちこちから姿をあらわした無数の猫が、それぞれの餌箱に顔をつっこんで無心にそれを食べはじめる。「猫のためのごはん。捨てないで、汚さないで」と、ベニヤ板に英語で書かれた看板が、一番大きな餌箱のわきに立てかけられていることに気づいた。二の、四の、六の、八の、と猫を数えはじめてみて、三十八匹まできたところで、面倒になってあきらめた。どのくらいいるのか見当もつかない。

バイクの男は、その場に突っ立っている私たちを見て、かすかに笑った。そして「ホーム」と小さく一言つぶやいて、手招きをする。男に呼ばれるまま数歩進むと、堤防から下の道路へと続く階段の下に、二畳ほどのスペースがある。階段が屋根になる格好の、変形の小屋然としたスペースで、毛布が敷き詰められている。そこにも餌用の木箱が置いてあり、数十匹の猫が毛布の上にもいた。ここが、すべての猫の家らしい。男は階段を下りていって、ビニール袋からとりだした餌を木箱に盛る。猫たちはいっせいに木箱に鼻先をつっこむ。

すべての餌箱に餌を入れ終えて、堤防に戻ってきた男はしばらく、空になったいくつものビニール袋を両手に下げたまま、猫たちが餌を食べる様子を眺めている。この男が、猫の家をつくり、餌箱を集め、餌を守る看板をつくったことは一目瞭然で、毎日こうしているのだろうこともうかがえた。

　痩せた男で、羽織った黒いジャンパーは埃まみれでしろっぽく、丈の短いズボンの裾はほつれていた。艶のない金色の髪は伸び放題で、うしろで無造作に束ねられている。男のみすぼらしさは、どこか痛々しげで、それで思わず考えてしまう。猫に餌を配ることのみを日々の糧《かて》にしているからこのようにみすぼらしいのか、それとも、そもそもの最初、なんらかの理由でこうなってしまったから、猫に餌を配ることを思いついたのか。

　私は数歩うしろにいる恋人に寄り添い、彼の手をにぎる。K和田くんのことを考えている。

　電車の窓から彼を見た次の日、私はもう一度、用もないのにその電車に乗った。やはりK和田くんはそこにいた。昨日座っていたのと同じベンチに腰かけて、空を見ていた。みすぼらしく、痛々しかった。

　その次の日も、その公園の前を通る電車に乗ろうかと思った。公園の手前の駅で下車して、公園を訪ねようかとも思った。もしくは、彼を捜し出そうと意気ごんでいる同級生たちにこのことを伝えようかと。

　けれど私は何もしなかった。電車にも乗らなかったし、同級生に電話もしなかった。

唯一したことがあるとするなら、忘れようとつとめた。あそこにいたのはK和田くんによく似た男だったと思おうとつとめた。私は二度とその路線の電車に乗らなかった。今も乗っていない。

次の年の同窓会で、もうK和田くんの名前は出なかった。前の年、K和田を捜そうと息巻いていたのに、今年はK和田のKの字も口にしない数人の男の子たちを、私は共犯者を見るごとく眺めた。彼らもじつは、K和田くんを捜し当てたのではないかと思ったのだ。捜し当て、彼を遠くから見て、そして、背を向け、二度とその場所に近づかなかったのではないかと。

私と同じように、なんらかのかたちで彼にたすけられ、すくわれ、たちなおり、傷を癒し、現実に戻り、ふたたび前を向いて歩きはじめた経験を持つはずの彼らは、そこに、K和田くんのいる場所に、未《いま》だ無力にたたずんでいる自分の弱さを見たのだ。そしてある嫌悪をもって、そそくさと背を向けたのだ。

恋人の手をにぎってその場に立つ私は気づく。餌箱に鼻をつっこんでいる無数の猫は一様に毛並みがよく、太っており、そのなかに立つ男だけが、手にした空のビニール袋みたいに空っぽで、痩せ細り、風にふかれ、たよりない音をたてている。

「こんなにたくさんいっぺんに見ると、なんだか、グロテスクだな」

恋人は言う。

「水族館にいってみようか?」

うん、と私はうなずくが、その場を動くことができない。私が動かないので、恋人もそこに突っ立っている。

「この人、いったい何をして生計を立ててるんだろうな」

私の横で、ふと恋人が声を落として言う。

「さあ……」

私は空を見上げる。雲がひとつもない。プラスチックのような青が広がっている。

「これだけの猫に餌をやるんだから、それなりに稼がないといけないよな。でも、なんていうか、あんまり稼ぐ人のようには見えないなあ」

そこに立つ、濡れた傘のような男のうしろ姿を見て、悪意なく恋人は言う。ほんとうに、そこにはみじんも悪意がないのに、私は何か、彼につっかかりたい衝動を覚える。

きちんと働いて、猫の餌代ではなく自分たちの食い扶持《ぶち》をちゃんと稼いで、身綺麗にして、おいしいものを食べて、労働のあとには休暇を要求して、次回の休暇まで予定で埋めて、前を向いてけっして穴ぼこに足をとられないようにして日々すごす、それだけが唯一無二のただしさなのかと、声を荒らげて恋人にくってかかりたくなるが、自分でも、言いたいことの意味がまるでわからないし、会話がかみ合わないことは理解できるので、私はただ、

「聞こえるよ、あの人に」

と、そんなことを阿呆のように気の抜けた声で言う。

「平気だよ、日本語わかんないよ。ひょっとしたらこの国、失業保険とかそういう福祉的な面が、ものすごく充実してるのかもな、だってここ、日本より失業率高いだろ?」

恋人はまだ猫男について話している。私はにぎっていた彼の手をほどき、彼から少しだけ離れる。

恋人の強さを、弱さをにくんでいるその強さを、ときとして私もまたにくむ。けれど私が好きになるのは、きまって彼のような男なのだ。自分の食い扶持をきちんと稼いで、身綺麗にして、おいしいものを食べて、労働の合間には休暇を得ることが当然と思い、穴ぼこに足をとられないよう、そのことだけにほとんどの意識を集中させつつも、前を向いて足を踏み出す彼のような男なのだ。ずっと昔の恋を思い出すとき、すぐに思い浮かぶのが、恋の相手だった男ではなくて、ケーキの箱を両手で持ち上げ

ていたK和田くんであるのに。電話をけっして切ろうとしなかった、どこかたよりないK和田くんの声であるのに。

「なあ、どこかであたたかいもの飲もうよ、冷えてきた」

猫を見ているのに飽きたらしい恋人が私の手を引く。

「そうだね」

私は言って、猫の様子を見守っている痩せた男をちらりと見る。その瞬間、こちらをふりかえった男と目が合い、私はとっさに、ありがとう、とつぶやいている。男はそれを聞いて目を細め、笑顔をつくるがなぜだかそれは、泣き顔のように見える。ケーキ食っちゃおうよ、と言ったK和田くんの顔のように見える。

数えきれない貪欲で幸福な猫たちと、みすぼらしく痩せた猫男にそそくさと背を向けて、恋人の手をもう一度にぎり、私は歩きはじめる。

いい天気、と空を仰いでどうでもいいことのように言って、無理に笑ってみたりする。

神さまのタクシー

ハミちゃんのことはみんな嫌っていたし、わたしもどちらかといえば嫌いだった。だから、四月の部屋割りでハミちゃんと同室になったとき、わたしは心底がっかりし、みんなは同情してくれた。部屋は三人部屋なので、ハミちゃんと二人きりというわけではない。松原ののという新入生、わたし、ハミちゃん。松原ののもハミちゃんタイプだったらどうしようかと案じていたが、ののちゃんはごくふつうの、話しやすい女の子で、それはちょっとほっとした。

寮の部屋は、中等部と高等部に分かれており、一、二、三年生のひとりずつ、三人で一部屋だ。わたしは中学二年、ハミちゃんは三年生。当然、部屋のいろんなルールは年長であるハミちゃんが決めることになる。

ルールなんかひとつもない、楽園みたいな部屋もあるというのに、ハミちゃんが指導者であるわたしたちの部屋には、四月のあいだに、数え切れないルールが決められた。たとえば、ベッドでお菓子を食べない。飲酒、喫煙などもってのほか。友達の部屋にいっていても十時には帰ってくる。十時の就寝時間は守って、部屋の電気を消す。眠る前にはお祈りを忘れずに。部屋に化粧品は置かない。漫画本ももちこまない。音楽はヘッドフォンで聴く。携帯メール禁止。年長者には敬語を使う。つねに整理整頓。自分のものを共用スペースや、他人のベッドや机に置かない。成績はまんなかよりつねに上であること、なんて馬鹿げたこともハミちゃんは平気で言った。これじゃあ監獄だ。

ルールを破ってお菓子を分け合っていたわたしとののちゃんに、目を吊り上げて注意をするハミちゃんを見ながら、そんなだから嫌われるんだよ、と心のなかで毒づいた。けれどそんなことは口にせず、わたしとののちゃんは言われるままおとなしく食堂にいって、ぼりぼりとお菓子を食べ続けた。思ったままを言ってことを荒らげたって仕方ない。ハミちゃんがあの部屋では年長なのだし、言い合いをして険悪な雰囲気になっても部屋替えをしてもらえるわけではない。あと一年。一年がまんすればいいだけの話だ。

「どの部屋もあんなふうなわけじゃないんだよね」長テーブルでわたしと向き合ったののちゃんは言い、ルールをまたもや破ってしまったことを思い出したらしく、「ですよね」と言いなおした。

「いいよ、部屋じゃないんだからため口で。あのね、ぜんっぜん違うよ。ののちゃん運悪すぎる。去年、わたしのいた部屋は天国みたいだったよ」

食堂にはだれもいない。奥の調理室で、おばさんたちがお茶を飲んで何か話しこんでいる。わたしは立ち上がり、隅にある給湯器から湯飲みにお茶を入れ、長テーブルに戻る。

「えー、だれといっしょだったの？」ののちゃんはお茶をすすりながら訊く。

「今三年の泉田さんと、高等部の高野さん」

「泉田さん！　あのかっこいい人でしょう？　高野さんは知らないけど、泉田さんは知ってる。すてきだもん」

「そうそう、すんげーたのしかったよ。泉田さん服いっぱい持ってるからさあ、貸してくれたり、あと化粧とか教えてくれたり、ＣＤもＭＤにしてくれたりして。毎日おしゃべりしたりしてさあ」

「うわー、いいなあ」

「来年にかけるんだね、ののちゃん」

わたしは言い、食堂の大きな窓に視線を向けた。窓からはグラウンドが見える。陸上部が練習をしている。グラウンドの向こうには校舎。三階建ての、古びた建物だ。

すっかり葉だけになった桜が、グラウンドを縁取っている。去年の幸福な寮生活を思い出す。泉田さんは大人みたいな人だった。大人びている、というのではなくて、規則なんか破ったって死にゃあしない、ということを体全部でわかっている人だった。泉田さんといると、わたしは自分が中学生であることを忘れた。中学生であることを忘れるということは、つまり、日々は果てしなく自由で、生きることは輝きに満ちていると実感するということだ。泉田さんはそんなふうに笑う。自分はとても自由で、自分の人生は輝きに満ちているといったふうに。わたしも高野さんも、しばしば泉田さんに見とれ、彼女が貸してくれる化粧道具で、同じような輝きと自由を得られるような錯覚を持ち、泉田さんの指導のもと、化粧に精を出したりしていた。

「あーあ、暗い一年になりそう」

窓の外を見たままわたしは言った。

「カナさんはいいよ、去年一年楽しかったんだから。わたしなんか楽しむ間もなくルール部屋だもん。夢とチボーを持ってここきたのになあ」

「夢とチボーねえ」

わたしは笑った。ののちゃんも笑う。

この学校に、いや、学校付属のこの寮に、実際どのくらいの生徒が夢と希望を持って入ってくるのだろうかとわたしは思う。

わたしたちの通う聖光女子学園は、伝統こそあるものの、進学校とは対極の位置にある。伝統があるといったって、何十年も「夫に付き従う盲目的な家政婦としての女性」を育ててきたわけで、授業目的は未だに大学進学ではないように思われるし、実際ここの高等部を出て四年制大学に推薦以外でいける人は皆無に等しい。

有り体《てい》に言えば、馬鹿女を集めた偏差値の著しく低い学校なのだ。数学や日本史の授業より、家庭科や聖書の時間のほうに比重が置かれ、進歩的であるよりは保守的であることを推奨され、自立するよりは内助の功たることを目指すようしつけられる。だから当然、クラブ活動からも熱気や覇気は感じられない。目指せ全国大会とか、目指せ地区大会優勝とか、そういうでしゃばった気持ちはことごとく摘み取られ、みんなおとなしい牛のように合唱したり花を活《い》けたり、フェルトでぬいぐるみを作ったりグラウンドを駆けまわったりしているだけなのだ。

学校のあるこの県にはまだ「聖光神話」なるものが残っているらしく、あそこはお嬢さん学校だと信じて疑わない両親が、出来のいい娘さんを送りこんできたりする。おばあさんも母親も聖光に通った、筋金入りの聖光娘もいる。もちろん、おばあさんも母親も、ここを卒業してすぐ嫁にいき、従順な妻になりやさしい母になり、それが世界で唯一すばらしい生きかただと信じている人たちだ。宇宙飛行士になろうとか世界をまたにかけてやろうとか、だいそれたことは露ほども思わず、熟年離婚なんて遠いすさんだ世界のできごとだと思っているような人たち。娘さんたちは母の希望のままにこの学校へ通ってきている。希望どおりに育っていくかはあやしいところだが。

都心や遠い県に実家があり、ここで寮生活を送る大多数は、いわゆる落ちこぼれである。小学校でもとびきり出来が悪く、ときには素行もかなり悪く、向上心もまったく見られず、このままでは高校進学はおろか中学だってまともに出られるか危ないと悟った賢明な両親が、ここなら無事高校進学でき、かつ付属の短大までいけると打算に近い目算をし、スプーンを放り投げるように、子どもをぽいと寮に送りこむ。

わたしもそうだし、ののちゃんだってきっとそうだ。だいたいののちゃんは寮にきた日から爪を黄色にぬっていた。

少なくとも、わたしはここへくるときに夢も希望も持っていなかった。ああ、やっかい払いされるんだな、と思っただけだった。両親のことは嫌いじゃない。小学校六年ですでにさぼり癖がついて、都心の映画館で幾度も補導されていたわたしの行く末を、ちゃんと考えてくれたんだなあ、と感謝もしている。けれど、じゃあこれからわたしが未来にものすごい目標をたてて、勉学にいそしみ、あるいはクラブ活動に精を出し、この学校でトップの座を獲得しようと意気込むかといえば、そんなことはちっともないのだ。

みんなわかっている。聖光神話の親を持つ通いの娘さんたちも、親からぽいとここへ投げこまれた元落ちこぼれのわたしたちも、専業主婦製造工場みたいなこの学校で、自分が何にもなれないだろうな、ということを。学校じゅうを薄く覆う覇気のなさを両手で破って、熱い心で何かを目指したりはしないだろうな、ということを。

だからハミちゃんは目立つのだし、嫌われるのだ。

三年生のハミちゃんは規定どおりの、どこも改造していない制服を着て、生徒手帳に書いてあるとおり三つ折りソックスをはき黒髪をおさげにし、みっともないくらい真面目に勉強し、みんなが不真面目であることを平然と嘆きののしる。先生だって黙認しているカラーリングや化粧を、「ふしだらな女に見える」とかなんとか、平気で注意するのだ。みんなが他人《ひと》ごとだと思っている宗教だって本気でのめりこんでいるらしく、「神さまは見ていらっしゃる」などと真顔で言う。進学校や修道院ならいざ知らず、そんなふうで好かれるはずがないし、友達だってできるはずがない。

「だいたいなんでハミちゃんはこの寮にいるわけ？　あんな優等生なら、聖光じゃなくてもよさそうなもんじゃん」

ののちゃんは大人びた口調で言う。

「ハミちゃんの実家って都内にあるらしいんだけど、おかあさんがここの卒業生で、ぜひともって娘を入れたらしいよ。でもそれはただの噂。ひょっとしたら、いじめられて不登校になって、ここならなんとかなるって送りこまれたのかもしれないし」

頬杖をついてわたしは言った。

「うーん、そっちのほうがありえるかもね。ここでならハミちゃん、成績トップクラスになれるしね。ねえねえハミちゃんって、家庭科のクワノ先生とできてるって本当かなあ」

ののちゃんはどこかで聞きかじった噂を口にし、まだ何か言い足りなそうに目玉をきょろきょろ動かしている。

「このお菓子おいしいねー、ののちゃんママが送ってくれたの?」

わたしは話題をかえた。ハミちゃんにまつわるネガティブな噂話が、ちょっと洒落にならなくなりそうなことを察したのだ。これは、今後も長きにわたって寮生活をする心得だ。他愛のない悪口や根拠のない悪意はわたしたちを興奮させはするけれど、この場所からどこかへ連れていってくれることはない。かえって閉じこめてしまうだけだ。

「今日、ごはん何かなー」

ののちゃんは言う。ごはん何かなのフレーズを、わたしたちは一日に五百回は口にする。寮の食事はとりたてておいしくもないけれど、それしか考えることがないのだ。

「蒸し鶏。あさりのおみそ汁。ほうれん草ときのこの煮浸し」

わたしなんか向こう一カ月のメニュウを暗記しているほどだ。

「うわーん、また精進《しょうじん》系だよー。あー、油びたびたの唐揚げ食べたい。バターがびしゃびしゃのほうれん草ソテー食べたい」

「っていうかわたしマック食べたい。ポテトの大、一気食いしたい」

「ぎゃー、言わないでえ！　考えないようにしてたのにー。カナさん、今週末マジで町いきませんか」

「マック食べるのにバス乗り換えて四十五分かあ。わびしいのう」

「わびしいのう。修行僧は」

調子を合わせてののちゃんが言い、わたしはふきだした。

「ねえ、ごはんまでのあいだどうしよう」

食べ終えたお菓子の袋をまるめ、わたしは立ち上がる。

「部屋にいってもハミ大臣がいるからなあ」

「じゃあさ、泉田さんの部屋いってみる？　紹介してあげる」

「きゃーうれしい、泉田さん、遊んでくれるかなあ」

わたしたちはきゃあきゃあと声をはりあげ、すり切れたスリッパを勢いよく鳴らしてだだっ広い食堂を出ていく。


話があるの。ハミちゃんに低くささやかれたのは五月の連休の中日だった。ほとんどの寮生がこの短い期間にも実家に戻り、寮はがらんとしている。わたしたちの部屋はだれも家に帰らない。ののちゃんがトイレにいったとき、ベッドに寝転がって漫画を読んでいたわたしに、ハミちゃんはそうささやいたのだった。あわてて漫画を隠し、「はい、なんでしょう」わたしはベッドに正座をした。

「ここじゃなくて。今日、五時に焼却炉にきてくれない」

わたしをじっと見据え、命令口調で言い捨てると、ハミちゃんは自分の机に戻って勉強をはじめた。いやな予感がする。鼻歌をうたいながらののちゃんが戻ってきて、自分のベッドにもそもそとあがる。

「鼻歌うるさい。禁止でしょ」

ぴりりとがった声でハミちゃんが言う。三段ベッドの一番上から首を伸ばし、まんなかのわたしを見下ろしてののちゃんは舌を出してみせる。

寮の裏手にある焼却炉に、不承不承わたしは向かった。面倒だったし、気が重かった。寮の裏手は木々が生い茂っている。銀杏《いちょう》やプラタナスやメタセコイアが、夕方の一歩手前の太陽に、緑の葉をきらきらと輝かせている。今は使われていない錆びた焼却炉は、そのさわやかな光景のなか、場違いなように見えた。紺のハイソックス、グレイのスカート、くすんだブルーのブラウス。ハミちゃんは休日でも制服みたいな服を着ている。わたしはため息をついてハミちゃんのほうにのろのろと歩いた。何か注意をされるんだろう。だったら部屋で言えばいいのに、わざわざ呼び出すなんて。

ハミちゃんの前に立ち、ハミちゃんの白いスニーカーを見つめ、「なんでしょう」とわたしは訊いた。

「立花さん、訊きたいことがあるの」ハミちゃんはちいさな声で言った。ちらりと見ると、ハミちゃんも自分のスニーカーに目を落としている。両側できつく結んだ髪の毛は、ハミちゃんの頭皮で直線を描いてぴっしりと分けられている。どこもゆがんだり曲がったりしていないその直線は、ハミちゃんそのものだとわたしは思った。

「だから、なんでしょう」いらいらしてわたしはくり返す。「わたし、なんかしましたか」つい意地悪な口のききかたになってしまう。

「泉田さんとあなた、仲いいの？」おさげを右手でいじりながらハミちゃんは訊いた。左手で銀縁の眼鏡をずりあげている。

「べつにふつうです」

ハミちゃんが何を訊きたいのかわからず、わたしはぞんざいに答えた。

「泉田さん、学校やめるって本当？」

ハミちゃんはうつむいたまままさらに訊く。

「えっ、やめるんですか」驚いてわたしは訊いた。訊きながら、それほど驚くことでもないと心のどこかで思っていることに気がついた。泉田さんは成績も悪いが素行も悪い。いつ放校処分になってもおかしくない人なのだ。

「あのね、訊いているのはわたしなのよ」

ハミちゃんは顔を上げ、とがめ立てするような視線でわたしを見た。ああ、こういうところが嫌いなんだ。なんでハミちゃんは気づかないんだろう。

「わたしは知りません。広崎《ひろさき》さんは泉田さんと同級生なんだからわたしよりくわしいんじゃないんですか。っていうか本人に訊いたらいいんじゃないですか」

「訊けないからあなたに訊いてるんでしょうが」ハミちゃんはわたしを遮ってヒステリックな声を出した。「あなた去年、泉田さんと同じお部屋だったでしょう、今だってよく話してるじゃない、だから仲がいいのかと思ったのよ」

「そりゃ広崎さんより仲いいかもしれないけど、学校云々のことは聞いてません。泉田さんに訊けないなら先生に訊いたらいいんじゃないですか」

依然ハミちゃんの呼び出しの真意がわからず、ぶすりとしてわたしは言った。そのとき、ハミちゃんの顔が少しだけゆがんだ。ふだんはほとんど能面のように表情のないハミちゃんは、けれど一瞬ののち無表情に戻り、寮の方向に目を凝らした。あんまりじっとそちらを見ているので、何かあるのかとわたしもふりかえってみた。特別なものは何もない。生い茂る木々があり、三階建ての古くさい寮があり、寮の窓はいくつか開かれていて、モスグリーンのカーテンが風に揺れ、そのずっと向こうに校舎がある。ひとけのない校舎は、監獄みたいにどっしりそこにある。ハミちゃんは寮の二階あたりをぼんやり見ていたが、ふと顎をあげ、少しだけ陽の傾きはじめた空を見上げた。

ハミちゃんは何も言わず、話が終わったのなら帰りたいと思いかけたそのとき、あれ、ひょっとして、とわたしはちいさく心のなかでつぶやいた。ハミちゃん、恋をしているんじゃないか。だれに？　わたしの知らないだれか？　学校の先生？　橋谷とか？　松本とか？　噂どおり、家庭科のクワノ？　三十五歳処女説のある独身教師？　いや違う、ひょっとして泉田さんとか？　まさか。わたしはハミちゃんを見据えた。

「泉田さんが学校をやめることになったらどうなんですか？　っていうか、話ってそのことだったんですか？」

わたしは訊いた。ハミちゃんはゆるゆるとわたしを見、

「そうよ」とちいさくつぶやいた。視線をスニーカーに落とす。「わたしはあなたほど泉田さんと仲よくないから本人には訊けないの。だって失礼でしょ？　いきなり学校をやめるのか、なんて訊いたら。でもね、わたし泉田さんには恩があるの。だから知りたかったの」

もぞもぞと口のなかで言い連《つら》ね、ハミちゃんは泉田さんに恋をしているとわたしはなかば確信し、そうしてひどくいらいらした。

ばっかじゃないの、ハミちゃん。泉田さんなんて、ハミちゃんのこと大っきらいなんだよ。禁止されているカラーリングをして、金髪に近い髪で、毎日授業出るのに薄くファンデーションぬって、左右計八個あけたピアスを絆創膏《ばんそうこう》で隠して、土日は毎朝爪の色かえて、大学生や社会人や大学の先生までボーイフレンドに持っていて、ファ

ッション雑誌の素人ページに出たこともあるくらいお洒落な泉田さんと、ルール狂のハミちゃんが、たとえ友達としてだって仲よくなんかなれっこないことくらい、幼稚園児でもわかると思うけど。

「話ってそれだけですか」

わたしは訊いた。意地悪な響きを持った自分の声が耳に届いた。

「うん」ハミちゃんは生真面目にうなずく。そしてねっとりとわたしを上目遣いで見上げ、「もし泉田さんのこと、何かわかったら教えて」甘えるような声を出した。

うんでもううんでもない曖昧な発語をして、わたしはハミちゃんに背を向けた。数歩歩き出したところで名前を呼び止められた。お礼を言われるんだろうと思ってふりむくと、

「立花さん、スカートの丈短すぎると思う」

焼却炉の前に立ったハミちゃんは、未婚のまま老齢にさしかかった女教師みたいに言い放った。わたしは何も言わず走り出した。

太陽はわたしの目線の少し上にある。たっぷりとついた木々の葉は金色に染まりはじめている。おんぼろ寮も、おんぼろ校舎も、金粉を浴びたような色に染まっている。わたしは走った。寮に戻らず、人のひとりもいない校庭に向かって走った。

大きらい、気持ち悪い、わたしは心のなかでくりかえした。どこを見渡しても女しかいないこの場所で、女の子のことを好きになる人はほかにも知っている。たとえば三年生の田口さんとわたしのクラスのヒロリンはつきあっているって噂だし、じつを言えば、一年生のときわたしも三年生の先輩にあこがれていた。だれかを好きになるって気持ちは、ところかまわずちょろちょろと濁った水を吐き出す、洪水あとの下水口みたいなものだ。この学校と寮のなかにはそんな濁った水があふれまくっている。いつか、いつかもっと大きくなったら、このちいさな場所を出ていったら、そんなことはすぐにも忘れてしまうだろうに。

グラウンドを走ると、薄い土埃が舞い上がった。それはわたしの足元で金色の渦を巻く。わたしはグラウンドの真ん中あたりで立ち止まって、行く手をふさぐように立つ校舎を眺めた。ハミちゃん、ほんと、ばっかじゃないの。心のなかで毒づいた。よりによって泉田さんなんて。自分ってものを知らなすぎる。もういいや。わたしはなんにも聞かなかったことにしよう。このちいさな場所にあふれるハミちゃんの絶望的な恋なんか、気づかなかったふりをしよう。

やわらかい風が吹き、木々がさわさわと音をたてる。グラウンドの表面を、金色の靄がふっと撫でていく。だれもいない校舎にチャイムが鳴り渡る。いつかっていつだろう。そんなことを唐突に思う。このちいさな場所を出ていけるいつかって、いったいどのくらい先の未来なんだろう。今日のごはんはなんだっけと思うみたいにわたしは薄ぼんやりとそう考えて、グラウンドの真ん中にいつまでも突っ立っていた。

泉田さん放校処分の噂は本当だった。

泉田さんの部屋に、わたし、ののちゃん、泉田さんのクラスメイトのナオミさん、間宮さんとが集まって、狭いスペースにぎゅうぎゅう詰めになりながら馬鹿話に花を咲かせていたとき、泉田さん本人がその話をはじめたのだった。三段ベッドの一番下にわたしとののちゃんは座っていて、自分の机に脚を投げ出すかっこうで泉田さん、だれかの部屋にいっている二年のキキちゃんの席にナオミさん、そして間宮さんはベッドと机のあいだの狭い空間に寝そべって漫画を広げている。部屋の隅にあるＣＤデッキからはわたしの知らない洋楽が流れてくる。ずいぶんとにぎやかな曲。窓の外は暗い。星がいくつかまたたいている。

「東京に戻されるんだよね」泉田さんは爪の手入れをしながら、そう言って笑った。

「そのあとはどこへいかされるやら。ハワイとかいかせてもらいたいんだけど無理だろうな。不良ばっかが集まってるへんなとこいかされるんだろうな」

「マコトっちはどうすんの」顔全体がびっくりするくらい黒い間宮さんは、外見と似合わない少女漫画をめくりながら訊く。

「マコトっちって彼氏ですか」ポッキーを食べながらののちゃんが口を挟む。

「信用金庫で働いてる人でさあ、一応本命なんだよね？」眉毛を抜きながらナオミさんが確認する。

「マコトっちもはせピーもタロちゃんも全部置いてく。過去は清算するの」泉田さんは言い、のけぞって笑う。「ついに島流しだすよ、わたくしも」自分を茶化すように言って、ののちゃんのポッキーに手を伸ばす。「M町まで先生くると思わないもんなあ、わたしもちょっとやりすぎたね」

「知ってる？　イズちゃん、酒飲んでやばい薬やってたんだよ。そんでフロアで先生見つけたとき、ラリって抱きついちゃって」ナオミさんが笑う。

「初犯なんだよ、マジで。だれも信じてくれないんだけどさ」

「でもいいじゃん、東京。わたし東京いったことない。いってみたい。ディズニーランドも六本木ヒルズも裏原もあるんだよね」

わたしは言ったけれど、東京に戻る泉田さんがうらやましいなんて思ってはいなかった。

わたしたちの学校を追い出されることは滅多にない。赤点続きはもちろん黙認され、喫煙や飲酒、いかがわしい場所への出入りが見つかっても、せいぜい親の呼び出し、停学処分、外出禁止、それらのうちのどれかだ。けれどときおり、途方もなく目に余る生徒は自主退学を迫られる。そうしてやめていった生徒たちがどこへいかされるのかわたしは知らない。二学年上の生徒が、やっぱりここを出されて長野の片田舎にあるへんな学校にいったと聞いたことがある。牧場で働きながら共同生活をする、学校というよりは、更生施設みたいなところだという噂だった。真偽のほどはわからないけれど、そんなものだろうと思いもする。つまり、ここよりは悪環境のところにさらに追いやられるってことだ。

泉田さんはわたしを見て、ちいさく笑みを浮かべた。わたしは一瞬、その笑顔から目を離せなくなった。泉田さんはあいかわらずきれいだ。見とれるくらいきれいだ。けれど、その笑顔には、去年あったものがばっさりと抜け落ちていた。果てしない自由と日々の輝き。泉田さんは今、どこにでもいる不良中学生の、投げやりな笑みを浮かべている。

「でもイズちゃんがいなくなったらさみしい」漫画をめくりながら間宮さんがぼそりとつぶやく。

「うちのクラスなんかお通夜みたいになると思う」とナオミさん。

みんな口を閉ざした。さっきまでかかっていたCDがとうに終わっていたことに気づいた。窓の外の闇が、急に重さを増して窓にもたれているように思えた。

「夏休みに遊びにおいでよ。もしわたしが東京にいたらの話だけど。あ、ちなみにディズニーランドは東京じゃないっすよ」

泉田さんの陽気な声は、部屋の静けさを強調しただけだった。ののちゃんがさっきからずっと手にしているポッキーの甘いにおいが、強く鼻の先を漂う。

「わたしはどこでだってうまくやってく自信あるんだ。だからべつにこわいとかじゃない。ただむかつくだけ。自分の意志でなんにも決められないのがむかつくだけ」

泉田さんは怒ったような声でつぶやいた。顔を上げると目が合い、泉田さんは困ったように笑いかける。わたしは思いきり立ち上がろうとして、ベッドの上段に頭をぶつけ、けれど痛さは感じず、そのまま泉田さんの部屋を飛び出した。わたしの名前を呼ぶナオミさんの声がちいさく聞こえた。ののちゃんが追いかけてくる足音が聞こえる。

わたしは階段を駆け下りて、自分の部屋のドアを思いきり開け放った。背筋を伸ばして椅子に座り、机に広げた参考書に目を落としていたハミちゃんは文字どおり飛び

上がってわたしを見、

「立花さん！　ドアの開け閉めは静かにって何度も言ってるでしょっ」

　とがった声を出した。

「広崎さん、泉田さん本当にやめちゃうよ、ねえ、署名運動しよう」

　ドアの前に立ったまま叫ぶようにわたしは言った。ハミちゃんはぽかんとした顔でわたしを見ている。

「広崎さんなら優等生だから少しは先生に効果あるかもしれない、だから、だから広崎さんが言い出しっぺになって署名しよう、泉田さんを学校から追い出さないようにしようよ、ねえ、ねえ、ねえ、広崎さん」

　ハミちゃんは眼鏡の奥の目を見開いてわたしをじっと見ていたが、すぐにいつもの無表情に戻り、

「必要以上の大声は出さない」

　気取りくさった声で言った。

「何言ってんの、泉田さん、島流しなんだよ、助けようよ、初犯だって言ってたし、事件だって初犯なら刑は軽いんでしょ、署名運動よりいい方法があったら教えてよ、考えようよ広崎さん、広崎さん、泉田さんのこと好きなんでしょ？」

参考書に落とした顔を、ハミちゃんはあげなかった。おさげにした髪をかけた耳が赤くなるのが見えた。けれどハミちゃんは顔をあげなかった。わたしがさらに言葉を言いかけると、

「うるさいわ。ドアを閉めて」

真冬の水道水みたいな声で言った。ポッキーの甘ったるいにおいがしてふりむくと、ののちゃんが興味ぶかげな顔つきで、わたしとハミちゃんを交互に見ている。わたしはドアの前に立ち尽くしたまま、席に着いたハミちゃんの向こうの、半分だけカーテンの閉められた窓を見つめた。泉田さんの部屋で見たときより、夜は深く黒く、べったりと窓にはりついているように感じられた。

何ごともなく日々は過ぎていく。噂は一陣の風みたいに教室を吹き抜けて消えていく。高一の奈良さんが子どもをおろしたとか。ハミちゃんと家庭科クワノが焼却炉で抱き合ってたとか。ヒロリンが田口さんをふって男に走ったとか。ひそやかに語られ、数日後には忘れられてしまうそんな噂話のなかに、泉田さんのことも混じっていた。泉田さんにはじつは隠し子がいる、とか。薬の売人をしている、とか。日本史の神田先生（五十四歳男）は泉田さんに言い寄ってふられた、とか。泉田さんが学校を去る

日は六月三十日、というのだけは、噂ではなく真実のようだった。

わたしも、ハミちゃんも、ののちゃんも、梅雨にさしかかった日々を何ごともなく過ごしていた。ハミちゃんはわたしに泉田さんについて訊くことはなくなった。あいかわらず部屋をルールだらけにし、わたしたちにもそれを強要した。泉田さんにあこがれていたののちゃんは、もうすぐいなくなる先輩と仲良くなるより、いなくならないだれかと仲良くなることに心を砕き、わたしの学年の佐野さんを追いかけまわしていた。

わたしはわたしで、泉田さんになぜか、近寄れないでいた。カーナちん、と泉田さんに廊下で声をかけられても、ぎこちない笑みを返すことしかしなかった。泉田さんは、どんどん中学生に戻っていくようにわたしには見えた。泉田さんはもともと中学生なのだから、戻るというのはおかしいけれど、けれどそう見えたのだ。どんどん無力になっていくように。どんどんがんじがらめになっていくように。どんどん退屈に埋没していくように。そのことがこわかった。あるいはかなしかった。

梅雨入り宣言が出された日、体育館の前にたたずむハミちゃんを見かけた。空気が重たく濁った日で、自宅から通っている生徒たちが、体育館わきの自転車乗り場に向かったり、立ち話に花を咲かせたりしていた。あたりにはうるさいくらいの歓声が満ちていた。戸の開け放たれた体育館の前、その歓声のなかに沈みこむようにハミちゃんは立っていた。

ハミちゃんはうしろ姿までが地味で、生真面目で、何かを受け入れないかたくなさとがんこさをにじみ出していて、その姿が目に入っただけで人をめいらせるような負のパワーに満ちている。わたしはうんざりしながらも、なぜか通りすぎることができず、しずかにハミちゃんの背後に近づいた。

ハミちゃんの視線の先には泉田さんがいた。活動するクラブのいない体育館で、泉田さんがクラスメイト何人かと、サッカーゲームをして遊んでいた。みんな制服のまま、ルールも何もなく、ちいさな子どもみたいにサッカーボールを追いかけては、ゴールに見立てた体育倉庫の入り口に蹴りこもうとしている。笑い声と叫び声が、体育館じゅうにこだましていた。

泉田さんの、金色の長い髪が揺れ、笑い声がぶつかり合い、みんなの短いスカートの裾がふわふわ動き、そろってほっそり長い脚がボールを追う。体育館の白い明かりはそれらを隅々まで照らし出している。今日から梅雨がはじまって、じめじめした日々が続くことが、彼女たちを目で追うかぎり信じられなかった。季節はもう夏で、強烈な陽射しがアスファルトを照らし、木々の緑を色濃く浮き立たせているような感じがした。

　走り、立ち止まり、しゃがみ、ボールを蹴り、友達の肩を叩いて笑う泉田さんを、ハミちゃんはずっと見ている。すぐうしろにわたしが立っていることにも気づかずに、一生懸命目で追っている。まるで曇り空をその背中に背負っているようなハミちゃん。

「あっ、カナちーん！」

　ふと出入り口に目を向けた泉田さんが、ハミちゃんではなくわたしに気づいて立ち止まり、大きく手をふった。走って近づいてくる。ハミちゃんは勢いよくわたしをふりかえった。にらみつけるような目でわたしを見た。

「カナちん、いっしょにサッカーしない？　イズチームに入って勝てば、ハーゲンダッツ賞品にもらえるんだよ」

　近づいてきた泉田さんは、わたしより前に立つハミちゃんがまったく見えないように、わたしだけに向かって言う。頬に突き刺さるハミちゃんの視線を感じながら、わたしは曖昧に笑った。

「ねえねえ、やろうよサッカー。カナちんって走るの速いじゃん」

　額に汗を光らせた泉田さんはわたしの腕をとろうと手をのばし、そこに突っ立ったハミちゃんと軽くぶつかる。ハミちゃんは押される格好で数歩よろめいた。泉田さん

は、ちっと舌打ちをし、

「うぜえんだよ」ハミちゃんに向かって吐き捨てるように言い、「負けたほうが夜こっそり町までいってアイス買ってくんの。アイス以外でも特別許可してあげるから、ね、カナちんもやろうぜ」わたしに笑いかけて腕を引く。

わたしは中途半端な笑みをはりつけながらハミちゃんを盗み見た。ハミちゃんは赤い顔をしてその場に突っ立っている。腕を引かれるままわたしは体育館に足を踏み入れる。

「助っ人登場ー！　続きやるよーっ」

走り出す泉田さんにひっぱられながら、ハミちゃんがうつむいたままそこにじっと立ち尽くしているのを、わたしはふりかえっていつまでも見ていた。

勉強机にはりついてノートに何か書きこんでいるハミちゃんの姿を、わたしは三段ベッドの真ん中に寝ころんで見ている。背筋をまっすぐ伸ばし、まっすぐな分け目を作っておさげにしているハミちゃんは、シャープペンシルでかりかりかりとリズミカルな音をたてている。部屋は静かだ。ときどき、どこかの部屋から悲鳴に似た笑い声が聞こえている。ののちゃんは佐野さんの部屋にいっている。カーテンはぴったり閉じられている。

「広崎さんって将来なんになりたいの」

寝ころんでわたしは訊いた。べつに知りたいわけではなかったけれど、何か話したかった。

「あなたに言う必要はないわ」

うしろ姿のままハミちゃんは答えた。

「将来がいつかくるなんて、信じられる？」

わたしはなおも訊いた。

「言っていることがわからない」

ぴしゃりとハミちゃんは答える。

「ねえ、いつか泉田さんに恩があるって言ったでしょ？　それってどんなことなんですか」

この質問にハミちゃんはようやく人間らしい反応を示した。肩をぴくりと動かしただけだったが。そしてシャープペンシルを動かし続けたまま答えた。

「わたし一度筆箱を捨てられたことがあるの。トイレに。泉田さんはそれを拾ってくれたの。拾って届けてくれたの」

ふうん、と口のなかでわたしは言った。それは親切だったんだろうか？　それとも、何かひねった意地悪だったんだろうか？

「そのとき、泉田さんは広崎さんに何か言った？」

「こんなことをされる原因はあなたにある」ハミちゃんは言って、ちいさく笑った。

「そのとおりだと思ったわ」

わたしはしばらく黙ってハミちゃんのうしろ姿を眺めていた。白いブラウスからのびた手は、参考書のページをめくる。雨の音が聞こえてきた。まるで音量を絞ったラジオから聞こえるかなしい歌みたいに。

「広崎さん、今日、っていうか今いかなきゃ、一生泉田さんに会えないよ」

わたしはちいさな声で言った。今日は六月三十日。晩ごはんの席に泉田さんの姿はなかった。七時過ぎに両親が迎えにきて、それから三人は校舎に向かった。先生に挨拶をするんだと思う。何人かが寮の出口でお別れを告げた。そのにぎやかな声はこの部屋まで届いてきた。わたしはベッドに寝そべって上段の板をじっと眺めていて、ハミちゃんはずっと勉強していた。今は七時二十五分。ここからタクシーで駅までいくんだと思う。上りの急行は一時間に一本しかないから、きっと八時半の急行で家に帰るんだろう。今校舎に走っていけば、まだ泉田さんはいるだろう。あるいは八時半までに駅に向かえば。

「外出禁止の時間帯」

ぴしゃりとハミちゃんは言った。ばかみたい。動じないそのうしろ姿にわたしは枕を投げつけたくなった。なんなのこの女。好きなくせに。ずっと見ていたくせに。何をいい子ぶってるの。何を大人ぶってるの。ばっかみたい。

「あのさあ広崎さん」枕のかわりにわたしは言葉を投げつけることにした。「恩があるならお礼くらい言いにいったら？　一生、この先ずうっと会うことなんてありえないんだよ？　もし広崎さんが高校卒業して東京にいっても絶対に会えない。会うのなんて不可能だよ。外出禁止の規則を一回くらい破ることとなんて、どうってことないと思うけどな。見つからないようにすればいいんだし。規則破っちゃった、って一生後悔することはないかもしれないけど、同級生にさよなら言えなかったって、けっこう後悔長引くよ。それにさあ」

「うるさいっ！」

しゃべり続けるわたしを遮り、ハミちゃんは立ち上がって握っていたシャープペンシルを床に投げつけて叫んだ。あまりの剣幕にわたしは口を開けたままハミちゃんを眺める。ハミちゃんは顔を真っ赤にしていた。床に転がったシャープペンシルを目で追ったまま、なおも叫ぶ。

「ごちゃごちゃうるさいっ！　じょっ、上級生には、け、敬語を使えって言ってるでしょっ」

赤い顔のハミちゃんはそう叫び、見開いた瞳がみるみる湿って、ほとりと水滴が床に落ちた。

「だいたいあなた生意気なのよっ、一生とか後悔とかわかったようなこと言わないでよっ」

ハミちゃんの声は次第にちいさくなり、いからせた肩が小刻みにふるえる。ちいさな子どもみたいだった。ずっといっしょに暮らしてきた、ちいさな妹みたいだった。あーあ、泣いちゃった……心では、そんなさめたことを思っていたのに、気がついたらわたしはベッドを飛び降りて、ハミちゃんの腕をつかんでいた。腕をつかんだまま、廊下に飛び出していた。まっすぐ駆け出していた。

まっすぐ続く廊下は、両側の部屋からもれるおしゃべりが響き渡っている。流行の歌がちいさく聞こえ、だれかの馬鹿笑いが聞こえ、切れ目なく話す声が聞こえた。動作が鈍いせいでぐにゃりと重たいハミちゃんの腕を握りしめたまま、黒光りする板張りの廊下をわたしは走る。階段を駆け下り、壁にはりついてひとけのない玄関を見遣る。

玄関はベージュのカーテンで閉ざされている。緑色の公衆電話がわきにぽつんとある。玄関のすぐ向かいは食堂で、そこからテレビの音がずいぶん大きく流れている。寮長のおばさんは食事係のおばさんたちとテレビを見ているらしかった。

「立花さん、いったいどうしようっていうの」

「しっ、黙って」

ハミちゃんの腕を握った手に力をこめて、わたしはまた走り出す。よろよろとハミちゃんはついてくる。無我夢中でベージュのカーテンをめくり古めかしい木製ドアの鍵を開け、おもてに飛び出す。背後で、ばたんと大げさな音をたててドアが閉まる。しまった、と思うが引き返しているひまはない。ハミちゃんを連れたまま暗闇のなかに走り出した。

「どこに、どこにいくのよう」

頼りなげな声でハミちゃんが訊く。腕時計に目を落とした。七時四十七分。

「タクシーに乗ろう」

わたしは叫ぶように言った。タクシーは禁止されているし、こんな時間にタクシーがつかまるわけないと、騒ぎ続けるハミちゃんをぐいぐいひっぱって、寮の門を出、数少ない街灯が照らす、静まり返った道を、なおも走る。この道をまっすぐいけば少し大きな通りに出る。母が迎えにきて家に帰るときは、いつもそこからタクシーに乗るのだ。

「立花さん、きっとばれる。ばれたら親が呼び出されて叱られる」

「もう、ハミちゃん黙っててよ！」

わたしは怒鳴り、眠りこんだような道を、大通りに向けて走った。上級生をあだ名で呼んでしまったことに気づいたが、ハミちゃんは何も言わなかった。

大通りはしんとしていた。パン屋も八百屋もシャッターを閉めている。走る車も一台もない。大通りで立ち止まると、ずいぶん寒いことに気がついた。ついさっきまで降っていた雨が、歩道を黒く濡らしている。

神さま。わたしは一度も信じたことのない人の名前を心のなかでくりかえした。神さま、お願いします。タクシーを一台、それだけでいい、タクシーを一台わたしたちの前にあらわしてください。そうしたらわたしはこの先絶対嘘もつかないし、悪口も言わない。規則も守るし、聖書だって毎日読む。

「きっと無駄よ」

わたしの隣に立つハミちゃんがちいさな声で言う。ブラウス一枚のハミちゃんも寒いらしく、自分を抱くように両腕を交差させている。わたしはいらいらした。

「祈ってよ、ハミちゃんいっつもお祈りしてるじゃない、わたしなんかが祈るより常連のハミちゃんのほうが効き目があるに決まってるんだから、ちゃんと真剣に祈ってよっ」

いらいらと怒鳴り散らしながら、わたしは何をやっているんだろうとようやく気がついた。ハミちゃんと泉田さんを会わせてどうしようというのだろう。悪くすれば泉田さんはハミちゃんを無視するだろうし、もっと悪くすればハミちゃんの言うとおり無断外出がばれて親が呼び出され注意を受ける。わたしはまた親を失望させる。ハミちゃんなんかのために、どうしてそこまですることがあるのか。

そのとき、近づいてくるちいさな明かりが見え、わたしは考えるのをやめた。目を凝らす。暗闇に浮かぶ明かりは確かに、タクシーの空車ランプだった。

「お祈りが届いた！」

思わず叫び、わたしは車道に躍り出た。両手をあげ、大きくふる。どんどん近づいてきたタクシーはわたしたちを数メートル追い越して停まり、しずかにドアを開けた。わたしとハミちゃんは転がるように後部座席に乗りこんだ。

「S駅まで、超急いでお願いします」

運転手の後頭部に向けてわたしは叫ぶ。タクシーは夜の町を走り出す。

「常連、って、へんなの」

ハミちゃんはわたしの隣でくすくす笑った。むかっときたけれど何も言わなかった。会えますように、会えますように。ハミちゃんが泉田さんにお別れを言えますように。たった今願いを聞き入れてくれた神さまにわたしは再度頼みこんでみる。

「お嬢さんたち、聖光の子でしょ？　こんなこと言うのなんだけど、お金あるの？　逃げ出すんじゃないよねえ？」

後頭部のはげあがった運転手は、ルームミラーでわたしたちをちらちらと見ながら訊き、わたしはふいに現実に引き戻された。お金。お金なんか持ってない。そうだった、忘れていた。タクシーに乗るにはお金が必要なのだ。いつだってタクシーに乗るときは親が払っているから、そんなことさえ気づかない。わたしは本当に馬鹿なただの子どもだ。ハミちゃんは心配そうな顔つきでわたしをのぞきこんでいる。ブラウスにスカート姿のハミちゃんも、お金を持っていそうにはない。

「もちろん持ってます」わたしはいばりくさって言った。「持ってなかったらタクシーなんか乗りませんよ」笑ってもみた。

「ああ、それならいいんだ、へんなこと訊いて悪かったね」

運転手はほっとしたようだった。

わたしはなんだってこんなことをしているのか。泉田さんに向けたハミちゃんの気持ちなんか、たぶん来年には忘れてしまう類のものだ。だれかべつの同級生、もしくは上級生にあこがれて、恋に似た気分を味わって、でもそれさえも、あのちいさな閉ざされた場所を出た瞬間、即座に消えてしまうだろう。世界がどんなところか今のわたしは知らないが、それは格段に広く、自由で、魅力的な人がたくさんいて、わたしたちは今よりずっと強い意志をもって何かに手をのばしたり手放したりするのだろう。古ぼけた校舎や、規則だらけの寮や、油気のない食事のこともどんどん思い出さなくなる。

だけど、いや、だからこそ、ハミちゃんは泉田さんにお別れを言うべきだとわたしは思っているらしかった。わたしたちはお金のことも思いつかずにタクシーに乗ってしまうほど馬鹿な子どもなのだ。未来や、広く自由な世界や、ほんものの恋や、そんなものはどんなに思い描いたって「今」この手には入らない。

なんとかなる。心のなかで呪文のようにくりかえすと、少し落ち着いた。駅でタクシーを待たせて、そのまま寮に戻って、引き出しからお小遣いを持ってくればいい。足りなかったら寮長さんに借りればいい。どうとでもなる。だってわたしたちは馬鹿な子どもだから、許されるに決まっている。

駅の周辺は明かりがはじけてにぎやかだった。寮の近辺がこの世でないみたいに思える。ネオンサイン、飲み屋やレストランの明かり。歩いている人も大勢いる。輪になって歌う酔っぱらい大学生。隅で抱き合う恋人同士。

「運転手さん、すぐ戻ってくるからここで待っていてください」

わたしは慣れたふうを装って言い、ロータリーでタクシーを降りた。時計を見る。八時二十二分。改札口に向かって走り出す。ハミちゃんは、わたしが腕をひっぱらなくとも、走ってちゃんとついてきた。

入っていく人と出てくる人で混雑した改札口で、ぐるりと周囲を見渡すが、泉田さんらしき姿はない。ひょっとして、もうホームに入っているのかも。

「ハミちゃん、しゃがんですりぬけよう」

わたしは言い捨て、「今だっ」ちいさく叫ぶと、自動改札をぬける太ったおばさんの背後にしゃがみこみ、小走りに改札を抜けた。いつもはとろくさいハミちゃんも、必死の形相をしてついてくる。自動改札を無事通過するやいなやわたしは走り出す。都心へ向かう上り電車がやってくる三番線の階段を駆け上がる。ふりむくと、ぜえぜえ肩で息をしながらハミちゃんもなんとか追いついた。

　ホームにはまばらな人の姿があった。泉田さん家族を捜して歩きまわる。ハミちゃんの荒い呼吸が背中にぴったりついてくる。いない、いない、どうしよう。おばさん連れのグループや、手をつなぐ男女や、赤ん坊を抱いた女の人に目を走らせていると、

「カナちーん、どうしたのー？」

　泉田さんの、のんきな声が聞こえてきた。

　ホームの真ん中に喫煙室があり、そのガラス戸を開けて泉田さんが手をふっていた。わたしはハミちゃんの手を引いて駆け寄った。

「あのっ、お別れを言いにきたの」わたしは言った。「ハミちゃんと、わたしとで」

ハミちゃんは、わたしの隣でうつむいている。

「えー、寮抜け出してー？　見つかったらたいへんだよー」

　泉田さんは間延びした声で言い、笑い転げた。泉田さん、お願いだから今日だけはハミちゃんにうざいって言わないで。さっき神さまに祈ったように、心のなかで泉田さんに祈る。

「手紙、ちょうだい」わたしは言った。なんて馬鹿みたいなことしか言えないんだろうと思いながら。そしてわきに立つハミちゃんを肘でつついた。もっと何か気のきいたことを言ってくれるように。

「泉田さんがいなくなるとさみしくなる」

ハミちゃんは顔を真っ赤にして、口のなかでもごもごと言った。

「わたしはさみしくなんかならないけどね」

泉田さんは笑顔で言った。ハミちゃんが泣いてしまうのではないかと盗み見ると、

「わたしはなるんです」

真っ赤な顔をまっすぐあげて生真面目な声でハミちゃんは言った。

喫煙室から、見知らぬおじさんとおばさんが出てくる。お見送りにきてくれたの、と泉田さんが言っているから、両親なのだろう。わたしの前に立つおじさんからは、苦重い煙草のにおいがきつく漂った。

「まあまあ、わざわざどうもありがとう。この子がお世話になりました」

白いツーピースを着たおばさんが、わたしたちに向かって深く頭を下げる。なんだか照れくさくてわたしはうつむいた。

「お世話になったのはこちらなんです。それでどうしてもお礼が言いたくて、駆けつけてきたんです」

泉田さんにはもごもごとしかしゃべれないくせに、大人と向き合うのが得意なハミちゃんは、稽古してきたみたいにりゅうちょうな挨拶をする。そして泉田さんに向か

って、

「どうもありがとうございました」

大きな声で言って頭を下げた。泉田さんはきょとんとしてわたしを見る。

三番線に上り電車がまいります。白線の内側までお下がりください。朗々とした男の声がアナウンスされる。おじさんとおばさんは喫煙室に戻り、荷物をまとめている。

「ハミちゃん、無断外出がばれたらたいへんなことになるよ。親が呼び出されてこっぴどく叱られて、下手したら停学かもね」泉田さんはハミちゃんに向かっておもしろそうに言った。「町で買い食いしたりタクシー乗ったりして、そればれたら島流しかもよ。ハミちゃんの人生台無しだね」

電車の轟音が近づいてくる。泉田さんの両親は喫煙室から出てきた。

「台無しになんかならない。台無しなんてことありえない」

ハミちゃんは決然と言った。泉田さんのことを言っているのだと、しばらくしてから気づいた。

「島流しになったら東京においで」

電車がすべりこんできて、両親が泉田さんの名前を呼ぶ。じゃあね、短く言って泉田さんはわたしたちに背を向けた。電車のドアが開き、数人の乗客とともに泉田さん一家は乗りこんでいく。短く音楽が鳴り、ドアが閉まる。窓の向こうで泉田さんは舌を出し、ピースサインをしてみせた。泉田さんとピースサインが音をたてて流れていく。


「帰ろっか」

線路をのぞきこんでも電車は見えなくなり、静まりかえったホームでわたしは言った。ハミちゃんは無言でうなずく。

「寮の前でタクシー待っててもらって、部屋からお金持ってこようと思うんだけどさ、半分ハミちゃん出してよね」

階段を下りながらわたしは言った。

「どうしてわたしが出さなきゃいけないの？　無理矢理連れてきたのは立花さんじゃないの。立花さんが出すべきでしょう」

つんとすましてハミちゃんは言う。

「何それ！　ハミちゃんってどこまで嫌なやつなの」

思わずわたしは本音を漏らした。

「立花さん、上級生をあだ名で呼んじゃいけないって、ルールを決めたでしょう」

いつものハミちゃんに戻っていた。

「もう知らない。自動改札でつかまっちゃえ」

わたしは言い捨て、残りの階段を駆け下りて、広い構内を自動改札目指して走った。

ちょっと、待ってよ！　ハミちゃんはついてくるが、わたしはふりむかなかった。自動改札を出るサラリーマンをめざとく見つけ、しゃがんでぴたりとはりついて、いっしょに改札をくぐる。ひとりではそんな芸当のできないハミちゃんが、自動改札の前でおろおろとあたりを見まわしている。ああもう本当にどうしようもない。改札のこちら側でわたしは必死に指示を出し、ハミちゃんは女の人に続いてくぐりぬけようとしたものの、とろとろしているものだから、駅員に見つかってしまった。自動改札のわきにある小部屋から、怪訝《けげん》な顔をして若い駅員が出てくる。

「早くっ、早くってば！」

閉ざされた扉の前でおろおろしているハミちゃんの腕を思いきりつかんで引きずり出した。

「ちょっと、きみたち」

駅員がどんどん近づいてくる。

「逃げろっ」

わたしはハミちゃんにささやいて、腕を強く握りしめたまま駆けだした。待ちなさい、きみたち！　駅員の声が背後で聞こえる。無視して走り、タクシーを捜す。路肩に停まったさっきのタクシーはすぐに見つかった。ロータリーの薄闇に浮かび上がるタクシーの光を無我夢中で目指し、助手席の窓ガラスをどんどん叩いた。

「おじさん、お待たせ！　早く早く開けてっ」

後部座席のドアが開き、わたしはハミちゃんをまず押しこんで、転ぶような勢いで乗りこんだ。窓の外をちらりと見ると、すぐ近くまできた駅員がわたしたちに向かって何か叫んでいる。

「おじさん早く車出して！　門限がすぎちゃう」

わたしにせかされ、運転手はアクセルを踏みこんだ。駅員と、別世界みたいな夜の町と、夜の町をうろつく人々がみるみるうちに遠ざかる。

膝においたわたしの手はちいさくふるえていた。きっとばれて叱られる。わたしはなんにも悪くないのに、先生と寮長にこっぴどく叱られ、理不尽な罰を受け、親にも再度失望される。でもそんなの、どうだっていいや。どんなお叱りも罰も失望も、わたしから、わたしとハミちゃんから、今日の記憶を取り去ることはできないんだから。

ふるえる手を見下ろしてわたしは胸のなかでそうくりかえした。

「見つかったらどうしよう。さっきの駅員、きっと学校に連絡するに決まってる。立花さんのせいだ。立花さんのせいだからね。ああもう、ほんとどうしよう」

横に座るハミちゃんがぶつぶつつぶやき、それを聞いていたらなんだか急にものすごくおかしくなった。何がどうおかしいのかよくわかってもいないのに、げらげらと笑いがあふれ出た。

「ハミちゃんたら、ふるえてやんの。さっきの自動改札のハミちゃん、すんげーおかしかったよ、こんなへっぴり腰で」

わたしは狭い後部座席で、おろおろしているハミちゃんのまねをして笑い転げた。

「うるさいっ、ほんとのほんとに立花さんが悪いんだからね」

大嫌いなハミちゃんは言い続け、わたしは涙を流して笑い続けた。泉田さんの乗った電車と、わたしたちの乗ったタクシーは、まったくの逆方向に向かっているはずなのに、なぜだか、おんなじ場所を目指しておんなじ速度で走っている気が、なんとなく、した。

水曜日の恋人

イワナさんは母の恋人だった。わざわざそう教えてくれたのは、ほかでもないイワナさんだ。

毎週水曜日、学校が終わると校門まで母が車で迎えにきている。水曜日は習字の日だった。私を乗せた母の車は、西口にあるアカデミービルに向かう。そこで午後四時から一時間半、私は習字をならっていた。

アカデミービルはカルチャーセンターだ。習字のほかにも、英語や俳句、絵画や小説や社交ダンス、いろんなクラスがあって、通っているのはほとんどが大人だ。社会人や主婦や、退職した老人たち。習字のクラスも、だから私の同級生が通う習字教室とはかなり異なっていた。夕方四時からという時間帯もあって、クラスにくるのは、母親より年輩のおばさんたちや、老人や老婦人ばかりだった。制服を着て座っている私はあきらかに場違いだった。場違いだったが、私はそのクラスを嫌いではなかった。

私たちに習字を教えるのは、有名な書道家らしかった。もうずいぶん年をとっていて、教壇に酒を置いて水のようにそれを飲む。飲みながら、教室をまわり、みんなの手元を見て、あれこれと注意する。この書道家の言うことが私にはさっぱりわからなかった。「朝顔が昼過ぎにしおれるみたいに書いてみなさい」とか、「南京豆がはぜるように筆を運んで」とか、「じわじわとアルコールが蒸発していくように」とか、そんな指導の仕方なのだった。クラスのおばさんやおばあさんたちは、そろってこの先生のファンらしく、先生がわけのわからないことを言うたびにうっとりする。詩人ねえ、とささやいたりする。うまく書けるようになったわ、と言い合ったりする。

白髪の、酒ばかり飲むこの先生は、ひとりまじっている中学生の私の対処に、あきらかにこまっていた。フロアを歩いてきて、前のほうに座る私のわきで足を止め、じっと私の手元をのぞきこみ、「恥じ入るようなのが、いい」などと口のなかで言って、なおしてくれるわけでもなく、指導してくれるわけでもなく、隣の席へと移っていく。

そんなふうでも、私はそのクラスが好きだった。教室の窓は大きく、四時から九十分のあいだに、ゆっくりと橙色になり、橙からピンク色へ、ピンクから淡い青へ、青から紺へと変わっていく。冬になると紺の空にいくつか星が見えたりした。私は今でも夕焼けを見ると、あたりに墨のにおいが漂っているような気がしてしまう。

ともあれ、水曜日は習字の日だった。クラスを終えて受付にいく。受付の前には、ホテルのロビーみたいにソファがいくつも並んでいた。母はいつもそこで私を待っている。習字箱をぶら下げた私を連れて、喫茶店に向かう。

喫茶店はいろいろだった。ダイヤモンド地下街の安っぽい喫茶店のときもあったし、髙島屋の上階にいくこともあった。どこにいってもそこにイワナさんがいた。先にきて、座っているのだ。合流して、私たちはお茶を飲む。イワナさんと母はコーヒー、私はクリームソーダやココア。ときどきパフェを食べても許された。

最初、イワナさんは母の友達だと思っていた。ずいぶん若い友達だと思ったけれど、私だって小六のとき小二のマコトの面倒を見させられていた。三軒隣の家の子だ。

母とイワナさんは私にまったく気をつかわないで話す。かんたんにいえば私を仲間はずれにする。私にはよくわからないことを、ちいさな声で、早口でしゃべっては、きゃっきゃっと声をたてて笑う。イワナさんはすーすーと息を吐くようにして笑う。

母とイワナさんは同じにおいがした。偽物の花とか、偽物の香水とか、どこか嘘くささのまじったそのにおいは、ふたりの頭髪から漂っている。母と、うちでいっしょに暮らしていないイワナさんが同じシャンプーのにおいをさせているのは不思議でもあったけれど、しかし、そのにおいは、この奇妙な会合がごくあたりまえのものであると私に思わせもした。

お茶を飲んだあと、ごくたまにだが、ごはんを食べにいくこともあった。スカイビルの回転レストランとか、東口の崎陽軒《きようけん》とか、東急ホテルとか。ごはんのときは、ふたりは少しだけ私に気をつかった。おいしいかどうかしつこく母はたずね、学校のことでとんちんかんな質問をイワナさんはした。

じつを言うと私はその時間――水曜日の習字からはじまって、喫茶店、レストラン――が好きだった。ふたりが私に気をつかってもつかわなくてもかまわないくらい、好きだった。自由になれた感じがしたから。そのころの私にとって自由というのはつまり、学校にいくこともいかないことも、今日帰ることも帰らないことも自分で選べるような立場、というような意味合いだった。けれど私は喫茶店でも、レストランでも不機嫌をよそおっていた。不機嫌でなければならないような気がしていた。

その日はめずらしく食事コースで、さらにめずらしく私の希望が通り、コンコースのなかにある立田野《たつたの》にいった。釜飯とあんみつを私は食べたかったのだ。母の隣に私が座り、母の向かいにイワナさんが座った。母とイワナさんはビールを飲んでいた。イワナさんはさほど背が高くなく、痩せていて、子どもの私から見ても子どもっぽい顔をしていた。私たち三人は、他の人から見たら家族に見えただろう。中学生の娘と、高校生か大学生の息子、彼らの母親。

釜飯が運ばれてきて、ふたを開ける前に、トイレ、と短く言って母が席を立った。コンコースの先にあるトイレに母が向かうのを、店のガラス窓から私は眺めていた。

「水曜日、真帆《まほ》ちゃんはいつも墨のにおいがするね」と向かいのイワナさんが言った。

「習字の帰りだから」私は言った。母が戻るより先に、釜飯のふたを開けていいのかどうか迷いながら。

「ぼくが比呂子《ひろこ》さんの恋人だって、知っていた？」と、イワナさんは私を見つめて訊いた。

　このときはじめて聞いた。びっくりした。それまで、まわりに恋人同士の人なんていなかったから。国語の坂下先生と音楽の津田先生はつきあっていると、学校でまことしやかに言われているけれどふたりがいっしょにいるところは見たことがないし、中学一年生の私のクラスメイトに恋人がいる人はまだいなかった。恋人、なんて、テレビと漫画のなかでしか私は知らなかった。

　父と母があんまりうまくいっていないらしいことは少し前から気配でわかっていた。理由はわからないが、父は家に帰ってこないときもあるし、帰ってきても母はあまり話しかけない。食事も三人でとることはめずらしくなっていた。だから、恋人という人がいても不思議はないんだろうけれど、それにしても、母と、子どもみたいな顔をしたイワナさんが恋人なんて、不釣り合いだ。けれど毎週水曜日イワナさんがあらわれることにようやく合点がいった。ただの友達が律儀に毎週会いにくるはずがない。そんなことを疑問に思わなかったなんて、自分がずいぶんと子どもである気がして、恥ずかしかった。それで、

「知ってるよ」私はわざとそっけなく答えた。嘘だと言わせないために「だって、同じにおいがするもの」思い浮かんだ根拠を口にし、そう言ってからはっとした。本当に母とこの男の人は恋人同士なんだ、と自分の言葉で納得した。

「同じにおいか。そうかもな。ぼくたちはどこか似たようなところがあるから」

イワナさんはちょっとだらしない顔で言った。そうじゃなくて、物理的に、まったく同じシャンプーのにおいがするんだと私は訂正しなかった。著しく傷つけるような気がしたから。

「どう思う？　こういうの」イワナさんはなおも訊いた。

「こういうのって？」

「つまりさ、毎週おかあさんが恋人と会っていて、きみもそこに同席させられるようなこと」

「べつに」イワナさんは頭がおかしいのかもしれないと思いながら答えた。不機嫌を

まだよそおいながら答えた。驚きを気取られちゃいけないと思っていた。

「べつに、かあ」ソファみたいな椅子に深く座りなおしてイワナさんは言った。

「でも、まあ、いいんじゃないかと思う」

私は降参するように言いなおした。母がいるならまだしも、イワナさんとふたりきりで不機嫌をよそおうのはかなりむずかしいと気づく。イワナさんにはどことなく、かなしそうなところがある。世のなかにおもしろいことなんかなんにもないんだと思っているふうに見える。実際はどうかわからないけれど、でも、不機嫌にしていたら確実にこの人をかなしませる気がした。

「おかあさん、前よりだいぶ明るくなったし。私も、水曜日は外食できて楽しいし。あ、ときどきだけどね」

イワナさんを喜ばせるために言ったのに、そう言っていたら自分の顔が赤くなるのがわかった。

「そっか。そんならよかった」

イワナさんは笑った。赤い顔を見られないよう私はうつむき、急いで釜飯のふたを開け、しゃもじでかきまわした。湯気が顔にあたった。

「その帽子、いつまでかぶるの?」

ふいにまた私を見てイワナさんが訊いた。制服の帽子は、丸いかたちの麦藁帽で、イワナさんの隣の席においてあった。

「九月三十日。十月一日からは、ベレー帽にかわる」

「そうじゃなくて、中学三年生までかぶり続けるのかってこと」

イワナさんの質問の意味がわからずに、なんだか泣き出したいような気持ちになったとき、母が帰ってきた。いやんなっちゃう、混んでて。と言いながら席に着き、釜飯のふたを開ける。

「比呂子さん、この帽子、いつまでかぶるの？　中学三年まで？」イワナさんは私の帽子を自分の頭にのせ、母に言った。

「やだ、イワナくんたら」頭よりちいさな帽子をちょんとのせたイワナさんを指して母は笑い、「そうよ、同じ制服だけど高校生はかぶらなくていいのよ、たしか。少し子どもっぽいんじゃないかと思うんだけど、決まりだからしかたないわよね」母は私をのぞきこんで言った。

帰り道、助手席に座った私は、イワナさんが頭にのせた帽子に鼻を近づけてみた。母とイワナさんと同じシャンプーのにおいがするかと思ったが、うっすらと汗のにおいがするだけだった。鼻歌をうたいながら車を運転する母に、イワナさんって恋人なんだってね、と幾度も言おうと思ったが、言えなかった。

「イワナさんってへんな人だよね」かわりに私は言った。

「そうね、へんな人よね。私と友達でいてくれるんだから」母はぶっきらぼうに言った。さっきは機嫌よく笑い転げていたのに、もう不機嫌モードになっている。母のモード変換には慣れている。いつだってその理由はわからないけれど。

「おかあさん、あんまり友達いないもんね」私は言った。

「でも、イワナくんは若すぎるから、ときどきついていけないわ。その、話題とか、そういうの」母はつぶやくように言った。

私は車の窓を開けた。母のシャンプーのにおいが消えるように。帰ってきているかもしれない父に、母が疑われたりすることのないように。この水曜日が永遠に続くように。車道のはるか下を、イワナさんが乗っているかもしれない横浜線が通りすぎていく。

カルチャーセンターをやめたらどうかと母が言ったのは、十月の中ごろだった。習字教室なら近所にもある、同い年の子が通う、そういうところにいったほうがいい、と言うのだった。

「だけど、あのクラスの先生はすごく有名な人なんだよ」

台所でいんげんのさやを取る母に私は言った。

「だけど、お酒飲むんでしょ。それに老人ばっかりだって、真帆、言ってたじゃない」

「みんな、やさしいよ。霜月《しもつき》さんとか、こないだおはぎくれたし」

「おかあさん、忙しくなっちゃって、横浜駅まで迎えにいけないのよ」

「ひとりでも帰ってこられるよ。東神奈川で下りて、バスに乗ればいいんだもん」

「冬は暗くなるから危ないわよ。バスは混んでるし」

「でも」そしたらおかあさんはイワナさんに会えなくなるじゃない。そう言いそうになってから気がついた。母はイワナさんにもう会いたくないのだ。

「とにかく、あそこはやめましょう。習うのなら近所にして。真帆、ひまならプチトマトのへたをとってちょうだい」

これでこの話は終了、と宣言するように、プチトマトの入ったザルを母は私に手渡した。

実際その話は終了だった。十三歳の私に選択の権利はない。近所にある習字教室には、体験レッスンをしただけで結局通わないことにした。私はクラブ活動も習いごともしていない、退屈な中学一年生になった。

イワナさんが私の前にあらわれたのは、十月の終わりだった。学園祭の準備で学校はあわただしく、けれど準備委員にもなっていない、クラスの出し物にも参加しない私は、ホームルームが終わるやいなや下駄箱に向かった。裏門を出たところに、イワナさんは立っていた。私を見て、

「あ、ベレーになった」と言って笑った。

母もいっしょなのではないかと思い、バス通りに家の車を捜したけれど、通りに停めてある車は一台もなかった。がらがらのバスが一台通りすぎていった。

イワナさんと私は、約束をしてあったみたいに並んで歩いた。多くの生徒がクラブ活動か学園祭の準備のために学校に残っていて、通学路を歩く制服姿はほとんどいなかった。歩き出してから、今までのように不機嫌にするべきかどうか迷ったけれど、答えが出るより先に私は話し出していた。学園祭が近いこと、私のクラスは喫茶店をやること、学園祭には他校の男子がやってくるからみんな異様にもりあがっていることなんかを、べらべらとしゃべった。しゃべり続けなければイワナさんが口を開く。習字教室をやめた理由を訊いてくる。母が水曜に出てこなくなった理由を訊いてくる。イワナさんに質問させちゃだめだと思った。そのために私は話し続けた。そのひとつ

ひとつに、イワナさんは相づちを打ち、ときにはすーすーと息を吐くようにして笑った。話しながら私は鼻をひくつかせた。イワナさんからは、いつかと同じ偽物っぽいシャンプーのにおいが漂ってくるように思えたけれど、それは私の思いこみかもしれない。

バス通りをそれ住宅街を歩き、坂を下りると少しだけにぎやかな町がある。三本立ての映画館があり、銀行やスーパーマーケットがあり、商店街がありゲームセンターがある。

「どこかでお茶飲もうか」イワナさんは言ったが、

「イワナさん、私ゲームセンターにいきたい」そう言って、内部の薄暗いゲームセンターにイワナさんを連れていった。ゲームなどしたことはなかったが、喫茶店で向き合ってイワナさんに何か質問されるのはまっぴらごめんだった。

イワナさんと私はゲーム機を挟むようにして座り、かわりばんこにゲームをした。上から飛んでくる戦闘機を次々撃ち落としていくゲームで、イワナさんは格段にうまかった。イワナさんの百円玉がなくなると、私は財布から小銭を掻き集めてテーブルにのせた。

ゲームセンターは暗く、煙草を煮染めたようなにおいが充満していた。隅でゲームをしているのは男の子ばかりだった。近所の高校の、見るからに不良たちや、イワナさんと年がかわらなく見えるジーンズ姿の男の人や。

このほうが自然じゃないかと、イワナさんと向き合って私は思った。母みたいなおばさんと食事をするよりも、私とゲームセンターにいるほうがイワナさんには似合う。イワナさんはそのことに気がついているんだろうか。

所持金が残り少なくなって、私たちはゲームセンターを出た。商店街の角を曲がったところにある、さびれた児童公園で、ベンチに腰掛けあたたかい缶コーヒーを飲んだ。何も話題が思いつかず私は黙っていたが、イワナさんは何も質問してこなかった。今、イワナさんと私の髪は同じようなにおいがするだろうかと考えた。煮染めたような煙草のにおい。太陽は、さっき下った坂の方角に傾いている。私の手も、イワナさんのジーンズも、赤茶けた色に染まっている。

「イワナさんはまだおかあさんの恋人？」

思いきって私は訊いた。イワナさんは缶コーヒーのちいさな穴のなかを見つめるようにして、

「ふられた」

一言そう言って、ふき出した。笑っていいのかわからなかったが、イワナさんが笑

い続けるので私も笑った。

「真帆ちゃんはいいなあ。家に帰ると比呂子さんがいて」そんなことを言うイワナさんは、本当に子どもみたいだった。

「イワナさんはたぶん、何か勘違いしてるよ。おかあさん、ずぼらだし、不細工だよ。ヒステリーで、ねちっこい」

あははは、と発音するようにイワナさんは笑った。ふいに笑いを止めて、

「今日のこと、言わないでおいてくれる？　ますます嫌われるだろうからさ」真顔で言った。そんなこと確認しなければならないほど私は子どもに見えるんだろうかと思ったら、自分がなさけなくなった。

「あさってから三日間、学園祭と後夜祭で、出席だけとればあとは自由なんだ。イワナさん、私が遊んであげようか？」

イワナさんをのぞきこんで私は言った。イワナさんは生真面目な顔のまま数秒考えて、

「うん、遊んで」と答えた。うん、遊んでと、まるで私の弟になったみたいに。

同級生が学園祭でお茶をいれたり仮装をしたり、他校の男子生徒を物色しているあ

いだ、私はイワナさんと遊んだ。

一日目は、このあいだのゲームセンターで待ち合わせをして、東神奈川のスケートリンクにいった。スケートリンクは空《す》いていた。私たちのほかにすべっているのは、ちいさな子どもを連れた家族連れと、大学生らしいカップル、父親よりずっと年上に見える男の人と若い女の人、それだけだった。イワナさんはぜんぜんすべることができなかった。へっぴり腰でよろよろ進んでは、前にばったりと倒れてしまう。イワナさんが転ぶたび私は大声で笑った。昼前に、売店でうどんを買って食べた。少し前の流行歌が、くりかえしかかっていた。

スケートリンクの壁は真っ青で、天井近くに細長い長方形の窓があった。そこから帯みたいに金色の光がさしこんで、青白い氷を照らしていた。昼を過ぎると家族連れと年の差カップルは去り、そうしていつまでもイワナさんはすべれなかった。

指の先までかじかんできて、私たちもスケートリンクをあとにした。東白楽《ひがしはくらく》のほうに移動して、今度はボウリング場にいった。ボウリングは断然イワナさんのほうがうまかった。私の投げる球は十回中七回はガーターになった。ガーターになるたび今度はイワナさんが笑い転げた。イワナさんは、すかーん、すかーんと小気味いい音をたてて、おもしろいようにピンを倒した。

私は十三歳で、女ばかりの学校に通い、男の子と交際したことはもちろん、だれかを好きになったことすらなかったけれど、こういうことなのかもしれないと、レーンに立つイワナさんの背中を見て思った。だれかを好きになるというのは、こうしてボウリングをしにくるようなことで、それ以上でもそれ以下でもないんじゃないか。たとえばあと七年後、二十歳の私が恋を知ったとしても、こんなふうにしているんだろうし、十七年後、三十歳の私がだれかを強く思っていても、できることはせいぜいこういうことなんじゃないか。そうして、母とイワナさんが短い期間していたことも、今の私たちと大差ないことのように思えるのだった。

ボウリング場を出たのは三時過ぎで、それから近所の蕎麦屋にいった。イワナさんはビールを飲み、天ざるを食べた。向かいの席で私は親子丼を食べた。私たち以外蕎麦屋に客はいなかった。三角巾《さんかくきん》をかぶった店員のおばさんは、カウンターの内側でテレビを見ていた。

「明日は何しよう」私は言った。

「そうだなあ。野毛山《のげやま》動物園とか、いく?」

「いやだ、くさいから」

「そっか、くさいか。タダなんだけどなあ」

イワナさんはビールを追加して、ちびちびと飲み、野毛山動物園、いいのになあ、牧歌的で、といつまでもつぶやいていた。

「うちに遊びにくる？」私は言った。

私と一日遊んでも、イワナさんが喜んでいないことくらい私にもわかった。何か、イワナさんが喜ぶようなことを私はしてあげたかった。イワナさんには十三歳の子どもをしてそんなふうに思わせるようなところがあった。

イワナさんは目を細めて私を見、

「ひどいこと言うなあ」のんびりした口調で言って、声を出さずに笑った。

「いい考えだと思ったんだけど」私は口のなかで言った。

「三人で、きみんちで、ごはん食べられたら、そりゃいいけどね」イワナさんは言った。

そんなのすごくかんたんだと私は思った。もちろん母やイワナさんにとってはかんたんではないんだろう。けれどかんたんでないようにしているのは、ほかの何でもなくだれでもなく、母とイワナさん自身だ。それは私にはすごく不思議に思えた。

「私の友達としてきたらどうだろう」私は言ってみた。そんなことができるとは思っていなかったけれど。

「気持ちだけ」イワナさんは片手で私を拝むふりをした。

次の朝は、横浜駅で待ち合わせた。マリンタワーにのぼりたいと私が言ったのだ。西口の、三越のライオンの前で。地下道からあがっていくと、イワナさんは先にきていた。マフラーをぐるぐる巻きにして、紺色の薄いコートを着て、両手をポケットに突っこんで、あらぬほうを眺めていた。手をふって近づいていくと、イワナさんは私を見つけて少し笑った。

電車に乗って、石川町《いしかわちょう》で下り、元町《もとまち》をぶらぶら歩きながら山下公園を目指す。街路樹の葉はもうほとんど落ちて、空はすっきりと青かった。横断歩道の向こうにちらちらと海が見え隠れする。

マリンタワーはスケートリンクより空いていた。ほとんど無人だった。展望台の望遠鏡に百円玉を入れて、さして美しくもめずらしくもない町並みを、イワナさんとかわりばんこに眺め、ベンチに座って缶コーヒーを飲んだ。

二十六歳のイワナさんと、三十八歳の母が、どのように出会ってどのように恋をしたのか、眼下に霞む水平線を眺めて私は想像した。

母はジェットコースターのような人だった。子どもみたいにはしゃいだかと思うと、夕食のあとで突然ふさぎこんだりする。大声を出して私を叱ったかと思うと、小説を読んで泣いていたりする。父との会話が減ってからそういう浮き沈みはさらにひどくなった。父があまり家に帰ってこなくなったのは、ほかにも理由があるんだろうけれど、そういう母といたくなかったせいもあるのかもしれない。だから、想像はどうしたって、身勝手な母と、気弱なイワナさんになった。熱しやすく冷めやすい母と、熱したものの冷めにくいイワナさん。

「この下が鳥獣館になってるけど、いってみる？」缶コーヒーをゴミ箱に捨ててイワナさんが言う。うなずいて私も立ち上がる。

まるい壁面に沿って、様々な鳥の入った檻が並んでいる。馬鹿でかい白いオウム、くちばしの異様に長い鳥、尻尾のだらりと垂れた鳥。ひっきりなしに、ぎゃーぎゃーと鳥の鳴く声が響いていた。

「ここもくさかったかな」鳥の檻をのぞきこみながらイワナさんは申し訳なさそうに言った。

「でも野毛山動物園よりはましだよ」なぐさめるように私は言った。

鳥獣館にも人はいなかった。鳥が、闖入者《ちんにゅうしゃ》である私たちを値踏みするように見ている。イワナさんは柵に手をかけ、上半身を乗り出してキジに似た鳥を見ている。ぎゃーぎゃーと鳥の声が反響している。この鳥は南アジアからきたと説明書きにある。

南アジアからきた鳥の目線をとらえようと、じっと顔を近づけているイワナさんの横顔を見ていたら、私は唐突に心許ない気分になった。イワナさんと私も、イワナさんと母も、またイワナさんの思う母と私も、みんなばらばらの無関係で、学園祭が終わったらもう二度と会うこともなく、言葉を交わすこともなく、闇に吸いこまれるようにひっそりと消えていく、目を凝らしてももうだれも見えない。そんな光景が、映像のように目の前をよぎった。その心許なさは恐怖にも似ていた。父が家に寄りつかなくなっても感じなかった種類の恐怖だった。

「イワナさん」私は鳥を見ているイワナさんの名を呼んだ。「マリンタワーの次にいきたいところがある」

「どこ？　中華街？　それとも船乗る？　遊覧船」イワナさんは私を見おろして訊く。

「イワナさんとおかあさんが同じシャンプーで頭を洗っていたところに私はいきたい」

イワナさんは言葉を失ったようだった。イワナさんはとことん私を子どもだと思っていたのだろう。水曜日、私が習字をしている時間、自分たちが何をしていたのかまったく知らない、同じシャンプーで頭を洗うところがどんな場所なのかまだわかっていない子どもだと。私はいそいで言った。

「へんな意味じゃない。イワナさんのために言ってるんだよ」

学園祭が終わるまでもなく、私たちはばらばらの無関係なのだった。私とイワナさん、母とイワナさん。そしてイワナさんといっとき恋愛をした母も、私の知っている母ではない、私のまったく知らない女だ。母はずっと私の母だが、けれど同時に知らない女でもあり続ける。私が恐怖したのは、たぶんそういうことだった。私たちはだれかと家族でいたり好きになったり恋をしたりするけれど、突然そんな全部を無にすることもできるのだ。だれとも会わなかったみたいに。会ったことにこれっぽっちも意味なんかなかったかのように。そうしてそれきり忘れてしまうことだってありえる。忘れてしまったら、もうその人は存在しないのと同じことだ。忘れることも、忘れられることもこわかった。こわいものなのだと、はじめて知った。

「かわりばんこに、シャンプーしよう」私は言った。「それで、帰ろう」

それを聞くとイワナさんは泣きそうな顔をした。みんな同い年だったらいいのにと私は思った。みんな中学一年生だったらいいのに。母もイワナさんも私より確実に馬鹿なんだから、決定権だけはあるくせになんにもできやしないんだから、中一に戻ればいい。それで、なんにも知りませんという顔をして、みんなでひとつのテーブルでごはんを食べればいい。もちろんそんなふうにならないことはわかっていたから、私は母を憎みそうになった。イワナさんを憎みそうになった。

「そうかあ」しかし泣かずに、イワナさんはなさけない声を出した。「そうかあ、あのとき真帆ちゃんが言っていたのは、シャンプーのことだったのかあ」そして隣の檻に顔を近づけて、「ぼくはてっきり、比呂子さんとぼくの魂っていうか、底にあるものが似てるって言われたのかと思った。鋭い子だなあって思ったんだけど、そうだよね、そんなはずないよね」そう言って笑った。すーすーと息を吐くような声で。

「ね、いこう」

イワナさんのためにいこう。イワナさんの紺のコートの端を引いて私は言った。ほとんど泣きそうな声で。

「だけどなあ」

イワナさんは鳥に熱中するふりをして、曖昧に笑った。

「制服がまずいんだったら、元町で何か服を買ってよ。着替えるから」

「同じにおいかあ」

まだ迷いながらイワナさんはつぶやいた。やっぱりほとんど泣きそうな声で。

けれど結局、私たちはその場所にいかなかった。正確に言えば、いけなかった。元町で補導されたのだ。

今日は学園祭で、学校は自由登校なのだと私がいくら説明しても、補導員のおばさんは信じてくれなかった。いや、学園祭云々は信じただろう。信じてくれなかったのは、私とイワナさんの関係だ。イワナさんが悪い。声をかけられたことで、いきなり挙動不審になった。訊かれてもいないのに、親戚のものです、とか、この子の母親に頼まれて、とか、私が聞いていてもじゅうぶん怪しいくらいへどもどして言い、貧乏揺すりをし、怪しいと思うなら確かめてみろといきなりすごんだり、すぐ学園祭に戻しますからと頭を下げたりした。

交番の、奥の部屋に連れていかれた。灰色のスチール机には、私の学生手帳とイワナさんの運転免許証がのっている。どこかへいっていた補導員のおばさんが戻ってきて、

「連絡ついたわ。おかあさん、あと三十分くらいでいらっしゃるそうよ」

やさしい口調で私に言った。おばさんは、私＝被害者、イワナさん＝加害者、とシンプルに結びつけているらしかった。びくりとイワナさんが体をこわばらせるのが伝わった。私は幾度か説明を試みた。イワナさんは母の友達で、学園祭にきてくれて、それで、私が頼んでここまできたこと。マリンタワーにのぼりたいと言ったのは私であること。イワナさんは何度も止めたこと。それでも強引に私がイワナさんを連れだ

したこと。しかし、何をどう言っても無駄だった。わかるわ、いいのよ、わかる、ね、何も言わなくていいの。おばさんは甘露飴《かんろあめ》みたいな口調で私の話を遮り、どうあっても最悪の事態になると理解した私は、悔しくて泣けてきた。

「そもそも学園祭に呼んだのは私なんです。水曜日の約束がなくなったから、それで、この人を無理矢理呼んだんです」

泣いて訴えたらもっと誤解されると思いつつ、私はしゃくりあげてそればかりくりかえした。

「いいんだ、もういいんだ」

おばさんではなく、イワナさんが私に言い、私はさらに声をあげて泣いた。十三歳であることが恨めしかった。

ひたすら長く感じられる時間のあとで、母がきた。イワナさんをぶつだろうか。ののしるだろうか。息をのんで母を見つめると、母はイワナさんをちらりとも見ずに、私の腕を引いて立たせた。

「知らない男についていくんじゃないの。どれほど心配したか……信じられない、馬鹿なことして」

イワナさんに背を向けて母は言った。声が震えていた。本当に娘が知らない人に連れていかれたみたいに。

「知らない人じゃないっ」私は怒鳴った。

「知らないわよっ、こんな人！」私より数倍大きい声で母は怒鳴りかえした。降参だ。何を言ってもこの場ではイワナさんが傷つくだけだ。私は黙りこんだ。

母と補導員のおばさんが何か話しているのを、所在なく突っ立って聞いた。イワナさんはずっとうつむいている。スチール机にのったイワナさんの免許証を私はぼんやり見た。ちいさな四角のなかで生真面目な顔のイワナさんがこちらを見ている。ちいさく並ぶ生年月日を見て、イワナさん、水瓶座なんだと、そんな馬鹿みたいなことを思った。

「帰りましょう」

母は私の腕をひっぱり、おばさんに挨拶し、飾り気のないその部屋を出る。部屋を出る前、私はすがるようにイワナさんを見た。両手をももに挟みうつむいていたイワナさんは、私の視線に気づいて顔を上げ、少しだけ笑った。麦藁帽をかぶってみせたイワナさんを私は思い出した。

それがイワナさんを見た最後だった。

自分のことをあきらめきれない馬鹿男が、娘をネタに関係修復をはかろうとしたと母は理解したようだった。何も知らない娘は何も知らないままふりまわされていたと思ったようだった。母の説教が思いのほか短かったのは、罪悪感があったからだろうと思う。説教は短かったが、その後一ヵ月にわたって、母のアップダウンぶりはすさまじかった。イワナという名はもちろん、家では禁句になったし、イワナさんが裏門にあらわれることは二度となかった。

皮肉なことに、母の激しい浮き沈みはますます父との仲をこじれさせ、次の年の正月を終えて、父と母は正式に離婚した。父は都内に引っ越し、母は仕事をはじめた。私たちはばらばらになった。マリンタワーの鳥の前で思ったように、私たちはみんな、無関係になってしまった。イワナさんがどこにいるのか私は知らず、月に一度会う約束をした父とは、二回会っただけでその約束はうやむやになった。母と私はいっしょに暮らし続けたけれど、それでもやっぱり、水曜日にきゃっきゃっと笑っていた女は母のなかにもういなかった。

私はときおり、自分がひとりぼっちであると感じた。切り立った崖の上に、たったひとりで立っている。風の音だけが聞こえて、人の気配がまったくしない。空は重たく曇っていて、太陽も月も、雲すら見えない。それは、耳をふさいで泣きたくなるような気分だった。そんな気分になると、けれど私はきまって思うのだった。みんな同じだ、と。父も母もイワナさんも、みんなそれぞれ、どこかべつの場所で、ひとりきりで崖の上に立っているんじゃないかと。そう思うと少し楽になった。泣かずにすんだ。鳥の檻の前で感じたほどには、それはおそろしいことではなかった。

仕事をはじめた母の帰りが遅くなったので、私はときどき、学校帰りに寄り道をした。アカデミービルの前でバスを降り、西口まで歩き、三越のライオン像を眺め、ダイヤモンド地下街や髙島屋の喫茶店の前を通りすぎた。スケートリンクにもひとりでいった。あいかわらず空いているスケートリンクで、ひとりですべってみたりもした。東白楽の蕎麦屋まで、延々歩いてみたりした。

そのどこにも知らない人しかいなかった。アカデミービルにも喫茶店にもスケートリンクにも。けれどその合間に、私たちがまだいるような気がすることもあった。喫茶店の隅の席で、私と母とイワナさんが向き合っていたり、スケートリンクでイワナさんがすっ転んでいたり、そういう姿が、ふっと目の端をよぎって消えることもあった。

ほとんどの生徒が、中学三年にあがるなりかぶるのをやめてしまうまるい麦藁帽を、私だけはかぶり続けた。十月一日になるときちんとベレーをかぶった。ショッピングビルのショーウィンドウに映る私の姿は、どこか滑稽だった。まるきり大人の体つきなのに、紺のリボンのついた麦藁帽はさすがに似合わないのだ。

横浜や東神奈川をさんざんうろついたあとで、家に向かうバスに乗り、私は麦藁帽を脱いで、頭のくぼみに鼻をおしあてた。嗅ぎ慣れた汗のにおいのなかに、うっすらとシャンプーのにおいを嗅ぐこともある。思いこみにちがいないけれど、けれどたしかにシャンプーのにおいはまじっているのだ。母とイワナさんから漂っていた、安っぽい、偽物くさいあのにおい。そのにおいを嗅ぎあてられると、イワナさんのことを思っても、イワナさんを知らない人と言った母を思っても、母を許せなかった父を思っても、選択権のない自分の年齢を思っても、あるいは、ばらばらの無関係である私たちを思っても、ちっともかなしくならないのだった。

いっしょに湯船につかる恋人の頭に、シャンプーを垂らしてみると、うわっ、何すんだ、と彼は首をすくめた。

「洗ってあげるって」

にやにやして私は言い、彼の頭をぐちゃぐちゃとかきまわす。偽物くさい花のにおいが、やけに広々とした風呂場いっぱいに広がる。泡が目に入った、耳に入ったと騒いでいた彼は、やがて私に頭を突き出しておとなしくなる。湯船のなかで向き合う格好で、私は懸命に恋人の頭を泡立てる。泡は私の腕を伝い湯船にぽとぽとと垂れて、表面に浮かぶ。

「じゃあおれも洗ってあげる」

頭を泡だらけにした恋人は、シャンプーを手のひらに垂らし私の頭にも手を伸ばす。私たちはふざけあう子どものように、騒ぎながらお互いの頭を洗いあう。

「どうする、このあと。いっしょに出る？」

風呂から上がり、ぺらぺらのバスローブをまとった恋人と私は、鏡の前に並んで順番に髪を乾かす。

「私は泊まってく」

「平気？」

いつものことなのに彼は訊く。平気だと答えると、

「強いなあ」

いつもと同じせりふを口にする。

ラブホテルにきても、私のアパートにきても、恋人は帰っていく。彼には妻と子どもがいる。子どもは再来年中学生になるらしい。これが今現在、私の選んだ恋愛だ。

中学を卒業し、麦藁帽もベレー帽もかぶらなくてもよくなり、高校を卒業し、都心

に出てひとり暮らしをはじめ、かつて願ったとおり、なんでも自分で選べるようになったというのに、大人の私が今選んでいるものは、あのころのイワナさんと大差ない、ひどくみみっちい、おもしろみのないものだ。選んでみると、びっくりする。この男を選んだのも、この男との時間を選んだのも自分なのに、なんにも選べなかったような気がするのだ。麦藁帽をかぶりおとなしく喫茶店でクリームソーダを飲んでいたときのように、選択権なんか何ひとつ持っていないような。

髪が乾くと、恋人は部屋に戻って、脱ぎ散らかした服を着る。靴下をはき、トランクスをはき、ワイシャツを着てズボンをはく。ぺらぺらのバスローブを着たまま、私は恋人を眺める。

「来週の土曜は空けるから、どっかいこう」恋人は言う。「前、江の島いきたいって言ってなかったっけ」

「遠出しなくてもいいから、お願いがある」私はベッドに寝ころんで言ってみる。

「うん、何?」恋人はネクタイを結んでいる。失敗し、ほどき、また結びなおす。

「あなたんちの子どもを連れてきて、三人でお茶飲んだり、ごはん食べたりしよう」

天井を見つめたまま私は言う。

「ひどいこと言うなあ」いたく傷つけられたような声を恋人は出す。どこかで聞いたようなせりふだ、と思うが、どこでだれが言ったのか思い出せない。

「きっとその子は、喜ぶと思うんだけどな」

「子どもってのは、大人ならだれでも好きだからな」

「私は大人かな」

私はつぶやいた。恋人は短く笑っただけだった。三回やりなおしてネクタイを締めると、腕時計をはめ、背広に腕を通す。

「本当にひとりで平気？」ドアの前で立ち止まって恋人は念押しする。

私はベッドから飛び起きて恋人のもとにいき、彼の頭をぐっとつかんで自分の鼻を押しつける。安っぽい、花みたいな香水みたいなにおいがする。

「平気」私は笑って言う。

「来週、遠くへいって、おいしいもん食べて、ゆっくりしような」

「おす」

「じゃあ」

「おす」

ドアを挟んで私たちは手をふりあう。ドアを閉める。私はドアの前に突っ立ったまま、胸まで長い髪の先をつまんで鼻先に持ってくる。恋人の髪とおんなじにおいがして、私はにんまりと笑う。ベッドに戻り、また仰向けに寝転がる。本当にひとりで平気？　という恋人の声を思い出して、私はこっそり笑う。私たちは最初からひとりなのに、と思う。私よりもずっと大人なのにそんなことも知らないの、と思う。私は今、知っている。裏門で、ライオン像の前で、ひっそりと立っていたイワナさんもけっしてさみしくなんかなかったことを。偽物くさいシャンプーのにおいをさせてラブホテルでひとり眠る私が、けっしてさみしくないのと同じように。

イワナさん。今ではもうはっきり顔も思い出せない母のおさない恋人に向かって私は話しかける。イワナさん。今どこにいて、何をしている？　きっと十数年前と同じ、つまらない、どうしようもないような恋愛をしているのかもね。安っぽいシャンプーのにおいをさせながら、同じにおいの人を捜しているのかもね。

携帯が短く鳴り、メールの受信を知らせる。ベッドに寝そべったまま、携帯電話を見る。

おやすみ。また来週。と、ある。恋人からだった。

おやすみ。ありがとね。私はそう打ちこんで返信する。短い言葉は夜空を飛んで、今どこかにいるイワナさんに届くような気がした。

空のクロール

　プールにはだれもいなかった。自分の身に着けた紺色の水着を眺め、それから目の前に広がる長方形の水のかたまりを見た。だれも泳いでいないのに水面は細かく波を打っていて、まるで型抜きされた巨大なゼリーみたいだった。隅に銀色の低い梯子《はしご》があった。三段目から水の中に消えて、のぞきこむとその銀色は崩れてちらちら揺れていた。手すりにしっかりつかまって、一足ずつ梯子を下りる。三段目で足の先が水に触れた。生ぬるい水が、やわらかく私の足首を包む。脛《すね》から順々に、膝、股、腰と水に沈めていく。私をとりかこむ水は笑うように揺れ、表面は大きく波打つ。胸まで沈め、水着に縫いとられた校章のマークが水面に消えると足がコンクリートに触れた。

　私は一度も泳いだことがなく、それればかりかこうして全身を水に浸すことだって幼稚園のとき以来のことなのに、水はこわくなかった。全身を投げだせばどこまでも泳げそうにすら思えた。それで、両足の爪先でトンとコンクリートを蹴って、水の中に体を横たえ手足を動かしてみた。もちろん泳げるはずがなかった。いきなり体は水にのみこまれ、目にも鼻にも口にも、薬品くさい臭いとともに水が入りこんできて、水面から顔をあげるためだけに両手両足を目一杯暴れさせなければならなかった。ようやくコンクリートの底を見つけだして立つことができた。せきこむと、だれもいない屋内プールにそれは大きく響いた。涙と鼻水と唾液を拭《ぬぐ》ってからもう一度水面を見る。私のまわりでゆっくりと揺れる水が、急に私に憎悪を持っている生き物に思えて水からあがった。

まだほかの部員たちが来ないのをたしかめてから、熱いシャワーを浴びた。鼻の奥がまだ薬品くさい。飲みこんだ水で腹のあたりがぽっこりふくれているように見えた。

向こうから話し声が響いてきて、シャワーのノズルを捻《ひね》り何気なく耳を澄ませた。ロッカーの開く音が聞こえ、話し声が続く。私はなぜだか出るに出られず、シャワーを浴び続けることもできず、じっとその場に立ち尽くして息を殺していた。話している一人は上級生で、もう一人は下級生のようだった。二人はほかの部員のうわさ話をしている。あんた、いつからはじめたの、水泳。上級生がふいに訊いた。小学校一年のときです。もう一人が答える。そのかすれた低い声は笑いを含んでやわらかくゆがみ、話を続ける。

水泳教室に行ったのは二年のときだったんですけど、それまで背泳ぎはできたけどクロールはできなくて、でもなんか勘違いされてクロールもできるって思われちゃって、クラスわけのテストを受けさせられたんです、二十五メートルの。できないって言うのくやしいから、見よう見まねで泳いだの。そうしたら前に進むことはできるんだけど、息つぎのタイミングが全然わかんなくて、それで、仕方なく息つぎせずに泳いだんです。上級生が笑う。どんどん息が苦しくなって、必死に水を掻《か》きながら、きっと向こうの壁にタッチするまでに自分は死ぬんだって思って、ワンストロークごとに、さようならって心の中でみんなに挨拶したんです。さよならおとうさん、さよならおかあさん、さよならおねえちゃん、さよなら若林先生、さよなら望月くん、さよならようこちゃん、さよならちかちゃん、そうやってずっと思いつくかぎりの名前をあげて水を掻いて、思いつく名前がもうなくなるころ、ようやく指の先が壁に触れたんです。上級生はもう一度笑った。

　ロッカーが思いきり閉められ、二人の足音はロッカールームを出ていく。人の気配がしなくなったのに、私はじっとシャワーカーテンの中に突っ立っていた。濡れた髪から水滴がぽたりぽたりと垂れ、足の甲に落ちる。水滴ははじけて甲に細かい模様を描き続ける。今度水に入ったとき必死に手足を動かしながら、私もそうつぶやいてみようか。けれどきっと、私には、さようならを言う相手が二十五メートルぶんもいないだろうと、黄ばんだシャワーカーテンを見つめてそんなことをぼんやり考えていた。

それが一年生のときだった。それまで泳いだことはなかった。風邪をひきやすい子供だったので、小学校の、夏のあいだだけ水を満たすプールには足を入れたこともなかった。水泳の時間になると、私を含めた数少ない見学組は体育館をぐるぐる走った。だから、いつでも入っていいのだと両手を広げているようなこの学校の屋内プールを目にしたときは、はじめて見る何か特別なもののように思えた。しかも私が通うことになったこの学校にプールは二つあった。一つは屋内の二十五メートルプールで、もう一つはグラウンドの裏手にある、五十メートルの巨大なプールだ。水泳部に入ることを選んだのは、その二つのプールに圧倒されたのと、自分がやりそうにない何かをはじめたいと思ったからだった。梅雨が明けるころ、かなりの決意をして入部届を出すと、それはあっさりと受理された。一年生の女の子は十二人いて、私が十三人目の新入生だった。いろんなきまりがあった。新入生は練習前にコースロープをはり、練習後にプールサイドとシャワー室の掃除をしなければならなかったし、校舎の中で上級生に会ったときは足を揃え腰を九十度に曲げて挨拶しなければならなかった。上級生よりあとにシャワーを浴びなくてはならず、何かを買ってこいと言われたら何を置いても飛んでいかなくてはならない、また、スカート丈を短くしてもいいが上級生より短くしてはいけない、という奇妙なきまりまであった。十二人の新入生の中に同じクラスの秋月《あきづき》さんがいて、一番遅く入部した私にそんなあれこれを教えてくれた。

入ってすぐ、何か違うということに気づいた。数多くあるきまりごとは不思議だったがすぐ慣れることができた。この学校は中等部と高等部が同じ敷地にあり、上級生はずいぶん多くいるので覚えるのが大変だったが、みんな一様にいかり肩なので校舎で見かけるとすぐにわかった。何かが違うというのは、つまり、まったく泳げない新入生というのは私しかいなかったのだ。この学校の水泳部はかなりの強豪で、逆に言えばこの学校が誇るものといえば水泳部しかなかったのだ。広々とした二つのプールは中等部と高等部の授業のためでなく、ただ水泳部のためだけに存在しているようなものだった。ほとんどの新入生は小学校のときから水泳をやっていて、ここの水泳部に入るためにこの学校を受験したという生徒もいた。顧問の先生は十三人目の新入生である私がまったく泳げないことを知ると、困ったような顔で、どうして入部しようと思ったんだ？　と訊いた。訊いただけでべつに私の答えを待つわけではなく、ビート板を渡してほかの生徒たちの訓練をはじめた。泳げない人の入部を禁止するわけにもいかないが、そういう人の面倒を見るわけにもいかないようだった。

夏が来るまでは屋内プールで練習をする。先生が個別にメニュウを組んでいて、それに沿ってある部員たちは体育館で体力トレーニングをし、ほかの部員たちはひたすら泳ぐ。コースは全部で七つあり、一コースから三コースまでを高等部の生徒が使っていて、四コースから六コースまでを中等部の生徒、そうして一番底の浅い七コースはなんのメニュウも与えられない私が使った。といってもたった一人の専用コースだったわけではなく、だれかが七コースでタイムを計ったりダイブの練習をするときはプールサイドにあがらなければならなかったし、雑用が必要なときはやっぱり水からあがらなくてはならなかった。どちらかといえば私は、水着からだらだら水滴を流しながら、プールサイドを駆けまわっているときのほうが多かった。

ビート板にしがみついて必死に足を動かしながら、私はよくほかのコースを眺めた。だれも彼も一息もつくことなく延々泳いでいる。彼女たちは水の中で息ができるのかもしれないとひそかに思うほどだった。どうやらただ泳いでいるのではなく時間制限が決められていて、その範囲内に一定の距離を泳ぐというインターバルを繰り返しているらしく、少しでも遅れると先生の罵声が（ときにはビート板とともに）容赦なく飛んだ。

一人だけ、四種の競技をどれもなめらかなフォームで泳ぐ女の子がいた。もちろん私は泳ぎの正しい型など知らないから、きれいだという形容しか思いつかない。彼女が水を打っても水滴はほとんど跳ねあがらない。まるで青い水面をすべるようにすうっと泳ぐ。水からあがると苦しそうに身をよじれさせ、水に放つと自在に全身を動かす魚のようだった。彼女は中等部のコースにいたが、プールサイドやシャワー室の掃除などをやらないからきっと上級生だと思っていたのだが、彼女も新入生の一人だった。梶原《かじわら》理恵子という名前だと、ずいぶんあとになってから知った。二十五メートルぶんのさようならを言って泳いだと話していたあのかすれ声が、彼女のものであることも知った。

記録会があり、合宿があり、夏の大会と秋の大きな大会があり、練習の日々があった。そのどれにも雑用係として参加した。夏になっても、かなり広い屋外のプールに、五十メートルも泳げない私は入ることが許されなかった。十三人いた新入生は次第に減っていき、夏が終わるときには私を含めて六人しかいなかった。青ざめた顔でプールからあがりそのままトイレに駆けこんで、よく吐いていた秋月さんも辞めてしまった。私と一緒にしょっちゅうプールサイドを走りまわっていた吉田さんも、こんなの、ただのパシリじゃん、そう言って冬が来る前に辞めていった。私は一年かかってようやく背泳ぎを二十五メートル泳げるようになった。辞めろとも続けろとも言われなかった。

列を組んで延々と泳ぐ練習に参加できたのは三年にあがる前の春休みだった。それでも一年生の列に交じって泳いだ。どうしてみんな辞めていったのか、どうして秋月さんが吐いていたのか、よく理解できた。天井近くに巨大な一分計が置いてあり、それが一分を刻むあいだに二十五メートルを行って帰ってこなくてはならない。四十五秒で行って戻ってこられたら、針がまた同じ位置を指すまでの十五秒間休むことができる。往復に六十秒かかったら休む間はないということになる。それが果てしなく続く。気が遠くなるくらい何度も、向こうの壁に触れて帰ってこなくてはならない。しかもそれが練習前のウォーミングアップなのだ。やっと五十メートルのクロールがぶざまに泳げるようになった私にそんな芸当ができるはずがない。もちろん私は列を乱し、せきこんで途中で足をつけ、コースロープにつかまって息を整え、何倍もの重さになった腕や足を水の中で無闇に動かした。先生が何か叫んでいるのが遠くのほうで見えた。ビート板が飛んでくるのだろうと朦朧《もうろう》とした頭で思ったが、先生はただ、出ろ！　とどなっているのだった。全身に絡みつくような水を掻きわけて移動し、銀色の梯子からあがる。先生は私を見ずに、邪魔になる、もう出ていろと無表情な声で言った。ここで屈辱を感じるべきなのだろうけれど、むしろほっとして水からあがり、プールサイドに座りこんだ。列を組み等間隔を開けて泳ぐ人々の、水を打つ音だけが屋内の曇った空気を震わせていた。

小学校三年のときから塾に通っていた。Ａ大付属中学に進むためだった。三年生のクラスで、何かしらはっきりした目的を持って塾に通っているのは私だけで、どこか雰囲気が違うと見なされた私はめがねざると呼ばれ、親しくしてくれる友達はいなかった。だれかとうんと仲良くなりたかったのにそれはかなわなかったから、自分が傷つかないためにみんなを見下すことにした。頭が悪くて不潔でみんな一緒にしか行動できない子供たち、クラスメイトのことをそんなふうに思っていた。そう思うと、話しかけられないほうが気楽だった。

塾へ行くときも帰ってくるときも、私の乗る電車は混んでいた。行きはむっとした汗の臭いが渦巻いていて、帰りは鼻の奥につんとしみるようなお酒の臭いが絡まり合っていた。私はいつも空席を見つけることができなくて、スーツやスカートの布地にぐいぐい押され、窒息しそうになりながらうつむいて懸命に息を吸いこんでは吐いていた。そんなときふと、Ａ大付属中学に行ったらどうなるんだろうと考えた。その先に何があるのか、あるいはその中に何があるのか、まとまらない考えを積み木みたいにばらまいて組み立てようと試みる。もちろん、そのころの私はそんなふうに頭の中を言葉にかえて考えることなどできなかったから、ただ、変だな、変だなと、大人たちのお尻のあたりで必死に呼吸するように、思っていただけだった。

勉強の合間に、その、変だな、が来ると、とりあえず私はA大付属に通っている自分を思い描いた。学校のパンフレットを開いたり閉じたりし、ブルーのリボンのセーラー服を身に着けた自分を想像し、校章の刻まれた鉄の門をくぐるところを思い浮かべ、友達と笑ったり、何か深刻に話し合ったり、秘密を打ち明けあったりするところを思ってみる。そうするとそれはだんだん現実みを帯びてきて、自分は予言者ではないかと思うほど未来の自分がくっきり浮かびあがってくる。その場所はたいそう楽しいところで、私が今いる教室のクラスメイトより先生より壁のいたずら描きよりも近いものになるのだった。

けれど悩む必要は何もなかった。それだけ勉強していたにもかかわらず、私はA大付属中学を落ちた。落ちたのである。私はただのめがねざるだった。

それで、すべりどめに受けた女子校に通うことになった。そこはA大付属よりだいぶランクは落ちるが伝統があり、よっぽどのことがないかぎり都内にある付属の短大まで進める学校だった。A大付属のとりこになっていた父も母も何も言わなかった。その女子校の制服が有名デザイナーの手によるものであることを母親は異様なくらい喜んでいた。

その夜眠りに落ちる前に私は泣いた。どうして泣いたのかは自分でもよくわからない。A大付属になんとしても行きたいわけではなかったし、めがねざると私を呼ぶクラスメイトたちと同じ中学に行くわけでもなかったのに、涙は次から次へとこぼれ落ちた。そうしているうち次第に興にのってきて、漫画の中で女の子がよくそうするように、枕に顔を埋めて泣き続けた。声を殺してしゃくりあげていると、こうすることはとても気持ちのいいものなのだと知った。

入学祝に父親がコンタクトレンズを買ってくれ、それまで使っていた赤い縁の眼鏡を燃えないごみの日に捨てた。新しい中学には知らない女の子ばかりがいて、だれも私がめがねざるであることに気づかなかった。彼女たちは私を仲間外れにはせず、話しかけても無視することはなく、お弁当をひっくりかえしたりもしなかった。けれどあまり楽しくなかった。笑いあうのも深刻に言葉を交わすのも秘密を打ち明けあうのも、思ったより楽しいことではなかった。塾へ通う必要もなく、その新しい場所でいったい何をすればいいのかわからなかった。

クラスの騒ぎ声やちょっとした喧嘩や話しあいは、いつも私から離れたどこか遠くで行なわれている気がした。そんなとき私は机に頬杖をついて、やけに高く見える空を眺め、A大付属に通っている自分を思い描いた。つい半年前まで、A大付属以外の世界があるなんて思いもしなかった。でも実際、A大付属以外にも世界は存在していて、そこにはこんなにも多くの女の子たちが笑ったりうわさ話をしたり歌を歌ったりしているのだ。

水泳部に入ったのは、きっとそこが、ゼリーみたいに細かく揺れ続ける水面が、A大付属以外に世界がないと思っていた私からかけ離れたものに思えたからだったのかもしれない。そうして私の手足から自由を奪う、巨大な空間に満たされた水は、ようやく私がめがねざるであったことを忘れさせてくれるのだった。

三年にあがってはじめて梶原理恵子と同じクラスになった。最初新しい教室で彼女を見かけたとき、私はそれがあのピンクのキャップをかぶった、すべるように泳ぐ彼女だとは気づかなかった。斜めに椅子に腰かけ、腰まである髪を一心にブラシでとかしている彼女が梶原さんであると気づき、私は笑いかけた。彼女はふいと横を向いた。七コースにいる私を見ないように、教室にいる私も見えないようだった。

梶原さんがはじめて私に声をかけてくれたのは、四月が終わるころだった。

「ババア」梶原さんは一番うしろの席にいる私をふりかえり、大声で叫んだ。「ねえババア、ポテチ買ってきてよ」

　私は驚いて梶原さんを見た。なあに、それ、梶原さんの横でほかの女の子が噴きだす。だってあいつ、ババアみたいなんだもん、今度プールに来てごらん、七コースに瀕死の老人が泳いでるから。梶原さんの周囲を取り囲んでいる女の子たちが笑う。私は自分の席に座ったままうつむいた。そうか、梶原さんには瀕死の老人が泳いでいるように見えるのか。心の中でそうつぶやいたとき、私が肘を立てていた机が思いきり倒れた。顔をあげると梶原さんが目の前に立っている。彼女が机を蹴倒したのだと理解するまで少し時間がかかった。

「朝食べてないんだ、私。おなかすいたからポテチ買ってきてって言ってんの。耳遠くなっちゃった？」

　梶原さんはじっと私を見下ろしていた。表情のないその顔に、水からあがる彼女の顔を重ねようとしていると、彼女は苛立たしげにもう一度買いにいけと強く言う。私を見下ろすその顔から、次に何をやるか読み取ることができなかったので私は黙って立ちあがった。

　いいの？　だれかが訊き、いいんだよ、だってあいつ水泳部でもパシリだもん、慣れてんだよ。梶原さんの得意げな声を背中で聞いた。だれにも見られていないのをたしかめて裏門を出、一番近くにあるコンビニエンスストアを目指す。たった今抜けだしたばかりの門の向こうで、始業のチャイムが甲高く響く。

ババアと呼ばれるようになってから、今までお弁当を一緒に食べていた人たちは私から離れていった。ときどき梶原さんのグループの女の子たちが、いろいろと買い物を頼んできた。お菓子、サンドイッチ、レポート用紙、シャープペンシルの芯、生理用品、カップラーメン（お湯入り）、それからコンドームも買ってくるよう命じられた。そのたび私は人に見つからないようこっそりと裏門を抜けた（終業前に学校を出たのが見つかると呼びだされ厳重注意を受けなければならない）。私の買ってきたコンドームは全部封を開けられ私の靴箱につっこまれていた。私をババアと呼ぶ梶原さんは、水泳部の練習になるといっさい私と口をきかず、私という部員など存在しないかのようにふるまっていた。

今までいた数人の友達、そのほかのクラスメイトも、だれ一人私に近寄らず、そのかわり、月面と呼ばれている無口な女の子が私にぴったり寄り添うようになった。彼女とは二年のときも同じクラスで、そのときからだれも彼女と口をきこうとはしていなかった。もちろん私も、みんなにならって無視をしていた女の子だった。

月面は花崎《はなさき》ナナエという名前で、顔じゅう一面にきびで覆われている。月面は去年も今年もたった一人でお弁当を食べていた。私はその月面と二人、ひっそりとお弁当を食べひっそりと教室を移動するようになった。月面以外のみんなが私を遠巻きにし、私の周囲は以前よりずいぶん静まりかえっていたが、なぜだかそれまでずっと遠くに感じていたクラスの笑い声や騒ぎが、身近に感じられるようになった。私と花崎ナナエが机をくっつけてお弁当を食べていると近くで笑い声がする。私と花崎ナナエがトイレに行くときも、すぐ背中でだれかが何か言っているのが聞こえる。たとえそれが悪意に満ちたものであっても、彼女たちの笑い声、話し声、騒ぎは、自分が教室に含まれている、ここにいると感じさせた。それはプールを満たす水に似ていた。空気を吸いこむためにさんざんもがかなければならない、思うように手足を動かすことのできないあの水に似ていた。

五月の連休が明けたころだった。音楽室から教室に戻り、机の中に手を入れると妙なものに触れた。入っていたのは封の開かれたナプキンだった。真ん中が赤々と塗られ、裏を返すと細長いナプキン一面に、花崎ナナエと黒いマジックで書かれている。私はナプキンを手に、しばらくその意味を考えていた。うしろから、数百の風船がいっせいに割れたような笑い声がした。

「月面たらあんたの机とトイレの汚物入れ間違っちゃったんだね、でもあんたたちすごく仲いいんだから、かわりに捨ててきてあげたら」

なぜだか勝ち誇ったように背を反らし、梶原さんがかすれてひびわれた声で言った。

また風船爆弾の笑い声がする。花崎ナナエのほうを見ると彼女はこちらをふりむいて、にきびだらけの顔を真っ赤にしていた。私はおとなしく立ちあがってナプキンをごみ箱に捨てた。自分の机からごみ箱までが、秋のマラソンみたいに長く感じられた。

「それねえ、ごみ箱に捨てるもんじゃないのよ、トイレに捨ててこいって言ってんの、教室が臭くなるでしょ」

いつの間にかうしろからのぞきこんでいた梶原さんは、思いきり私の背を押した。私はごみ箱を抱えるような格好で転ぶ。また風船爆弾。私は本当におとなしく、忠実な犬みたいにそのナプキンを拾い、教室を出た。月面はなんにでも名前書いてて偉いねえ、と、教室から梶原さんの声が聞こえてきた。

トイレに向かう廊下を歩きながら、何が起こったんだろうと考えていた。ああ、いじめというやつだな、TVなんかでよくやっているあれだな、ということはわかるし、買い物に行かせるだけでは物足りなくなったんだな、とぼんやり思うが、なぜ梶原さんがこんなことまでしはじめるのか、よくわからないのだった。いつまでたってもうまく泳げないのに水泳部を辞めないからだろうか、私を見ていると鈍くさい泳ぎかたを思いだしていらいらするのか。三年A組からトイレまでの廊下は、マラソンどころじゃない、北海道の原野目指して歩いているんじゃないかと思うくらい遠かった。

マジックペンで赤く染められたナプキンを汚物入れに捨て、液体石鹸を泡立てて手を洗った。トイレにはだれもいなかった。窓から空が見えた。墨を含んだ筆を浸したような、濁った色の空だった。今年は屋外の五十メートルプールで泳がせてもらえるだろうか、とりあえずそんなことを考えてみる。

梶原理恵子はきれいな顔をしている、と思う。真っ茶色の髪は傷《いた》んでいないし、短くしたプリーツスカートだってものすごくよく似合う。本当かどうかは知らないが、彼女の髪が茶色いのはプールの塩素のせいらしく、先生はだれも注意をしない。いつもまわりは女の子たちの華やかな笑い声で満ちている。はじめてなのに見よう見まねで二十五メートルのクロールを泳ぎきったように、彼女のまわりのたいていのことはうまくいくのではないかと思う。悩みだってきっと少ないに違いない。少なくとも、月面と呼ばれている花崎ナナエやババアと呼ばれている私よりは。

彼女は七コースを泳いでいる。向こう側にストップウォッチを持った先生が立って、あれこれと何か叫んで指示している。梶原さんは水しぶきをほとんどあげずにするする泳ぎ、向こうの壁に軽くタッチしてくるりとターンし、泳ぎ続ける。このプールを満たしている水が彼女の全身を受け入れ、ただ水に浮かんでいるだけの彼女を前へ前へと進めているように見える。ときおり水面に浮かびあがる彼女の濡れた水着は、水に棲む哺乳類のようにしなやかに見え隠れする。私はプールサイドに座ってそれを眺めている。四百メートルを泳ぎ終え水からあがった彼女は、真剣な顔で先生の指導に耳を傾けている。彼女がそれほど速く泳ぐわけではないことに最近気づいた。大きな秋の大会に出ることは出るがあまりいい成績を出したことはなく、先生はよくじれったそうな表情で彼女に何ごとか注意している。四コースに戻るよう言われ、彼女はうなずいて歩きだす。水滴を垂らしながら、ぺたぺた音をたてて私のうしろを歩いていく。いいタイムが出ないことは彼女の悩みになりうるのだろうか。自分が魚のように容易《たやす》く水の中で動けることを彼女はどう思っているのだろうかと考える。かたちなく揺れて彼女の余韻を残す七コースの水面に、私はそっと足から入る。

ぽつりぽつりと雨が降りだし、窓の外がいつも濁った空で覆われるころになると、私は突然の災難に半分くらい慣れていた。慣れるというのはなんとも思わなくなるということではなく、お弁当がなくなっても、家庭科のエプロンがびりびりに破かれていても、自分の持ち物がトイレに捨てられていても、一番はじめ、机にナプキンが入っていたときよりは驚かないということだ。ショックを受けるよりまず先に、母親に新しいものを請求するいいわけを考える。花崎ナナエの体操着も上履きもなくなることはなかったが、去年に引き続いてやっぱりだれからも相手にされなかった。まちがってほかの女の子に話しかけてしまったとき、話しかけられたクラスメイトは私からさっと離れていく。遠くでババア菌つけられた、と叫び声が聞こえてくる。私と花崎ナナエは、三十八人の女の子たちに月面菌、ババア菌をつけないように、二人きりで言葉を交わすのだった。

私の机が教室から消えていたり、持ち物が壊されていたりすると、かならず花崎ナナエは机を捜したり壊れたものを始末する私を遠くから見ていて、あとからそっと近づいてくるのだった。「気にすることないわ」耳元でそうささやく。「あんな低俗な人たちにかまうことないわ」眉間《みけん》にしわを寄せて声を落とす。

その日は下駄箱から革靴が消えていた。木製の靴箱を開けると、小さな闇があるだけだった。目の前に口を開いた小さな闇に目を凝らす。何もないその四角の、奥から手が伸びてきて思いきり私の頬を叩いていったように感じた。にぎやかな笑い声と、明日の約束を交わす声と、わかれを告げるいくつもの声が、靴箱の暗闇をのぞきこんでいる私を素通りしていった。

空の靴箱を見なかったことにしてこのままプールに行こうか、それとも今日はクラブを休んで靴を捜そうか少しだけ迷い、靴を捜すほうを選んだ。プールに向かい制服のまま先生のところへ行き、今日休みますと告げると、あんたはだれ？という顔を一瞬見せてから無言で数回先生はうなずいた。プールから出ていくとき水面に梶原さんの姿を捜した。列になって泳ぐ梶原さんのピンクのキャップがちらりと見えた。

終業のチャイムから三十分もたつと校舎はひっそり静まりかえる。まず自分の教室内をくまなく捜すことにした。ごみ箱に手をつっこみ、掃除用具入れを点検し、一列に並んだみんなのロッカーを勝手に開けていった。教室の中に私の革靴はなかった。隣のクラスへ行き、同じようにごみ箱をあさり、人のロッカーをのぞく。さっきまでこの教室を満たしていたに違いない喚声と甲高い叫び声が、耳の奥でかすかに響いていた。グラウンドでクラブ活動をしている生徒たちや、中庭で声高にしゃべる先生たちの声が、だれもいない教室にかげろうみたいに侵入してきた。汗が滴《したた》り落ち、濡れたブラウスが背中にはりついている。その靴が特別気に入っていたわけではないし、高価なものだったわけでもない。ただ私はどうしても、どこかに捨ててある自分の靴をこの目で見たかった。

一学年下の教室を捜しながら、見慣れないカレンダーや見慣れないポスターが目にとまり、まったく知らない学校にまぎれこんだ錯覚を覚えて手をとめる。今まであらわれなかったA大付属に行っているはずの私が、ドアの隙間からのぞいている。ブルーのリボンのセーラー服を着た私。何かを遠くに感じたり、何かに疑問を持ったりしていない私。彼女はこの教室で、私が汗だくになって何をしているのか理解できないだろう。

捜しはじめてから二時間が過ぎたころ、ようやく自分の革靴を見つけることができた。私の革靴は、家庭科室の生ごみ入れにつっこんであった。生ごみ用ポリバケツのふたを開けると小さな虫がいっせいに飛びだしてきて、私はそれらをふりはらいながら自分の靴を取りだした。生ごみに埋もれていた私の靴は、マヨネーズとソースがべったりついていた。靴の中にもたっぷり、大サービスのお好み焼みたいに詰まっていた。自分の靴を取りだして、家庭科室の流しでごしごし洗った。飛び散る水滴の中に、梶原さんのピンクのキャップがちらちら流れた。水に溶けきらないマヨネーズの白いかたまりが銀色の流しに広がっていく。窓もカーテンも閉めきってある家庭科室は蒸し暑く、薄暗いあたり一帯に生ごみの腐った臭いが漂っていた。

下校を告げる悲しげな曲が流れはじめる。遠い島から流れ着いたやしの実の歌だ。

私が勢いよく流す水音の向こうで、消えかけの虹みたいに遠く聞こえる。その悲しい曲調を口ずさんでいるうちにふいに泣きたくなった。流れでる水道水のように。一瞬顔をゆがめてみるが、涙が流れてきそうな気配はなかった。

ぽたぽたと水滴を垂らす革靴を両手に片方ずつ持って、下校時間の過ぎた校舎を歩いた。窓から外を見ると、針で刺したらすぐにも雫が垂れてきそうな重たい曇り空だった。どこまでも続く廊下の窓はすべて開け放たれていて、薄いベージュのカーテンがふくらんだりしぼんだりしていた。

物音がして正面を向くと、向こうから教師が廊下の窓を一つずつ閉めているのが見えた。窓を閉め、鍵をかけ、そのたびに揺れていたカーテンはゆっくりと動きをとめる。近づいてくるその教師がクラスの担任であることに気づく。自分の両手の先、水滴を垂らし続ける革靴をちらりと見る。私に気づいた横溝《よこみぞ》先生はこちらを向いて、

「おい、下校時間はとっくに過ぎてるぞ。放送、聞いてなかったのか」

と声をかける。私はうなだれ、少しばかり身をかたくして教師とすれ違う。どうした、その靴。そう言われたらなんと答えようか一瞬考える。そう訊かれることをどこかで期待し、また訊かないでほしいとも願っている。けれどすれ違いざま横溝先生は、

「下校時間は守れよ」

それだけ言って思いきり窓を閉める。さようなら、私は小さくつぶやいた。

プールの前を通って帰った。曇りガラスに額をつけ、中の様子をのぞく。下校時間はとっくに過ぎたのに、数人がまだ泳いでいた。その中に梶原さんのキャップを見つける。彼女は四コースでクロールを泳ぎ続けている。水に浮き沈みするピンク色のキャップを目で追ううち、水からあがった彼女が自分の制服を見つけられなかったらどうなるだろうと思いつく。彼女もやっぱり額から汗を流しながら、校舎じゅうを捜しまわるだろうか。水の中を泳ぐみたいに、濡れた水着を並ぶ机に見え隠れさせて。

濡れた革靴を履いたまま体育館に入り、プールわきにあるシャワー室に行った。歩くたび革靴はぶかぶかとまぬけな音をたてた。さっきまで練習をしていた部員たちがいっせいにシャワーを浴びていたのだろう、空気は湿って生温かい。ゆるく閉められたシャワーノズルがコンクリートに雫を垂らすほかは、静まりかえっている。シャワー室を通りすぎ、ロッカールームに行く。壁の向こうで梶原さんが泳ぐなめらかな水音が聞こえそうなほど静まりかえっている。戸の閉められたロッカーを一つずつ開けていく。けれど私が梶原さんの荷物を見つけだすより先に、居残り練習をしていた人たちがこちらに向かってくる話し声が聞こえてきた。あわててその場を離れ、閉められたカーテンに故障中の貼り紙がしてある一番隅のシャワールームに飛びこんだ。

やってきた三、四人の部員はそれぞれシャワーを浴びはじめる。故障中のシャワー室の壁にはりついたまま、流れでる水音やくぐもった話し声に耳をすませた。ぺたぺたとサンダルの足音が近づいてきて、私の隠れたシャワー室の前でぴたりと足をとめる。

「梶原、おまえなあ、本当にダンベルやってんのか。全然かわんないじゃないかよ。腕が弱いんだよ、わかってるだろうが。サボんなよ」

先生の声が響き、サンダルはぺたぺたとその場を離れる。はあい、間延びした返事がどこかのカーテンの向こうから聞こえてくる。ドアが閉まる音が響くと、それぞれカーテンの向こうで言葉を交わしはじめる。

「最近あいつ厳しいよね、カジワラに。期待されちゃってるじゃん」高二の林さんの声。

「やんなっちゃうよ、燃えてんだもん一人で。大会大会って、こっちはどうだっていっつうの。期待なんて迷惑だよ」かすれた梶原さんの声。

「ねえ帰りになんか甘いもの食べていこうよ。豆の木のでっかいミルフィーユ食べたいな」高一の中村さん。

「私パス。今日約束あるから」どこかはしゃいだ声で梶原さんが言う。

「またあ？　カジワラ昨日もいなかったじゃん、電話したんだよ私」

制服を盗みにいくのなら今だと心の中でもう一人の私が叫んでいる。けれど私の足は動かない。濡れた革靴の中で居心地悪く縮こまっているだけだ。

「あ、そうだ私、携帯買ったの。番号教えとく。私、家きらいだからあんまりいないし、うちの親、十時過ぎるととりついでくんないの」

「あんまりいないって、じゃあどこにいるの」

「ファミレスとかゲーセンとか、友達のとことか」

シャワーの音がとまる。彼女たちは更衣室に向かう。私は彼女の持ち物に手を出すことができなかった。湿った個室に閉じこもって、目の前を行き来する梶原さんの顔を思い描いていただけだ。得意げに私を見下ろす顔、無表情に何かを言いつける顔、うっすらと笑みを浮かべてふりむく顔、ブルーのリボンのセーラー服を着ていたら多分知らなくてすんだそのすべての表情。いい？　梶原さんの乾いた声が長ったらしい番号を読みあげる。今すぐ彼女の目の前に飛びだしていきたくてうずうずしているのに、湿った空気を通して私に届くその声を、私はじっと聞いていた。

ねえ携帯って便利？　高くないの？　彼女たちが乱暴にロッカーを開け閉めする音を聞きながら、靴音を忍ばせてシャワー室を出た。体育館を出てから走った。足元で笑い転げるように、靴がぶかぶか鳴っていた。

五、六時間目は体育だった。ロッカーに私の体操服はない。かわりにごみ箱の中身が入っていた。紙屑、丸めたティッシュ、黒ずんだバナナの皮、お菓子の空き袋、つぶしたジュースのパック、ヨーグルトの空箱、それらがぎっしり詰めこんである。いやな臭いが鼻をつく。この臭いは嗅いだことがある。薄暗い家庭科室で嗅いだのだとうっすら思いだす。それだけじゃない、梶原さんに背中を押されたときもやっぱり鼻をついた臭いだ。彼女たちの捨てたものの腐りかけた臭いは、私にとってどこかなじみ深いものになっていることに気づく。体操着に着替えた梶原さんが、ほかの女の子と会話しながら私のうしろを通りすぎていった。通りすぎざま丸めたハンバーガーの包み紙を投げ捨て、ひきつったような笑い声を残して教室を出ていった。包み紙は私の頭に一回あたって見事ロッカーにすっぽりおさまる。私がそうしてごみ箱になった自分のロッカーを眺めているあいだに、着替えをすませた生徒たちが連れ立って教室を出ていく。週番の渡辺さんは教室の鍵を持ったまま いらいらと待っていたが、私が動こうとしないので鍵を投げつけて出ていった。

そっとふりかえると教室にはだれもいなかった。脱ぎ捨てられたブラウスやスカートが、椅子の背や机に垂れ下がっている。ところどころにしみをつけたベージュのカーテンが、生温かい風にあおられてゆっくりとふくれあがる。柔らかそうにふくらんだ布地の向こうに、灰色の空が見え隠れする。

スチール製のごみ箱を持ってきて、ロッカーの中身を一つずつ放り投げていった。教室のドアが開く音がする。肩越しにふりかえると、花崎ナナエがドアから半分顔をのぞかせていた。目が合うと安心したように教室に入ってきて、まっすぐ私のところへ歩いてくる。私は何も言わずにロッカーの中身をごみ箱に放り続けた。すぐ近くに、花崎ナナエのえんじ色のジャージが見えた。花崎ナナエは私の隣でもぞもぞと動いていたが、低い声で言った。

「気にすることないわ。心の中でばかにしてたらいいわよ。こんなことするなんて、最低ね、あの人たち」

最後のほうは鳴り響くチャイムにかき消された。私は何も答えなかった。よほどぎっちり詰めこんだらしく、捨てても捨てても奥からごみは出てきた。丸めた雑誌、絡み合った髪の毛、枯れた花、半分残して黴《か》びた菓子パン、マニキュアを吸い取ったコットンパフ。それに混じって水着が出てきた。昨日洗濯して乾燥機にかけて、今朝持ってきた紺の水着だ。いつの間にこんなことをしたのか、それは水泳用のバッグから出され、広げてみるところどころ切り取られている。二つの乳房と性器と尻があらわになるように、丸く切り取られている。耳がかっと熱くなる。心臓が体じゅうに散らばっていったみたいにどこもかしこも鼓動を打ちはじめる。花崎ナナエが小さく叫ぶのがどこか遠くで聞こえた。

「信じられない。野蛮よ。下品よ。最低じゃない。うちの父も祖父もここの短大の先生をやっているんだけど、ここは品のいい学校だって言ってたわ。私昔からそう聞かされていたからこの学校へ来たのよ。こんなに下品な人たちがいるなんて思わなかったわ。ねえそう思わない」

しゃがみこんでいる私に顔を近づけて花崎ナナエは早口でしゃべる。うなじに花崎ナナエの生ぬるい息が吹きかかる。彼女があまりにも興奮しているので、私の熱はその生ぬるい息に吸い取られ、さっきまで熱かった耳はゆっくり冷たくなっていく。

「こんなことして、あの人たち自分がみじめにならないのかしら。頭のよくない人たちだから今わかれって言うほうが無理なのかもしれない、でもね、あと何年かたって、自分のしたこと思いだしてきっと恥ずかしく思うと思うわ。そうだ先生に言いましょうよ」

「いいよ」私は答えた。声がかすれていた。

「どうして？　これはひどいわよ。水着を切るなんて、許せないわ」

「先生は関係ないじゃん」

「仕返しがこわいのなら、そう言えば先生だってちゃんと考えてくれると思うの」

小さな虫が奥から飛びだしてきて鼻先を飛びまわる。片手でそれを払い、奥に手をつっこむ。黴びて緑色になったアイスクリームのカップが出てくる。じっとりと濡れた雑巾が出てくる。花崎ナナエが私にぴったり寄り添ってしゃがむ。腕が触れ合うくらい近づいてかがみこみ、中のものを一緒に取りだそうと私のロッカーに手を入れる。

その瞬間私は花崎ナナエを突き飛ばしていた。花崎ナナエはごろりと床に転がり、たった今車にひかれたばかりの蛙みたいな格好で私を見あげていた。何が起こったのか理解できないらしく、起きあがろうともせずきょとんと目を見開いていた。だらしなく転がっているえんじ色のかたまりを思いきり蹴りあげて、私は教室を飛びでた。

一度濡れた革靴はあんまりはき心地がよくない、革靴は水で洗うもんじゃない、がばがばして今にも脱げてしまいそうだ、そんなことを思いながら裏門を乗り越えて走った。走りながら、花崎ナナエは私を慰めてくれようとしていたのだと、なんとなく気づいた。助けをもとめるなり無視するなりして、この最低な学校生活を一緒に乗りきりましょうと言ってくれていたのだ。けれど私はもうめがねざるにはなりたくない。

いつかここを抜けでることができるとか、私はここにいるはずではないとか、違う場所に行けば違う自分になれるとか、そんなことはもうなんにも信じたくない。どんなことでもいい、彼女たちが私より劣っている何かを見つけだして、バカだの下品だの低俗だの、思いあたる言葉をつらねても、どこかへ行けるわけではないのだ。私が今いるのはここで、ここ以外になくて、いるべきところもいるはずの場所も全部ここなのだ。

駅まで走ってきてしまった。スカートのポケットに手をつっこんで小銭入れをさわりながら、ぽかんと路線図を眺めた。右へずっと行けば海があるとか、左へ行けば家に着くとか、もっと左に行けば繁華街がある、下へ降りると山が見える、複雑に絡み合った路線図を見あげて行く気もないのにそんなことを考えた。自転車に乗った警官が視界の隅に映り、とっさに校則違反と法律違反をごっちゃにし、駅の公衆便所に駆けこんだ。個室にこもり、鍵をかけ、四方の壁に書かれた落書きを眺めて息を整える。まんこしてえ、まんこなめてえ、K女の女はいつでもやらせてくれる、それに向かって矢印、K女はメガトン級のブスばっか、M短はマブぞろいで入れ食い状態、それに向かって矢印、おれはM短八人食った（生殖器の図）、やりてえ、ここにかければいつでもやれる、八桁の電話番号。意味を考えず書き殴ってある文字を目で追っているうち、繁華街へ行ってみようと思いついた。もしだれかに何か訊かれたら、入院している父の容態がよくないから早退してお見舞いに行くのだと言おう。考えついたそのせりふを口の中で繰り返してから、そっと扉を開いた。そうして私は間違って男子トイレに入ってしまったことに気づいた。あわててトイレから出て、ふとふりかえった。鏡の中の私と目が合った。頬がいやに赤かった。

繁華街まで電車で三十分かかる。平日の真っ昼間なのに電車は満員だった。人と人の合間で息をしながら、塾に通っていたころのことをちらりと思いだした。

電車を降りてすぐ、駅の売店でマジックペンを買った。スカートのポケットに押しこみ、改札から続く地下通路を歩く。トイレのマークを見るたびそちらに向かって歩く。シルクハットのマークのドアから中をうかがい、人が入っていれば素通りし、入っていなければするりとドアをくぐる。個室にこもってドアを閉め、マジックペンを壁に向かって動かす。足音がすれば個室の中でじっと息を殺し、その人が用をたして出ていくまでじっと待つ。そうして人の波が続く地下通路すべての男子トイレに、耳にこびりついている梶原理恵子の携帯電話の番号を書きまくった。さっき読んだようなメッセージを添えて。地下通路のつきあたりには四つ並んだエスカレーターがあり、それを上るとデパートに出る。マジックペン一本を握りしめて私はデパートを走りまわった。着飾って笑う女の人たちにぶつかり、つるつる光る清潔な床に幾度か転びかけ、あちこちに飾ってあるぴかぴかの洋服やアクセサリーに見向きもせず、トイレだけではない、階段の壁や喫煙所の椅子や、煙草の販売機や非常出口や、人気のないスペースを見つけて駆けだし、壁にはりついて耳の奥に残る番号を書き連ねていく。私が操る黒々としたマジックインキの向こうに梶原理恵子が浮かびあがる。私にとってはなんの意味もない数字を繰り返し書けば書くだけ、彼女の輪郭は鮮やかになる。制服姿の、水着姿の、それればかりではない、ファミリーレストランの大きすぎるソファでうっすらと夜の降りはじめた窓を眺めている、ゲームセンターでつまらなそうに架空のカーレースをしている、繁華街のライトアップされたショーウィンドウを眺めてぼんやり歩いている彼女の姿が、毎日見かける、たとえば自分の歯ブラシのように、くっきりと浮かびあがる。

七階の上にもフロアがあると思って階段を駆けあがったが、見えたのは薄曇りの空だった。布地のように広がる灰色の、ところどころに金色の裂け目が走っている。わずかな裂け目から太陽は幾筋もの光を投げている。ごちゃごちゃと肩を寄せ合った小さな建物に向かって降りている光の帯に目を細めた。

屋上を見渡す。いくつかのベンチと、廃車のバスを原色に塗りたくった売店と、ペットショップがあるきりだ。バスの中で店員たちが笑っているほかは、まったく人がいない。はるか遠くでちらちら赤い色が揺れた気がして、ペットショップに向かって歩いた。バスにつけられたスピーカーから、ひびわれた音でロックが鳴っていた。

赤い色は金魚だった。ペットショップの入り口に巨大な水槽が置いてあり、無数の金魚が澄んだ水の中を行き来していた。腰をかがめ金魚を見る。ゆるく結ばれたリボンのような尾を優雅に動かして泳ぐ無数の赤い魚を見る。梶原理恵子を思いだす。私はそこにしゃがみこんでうっとりと夢想する。梶原さんの泳ぐ屋外の五十メートルプールいっぱいにこの可憐な魚を放つところを想像する。彼女はすぐには気づかずに、どの金魚よりも自然に水の中を泳ぎ続けるだろう。ぬるぬるした金魚の合間から顔を突きだし、水を埋め尽くす赤い魚に彼女は顔をゆがめるだろうか。切り取られた水着を広げた私みたいに息をのみこみ言葉を失うだろうか。

「すいません、金魚ください」

いつの間にか私の背後に立っていた男が声をあげる。私はとびあがってふりかえる。よれたTシャツ姿の男はじっと水槽を眺めている。奥から店員が、網とビニール袋を手に出てくる。

「何匹」

「ええとね、三十四ください。ガーパイクの餌なんだけど、それくらいでいいよね」

「ああ、充分だと思いますよ」

でっぷり太った店員は鮮やかな手つきで金魚をすくいあげると、ビニール袋にすべりこませ男に手渡した。水のしたたるビニール袋をさげて男は去っていく。切り取られた小さな水の中でうごめく金魚は、窮屈そうにくるくるまわっていた。

水槽の前にじっと立っている私を客だと思ったのか、ありがとうございましたと店員は男に見せたのと同じ笑顔を向けてくる。

「金魚ください」私は声を出していた。

「ああ、お嬢さんも餌？」

「いいえ、飼うんです、あの、教室で」

「何匹くらい」男は細長い柄のついた小さな網を手に取る。ポケットから財布を取りだす。小さく折った千円札と、小銭が少しだけ転がっている。千円ぶん、水槽の中をのぞきこみながら答えた。男は愛想のいい笑顔のまま手早く網を操る。「おまけしとくね」ビニールの口をくるくると器用に結わきながら男は歯を見せて笑った。

水槽がなかったので円柱形の花瓶に水を入れ、ビニール袋から一匹ずつ素手で取りだしその中に移した。小さな赤い魚はぬるぬると生温かい。一匹、指のあいだをすりぬけて流しに落ちた。乾いたステンレスの上でそれは小さく跳ねまわる。二本の指でつまみあげ、ゆっくりと力を入れる。それは激しく尾を動かして抵抗し、そのたび小さな尾が手の甲にはりつく。えらがひくひく動いている。力をこめる。金魚は指のあいだで動かなくなる。生きているのか死んでいるのかわからないそれを私は三角コーナーに投げ捨てた。指の先にぬるぬるした感触が残る。水槽にするには小さすぎる花瓶の中で、二十三匹の金魚は泳ぎまわる。細長い円の中で二十三の赤い点が揺れる。

机の上に花瓶を置き、電気スタンドでそれを照らす。部屋の電気を落としてベッドに横たわると、暗闇の中に赤く染まった円柱が浮かびあがる。それは正確な水玉模様を作ったり、赤く染まったり、飛び散った絵の具みたいにあいまいな模様を描いたり、ゆっくりと赤い縞を流したりした。布団の中にもぐりこんで、一瞬ごとに変わる模様に目を凝らした。金魚ほどに縮んだ梶原さんが、紺色の水着を身に着けピンク色のキャップをかぶり、金魚と一緒に模様を作る。流れ続ける赤の合間にそれは隠れ、あらわれ、ちらちら揺れる。空気を吸いこむために彼女だけときおり垂直にあがってきて、首を出して息を吸いこむ。明日は何がなくなっているだろう。何が壊されているだろう。腐った臭いをどんなふうにして嗅ぐことになるのだろう。

花瓶から目をそらし天井を見つめ、いつかのように泣こうとしてみる。悲しいことをたくさん考える。消えていった体操着やマヨネーズまみれの革靴や、切り取られた水着や今まで壊され捨てられたいくつもの持ち物のことを思う。それはきっと明日もあさっても続くだろう。これから当分のあいだ、クラスの女の子たちのだれとも口をきくことはないだろう。あの教室が私にとって居心地のいい場所になることは絶対にないだろう。花崎ナナエも横溝先生も私をそこから連れだすことはできないだろう。涙は出てこない。顔をゆがめ声をひきつらせてみるが、涙の出てくる気配はない。泣くことができない。あきらめて目を閉じる。広がる暗闇の中に、赤い点々がいくつも流れては消える。

朝のホームルームで、横溝先生はところどころに切りこみを入れられた私の水着を持って教壇に立った。先生はかなり興奮していて、耳まで赤くしてどなりちらした。自分の水着が先生の手に握られている、そのことに唖然として先生が何を言っているのかほとんど聞き取ることができなかった。最低だとか、卑怯だとか、そんな単語がときどき耳の奥にねじこまれてきた。いつもざわついている教室内は静まりかえっている。花崎ナナエが私をふりかえって見ているのに気づいた。目が合うと、彼女は鼻にしわを寄せて笑ってみせた。私は視線を外し、梶原さんの後ろ姿を探す。長い髪をうしろで一つに結わき、自分の爪を眺めている。

教壇に立った先生は右手でしっかり私の水着を握りしめたまま、延々と説教を続けた。ドラマの一場面みたいだった。先生が声に力をこめるとき、握られている私の水着は小刻みに揺れた。目で追っているとそれが自分の水着には思えなくなる。同じように、先生がドラマチックなせりふで守ろうとしているのが私自身であるということも、まっとうな言葉で非難しているのがいやがらせを続ける梶原さんたちであるということも、ぼやけてわからなくなってくる。こういうとき被害者である私はどういう顔をしてここに座っていればいいのだろうかとふと考える。うつむくか、すすり泣くか、うなずくか、そんなことをとりとめもなく考えているうち、先生がどうしてあんなに興奮しているのか不思議になる。

耳に届く先生の怒鳴り声が次第に意味不明のうなり声になる。体のまわりにまとわりつく蜂の羽音みたいになってくる。バスの窓から見える景色みたいに、教壇も、先生の手に握られた私の水着も流れ去って次第に小さくなっていく。遠くのほうで顔を赤くしている眼鏡の男が、全身を動かし口から唾を飛ばしてしゃべる、TV画面の中の漫才師に見える。また遠ざかってしまう。教室も、先生も、黒板もクラスメイトたちも、窓から見える空もまた私から遠のいてしまう。笑い声も騒ぎ声も不快も恐怖も、そのほかのすべての感情も。かすかに続く怒鳴り声に、チャイムの音が重なる。先生はまだ口を閉ざさない。一時間目の担当教師が入ってきてようやく、何ごとか言い捨てて教室を出ていった。

一時間目の授業が始まっても、教室は静まりかえったままだった。その日は何もなくならなかった。何も壊されず何も汚されず、あたりをうかがいながら裏門から外に出なくてもよかった。花崎ナナエと机をつけてお弁当を広げても、だれも机を蹴らないしなすりつけるような笑いを発したりしなかった。静かだった。

五時間目の家庭科の時間、気分が悪いので保健室に行くと花崎ナナエに告げ授業を抜けた。午前中降っていた雨は昼過ぎにやみ、空を覆っていた雲はもう見あたらなかった。今朝早く家から持ってきた金魚は美術室のわきにある用具入れに隠しておいた。階段を下り、廊下を歩き、中庭を横切って美術室に向かう。ドアを閉めきったどの教室でも授業は行なわれているはずなのに校内はひっそりとしている。私の上履きがたてる乾いた音だけが響く。

美術室わきの暗がりに用具入れはある。スチール製の扉を開けると、ビニール袋の中で二十三四の金魚が動いている。私はそっと手を伸ばした。

美術室はどのクラスにも使われていなかった。木製の重たいドアを開け、混じりあった様々な絵の具の匂いを吸いこむ。雑然と机が並べられ、床にパレットや絵筆が落ちていた。窓際に立つとグラウンドが見下ろせ、その向こう、わずかばかり五十メートルプールが見える。プールには水がはってある。一年生に交じって屋外プールの掃除をしたのは、このあいだの梅雨の晴れ間の日だった。こんなに晴れたのだから、今日は屋外で泳ぐことができるのかもしれない。

片手にビニール袋をぶら下げて下駄箱を目指した。天井の採光窓からさしこむ光で、下駄箱は一枚の絵みたいに輝いていた。並んだ木箱に梶原さんの靴箱を探し、戸を開けた。茶色いローファーがこちらに爪先を揃えて並んでいる。それを取りだしてしゃがみこむ。ビニール袋に手をつっこんで金魚を一匹つかみ、ローファーにすべりこませる。もう一匹、もう一匹。しゃがみこんだ私の周囲は生臭い臭いに包まれ、床は水滴だらけになる。梶原さんの茶色い靴は水をもとめて跳ねまわる金魚で赤く染まる。彼等が呼吸するには充分でない程度の水を靴に流しこむ。残りの金魚を一匹ずつもう片方の靴に落としてから、こちらに爪先を揃えローファーを元に戻した。

生臭い水だけ入ったビニール袋をトイレに流し、保健室に行った。保健の先生がいなかったのでそのままベッドに横たわる。両手を鼻に近づけると、二十三匹の金魚の臭いがした。なまものの腐った臭いとよく似ていた。大きく息を吸いこんで声をたてずに笑った。

その日から水泳部は屋外プールでの練習をはじめた。いつものように練習前、先生に呼びだされて個人個人が各メニュウを受け取り、体力トレーニングの必要な数人は体育館へ、ダイブやターン、スプリントの特訓組は屋内へ、残りは屋外プールへとわかれる。いつもどおり私にメニュウはない。一番基本的な練習をしているところにまぎれていればいいのだ。プールに私のスペースがなければ見学するし、ストップウォッチを渡されればだれかのタイムを計り、必要な用具があればそれを取りに走りまわる。水着に着替え、屋外組について表へ出た。満たされたばかりの水は透きとおっていて、指を触れるとずいぶん冷たかった。晴れ間が広がっているのに肌寒く、プールサイドで部員たちは体をほぐしながら甲高い声をあげている。梶原さんの姿はない。体育館にも屋内プールにも彼女はいない。多分彼女は今職員室にいる。ほかの数人の女の子と一緒に、横溝先生の尋問を受けているに違いない。お昼休みに花崎ナナエが勝ち誇ったように教えてくれた。先生のところに水着を持っていったとき心あたりはないのかって訊かれて、私梶原さんの名前をにおわせたの。仕返しされるんじゃないかってこわかったけど、そんなこと絶対にさせないって先生そうおっしゃったから、もう大丈夫よ。先生があんなに真剣に取りあってくれるなんて思わなかった、早く言えばよかったわ。そう言って鼻の頭にしわを寄せ、今日からここは楽園になるとでも言いたげな笑顔を向けた。だから、少ない水の中で無器用に暴れ、もがく二十三匹の金魚入りローファーを発見した梶原さんの表情を、たしかめることはできなかった。

ウォーミングアップを命じて先生は屋内プールへと去っていった。高等部の生徒がコースわけをし、部員たちはぞろぞろと移動する。彼女は私を見てしばらく考え、迷惑そうに一年生の列を指した。組を作って列になり、次々プールへ飛びこんでいく。前に並んだ一年生が等間隔を置いて水面に飛びこみ、一番最後の私の番が来る。澄んだ水は大きく揺れて形を崩し、はじめて入る五十メートルのプールはいやに広く見えた。プールサイドの一分計をにらみ、飛びこむまでの数秒間、大丈夫、大丈夫だと繰り返しながら思いきってコンクリートを蹴った。

腕をあげ息つぎをすると腕の合間から空が見えた。首をすぐ水面に戻さないと進めないので空が見えるのは一瞬だけだった。幻みたいにそれは高く澄んでいた。進んでも進んでも五十メートル先の壁は見えてこない。幾度か水を飲み、幾度か足をつきそうになりながら泳ぎ続け、ようやく水の向こうに灰色のコンクリートが見えた。

タッチして立ちあがるが休んでいる暇はない。泳ぎきらなくてはいけない秒数はとうに過ぎているし、列の先頭の一年生はもうこちらに戻ってきている。大きく息を吸いこんで水にもぐり、両足で壁を蹴る。五十メートルを半分ほど行ったところで、体が急に重くなった。息が苦しい。腕は持ちあがらず、水を打つ足の膝は曲がってくねくねと動く。水着が厚手のコットン製で、たっぷり水を含んでいるように思えてくる。水を掻き、首を捻って息を吸いこみ、それを何度も繰り返すが、全然進んでいないどころか後退しているようにも思える。うまく息が吸えないので、上半身を大きく曲げ首から上を水面に出すようにして呼吸をしなければならない。ときおり空気と一緒に塩素くさい大量の水が喉に流れこむ。先頭の女の子がのろのろと泳ぐ私を大きく迂回して越していく。彼女が足で水面を叩くそのしぶきが顔じゅうにかかる。

しばらくして二人目も過ぎ、三人目も過ぎた。いったい自分は数センチでも先へ進んでいるのかと不安になる。さようならという言葉が突然思い浮かぶ。ああそうだ、さようならだ。腕をあげ、さようならと心の中で言う。けれどそのあとに続く名前が思い浮かばない。さようなら、さようなら、だれにわかれを告げていいのかわからない。

次第に粘着力を増すような水の中、私は必死に足を動かし腕を持ちあげるが、きっともうクロールのフォームにはなっていないだろう。溺れまいと両手両足を必死に動かして、懸命に首を水面に出しものすごい形相で息を吸いこんでいるのだろう。けれど私は立ちあがらなかった。コースロープにもつかまらなかった。体が重くなればなるだけ、水が体に絡まりつけばつくだけ、息つぎのとき見あげる空がくっきりと見えるような気がした。腕の合間の小さな空は、一瞬ごとにかき消されるのに、今まで見あげてきたどんな空よりも鮮やかに澄んでいた。そうしてふいに呼吸が楽になった。腕も足も身に着けた水着もあいかわらず重いが、この重さをひきずったまま最後まで泳ぎきれるだろうと思うほどはっきりと、苦しさが消えた。

ゴーグルの中で大きく目を開けて手足を動かす。ゆらゆらと水は大きく揺れて、私はその中にクラスメイトの女の子たちの姿を見る。食べる、歌う、座る、肩を叩く、歩く、ふりむく、逃げる、手をふる、三十九人の女の子たちがそれぞれに動く場面が水の中に浮かびあがる。制服の裾をひるがえしへちま襟を白く輝かせる彼女たちは同じ服を着た顔のない集団ではない。叫ぶ、眠る、あこがれる、憎む、泣く、笑う、彼女たちの姿は、水面でコンクリートの壁が次第に近づいてくるようにゆっくりと焦点を合わせはじめる。空、水面、空、水面、ゴーグルに繰り返し映る青空と水面に、三十九人の女の子たちそれぞれがぱらぱらと埋めこまれていく。風にあおられ枝を離れていっせいに舞う花びらのようにそれらは空から水中に降りそそぐ。どちらが空でどちらが水面なのか、私はどこで手足を動かしているのか、一瞬わからなくなりかける。

きっともうすぐ梶原さんがやってくる。つまらなそうに先生の前に立ち、お説教を聞きながら舌打ちしたいのをこらえ、先生に解放されたら彼女は一目散にプールを目指す。下駄箱を開けて悲鳴をあげ、靴の中の金魚がだれの仕業かすぐに理解し、怒りで顔を真っ赤にしてプールサイドにやってくる。息つぎのためにくるくると頭を動かしながら、視界に梶原さんが入りこむのを待った。さようなら、目の前にあらわれては消えるすべての顔にそう告げながら、空と水の中間に梶原さんがあらわれるのを待った。

おかえりなさい

この話をするためには、まず、自分の恥部から説明しなくてはならない。ぼくがだれにもこの話をしたことがないのは、ひとつには、その恥部をさらしたくないためでもある。けれどぼくは、今、どうしてもこの話をしたい気持ちでいる。明日にはまったくの他人になってしまうきみに、どうしても。そうしてぼくは、閉ざされた寝室のドアをノックする。荷造りをしていたきみは、不機嫌そうな顔でドアを開ける。冷えた瓶ビールと、それからグラスを両手に持って、ぼくは寝室に入り、床にあぐらをかいて座る。ジーンズごしに床の冷たさが伝わり、エアコンが入っていないことに気づく。ぼくはリモコンに手をのばし、暖房をつける。

まあ飲もうよ。グラスに金色の液体をそそぐ。グラスに三分の一ほど液体が満ちるまで、こぽこぽと笑うような音がたつ。それをすぎるともう音は聞こえなくなって、あとは静かに、ちいさなあぶくが金色のなかを上昇する。

突っ立ったまままきみはそれを眺めているが、あきらめたように、いやひょっとしたら、情けをかけるみたいにぼくの正面に座り、水滴で曇ったグラスを持ち上げる。ぼくらは、まるで何かよろこばしいことがあったみたいにグラスを合わせる。カチリ、という澄んだ音がする。

そのころぼくは二十歳になったばかりで、ぼろくてちいさな木造アパートに住んでいた。台所とトイレは共同、風呂もついていないようなアパート。一浪の後、前年に大学進学し上京していた。

そのころの金のなさといったら半端じゃなかった。アルバイトをするにはしていたが、入ってくるお金はぜんぶ、映画や本や飲み会に消えた。そうしてそのときのぼくは、一学年上の女子学生に恋をしていた。いつも違う男子学生を連れ歩いている美人で、彼女の気を引くために、服も買わなけりゃならなかったし、デート代も懐に入れておかなくちゃならなかった。少ない仕送りとアルバイト代では、とてもじゃないけれどぜんぶまかないきれるはずがなかった。

アパートの隣室に、草加部《くさかべ》という男がいた。銀縁眼鏡をかけた地味で陰気なやつで、ぼくと同じ大学の理工学部に通っていた。あまり好きな男ではなかったが、台所で顔を合わせるたび、そいつはなれなれしく話しかけてきた。

いいアルバイトがあるんだけれどやらないか。大学が夏休みに入ってしばらくしてから、台所で草加部に声をかけられた。アパートに住む学生たちはほとんど帰省していて、廊下も台所もひっそりとしていた。夏休みのあいだだけでもいいんだ、と草加部は言った。

インスタントラーメンを作りながら草加部の話を聞いてみると、ビラ配りのような仕事だった。一軒一軒まわって、パンフレットをその家の住人に手渡してくる、という仕事。簡単な仕事のわりに、草加部が口にする日給はびっくりするほどよかった。アルバイトしていた居酒屋で深夜まで働く金額より数千円高かった。しかも、規定数より多めに配れば、さらにいくらかプラスされ、パンフレットに載っている商品の注文が入れば、プラス額はもっと増えると言う。やる、とぼくは即答していた。

共用の台所でインスタントラーメンをすするぼくを相手に、草加部はそのパンフレットの見本を持ってきて、眼鏡をずりあげずりあげ、それがどういうものであるのか説明しだした。

あやしげな宗教団体のＰＲ誌だった。いつからなのか、またどういう経緯でかは知らないが、草加部はその信者であるらしかった。

太陽光線が。宇宙の波動が。神より高みにいる大神さまが。汚れが。神聖な水が。

インスタントラーメンをすするぼくの向かいで熱心に語る草加部の言葉を、ぼくはすべて聞き流していた。本気にもしなかったかわりに、薄気味悪いとも思わなかった。いろんなやつがいるよな。思ったのはそれだけだった。

ラーメンを食べ終えて部屋に戻ると、草加部は、ぼくの部屋に段ボール箱をいくつも運びこんだ。そのすべてに例のパンフレットがつまっていた。運び終えてもやつは出ていこうとせず、その宗教がいかに正しく、信じていない人間がいかに不幸かを話そうとした。ぼくは彼を追い出して、エアコンのないいくそ暑い部屋で、ぱらぱらとパンフレットをめくってみた。

へたくそな漫画があり、「病気が治った」「腰痛が治った」というような体験談があり、教祖による説話があり、宗教団体が売っているらしい健康食品の宣伝があった。いろんなやつがいるよな。他人《ひと》ごとのようにもう一度思った。そして草加部が口にした日給を、十日でいくら、二週間でいくらと勘定したりしていた。居酒屋のアルバイトは夕方からだから、パンフレットはその前に配って歩けばいい。夏が終わるころには、半端でない金のなさは、ずいぶんと和らいでいる計算になった。

その夜、ぼくは近田《ちかだ》ひろ子（一学年上の美人）に電話をかけて、デートに誘った。近田ひろ子は人気レストランみたいに、一ヵ月先まで先約がいっぱいだと知っていたから、八月末の約束をとりつけるつもりだった。そのころには、居酒屋とパンフ配りの給金で、豪勢なデートができる算段だった。受話器の向こうで手帳をめくる音がかさかさとして、「いいわよ、八月三十日なら、空いているから」と近田ひろ子は答えた。

翌日からパンフレット配りをはじめた。居酒屋のアルバイトが五時からだったので、だいたい二時前後にアパートを出て、まず近所をぶらぶら歩いてまわってみた。

ポストに投げ入れるのではなく、住人に直接パンフレットを手渡す。それくらいのことはわけないと思っていた。何か売りつけるわけでもないし、家にあがらせてくれと言うわけでもない。ただ渡すだけなのだ。

けれど存外むずかしかった。インターフォンを鳴らして「お渡ししたいものがありまして」と言ったところで、門や玄関の戸が開くことはめったになかった。「間に合ってます」と強い口調で言われるか、無言でインターフォンを切られるだけだった。何軒も続けて断られているうち、だんだん腹がたってきた。何を渡すかもわからないうちから、何が間に合ってるって言うんだよ。ドアを開けて小冊子をもらうくらい、どうってことないだろう。

それでぼくは、「郵便です」だの「宅配便です」だのと、嘘をつくようになった。

嘘をつけばかんたんにドアは開くが、パンフレットを差しだせば嘘はもっとかんたんにばれる。迷惑そうな顔でパンフレットを受け取った人もいたが、嘘だとわかったとたん玄関を閉める人のほうが多かったし、ときには、警察を呼ぶと脅されたりもした。

アルバイトの時間が近くなっても、手元のパンフレットはほとんどなくならなかった。むしゃくしゃしていたぼくは、残りのパンフレットをぜんぶ、ゴミ集積場になっている電信柱の下に捨てた。

その日、十二時過ぎに居酒屋のアルバイトから帰ってくると、廊下に草加部が立っていた。どうやらぼくの帰りを待っていたらしかった。彼をよけるようにして部屋に入ると、彼も続けて入ってきて、「ああいうことをされると困るんだよね」と彼は言うのだった。

「今日のぶんは支払えないから、そのつもりでいてくれよ。捨てたりポストに突っ込んだりすればいいだろうと思うかもしれないけれど、あのね、全部ばれるんだ。規定違反のことをすれば給与が支給されることはないから、そのつもりで」神経質に眼鏡をずりあげながら、草加部は言った。

「悪かったよ」

なんだかもうとうに面倒になっていたのだが、やっぱり金はほしかったので、ぼくはすなおにあやまった。「明日からはちゃんとやるよ」

　草加部はそれを聞くと安心したように笑い、そして図々しくその場に座りこんで、自分の信じている宗教についての説明をふたたびしはじめた。エアコンのない蒸し暑い部屋なのに、汗ひとつかかず、大神さまの意志が、だの、宇宙の波動を受け止めるには、だのと、諳《そら》んじるように話すのだった。

　明くる日は、電車に乗って知らない町に降り立った。パンフレットのつまった紙袋を提げて、住宅街をくまなくまわった。汗がしたたり落ち、路地の向こうが消えるようにゆらゆら揺れていた。何軒かの家はドアを開けてくれ、何軒かは乱暴にインターフォンを切った。その日、パンフレットを捨てることはしなかった。

　数日たつと、ドアを開けさせるいちばんいい方法がわかった。「××大学社会学部の川崎といいますが」と、学部だけを偽って、正直に名乗るのがもっとも手っ取り早かった。「夏休みの課題で、アンケートをお願いしてまわっています」「社会学ゼミの研究をしているんですが」あとに続く文句はとりあえずなんでもよくて、大事なのは、名乗るときにできるだけ誠実に、朴訥《ぼくとつ》に、不慣れにしゃべることだった。ドアが開けば、「これ、お願いいたします」と、深々と頭を下げてパンフレットを押しつけて去ればいい。

パンフレットの減りが以前より多くなるにしたがって、腕や顔や首筋が真っ黒に焼けた。Tシャツのかたちに白いままの肌を見て、ぼくは近田ひろ子とのデートを案じた。服を脱がなければ日に焼けた自分はかっこよく見えるが、服を脱いだら笑われるだろうな。そんなことだ。それでときおり、午前中のうちにアパートを出、見知らぬ町を歩きまわり、その合間に数時間、Tシャツを脱いで公園に横たわったりもした。くまなく全身日に焼けるように。

強い陽射しの下、背中にちくちくささる芝生を感じながら、気がつくとぼくは、近田ひろ子のことではなくて、草加部のことを考えていることに気づいた。もちろんおかしな意味ではない。

草加部はあれ以来、ときおりぼくの部屋を訪ねてきて、相も変わらず、宇宙の波動について語り、大神さまの奇跡について語った。追い出すこともあれば、退屈しのぎに彼の話を聞くこともあった。草加部の言うことなんてまるきり信じる気はなかったけれど、それにしても不思議なのは、彼の揺るぎない信心だった。ぼくと同い年の草加部は、いつどのようにして、その突拍子もない新興宗教と出合い、どのような理由で信じるに至り、どういう気持ちで今、揺るぎなくそれを信じているんだろう。何かで信じるものがあるってどういう気持ちだろう。草加部を見るかぎり、女にも単位にも就職にも金にも興味がないようだった。それがたとえいんちきだったとしても、信じるものがあるというのは、とてつもなく強いものなのかな。何ひとつ持たなくたって不安を感じないような。真夏の公園で、上半身裸のぼくが考えていたのは、そんなことだった。

彼女と出会ったのは、八月に入ってからだった。

ＪＲと私鉄を乗り継いだ、やはり降り立ったこともない、名前だってそれまで知らなかった駅で降り、めちゃくちゃに住宅街を歩いていたぼくは、垣根に囲まれた一軒家のインターフォンを押した。返答はない。留守か、とあきらめようとしたとき、はーい、と細い声が聞こえた。たしかに聞こえた。それで、垣根と建物のあいだの細い通路をすりぬけて、裏にまわってみた。雑草が膝までのびた通路を抜けると、まったく手入れされていない狭い庭があった。庭に面して縁側があり、少し開いたガラス戸には簾《すだれ》がかかっていた。ガラス戸の隙間に向かって、ぼくは例のせりふを言った。××大学、社会学部一年の、川崎と言います。あの、ゼミの一環でアンケートをお願いしておりまして……。

ガラス戸はゆっくりと開いた。そうして、ずいぶんと背の低い老婆があらわれた。

「あらまあ、お帰りなさい」老婆はぼくを見て、まったく驚くことなく、そう言った。お帰りなさい？　聞き違いだと思ったぼくは、縁側に身を乗り出して、紙袋からパンフレットを取り出した。

「あの、これ、よろしかったら読んでください」

ガラス戸を開け放った老婆はその場にちょこんと座りこみ、パンフレットを受け取りながら、

「暑いでしょう、そんなところに突っ立っていないで、お入りになったらどう」

と、やけにのんびりした声で言うのだった。

パンフレットを配りはじめてから数週間、そんな親切な声を聞いたことがなかったぼくは、疲れていたせいもあって、縁側に腰かけた。簾からなかをのぞくと、薄暗い和室が広がっていた。テレビがあり、それと向き合うようにして簡易ベッドがあり、部屋の真ん中に、ちゃぶ台がひとつあった。

「そんなところに腰かけて、へんな人ね」猫がのどを鳴らすような声で老婆は笑い、時間をかけて立ち上がると、奥へ消えた。不自由なのか、右足を引きずった、のっそりした歩き方だった。なんだかやけに長い時間のあとで、彼女は盆にグラスと瓶ビールをのせて戻ってきた。畳の縁に盆を置き、「はいどうぞ」と、華奢《きやしや》なグラスをぼく

に手渡す。そして両手で瓶を持ち、ゆっくりとグラスにビールを注いだ。

　今日はなんだかついてるな。ちょうど喉が渇いていた。老婆がついでくれたビールを、ほとんど一気にぼくは飲み干した。彼女はふたたび、両手で瓶を持ち上げる。やけに真剣な顔でビールを注ぎ、それを口元に運ぶぼくを、目を細めて眺めていた。

「すみません、ごちそうになっちゃって」

　あんまり彼女がぼくを凝視するものだから、気まずくなってぼくは言った。すると彼女はまた猫のような声で笑い、「やあね、他人行儀に」と言うのだった。

　そのときになってようやくぼくは思い至った。ぼくをだれかと間違えている。ひょっとしたら、この人、ぼけちゃってるんじゃないだろうか。

　そこでぼくが考えたのは、恥ずべきことに、上乗せ金額のことだった。この人の家に残りのパンフレット全部置いていったら、今日のぶんはもう終わりだ。それにひょっとしたら、このおばあさん、パンフレットに載っているあやしげな水や健康食品を、わけもわからず買ってくれるんじゃないだろうか。

　この話をだれにもしなかった理由、自分の恥部は、ここにある。自分を身内のだれかと間違っているらしい老女に、ものを売りつければ自分の得になる、二十歳の自分は平気でそう考えるような人間だったということ。

実際ぼくは、二杯目のビールを飲み干すと、紙袋からパンフレットすべてを取り出して、

「これ、ここに置いてくれないかな」と言ってみた。

「ああ、はいはい、ようござんす」おばあさんは言って、ぼくからパンフレットを受け取り、自分のわきに大事そうにそれを置いた。

「それから、あの、体調がよくなる水があるんだけど」

適当なことを言って、パンフレットのうしろのほうのページを開いてみた。これはさすがにどぎまぎした。だってぼくは、草加部と違って、それがいんちきだと思っていたわけだから。

「そんなことよりも、枝豆茹《ゆ》でますか」

老婆はしかし、パンフレットをちらりとも見ず、真顔でぼくに訊いた。

「え、いいんですか」

彼女が水を買うと言い出さなかったことに、少しだけ安堵《あんど》した。老婆は時間をかけて立ち上がると、なんにも言わずに奥の間に消えた。

ぼくは縁側に座ったまま、和室をじろじろと眺めまわしたり、ちゃぶ台の下に置かれたパンフレットにちらりと目を走らせたり、荒れ放題の庭に目を向けたりした。

婆さん、台所で倒れているんじゃなかろうか。本気でそう心配してしまうくらい長く待たされたあとで、ようやく彼女は戻ってきた。ガラスの鉢に、てんこ盛りの枝豆がのっている。それをぼくの前に置くと、老婆はまたもや瓶を両手で持ち上げて、ぼくのグラスにビールを満たした。

枝豆は、まだあたたかく、しょっぱかった。茹でたての枝豆なんて、ずいぶん久しぶりに食べた。香ばしくて甘味があって、ぼくの知っている枝豆とは違う食べものみたいにおいしかった。続けざまに枝豆を食べビールを飲んだ。そのまま畳に寝転がりたいような心地よさがあった。

「すみません、ごちそうになっちゃって」

気がつくと四時を過ぎていて、あわててぼくは立ち上がった。老婆はまぶしそうにぼくを見上げ、

「またきてくださるか」と訊く。

「えーと、あの、迷惑でなければ」ぼくはへどもどと答えた。ぼくを見る老婆の目が、なんだか赤ん坊みたいにまっすぐだったから。

「いってらっしゃいまし」

おばあさんは畳にこすりつけるようにして頭を下げた。まるい背中が、岩みたいに

もっとまるく盛り上がった。ぼくは逃げるように庭を出、門を出、住宅街をめちゃくちゃに走った。こわいようなうれしいようなさみしいような、世界一の犯罪者になったような、複雑な気分だった。

翌日の昼過ぎに、ぼくは記憶をたどってもう一度老婆の家にいった。またきてくださるか、と言われたからだ。そう自分に言い聞かせていたけれど、それは完全な言い訳だった。だってぼくは、紙袋にまたパンフレットを詰めこんでいったのだし、昼飯も食べずに電車に乗ったのだから。

垣根の家のインターフォンを押すと、また、庭のほうからちいさく返事が聞こえた。昨日と同じ要領で通路を歩き、庭へと出る。庭には洗濯物が干してあった。バスタオルやシャツや、ジーンズや下着。縁側の障子も窓も開け放たれていて、簾は上に巻きつけてあった。そうしてちゃぶ台の前に、老婆がちょこんと座っていた。

「こんにちは」縁側に腰かけて室内を見て、ぎょっとした。薄暗い和室に座る老婆の口が、真っ赤に塗られていたからである。

「あらまあ、お帰りなさい」

昨日と同じせりふを、座ったまま老婆は言った。

「どうぞお上がりになって」と続ける。はあ。ぼくはあいまいにうなずき、スニーカーを脱いでうながされるまま縁側から和室に上がった。煮物と線香と洗濯物の混じったようなにおいがした。ひんやりした畳の感触が、靴下越しに伝わってきた。所在なく立ち尽くすぼくに、老婆は座布団を勧めた。老婆の向かいにぼくは座った。薄暗い和室に目が慣れると、向かいに座る老婆が口紅だけでなく、頬紅をさしているのにも気がついた。薄桃色の頬紅。

「今」ぽつりとつぶやいて、老婆は難儀して立ち上がり、またよたよたと奥へと引っこんでいく。

しんとしていた。縁側からは死角になっていて気がつかなかったが、部屋の隅には仏壇があった。鮮やかな黄色の菊が飾ってあった。水菓子らしいものがそなえてあった。位牌は大中小と三つあった。

「支度を」盆を持って戻ってきた老婆はうなるようにつぶやき、ちゃぶ台に、昨日と同じグラスと同じ銘柄の瓶ビールを置いた。グラスは、冷蔵庫に入れて冷やしてあったらしく、乳白色に曇っていた。老婆は立ったまま腰をかがめてグラスにビールをつぐと、「しますから」口のなかでつぶやいて、また奥へと消えた。

仏壇の上、天井近い壁に黒い縁の額に入ったモノクロ写真が飾られていた。古めかしい顔つきの男性と、古めかしい顔つきの女性、それからまだ真新しいカラーの家族写真があった。男性と女性はまだ若く、ぎゅっと口を引き結んでこちらを見ている。その男性は老婆の父であるのか夫であるのか、また若い女性が老婆本人であるのか彼女の母であるのか、わからなかった。家族写真には、今よりはもう少し若い老婆と、中年夫婦、それに小学生らしき子どもたちが写っている。庭に干された洗濯物と考え合わせると、老婆は息子夫婦だか娘夫婦だかと暮らしているらしかった。写真のなかの子どもたちは、今では高校生か大学生くらいだろう。物干し竿にかかったジーンズやポロシャツや、柄つきトランクスは彼らのものだろう。

よろよろと、盆を持った老婆がおぼつかない足取りであらわれる。あわてて立ち上がり、彼女から盆を受け取った。受け取った盆を見おろしてぼくは驚いた。食事を期待していないわけでもなかったが（何しろ昼飯を食べずにきたくらいなのだ）、盆にはずいぶんな数の小鉢と皿が並んでいた。里芋の煮物、高野豆腐と椎茸の煮物、唐揚げ、魚の煮たもの、青菜のお浸し、ひじき煮、五目豆、ごぼうを牛肉で巻いたもの。

盆をちゃぶ台に置くと、老婆はぼくを押しのけるようにしてそれらをひとつずつ並べていった。そして、空になっていたぼくのグラスをふたたびビールで満たした。

「あの、これ」

えて笑った。

「どうぞ召し上がって。ご遠慮なく」しわがれた声で老婆は言い、片手で口元を押さえて笑った。

「じゃあ、あの」箸を手にして、おそるおそる唐揚げを食べた。冷めていたが、おいしかった。食べはじめると、昨日の枝豆みたいに止まらなくなった。毎日、居酒屋の賄《まかな》いとコンビニエンスストアの弁当ばかり食べていたから、家庭料理はなつかしくておいしかった。出汁《だし》の味、薄口醬油の味、そんなものが。

ビールが空くと、老婆が立ち上がって奥からもう一本ビールを持ってきた。グラスにつぐとき、こぽこぽと笑うような音がした。部屋が静かすぎるから、そのかすかな音がやけに大きく響いた。夢中で箸を口に運びながら、ふと老婆を見ると、正面に座った彼女はじっとぼくを見ていた。目が合うと、ぱっとうつむいて目を落とした。

なんだか妙な気持ちになった。暗い静かな和室で、向き合う女性が老婆なんかではなく、自分と同い年かもっと年下の女の子で、ぼくはその子に招かれてここにきて、そうして食事をしているような気分だ。ぼくらのあいだに、すでに何か濃密な時間が流れたような、そんな気分だ。自分の考えの異様さに顔が赤くなるのを感じた。目の前の老婆のようにぼくもうつむいて、無言で箸を動かし続けた。

へんな気持ちになったせいで、体じゅうがざわざわした。扉を開けたら断崖絶壁で、足を踏み出したらいけないと思いつつ、気持ちと裏腹に足がそろそろと前に出てしまうような、そんな気分だった。

ビールを二本飲み干したのを確かめると、老婆は奥からごはん茶碗と漬物ののった皿を持ってきた。ありがとうございます。口のなかで言い、ぼくはかきこむようにごはんを食べた。おかわりはいるかと老婆は訊いたが、ぼくは断った。そうして足元に置いた紙袋を引き寄せて、なかからごっそりとパンフレットを取り出した。

「これ、また置いていってもいいかな」おずおずとたずねると、

「ようござんす」昨日と同じ返答をして、老婆は受け取る。老婆はそれを、大切なもののように慎重にベッドの下に押しこんだ。大金が入っているとでもいうように、慎重に、だいじそうに。ベッドの下をのぞきこむと、昨日ぼくが手渡したパンフレットが、その隣に端を揃えて置いてあった。

「これ、ぼくが洗います」

すべて空になったちゃぶ台の上の皿を指し、ぼくは言ってみた。

「そんなのは男の人のやることじゃありませんよ」

老婆は笑って言い、盆に皿をのせていく。

「でも、あの、これじゃ食い逃げだから」

老婆から盆を取り上げて、ぼくは和室を出た。暗い廊下が続き、玄関の隣が台所になっていた。そこは和室とは違い、生活の気配がにぎやかに満ちていた。ダイニングテーブルの上には菓子パンやスナック菓子やダイレクトメールがのっていて、部屋の隅には贈答品らしい包みや紙箱が積まれている。ソファテーブルには朝刊が広げたまま置いてあった。テレビの上にはレースの敷物があり、オルゴールと砂時計と木彫りのくまがのっている。ガス台や換気扇は油で黒ずみ、流しの上には食パンや鍋、ラップや封の開いた海苔なんかが雑然と置いてある。水垢のこびりついた流しで、ぼくは小鉢や茶碗を次々と洗っていった。その部屋の生活感は、高校生まで住んでいた実家によく似ており、見知らぬ人の台所で洗いものをしていることの現実味はあんまり感じられなかった。なんだかごく当たり前のことをしているように思えた。それで、さっきのざわざわを思い出さずにすんだ。

帰ります、と老婆に言うと、

「またきてくださるか」昨日とおんなじことを言った。うなずくと、赤い唇を横に広げて笑顔を作った。あ、と声を出しそうになった。その顔と、モノクロ写真の女の顔が、見事に一致したからだ。そうか、あの写真は老婆の若いころか。だとすると、その隣の男性は老婆の夫だろうか。

ぺこりと頭を下げて、ぼくはまたもや庭を飛び出し、住宅街をめちゃくちゃに走った。その日、居酒屋のアルバイトはずる休みした。

明くる日もその次の日も、ぼくはその家にいった。パンフレットを紙袋に詰めて、腹を空かせて。最初は、老婆にまたこいと言われたから、というのが言い訳だった。けれどそれは、数日で反転した。パンフレットをあの家に置いてくれば一日歩きまわらなくてもいいし、タダ飯が食える。それが言い訳になった。言い訳を用意しなくてはならないほど、あの家にいきたいと思っている自分が不可解だった。

ひょっとしたら今日は、どこのどいつだと言われるかもしれないと、庭に続く狭い通路を歩くとき、きまって緊張したけれど、老婆はかならずぼくを見ると「お帰りなさい」とほほえんだ。

和室に上がらせてもらって以来、老婆はいつも食事を用意していた。午前中に老婆が作っているのか、前の日の家族の食事の残りなのかわからないが、とにかくちゃぶ台の前に座ると、冷えたビールと品数の多い料理が並んだ。

老婆はほとんど何もしゃべらない。ぼくが黙々と料理を食べるのを、じっと眺めている。目が合うと、あわてて目を落とす。薄桃色の頬紅が似合う少女のように。

土曜日、いつものように老婆の家を訪れて、インターフォンを押さずに庭にまわろうとしたとき、家のなかから声が聞こえて、ぼくはあわてて門から外に出た。にぎやかなテレビ中継（高校野球が流れていた）、皿を洗う音、二階からはロック（レッド・ホット・チリ・ペッパーズ）が聞こえ、おまけに、ちょっとユウジおりてきてちょうだいよー、と中年女性の甲高い声までもが聞こえてきた。一軒の家から漏れ聞こえてくるその騒音は、あのごちゃごちゃした台所ととても釣り合いのとれたものに思えたのに、自分の大切にしているものを、いたずらに壊されたような腹立たしさを覚えた。垣根の家に背を向けぼくは走った。

結局、その日もアルバイトを休んだ。なんだかやる気がしなかった。エアコンのない部屋に寝転がって天井をにらみ、あまりの暑さに耐えかねてビールを買いにいった。商店街の酒屋で缶ビールと百円均一の缶詰を買い、部屋に戻ってプルタブを開けた。老婆がいつも出してくれるビールと同じ銘柄のものを買ったのに、不思議と味がまったく違った。苦くて、素っ気ない味がした。缶詰に入ったさんまも、むろんまずかった。

月曜日にふたたび老婆の家にいった。土曜日の喧噪が嘘のように静まり返っていた。

ほっとした。自分の所持品を取り返した気分だった。そうしてその日も、老婆はぼくを待っていた。先週は、入院患者が着るような浴衣を着ていたが、その日は涼しげに見える和服を着ていた。

「旅行にいってらしたの?」と、あいかわらずビールを運んできながら彼女は訊いた。最初、何を訊かれているんだかわからなかったが、こなかった週末のことを言っているのだと理解した。「ずっと待っていたのに」老婆はうらめしげにぼくを上目遣いに見た。口紅と頬紅はその日もしっかりぬられていた。

彼女の頭のなかが、どんなふうになっているのかぼくにはよくわからなかった。ぼくをだれかと勘違いするほどぼけているようなのに、二日こなかったことはきちんと覚えている。何が線になっていて、何が点になっているのか。

ちゃぶ台には、先週と同じように料理が並ぶ。たまご焼き、しらすおろし、焼き魚、サツマイモのレモン煮、インゲンのゴマよごし、白和え、アスパラガスを豚肉で巻いたもの。

箸を手にとり、先週のようにぼくはそれらを食べはじめた。グラスが空くと、老婆が両手で瓶を持ち上げて、真剣な顔で注ぎ足した。冷やされたグラスを水滴がすべり落ちる音が、聞こえそうなくらい、静かだった。

サツマイモを口に運んでビールを飲む。インゲンを咀嚼《そしやく》し飲みこんでビールを飲む。秒針の音もエアコンがまわる音もしない。簡易ベッドやちゃぶ台が作る影に、音という音がすべて吸いこまれてしまったみたいだった。ふりかえると、ガラス戸の向こうで庭は白く光っていた。老婆はグラスにビールを注ぐ。グラスから白い泡がもりあがって、あふれそうであふれなかった。

その、こんもりともりあがって静止している泡を見つめ、唐突にぼくは理解した。老婆がぼくをだれと勘違いしているのか。仏壇の上をふり仰ぐ。まじめくさった顔でこちらを見ている男のモノクロ写真を見る。細長い顔、一重の細い目、引き結んだ薄い唇。ぼくにはまるで似ていない。いや、写真の男かどうかはわからない。けれど彼女はかつて愛しただれかとぼくを勘違いしているのに違いない。かつて愛した男。たぶん、生涯に一度だけ、最初で最後に愛した男。彼女はその男を前にしても、愛や好意を口にはしなかっただろう。相手に対する愛や好意を、理解すらしていなかったかもしれない。ただ彼女は、その男が食卓に腰を下ろすたび、グラスと瓶ビールを運び、小鉢に盛ったおかずを並べ、ビールを二本、男が飲み終えたのを確認して、ごはんと漬物を用意した。くりかえされるその習慣が、彼女の愛であり好意だったのだろう。そうして、今がいつか自分が何歳か忘れてしまっても、習慣だけが彼女の内にくっきりと残っている。だれかを愛した記憶として。

薄暗い、ひんやりとした和室で、ぼくが理解したのはそういうことだった。老婆は、箸を動かすぼくをじっと見つめている。目が合うと視線を落とし、それからゆっくりとほほえむ。もちろんぼくは彼女が愛した男ではないし、知り合いですらないのだが、その見知らぬ家の和室で、今まで感じたこともないくらい気持ちが安らぐのを感じていた。何か、とてつもなく分厚く頑丈なものに守られている、そんな安心感があった。最後に運ばれてきたごはんを漬物で食べながら、ちらりとぼくはベッドの下を見た。先週ぼくの置いていったパンフレットが、端を揃えてそこにあった。

その日、紙袋に入れてきたパンフレットをぼくは取り出すことをしなかった。帰ります、と言って立ち上がると、

「またきてくださるか」老婆が訊いた。

「また、きます」ぼくは言った。縁側に座り靴を履くぼくを、老婆は背後からじっと見つめていた。「ごちそうさまでした」立ち上がり、頭を下げると、老婆は赤い唇を横にのばして、いってらっしゃいとちいさな声で言った。

草加部から受け取ったパンフレットはまだまだあったが、配るのをやめてしまった。

そのかわり、ぼくは土日以外の毎日、老婆の家にいった。ビールとつまみ、ごはんと漬物はいつも用意されていた。グラスはいつも冷やされていた。老婆はいつも化粧をし和服を身につけていた。ぼくが箸で豆をうまくつかめずにいると彼女は声をたてて笑った。裏の神社に住んでいる猫が子どもを産んだ話をしてくれることもあった。老婆の家に寄ったあとは、なぜかかならずアルバイトにいく気力がなくなって、居酒屋のバイトは数日無断欠勤をしたためにクビになった。草加部がぼくの部屋に運びこんだパンフレットは、そのまま放置してあった。

当然のことながら、金はたまらなかった。近田ひろ子のためにレンタカーを借りる金もフランス料理をおごる金もなく、それどころか、映画のチケットを二人ぶん買えるかどうかもあやしいくらいだった。それでもぼくは、別のアルバイトをさがすこともせずパンフレットを配ることもせず、老婆の家に通い続けた。近田ひろ子とのデートは、どんどんどうでもよくなった。なんだか、近田ひろ子とデートをしたいと願った自分が、ひどく幼稚に思えた。話したこともない近田ひろ子に惹《ひ》かれている気持ちが、薄っぺらいものに思えた。友だちがみんな持っているからという理由で、ほしくもないローラースケートをせがむ子どもみたいに思えた。近田ひろ子とデートをするよりも、老婆の和室のちゃぶ台に、彼女と向き合って座っていたかった。あの奇妙な安心感に包まれていたかった。

けれど、八月三十日当日、ぼくはデートもせず老婆の家にもいかず、蒸し暑い自分の部屋に寝ころんでいた。

十日ほど前、いつものように老婆の家の門を開けたとき、玄関のドアが勢いよく開いて、髪の短い中年女性が飛び出てきた。

「あんたね」ぼくをにらみつけ、叫ぶような大声でわめき散らした。「あんただったのね！　毎日毎日台所に空き瓶があって、おかしいと思ったのよ、なんの企《たくら》みがあってうちに上がりこんでいるの！　年寄りにとりいってだまそうったってそうはいかないわよ！　こんなもの、こんなもの」中年女性は奥からパンフレットを持ち出してきて、ぼくに投げつけた。それはばらばらとぼくの足元に落ちた。「年寄り相手に売りつけようなんて許せない！　あんた、家はどこ、学校はどこ、名前を言いなさいっ！」すごい剣幕だった。ぼくはくるりと背を向けて、猛ダッシュで逃げた。「二度とくるなっ！　今度きたら警察につきだしてやるっ」背後で中年女性が叫ぶ声が聞こえた。逃げながら、老婆は着物を着て化粧をして和室に座っているのだろうかと思った。中年女性の声を聞いただろうか。聞いていなければいいと思った。きんきんした怒鳴り声が、ほかの物音みたいに、和室のそこここにある影に吸いこまれてしまっていればいいと思った。

駅についたら、全身から汗が噴き出した。自動販売機でジュースを買って一気飲みした。空を見上げた。何やってんだ、おれ。いい年して。口のなかでそうつぶやいて笑ってみた。そうしないと泣いてしまいそうだった。叱られて家を出された、ちいさな子どもみたいに。

夏の空は高く、雲のひとつもなかった。

その日以来、ぼくは老婆の家にはいっていなかった。そうして近田ひろ子とも、デートをする気にはなれなかった。

三十日の夕方、部屋に積んである段ボール箱を、草加部の部屋まで運んだ。彼は迷惑なような、あわれむような顔でぼくを見た。

「これ、返す」ぼくは言った。

「夏休みは終わるけど、それを配り終えるまで続けたっていいんだよ」草加部はなぐさめるように言った。

「いや、ぼくには向かないみたいだから、返すよ」

そう言って彼の部屋に段ボール箱を置いた。草加部は黙ってぼくを見ていたが、封筒から数枚の紙幣を抜き取ると、ぼくに渡した。想像していたよりずっと少ない額だったが、もちろんきちんと仕事をこなしていないわけだから、文句を言えるはずもなかった。それを受け取ると、草加部は言った。

「明日、集会があるからいっしょにこないか。このパンフレットのこともっとよくわかると思うし、ひょっとしたらもっときみに向いた仕事があるかもしれない」

ぼくはじっと草加部を見た。彼の白い額と、銀縁の眼鏡と、剃り残したらしい髭を。

「信じるものがあると、強くなれるんだろうな」

ぽつりと言うと、草加部が瞬間うれしそうな顔をしたので、思ったことをそのまま口にしたことを後悔した。草加部は眼鏡をずりあげながら、例の、宇宙だとか大神さまだとかの話をしようとしたが、ぼくは聞かず彼に背を向けた。

草加部の信じているものを信じる気にはまったくなれなかったけれど、何かを疑いようもなく信じている、ということにおいてのみ、彼を羨ましく感じた。信じるものがある、ということは、きっと、あの暗い和室で感じた途方もない安心感に、始終包まれているようなことにぼくには思えたからだった。

つまらない話だと思ったかもしれない。なんでこんなときに、そんな馬鹿みたいな話をするのか。そう思ったかもしれない。けれどぼくは、きみにこの話を聞いてもらいたかった。

　きみと生活をはじめるときに、ぼくはあの見知らぬ家の時間のことを思い出していた。あんなふうな時間が、ぼくらの生活に流れればいいと思っていた。すぐじゃなくたっていい、十年後、二十年後、五十年後でもいい。交際をはじめたころの強い恋愛感情が薄れたとしても、それはかたちを変えて習慣のなかにひそみ、そのことに、ぼくもきみも深い安心感を覚えるような、そんなふうにいつかなれればいいと思っていた。

　信じられるものを、ぼくは創り出したかったんだろう。それは恋愛感情というあいまいなものでも、婚姻という形式でもなくて、もっとささやかでちいさなもの。老婆が運んできたビールと、冷やしたグラスみたいなもの。こぽこぽというちいさな音や、湯気をたてる料理みたいなもの。お帰りなさい、いってらっしゃいとすりへるくらいくりかえす言葉。自分の名前すら忘れてしまったとしても、それだけは忘れない揺るぎない所作。そういうものを、きみと、創り出したかった。

　薄っぺらい紙切れを持って区役所にいったあの日、ぼくが思っていたのはそういうことだったのだと、今、どうしてもきみに聞いてほしかった。

　きみはとうにぬるくなったビールを、自分のグラスに注ぎ、ぼくのグラスにも注ぎ足す。ぼくらは目を合わせず、それを飲む。きみはちらりとぼくを見て、薄くほほえんでみせる。そうね、私もそう思っていたわ。ささやくようにきみは言う。

部屋のなかは充分あたたまり、ビールは心地よく喉をすべり落ちる。ぬるいビールを飲み干すと、空き瓶を持ち、ぼくは立ち上がる。きみは遠慮がちに、薄い紙を差しだす。何か創り出せると信じていたぼくらが、区役所に持っていった紙とよく似ているが、正反対の意味を持つそれを受け取り、ぼくは寝室を出る。台所にいき、グラスを洗う。洗い終え、きみから受け取った紙を広げてみる。あとは、自分の名前を書き入れるだけになっている。

そのときぼくは思う。ひょっとしたら、創り出せなかったのではなくて、実際は創り出したのかもしれない。信じられるささやかな何かを。明日から別々の生活をはじめるとしても、それは消えずにぼくらの内にあり、そうして何十年もたったある日、ふと思い出したようにぼくらを安心感で満たすかもしれない。

ダイニングテーブルにつき、ぼくははじめて字を覚えた子どもみたいに、慎重に、ゆっくりと自分の名前を書き入れていく。

地上発、宇宙経由

1

ジーンズの尻ポケットに入れた携帯がメール受信を知らせたとき、木山晶《きやまあきら》は顔をしかめた。舌打ちすらしそうになった。てっきり山田未樹《みき》からだと思ったのだ。

木山晶は前期の試験が終わってから、なぜか山田未樹にまとわりつかれていた。夏休みは最悪だった。実家に帰る予定はないとつい言ってしまったばっかりに、ひまだから会おうというメールが、最初は一日おき、次第に毎日、それでも放っておいたら一日三、四通はきた。だんだん晶はこわくなった。そういうふうには見えないけれど、山田ってストーカーの気があるのかも、と思った。それで、九月の半ばに新学期がはじまってから、極力学内で山田未樹と出くわさないように気をつけていたのだった。

尻ポケットから携帯を取り出し、晶はカフェテリアをきょろきょろと見まわす。三時限目がはじまったばかりの時間帯で、ガラスばりのカフェテリアにあまり学生の姿はない。隅で女子学生が数人ひそやかに話している。ガラスの向こうで、だぼだぼパンツの連中がストリートダンスの練習をしている。山田未樹の姿がないことにほっとして、晶は携帯電話を取り出した。

受信した電子メールを開くと、それは未樹からではなかった。知らない女からだった。

突然のメール、失礼かと思ったんだけど、思いきって送らせていただきました。

という文字が目に飛びこんでくる。差出人は、知らないアドレスになっている。デート商法かなんかか？　といぶかしみつつ、先を読む。

というのも、私、こないだはじめて携帯電話買ったんです。今ごろ、ですよ（ここに、晶からしてみたら意味不明の顔文字があった）。どうして携帯電話を買ったかというと、夫が転勤になったんです。転勤先と連絡がうまくつけられるようにって、買ってもらったんです。

今まで携帯を持っていなかったので、アドレス知っている人少ないし、こういうの送ったこともなかったんだけれど、ちょっと試しに送ってみたくて、メールしちゃいました。お仕事中、迷惑だったらごめんなさい。よかったらお返事ください。では、お体ご自愛ください。

間違いメールらしいとすぐわかったが、なんだか文面がすごくアンバランスに感じられて、しかしどの部分のバランスが悪いのかよくわからず、まるで読み解き問題に向き合うみたいに晶は真剣にそれを読み返した。

ご自愛、ってなんだろう。晶は思う。自を愛せって、なんかやらしいことだろうか。ふつうのメールに見せかけた、エッチメールとか？　けれど何か、あやしい感じがしない。まるでしない。晶はメールを読み返しながら、とうに冷めた紙コップのコーヒーをちびちびとすする。

キヤマ、と呼びかけられて晶は顔を上げた。カフェテリアの入り口から、語学のクラスが同じ、近藤が顔をのぞかせていた。晶は携帯電話をポケットに押しこみ、飲みさしのコーヒーを片づけもせず席を立った。

「オメ、めずらしいじゃん、最近さぼってばっかだろ。四限、映像学、出る？」

「代返《だいへん》きかないから出ようと思ってきたんだけど、山田がさあ」

「まだつきまとわれてんだ、でも映像学は人数少ねえからもぐれねえだろ」

「そっか、そうだよな」

　近藤と歩調を合わせ晶はカフェテリアを出た。四限のはじまりまであと三十分近くあるが、近藤が三号館のほうに向かうので、晶もなんとなくついていった。

「今週、飲み会あるらしいじゃん。出る？」近藤が訊く。

「ああ、金曜だっけ？　出てもいいんだけど、山田がなあ」

　近藤は背を折り曲げて笑い出す。

「オメ、山田山田って、山田でスケジュール決めてたいへんだよな、ぴしっと言えばいいじゃん、つきまとうなって」

「おれ、そういうのまじでだめなの」

「けど、山田こわくて学校こないわ飲み会こないわで、あと二年過ごすの無理だろ？　それとも山田ごときのために留年すっか？」

「会わなければ二、三カ月で山田も矛先《ほこさき》変えてくれるかと思ってんだけど」

　近藤とともに校舎に足を踏み入れる。三号館は古く、いつもかびくさいにおいが漂っていて、廊下は薄暗い。ところどころ教室のドアが開け放たれていた。人のいない教室もあれば、授業をしている教室もあった。近藤と晶はしばらく黙って廊下を歩き、階段を上る。

映像学の３０１教室では、まだ前の授業が行なわれていた。廊下にあるベンチに腰掛け、近藤は煙草に火をつける。半分開いた後ろのドアから、晶は３０１教室をのぞいた。

前を向いた学生たちの頭のなかに、岡田椿《つばき》を見つけ、晶は泳がせていた目を留める。襟首にはりつくような椿の短い髪を、晶はぼんやりと眺めた。

「いっそのことつきあっちゃえばいいじゃん」

煙草の煙を吐き出して、小声で近藤が言う。

「冗談」晶は軽く笑った。

椿は首を傾《かし》げるようにして授業に聞き入っている。髪を耳にかけている。窓からさしこむ陽射しが、椿の耳の輪郭を金色に染めていた。

「あーあ、合コンしてえなあ」

近藤は伸びをして言う。晶は椿から目を逸らした。

「そういやさあ、さっき、へんなメールがきたんだけど、これってなんかやばいメールだと思う？」

晶はポケットから携帯電話を出し、さっき受信した文面を近藤に見せた。画面をかざすようにして読んでいた近藤は、

「間違いだろ。どっかの主婦がアドレス間違えたんだ」

つまらなそうに言う。

「やっぱそっか。そうだよな」晶は携帯を近藤から受け取り、もう一度文面を見た。

「おまえのアドレス、ツリーとかそんなのじゃん。そういうのってあるよ。おれの友達、ドッグだかキャットだかのあとに年齢入れて@なんだけど、しょっちゅうくるらしいぜ」

「若いかな」

「おばはんだろ。そのだせー顔文字。おばはんって、意味不明な顔文字使うよな」

晶は笑った。ドア付近に座っている学生が、ふりかえってベンチに座る晶たちをにらむように見た。

「そうだキャヤマ、返事出してみようぜ、相手になりきって」

短くなった煙草を灰皿に投げ捨て、急に顔を輝かせて近藤は言った。

「えー、じゃ、おまえ打ってよ」

晶が渡すより先に近藤は携帯電話を奪い取り、背をまるめてぷちぷちと文字を入力しはじめる。のぞきこむと、やけに真剣な顔をしている。

おれたちって、結局ひますぎんだよな。ふと晶は思う。未樹も。近藤も。おれも。

「どうよ、これ」

差し出された携帯電話のちいさな画面を晶は凝視する。

ひさしぶり。突然のメール、驚きました。それにしても、今ごろ携帯電話を持つなんて、めずらしいよね。ダンナさん、どこに単身赴任したの？　ひとりじゃさみしいんじゃない？

ときどきはメールください。迷惑なんてことないので。草々。


と、ある。晶は笑い転げた。

「さみしいんじゃない、はねえだろ」

「こう書いたほうが、なんかもりあがるかもしんないじゃん。人妻だし」

「草々、ってなんだよ」

「いいから、送れよ、送れ」

近藤は晶からふたたび携帯電話を取り上げ、送信ボタンを押してしまう。あっ、やめろ、と晶がちいさく叫んだときには、画面は「送信中」の図柄になっていた。犬が手紙をくわえポストにとことことこと歩いていく。

「あーもう、おれ知らねえぞ」

晶が言ったとき、チャイムが鳴り響いた。301教室はにわかに騒々しくなる。前のドアからスーツ姿の老教師が出ていって、学生たちが次々と廊下に出てくる。「送信終了しました」と告げる携帯電話をポケットに押しこみ、晶は立ち上がる。椿はだれと会話することもなくひとりで教室を出てきて、立ち上がった晶の前を足早に通りすぎていった。暗い廊下に遠ざかるその後ろ姿を数秒晶は見つめる。見知らぬ女にメールを送ったことを、いや、見知らぬ女が間違えて送ってきたメールを近藤に見せたことを、今さらながら晶は深く後悔した。

「返事きたら教えてな、絶対」

子どもみたいな顔で念を押し、近藤は教室に入っていく。

2

買ったばかりの携帯電話が奇妙な音をたてたとき、新橋《にいはし》ちひろはダイニングテーブルで料理雑誌を開いていた。テーブルの隅に置いた携帯電話をこわごわと見つめる。つい数日前、呼び出し音もメール着信音も自分で設定したのに、聞き慣れないその音が何を知らせているのかとっさにはわからなかった。携帯電話の薄いフラップを開く。Eメール一件受信、と画面に書いてある。受信メールを呼び出すのにも手間取った。ようやく開き、

「うそ、すごい」

ちひろは思わずつぶやいた。メールは園田《そのだ》悠平《ゆうへい》からだった。ダイニングテーブルに向かったまままちひろは何度も何度もメールを読んだ。

今まで携帯電話は持ったことがないし、また夫のパソコンにも手を触れたことがなく、メールという概念が、ちひろにはそもそもなかった。東京の友人たちから便利だと幾度も聞かされたが、しかしこの町に引っ越してから、一番親しかった友人とですら一カ月に一、二度の電話しかしていないちひろにとって、メールのやりとりが必要には思えないのだった。

はじめて持った携帯電話に最初にメールを送ってきたのは夫の洋介《ようすけ》だった。「仕事終わった。今から帰るところ。そっちは変わりない？」という文面。そんな文面になんと返信すればいいのか、ちひろは首をひねった。とりあえず質問に答えればいいと思い、変わりない、と打とうとし、しかしボタンはあまりにもちいさく、幾度も打ち間違いをして、その一言入力するだけでヒステリーを起こしそうだった。その素っ気

ない文面を返信すると、数分もたたずして、また夫からメールがきた。「今月末の週末はそっちに帰る。やっぱり、ちひろのごはんが恋しいよ」とあった。それになんと応えたらいいものやら思いつかなかったし、文字を打ちこむのもうんざりだったので、返信しなかった。すると夫からもそれきりメールはこなくなった。

夫からのメールがこなくなると、携帯電話は壊れたように静かだった。切れた電池のごとく静かだった。そうなるとちひろは不安になった。だれにも携帯電話の番号を伝えていないことを思い出し、名刺や今年はじめの年賀状を持ち出して、親しい、もしくは親しかった友人に、片っ端から電話をかけて携帯の番号を伝えた。電話をするほどの仲でない人には、苦労してメールを打った。親指が軽くしびれた。

そして園田悠平である。携帯電話をはじめて買ったというちひろからのメールを受けて、学生時代のクラスメイトが、共通の知人幾人かのメールアドレスをまとめて教えてくれた。そのなかに園田悠平の名があった。ほかの何人かに混じって、携帯電話の番号とアドレスが記されていた。

悠平の名前を見つけたときはどきりとした。連絡をとってみようと手帳に書きこんだ。しかしそんなことを本当に望んでいるのか不安になった。悠平も、自分もである。考えているうちに夕方になった。その日は結局送らなかった。

そして今日、洗濯を終え掃除を終え、なんにもすることがなくなってワイドショーを眺めていたとき、ちひろは唐突に思ったのだ。気にすることなんかなんにもない、だってメールなんだもの、と。

何も電話をするわけではないのだ。メールを送るだけなのだ。返信したくなければ無視できる。手紙と違って重々しくならないだろうし、嫌なら消去すればあとには何も残らない。何をうじうじ悩む必要がある。

ちひろは意気揚々とボタンを打ちはじめた。「元気でいる？　あいかわらず酔っぱらってるんじゃない？」と打っては、馴れ馴れしいと思いなおしてクリアボタンを押し、「ご無沙汰しております」と打っては、かた苦しいかと思いなおしてクリアボタンを押した。文面に熱中するあまり、打ち間違いも親指の痛みも苦にならなかった。

そうしてついさっき、送信ボタンを押したのだった。

返事はこなくて当然と思いこもうとしていたのに、一時間もせず返信がきた。

ひとりじゃさみしいんじゃない？　ときどきはメールください。迷惑なんてことないので。

画面に浮かび上がる文字に、悠平のなつかしい声が重なる。だいじょうぶ？ ひとりで帰れるの？ と訊いた悠平の声。

手のひらにすっぽりおさまる電話機を、ちひろはまじまじと見る。これはなんだ。この機械はなんだ。五年間という時間を、あっというまに飛び越えてしまった。私たちのあいだの、ずいぶん遠く感じられる距離を、一瞬にして縮めてしまった。

ちひろは背を丸めて携帯電話をいじり、返信を書きはじめる。

お返事ありがとう！ もらえると思っていなかったから、ちょっとびっくりしちゃいました。お仕事はどう、順調？ ときどき、私はまだあそこで働いているような気がすることがあるの。朝目覚めて、まだ覚めやらない頭で、今日はカレー屋を五軒まわるんだから胃薬を忘れないようにしなきゃ……なんて考えたり

そこまで打って、ちひろは顔を上げた。いきなりこんな親しげな口調では、悠平も戸惑うに違いない。それに、返信の返信をあまりに早く出したら何か下心があるように思われるかもしれない。今日のところは我慢して、明日返信を打とう。迷惑じゃない、とあるのだから、かまわないだろう。

ちひろは携帯電話をわきへ押しやり、さっきまで見ていた料理雑誌に目を落とす。夕食の献立を考えはじめる。いつのまにか、窓からさしこむ陽射しは金色がかっている。ツナの麻婆豆腐、秋刀魚《さんま》の蒲焼き丼……ページをめくりながら、しかしちひろの頭のなかでは、ときどきはメールください、迷惑じゃないから、と悠平の声ばかりがくりかえされている。

3

壁に掛かった時計が九時近くなったのを確かめて、園田悠平は決して広くはないフロアを見渡した。残って作業しているのは、学生アルバイトひとりだった。彼女を食事に誘ってもセクハラになんかなんないよな、とちらりと思ってから、名前を思い出せないことに気づく。

「おなか空かない？」名前を呼ばず話しかけると、学生アルバイトは顔を上げた。

「空きましたけど、あと少しで終わるんで」男の子みたいに短い髪の女子学生は笑顔で答える。

「今日はそのへんにしてさ、軽く飲まない？」

アルバイトはまじまじと悠平を見、「ごちそうしてくれるんですか」と真顔で訊いた。

「うん、そのつもりだけど」悠平が答えると、

「やった！　よろしくお願いします」と頭を下げた。

事務所の明かりを落として鍵を閉め、狭いエレベーターに乗りこんでも、悠平はアルバイトの名前を思い出せない。エレベーターが一階につき、扉が開く。ビルを出ると、夜の風はほとんど冷たいくらいだった。

食べたいものはあるかと訊くと、居酒屋にいきたいとアルバイトは答えた。

「居酒屋なんかでいいの？」

「はい。居酒屋はメニュウがたくさんあって、まんべんなく栄養がとれますから」

アルバイトは悠平を見上げ、にっこりと笑う。石森さんと呼びかけそうになり、悠平はあわてて言葉を飲みこむ。隣を歩くアルバイトを盗み見る。石森ちひろに、確かに似ている。顔の造作《ぞうさく》というよりも、雰囲気や表情が似ている。はきはきと答えるのに、どこか上の空でいるようなところとか。顔じゅうで笑うその笑顔が、不思議と静かで、夜に咲く白い花を思わせるようなところとか。石森ちひろは結婚して名字が変わったんだった。今の名字を、悠平は思い出そうとするが、こちらも思い出せない。

「すみません」悠平はアルバイトに向かって頭を下げた。「きみの名前、思い出せないんだけど」聞いておかないと、うっかり石森さんと呼んでしまいそうだった。

「そんな、あやまらなくていいですよ。アルバイト全員の名前まで、覚えられるもんじゃないですよ。私は岡田と申します。岡田椿です。M大学二年です」

アルバイトは立ち止まり、ていねいに頭を下げてみせる。

「えっ、M大？　後輩じゃん」

悠平は驚いて言い、しかしM大はマンモス校だから、さほど驚くことでもないかと思いなおし、

「岡田椿くん。ぼくは園田です。園田悠平と申します。M大卒で、現在ツリー企画の代表者です」

悠平もまねしてお辞儀をすると、椿は笑い転げた。背をのけぞらせて笑っているのに、笑い声が発したとたん夜気に吸い取られていくようで、悠平は一瞬錯覚を抱く。自分がまだ二十代で、もちろん結婚などしておらず、石森ちひろと深夜の東京を歩きまわっているかのような。

事務所にほど近い、ちいさな料理屋に悠平は入った。カウンターに椿と並んで座る。まいど、とカウンターの内側から主《あるじ》が声をかける。このところ毎日のように事務所に

残っているだれかをつかまえて悠平は仕事帰りに飲んでいる。この店にも、週に一、二度はきている。「ビールでいいのね」和服姿のおかみさんが、そう言いながらすでに瓶ビールの栓を抜いている。

「先輩、常連ですね」椿が小声でささやいた。感心しているふうだったが、しかし悠平は恥ずかしくなる。

「家で冷遇されてるもんで」それで、わざと本当のことを言った。言ってから、なんだか口説き文句みたいだと思い、あわててつけ加える。「毎週きてんの、立花さんとか、野村とか誘って。久保田真理子なんか、おれのこと、帰宅拒否児なんて言うんだぜ」

「帰宅拒否児なんですか」笑わせようと思ったのに、椿は笑わず、じっと悠平を見つめる。ビールが運ばれ、悠平は椿のグラスについでやったが、椿は悠平に酌《しゃく》をしようとしない。仕方なく手酌で注ぎ、「おつかれさん」椿のグラスにグラスを軽くぶつけて、ほとんど一気に飲み干した。

「お嬢さん、上司にはつがれる前につぐもんよ。ほら、空いたらついでやる。女が酌をするのがどうのなんて、小難しいこと言わないでよね、うちはそういう店じゃないから」

六十近いおかみさんは椿の肩を叩く。小言の多い人だが、なんでもぽんぽん言うわりに、言い方にあたたかみがある。椿は飛び上がって驚いて、

「あっ、すみません」あわてて悠平のグラスにビールを注いだ。慣れていないのだろう、泡があふれてグラスの表面を伝う。「ああ、ああ、ごめんなさい」

デジャヴのようだった。そっくり同じ場面を前にも体験していた。隣に座っていたのは二十歳の石森ちひろだった。二十一歳の悠平は泡のあふれたグラスに口をつけた。ビールの泡が白い髭みたいだと言ってちひろは笑い転げた。

最近石森ちひろのことをよく思い出すのは、このアルバイト学生がやってきたからだろうか。それとも、五年続いた結婚生活の破綻が見えはじめているからだろうか。後者だとしたら、おれは正真正銘の馬鹿だと悠平は思う。

「でも、社長が先輩だったなんて」椿が言う。

「社長って呼ぶのやめてくれる？　園田でいいよ、園田で。けど、あんまりめずらしいことじゃないぜ。野村もそうだし、うちに出入りしてるカンノちゃんもそう。岡田さんは何学部なの」

「文学部です。園田は？」

いきなり呼び捨てにされ、悠平は目を丸くして椿を見た。

「え、だって、あの、園田でいいって今社長が……」

椿は消え入りそうな声で言う。悠平は背をのけぞらせて爆笑した。

「園田さんとか、あるでしょう、おい園田、でもべつにいいんだけどさあ」

「すみません、すみません」

椿は真顔で幾度も頭を下げた。そうしながら自分でも笑い出す。「園田はないですよね」

悠平と椿はカウンターで笑い転げた。笑いすぎて涙まで出た。

石森ちひろとは不思議な縁があった。二十一歳のときはじめてつきあった。一年つきあって、別れた。ふったのは悠平だった。ちひろはなんというか、悠平にとってよくわからない女だった。何を話していても上の空みたいで、ひとりでもまったくへっちゃらな女に見えた。現に連絡するのはいつも悠平だった。二週間でも三週間でも連絡せずにいると、まったく音信不通になった。もちろん学内で顔を合わせたが、ちひろはいつも女友達といて、軽く目配せはするものの、親しげに近づいてくることはなかった。その淡泊な交際は、悠平には物足りなかった。

たまたま合コンで迫ってきた女がいて、それで悠平はそちらにのりかえた。別れたいなどと言わなくても、悠平から連絡をしなければそれで終わりだった。交際していたことが嘘みたいにあっさりと、ちひろとは自然消滅した。

料理がカウンターに置かれると、いただきますと椿は手を合わせ、小皿にとって食べはじめる。大根と豚バラ肉を煮たもの、肉詰め椎茸の揚げもの、青菜のお浸し。「あ、おいしい」独り言のように言って食べ続けている。空いたグラスに、悠平はビールをついでやった。

けれどちひろとはそれで終わりにはならなかった。大学を出た後、悠平が就職した出版社に、次の年、派遣社員としてちひろはやってきた。地図を扱うちいさな出版社で、悠平とちひろの席は隣り合わせだった。再会を驚きあったあと、二人で食事をするようになるのに時間はかからなかった。

気がついたらよりは自然に戻っていた。食事のあとで、どちらかのアパートに寄るのが習慣になり、月曜日はともに出勤することが多くなった。そうして一年半後、また悠平は一方的にちひろをふることになった。ちひろは騒ぎも泣きもせず、ただ、派遣先を変えた。

しかしそれでも縁は切れなかった。次の再会は歯科医院である。悠平は二十九歳になっていた。以前勤めていた出版社をやめて、編集プロダクションに勤務していた。仕事の合間にいく歯科医院の待合室で、ばったりとちひろと会った。ちひろの勤める仕事場が、すぐ近くにあるらしかった。

二回もふった経験があるから、悠平はできるだけ親しくならないようにつとめていた。けれど無駄な努力だった。悠平にはそのとき交際している女がほかにいたが、歯医者で数度顔を合わせるうちまた親しく口をきくようになり、食事をするようになり、どちらかの部屋（このときはちひろの部屋のほうが多かった）に寄るようになった。そのとき悠平は、交際している女がいること、別れるつもりはないことを最初からうち明けていた。それでもちひろは悠平を誘ってきたし、アパートのドアを悠平のために開けた。

三十を過ぎて、悠平は勤めていた会社を同期の人間何人かとともに辞め、新しく編集プロダクションを興した。情報誌やファッション誌の、下請けの下請けのような仕事ばかりだったが、なんでも引き受けたからいつも忙しかった。この会社に、悠平はちひろを誘った。二年ほど同じ職場で働いた。その二年のあいだに、悠平は交際していた女と別れた。ちひろとのことを真剣に考えないでもなかった。ちひろとの不思議な縁について何か思わないでもなかったし、結婚という言葉を考えないこともなかった。

しかし三十二歳になった悠平が結婚を前提に交際をはじめたのはちひろではなく、

フリーランスでライターをやっている三つ年上の女だった。結婚することになったと、ちひろにどう伝えようか迷っているあいだに、ちひろから退職願が出された。結婚して、静岡にいくことになったとちひろは笑顔で言った。それが本当だったのかどうか、悠平にはわからない。ひょっとしたら、と悠平は思うのだ。結婚のことを言い出せない自分を気遣って、ちひろはそんなふうに辞めていったのではないかと。

三つ年上のフリーライターとの結婚がうまくいったのは、最初の二年間だけだった。お互い忙しく、ほとんど別居のような三年間を経て、つい数ヵ月前、ほかに好きな人がいると妻にうち明けられた。私はこの五年間ずっとさみしかった、馬鹿みたいな結婚だった、好きな人ができて自分はほっとした、あなただってほっとしたでしょうと、夏休みの予定を話すような口調で妻は言った。

「ひょっとして、沈黙酒の人ですか」

声をかけられ我に返った。椿が頼んだのか、おかみさんが気を利かせたのか、目の前には冷や酒が置いてある。

「なんだ、沈黙酒って」悠平はそれに口をつけて笑った。

「絡み酒とか、泣き酒とかあるでしょ。酔うと黙る人が沈黙酒」

おもしろそうに言って笑う椿の両頰は、もう赤く染まっている。どのくらいの速度で食べたのか、カウンターに並んだ皿はほとんどが空だった。

「おにぎり頼もうか?」訊くと、はい、と即座に答えが返ってきた。「ひょっとして石森さんって苦学生?」訊いてから、名前を間違ったことに気づき悠平は咳払いをした。「失礼、えーと岡田さん」

しかし椿は、違う名前で呼ばれたことなど気にするふうもなく、

「苦学生といえば苦学生ですね。うち、母しかいないし、母は学費も仕送りも出してくれないんで」あっけらかんと言う。

「そうか。もっとたかったらいいよ。野村とか、久保田真理子なら、昼飯くらいはおごってくれるんじゃない」

「じゃあ、また残業したとき飲みに連れていってください」

椿は赤い顔で言い、運ばれてきたおにぎりにかぶりついた。襟足の短い髪と、すっとのびるアルバイト学生のうなじを悠平は眺め、あわてて目を逸らして冷や酒を飲む。石森ちひろって、結局なんだったんだろうと再度悠平は考える。あるいは、縁っていったいなんなんだろうと。ずるさや責任感のなさを自覚するためだけに、おれはちひろに会ったんだろうか。ふらふらよそ見をせずにちひろと結婚していたら、今自分は幸せだっただろうか。

ちひろが今どこにいるか悠平は知らない。自分を恨んでいるかどうかも、今幸せかどうかも、知りようがない。

「あのう、おにぎりもうひとついただいてもいいでしょうか」

遠慮がちに訊く椿を、悠平は見る。

「どうぞどうぞ、二個でも三個でも」

そんなものくらいお安いご用だと、心のなかでつけ加える。

4

悠平とは帰る方向が逆だった。礼を言い、青になった横断歩道を椿は急いで渡る。渡ってからふりむくと、まだそこに悠平は立っていて、行き交う車の向こうから手をふり、背を向けて地下鉄乗り場に向かう階段を下りはじめた。椿もあわてて、ちょうど道路を挟んで反対にある地下鉄乗り場の階段を下りる。そんなに酔ったつもりはないのに、踊り場ですっ転んだ。痛みはあんまり感じなかった。自動改札に定期券を押しつけてホームに出、向かいのホームに悠平の姿を捜す。転んでいるあいだに上り電車はいってしまったのか、向かいのホームにはほとんどひとけもない。

空いているベンチに腰掛けて、ＭＤのイヤフォンを耳につっこむ。レッチリの古い曲が流れ出す。酔ってカラオケにいくと悠平はレッチリを歌うのだと、バイト先の社員、久保田真理子がいつか話していた。

悠平を好きなわけではないと、目を閉じ曲を聴く椿は心のなかで文章にしてみる。あんなおじさん、好きになるはずはない。地下鉄の轟音が、ＭＤから流れる曲の邪魔をして、椿は目を開けベンチから立ち上がる。

「ファザコンなんじゃないの」

椿の話を聞いて、同居人の三國弓彦は言う。

「だって私、父親いないもん。いないっていうか、記憶にないもん」

椿の両親は、椿が二歳になる前に離婚している。ずっと長いこと、母は椿に、父親は事故で死んだのだと言っていた。そうではなくて、彼らはただ離婚しただけで、父はどこかで生きていると知ったのは、椿が高校三年生のときだ。以来、椿は母を許せずにいる。とんでもない馬鹿女だと思っている。

「ばーか、そういうのもファザコンなの。知らない父親の影を慕うっていうか」

六畳ほどの台所兼食堂に置いたまるいテーブルに両肘を立て、熱心にメールを打ちながら弓彦は言う。

「馬鹿って言うな、馬鹿。そういうんじゃないんだよ、本当に。ただなんていうか、わかる気がするんだよね。クラスメイトの男の子なんかより、ずっとよくわかるような気がするの」

ガスにかけたやかんを見つめて椿は言う。

「わかるって、何がさ」

「なんか、園田さんって、だめだなあって感じの人なんだよね。結婚してるのに毎日どっかで飲んでるみたいだし、浮気とかなんにも考えずにしちゃいそうな人でさあ、きっと結婚もうまくいってないんだよ、あーこの人、どうしようもないなあって、こんなに年下の私が思うわけ、でもそのだめな感じが、よくわかる」

「おかあさんのことは許せないくせに、バイト先のだめ上司は許せるってわけか」

「だからさあ、つっかかんのやめてよ」やかんの注ぎ口からいきおいよく湯気が上がり、椿はガスを止める。「あの人とは違うの。そういうんじゃないの」インスタントコーヒーの粉末を入れたマグカップに湯を注ぐ。「何よ、メール依存症」

憎まれ口をたたきながらも、椿は弓彦の向かいに座り、コーヒーを飲む。

「仕事だっつーの」

「まっとうに生きなよ、弓彦くん」

三國弓彦は高校のクラスメイトだった。授業をサボタージュして繁華街をうろついていると、必ず弓彦に会った。それでなんとなく親しくなった。高校を出て、家出同然に実家を出てきた椿は、アパートを借りるお金がなくて、都内の大学に通う弓彦の下宿に転がりこんだのだった。九万五千円の2DKである。家賃は親が払っているからいらないと弓彦は言うが、アルバイトをはじめてから椿は二万円、居候《いそうろう》代として弓彦に支払っている。

交際しているわけではない。色っぽい雰囲気になったこともないし、これからなることもないだろうと椿は思っている。だいたい、弓彦はだれかを真剣に好きになったりするような男ではないんだろうと思う。高校時代から、なんとなく弓彦は椿にとってきょうだいみたいに思えた。弓彦も自分のことをそう思っているのではないかと思う。男と女が親しくなるのは何も恋愛によってばかりではない、というのが椿の持論である。赤の他人なのに、会ったときから何か通じ合える異性というのはいると思う。血がつながっているのに、決して近づけない親と子がいるように。

けれどこういうこと――恋人ではない異性と同居しているというようなこと――をたとえば園田悠平なんか絶対に理解しないだろうと思う。悠平の会社で働く年上の社員たちも、へたしたらクラスメイトたちでさえ。クラスメイトときたら、だれとだれがつきあっているとか、そんな幼稚な話ばかりしているのだから。弓彦と部屋をシェアしていることを椿はだれにも言っていない。

「ねえ、見せて」

テーブルに身を乗り出し、弓彦が夢中で打っているメールをのぞきこむが、

「守秘義務」

弓彦はディスプレイをさっと片手で覆ってしまう。

「阿漕《あこぎ》なバイトのくせに、律儀なんだね」嫌味を言うと、

「まあな」えばりくさって弓彦は答えた。

「お風呂入って寝ーようっと。先、入るからね」

「あいよ」携帯電話から顔を上げずに弓彦は答える。

弓彦のバイトは、テレフォンクラブのサクラみたいなものらしい。不特定多数の男性から送られてくるメールに、女のふりをして返事を打つ。メールのやりとりをたくさんやればやるだけ、だれかが儲かる仕組みになっている。まともなバイトではないが、やめろと言える筋合いでもないし、と椿はいつも思う。ただ、弓彦があaして、何かに取り憑かれたように偽メールを送っているのを見ると、さすがに不快感を覚える。なんで弓彦なんかにだまされてメールを送るのかと、見ず知らずの「顧客」にた

いして腹立ちすら覚える。

風呂から上がり、あいかわらずメールを打つ弓彦にかまわず、和室に入る。四畳半の和室が椿の部屋で、反対側、六畳の洋室が弓彦の部屋だ。布団を敷き、MDイヤフォンを耳にねじこんで部屋の明かりを落とす。枕元に置いた携帯電話が緑色に光る。イヤフォンを外しディスプレイを見ると、メールが受信されていた。

母からだった。教えるつもりはなかったのに、高校時代のクラスメイトがうっかり椿のメールアドレスと携帯番号を教えてしまったのだ。電話はかけてこないが、一週間に一、二度の割合で母は椿にメールをよこす。無視していても気にせずよこし続けている。

ずいぶん寒くなったわね。ちゃんとごはんは食べていますか。住所だけでも教えてくれないかしら。送りたいものがあるの。お金だって

そこまで読んで椿は携帯電話の電源を落とした。イヤフォンをもう一度耳につっこみ、布団をかぶる。

母に会うつもりもないいし、住所を教えるつもりもない。学費を出してもらえなかっ

たと悠平には言ったが、実際は椿のほうが断固として断ったのだ。会わないまま、母が死んでしまったってきっと泣かないだろうとも思う。ひとつだけ、椿は深く後悔していることがある。そのことを思い出すと地団駄を踏みたくなるくらいの後悔だ。

家を出る間際、椿は母に言ったのだ。あんたなんかに産んでほしくなかったと。椿が後悔しているのは、母にひどいことを言ったからではない、そんな陳腐な、決まり文句を言ったことが悔やまれてならないのだ。

どうせ傷つけるのなら、もっと独創的なせりふを言えばよかったと椿は後悔しているのだった。母が一生忘れられないような、一生立ちなおれないような、自分にしか言えないせりふを投げつけてやればよかったと。

5

どうせ返事なんかこないんだろうな、と思いながら、

明日、たぶん昼前にはそちらに着きます。熱海を過ぎたらメールするから、駅まで出てこない？　昼に、何かうまいものをごちそうします。

と打ったメールを、新橋洋介は妻のちひろに送った。

送ってから、携帯電話を放り出して荷造りをはじめる。洗濯していない衣類を紙袋にまとめ、洗濯済みの下着やシャツを旅行鞄に詰める。数分で終わってしまい、あとは何が必要かと狭い部屋のなかを見渡すが、たった一泊じゃないかと思いなおす。たった一泊するだけだ、忘れ物なんかあったってかまいやしない。

洋介が借りている部屋は社員寮で、六畳一間に二畳ほどの台所がついているきりだ。東京に呼び戻されることはないと思っていたし、だからこそ新築マンションを買ったのに、買うなり東京勤務になった。二年という期限付きだが、この狭苦しい部屋を見たときは、正直めげた。

しかし三カ月もすると、なんだか学生に戻ったような、浮き足だった解放感を覚えるようになった。冷蔵庫から缶ビールを取り出し、トランクスにTシャツ姿で万年床にあぐらをかき、洋介はテレビをつける。床に放った携帯電話をちらりと見遣る。案の定、ちひろはなんの返信もしてこない。

筋のわからないテレビドラマを流したまま、洋介は携帯電話を手にし、今度はべつの相手に向けてメールを打ちはじめる。

顔も知らないメル友なんていうのは、自分よりずっと年下の連中の、意味のわからない荒廃した遊びだと洋介はずっと思っていた。けれどある間違いメールがきっかけで、知らない女の子とメールのやりとりをすることになった。これが思っていた以上に楽しかった。一ヵ月の携帯電話代はずいぶん跳ね上がってしまったが、けれど外で酒を飲むわけでもなくギャンブルをするわけでもない洋介は、それくらいいいじゃないかと思う。

自分の気がちいさいことを、洋介はよく知っていた。浮気なんてこわくてとてもできない。するつもりもない。メールのやりとりだけしているユミという女の子とも、会おうと思ったことはない。ちひろには話さないことを、狭いワンルームでぶちぶち打って若い女に送信していることに、だからまったく罪悪感はなかった。

ユミたん。元気？　何してた？　おれ、明日、家帰んの。すげー田舎。ユミたん見たら驚くぜ。この狭いワンルームにいるのもやだけどさあ、あそこ帰るのも気が重い。なんか二カ月とか三カ月とか、旅行いっちまいたいな。ヨーロッパとか、アフリカとか、放浪すんの。放浪癖って、なおんないもんだよな。

背をまるめ、洋介はちいさな文字盤を操作する。ユミという女の子には、なんだかずいぶんいろんなことを話してきた。大学のとき、金をためては海外を放浪していたこと、イギリスで金がなくなって皿洗いのバイトをしていたこと、そのまま居着いてしまおうと決心した矢先に母親が死んだこと、何かをあきらめるように文房具メーカーに就職したこと、ちひろとは今どき見合いで知り合ったこと、ちひろにせがまれて静岡支社に異動希望を出し、旅の気分で引っ越したこと、本当は乗り気じゃなかったこと、せっかく向こうの暮らしに慣れたときに呼び戻されて退社しようと幾度も思ったこと、本当は、就職にも結婚にも自分は不向きなんじゃないかと未だに思っていること……。

何を書いてもユミは深く理解してくれる、と洋介は思っていた。洋介を軽蔑することも軽んじることもなく、共感と敬意のこもった返事をくれる。何より、答えてほしいことをユミはきちんと言ってくれるのだ。

ずいぶん長く打ったメールを一度推敲《すいこう》して、会ったこともない女の子に送信する。ちひろは十回送ってようやく一回、しかも平気で二日後に返事をよこしてきたりするが、この見知らぬ女の子は即座に返事をくれる。メール受信を知らせる携帯電話に飛びつくようにして洋介はメールを読む。

ようたん、おかえり。放浪かあ。ユミは外国いったことないよ。あ、ある、一度だけ、グアムいった。ようたんって、きっと日本ぽいの苦手なんじゃん。しがらみとかそういうの。ようたんといっしょならユミも放浪したいなり。安心って感じ。ねえ、今までいったところでどこが一番好き？　その理由を五十文字以内で述べよ。

そうそう、おれって、旅先のほうがなんか自分、って感じすんだよな。向こうで仲良くなった友達に、東京で会ったら、顔が死んでるって言われたもんな。洋介は二本目のビールを取り出してきて、万年床に寝そべって返事を打ちはじめる。打っている最中、いきなりディスプレイが光り、編集画面が中断されてメール受信と文字が出た。二通目、はやいじゃん、と思いながら確認すると、

明日、こなくていいです。私がそっちにいきます。たまにはね。

とあり、そのあとにへんな顔文字がついていた。だれからなんのメールが送られてきたのか混乱した。ちひろにさっきメールを送ったと思い出すまでにしばらくかかっ

た。

「え、なんだよそれ」

独り言を言って洋介は手のひらのなかの携帯電話を見つめる。ぱちりとライトが消えて、妻から送られてきた素っ気ない文字が暗く染まる。

6

携帯電話ってすごいわね。このメールが、どういう仕組みで送られているのか私にはよくわからないんだけれど、メールを送る空中の電波みたいなものが、全部ショートしたとして、日本じゅうの携帯電話が不通になったとしたら、いったいどのくらいの関係がそれとともに消えちゃうかしら。

301教室の前にあるベンチに座り、木山晶は携帯電話をじっと眺める。数週間前に送られてきた、人妻からのメールだった。

やあだあ、と甲高い声がして顔を上げると、廊下をもつれ合った男女が歩いてくるところだった。山田未樹と近藤である。何がどうなったんだかわからないが、秋がめっきり深まってから、未樹と近藤は仲良くなった。未樹がまとわりついてこないのは晶にとってありがたかったが、しかしなんとなく不気味なカップルだ。近藤は、間違いメールからはじまった人妻とのやりとりを、異常なほど楽しみにしていたのに、未樹と仲良くなってからまるで興味を失ったみたいだ。山田ごとき呼ばわりしていたのに。

未樹は、数メートル先に晶が座っているのを認めると、わざと（のように晶には見えたのだが）近藤に体を密着させ、頬にキスまでしている。晶は彼らから携帯へと目を逸らした。

「よう、キヤマ。授業出んの？」

前を通りかかった近藤が、でれでれした顔で晶に話しかける。

「出んのっておまえさあ、いい加減おまえも出たほうがいいんじゃないの、代返きかないんだし」

「あーいーのいーの、それよっか、おれら今日ビリヤードいってからロータスいって飲むんだけど、くる？」

晶は目を伏せ顔の前で手をふった。

「この人さー、暗いと思わない」未樹が得意げな顔をして晶を指す。

「ひょっとしてやっかんでる？　おれらのこと」

「とんでもございません」晶はおどけて言った。

声が大きすぎたのか、ドア付近に座っていた学生が、ぴしゃりと３０１教室のドアを閉める。

「ま、いーよ、きたくなったらこいや。仲間はずれにしないからさ」

近藤が言うと、耳障りな大声で未樹が笑った。心底うぜえ、と晶はちいさく舌打ちをする。

「きみたち、授業中なんだ、わきまえろっ」

３０１教室の前方ドアががらりと開き、いつもは覇気のなさそうな老教師が、顔を真っ赤にして怒鳴った。きゃあっ、とわざとらしい叫び声をあげ、未樹は近藤に抱きつくようにして逃げていった。

あたりはまたひっそりと静まり返る。ドアの閉められた３０１教室から、ぼそぼそと老教師の声だけが聞こえてくる。

この数カ月間、見知らぬ人妻と、晶はメールのやりとりを続けていた。最初は近藤にそそのかされる格好で、自分も半分面白がりながら人妻の相手になりきって返事を書いていたのだが、だんだん、返事を書かざるを得なくなってきた。

今さら、人違いです、アドレス間違ってますと言えば、人妻はこっぴどく傷つくだろうと晶は思った。返事を書かずに放っておくことも考えたが、それもまた、人妻を無用に悩ませる気もした。おれってちょっと頭がおかしいんじゃないのかと思いながらも、頻繁ではないにせよ、晶は返事を書き続けていたのだった。ほかにどうしていいのか、晶にはまったくわからなかった。

それというのも、人妻と、本来メールを受け取るべきだった相手との関係が、うっすらと理解できたのが原因だった。

人妻と相手の男は、たぶん、自分と同じ年齢のころから、ずっと好き合って交際していたのだ。それが、何か運命のいたずらみたいなすれ違いがあって、二人は別々の人と結婚することになった。そうして結婚したのに、相手のことがなんとなく忘れられない。

一週間に一度か二度メールを送ってくる人妻は、いつまでたっても年寄りの手紙みたいなメールを送ってよこす。季節の挨拶ではじまって、相手の健康を祈ってしめくくる（ご自愛の意味を晶は数週間前に知った）。絵文字もあいかわらず奇妙だ。メールの本文は、二人の過去がうっすらと推測できる程度で、きわどいようなことは何ひとつ書かれていない。よそよそしく、遠慮がちなのだ。男の奥さんが見ても、ぎりぎり見のがすくらいのさりげなさだと晶は思う。

その、古くさい、年寄りじみた人妻のメールは、不思議と晶に訴えてくるものがあった。「メルアドまちがってるよ〜ん」とは切り出せない切実さがあった。少なくとも、晶にはそう思えた。それで、馬鹿みたいだと落ちこみながらも、短い返信を打ち続けているのだった。

チャイムが鳴り、老教師が前方のドアから出てくる。ベンチに座る晶をぎろりとにらみ、背を向けて去っていく。ドアが開き、明るい声をまき散らしながら、学生たちがわらわらと出てくる。晶は携帯をしまって顔を上げ、学生たちのなかに岡田椿の姿を捜した。

だれとも会話せず、たったひとりで、岡田椿は一番最後に教室を出てきた。いつものように、晶は声をかけるつもりはなかった。なんとなく目の端で椿を追っていただけだった。椿は歩きながら鞄に手を入れ、イヤフォンを引っぱり出して耳に入れている。イヤフォンが引きずり出された拍子に、MDが一枚床に落ちた。椿は気づかず歩いていこうとする。

晶は何か考えるより先に立ち上がり、MDを拾って椿のあとを追った。

肩を叩くと、椿はイヤフォンを耳に当てたままふりむき、晶を見上げる。

「これ」晶の差し出したMDに目を落とすと、なんにも言わずぺこりと頭を下げ、受け取ってきびすを返そうとする。

「あっ、ちょっと待って」晶は椿の前にまわりこんだ。不思議そうな顔で椿は晶を見る。イヤフォンからしゃかしゃかと音が漏れ聞こえてくる。晶は、鞄からノートとペンを出し、アルファベットを殴り書きしてページを引きちぎった。

「これ、おれの。もしよかったらメールください」夢中で言って、紙切れを椿に押しつけた。

「何？」片耳からイヤフォンを外し、椿は訊く。

「だからメールアドレス。よかったらメールくれって言ったの」

怒ったみたいに言うと、晶は逃げるように３０１教室に駆けこんだ。湯の煮えたぎった鍋につっこんだみたいに顔が熱かった。ばらばらと、数人ずつかたまって学生が教室に入ってくる。幾人かが晶に声をかけたが、晶は無視して座っていた。

尻ポケットに入れた携帯電話がちいさく振動し、晶は飛び上がって驚いた。まさか、もうメールがくるとは思わなかった。どきどきしながら確認すると、しかしそれは椿からではなかった。

前略。

明日、東京にいきます。午前十時に、M大正門にいきます。桜の木の下あたりにいます。そっちのほうに用があるの。もし時間があって、お茶を飲むくらいならいいかな、と思ってくれたら、きてください。もし会えなかったらそういうことだと理解して私も帰りますから、どうぞ気にしないでください。それでは、お体大切に。

追伸。ご返信無用です（晶には意味不明の顔文字）。


M大？　ここじゃん。なんで？

晶は送られてきたメールを幾度も読み返した。たしかに正門を入ったところに桜の大木がある。今は花も実も葉もついていない、ただの黒い幹だが。

チャイムが鳴り、教師が入ってくる。携帯電話を閉じてポケットにつっこむ。出席票がまわされてくる。晶はそれを後ろの列にまわし、ちいさな出席表に自分の名前を書きこんでいく。書き慣れた自分の名前を書き損じ、いらいらと消しゴムで消す。椿にメールアドレスを渡せたことなどとうに忘れてしまうくらい、混乱していた。

明日、たぶんおれはいかない。だっていってどうする？　メールを書いていたのはおれなんですと告白するか？　声をかけずに、どんな女だかこっそり確認するか？

いや、そのどちらもするはずがない。女は、どちらにしても明日、「そういうことだと理解」して、ひとりで帰っていくだろう。たぶん、メールももう送ってこないだろう。おれが返信など出さなければ、人妻はメールアドレスの間違いに気づいて、正しい人の元へメールを送れたに違いない。いたずらに返事を書いてしまったばっかりに、この人たちは今後いっさい会うことがないかもしれない。

おれは何をしたんだ？　と、晶は考える。この見知らぬ人たち、何年か前にこの大学に通っていた恋人同士を引き裂く、運命のいたずら役を、知らずにかってでてしまったんだろうか？　それとも、今は家庭を持つおっさんおばさんの平安を、守ってやったんだろうか？

ねえ、すべての携帯電話が不通になったとしたら、どれくらいの関係がそれとともに消えちゃうかしら？

数週間前に女が書いてきた文字が、遠く、頭のなかで幾度もくりかえされた。

どうこうするつもりは、ちひろにはなかった。どうこう、というのはつまり、ずいぶん前に再会したときみたいに、食事にいって、気が合うことを再確認して、お酒を追加注文して酔っぱらって、そのままホテルに向かうようなことだ。ただ少しだけ、会って話がしてみたかった。近況とか、そんなことを言い合って、またね、と言って別れたかった。

7

園田悠平と、結婚するんだろうと漠然と思っていた。最初に交際したときから、予感みたいにそう思っていた。そういう勘は、昔からよく働くほうだった。会った瞬間に、ちひろにはうっすらとわかるのだ。この子とずっと仲がいいだろう、と思った子とは親友になった。この子といつか喧嘩する、と思った子とは、三年後に実際喧嘩別れした。

だから、自分たちが離れ離れになるはずがないと、不思議な強さでちひろは信じていた。悠平から連絡がとだえたときも、ちっともかなしくなかった。

その後幾度か再会して、そのたびややこしい関係になって、それでもまだ、信じていたのだ。ほかに交際している女性がいたとしても、悠平が最終的にともに暮らすのは自分だろうと。

悠平が、三歳年上のライターと結婚すると噂で聞いたときだって、まだしぶとく信じていた。結婚は直前でご破算になるか、もしくは三カ月や半年でだめになるだろう。待っていたってよかったのだ。けれどあるとき、運命ってなんだろうと、ぽっかりした気持ちでちひろは思った。自分は悠平と縁がある。それは確実だ。別れたって何度だって偶然出くわすだろう。出くわすたびに、離れた距離を縮めるだろう。その縁とやらを信じていられたからこそ、悠平のするどんなことにも傷つかなかった。正確に言えば、傷が痛まないふりをすることができた。

けれど、縁とか運命というものは、明るい華やかなものでは決してなくて、奥へいけばいくほど暗くなる、得体の知れない洞窟のようなものなんじゃないか。そうして悠平を待とうと思っている自分は、そのおそろしい洞窟にどんどん足を踏み入れているのではないか。

悠平との縁というものが、だんだん空おそろしいもののようにちひろには感じられてきた。

逃げるようにお見合いをした。結婚相談所や、知り合いや、親族が紹介してくれる男たちは、自分となんにもつながりのない、とっかかりのひとつもない他人に見えた。しかしとっかかりのまるでない他人は、ちひろにとって何かすがすがしく見えた。そこには運命もない、縁もない、背を向ければそれきりの、潔いほどの無関係。

新橋洋介を結婚相手に決めたのは、一番自分と接点がないように思えたからだった。共通の話題もなかったし、いっしょにいてもちぐはぐさだけが残るような相手に思えた。洋介も結婚したいと思ってくれたようだが、しかし実際のところ、洋介が自分のどこを気に入ってそう思ったのかも、ちひろにはさっぱりわからなかった。

洋介の勤める会社に、静岡、名古屋、大阪、九州と支社があると聞き、結婚してすぐちひろは、地方にいこうと持ちかけた。結婚相手と同じように、なんの縁も、なんのとっかかりもないところで生活をはじめてみたかった。小田原に実家のある洋介は、ちひろの希望をのんで静岡支社を希望した。

まるで知らない土地で、まるで知らない男とはじめた生活は、ものすごく楽しいわけではなかったが、平穏だった。運命のないところってこんなにも静かなんだと、新居のベランダから見慣れぬ町を見おろしてちひろはよく思った。何も私を脅《おびや》かさないし、何も私をこわがらせない。運命は今や、遠いどこかにある強力な吸引力を持つ何かではなくて、自分の手の内にすっぽりおさまるものだった。それはちひろを心から安心させた。

　そうして今年、洋介が東京に単身赴任することになった。洋介のいなくなった静かな部屋で、ちひろは友人が送ってくれた悠平のメールアドレスを幾度も眺めた。恋情とか未練ではない、ただちひろは知りたかった。自分と悠平の関係はなんだったのか。自分たちの出会った意味はなんだったのか。運命だとか、縁だとか、そういうものは、自分たちに何をもたらしたのか。結局離れ離れになった自分たちに、何を。

　友人が悠平のメールアドレスを教えてくれたこと、洋介が携帯電話を買い与えてくれたこと、そういうすべてにも何か意味のある気がしてきて、それでちひろはメールを書いてみたのだった。ディスプレイの文字だけでやりとりする悠平は、昔より軽くなったような、馬鹿っぽくなったような、しかしたしかにちひろの知っている悠平であるようにも思え、それでどうしても会いたくなった。

　馬鹿みたいだ、と思いながらもちひろは早朝マンションを出て新幹線に乗り、東京駅から地下鉄を乗り継いで、かつて通っていた大学を目指す。

　土曜日だからか、大学近辺はがらんとしていた。学生らしき若者が、正門のある方角に向かって歩いていく。かつての自分たちのような恋人同士もいる。手をつなぎ、晩秋の陽射しの下で笑い転げながら横断歩道を走って渡っている。

正門が見えてくると、なつかしいというよりも、かつての自分がそこで待ち受けている気がしてちひろはこわかった。それが洞窟みたいなものだと知らず、運命や縁を信じてひとりの男をじっと待つ、二十歳を過ぎたばかりの自分。

桜の木は寒々と空にそびえている。数人の学生が、桜の下で円になって話しこんでいた。おそるおそるちひろは校内に足を踏み入れ、そっと、まるでガラス板の上を歩くように桜の木に近づいた。

8

見知らぬ男の子に渡された紙切れを、椿は確認するように幾度も見た。どこかで見覚えのあるアドレスだ、と思い、何度目かに目を落としてようやく気づいた。園田悠平の携帯電話のアドレスに似ているのだ。tree66@とはじまるのが園田悠平の携帯電話で、tree06@とはじまるのが、あの男の子。なんだかおかしくなった。

「今日、知らない男の子にアドレスもらっちゃったんですよね」

カウンター席に着き、ビールが運ばれてきてから椿は悠平に言った。食事代を浮かしたくてわざと残業したのだった。

「そりゃいい。で、手紙は書いたの」

おしぼりで顔を拭きながら悠平は訊く。

「いやんなるなあ、アドレスってメールアドレスですよ。手紙じゃなくてメール」

「ああ」悠平はグラスのビールを三分の一ほど飲むと、困ったような顔で笑った。

「おれがきみくらいのときはさ、携帯電話なんか存在しなくって、たいへんだったよな。会おうと思って会えないことなんか、日常茶飯事。遅刻したって、連絡もできないわけだから。携帯電話が一番変化させたのは、恋愛の形態じゃないかなあ」

「それ、駄洒落ですか。ケータイが変化させたのはケータイ」椿は顔をしかめて悠平をのぞきこむ。

「え？　あ、ああ、いやだなあ、違うよ」悠平はあわてて答え、笑い出した。

「じゃあ、園田さん、携帯をみんな持つようになって、恋愛って前より進化したんですか」

椿は訊いた。茶化したつもりだったのに、悠平はまじめな顔で考えこむ。

「少なくとも、馬鹿馬鹿しいすれ違いみたいのは、なくなったと思うんだけどね」

そうして遠くに目を凝らすように、黙りこんだ。おかみさんが料理を運んでくる。サツマイモと南瓜の煮物、ゆり根の梅肉和え、野菜の天ぷら。いただきまーす、と椿が陽気に口にしても、悠平はまだじっと黙りこんでいる。ひとりで箸を動かしながら、紙切れを押しつけてきた男の子のことを椿は思い出す。

いつも教室の前でベンチに座っている男の子だということは知っていた。たぶん同じ学年だろうということも。

「で、メールは出したわけ？」

我に返ったような顔で悠平が訊く。

「いいえ。だって気持ち悪いでしょ。知らない人だし」

「気持ち悪いことなんかないよ。同じ大学の人じゃない。岡田さんさ、バイトばっかしてないで、そういう、なんていうの？　若者の交流とか、もっと持ったほうがいいよ。おれみたいな年になったとき、なんか思い出ないとつらいもんだよ」

「思い出あるんですね、園田さんは」

椿は言った。学生時代の悠平を想像してみようとしたが、思い浮かんだのはアドレスを渡してきた男の子の、怒ったような顔だった。

「離婚することになってね」

独り言のように悠平は言い、しまったという顔をして、

「ごめん、こんなこと突然言いだして。ときどき忘れちゃうんだよ、きみの年」言い

訳するように言った。

　もちろん悠平のプライベートなど椿はまったく知らないし、どういう意味合いでの離婚かもわからないのだが、しかし、離婚ってこの人になんて似合うんだろうとそんなことを思った。

「いいえ、でもいろいろたいへんなんですね」

「まあね。人とくっついたり別れたりって、ほんと、たいへんなことだよ。若い人はくっついても別れても、適度な距離を保てるのかもしれないけどね」

「それで、いい思い出があるからたいへんなことが乗り切れるんですね」

「いい思い出っていうか……いい思い出じゃないかもしれないけど、そういうのがあれば、人はなんとか乗り切れるんだと思う」

　悠平はもっと何か話したそうに見えたが、けれどそれきりその話を切り上げて、日本酒のおかわりとおにぎりの追加を頼んだ。この人にとって私はそうとう「若い人」なんだろうと椿は思う。話したいことはたくさんあるが、そんなに若い人にはやっぱり話せないのだろう。自分がまだ二十歳であることを椿は悔やんだ。悔やみようもないが、しかし悔しかった。今このとき悠平と同い年になって、隅々まで彼の言いたいことを聞いてみたかった。彼の見ているものを、同じだけ年を重ねた人の目線で見てみたかった。

あの男の子に、メールを書いてみようかな。唐突に椿は思った。悠平より理解できないだろうし悠平よりつまらないだろうが、とりあえず同じ目線であることは確かだ。

「でも、大丈夫ですよ。園田さんはもてそうだもん」

椿は言って、運ばれてきたおにぎりを食べはじめた。悠平はなんにも答えず、椿の手にしたおにぎりを、細めた目で見ていた。

横断歩道で別れ、地下鉄のホームに向かう。向かいのホームには悠平がぼんやり立っている。椿は手をふってみたが、気づく様子はない。何か、自分には届かないようなものを見ているように、椿には見えた。

地下鉄に乗り、乗車口に寄りかかって椿は携帯電話を出した。電車は混んでいて、携帯電話でメールを打つのも難儀なほどだった。けれど椿はメールを打ちはじめる。今やらなければ、明日になってしまえば、たぶん見知らぬ同級生のことなどどうでもよくなるに違いないと思えた。だから今、メールを送ってしまいたかった。


私になんでメールのアドレスくれたのかわからないけれど、どうもありがとう。こんどごはんでも食べますか？

電車が揺れ、目の前にかざした携帯電話が胸に押しつけられる。混んだ車内でメールを打つ椿を、迷惑そうな顔で中年男がにらみつける。椿はあわてて、書きかけのメールを保存した。

このとき、椿は気づいていなかった。保存したつもりが、あわてて操作したせいで、一番上のフォルダに入っていた受信メールに返信してしまったことを。

椿のメールは、一分もたたないうちに、ぼんやりとテレビを見ていた椿の母親に届いた。はじめてきた娘からのメールを、椿の母親は、目を見開いて何度も読む。頭の隅に残る、あんたの子どもになりたくなかったと言う娘の泣き顔が、読むたびに少しずつ、幼いころの笑顔にかわる。あたしママのスパゲティ大好きと、母を見上げ笑った顔に。

帰宅してから、椿は自分の部屋にこもり、男の子にもらった紙切れを取り出した。アドレスを打ちこもうとして携帯電話を取り出すと、メール受信の表示がある。見てみると、母からだった。

ありがとう。ありがとう。ありがとう。ほんとうにうれしい。ありがとう。

頭が狂っちゃったのか、と首を傾げ、それでようやく、椿はさっきの間違いに気づく。ついやり慣れた動作で、男の子に書いたメールを母に送ってしまった。ちいさく舌打ちをして、間違えたのだと母に再度メールを送ろうかと思うが、しかしそれでまたメールの返事がくるのかと思ったら面倒になった。まあ、いいか。口のなかでつぶやいて、椿は、悠平によく似たメールアドレスを打ちこみはじめる。

「メールが送信されました」と表示が出たのと同時に、鍵をまわす音が聞こえ、弓彦が帰ってきた物音がした。

椿は襖を開け、食堂に顔を出す。

「おかえり」

「おう、ただいま」弓彦は言い、冷蔵庫からビールを取り出している。

「あのね、へんなバイトやめて、ただしい青春を送ったほうがいいよ」椿はまじめに言った。

「なんだ、そりゃ」

「人だますようなことしてると、だますような顔になるよ。いっしょに年を重ねられるような人を見つけなさい」

「はいよ」弓彦はめずらしく素直な返事をした。椿が思わず笑い出すと、「意味わかんねーやつ」弓彦はつぶやいて、缶ビールのプルタブを開けた。

9

インターフォンが鳴り、ドアを開けると妻のちひろが立っている。洋介は起きていたものの、まだ布団のなかでぐずぐずしていて、パジャマ姿だった。

「近くから電話してくれればよかったのに」

洋介は少々不機嫌になって言った。せっかく携帯電話を持たせたのに、ちひろはメールも満足によこさないし、電話すらほとんどしてこない。

「もっと遅いと思ってたから、起きたばっかりで、片づけてもいないんだよ」

言いながらワンルームに戻る。ちひろは玄関に立ったまま、ものめずらしそうに部屋のなかを見まわし、

「何言ってるの。とりつくろうような間柄じゃないじゃない」

と言って部屋にあがってきた。

「うーん、男のひとり暮らし、って感じ」

万年床の頭のほうにちょこんと座り、さらに部屋に視線をさまよわせている。

「コーヒーいれるよ」

玄関を入ってすぐの、ちいさな台所に洋介は向かう。コーヒーメーカーをセットして、部屋に座るちひろを見おろす。じっと見ていると、ちひろが顔を上げた。唇を横に広げて笑う。

「コーヒー飲んだら、お布団干して、掃除して、それからデートでもしない？」

笑っているのに泣きそうな声でちひろは言った。

何かあったのかな。ちひろが狭いワンルームを掃除しているあいだ、シャワーを浴びている洋介は考える。しかしその「何か」を洋介はまったく想像することができない。ちひろは、洋介の知らないところで起こったできごとや、ひとりで考えていることなどを、まったくと言っていいほど口にしない。だから、ちひろは何か悩んでいるかもしれない、と思ってみても、その内実をひとかけらも思い浮かべることができないのだった。

ユニットバスから出て、濡れた体で洗面所から顔を出してみた。ちひろははっとふりむき、手にしていたものをあわててテーブルに置いた。それが自分の携帯電話だと理解した洋介は、ばたばたと洗面所を出、

「何、今、見たわけ？　おれの」しどろもどろに訊いた。

「やあね、見てないわよ、邪魔だからどかそうと思っただけ。それより、滴が垂れてる」

なんでもないふうにちひろは言い、掃除機のスイッチを入れた。洋介は飛び跳ねるようにして洗面所に戻り、タオルで体を拭う。

見られたか？　ユミとのメールを見られたのか？　けど、あたふたすることなんかまるでないじゃんか。やばい関係になったわけでもないし、会ったことすらない相手なんだ。やましいことがあるとするなら、ちひろに話していないことをユミにはうち明けている、ということだけだ。けど、ちひろだっておれになんにも言わないじゃないか。

「そんなふうにとり乱したら、なーんかあるのかって、疑っちゃうわよ」

掃除機の音の向こうに、笑うようなちひろの声が聞こえてきた。洋介はトランクス姿のまま洗面所を出、掃除機を持つちひろの前に立つ。手を伸ばして掃除機のスイッチを消した。

「何？」頬のあたりに笑みを浮かべてちひろは訊く。

「訊いてくれなきゃ、答えられないよ」洋介は自分でも驚くような強い口調で言っていた。「何かあるのか、って訊いてくれなきゃ、なんにもないって答えられないよ」

ちひろはじっと洋介を見上げていたが、ふっと頰をゆるめ、

「何かあったの」と訊いた。

「だから、なんにもない」洋介は答え、それからちひろに訊いた。「きみは、何かあったの？」

ちひろはじっと洋介を見ていたが、掃除機を持つ手に目を落とし、

「なんにもない」笑みを浮かべて答えた。

開け放たれた窓から入る風は意外に冷たくて、くしゃんと馬鹿でかいくしゃみが出て、洋介は申し訳程度のクロゼットを開け、シャツとジーンズを引っぱり出した。

どこにいきたいかと尋ねると、社員寮の周りを散歩したいとちひろが言うので、とくべつおもしろいことはなんにもない東北沢周辺を、ただぶらぶらと歩いた。住宅街が続き、ちいさな公園があり、昭和という年号にふさわしいような商店が数軒ある。下北沢のほうに向かえばにぎやかになるのだろうが、通りを歩いている人もまばらだった。晴れて高い空は、遠い昔の運動会を洋介に思い出させる。

なんとなく、そうしたほうがいいような気がして、洋介はちひろの手をとった。渇いたちいさな手だった。

「デートみたい」ちひろは笑い、

「デートしようって言ったじゃん」洋介は答えた。

「ねえ、十五年くらい前って、携帯電話なんかなかったじゃない？　相手を待ったり、すれ違ったり、ってこと、よくあったわよね。今の若い子なんかは、そういうこと、ないのかしらね」

　ふいにちひろがそんなことを言い、洋介は十五年前を思い出す。まだ学生だった。仕送りのない貧乏学生で、携帯電話どころか下宿には個人の電話すら持っていなかった。学生の多く住むぼろアパートの一階に、共用の赤電話があり、そこにかけてもらうしかなかった。とはいえ、夕方七時から十時過ぎまで、下宿人のだれかしらがはりついて電話をかけており、かけてもらっていてもいつも話し中だったろう。

　そのころ洋介が交際していた女の子は、だから、よく駅で洋介を待っていた。突然アパートのドアをノックすることもあった。さっきのちひろのように。どこかから電話を一本くれればよかったのになどと、あのころの洋介は思うこともなかった。

「けど、人間の中身なんて十数年でそんなに進化しないんだろうから、すれ違ったり、待ったり、ってのはあるだろうね、精神的にさ」洋介は答え、しばらく考えてから、つけ足した。「だけど、物理的には、やっぱり減っただろうね、無駄なすれ違いとか、無駄な待ち時間なんてのは」

「そうね、ちょっとうらやましいね、今恋愛してる若い人は」

ちひろは妙に真剣な顔で言い、ひとりうなずいている。そのとき洋介は気がついた。ユミという会ったことのない人にメールを打っているとき、漠然と思い浮かべているのは、今隣を歩く妻の、まだ自分に会う前の姿であることを。決して知ることのない、二十代の石森ちひろ。洋介は言った。

「うらやましがってるひまがあったら、せっせと単身赴任中のダンナにメールなり電話なりをしなさいよ。せっかく買ったんだから」

ちひろは自分の足元に目を落としていたが、顔を上げ、陽を浴びて白く光る道の先に目を細めるようにして、

「そうだよね。ごめんね」

つぶやくように言った。どきりとした。洋介はあわてて言った。

「腹減ってない？　昼、まだ食べてないでしょう。環七沿いにうまいラーメン屋あるけど、いく？　それともイタリア料理とか食べたい？」

「じゃあ、イタリア料理は夜にとっておいて、ラーメン食べようかな」

「おし」

「ね、走ろ、おなか空いちゃった」

明るく言って、ちひろは洋介の手を引くように駆けだした。

10

岡田椿は、学生街の安居酒屋で木山晶と向き合っていた。メールを送ったらすぐ返事がきたのだった。３０１教室で授業がある日の夜、飲みにいこうと木山晶は誘ってきた。

大学から、ＪＲ駅のあるほうへ並んで歩き、にぎやかな駅周辺にある店に入った。だだっ広い店は、学生や若いサラリーマンたちで混んでいた。ちいさなテーブルに向き合って座り、ぺらぺらの馬鹿でかいメニュウを広げ、次々に注文をする。

大学の正門を出てからずっと木山晶は話し続けている。去年選択していた授業、体育の抽選に外れたこと。数カ月前まで、この近所の喫茶店でアルバイトをしていたこと。自分を追いかけていた変な女が、友達とつきあいはじめたこと。まるで沈黙をおそれているかのように言葉をつなぐ。

おしゃべりな男を椿ははじめて見た。同居人の弓彦は無言でメールを打っているだけだし、ときどき飲みにつれていってもらう悠平も、ぽつりぽつりと何か言うほかは黙って酒を飲んでいる。けれどそんなにいやな気持ちにはならなかった。椿はときおり声をあげて笑い、ときおり話を遮って質問をした。

生ビールと、たこキムチ、串盛り、もずく酢が運ばれてきて、椿は晶とジョッキをぶつけ合った。話題がなくなったのか、晶は口を閉ざしてテーブルに並んだ料理を見つめている。

「そういえばさ」

話題がみつかったらしく、顔を上げ、また話し出す。

晶の話に興味を持った椿は、喧噪から彼の声を抜き取るために、テーブルに身を乗り出すようにして耳を傾けた。

人妻から間違いメールが送られてきたのだと晶は言った。悪友がふざけて返事を書いたら、また返事がきた。また悪友が返事を書き、さらに返事がきた。悪友は次第に興味を失って見向きもしなくなったが、それでもメールはき続ける。なんだか返事を書かなきゃいけないような気がして、晶はひとり、人妻の元彼になりきってメールを送っていたというのだ。

「そんでさ、会おう、って話になっちゃって、すげえ焦った」

「会おうって、どこで？」

「それが、おれたちの大学。その人妻と元彼は、おれらの大学の卒業生だったみたい」

「えー、すごい偶然！」

椿は叫んだ。頭を金色に染めた店員が、鉄鍋餃子とチキンサラダを運んでくる。晶はビールをおかわりした。

「で、いったの？」

店員が去るのを見送ってから椿は訊いた。

「まさか。おれ、『間違いメールなんです。黙っててすみません』って、途中で謝ろうかと何度も思ったんだけど、なんか、そんなこと言われたら、人妻、絶対気分を害するじゃん。それで言えなくて、結局それっきり。人妻、元彼こなくてがっかりしただろうな」

「でも、よかったじゃん。その元彼にも家庭があるっぽかったんでしょ？　木山くんが邪魔したおかげで、ダブル不倫とダブル家庭崩壊をくい止めたかもよ。それにさ、会いたい、ってもし本気で両方が思ってたら、携帯なんかなくったって、だれかに邪魔されたって、いつか会えるよ」

晶は顔を上げ、まっすぐ椿を見つめた。そんなふうに男の子と目を合わせるのははじめてで、椿はどぎまぎする。

「私、なんか悪いこと言っちゃった？」

「ちがう。全然ちがう。岡田さん、ありがとう」晶はテーブルに頭をこすりつけるようにお辞儀をする。「おれ、すげえ悪ふざけしすぎたかもって、くよくよ悩んでたの。だから、そんなふうに言ってもらえて、すげえ楽になった。それに、このことだれにも言えなくて、きつかったんだ。話聞いてもらって、ほんと気が楽になった」

実際気が楽になったらしく、晶はいきなり焼き鳥を二本立て続けに食べ、運ばれてきたばかりのビールをごくごくと飲んだ。いい人なんだろうなと、椿はこっそり思う。この人になら、話してもいいかもしれない、と思う。それで口を開く。

「間違いメールっていえばね、私も、あなたにメールを出すときやっちゃったの」

「えっ、だれに送ったの」鼻の下にビールの泡をつけたまま晶が訊く。

「母親。私、じつは母とすごく仲が悪くてね、二年くらい会ってないし、話もしてなかったの」

椿は話しはじめる。だれにも話したことのなかったことを。父のこと、母の嘘、許せなかった自分、母に投げつけた幼い捨てぜりふ。話しながら、椿は驚いている。

話すことって、なんて気持ちがいいんだろう。相手が耳を傾けてくれて、わかってくれるかもしれないと思えることは、なんて私を安心させてくれるんだろう。これは悠平といても知らなかった種類の気分だった。メールばかり打っている弓彦もきっと知らないだろう。あの男も、彼女とかできれば変わるんじゃないかと続けて思い、顔が赤くなるのを椿は感じる。私はまだこの子の彼女じゃないし、この子はまだ私の彼氏じゃないのに。赤い顔を見られないよう、椿はいそいでジョッキに残ったビールを飲み干す。

「じゃ、ひょっとしておれ、母子の仲を修繕するのに一役買った？」真剣な顔で晶は訊く。椿は吹き出した。

「そんなにかんたんじゃないよ。嫌いだった人をそんなにかんたんに好きにはなれないし。けど、捨てぜりふを言いなおす機会はできたかも」

「捨てぜりふ、言いなおすのかあ」晶は独り言のように言い、通りがかった店員に、自分のぶんのビールを頼み、なんにする？と椿に訊いた。チューハイを椿は頼んだ。

「何、どうかした？」

晶に訊かれ、ずっと黙っていた椿は顔を上げた。

「なんか、会ったばかりという気がしないね」

そう言うと、晶は照れくさそうにうつむく。

「だっておれは、はじめて会ったわけじゃないし」

もごもごと言う。仲良くなるのって、かんたんなんだね。椿はそうも言おうとしたが、晶がもっと照れるのではないかと思い、言わなかった。なんか思い出ないとつらいもんだよと言った、悠平の言葉を思い出す。悠平も、自分ほどの年齢のとき、こうしてだれかと向き合っていたのかもしれない。話すことって気持ちがいいと知ったかもしれない。

晶はふたたび店員を呼び止めて、湯豆腐、ほっけ、お新香とメニュウを読み上げている。

「なんか、木山くんって食べものの趣味が老けてるね」

椿は笑い出した。

「えっ、じゃあもっと若々しいもの頼む？　唐揚げとか？　おにぎりとか？」

「いい、いい、それで充分」

笑いが止まらず、椿は腹をおさえて笑い転げた。店内は煙草と焼き物の煙が充満し、あちこちで怒鳴り声と笑い声があがり、がやがやとうるさく、向かいに座る同い年の男の子は不思議そうな顔をして笑う椿を見ている。

11

店を出たあと、うちにこないかとダメモトで誘ってみたのだが、案の定断られた。それで、交際してほしいと晶は言いそびれた。それでも、ま、いいか。ゆっくり仲良くなればいいんだから。にやけながら、アパートへ続く暗い道を晶は歩く。住宅街は静まり返っている。吐く息が白かった。気がついたら鼻歌をうたっていた。

あっという間だな。自分の靴音を聞きながら晶は思う。椿のことを見ていたのは一年近いのに、勇気を持って誘ってみたら、親しくなるのはあっという間だった。なんだか嘘みたいだ。うれしいのと緊張したのとで、ずいぶん飲みすぎた。シャッターの閉まった定食屋の前にある、自動販売機で晶は立ち止まった。ポケットから小銭を出して、機械にすべりこませる。

ふと夜空を見上げると、夏よりずいぶん多くの星が見える。くっきりと夜空にはめこまれている。斜め右手の高い位置に、月があった。銀紙みたいな色の半月だった。

このメールが、どういう仕組みで送られているのか私にはよくわからないんだけれど、メールを送る空中の電波みたいなものが、全部ショートしたとして、日本じゅうの携帯電話が不通になったとしたら、いったいどのくらいの関係がそれとともに消えちゃうかしら。


見知らぬどこかで暮らす人妻が送ってきた文章を、晶は思い出す。

電波はさ、町じゅうにたてられた電波塔に集められて、宇宙に飛んでんだ。

ボタンのすべて赤く灯った販売機の前で、夜空を見上げたまま晶は見知らぬ女に向かって話しかける。

宇宙を経由して、だれかの元に届くんだ。それって何かに似てると思わない？　何か——たとえば、祈りみたいなものにさ。人と人を会わせたりするのは、この電波塔のほうじゃなくて、祈り、みたいなことのほうだとおれは思うわけ。電波塔がぶっ壊れたって、祈り、とか、思い、みたいなものを、おれらは宇宙に飛ばせるんじゃないかな。宇宙経由でだれかに届けようとするんじゃないかな。

へへへ、と笑って晶は冷たいお茶のボタンを押した。がたがたと、静けさを破るように缶が転がり落ちてくる。「ロマンチックすぎる？　けど、今日はすげえいい一日だったんだもん、どんだけロマンチックだっていいよね」晶は独り言を言いながら、缶を取り出した。

　もし椿とまた向かい合う機会があったら、こんな話をしてみようと晶は思い、缶のプルタブを開け、ひとけのない夜道を歩きはじめる。

私はあなたの記憶のなかに

1

さがさないで、という書き置きを残していなくなるという、じつに陳腐な、陳腐すぎてだれもそんなことはしないだろうことを、妻はやってのけた。目覚めてリビングにいくと、そこは整然と片づけられており、そうして何ものっていないテーブルに、妻からの手紙が置いてあった。手紙はチラシの裏に書かれていた。ひっくり返してみると、近所にできた焼き肉屋のチラシだった。焼ける肉の写真をしばらく見たのち、もう一度手紙を読んでみた。

さがさないで、と妻は書いていた。私はあなたの記憶のなかに消えます。夜行列車の窓の向こうに、墓地の桜の木の彼方に、夏の海のきらめく波間に、レストランの格子窓の向こうに。おはよう、そしてさようなら。と、書いてあった。

寝間着姿のまま朝の光を浴びて、ぼくは妻のちまちました文字をくりかえし読んだ。下手な詩みたいな言葉を読んだ。何か暗号が隠されているんじゃないかと思って、文章の最初の文字を縦に読んでみたり、逆から読んでみようとしたり、焼き肉屋のチラシに秘密があるのかと、ひっくり返して「開店セール　特上カルビ　特上ハラミ　通常千二百円↓七百八十円!!」という文字をじっくり見てみたりした。

昨日はごく平凡な一日だった。仕事から帰ってくると妻はいつもどおりの笑顔でぼくを迎え、彩りの鮮やかな夕食を二人で食べた。ビールはそれぞれ二本ずつ。食後にはびわが出た。今年はじめて食べるので、西の方角を向いて笑いながら食べた（初物はそうして食べるのが妻の幼少期からの習慣だった）。バラエティ番組を見て笑い、かわりばんこに風呂に入り、十一時に布団に入った。妻はいつものように枕元の明かりをつけて本を読んでいた。分厚い本だった。

「さがさないで」につながる点も線も何ひとつない一日だった。そもそもぼくらは、今日からはじまるゴールデンウィークの予定すらたてていたのだから（とくべつな予定は結局たたなかったのだが）。

ぼくはまず、いつもそうしているようにコーヒーをおとして飲み、新聞をとりにいって読み、歯を磨きひげを剃り顔を洗い、寝間着を着替え、旅行鞄を引っぱり出して支度をはじめた。

これは行楽だ、とぼくは思ったのである。

今日から大型連休。映画にいこうとか、買いものにいこうとか言い合ったが、ぼくらにとくべつな予定は何もなかった。つまり妻は、何も決まっていないこの連休のあいだ、二人きりでゲームをしようと提案しているのに違いない。それがぼくの導き出した結論だった。

焼き肉屋のチラシに暗号は見つけられなかったが、妻の手紙は示唆《しさ》に満ちている。妻が書いた、夜行列車、墓地の桜、夏の海、格子窓のレストランは、かつて恋人同士だったぼくらが訪ねた場所だった。そのどこかにきっと彼女はいるのだ。さがしてごらん、と暗に言っているのに違いない。連休が終わるまでのあいだに、私を見つけてごらん、と。

きっと不満だったんだろうとぼくは考える。旅行もドライブもない連休が不満で、それでこんな行楽を思いついたのだろうと。

旅行鞄には、下着と洗面具、着替えのシャツ、それからｉＰｏｄまがいのちいさな機械とヘッドフォン、通勤電車で読んでいた文庫本を一冊入れた。ぼくの算段では妻はすぐに見つかるはずだったから、下着や着替えは三日ぶんだけにした。

妻が先に帰ってくるようなことがあるかもしれない、と思い立ち、今朝の新聞に挟まっていたチラシのなかから裏の白いものをさがしだし、おかえりなさい。こちらもすぐに帰りますよ。

と書いた。

そうして午前中の光のなか、ぼくは家を出た。

2

まずぼくが向かったのは格子窓のレストランだった。ぼくの住む家から、バスに乗り、さらに私鉄を乗り継いだ町にある、ちいさな店だ。

駅に降り立つと駅前にはパン屋と銀行しかなく、駅からまっすぐ商店街が続いている。埃っぽいショーウィンドウの洋品店、カラーボールを店頭にぶら下げた文房具店、まわる青と赤の棒のある床屋、商店街の店々はどれも古くさく、時間のなかに沈んだようだ。スーパーマーケットもないし、洒落たバーもない。さして特徴のないこぢんまりしたこの町に、妻は学生時代に住んでいた。

町はそのころとまったく変わっていなかった。がらんとした駅前、古くさい商店街。まだ結婚する前に、ぼくらはたがいがかつて住んでいた町をぶらぶらと歩いたことがある。ディズニーランドにもロードショウにもウィンドウショッピングにも中華街にもレンタカーのドライブにも飽きたころの、それがデートだった。学生時代に住んでいた町、卒業とともに引っ越した町。ぼくらは晴れた日を選んで、片方はよく知っているが片方はまるで知らない町をそうして歩き、その町を歩いていた少しばかり若いおたがいの姿を想像した。

この町に、学生時代の妻は住んでいた。商店街で野菜や魚を買い、一間しかないちいさなアパートのちいさな台所でくつくつと料理をしていた。

ものすごく貧乏だったの、と町を歩きながら妻は言った。アパートにはお風呂もなかったから銭湯に通っていたの。ぼくらはその銭湯の前を通った。ここの野菜がこの町でいちばん安いの。ぼくらはその八百屋で値段をチェックした。ほうれん草が八十円だった。アルバイトのお給料日にはここでビールを買って。その酒屋には、レジカウンターにまるまると太った猫がいた。座布団の上に餅のようにまるまっている。まだいるんだわ、この猫。妻は店に入って猫の背を撫でた。ぼくはビールを買った。桜の季節に友だちを呼んでここでお花見をしたの。妻がそう言う公園で、ぼくらはビールを飲んだ。

格子窓のレストランは、その閑散とした町で唯一、時間が動いているような店だった。洒落ていて、活気があった。貧乏学生だった妻は、いつかうんとお金持ちになったらこの店で思う存分飲食しようと決めていたのだと言った。そのレストランで、その日ぼくらは夕食を食べた。彼女がかつて夢見たとおり、前菜を四品、スープを二品、サラダを一品、パスタ料理を二品、さらにメイン料理を三品頼み、ワインを二人で二本半あけた。デザートまできっちり食べた。

うんとお金持ちにならなくても入れる店だったわね、と妻は笑った。たしかに、そのときぼくらはうんとお金持ちではなかったけれどきちんと支払うことができた。

そのレストランはそのときと同じ場所にちゃんとあった。格子窓をのぞくと、テーブルはランチを食べる客でほとんど埋まっていて、今も活気があることがわかった。実際だって洒落た店ではなかったが、やはり古びたこの町で見ると、ずいぶんあか抜けた場所に見えた。

おもてに出された黒板で、ランチメニュウを確認し、ガラス窓のはめこまれた扉を開ける。わわんとした騒音と、あたたかな食べもののにおいがあふれ出る。テーブルはみな埋まっていたから、待つことを覚悟してレジわきに突っ立っていると、「ご相席でもよろしいですか」とウェイターが訊きにきた。かまいませんよ、と答えると、格子窓の近くの席にぼくを案内する。その席には、女の子がひとり座っていた。「ご相席、よろしいでしょうか」ウェイターは女の子にも訊いた。どうぞ、というように女の子はうなずき、上目遣いにちらりとぼくを見た。

「どうぞ、こちら」ウェイターに促されるまま、女の子の向かいに座る。女の子の前には水の入ったグラスだけがある。ぼくの注文を聞くとウェイターはせわしなげに厨房に去った。

向かいに座っているのは十歳くらいの女の子である。この子がひとりで食事をしにきたとは思えず、彼女の家族がどこかにいるのではないかと周囲を見渡してみたが、しかしそれらしき人々はいない。テーブルごとに関係は完結しているように思えた。隣の席では老婦人と着飾った女性数人、女の子の背後の席では中年男女の四人連れ。

「あの、ひとり？」と女の子に訊いてみた。女の子はびっくりした顔をしてぼくを見上げ、

「ええ、まあ」と大人びた口調で言った。そうしてまぶしそうに格子戸の向こうに目を向けた。窓から入りこむ陽射しに、顔のまわりを縁取る産毛《うぶげ》が光って見えた。ぼくもつられるように窓の外に目を向ける。妻が通りすぎていくのではないかと思ってみるが、しかし春の陽射しに黄色く染め上げられたおもてを歩く人の姿はない。

やがて女の子の注文の品が運ばれてきた。おそらくミラノ風カツレツのセットだろう。女の子はちらりとぼくを見、お先に、とちいさな声で言い、ナイフとフォークを

そっと手にした。静かに、本当に静かに、女の子は食事をはじめる。動作もたたずまいもあまりにも静かだから、女の子がひとりでいる不自然さも、彼女がそこにいることさえも、忘れてしまいそうになった。店内に響く客たちの陽気な声も、ぼくらの座るテーブルまでは届かない。まるで彼女の静けさに、音という音が吸いこまれていくようだった。

ウェイターがぼくの料理を運んでくる。牛肉の赤ワイン煮のセット。サラダとパンがついている。女の子と向かい合ってぼくは食事をはじめた。格子窓の向こうは、いつまでも人の気配がなかった。

女の子とぼくはほとんど同時に料理を食べ終えた。皿を下げにきたウェイターにコーヒーを注文する。彼女はメニュウを広げ、チョコレートスフレと紅茶を頼んでいた。食事のタイミングが合ってしまったせいで、なんとなくこのちいさな女の子は自分が連れてきたような気持ちになった。食事にいこうと誘い、いっしょにここに入ってきたような。かつて妻にそうしたように。

コーヒーと紅茶、そして白いホイップクリームがたっぷりとかかったチョコレートスフレがテーブルに並ぶ。女の子はまたもや静かにそれを食べはじめた。

陽射しが水のようだった。水に漂っているようだった。そんな時間のなかでぼくは、ひょっとしたら妻は本気でいなくなったのかもしれないと思ってみた。背中がひんやりした。もし本当にいなくなったとして——とぼくはさらに考える——その理由はなんだろう？　些末なことが思い浮かんだ。洗濯物のたたみかたを注意されたこと、食卓に乱雑にものを放置する癖を注意されたこと、ビールを買ってくる割合について文句を言われたこと、結婚記念日を忘れてしまったときのこと……思い浮かびはじめるとそれらは止めどなく思い出されたが、しかしそんなのは、何も思い浮かばないのと同じことだった。だってぼくらは、そういう些末な、喧嘩にもならない言い合いをしながらも、八年間もいっしょに暮らしてきたのだから。あるいは、ぼくの知らないところで妻はだれかに恋をしたのだろうか。その可能性もなくはない、しかしもしそうだとするならば、妻という人間はぼくが知っている種類の人ではないように思える。ぼくの知っている妻は、思ったことは片端から口にせずにはおられず、どんなささいな隠しごともできるような人間ではなかった。うれしいことがあると口元がにやついていたし、不機嫌になると眉間に深くしわが寄っていた。

やはり、これは行楽だ、という結論になる。人は信じたいことしか信じない。

ひょっとしたらこの女の子は、妻の知り合いではないだろうかとちらりと思う。彼女は妻から何かメッセージを託されているのではないか。ヒントのようなものを。

「あの、何か、ぼくに伝えることはある？」

思い切って女の子に訊いてみた。女の子はスプーンを持った手をぴたりと止めて、怪訝な顔でぼくを見、

「えっと」と頼りない声を出した。「わかりません」先生にあてられたときのようにちいさく答えた。

「そうだよね、ごめんね」ぼくは言った。

「いいえ」女の子は首をふり、それからまたチョコレートスフレに取りかかったのだが、ぼくはあまりにも落胆した顔をしたのだろうか、おずおずとスフレの皿を押し出して、「一口、食べますか？」と訊いた。

「ううん、いいよ、ありがとう」ぼくは丁重に断った。女の子はほっとしたような、気の毒そうな顔をして、そっと皿を引き寄せた。

コーヒーを飲み干して向かいの女の子を見ると、チョコレートスフレをまだ食べている。ちびりちびりと、氷の山にスプーンを突き立てるような慎重さで食べている。

「そんじゃあさようなら。相席をありがとう」立ち上がりながら言うと、

「はい、さようなら」女の子も言った。おはよう、さようなら、と書いてあった妻の文字がふと思い出された。

レストランを出て、格子窓をふりむくと、ちいさな女の子はまだちびりちびりと、チョコレートスフレを食べていた。まるで巨大な敵と格闘するみたいな顔つきで。

3

格子窓のレストランで妻の姿を見つけられなかったぼくは、晴れた町をぶらぶらと歩いて、学生時代の妻が住んでいたというアパートを見にいった。商店街を抜けて、住宅街をジグザグに曲がって、郵便局の角を曲がったところにある、木造二階建てのアパート。たしか、すみれ荘という名の。いや、れんげ荘だったか。

あそこに住んでいたのよ。

かつて妻とこの町でデートしたとき、彼女はアパートの前に立ち、二階のいちばん右側の部屋を指して言った。六畳の和室に、三畳ほどの台所。風呂はなし、和式トイレが玄関のわきにある。台所のコンロはひとつしかなくて、換気扇はプロペラ式。陽射しだけはたっぷりと入る。入ったことのないその部屋を、ぼくはかつての自分の住まいのように思い浮かべることができる。部屋を見上げて語る彼女の声を聞きながら、あまりにも注意深くその部屋を思い浮かべたからだ。

郵便局の角を曲がってしばらく歩くと、以前と同じ場所にすみれ荘、もしくはれんげ荘はまだ建っていた。道路のすぐ右手に駐車場があり、その奥に建っている。この駐車場のおかげで陽当たりがよかったのだと妻は言っていた。外壁は以前より黒ずみ、周囲の建物が建て替えられて真新しいせいで、アパートは、しょぼんと肩をすくめてうずくまっているように見えた。駐車場に面したベランダのいくつかには、洗濯物が翻っていた。建物名を確認すると、すみれ荘でもれんげ荘でもなく、さくら荘だった。

駐車場の入り口からアパートを見上げる。彼女が住んでいた部屋の窓は大きく開け放たれていた。茶色い天井が窓に切り取られて見えた。人影が動いたと思ったら、お下げ髪の女の子があらわれた。両手に布団を抱え、ベランダの柵に干している。真っ白い布団カバーが陽をあびてちかりと光る。思わず息をのんだのは、お下げ髪の女の子が妻に見えたからだった。家を出た妻は、もうこんなところで暮らしているのかと思いそうになった。

けれどもちろんその女の子は妻ではなかった。もっと若かった。ここに住んでいたころの妻と同い年くらいだろう。布団を布団用ピンチで留めた女の子は、視線に気がついたのかぼくを見た。やばい、と思ったぼくが目をそらすより早く、にっこりと笑いかけちいさく会釈した。

え、と思って目を凝らすと、もう彼女は奥にひっこんでしまい、白い布団が光を放っているだけになった。

4

電車を乗り継いで桜のある墓地に向かう。私鉄の駅を下り、だらだら坂を上がったところにその墓地はある。広大な敷地を覆うような大木はみな、桜だ。これだけ桜があるのに、花見の時期でもここは閑散としている。同じ桜に覆われた墓地でも、にぎわう墓地とにぎわわない墓地がある。そのちがいはぼくにはよくわからない。とにかくここは、花見の季節でもほとんど人のこない、どことなくひんやりした墓地だ。

墓地の桜はみなもさもさと葉を茂らせていた。花見の時期でも閑散としている墓地は、花が散った今の季節にはなおのこと閑散としている。葉の茂った大木の下で、黒やグレイの墓石がひそやかに並んでいる。

この墓地には、妻と結婚をした年にきた。花見に、ではなく、埋葬をしに、である。

妻の長年飼っていた亀が死んだのだ。あまり大きくない亀で、彼女のアパートのケージで飼われていた。亀の動きが意外に早いこと、意外な騒音をたててものを食べることを、彼女のアパートにいくようになって知った。亀というのは、犬や鳥みたいに毛に覆われたものに比べたら、あまりかわいくはない。撫でることもできないし、抱くこともできない。だいたい飼い主を認知しているのかもわからない。

彼女もあまり亀にかまっているふうではなかった。だいたい名前が「亀」だった。ときどきケージから出してやる。亀は部屋を歩きまわる。突然姿が見あたらなくなることがある。それでも彼女はあわてたりはしなかった。いつか出てくるでしょう、と笑って、そのままぼくと食事にいってしまったりもした。

もちろん亀はそのうち出てくるのだった。

高校生のとき、縁日で買った亀なの。と妻は言った。いっしょに東京に出てきて、あのちいさなアパートでもいっしょに暮らして、何度かの引っ越しもついてきて、それで今もここにいるの。考えてみれば、この亀は、自分の力ではいけそうにないくらい移動しているんだよ。

それでぼくらはときどき、亀を連れ出すようになった。公園に連れていったり、ドライブにおともさせたりした。ぼくらはふざけて亀に話しかけた。ほら亀、自分ひとりでは見られない公園だよ、自分ひとりではこられないドライブインだよ、自分ひとりではこられない高速道路だよ、などと。

亀をデートに連れ出すのは半年もしないうちに飽きた。だいたい亀は犬ほど表情が豊かではないから、自力では見ることのできない緑や池や、高速道路や高層ビル群を見て、楽しいのかそうでないのかよくわからなかった。それでまた、亀は彼女のアパートにじっとしていることになった。

ぼくらが結婚をして新居に移るとき、彼女は亀連れでやってきた。亀にとっては、自力ではできない何度目かの引っ越しだった。

その亀が、ぼくらが結婚して一ヵ月もしないうちに死んだのである。寿命よ、と彼女は言った。

ぼくらは亀を埋める場所をさがした。この墓地は、彼女が調べてきた。それで四月の日曜日、ぼくらは亀の亡骸《なきがら》を持ってこの墓地にきた。驚くほど桜が満開で、それで花見の季節なんだと気がついた。ひとけのない墓地の隅っこで、ぼくらは土を掘り返した。スコップも何も持ってこなかったから、そのへんに落ちている木ぎれで。土を掘り返していると湿ったにおいが鼻をついた。彼女は無言だった。ぼくも何も言わなかった。木ぎれを握った手が痛むほど深く土を掘った。彼女の爪に土が入りこんでいた。ほとりと地面に水滴が垂れ、彼女が泣いているのかとそっとうかがうと、それは汗だった。額からこめかみから汗を滴らせ、眉間にしわを寄せ彼女は土を掘っていた。

顔を上げると、こわいくらい堂々とした桜があった。花びらは白く膨らみ重なり合い、豆電球のようにそれぞれが光を放っていた。

亀を埋め終えると、ぼくらはその場に座ってジュースを飲んだ。

あの亀はしあわせだったのかしらね、と頭上の桜を見上げて彼女はつぶやくように言った。

幸せだったに違いないよ、だって自力ではいけないいろんなところにいけたんだし、きみとずっといっしょにいられたんだし。

なんだか私たちも亀と変わりないよね、と言って彼女は笑った。

どういう意味？と訊くと、

だってひとりでいける場所なんてかぎられてるじゃない。だれかといっしょにいて自力ではいけない場所にいくのは、亀も私たちもおんなじだよ。と答えた。

たとえばどんな場所？とさらに訊いた。

少し考えて、たとえば野球場。と彼女は答えた。ぼくと出会う前の彼女にとって、野球は火星のスポーツくらいに遠い存在だったらしい。それから亀の埋まった場所をじっと見下ろし、

そうね、だったらきっと幸せだったわね、亀も。と言った。

次の年、同じ季節にぼくらはまたこの墓地にきた。亀の墓参りである。やはり墓地にはひとけがなく、桜だけがどこかねじがいかれてしまったように咲き乱れていた。次の年にはこなかった。ぼくらは亀のことを前より思いださなくなっていた。いや、思いだしはしたけれど、墓参りよりは日常の雑事を優先した。

あのときと同じくらいひとけのない墓地を、ぼくは歩いてみる。亀を埋めたのがどこだか、今では正確に思い出せない。しんとしている。ゆるやかな風が木々の葉を揺らし、ときおり、さー、さー、とかすかな音が聞こえた。そのたび、ぼくの足元で木々の影がさわさわと動き、日向と日陰の割合を変えた。

数ブロック先にちらつく人の姿が見え、ぼくは目を凝らす。妻かと思ったのだ。白いブラウスを着た女性は、しかし妻ではなかった。深く帽子をかぶり、墓石を雑巾で拭いている。ぼくはなんとなくその場に立ち止まり、その女性を見つめた。ずいぶんと高齢の女性だった。かたわらに置いたバケツで雑巾を洗い、絞ってまた墓石をていねいに拭いていく。ふと女の人は帽子をとる。真っ白な髪があらわれる。

「こんにちは」

女の人はぼくに気がつき、手を休めずに笑顔で言った。こんにちは、とぼくも言った。女の人の額には汗が輝いていた。

何を言われたのかわからず黙っていると、女の人は手招きをした。手招きをされるままに近づくと、彼女は腰にかけた手ぬぐいで手を拭き、ぼくに向かって包みを差し出した。

「お大福、食べる?」

「お大福、食べなさいよ。キクヤさんのはおいしいから」

そう言うと、お墓の前の段に腰掛け、隣に座るよう手ぶりで示し、包みをほどく。プラスチックのパックに、白い大福が整列していた。なんとなく断るのも気が引けて、ぼくは彼女の隣に腰掛け、言われるまま大福をひとつつまみあげて口に運んだ。

「大福が食べたいなあって、あなた、それが最後の言葉ですよ。もっといろいろあるだろうに。長いあいだありがとうでも、向こうで待っているからなでも、何かこう、私に言うべきことがあるだろうに、お大福だもの。あなた、人間ってのは、案外つまんないことしか考えていないもんなのねえ、死ぬ間際になっても」

この人、知り合いだったっけ、と思ってしまうような親しげな口調で老婦人は言い、大福を続けざまに二個食べた。あなたも食べなさい、と二個目をぼくも勧められたが、断った。たしかにおいしい大福ではあったが、しかし喉が詰まってひとつ食べるのがやっとだった。

「ごちそうさまでした。失礼します」

　立ち上がって礼を言うと、

「どうもありがとうございました」老婦人は急に真顔になって、両手を合わせぼくに向かって頭を下げた。ていねいな礼の言葉はちぐはぐで、居心地悪くなったぼくはあわててその場を去った。墓地のなかをしばらく進んでふりかえると、老婦人は三個目の大福を食べていた。白い髪が陽射しを受けてさらに白かった。

　ありがとうございます、ってなんのお礼だろう。大福を食べたことか、話し相手になったことか。墓地を出て、駅へ続くだらだら坂を今度は下る。ありがとうございましたという、静かな老婦人の声を思い出すと、なんだか亀に会ってきたような気になった。ありがとうございました、思い出してくれて。そんなふうに言われたような気がしていた。

5

　夜行列車は七時少し過ぎに駅を出た。夜行列車はちんたらと走る。妻がどこかに乗っているのではないかと思って、車両から車両へと歩いてみた。列車は空いていた。

妻がいればすぐに見つかるはずだったが、車内にいるのは、夜逃げしていくような暗い表情の家族連れとか、反対にやけにはしゃいだ中年女性グループとか、そっくりの格好をしたそっくりの髪型の女の子たちとか、学生服を着た男子グループとか、あるいはぼくのようにひとりでちんまり座る男とか、そういう客ばかりで、妻はどこにもいなかった。

窓の外がとっぷりと暮れてから、制服姿の幾人かが車両をまわり、座席を寝台に組み立てて歩いた。ぼくのベッドは下段だった。上段には若い女の子がいた。向かいの上下段の女の子たちとグループ旅行をしているらしく、カーテンを開け放ち、ベッドのへりに腰掛けて、足をぶらぶらさせながら向かいの子たちとお菓子を交換しては声高に話している。

甘い菓子のにおいで空腹を覚え、財布だけ持ってぼくは車両を移動した。後方にあるビュッフェで席に着き、ビールとハヤシライスを注文した。

この電車に乗ってぼくらは新婚旅行にいった。終点は海のある町で、そこに三日間滞在した。暦の上では春だったが、まだまだ寒く、海辺の町はシーズンオフで閑散としていた。

シーズンオフでも寒くても、ぼくらは浮かれていた。それまでだって旅行はしたことがあった。休みを合わせて、もっと遠くにいったこともある。けれどその旅行はとくべつだった。なんたって新婚旅行だったのだ。二度とできない旅行なのだ。それでぼくらは浮かれていた。海沿いにぽつんとあるさびれた水族館にいったり、曇り空の下、波打ち際を走りまわったり、土産物屋でほしくもない民芸品を買ったり、たがいの両親に特産品を買って宅配便で送ったりした。

ビールが、それからハヤシライスが運ばれてくる。グラスに注いだビールは、電車の振動にあわせてちらちらと表面を波立たせている。窓の向こうには数少ない明かりが瞬いている。

車両のドアが開き、あの、暗い表情の親子連れが入ってくる。彼らは猫みたいに静かな動作で、ぼくから少し離れた席に着く。四十代くらいの両親、中学生くらいの娘、小学校くらいの息子。四人は席についても沈鬱な表情だ。メニュウを広げ、ぼそぼそした声でオーダーをしている。父と母はテーブルを見つめ、息子はテーブルの上に出した小型のゲーム機に熱中し、娘は暗い窓の外を見ている。

ぼくはどこに何をしにいくんだったっけ。唐突にそんなことを思う。

かつて新婚旅行にいった町まで、妻をさがしにいくんだろう。即座に自分で答えてみるが、しかしその答えが、いかにも馬鹿らしく思えてくる。何か、とてつもなく現実味のないことのように。

　ハヤシライスを食べながら、妻のことを思いだしていた。思いだしていないと、妻の存在そのものが消えていくように思えた。もちろん今、妻はぼくらの家から消えてしまったわけだが、そうではなくて、もっと根元的に消えてしまいそうな気がした。もともとぼくらは出会ってなんかいなくて（だって妻は存在しないのだから）、こぢんまりした町の木造アパートに住んだこともなくて（だって存在しないのだから）、結婚も、当然新婚旅行になんかもいっていなくて（だって存在しないのだから）、あの家にはぼくひとりが住んでいた（だって存在しないのだから）。ぼくは予定のない連休に飽きて、それでこんなふうにだれかをさがすふりをして、知らない町を歩き知らない墓を眺め知らない列車に揺られている――。なんだかそのほうが、今の自分にはぴったりであるような気がした。

　列車は夜のなかをがたごとと走る。暗い表情の家族連れのテーブルに料理が次々と運ばれてくる。ビールにジュース、フライドポテトにチキン、ピザ、サラダ、オムレツ、テーブルはあっという間に皿で埋め尽くされ、彼らには不釣り合いなくらいのにぎやかさである。彼らは表情を変えないままそれらを食べはじめる。

　彼らを支配する重苦しいムードの理由が、なんとなくわかる。中学生らしき娘だ。

彼女が、半径一メートルほどをすっぽり覆う不機嫌オーラをだしまくっているのだ。何か——夜行列車の移動か、家族で行動することか、勝手に決められた行き先か、今日の服のコーディネイトか思うように決まらなかった髪型か、あるいはそんなぜんぶか——が意に添わないのだろう、窓の外をにらみつける顔は、呪いでもかけているみたいだ。彼女のその怒りがあまりにも強すぎるため、父も母もそれに引きずられるようにして、しんとした表情を崩せずにいる。

ウェイターが、ぼくの食べ終えた皿を下げていく。しみのついたテーブルクロスをぼくは見下ろす。グラスにほんの数センチ残ったビールが、列車にあわせてちろちろと揺れる。揺れ続ける。

向かいの空席に、妻を座らせてみる。久しぶりだな、ビュッフェなんて。旅行自体も久しぶりよね。明日の昼は何を食べようか。そうね、お寿司もいいしお蕎麦もいいね。頭のなかでそこにいない妻と会話をしてみる。

気がつけば、思い描いた妻の姿は格子窓のレストランで会った女の子になっている。終点に着くのは何時かな。朝の七時ごろだと思うわ。昼まで何をしていようか。何もしなくたっていいのよ。女の子と会話をしている。さようなら、と言った彼女の幼い声が耳によみがえる。

6

海の近くのその町は、新婚旅行のときとはうってかわって、行楽客でにぎわっていた。砂浜では何組もがバーベキューをしていて、海がかすんで見えないほどだった。細い道路は車が列をなしていた。どんなにさびれた土産物屋でも、数人の客で混み合っていた。

楽しげな顔をした観光客たちの合間を縫って歩きながら、ぼくは妻の姿だけをさがしていた。そうすると結果的に、女の人の姿ばかりに目がいくようになる。髪の長い人、はっとするほどきれいな人、きれいさを装っている人、大口を開けて笑う人、しみの奥まで疲れをにじませている人、すれ違う女の人は本当に様々だったが、妻ではないという点において、ぼくにはみな同じに見えた。

太陽がゆっくりと傾きかけてきたころ、ここに一泊することを決めた。駅前の観光案内所にいって、何件かの電話のあとで、ようやく海沿いにあるという民宿の予約をとってもらった。

おもてに出ると町は橙色に染まっている。木々も海も屋根も駅も線路も、見事な橙色だった。

観光案内所のおばさんによると、海沿いの道をまっすぐ歩いていけば、十五分ほどでその民宿に着くという。橙色に染まった町をぼくはひとり歩く。町のにぎわいはゆっくりと静まりつつある。みな帰ったのか、宿屋に落ち着いたのだろう。右手の海を見やると、白い波がちらちらと海面に線を描いていた。砂浜ではほんの数組が、まだバーベキューをしていた。

妻と新婚旅行にきたときは、山道をくねくね上がっていったところにある旅館に泊まった。窓から海が見えた。左手にそびえる緑色の山をぼくは見やる。明日、見にいってみようか。ひょっとしたら妻はそこにいるんじゃないか。そんなふうに思ってみるが、しかし妻がそこにいる気がしなかった。勘、というものをぼくは信じたことがないが、思考とはべつのもっと奥底で、ぼくは妻がそこにいないことを知っていた。

民宿は、ただの民家みたいだった。玄関は友だちの実家みたいだった。そんなにたくさん客が泊まっていそうではないのに、たたきにサンダルからヒールからスニーカーから、子ども用のちいさな靴までごちゃごちゃと並んでいて、靴箱の上にはサッカーボールや回覧板や、汚れたタオルが丸めて置いてあったりした。

ぼくが通されたのは二階の部屋で、黄ばんだふすまを開けると、すり切れた畳が六枚並んでいる。冬にはこたつになるのであろうテーブルが中央にあり、隅に十四インチのテレビが置いてあった。家具らしい家具はそれきりだった。床の間に掛け軸があるわけでもなく、壁際に和簞笥があるわけでもなかった。部屋の入り口に立ち尽くし、なんだか自分みたいだと思った。この部屋は、妻といっしょにいない自分の姿みたいだ。なんにもなくて、からっぽ。

そんなはずはなかろう、妻がいなくたってぼくにはきちんと中身があろう、と思ってみるが、いや本当に、ぼくという人間から妻を、あるいは妻といた時間を差し引いてしまったら、なんにも残らないように思えてならなかった。

まるで自分のような部屋に上がり、どすどすと歩いて窓辺に近寄り（畳はべこべことへこんだ）、閉めてある障子を思いきり開いた。窓の向こうには海が広がっていた。まだ橙色を保っている光景のなか、砂浜で行なわれているバーベキューの煙が、頼りなく空に流れていく。

風呂に入って部屋に戻ると、こたつテーブルの上に料理が並んでいた。天ぷらと刺身と、ハンバーグとグラタンという、珍妙な取り合わせだった。おひつからごはんをよそい、テレビと向き合ってひとりで食べた。窓の外はもう暗かった。相変わらず空に向かって白い煙がたなびいていて、それはバーベキューではなく花火だった。花火に興じる人々の歓声が、窓の向こうから遠く聞こえた。

食事を終え、テレビを見ていると宿の人がテーブルの後かたづけにくる。漫画みたいなぐるぐるパーマをかけた中年の女性で、よくしゃべる。今くらいから夏まで、ここはずうっと混んでんの。おにいさん今度はカノジョ連れていらっしゃい。夏にいらっしゃい。いるでしょうカノジョ。と、なれなれしい。ぼくはあいまいに笑うだけだが、おばさんは返答を求めているわけではないらしく、上機嫌で話し続ける。どっから、東京？　こんないい季節なのによりによってひとり旅なんか。夏はもっといいからね、夏にいらっしゃい、カノジョと。夏は海がぎらぎらしてどの季節よりも強いから。

「この宿の家族の方ですか？」

おばさんがあまりにもカノジョカノジョとうるさいので、そう訊いてみると、おばさんはふっと口をつぐんだ。ほがらかな表情が一瞬かげりを見せ、けれどそれは本当に一瞬で、

「ごはん、どうだった？　おいしかった？　カレイの刺身がいけたでしょ。ここはぼろいけど、食事だけは一流なの。ハンバーグだって手こねだよ」また笑顔で話しだし、空き皿ののった盆を抱え「じゃあ、おやすみなさいよ」と部屋を出ていく。

部屋の明かりを消し、枕に耳をつけ、仲居のおばさんについて少しばかり考える。一瞬のかげりのある表情は、特殊な事情を思わせた。どこかあたたかい場所で生まれて、みかんみたいにすくすく育って、家を出て仕事をはじめて、いくつか恋愛もして、未来への道はまっすぐ続いているなと思っていた矢先、何かに蹴躓《けつまず》く。そうして逃げる。自分の持っていたものみんな置いて、逃げる。夜行列車に乗って着いた町の民宿で働く。

おばさんが蹴躓いたものはなんだろう。全部推測に過ぎないのに、暗闇でぼくは考える。恋愛か、仕事か、人間関係か、それとも退屈とか平凡とかそういった類の何か。おばさんが蹴躓いたものはなんだろう、という疑問は、いつのまにか、妻が蹴躓いたものはなんだろう、と変わっている。いや、妻は蹴躓いたわけじゃない、逃げていったわけじゃない、これはただの、一風変わったぼくらの行楽なのだから。そう思いなおしてみるが、しかし暗闇で疑問はむくむくと大きくなる。

妻がぼくの前にいない理由は、なんだろう?

7

海辺の町に二日滞在し、二日目の夜、ふたたび夜行列車に乗りこんだ。妻には会えなかった。よく似た人すらも見つけられなかった。妻がどこかにヒントを残しているのではないかとさがしてみたが、それも見つけられなかった。あんまりどこにもいないものだから、だんだん妻をさがしているという感覚が薄れてきた。民宿のおばさんに言われたように、ひとり旅をしている気持ちになってきた。それで帰ることにしたのだった。

夜行列車は行きよりは混んでいた。窓の外が暗くなると、また制服姿の人々が座席をベッドに組み立てていく。今度は上段だった。ぼくの下は、眼鏡をかけた女の子だった。連休を利用して祖父母の家にいって帰るところなのか、小学生くらいのその子には連れがおらず、座席についているあいだ、ずっと不安そうな顔をして、列車が駅に停まるたび、窓に額をこすりつけるようにして駅名を確認していた。

座席がベッドになると女の子ははやばやとなかにこもり、カーテンをぴったりと閉じてしまった。夕飯を食べないつもりだろうか。いっしょにビュッフェへいこうと誘おうかどうしようか少し迷って、結局ひとりでいった。

ビュッフェも混んでいた。ほとんどすべての席が埋まっている。通路に突っ立っていると、ウェイターが手招きをして、赤ん坊を抱いた女性の向かいに相席するようにと言った。また相席。

赤ん坊を抱いた女性に軽く会釈をして席に着く。ビールとスパゲティを注文し、女の人の腕のなかで眠る赤ん坊を見た。赤ん坊は口をOの字に開けて眠っていた。女の人は薄く笑って眠る赤ん坊を見ていて、その表情を見ていたらなんだかぼくも眠る赤ん坊のような気持ちになった。ビールが運ばれてくる。泡があふれないよう慎重に注ぐ。振動が液体の表面を波立たせる。顔を上げると女の人と目があった。女の人はちいさく笑った。

女の人の料理が運ばれてきて、ぼくのスパゲティが運ばれてくる。女の人が頼んだものはグラタンだった。赤ん坊を起こさないよう、そっとスプーンを口に運んでいる。食器のぶつかる音、馬鹿笑い、話し声、車両に満ちる騒音のなかで、ぼくらのテーブルだけがしんと静かだった。眠る赤ん坊がすべての音を吸いこんでいるみたいに思えた。

その静かなテーブルで、ぼくは突然、見知らぬ赤ん坊の母親に話しかけたくなった。妻がいなくなったんです。ゲームかと思ったんです。追いかけてみたんです。でもどこにもいないんです。妻はどこにいったんだと思いますか。あなただったらどこにいきますか。そんなふうに。

もちろんぼくはそんなことは切り出さなかった。黙々とビールを飲みスパゲティを食べ、ときどき赤ん坊を眺めた。赤ん坊は眠りながら、眉間にしわを寄せたり、ちいさく口を動かしたり、びっくりするほどくっきりと笑ったりした。

「赤ん坊も夢を見るんですかね」

気がついたらぼくは女の人に話しかけていた。そう言ってから、昔そんなコマーシャルがあったな、と思った。女の人は少しびっくりした顔をして、

「見るんだと思いますよ。寝言を言ったりしますから」と答えた。そして少し考えてから、「でも、赤ん坊の見てる世界ってとても狭いでしょう。家のなかか、外に出ても私の顔ばかり見ているし。私が疑問に思うのは、赤ん坊は見知ったものごとを夢で見ているのか、それとも、見知らぬことでも夢に見るのかってことなんです」と、続けた。グラタンを一口食べて、「ほら、砂漠とか、流れ星とか、高層ビルの最上階から見た景色とか、そういうものをこの子は見たことがないはずだけれど、夢ではふつうに見るのかなって」と、補足した。

「でもぼくは、サバンナにいったこともないし写真で見た記憶もないけれど、サバンナの夢を見ますよ。ああ、ここがサバンナなんだなってなぜか夢のなかでは納得してます」

ぼくは言った。女の人は何か考えるふうに宙を見据え、

「それはサバンナという言葉を知っているからではないかしら」と言った。

そう言われてみればたしかにそうだ。ならば、砂漠とか、流れ星とか、サバンナとか、そういう言葉を持たない赤ん坊は、けっしてそれらを見ないのだろうか。それとも、目の前に広がる未知の光景に、ただ言葉もなく見入っていたり、するのだろうか。

気がつけばぼくは、眠る赤ん坊の寝ている世界をのぞき見るように目を細めていた。意味も言葉も持たない光景、意味も言葉も持たない人々。なんだかそれは、妻をさがしてすごしたぼくの数日間のようにも思えた。光景はただ光景としてそこにあり、人々は名も持たないままぼくとすれ違っていく。このまま妻が戻らなければ、ぼくは赤ん坊の見る夢から出ていくことができないような気がした。

赤ん坊は、ぐにゃりと顔をゆがめたかと思うと、ふにゃあ、と猫みたいな声を出し、そのまま泣き出した。車両の喧噪がいっぺんに戻ってくる。人々の会話する声、皿のぶつかる音、注文を厨房に向けて怒鳴る声、猫のように頼りなげな、けれど確固として響く赤ん坊の泣き声。

「あらあら、目がさめちゃったの」

女の人はちいさな声で言いながら、赤ん坊の背中を撫でさする。

「おなかすいたの、そうなの、おなかがぺこぺこなのねえ」

女の人はぼくがいることなど忘れたように、ブラウスのボタンを軽々と外していく。あわててぼくはビールを飲み干し、席を立った。

「おやすみなさい」

女の人に言ってテーブルを離れる。おやすみなさい、と女の人の声が背後で聞こえた。

8

列車はもうじきぼくの住んでいた町に着く。上段のベッドに膝を折って座り、そろそろと明るくなっていく空を窓の向こうに見る。空のてっぺんは紺色で、地上近くは白い。その真ん中のみず色の部分をなぞるように列車は走る。

尻に振動を感じながら、住み慣れたあの部屋のドアを開ける自分を幾度も思い描く。あるときにはドアの向こうに妻がいる。私の勝ち、だって追いつかなかったでしょう。そう言って笑う。あるときには妻はいない。おかえりなさいと書かれたメモを、静かな部屋でぼくは眺める。

そうしてふと、ずっとこうだった、と思いつく。そう、ずっとこうだった。母親におぶわれていたちいさなときから、ランドセルを背負って坂道を駆け上がっていたころから、隠れて煙草に火をつけたときから、ぼくはそもそもひとりで、民宿の部屋みたいにからっぽだった。だれかを、あるいは何かをさがすように、追うように日を過ごしてきた。

きっと妻もそうだ。母親の腕で眠った赤ん坊のころから、退屈な授業を聞き流し窓の外に目を向けていたころから、ちいさなアパートで体温の残る布団を干していたころから、ずっときっとひとりで、ひとりであることを忘れようとするみたいに日を送っていた。

出会い、恋をし、ともに暮らすようになってから、ぼくらはひとりではなくなったのだろうか？

ひょっとしたら彼女が出ていったのは、そのことを彼女も知りたかったからかもしれない。

この数日間に会った人々を思い出す。たとえば母親の腕のなかで夢を見ている赤ん坊、チョコレートスフレを挑むように食べていた女の子、ふてくされ家族の雰囲気を険悪にしていた少女、何かに蹴躓《けつまず》いて逃げてきた（ように見える）仲居さん、墓場で大福を食べる老婦人。彼女たちはみな妻ではなかったが、妻の一部だったのかもしれない。ひとりぼっちである妻。

周囲から遠慮がちにもの音がしはじめる。みな起き出したのだろう。くぐもった話し声が聞こえ、カーテンを開閉する音が聞こえる。ぼくはカーテンを開け放ち、通路に出る。べつの車両まで歩き、顔を洗い歯を磨き、朝食をとるためにそのままビュッフェへと向かう。電車の揺れに幾度かよろつきながら、朝の支度をする人々の合間を縫って歩く。

ビュッフェのドアを開けると、テーブルに客はおらず、真っ白いテーブルクロスが朝の光を存分に浴びている。席に着き、ウェイターにモーニングのセットを頼む。コーヒーが運ばれてきて、卵料理とトーストが運ばれてくる。

あなたの記憶のなかに消えます。

焼き肉屋のチラシの裏に書かれた言葉がふと思いだされる。記憶のなかに。

そうか。何かとてつもないことを思いついたような気がして顔を上げる。隅に立っているウェイターと目が合う。ウェイターは何ごとかと近づいてくる。

「あ、なんでもないんです」ぼくは言う。

ひょっとしたらぼくらは本当にひとりかもしれない。だれといても、どのくらいともにいても、ひとりのままかもしれない。けれど記憶のなかではぼくらはひとりではない。ぼくの記憶から妻を差し引いたらこの八年間はぼんやりと白い曖昧な空白になる。格子窓のレストランを、桜の咲く墓地を、夜行列車の振動を、きらめく海沿いの道を思い出すとき、そこにはつねに妻がいる。妻の記憶にはぼくがいる。今、ひとりだとしても、あるいはだれかを失ったとしても、ぼくらの抱えた記憶は決してぼくらをひとりにすることがない。

だからだいじょうぶ。彼女の声が耳元で聞こえた気がしてぼくはふりむく。そこにはだれもいない。朝の陽射しに照らされた無人のテーブルが静かに並んでいる。

列車は相変わらずちんたらと走る。陽射しがテーブルに斜めの切りこみをいれている。トーストにバターをぬって口に運ぶ。窓の外、絶え間なく流れ続ける光景を目で追いながら、ぼくはもう一度、ぼくらの部屋のドアを開けるところを想像する。鍵穴に鍵をさしこみ、くるりとまわし、ひんやりとしたドアノブをつかみ、そっとまわしてドアを開く。

［解説］五感に働きかける豊かな物語

野崎　歓

角田光代は数々の長編小説によって読者の心をつかんできた。それに加えて彼女が短編の名手であることも忘れるわけにはいかない。本書は、『空中庭園』（二〇〇二年）や『対岸の彼女』（二〇〇四年）、『八日目の蟬』（二〇〇七年）といった傑作長編と同時期の短編をえりすぐった一冊である。

時代背景にはなつかしさを誘うところがあるかもしれない（「地上発、宇宙経由」は携帯メールが一般化した当時の様子を伝えている）。そのぶん、作品としてしっかりと熟した印象がある。タイトルが示しているとおり、記憶が重要なテーマになった短編がならぶ。初出から少し時を隔てたことで、そのテーマがいっそう胸に染みて迫ってくる。

情景がくっきりと浮かび上がるような、的確な描写が角田文学の持ち味だ。抑制のきいた語り口のなかに、読む側の感覚に働きかけ、物語の世界を立ち上がらせる要素が巧みに配置されている。冒頭の「父とガムと彼女」でいえば、最初から漂ってくる「毒々しいほど甘ったるいガムのにおい」。語り手が小学生だったころにつながる、「蜜柑味のガム」のにおいである。

蜜柑味のガムがお気に入りで、日ごろよくかんでいるという人はあまりいないだろう。でもこの短編を読んでいるあいだ、かつてくちゃくちゃとかんだことのある蜜柑味のガムのにおいがよみがえってくるのを感じる。作家の手腕は、ガムのフレイバーの選択ひとつにも発揮されている。それは記憶のなかに眠っていた、遠い過去から立ちのぼる香りなのだ。

嗅覚や味覚をはじめとして、角田光代の文章は五感をさまざまに刺激してくれる。「猫男」に出てくるフルコースの中華料理は、学生どうしの食事としてはいかにも豪勢で、どこまでも損な性格の「K和田くん」の精一杯の好意が伝わってくる（名前の頭がアルファベットにされているあたりも何だか切ない）。「神さまのタクシー」の女子寮の食事はメニュウからして、元気盛りの少女たちにとっては「精進系」でカロリー不足であることがうかがえる。しかも語り手はいじらしいことに、そのメニュウを向こう一カ月分暗記しているのだ。

「神さまのタクシー」と同じく中高一貫の女子校の青春を描きながら、「空のクロール」では強烈な悪意といじめの物語が展開される。まったく泳げない女の子が一念発起して水泳部に入ってみたら、そこは大会での入賞をめざす猛者《もさ》たちの集まりで、彼女は完全に無視され、顧問の先生もはなから相手にしてくれない。それだけでもつらいのに、さらに同じ水泳部員の同級生からむごい扱いを受けるようになる。過酷なエピソードが連ねられていくが、何か鮮やかな色づかいによるタブローを目にしたような印象を受ける。映像としてのクールな透明感があるといってもいい。

最初に人けのないプールがこんなふうに描かれる。「だれも泳いでいないのに水面は細かく波を打っていて、まるで型抜きされた巨大なゼリーみたいだった。」その水面は、これからおこるドラマの予感にふるえているかのようだ。そして作品は、赤い金魚が散乱する目もあやなイメージとともにクライマックスを迎える。

過去は人の心の奥底に住みついている。それはけっして死んではいない。「おかえりなさい」の老婆は、何の縁もゆかりもないはずの青年を家に招き入れては、手作りの食事でもてなす。小鉢を並べ、冷やしたグラスにビールを注ぎ、青年がビールを二本飲み終えたタイミングを見計らってごはんと漬物を運んでくる。どうやら青年を、彼女にとって大切だっただれかと勘違いしているらしい。薄暗い和室で繰り返される不思議な饗応。あたかも能の舞台のような玄妙さが漂う。思い出がはるかな歳月を経てなお、人を動かし、支配するさまは怖くもあり、痛ましくもある。青年にとってはその老婆の「揺るぎない所作」が忘れられないものとなる。

もちろん、老婆の行動は謎であり、真意はうかがいしれない。どの短編をとっても、思い出のなかに浮かび上がる人物の姿は、ミステリアスな影に包まれている。いったい彼らがだれだったのかさえ、時としてとらえがたい。その顔は一瞬、こちらを向いたかと思うとやがておぼろになる。「水曜日の恋人」のなかで、中学生の「私」はふと「心許《こころもと》ない気分」に襲われる。だれもが結局は「ばらばらの無関係」で、みんな「もう二度と会うこともなく、言葉を交わすこともなく、闇に吸い込まれるようにひっそりと消えていく」のではないか。女子中学生の直観は、ひとつの真実を突いている。私たちの脳裏をよぎる過去の人間の姿とは、「闇」からつかの間呼び出された姿なのだ。そして彼らを思い起こすとき、私たちは自分の孤独を意識しないわけにはいかない。

最後に置かれた表題作「私はあなたの記憶のなかに」は、全巻のしめくくりとして──その先に開かれたいわゆるオープンエンディングとして──よく効いている（じつは僕はこの作品がとても好きなのだが、今回読み返していっそう好きになった）。まだ若い夫婦の妻が、ゴールデンウィークが始まったその日、不意に行方をくらましてしまう。「さがさないで、と妻は書いていた。私はあなたの記憶のなかに消えます」。そんな重大な宣言を「焼き肉屋のチラシ」の裏に書きつけて家出するとは、よほど気がせいていたのか。これまで結婚生活には別段波瀾もなかったようなのに、妻のうちには夫へのうっぷんが限界までたまっていたのか。それともまったく突発的なふるまいなのか？

書置きに記されていた「夜行列車」や「墓地の桜」、「夏の海」や「レストランの格子窓」という言葉は、夫婦が恋人時代に訪ねた場所や、新婚旅行先と関係していた。そのどこかに私はいるから探してごらん、というメッセージだと読み取って、夫は捜索の旅に出る。妻が仕掛けた一種のゲームと考えて、探偵役を演じることにしたわけだ。それはまた、結婚以前の自分たちの足跡をたどる追想の旅でもある。かつてふたりで来た場所をひとりで再訪する。とめどなく感傷的になりそうなところだし、そもそも妻の失踪は衝撃の大事件にちがいない。しかしそれを騒ぎ立てようとしない、むしろ一見飄々とした語り口が、作品に独特の軽やかさと浮遊感を与えている。隠し切れない哀しみも漂うが、そこには夫の旅自体がしょせん的はずれであり、妻は夫にはわからないどこかに去ってしまったのではないかという予感がある。実際、旅に出るとたちまち、夫にはその旅が「とてつもなく現実味のないことのように」思えてくる。

そして「妻の存在そのものが消えていくように」感じるのだった。

まざまざと浮かび上がるのは、取り残された夫の孤影であり、彼を待つ独り暮らしのしんと静まり返った寂寥《せきりよう》だ。でも同時に、彼はこれからも心のうちに生き続ける面影を手に入れたともいえるだろう。別離に際して思い出の旅路を示してくれた妻の思いやりのおかげで。

その旅路を読者として一緒に辿りながら、夜行列車やビュッフェが、いまではもう（一部の豪華列車を除けば）すっかり廃止されてしまったことに思い当たった。この短編が発表されてから十数年のうちに、世間に生じた変化は大きいのだ。今日、「新しい生活様式」の必要がしきりに唱えられるなかで、私たちのまわりからはさらに多くのものが姿を消し、失われようとしている。そんな時期にこの短編集を読んで、小説の意義をあらためて思った。小説には、過ぎゆく現実のありさまを物語に溶かしこんで、それを「あなたの記憶のなかに」移しかえる力がある。登場人物のあとを追って、いまはもうありえないかもしれない世界につかの間、さまよい出る。そのことの貴重なスリルと喜びを、角田光代の作品は豊かに味わわせてくれる。


（のざき・かん／フランス文学者）

【初出】

＊各短篇は雑誌や単行本（アンソロジー）に掲載・収録されたものです。

父とガムと彼女

『あなたに、大切な香りの記憶はありますか』（2008年・文藝春秋）

猫男

「paperback」（Late Winter 2002 vol.4）

神さまのタクシー

『Teen Age』（2004年・双葉社）

水曜日の恋人

『コイノカオリ』（2004年・角川書店）

空のクロール

「小説トリッパー」（1996年冬季号）

おかえりなさい

『最後の恋』（2005年・新潮社）

地上発、宇宙経由

『恋のかたち、愛のいろ』（2008年・徳間書店）

私はあなたの記憶のなかに

「季刊プリンツ21」（2006年秋号）

小学館文庫
好評既刊

私たちには物語がある

角田光代

《こんなにも世界にはたくさんの本がある。私はこれらの活字を追いながらじつに膨大な、幸福な時間を過してきた。》――物語がある世界の素晴らしさを語る最高の読書案内。すべての本とすべての本を必要とする人へのラブレター。

ポケットに物語を入れて

角田光代

《本は、開く時、読んでいるときばかりではなく、選んでいるときからもう、しあわせをくれるのだ。》――街の本屋さんを愛する著者が、心に残る本の数々を紹介する素敵な読書案内。読めば本屋さんに走りたくなる、極上のエッセイ50篇。

世界中で迷子になって

角田光代

《旅と買い物。一見まったく共通点がなさそうだけれど、じつは多くかかわっていると私は思っている。》——ニューヨーク、タイ、ポルトガル、キューバなどを舞台にした「旅に思う」に、買い物をめぐる「モノに思う」を加えたエッセイ集。

虫　娘

井上荒野

《四月の雪の日。あの日、あたしは生き返らなかった。》その夜、シェアハウスで開かれたパーティで何があったのか？　悪意と嫉妬、小さな染みがじわじわ広がり、住人たちは少しずつ侵されていく。奇妙で斬新な恋愛小説。　解説・角田光代

間宮兄弟

江國香織

女性にふられると、兄はビールを飲み、弟は新幹線を見に行く。間宮兄弟には自分たちのスタイルと考え方があるのだ。たとえ世間からヘンに思われても——二人は人生を楽しむ術を知っている。これはそんな風変わりで素敵な物語。

金米糖の降るところ

江國香織

姉妹は少女の頃、恋人を〈共有する〉ことを誓った。——アルゼンチンで育った姉妹は留学のために来日したが、佐和子は日本で結婚し、ミカエラは身籠って帰国する。東京とブエノスアイレスを舞台に展開する官能的な〈愛〉の物語。

単行本
好評既刊

物語の海を泳いで

角田光代

《どこでも本を読む。ソファでもベッドでも風呂でもトイレでも読む。外に出るときも鞄に本を入れる。入れ忘れると途方に暮れる。》——心に残る、あの本この本を熱烈紹介350冊。本が私たちを呼んでいる。〈物語シリーズ〉第三弾。

希望という名のアナログ日記

角田光代

作文の得意な少女は作家になる夢を追いかけた。少女時代から作家としての半生までを振り返る感動的な回想から、愛してやまない忌野清志郎の思い出、そして恋愛と結婚、美味しい旅の記憶までをあざやかに描いた充実のエッセイ集。

―― 本書のプロフィール ――

本書は、二〇一八年三月に単行本として小学館より刊行された同名の作品を文庫化したものです。

小学館文庫

私《わたし》はあなたの記憶《きおく》のなかに

著者　角田光代《かくたみつよ》

二〇二〇年十月十一日　初版第一刷発行

発行人　飯田昌宏
発行所　株式会社 小学館
〒一〇一-八〇〇一
東京都千代田区一ツ橋二-三-一
電話　編集〇三-三二三〇-五一三二
　　　販売〇三-五二八一-三五五五
印刷所――図書印刷株式会社

ISBN978-4-09-406823-8

テクストから
遠く離れて

katō norihiro
加藤典洋

講談社文芸文庫

JN019472

目次

I 「作者の死」と『取り替え子《チェンジリング》』

テクストから遠く離れて

Ⅰ「作者の死」と『取り替え子《チェンジリング》』

チェシャ猫の笑い

この論の出発点はこうである。

一九六六年春、わたしが大学に入学した時、学内は、前年に出た吉本隆明の著作『言語にとって美とはなにか』の噂で持ちきりだった。当時、わたしはフランスの現代小説とその周辺の文学をめぐる理論の類に熱中していたので、いかにもローカルで左翼的な感じのするこの種の著作に関心を抱かなかった。というより、ひそかにこれを持ち上げる薄汚れた感じの左翼学生の世界を、軽蔑していた、と言ったほうがよい。

そのわたしが吉本隆明の書くものに関心をもつようになったのは、一九六八年以降の大学での、その後、全共闘運動という名で知られることになる学生運動の盛り上がりがきっかけだったろう。その過程で、わたしの中でフランスの文学と哲学の思潮のもっていた切実感は、不思議な形で隔離され、別のものにとって代わられた。わたしは、学部の専門課程ではフランス文学科に進学したが、二年間にわたり留年し、四年間そこに在籍したうち、その大半の時間を教室以外の場所ですごした。講義に出た回数はたぶん三分の一にもみたなかったろう。その頃まで、カミュ、サルトルに加え、ブランショ、ソレルス、ル＝クレジオ、ヴィアン、ユグナン、ジャリ、アルトーなどを好んで読んでいたが、しだいにそれらと自分のいる場所の「へだたり」がモノのように立ちはだかるようになり、それらから隔離された。徐々に読めるものが少なくなり、最後には、本そのものがほぼ読めなくなった。

まだ比較的元気な時期に、卒論の題目にはプルーストを選び、一つは彼の母への手紙を、もう一つはその批評的エッセイ『サント＝ブーヴに抗して』を、当時下宿のあった池ノ上近くの駒場の近代文学館の閲覧室に自転車で行っては通読したが、ある日、ふいにそのすべてがばかばかしくなり、卒論題目を二十四歳で死んだロートレアモンに代えた。いまから考えれば滑稽だが、大学への反抗心があり、何度か送り届けられた卒論指導教官を決めるようにとの通知を無視し、最後まで指導の教師をなしで通した。結局一度も誰にも見てもらうことなく書き終え、それを提出し、面接審査を受け、何とか卒業だけはしたが、語学力不足のために大学院の試験は落ちた。大学を出る頃は、会う人ごとに、こういう学生にはいてほしくない、と思われる、いかにも薄汚れた、みすぼらしい、元暴力学生になり果てていたのである。

卒業に先立つ二年ほどは、もう書物の類はほとんど読めず、ほぼ唯一、手元におかれたのは、中原中也の日記、そしてエッセイと断章だけだった。わたしは高校生の頃、誰もが口にする二人の日本の文学者を毛嫌いしていた。太宰治、中原中也がその二人で、その二人が結局現在の自分にとって大切な文学者となった、そのことにチェシャ猫の笑いを感じる。右にあげたフランスの小説家、詩人への「好み」は変わらなかったものの、大学時代の六年間にわたしのいる場所は、そこに文学と思想とが占める布置とともに、大きく変わった。自分の当初の「好み」が時代の好尚として迎えられた頃、それと自分の「ズレ」に苦しんで、その舞台から下車した。

＊

最初に「そのこと」に気づいたのは、七〇年代の初頭、ほぼ一年ぶりくらいに教室に顔を出した時のことだ。だいぶ利口そうで、元気で、妙に大人びた学生が、大挙して教室の席を占め、談笑していた。二年留年のどぶネズミであるわたしの眼に、学内の雰囲気、教室の様子はすっかり変わって見えた。それは、それまでここ数年の街頭、構内で見たことのない顔であり、また余り耳にしない、能弁な話し方だった。この連中はこの二年間、どこにいて、何をしていたのだろう。そう思ったが、むこうも同じ思いだったろう。この世の動きから脱落していたのは、むしろ、こちらのほうだった。

もう吉本の言語論は古い、時代遅れだと、そういう場所で誰もが得意そうに囁いていた。何でもソシュールというスイスの言語学者がいて、その仕事は、まったく言語の考え方の土台が違うというのである。

わたしは、完全に時代から脱落していた。自分のいる場所の床がずぼりと抜けて、一人、息を吞んだまま、地下室に落下した。その後、ダメを押すように一九七二年の二月と三月がきた。わたしは、就職し、結婚し、数年して子供が産まれると、再び中原中也を読みはじめた。そして、中原を試金石に、吉本の言語論がどれくらいのものか計ってみようと、『言語にとって美とはなにか』を取り出し、机の上に置き、勤めから帰り、子供を寝かせた後、二畳の自分の部屋にこもってそれを読んだ。吉本の言語論がもう古い、と言われるようになってはじめて、わたしにそれへの関心が芽生えたのだが、それは、このようなわたしに、やはりチェシャ猫の笑いにかなう、符丁の合うできごとだった。

この七〇年代前半の、吉本の言語論からソシュールの言語論への言語思想上の転換を、いまならこう要約することができる。吉本は言語の本質を「表現行為」と考えた。そこから、言語表現の核心を主体の「表出」と見、その表出に「自己表出」と「指示表出」の二つの種類があるとする吉本の言語論の構えが出てくる。わたしには、彼の言語論がそれまでの、たとえばサルトルの言語観と全く違っているのは、こういう考え方に立てば、どんな言葉、言語活動も、同じ原理で考察できるという、いわば原理的な考察となっている点であると思われた。吉本は、「そこで行き止まりのモノとしての言語」(詩的言語)と「それ自体は通路であるような道具としての言語」(日常言語)というように二種類の言語があるのではなく、言語は、二種の働き(価値)の関係性として、ただ一つのあり方をとって存在していると述べた。そこでは、ある言語表現Aの価値は、その自己表出の値Xと指示表出の値Yの相関、関係性としての値としてとらえられ、図で示せば座標軸上の一点A（x,y）として示される（図1）。

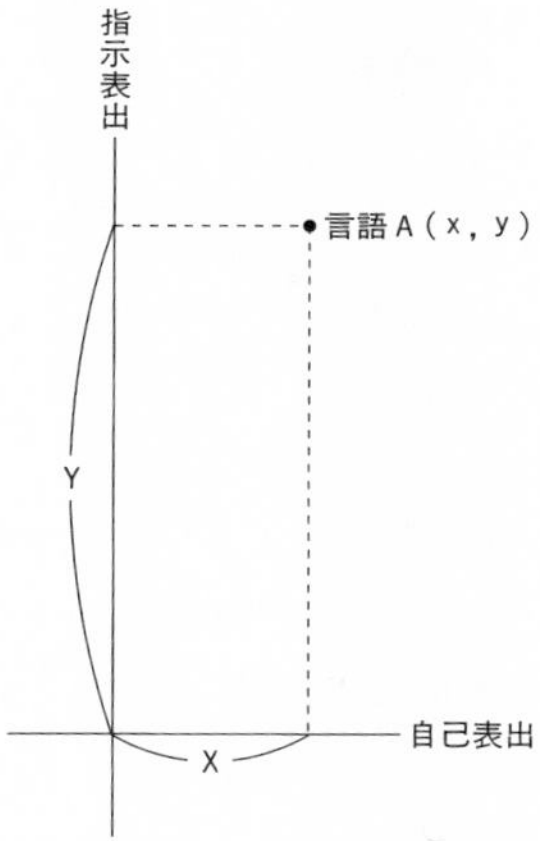

図1：
吉本言語論の「自己表出―指示表出」

それは言語を原理的にとらえる考え方として、画期的なものだった。それに対し、ソシュールは、言語を記号（サイン）としてとらえる。言語を記号としてとらえるとは、それを指示対象との関係として存在する象徴（シンボル）としてでも、発語主体との関係として存在する表出（イクスプレション）としてでもなく、それとは違うしかたでとらえることである。言語は、第一に指示対象との関係を切り離され、第二に発語主体との関係を切り離され、それ自体として考察されることで、「意味するもの―意味されるもの」の構造をもつ関係の総体と見な

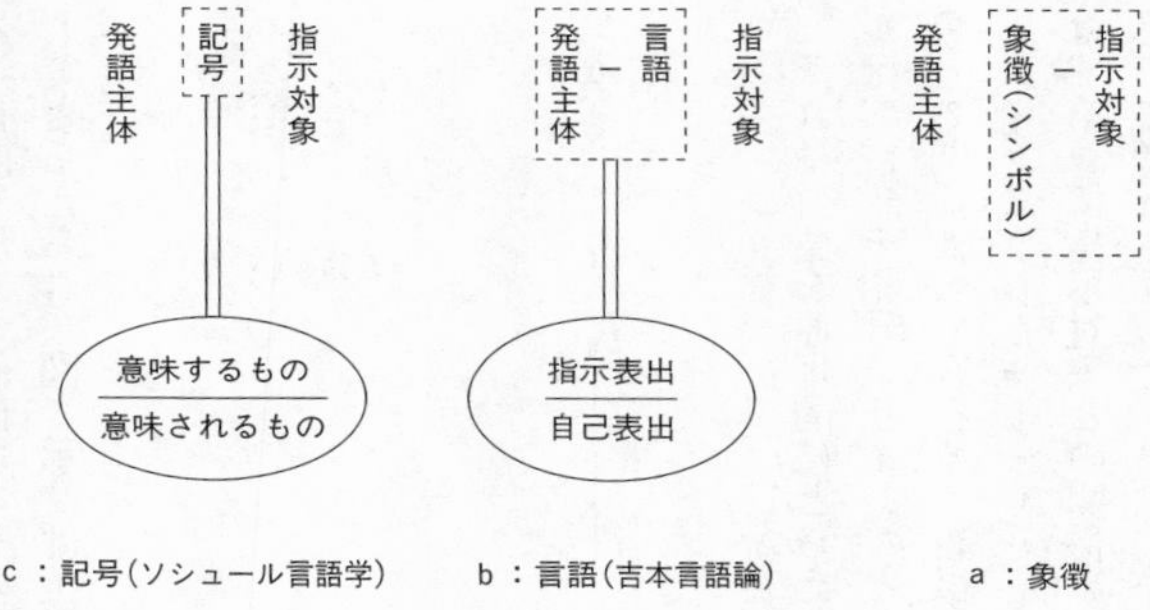

図2：象徴・記号・言語——吉本言語論とソシュール言語学

されることになる(図2—a・b・c)。

それは、「表現」主体との関係を捨象して、言語を、「そこにある意味するもの＝記号」と見ることである。街路に浮かぶ信号灯は、「青」が「進め」、「赤」が「止まれ」の意味だとわたし達は知っているが、誰がどんなつもりでわたし達にそう「語っている」のかというようには考えない。記号はそれを見る者に発語主体の想定を促さない。発語主体との通時的な連関を切断、捨象したうえで、ソシュールは、記号(シーニュ signe)は、意味するもの(シニフィアン signifiant)と意味されるもの(シニフィエ signifié)という二つの働きの関係性として存在するという見方を示す。これもまた原理的な見方だ。ソシュールはその考えをすでに一九〇〇年代に確立していたが、その考え方にヒントを得て構造主義が生まれると、それに端を発する六〇年代のフランスにおける新思潮の勃興のうちに、その意義は広く認識される。そして、これまでの言語を指示対象との関係でとらえる言語シンボル説、その指示対象（たとえばリンゴ）が言語秩序外に存在する物質的存在だと考える言語名称目録観、そしてまた言葉をモノとしての言語と道具としての言語に分けるといったサルトル流の言語観へのアンチテーゼとして、大きな意義を付与され、一九六〇年代になると、世にあまねく喧伝されるようになるのである。

＊

それまでの言語観を根底的に更新する原理的見直しを含む新しい言語についての考え方である点、同じだったにもかかわらず、そのうち、ソシュールのそれが新しく、吉本のそれが、ソシュールに代表される新しい言語観によって葬り去られるべき時代遅れの説であると見られたのは、なぜだったろう。その理由は、吉本の言語論が、書かれたもの、言語一般を「主体」と結びつけ、「表現」と受け取る近代的な言語観に立つとみなされたからである。これに対し、この時新しく現れようとしていた言語観、作品観は、次のようなものだった。まず、言語は、これまで主体との関係で意味づけられ、価値づけられていた。「主体」が何かを言おうとする、その「意」を伝えるメッセンジャーボーイのような存在と考えられていた。たとえばサルトル流の言語観は、これに対し、そのようなメッセンジャーボーイでない詩的言語があり、そちらに言語にとって欠かせないもう一つの本質があると述べたのだが、新しい言語観は、それは不徹底だと考える。それは、むしろ言語活動のうちに、この主人とメッセンジャーボーイという主従関係を切断する契機があり、それこそが言語の本質なのだと考えた。言葉はメッセンジャーボーイだとしてもそんなに忠実な使用人ではない。不敵に自分を主張する、不従順な使用人なのだ。この使用人は主人の申しつけることにつねに忠実ではないし、また媒介存在として透明ではない。また、この直観は西欧の文脈の中では、近代以来特権的な位置を与えられてきた自律的個人を範型とする「主体」への盲信の、文学観、批評理論における反映であるとも見られた。言語を相変わらず「表現」と見て主体との関係で価値づける吉本の論は、その点で近代的言語観を踏襲していると見られ、時代遅れと目され、他方、言語を「主体」との関係なしに、関係性の一単位として、システムとの関係で、シニフィエとシニフィアンとからなる一個の記号と見るソシュールの論は、その記号としての言語という「主体」を消去した観点によって、新しい考え方と受け取られたのである。

ほぼそのあたりを転回点として、言語と文学の周辺にも新しい哲学思潮が生まれ、文学観、批評理論、言語論を送り出すようになる。その動きがどういうものだったか、その全貌をほぼ見通せる場所にいまわたし達はいる。そこから生まれてきた文学理論、批評理論を、ほぼ一つの名のもとに語ることができる。構造主義、ポスト構造主義の思想的影響のもと、形を整え、論としての構えをなすようになった「テクスト論」、ないし「テクスト論批評」というのが、それである。

あれから三十年、この考え方の功罪についても、それをほぼ一望できるところにわたし達はきている。一言で言えば、この吉本からソシュールへの転回は、言語から記号へ、ということだった。しかし記号と見ることで未知の領野を発見したソシュール流の言語観は、その後、「言語の謎」、つまり言語の意味の決定不可能性にまつわるさまざまな難点を生むようになる。

　ところでこの問題を解く上に最近画期的な寄与を行った（とわたしの考える）竹田青嗣の近著『言語的思考へ——脱構築と現象学』は、その理由を、そこで言語が発語主体から切り離され、「一般言語表象」として扱われているからだと述べている（同書第5章「一般言語表象」）。この見解は説得力に富む。言語は、ふつう、どんな場合も、発語主体との関係性として、その「言語連関」のうちに生きている。そのことに着目する竹田は、発語主体との「言語連関」のうちにある言語を「現実言語」と呼び、これを「一般言語表象」と区別し、言語の謎、パラドックスと言われ、喧伝されてきた事実がすべて、これを「現実言語」として受け取るなら、謎でなくなることを立証してみせた。言語と記号の違いを発語主体との関係性で捉えられるか否かに見るなら（関係性ありが「言語」、なしが「記号」）、竹田の言う「現実言語」と「一般言語表象」の違いは、そのまま言語と記号の違いということである。

　ソシュールは、吉本が「現実言語」（発語主体との関係でとらえられる記号＝言語）として考えたところを、「一般言語表象」（発語主体との関係を切断してとらえられる記号＝記号）と置き換えることで、従来の言語観を更新していた。その結果、言語学は未曾有の領野を切り開いた。「テクスト論」もその成果の一つだが、ここにもやはり「言語の謎」が持ち越されている。これらの批評の、「意味」にふれることができないという難点は、それを読む誰もが、というよりそれを書く誰もが、実はうすうす感じてきたし、いまも感じている。それを解くには、「言語は記号ではない」ということ、あの吉本の提示した言語観の場所に、もう一度、戻ってみるのがよい。というより、それ以外に、方法はない。いわば舞台は、この三十年間で、一回りしたのである。

そもそもソシュールの言語学と吉本の言語論は、一方が新しく一方が古いというように、対立的にとらえられるべきものだったのだろうか。この両者の観点を対立の相に置くのではなく、これを重層させうる新しい観点、そういうものがいま、求められている。ここでわたしは、この間のこの記号論的観点、構造主義的視線、「主体の死」といった考え方の日本の学問世界における席巻の事実を踏まえた上で、批評の世界における「テクスト論」の文学理論としての功罪を、判定し、そうした新しい観点に向けて一歩を踏みだしてみようと思う。

1 「テクスト論」の功罪

まずテクスト論ないしテクスト論批評について、その輪郭をざっと一筆描きの要領で、おさらいしておく。

テクスト論とは、これまでの批評理論が「作品」の意味を「作者」の意図、主題、生涯、時代背景へと還元することを通じて確定し、その確定にいたる過程の作業を分析と称する作者還元主義の立場に立っていたのに対して、これに反対し、これとは違う考え方を提起すべく、新しく生まれてきた批評理論である。それは、「作品」と「作者」の関係を切断し、「作品」を書かれたもの単独ないし書かれたもの相互の関係性のなかで、分析・考察しようとする。その考え方は、西欧の言語理論とそれに影響を受けた文芸理論として、特にフランスの現代哲学思想、構造主義からポスト構造主義へといたるポストモダン思想の流れの中で育まれ、欧米の著作家、主にフランスの思想家、著述家の著作を経由して、一九六〇年代後半あたりからイギリス、アメリカへとともに、日本へともたらされた。それが日本ではっきりと優勢となるのは、浅田彰の『構造と力』の刊行などにより、ポスト構造主義の考え方のメリットが広く知られるようになる、一九八〇年代以降のことである。

「作品」が作者との関係でとらえられた表現物にあたえられた概念であるのに対し、作者との関係を切断した上で、書かれたもの単独ないし相互間の関係性をもつ存在として表現物に与えられた概念が、「テクスト」である。したがって「テクスト理論」は、しばしば「作者の死」という主張を伴い、またそれに支えられる。また、そこでこれまで「作者」による「表現」の行為と考えられてきたものは、書かれる言葉の側の作者に対する抵抗性に力点がおかれ、「テクスト」のほうから見た「書き手」による生成行為という意味で、「書くこと（エクリチュール）」という新しい名称と概念を与えられる。さらに、書かれたもの（＝テクスト）相互の関連のうちに当該のテクストの意味を確定する必要上、「間テクスト性（インターテクスチュアリティ）」と呼ばれるテクストの相互的な関係性が重視され、これらを能動的に読みとる読み手側の行為が、「読むこと（レクチュール）」として、概念化される。

このうち、いわゆる作者に還元されない「書くこと」の非人称性ともいうべきものについてはジャック・デリダが、書くことや作者性を含め、語ること（言述・ディスクール）のもつ政治性、社会性、文化性の問題についてはミシェル・フーコーが、また「作者の死」と読み手の側の読解行為の創造性を取りだした「読者の誕生＝読むことへの権利付与」についてはロラン・バルトが、それぞれ基本的な論考を発表し、その後のテクスト論批評理論に大きな影響を及ぼしている。これらについては、後に見る。

さて、このテクスト論の功罪のうち、その功とは何だろうか。わたしは、作者（＝表現主体）と作品（＝表現物）を基本概念とした従来の近代型の表現論の観点を、「書くこと」（＝表現行為）のうちにひそむ非人称的な本質をそこから救抜すべく、否定し、いわば軸足を「作者」から「作品」に逆転した点が、それにあたると思う。わたしもまた、「書くこと」の本質には、この「作者」―「作品」のくびきからの解放の欲求ということが大きな要素としてあると考える。しかし、この従来型の主体に基づく考え方を、やみくもに否定しようとする余り、言表行為から発語主体（＝作者）の項を全面的に「切除」してしまったことは、文学理論・批評理論として、誤りだったと思う。

テクスト論の罪の部分はここから出てくる。

なぜそれが批評理論としてまずいかというと、この考え方に立つと、評者はなぜAという作品とBという作品のうち、Aのほうが優れている（＝価値がある）と考えるか、その根拠が言えなくなる。いわば「作者」という意味の光源を消したテクスト論は、その読みの多次元性、複数性、非真理性を本質とする。その底にあるのは後に見るようにテクストの意味の決定不可能性であり、それは、作品の価値を決定できないからである。それは、テクストについて、「このようにも読める」という可能な読みは根拠づけるが、自分には「こうとしか読めない」という不可疑な読みは根拠づけない。それは、自分はこれを評価する、よいと思う、とは言うけれども、これを普遍的な美を備えた価値ある作品だとは、言わない。もしそのように揚言する批評があれば、それに抵抗するのが、テクスト論なのである。

なぜそうなるのか。簡単にその答えを言っておけば、テクスト論のこの構えには、いわば普遍的な美の原理ともいうべきものの発現する余地がない。ここのところは誰もがこう感じるはずだ（したがってBよりはAのほうが優れている）という形での読みは、ここから出てこない。したがって、テクスト論では、テクストをいわば引用の織物として発見し、意味づけ、評者の主観に応じて価値づけることはできるだろうが、その発見、意味づけ、価値づけは、ほんらい、恣意的たらざるをえない。それが普遍性への企投となる足場がここには欠けているのである。

＊

テクスト論の致命的な弱点が、ここにある。それは、ポストモダン思想とりわけポスト構造主義の思想一般と同様、他の思想、他の批評理論の価値を否定し、これを相対化することは得意だが、自分から新しい普遍的な価値、批評原理を提出することについては不得意なのである。

いま、このテクスト論的な構えに対し、本格的にその功罪を論じる気になったことには、いくつかの理由ときっかけがある。その第一は、最近書かれている小説作品に、明らかにもうこれまでのテクスト論的アプローチでは論じきれないものが現れるようになったことである。これまでなら、テクスト論批評の問題点を明らかにしようとすれば、文学理論、批評理論の問題としてこれを行わなければならなかった。しかしそういう形で行われる検討批評は、ほぼ一般の読者に無縁な教義問答的やりとりになりおわる。そういうことをやる意欲も必要も、自分の中にそれほど感じられなかったが、現実に新しい質を含む作品が現れたことで、単に小説を読み、その読んだところを伝えるという批評の基本形だけを足場に、また、そのことからの要請として、テクスト論の限界を明らかにする作業が求められるようになり、もうそろそろそれを誰かがしなければならない時期だと判断した。

また第二は、最近、テクスト論の源流をなしたフランス現代思想の言語観の欠陥、問題をこれまで以上に根底的に明らかにする哲学上の仕事が、海の向こうならぬ、わたし達の周辺から、現れてきた。そのため、ありていに言うなら、テクスト論に対する批判は、これまで以上に、広い読者を相手に、深く根底的に、文学と批評と思想のそれぞれの領域にまたがる問題として、行うことができるという見通しが立つようになった。いま現れつつある新しい傾向をもった作品と、いまなされつつある哲学思想上のわたし達の周辺での達成を手がかりにすれば、ここ三十年間にわたるいわゆるポストモダン思想、テクスト論批評の席巻の結果、文学と思想の世界に生じていた停滞は、誰の目にも明らかな形で、明晰に打破できる、というのが、いまのわたしの判断である。

2　大江健三郎、二〇〇〇年

さて、わたしは、九〇年代に入って以降、さまざまな事情でいわゆる文芸評論の仕事から遠ざかっていたが、ここ数年は、そのブランクを埋めるべく、努めて新しく登場してきた小説家の作品、力量ある小説家の近年の作品を読むようにしてきている。またそれらの渉猟をもとに、これはという作品を選び、新傾向の作品の「新しさ」の部分の読解の試みを行ってもいる（「現代小説論講義」『一冊の本』二〇〇一年七月号〜二〇〇三年一〇月号、『小説の未来』として朝日新聞出版より二〇〇四年一月刊行）。そこでわたしに感じられるのは、近年、日本で書かれる先端的な小説のなかに、これまでのテクスト論批評ではもう追えないていの作品、むしろ発語主体と言語表現の間に小説を書くことの主戦場を移したと感じさせるていの作品が、目につくようになったことである。わたしはそれをひそかに「テクスト論破り」の作品と呼んでいる。ここでは、まずそのことがもっとも顕著な一作品を選び、この作品を例に、これを評するのに、いかにテクスト論批評が無力であるかを、一瞥してみる。

その作品とは、大江健三郎が二〇〇〇年十二月に上梓した『取り替え子《チェンジリング》』という小説である。この小説は、特異な背景をもっている。作品が語るのは友人に突然自殺された人物が、その打撃から回復の一歩を踏み出すまでの物語だが、読めばすぐわかるように、現実のできごとをかなり生のまま素材にしている。現実のできごとを素材に、必要な粉飾、変更、デフォルメを加えて小説化を行うことはこれまで広く行われてきており、珍しくない。しかし、そういうケースでは書き手が現実のできごとをコントロールできる場所にいて、そこから必要な変形を行うのが常である。これに対し、この作品では、作者が現実のできごとに両肩をがっしりと摑まれ、身動きできず、逆に現実にコントロールされている、と見える。逆の力関係でこの作品は構想されている。そのため、一見モデル小説と見えるが、そこから受け取られる力感は、まったく逆である。

主人公長江古義人は、不意打ちに、妻千樫の兄で十代後半以来の親友である塙吾良の突然の自殺の報に遭う。これに深甚な打撃を受け、社会生活から撤退し、しばらく退行的な生活に沈潜する。しかし、このままではいけないと考え、かねて招聘されていたドイツ・ベルリンにある大学の申し出を受け入れ、ほぼ百日間の海外での隔離生活を試みる。帰国の夜、何者かから生きたスッポンの届け物があり、彼は一晩かけ、そのスッポンの首を切り、これをさばく。ほどなく吾良の映画のシナリオ草稿と絵コンテが届けられ、それは彼に十七歳時の重大なできごとの記憶との向き合いを促すが、これを機に、彼は、自分にも記憶の上で不確かな核をもつそのできごとを、吾良のシナリオを手がかりに、吟味していくようになる。

小説はそのできごとについても多くの展開を見せるが、「アレ」と呼ばれるそのできごとのもつ問題については後に譲る。作品にも、その吟味が彼をどのような場所に連れていったかは語られていない。その代わりに、終章、視点人物が古義人から妻の千樫に転換し、作品にさしはじめる弱い光のもと、兄を失った千樫の、モーリス・センダックの絵本との出会いを手がかりにした一つの回復の端緒が、古義人との関係のうちに描かれる。

この作品が特異だというのは、こういうことである。

主人公長江古義人は、小説家で、どうもノーベル賞であるらしい「国際的な賞」を受賞しており、小説の物語の時点（一九九九年）で六十四歳である。この年に「ベルリン自由大学」から客員教授としての招聘を受け、次の年には「ハーヴァード大学」から「名誉博士号」を受けている。以上のことは、二〇〇一年刊行の『大江健三郎・再発見』所収の年譜（篠原茂「読むための大江健三郎年譜」）に照らせば、一九九九年から二〇〇〇年にかけての大江健三郎自身の年譜的事実に対応している。これだけのディテールを与えられれば、読者は、一読、どうしてもこれは作者の大江自身ないし大江の文学的分身なのではないかと思ってしまう。小説はそのように書かれている。

また、親友で義兄でもある塙吾良についても同じ。吾良は映画監督で、妻の勝子は女優をしており、たとえば『Dandelion』（日本語で「たんぽぽ」）という映画で欧米に多くの愛好者をもつようになり、「ヤクザの民事暴力を主題にした映画」でヤクザの襲撃を受け、頬を切られた経歴をもっている。読者は、これらの設定から容易に、塙吾良を大江の長年の友人で義兄でもある伊丹十三に、妻勝子を女優宮本信子に、作品『Dandelion』を『タンポポ』に、「ヤクザの民事暴力を主題にした映画」を『ミンボーの女』に擬することになる。というより、そのように見よ、と読者が言われているように、この小説は書かれている。

とはいえ、それだけなら、このような意図された「自己擬態」ないし自分の現実上のできごとへの作品の「寄生」は、一九六四年の『個人的な体験』以来、この作家に一貫して見られる小説作法であることから、これを、このきわめて方法意識に自覚的な小説家の、計量しつくされた「小説の方法」のいささか極端な駆使例として受け取ることも、不可能ではない。しかし、この作品で、彼は明らかにこれまでのこうした彼自身の小説文法を踏み破っている。というより、これまで世界の誰も行わなかったような「文法の踏み破り」を、行っている。というのも、彼は、作品の中に何の断りもなしに、伊丹十三がモデルであるらしい塙吾良が撮影した古義人の写真として、これまでコクトー『美女と野獣』をヒントに伊丹に撮影された彼自身の十九歳時の肖像としてよく知られている一葉の写真を、挿入している、しかも一九五四年三月に撮影されたそれを、作中、吾良が古義人をある決定的な場面で撮影した写真として――そうとしか読者がこれを受け取れない仕方で――提示している、からである。この写真は、本の中では明度を故意に強められ、彼が伏せている床に敷かれたフランス語の紙片がそれとわからなくされてはいるが、たとえばいまわたしの手許にあるもので言えば近現代の日本の小説家研究の叢書である『群像　日本の作家23　大江健三郎』の口絵部分に収められているものと同一である。そこでのキャプションは「昭和29年3月（19歳）、芦屋の伊丹家にて（伊丹十三撮影）」。作中では、それが、「一九五二年四月二十八日」つまり「昭和27年4月」に吾良が古義人を撮ったものと、受け取られる形で、提示されている。

そこで作者大江が行っていることは、これまでの批評理論の構図から言うなら、作者と作品の間の関係をいわば脱臼させる試みである。これに対し、テクスト論批評は、テクストを作者との関係で論じることとそれ自体を自己の批評の対象領域から「切除」しているため、それに言及することは、そこでは、逸脱である。したがって、論者は、これまでの構えを維持する限り、いわばこの大江のこれまでに類のない小説家としての企てにふれることができない。あくまで作品と作者との関係性を切断して得られる「テクスト」という概念に立脚し、「テクスト」は「作品」ではないという原則に忠実であろうとするなら、このような白昼堂々の銀行破りめいた小説家のそぶりに見て見ないふりをきめこむしかなくなるし、一方、作品から受け取られるものに忠実であろうとするなら、これまでのテクスト論の構えのほうを問題視せざるをえなくなる。つまり、この作品は、期してか期せずしてか、テクスト論に対する一つの挑戦となっているのである。

3　テクスト論者たちの対応（1）――小森陽一の「倫理」と「インサイダー情報」

さて、テクスト論はこのような作品に、どう応えるものだろうか。現にこの作品に対して書かれることになった評論、批評、書評のたぐいは、ほぼ先のわたしの見通しを裏づけている。たとえばテクスト論批評の日本における代表的論者の一人である小森陽一は、この作品について、こんな批評家の困惑を紹介することから、その『取り替え子《チェンジリング》』論をはじめている。

大江健三郎の最新作『取り替え子　チェンジリング』は、小説を読む専門家とも言うべき作家や批評家に、かなり深い戸惑いを与えたようだ。この小説が発売された一二月五日の直後の、沼野充義の紹介文に典型的にあらわれている立場は、モデル小説として読めるが、しかしそうしてはならない、という引き裂かれた読者意識である。(『歴史認識と小説――大江健三郎論』七頁)

小森は、こうして現代ロシア文学者で文芸時評なども担当する沼野充義にはじまり、フランス文学者で小説の実作も行う松浦寿輝、大江健三郎の変わらぬ支持者の文芸評論家黒古一夫、テクスト論の文芸評論家渡部直己など、先行する評者の弁を順次紹介していく。しかし、小森のものを含め、そこに紹介される論評に共通するのは、小森も言うように、今回の大江作品が「私小説」的なモデル小説であることに対する、陰に陽に示される、「戸惑い」であると同時に、そのことについてはっきりした批評的論断が下されないことからくる、ある「煮えきらなさ」の印象である。

引用される沼野の文は言う。この小説は現実の「事件」に取材しながら、その「直接の衝撃」を濾過し、「それを越えて芽生えてくるべき喜びへの期待」を生むものとなっている。もともと大江の文学は「相当に『自己言及的』な性格を帯びており、作家自身の体験や生い立ちに根ざした要素が強かった」。この小説の「登場人物の大部分が実在の人物をモデルにしているらしいということも、すぐにわかる」。その意味でこれをモデル小説として受け取ることは可能だが、「しかし、これがノンフィクションではなく、あくまでも小説という『作り物』である以上、それを週刊誌的な『告白』や『真相』と取り違えるような愚をおかしてはなるまい」(「毎日新聞」二〇〇〇年一二月一〇日)。

「『自己言及的』な」というのは「私小説的な」ということだろうから、これも相当にもってまわった言い方だが、さて、これを受け、小森は言う。ここにあるのは、

(これは——引用者)主人公の古義人を大江健三郎に、その年長の友人吾良を伊丹十三におきかえて、「テレビのワイドショー的なごく軽薄な好奇心」を誘発する小説ではあるが、そのように読むことは、「愚」かなことである、という、スキャンダル読みを禁ずる態度である。「作家自身の体験や生い立ちに根ざした」「自己言及」性はあるが、そこにだけ好奇心をつのらせてはいけない、という倫理性は、松浦寿輝にも共有されている。(同前、八頁)

そうはっきり明言されているわけではないが、「小説という『作り物』」における言明を現実上の「告白」や「真相」と取り違える「愚をおか」すべきではない、という沼野の見解の底にあるものが、「テクスト」と「現実」は切断されている、というテクスト論批評のまずは常識的な考え方であることはすぐにわかる。沼野のこの論評に、不分明なものがあるとすれば、「フィクション」を「現実」と取り違えるのは初歩的な間違いだ、これは「フィクション」なのだ、と言えばすむところを、妙にもってまわった奥歯にもののはさまった言い方になってい

るからである。その理由は、当然、「フィクション」であるはずの大江の新作が、なぜか「モデル小説」となっていると見えることにある。沼野は、なぜ、方法意識にこの上なく鋭敏な大江が、こうした、これまで以上に程度の激しい「モデル小説」を範型とする作品を書いているのか、その理由がわからない。というより、このことをどう批評的に扱えばよいかわからない。その「戸惑い」が、彼の論評を、こうした奥歯にもののはさまったものにしている。

しかし、その「戸惑い」をあげつらう小森は、ある意味で、沼野以上に「戸惑」っている。沼野の見解は、もってまわった言い方だとは言え、「テクスト」と「現実」の取り違えがテクスト読解としては誤りであることのニュートラルな指摘となっていて、実をいえばそこにそれ以上のものは見られない。それが、小森にかかると、作品は「軽薄な好奇心」を誘発するが、それに乗ってはいけないという「スキャンダル読みを禁ずる態度」と受け取られ、さらにこの沼野の「そこ（＝モデル性）にだけ好奇心をつのらせてはいけない、という倫理性」は他の論者にも見られるとして、それが他の評者の受け取り方にも敷衍されるのである。

しかし、テクスト論的に言うなら、テクストに現実との連関、現実からの反映を読みとることは、単に読解上の「誤り」であって、「倫理」の問題ではない。ここに「倫理」の問題をもってくるのはおかしい。それはテクスト論的構えから言えば混乱でもあれば、逸脱でもある。

なぜこんなことになるのだろうか。

わたしの考えを言えば、大江はここで、彼としてはむろん小説がテクストとして現実との連関を切断されて存在しているなどということを熟知した上で、そのある意味では彼も共感してきたテクスト論的な構えの「限界」を、「踏み越え」ようとしている。ここに言う「限界」がどのような「限界」であるのかを、彼が十分に洞察しているかどうかはわからない。しかし、その小説家としての本能が、これまでのテクスト論的な構えに「拘束」を感じ、彼にこれを「踏み破らせ」ようとしていることは、大いに考えられる。というより、彼がそこに描くことになった親友兼義兄の自死というできごとからの衝撃の大きさが、テクスト論のこうした構えを、「踏み抜いて」しまっているのである。そもそも、あの一九五四年三月撮影の大江の肖像写真の作品内への挿入という突飛な行為が、この「踏み越え」が作者の意図に立つものであることを雄弁に語っている。それは、ことによれば大江自身にすらその意味を十全に理解されずに敢行された、しかし企て自体としては十分に自覚された、テクスト論的構成の「踏み破り」、「テクスト論破り」のマニフェストなのである。

この作品に対する評価は、発表当時、そう高いものではなかった。大新聞の文芸時評は、ほぼこれに短い言及を行うだけで義理を果たしたとみなしたし、多くの評家がこれを黙殺した(わたし自身は、この素材に対する個人的な感慨から、この本を手に取ることもしなかった)。いきおい、これを擁護すべく論陣を張ったのは、文学理論的に先進的ないわゆるテクスト論的文芸批評の論者たちだったのだが、ここに見る通り、その彼らの誰一人として、この大江の身ぶりの意味を、しっかりと受け取ろうとはしなかった。

この作品にもっとも多くの時間をかけて立ち向かったのは、この『取り替え子《チェンジリング》』論にはじまる一連の論考を、一冊の大江論として上梓した小森陽一だが、彼は、この写真挿入の事実について一言も触れていない。沼野、松浦、黒古、渡部についても、この点は同じである。

ここにあるのは、なぜ「テクスト」と「現実」が切断されていることを知悉しているはずの大江が、この度の最も近しい友の自殺という打撃からの回復をかけた作品で、これまで以上の、どこか限界を超えた観のある「モデル小説」の企てを行っているのか、という問いなのだが、作品の突きつけている問いが、そのようなものであることを見ようとしないか、見てもそれに答えられず、答えることを回避しようとするため、彼らの構えは、テクスト論の本来のあり方からすらも逸脱し、そこに「倫理」なるものをもってこずにはいられないものとなっているのである。

彼らの構えでは、大江が私小説とも見まがう擬似「モデル小説」を書いたことは――その意味を理解できないため――、否定的な事実である。しかし彼らのテクスト論に通じた専門家的常識は、テクスト論を通過している大江が単なるモデル小説を書くはずがないことを、彼らに教える。そのため、彼らの論は、たしかにこの作品は、現実との連関に依拠しているという、否定的な要素をもつかに見えるが、これをそのように読み、それに下卑た好奇心を喚起されるとなれば、その読み自体が現実との連関に依拠したものとなるから、そのような読みは行われるべきではない、といったアクロバティックなもの、論理の穴ぼこを倫理で埋め草したものとなる。それが、この作品は「モデル小説」のように下卑た好奇心を誘発する、しかしそこに「好奇心をつのらせてはいけない」、という奇妙な言い方で、語られていることである。

しかしここに問いがある。それはこのようなものである。

一人の読者が、このような小説を前にして、たとえば主人公古義人は大江健三郎自身の（彼をモデルにした）分身であり、自殺した映画監督で古義人の義兄でありかつ友人である吾良は伊丹十三の（彼をモデルにした）分身であり、古義人の妻のモデルは大江夫人、知的に障害をもち作曲をする古義人の息子アカリのモデルは大江光だと、感じてしまうとする。つまりこの小説を「モデル小説」だと感じるとする。その場合、このことは、そもそも、先の下卑た好奇心を発動させるゆえんだとして、あるいはテクストを現実に連関させてしまうことだとして、「倫理」的に「戒められなければならないこと」なのだろうか。また、彼が、そう感じ、その読後感に照らしてこの作品を論じることは、――たしかにテクスト論の構えからいうと禁則違反ということになるが――、その作品の読みとして、批評として、不当なものを含んでいるのだろうか。

たとえば、一定程度に大江健三郎の周辺に詳しい読者であれば、ここに出てくる主人公古義人の敬愛する作曲家篁透は、たぶん武満徹のことであり、古義人を十五年来つけねらうようにして個人攻撃を続ける「大新聞の花形記者」とは、元朝日新聞記者本多勝一のことだろうとすぐに想像がつく。しかし、事情にうとい読者なら、それをそのように読むことは不可能である。こういう場合、正当な作品批評は、このモデル性ともいうべきテクストと現実の連関を考慮に入れるべきなのだろうか。そこは、考慮に入れるべき、ではなく、考慮に入れてもよい、なのだろうか。それとも、考慮すべきでない、なのだろうか。

テクスト論が、このような問いに、原理的に答ええない――むろん原理的に答えようとすれば「考慮すべきでない」となるが、それでは批評にならないと、テクスト論批評の論者自身が感じている——ことは、たとえば次のような、小森のその後の論の展開からも、明らかである。

彼は、明治時代に島崎藤村の『春』が年長の友人北村透谷の自殺の「真相」を語るとジャーナリズムに喧伝された事実を引いて、テクストがその現実との連関を事情通に透かし見させるという場合の、その「現実」の像を、「インサイダー情報」と呼んでいる。彼は、作品一般がもつ現実との連関の作用を、いわば「インサイダー情報」を生じさせる仕組みとみなすわけである。「インサイダー情報」とは、誰もが不特定者として参加可能なゲームである株取引の公正さを保障するため不透明であるべき情報が、不正に内輪（インサイド）の事情通の人間にだけ明かされることだから、こうした形での「現実」の像の獲得、作品と現実の連関は、作品読解上、あってはならない。したがって右の問いに対する小森の答えは、「考慮に入れるべきでない」である。しかし、これを「考慮に入れ」なければ、ほとんど意味をなさない、そういうテクストとして、大江はこの小説を書いている。これら一切の「現実—作品」連関を切断してしまえば、この小説の読解は成立しない。そして、この後、むろん小森自身も、この作品における丸山真男のテクストの重要性を強調することを通じ、この小説の主人公古義人を大江健三郎のことと受け取り、この作品の読解を進めることになる。つまり、作品と現実の連関は、下卑た好奇心を誘発するスキャンダラスな連関と、そうではないニュートラルな連関とに分けられ、このうち、スキャンダラスな連関がダミー的に「インサイダー情報」としてやり玉にあげられる一方、ニュートラルな連関のほうは、いわば善玉として、お目こぼしにあずかり、小森のテクスト論の国境税関をフリーパスで、ひっそりと通り抜けていくことになる。作中に登場する「丸山真男」という実名に対しては小森自身が「知的な好奇心」を誘発されるのだが、こちらの「現実―作品」連関は、「倫理」的に見咎められることなく、堂々と論の中央に迎え入れられるのである。

4　高橋源一郎『日本文学盛衰史』・阿部和重『ニッポニアニッポン』

わたしは、先に一度『取り替え子《チェンジリング》』を取りあげ、作品論として論じた際、次のような意味のことを書いた。自分は、この小説を読んで、「批評が一つの挑戦を受けているという感じ」をもった。「新しい読み方、批評の仕方を編み出さないと、こういう小説はうまくその読後感が取りだせない」と。また、こうも書いた。ライアル・ワトソンの著作に、「どこかの島でサルがじゃがいもを海水につけて――塩味をつけ――食することをはじめたら、それとは全く隔絶したところで、同じ類の猿たちが同じことを開始したという現象」が報告されている。しかし、言葉の世界、言葉で作られる小説の世界にも「そういうところがある」だろう、と（「大江健三郎『取り替え子《チェンジリング》』（前編）」「現代小説論講義」第七回、『一冊の本』二〇〇一年一月号、四一頁、三九頁）。

小説世界の突端に、ある新しい動き、試みが現れると、直接の影響関係というのでなしに、同じことが、他にも生じてくる、という予測を、わたしはそこに記したが、それから半年もたたないうちに、わたしの目に、この同じ動きが、『取り替え子《チェンジリング》』に劣らず先端的な日本の小説の中に、現れてきていると見える。これらの作品からわかるのは、やはり、テクスト論的なアプローチでは、もうそこで試みられていることの意味は、追えない、ということであり、これら小説家を動かしているのが、先にふれた「テクスト論破り」の欲動なのではないか、ということである。

その作品の一つは、『取り替え子《チェンジリング》』から半年後の二〇〇一年五月に上梓された高橋源一郎の『日本文学盛衰史』である。伊藤整『日本文壇史』、関川夏央作・谷口ジロー画『「坊っちゃん」の時代』など、いくつかの日本近代文学史の先行業績を下敷きに、日本の文学史をそのまま小説にしてみようと試みたポストモダン的な小説だが、ここにも、『取り替え子《チェンジリング》』に見たのと同じ、あるいは同質の問題が、生じている。というのも、この小説は、当初こそ、日本の近代文学史の著名な担い手である二葉亭四迷、石川啄木、国木田独歩、田山花袋といった面々が、さまざまなレベルで変形を蒙りながら、この小説の視点人物ないし語り手となって話を織りなしてゆく構成をとったものの、ほぼ連載半ばの時点で、作者高橋にストレス性胃潰瘍から失血死寸前の状態で病院にかつぎこまれるという変事が起こると、それからしばらくは、小説の様相が一変し、作品の中に現実のできごと、現実に存在する個人が、そのまま実名で登場してくるという変容が起こってくるからである。当然、これを読む読者の間には、これらの事実について通じている程度の深浅があるため、ここにも、先に見た「モデル小説」ないし「インサイダー情報」の問題が生じてくる。しかしそもそも、同じことが、考えてみればそこに展開されている明治期の文学者の活動、伝記的事実、物語についても起こっていた。つまり、作者高橋がここに書く小説自体が、それを読む読者の文学史的知識、さらに作中に現れる作者の私的な現実への通暁の有無深浅によって、別様の受け取り方をされるのであり、それに加えて、この小説では作品と作者の関係の領域に、小説制作の虚構化の機微の生じる主戦場が移っているため、この「作者―作品間の神経系統」つまり両者間の「言語連関」をすっぽり切除してしまったテクスト論の構えでは、この小説の意味を追うことは、事のはじめから不可能なのである。

そして、そのことの意味を知ってか知らでか、作者高橋は、この小説の屈曲点で、大江と類似した身ぶりを示している。つまり、彼は、――これは大江の『取り替え子《チェンジリング》』刊行に先立つ一九九九年三月のことだが――小説が変容をきたした直後の連載分で、入院時自分が撮られた現実の胃カメラによる胃の内壁写真を、病院から譲り受け、これをそのままカット・アンド・ペースト式に作品中に繰り入れるのである。

なぜ彼がそうしたのか、その理由を作者高橋自身が理路を立てて説明できるとは思われない。そこには彼の小説家としての本能と直観が働いている。しかし、わたしの考えを言えばここにあるものも、あの「テクスト論破り」の欲動なのである。

もう一つの作品は、この『日本文学盛衰史』が単行本として刊行された二〇〇一年五月に雑誌掲載され（『新潮』二〇〇一年六月号）、同年八月に単行本として上梓された、阿部和重の『ニッポニアニッポン』である。これは、もはや日本出自ではないのに日本の国鳥を僭称する形で人為的に保護増殖されている佐渡のトキに自己を投影する十七歳の「ひきこもり」の少年が、社会から遮断された自分の部屋でトキを「密殺」(ないし「解放」)すべく、その地のトキ保護センターの襲撃を準備し、実行に及ぶ話だが、そこに、主人公と世界をつなぐ回路として、インターネットが登場する。主人公の少年春生は、インターネットの検索と通信販売により、必要なすべての情報と品目を獲得、購入し、トキ保護センター襲撃を計画、準備の上、敢行する。

ところで、作者阿部は、同じくインターネットを駆使して必要な情報を手に入れ、旧日本軍の毒ガス弾にたどりつく狂気の「ひきこもり」青年の話を描く村上龍の二〇〇〇年三月刊の小説『共生虫』を意識した上、これに重ねるように、この作品を書いているのではないか、そのような想像が、読者には訪れる。『ニッポニアニッポン』の主人公が自分の場所に「ひきこもり」、世間との関係を遮断しながら、インターネットを駆使してさまざまな情報を得、自分の計画実行へと踏み出してゆくところは、『共生虫』の「ひきこもり」の主人公が、インターネットとEメール通信によって外界に踏み出てゆく過程に、ほぼ同じだからである。

しかし、そこにおけるインターネットのあり方に注意するなら、両者におけるインターネットの取り入れられ方は全く違っている。村上では、小説に出てくるインターネットからの引用個所は、すべてフィクションである。彼の場合、作品上梓時には、そのフィクションをもとに、かえって現実のインターネット・ウェブ上に、小説に寄生した擬似現実の「共生虫」サイトが生まれたほどである。そこに出てくる、たとえば「狭山湖と多摩湖」の近くにある「野山南・瑞窪公園」は、ネット上で検索しても、また現実の地図上にこれを探しても、実在しない。この作品で、現実とテクストの間には、明瞭な区切りが存在している。

これに対して『ニッポニアニッポン』で主人公春生がインターネットを駆使して入手する情報（として作品に取り込まれる引用個所）は、すべて現実に存在する。それだけでなく、そこに引かれるサイトの情報それ自体が現実のサイトの文面を一字一句動かしていない。わたし達は、この小説を読み、そこに紹介されているサイト、たとえば「新潟 asahi.com」の「トキ日記」だとか、「YOMIURI ON-LINE」社会欄だとかに自分でアクセスすれば、この作品に出てくるのと寸分違わない文面に、そこで出会うことができる。

つまり、ここでは、インターネットのサイトの情報が、先の大江、高橋作品における写真と同じ位置にある。これらの作品では、その一番下部まで降りていくと、作品空間が現実空間と通底し、地続きになっているのである。

この身ぶりが阿部の今回の小説において、偶然の所産でないことは、この小説の時間軸上の基本構造からもわかる。この小説は二〇〇〇年十月十四日に中国の朱鎔基首相が来日するにあたり、中国産のトキ・メイメイを日本に寄贈したという事実に露骨な形で依拠して構想されている。主人公の誕生日は、その現実の日付の半年前に想定されることで四月十五日となり、そこからまた春生という名前も生まれている。春生は、そのトキ寄贈一周年でかつ自分の誕生日の半年後にあたる二〇〇一年十月十四日を期して、トキ保護センターの襲撃を計画する。また、作品はその襲撃の首尾を、作品の後半で描くが、これは雑誌掲載時、つまり二〇〇一年六月現在の時点で、まだやってきていない近未来の時点にあたっている。それは、書かれ、最初に読まれる時点では、近未来だが、さらに時間がたち、たとえばそれが言及されるいまの時点から見れば、何の変哲もない過去の一点となっているという、現実と非現実の境界に置かれた「時点」なのである。作品が書かれた時点で、トキ襲撃は未来に属しており、それは現実ではないが、虚構でもなかった。このような少年がいて、現に彼がそれをこの通り準備中でないとは原理上、誰にも言えない。事実、信じられないような話だが、当時の一新聞の地方版が、この日、この小説の存在を理由に、佐渡のトキ保護センターが厳戒体制を取ったことを報じている（朝日新聞新潟版、二〇〇一年十月二十五日付「佐渡のトキ密殺小説に緊張『Xデー』無事、警備見直しも」）。そこでもテクストは完全に現実から切断されておらず、いわば髪の毛一本で現実とつながっているのである。

こうして、一九九九年三月に連載中の『日本文学盛衰史』のテクスト上に現実の写真が混入されるという特異な小説的現象が発生すると、二〇〇〇年十二月には「事実に反する」現実の写真を取り込んだ『取り替え子《チェンジリング》』が刊行され、人々がそのことを見て見ぬふりをしているうちに、今度は、その『日本文学盛衰史』が単行本として刊行される二〇〇一年五月に、雑誌に掲載された阿部和重の『ニッポニアニッポン』で現実のインターネット情報をそのまま作品に導入する、同質の「作品―現実」系それ自体の虚構化ともいうべき身ぶりが観察されるという、互いに併走しつつ連関する、小説的な呼応現象が、進行していた。

必要であれば、これに、逆に「テクスト論」的構成をそのままなぞり、この後述べる「作者の死」を字義通り実行してみせようという「テクスト論なぞり」の作品の系譜をも、並べてみることができる。

ほぼ同じ頃から、簡単に言えば同時代のギャグ漫画をなぞったような作品が小説の世界に現れるようになる。映画で言えば、視覚と聴覚にわたるより高度な表現ツールをもつ映画が、その意味ではより低度で不自由な表現メディアであるマンガをなぞる、ヤン・クーネンの『ドーベルマン』、ウォシャウスキー兄弟の『マトリックス』、日本で言えば曾利文彦の『ピンポン』といった逆方位的作品が現れるのがほぼこの頃だが、同じような志向をもつ一群の作品が、それにあたる。小説がマンガをなぞるといった逆方位性では、たぶん、その嚆矢は、大島弓子などのマンガの影響のもとに小説を書いた吉本ばななということになるが、その逆方位性が、それ自体めざされるべきものとなり、形として、テクスト論の「作者の死」をなぞるものとなるに及んで、それは、テクスト論の教え子というよりは、テクスト論をもてあそぶものとなるのである。

二〇〇一年三月、言表行為の領域にロボトミー手術をほどこし、自動的に作者とテクストとの連関を切断した作品「あらゆる場所に花束が……」を発表し（『新潮』二〇〇一年四月号）、この年の三島賞を受賞する中原昌也は、「テクスト論」の主張する「テクストに作者はいない」、「切断されている」という言明を、そうか、そうか、ではその通りやってみようかとばかりなぞり、実行した、やはり逆方向での、この系譜に連なる「テクスト論破り」の小説家である。

またたとえば一九九九年に「大麻農家の花嫁」を書き、その後、同じ志向の作品を発表して、二〇〇三年『ボロボロになった人へ』を上梓しているリリー・フランキーも、この系列の小説家の一人と言いうる。

論への反逆、論のなぞりと方向こそ異なれ、わたしの目に、これらの動きはともに、ここ三十年来文学理論を席巻してきたテクスト論という考え方のもつ問題点に、これに大いに惹かれた鋭敏な小説家達、表現者達の苦しみがふれ、化学反応を起こした、新星誕生の図と、見えるのである。

5　ロラン・バルトと「作者の死」

いうまでもなく、テクスト論に彼らをはじめとして多くの鋭敏な書き手を引きつけるものがなければ、こうした考え方がこれだけ長い間、わたし達を動かし続けるということはありえなかった。しかしまた、そこに致命的な問題があればこそ、このような一見してテクスト論の構えを破る――あるいはこれをホメ殺す――小説家たちの企ても、生まれてくることになる。

ここまで見てきて、もう一度、テクスト論とは何か、と問うてみよう。それはわたし達が思う以上に、わたし達の中に深く生きる考え方と感じ方の、無くてかなわない表明である。テクスト論は、まずテクストの読解の理論として生まれ、他方、「書くこと」の論として深化していく。前者の過程を担うのはロラン・バルトであり、後者の過程を担うのは、ジャック・デリダである。その一方でそれはまた、ミシェル・フーコー、デリダらの「主体の死」の論に大いにささえられる。テクスト理論が目の敵にした近代的な批評というものが、どういう点で、批判されるべき弱点をもったのか。そこにどんなテクスト論の存在理由があったのか。そしてまた、どのようにそこから先に述べたこの論の問題点が生まれてくるのか。わたしは先に簡単にその功罪を素描しておいたが、ここで、テクスト論の基本的な鍵となる概念を手がかりに、もう一歩踏み込んだところで、それらの問題について、見ていくことにしたい。

〔エクリチュール〕

人がある作品を書くという場合、そこでの執筆動機は彼自身にも十分にはっきりとはしていないのがふつうである。彼は、書くことを通じてそれを自分で確認していく。なぜ書くという行為が、それを自分に対してもはっきりさせる契機になるかと言えば、書くという行為の中にいわゆる作者（主体）の意図なるもの、もっと言うなら考えることそれ自体に対する抵抗の要素があるからである。ミケランジェロが大理石から一つの人物像を掘り出す場合を考えてみよう。彼が最終的に掘り出す（＝作り出す）人物像が、彼にとっては「自分の作ろうとしていたもの」だということになるが、それは、大理石を彫るという行為を通じて彼に「もたらされる」。大理石を彫るという行為が、彼の脳裏にある「意」に「形」を与える上に重要な役割を果たしているとすれば、それは、大理石が彼に対し、自分に自由にならない抵抗物として現れるからである。その抵抗物との交渉の中で、自分の脳裏の「意＝動機」が、「モノ」となって現れる、両者の間には当然差異がある、その「ズレ」を通じ、自分の欲していたものが何であるかが、彼自身に対し、明らかになってくるのである。

しかし、最初に何の動機もなしにこの行為ははじまらないことも押さえておかなくてはならない。まず石を彫ってみようか、と思い、石に全てを尋ねるつもりでゼロのまま石に向かうミケランジェロを想像することは不可能である。最初になんらかの「動機」、作品制作と無縁ではない形でミケランジェロの側に身をおく契機がある。それをないこと、なかったことにしても可であるとするテクスト論には、作品の読みとして弱点がある。石を彫るという行為を通じて、作り出されるもの、それが外から見れば「作られている」にもかかわらず、これを、「作ろうとしていた」彫刻像が「もたらされた」と言っても、ほぼ同じなのは、そのためにほかならない。テクスト論がよく言葉にこだわり、先のように「私小説」「モデル小説」を「自己言及性のある小説」などと言って何かを回避したつもりになるのは、この論自体に構造としての弱点があることの現れなのである。

書くという行為は、ここで彫刻家が石を彫るという行為と同じだ。そこには言葉を書くことの物質性があり、他者性があり、そこで言葉は不透明な厚みをもって書く人の動機＝意図に対し、抵抗として働く。そして、なかでも言葉を書く行為のもつその不透明な性質をもっとも十全に生かす行為が、作品を書くという行為、文学と言われる領域における、書く行為なのである。

テクスト論が確定されるに先立って、人々は、この書くという行為の不透明性、中立性、物質性、複数性、他者性に注目した。そして、それまで書くという行為が一種の「意図」の伝達手段、メッセンジャーボーイのような契機として従来の文学理論の中でないがしろにされていたことに鑑みて、それに新しい呼称（＝概念）を与えることにした。それが、エクリチュールécriture、日本語で「書くこと」と訳された言葉である。この言葉は六〇年代前半、最初にフランス文学系の詩人、外国文学者、美術評論家たちを中心に語られはじめた時には神秘的な語感を漂わせていた。しかし英語に直せばライティングwriting、日本語に訳せばただの書くこと、である。ここではそれを、書くこと、書く行為と呼ぶことにする。

〔「作者の死」〕

書く行為がもつ抵抗物としての本質、不透明性への着目は、これまで作者の意図の透明な伝達媒体＝表現物とみなされていた文学における表現行為とその制作物としての作品についての考え方を、大きく変えていく。この新しい観点は、これまで「作者の表現行為の結果として作品が書かれる」、したがって「すべて作品の意味、価値は、作者の意図、動機まで戻って、そこに照らして確定できる」と考えられてきた作者主導、作者を全能の神と見る従来の近代的な表現行為論、表現論、文学論に、コペルニクス的な転回をもたらすことになる。そこから出てくるのは、「作者の死」という観点である。それは、具体的には、作品の読みの問題として言うと、作品を作者から切断して考えることを意味する。この場合の、作者から切り離されることで生まれるいわば頭部を切断されたトルソにあたるものが、「テクスト」である。このタトエでは、頭部が「作者」、この頭部をもつ上半身の像が「作品」、そしてこの頭部を欠いたトルソが、「テクスト」にあたる。

比較的早い時期にこの書く行為の不透明性・中立性に着目したのは、一九五三年に『零度のエクリチュール』を書いたロラン・バルトである。しかしそこでの「エクリチュール」は上に述べた概念そのままではない。彼は、この書く行為の不透明性と中立性がそれ自体として一つの文学行為の領域を構成していると考え、その文学活動領域におけるあり方の変化を歴史的に素描した。彼によれば文学活動領域において書く行為を決定するのは、そこで使用可能な言語的拘束（たとえば言文一致体のあるなし）、個人の特色たる文体のほかに、もう一つ、書くことの不透明性に立脚する「書き方」あるいは「文章の書かれ方」ともいうべき要因である。古典主義時代には、誰もが既成の「書き方」ないし「書かれ方」に無自覚に則っている限りで、それは意識に上らなかった。しかし近代となり、社会から「個」が分離し、「主体＝主語」として析出されてくると、その「文章の書かれ方」の領域でも既成の「書かれ方」の規範とその作家なりの新しい「書かれ方」の間に軋轢が生じる。文学という概念、作者という概念はその軋轢の中からいわば化学反応の結果の凝固物として社会に生みだされてくる。その後、軋轢の態様は、正対、制作、殺戮と変化するが、それは、いまや最終段階を迎え、不在の態様が出現するようになった。当初、バルトがエクリチュールと呼んだのはここにいう「書かれ方」の領域をさす概念としてである。彼が「零度のエクリチュール」と呼ぶのは、この最終段階の「書かれ方」の軋轢過程における不在の態様のことをさしている。

こうした考え方の延長で、バルトは、文学理論における「作品からテクストへ」の移行、また「作者の死」を宣することになる。彼は一九六八年に書かれた「作者の死」の中で、こう述べている。

おそらく常にそうだったのだ。ある事実が、もはや現実に直接働きかけるためにではなく、自動的な目的のために物語られるやいなや、つまり要するに、象徴の行使そのものを除き、すべての機能が停止するやいなや、ただちにこうした断絶が生じ、声がその起源を失い、作者が自分自身の死を迎え、エクリチュールが始まるのである。（「作者の死」『物語の構造分析』花輪光訳、八〇頁、傍点原文）

言葉が作品制作に用いられるようになると、言葉は直接指示対象を示す象徴（シンボル）ではなくなり、また作者自身との連関をも切り離され、書くことの不透明の領域が立ち現れる。しかし、これまでの文学観は、作者中心だったし、現にいまも、そうした考えは、優勢である。

作者は今でも文学史概論、作家の伝記、雑誌のインタヴューを支配し、おのれの人格と作品を日記によって結びつけようと苦心する文学者の意識そのものを支配している。現代の文化に見られる文学のイメージは、作者と、その人格、経歴、趣味、情熱のまわりに圧倒的に集中している。（中略）つまり、作品の説明が、常に、作品を生みだした者の側に求められるのだ。あたかも虚構の、多かれ少なかれ見え透いた寓意を通して、要するに常に同じ唯一の人間、作者の声が、《打明け話》をしているとでもいうかのように。（同前、八〇〜八一頁、傍点原文）

しかし、ある作家たちはずっと以前からその支配をゆるがそうと努めてきた。マラルメがそうであり、プルーストがそうである。シュルレアリストたちは「作者」を介在させずに夢のそのままの記述をめざす自動筆記（オートマチスム）の試みを敢行しさえした。その企ては、言語が体系としてあることを見ずに「コードの直接的な転覆」をめがける無謀なものだったが（というのもコードは破壊できない、裏をかくことができるだけだ）、それでもそれは、「『作者』のイメージを非神聖化すること」には貢献した。そして、最後に、言語学が外からやってきて、「『作者』の破壊に貴重な分析手段をもたらした」。

言語学が示すところによれば、言表行為は、全体として空虚な過程であり、対話者たちの人格によって満たされることもなく完全に機能する。言語学的には、作者とは、単に書いている者であって、決してそれ以上のものではなく、またまったく同様に、わたしとはわたしと言う者にほかならない。言語活動は《人格》ではなくて《主語》をもち、この主語は、それを規定している言表行為そのものの外部にあっては空虚であるが、言語活動を《維持す

る》には、つまり、それを利用しつくすには、これで十分なのである。（同前、八三頁、一部訳を変えた、傍点原文）

（なお、ここに感想を一言差し挟んでおく。このバルトの「作者の死」論は引いていても余りにナイーブな言表行為論である。その理由は何だろう。バルトの理解のなかでは、言表行為は、作者の「人格によって満たされ」るか、そうでなければ「全体として空虚な過程であ」るか、いずれか一つであるものである。しかし、作品の意味を現実の作者の創作ノートの中に探るといったやり方か、そうでなければ、完全に作者という頭部を切除してしまうトルソ（＝テクスト）だけで考えるやり方かしかないというのは、余りに乱暴で、繊細さを欠いた理解と言うべきではないだろうか。わたし達がふつう、作品を読むという時にやっていることは、そのいずれでもないからだ。この点に関しては、後に提示するわたしの「作者の像」という考え方が、この「作者の死」の粗雑な二元論的思考に対する回答となる。）

〔「書き手」・「読者」・「テクスト」〕

バルトはこうして「作者」に代わって「言表行為そのものの外部にあっては空虚である」ところの「書き手」をおく。「作者」は書物よりも先に存在し、書物を生み、育て、養う。「彼は自分の作品に対して、父親が子供に対してもつのと同じ先行関係をもつ」。これに対し、「書き手」は「テクストと同時に誕生する。彼はいかなることがあっても、エクリチュールに先立ったり、それを越えたりする存在とは見なされない」。「書き手」は「言表行為の時間のほかに存在」しない。こうして、かつての神の座から引き下ろされた「作者」に代わり、別の項目が浮上してくる。テクスト論が「作者」に代わり、重視するのは、「読むこと」であり、また「読み手」＝「読者」という座である。「作者の死」は「読者の誕生」にひきつがれる。

> こうしてエクリチュールの全貌が明らかになる。一編のテクストは、いくつもの文化からやって来る多元的なエクリチュールによって構成され、これらのエクリチュールは、互いに対話をおこない、他をパロディー化し、異議をとなえあう。しかし、この多元性が収斂する場がある。その場とは、これまで述べてきたように、作者ではなく、読者である。読者とは、あるエクリチュールを構成するあらゆる引用が、一つも失われることなく記入される空間にほかならない。あるテクストの統一性は、テクストの起源ではなく、テクストの宛て先にある。しかし、この宛て先は、もはや個人的なものではありえない。読者とは、歴史も、伝記も、心理ももたない人間である。彼はただ、書かれたものを構成している痕跡のすべてを、同じ一つの場に集めておく、あの誰かにすぎない。（同前、八八〜八九頁、傍点原文）

　そして、そこからバルトのテクスト論が出てくる。「テクスト」と「作品」の違いについて、バルトは書いている。

われわれは今や知っているが、テクストとは、一列に並んだ語から成り立ち、唯一のいわば神学的な意味（つまり、「作者＝神」の《メッセージ》ということになろう）を出現させるものではない。テクストとは多次元の空間であって、そこではさまざまなエクリチュールが、結びつき、異議をとなえあい、そのどれもが起源となることはない。テクストとは、無数にある文化の中心からやって来た引用の織物である。（中略）作家は、常に先行するとはいえ決して起源とはならない、ある〔記入の〕動作を模倣することしかできない。彼の唯一の権限は、いくつかのエクリチュールを混ぜあわせ、互いに対立させ、決してその一つだけに頼らないようにすることである。（同前、八五～八六頁）

また、同じ意味のことが、「作品からテクストへ」と題された一九七一年のエッセイでは、こう述べられている。

長いあいだいわばニュートン的方法で考えられ、今日もなお考えられている伝統的な観念、作品に対して、従来の諸範疇をずらすか覆えすことによって得られる新しい対象が要求されている。この対象こそ、「テクスト」である。（「作品からテクストへ」同前所収、九二頁、傍点原文）

また、

> （ラカンの言うように——引用者）《現実《レアリテ》》は見えるが、《現実的なもの《レエル》》は論証されるということ。同様にして、作品は（本屋に、カード箱の中に、試験科目のうちに）姿を見せるが、テクストはある種の規則にしたがって（または、ある種の規則に反して）論証され、語られる。作品は手のなかにあるが、テクストは言語活動のうちにある。（同前、九四頁）

「テクスト」・「書き手」が言表行為（言語活動）のうちに姿を見せる対象であるのに対し、「作品」・「作者」はその外側にある概念である。したがって、「作品」—「作者」の連関は、言語活動を外れた外側でも語られうる。テクスト論は、従来の作品論に対し、テクストの意味を、言語活動の外にある概念に還元することなく、言語活動の内部に姿を見せる対象のみで取り出そうという試みとして、バルトにとらえられる。

6　幻肢と「作者の像」

さて、読みの問題としてのテクスト論への接近としては、これくらいでよいだろう。ここでバルトは、テクスト論のもつ基本的な考え方をずいぶんと簡略化した形で述べている。しかし、その基本骨格は、読みの問題としては、ジュリア・クリステヴァの間テクスト論の観点などを除けば、ほぼここに尽くされるといってよい。では、ここに見てきた「作者の死」、「作品からテクストへ」というバルトのテクスト論の構えは、どこが問題なのだろうか。

まず、旧来の作者還元主義的な文学批評の考え方が間違っているのは、そこでの「作者―作品」の連関が、書く行為の本来もつ不透明性を無視し、直接的に、透明に、また、読む行為の創造性に目を向けることなく、その言表行為の外部で、実体的に、考えられていたからだった。テクスト論は、これを否定する。それはよい。しかし、テクスト論は、旧来の考え方をナイーブに、直接的、かつ内部実体的に否定してしまう。それは、作品をどのような意味でも「作者」との連関でとらえることを、自ら禁じる。どんな場合にも、「作者」との連関に言及し、そこから読みを説明することは誤りだとするテクスト論の教条主義が、ここから生まれてくる。

なぜそうなってしまうのだろうか。

答えははっきりしている。そこでは、「作者」が実体的にしか考えられておらず、「作者」と言えば「言表行為の外側」の存在だとされてしまっているからだ。しかし、わたし達がふつうに行っている読みを反省してみれば、わたし達は、その作者について何一つ知らなくとも、その作品から作者の「思い」といったものを受けとる気がすることがある。「言表行為の内側」で、テクストから、「作者」の意図（あるいは反意図）といったものを受け取ると感じることがしばしばある。そういう時、わたし達は、人格をともなったあの「作者」に引照しているのだろうか。創作ノートを見ているのならそうだろう。しかしわたし達は、現実の作者については何一つ知らない。材料としてはただテクストを読んでいるだけなのである。

だからわたし達は、こう考えるべきだ。それは、「作者」ではない、テクストがわたし達に送り届けてよこす「作者の像」なのだ、と。

先にわたしは比喩を用い、「テクスト」とは「頭部」を欠いた「トルソ」なのだと述べたが、いまは、この比喩を読者主導の言表行為用に言い換え、「テクスト」は「作者」という身体の一部分を欠いた人体なのだと言い直したい。ここでわたしが思い出すのは、この「テクスト」のように「股から下」の「右足」、身体の一部分を切断してしまった一人の男を描く、夢野久作の短編に出てくる、こんな挿話である。切断された足の悪夢にうなされた主人公に、同じく足を切断し、義足を使う隣に寝ている男が、こんな話をする。

ところがですね……その義足が出来て来ると、まだまだ気色のわりい事が、いくらでもオッ始まるんですよ。こいつは経験のない人に話してもホントにしませんがね。大連みたような寒い処にいると、義足に霜やけがするんです。ハハハハハ。イヤ……したように思うんですがね。とにかく義足の指の先あたりが、ムズムズして痒くてたまらなくなるんです。(夢野久作「一足お先に」)

言うまでもなくこれは、医学でいう「幻肢」の現象である。それはなぜ生じるか。男は言う。

何でも足の神経って言う奴は、みんな脊骨の下から三つ目とか四つ目とかに在る、神経の親方につながっているんだそうです。しかもその背骨の中に納まっている、神経の親方ってえ奴が、片っ方の足がなくなった事を、死ぬが死ぬまで知らないでいるんだそうでね。つまりその神経の親方はドコドコまでも両脚が生まれた時と同様に、チャンとくっついたつもりでいるんですね。（同前）

足の神経はみな脊髄につながっている。しかも脊髄は「片っ方の足がなくなった事を、死ぬが死ぬまで知らないでいる」。そのため、足の指の神経が残された胴の部分にあって刺激を受けると、その人は、足の指が痒いと感じる、というのである。

わたし達が「テクスト」を「読む」場合にも、同じことが起こっている。「作者の像」とはここに言う「幻肢」のことである。テクストの言表行為において、わたし達が作品を読み、テクストから、作者の意図ないし意図の空白を感じるという時、わたし達は、テクストを「作者の像」との連関で受けとめている。切断された、「作者」をもたないテクストから、その存在しない「作者の像」を受け取っている。というより、テクストから存在しない「作者の像」を受け取りつつ読むこと、それが、「作者の死」を宣告し、現実の作者を切断して多義的に読むということと並んでの、テクストを不可疑的に読むということ、つまりテクストを読むということのもう一つ忘れられてはならない側面なのである。

ここにある「作者の死」と「作者の像」の違いは、次のようなものである。バルトの言うと

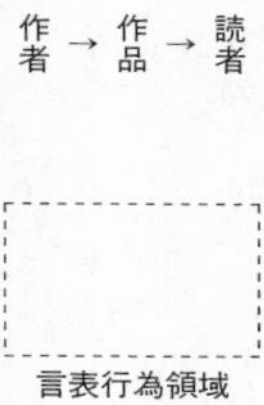

図3：従来の
作者還元論

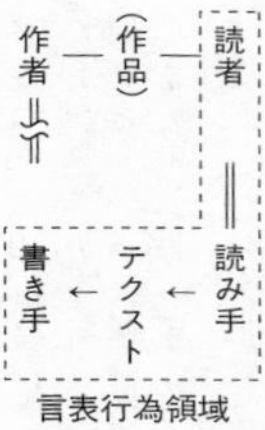

図4：テクスト論の
「作者の死」

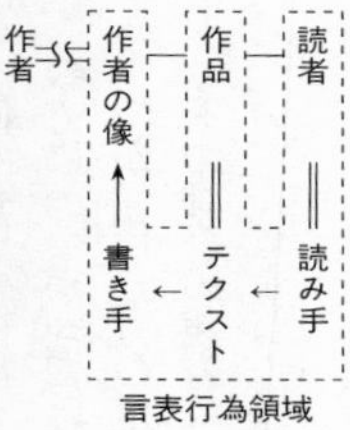

図5：脱テクスト論の
「作者の像」

ころに重ね、図式にまとめてみると図3~5となる。

まず従来の作者還元主義的な批評理論は図3のように示される。ここでは、文学における言語表現＝言表行為一般は、作者をもっとも重要な項として、作品の意味が理解・解読される。読者は、これを味わう、作者によって「生産」されたものの忠実な「消費者」にすぎない。言表行為の領域は、作者から独立したものとして、その存在を認められていない。

これに対し、テクスト論の「作者の死」は図4のように考える。

この図では、破線で囲った部分が言表行為の領域を表している。ここに言う言表行為とは広義のそれで、書く行為のほかに読む行為、つまり読解の行為をも含んでいる。作者、作品という項目は、この言表行為の外にあり、テクストの読解行為に関与しない。囲いの中で「読者」と「読み手」が等号でつながっているのは、「読者」がここでは「読む行為」つまりもう一つの言表行為なしには、存在しえない者と考えられていること（あるいは両者がテクスト論で未分化であること）を示す。一方、「作者」が囲いの中の「書き手」との関係を切断されていることには、二つの意味がある。一つはバルトの強調する文脈、つまり読解行為における切断で、これは、テクスト読解においては、どのような意味でも言表行為の外部存在としての「作者」の項は、参照されるべきではないことを意味する。もう一つは、デリダの強調する文脈、つまり書く行為における切断で、これは、後に見るが、書く行為においては、書く主体が「書き手」という非人称の存在と化すこと、書く行為とは主体を脱主体化する行為であり、書く主体が脱主体化にさらされる行為であることを意味している。

ここでは、前者を問題としているが、読み手は破線で囲まれたテクスト論の構えを破ってでなければ、たとえば作者の「意」（意図）に言及できない。

しかし、これに対し、「作者の像」という考えを導き入れれば、この図式は、図5のように変わる。ここに言う「作者の像」は、それがテクストに先行する存在としてやってくる点、けっしてテクストに先行しないバルトの「書き手」とは違っているが、それがテクストの読解をつうじてはじめて現われる像である点、テクスト読解に先行して存在する従来の作者還元主義批評の「作者」とも完全に異なっている。

このように措定された「作者の像」に基づく考え方を仮に脱テクスト論と名づけるなら、そこでは、人は、実体的に「作者」に回帰することなく、テクスト論の構えの中で、作者の意図をもその読みに組み入れることができるようになる。むろん、この転換が行われるには、他に多くの考え方の変更と更新がここに伴われなければならない。しかし、このような批評の考え方が提示されてはじめて、わたし達は、自分の現に行っている読みの経験が、テクスト論の洗礼を受けてなお、その現場性を失うことなく理論に定式化されるのを、見るのである。むろん、この図式にも、これが論である限りにおいて、読みの現場の経験に照らしての不首尾がこの後、見つかりうる。しかし今後、この定式化に、さまざまな不具合が生まれてきたら、わたし達はそのつど、この批評の現場に照らし、これを吟味していけばよい。

テクスト論における「作品」と「作者」の連関の「切除」は、精神を病んでいるからと言って前頭葉の一部を「切除」してしまうロボトミー手術を思わせる。それが乱暴なのはロボトミー手術が乱暴なのと同断である。必要なことは、言表行為の領域から出たところに「作者」をとらえるのではなく、言表行為のなかで「作者の像」をとらえ、受けとることだった。読者が、ある作品を読み、ここをこう作者が書いているのは、かくかくの理由からではあるまいかと感じることには、文学理論に先行する、権利があるのである。そういう作者の意図の像への信憑、想像は、書かれたものとしての作品＝テクストが読者に発信し、読み手が受け取るところのもので、言表行為の重要な一因子にほかならないからである。

ある時には、読み手が書き手の像の背後に、それとは明らかに違う意図を発信するものとしての原書き手ともいうべき「作者の像」を感得する場合もある。『取り替え子《チェンジリング》』の例で言うなら、ここで書き手は、妻千樫に古義人に対し、あなたもう人生の時間は少ないのだからウソをつかずに勇気をもって本当のことを書いて下さい、と言わせるが、その直後に古義人にはじめさせるテロルの回想では明らかにウソだと思えることを書く。これを読むと、わたし達には、この書き手の像が屈曲＝骨折していることが感じられるが、その屈曲を通じて、その背後に、書き手を骨折させている原書き手としての「作者の像」が浮かんでくる。そして、この像の感触を伝い、原書き手＝作者は、なぜ、この小説にこんな書き手像を設定しているのだろうか、という疑問がわたし達に生まれる。しかしこの問いを、わたし達はテクスト以外のものから受け取るのではなく、まさしくテクストにひきこまれることを通じ、テクストから受け取る。この脱テクスト論の構えは、こういう読みの現場に権利を与えるのである。

7　テクスト論者たちの対応（2）——渡部直己の「推測」と「作中原事実」

この読みの権利ということについて、さらに『取り替え子《チェンジリング》』を例に、述べてみよう。

この小説には、先に述べたように、写真の挿入以外にも、読者を当惑させるところがある。作中では主人公たちに関わる過去のあるできごとが、「アレ」と呼ばれ、さんざん意味ありげに言及されるのだが、いざ真相を明かされてみると、それは読者を激しく躓かせずにはおかない、あっけないできごとである。いきおい、この作品の評も、このことをどう解するかということを支点に、自分の読みを試されることになる。小森は、この点にもほとんど触れようとしていないが、それぞれ別の観点から『取り替え子《チェンジリング》』論を展開している渡部直己、山城むつみは、この点に立ち止まり、この「アレ」の空転をめぐり、それぞれの読みを提示している。

ここに問題となる「アレ」とは、次のようなできごとである。

ベルリンから帰国した古義人の前に、吾良の映画シナリオの下書きが届けられる。古義人は、それを手がかりに、自分にとってもきわめて重要な意味をもつそのできごとの意味を自分に明らかにする作業に没頭していく。

実は、古義人と吾良が共有する過去の経験の背景には、一つの決起計画があった。古義人の父親長江先生は、敗戦の翌日、将校達にかつがれて松山市街で決起し、その混乱の中で頓死する。作中、「アレ」と呼ばれるのは、その決起の生き残りである亡父の元弟子大黄さんが一九五二年四月二十八日の占領終了の直前、「日本人が何ら抵抗を示さずに占領を終了させたら将来に禍根を残す」と考えて計画する二度目の決起、進駐軍に対する反乱の企ての中で起こる一つのできごとである。それは古義人の口から、また吾良の映画の台本を通じ、一貫して意味ありげに読者に向け「アレ」と記され、古義人と吾良はともに、そのできごとから自分たちに刻印されたものを形象化するために、それぞれ小説家となり映画監督となったとすら言われる。いきおい、読み進むにつれ、その核心をなすできごとをめぐって、読者の好奇心はつのるが、最後、明らかにされると、それは、古義人と吾良が大黄さんの山のアジト錬成道場近くの草地で、道場の若者たちに仔牛の生皮を背後からかぶせられるという、ショッキングでないことはないが、二人の芸術家を生み出した重大事というには余りにあっけない、児戯めいた、一場の椿事にほかならない。読者は当然、あっけにとられ、鼻白む。いったい「作者大江」は、「どんなつもりで」、こんな不釣り合いな空回りの物語を小説として語って、そこで何ごとかをなし終えたかのように、話頭を千樫の回復の話に転じ、筆を置いているのか。当然、これを読み終えた読者には小説一篇の読後感はあるにせよ、それとは別個のこの「戸惑い」が残る。

この「作者」あるいは原「書き手」の所作を、どう解すればよいか。そういう問いがテクストから差し出される（差し戻される）が、これに批評は、どう答えるのか。それが『取り替え子《チェンジリング》』が一個の作品としてわたし達につきつけている問いである。

さて、この問題に答えている批評家のうち、その出発時から一貫してテクスト論的な立場を保持している渡部直己は、この作品のどこまでがモデル小説でどこからが虚構かの境界が「紛らわしい」点にフィクションとしての弱点、うさんくささがあると述べ、この「アレ」の非明示に、こうした「紛らわしさの粋」が集約されていると言う。彼のこの「空転」に対する評価は、この作を「いくつかの点で唖然とさせられる小説である」と述べる通り、否定的である。
（渡部直己「ノーベル賞作家の『アレ』が二重橋作家の『何か』を下回るとき——大江健三郎『取り替え子《チェンジリング》』を読む」『早稲田文学』二〇〇一年三月号）

ところで、わたし達の問題関心から興味深いのは、渡部が、ここで「アレ」が意味しうるできごとの可能性を列挙しつつ、このできごとの後、古義人と吾良が講和成立の前夜ひそかに二人で出会い、その後数年間の絶交を行っていることにふれ、そのことは、その「背後に、たとえば二人（もしくは一人）による当局への（決起計画の——引用者）密告といった出来事でも想定すればよいのか」（六七頁）と述べ、その後これを受け、「その可能性を完全に否定しきれないが、これとて推測の域を出ず、万一そうであったとしても」、そのため一人の人間が四十年後自殺するほどのことだとは思えない以上、説得力にかける、という結論を下していることである。彼は、それに続け、他にも「深読み」することで出てくる「想定」はあるが、これとて同じく説得力不足であり、そもそも、「この種の推定それじたいに異様な空しさがつきまとうのだが」とも述べている。

ところでここで「推定」と言われ、「深読み」と言われているものは、テクストが渡部に喚起する作者の「意」の信憑のことである。この小説のテクストが、読み手渡部に、作者がここで「アレ」の後の二人の密会と絶交をのみ説明なしに書いているのには（これを、「『アレ』の後の二人の密会と絶交だけが説明なしにテクストに語られるのには」と言っても同じことである、為念）、背後に二人もしくは一人による当局への「密告」が暗示されているのではないか、という読後感を与えているのである。

先のわたしの言い方に重ねれば、テクストが読者渡部に「作者」の「意」の信憑を与え、彼に、「作者」が、密会と絶交という作中の事実（＝テクストの記述）の背後に、当局への密告という「作中の原事実の存在」を暗示しているのではないか、と推定させている、となる。

わたしの考えでは、この「推定」、「深読み」には、権利がある。それらの「推定」、「深読み」は何らテクスト以外のものに依拠していないからだ。彼は、そうしてよい。しかし、テクスト論の教条に立てば、これは教条の違反にあたる。これは、テクスト論の文法では、テクストの外部に「作者」を立て、その「意」を推測し、テクストの背後に潜ってこれを「深読み」することとしか受け取られないからである。

渡部は、ここで実はテクスト論の限界にふれている。しかし彼は、その事実を直視しようとしない。そのため、彼の推測＝作者の「意」の信憑に、権利があるのか、それはテクスト論の構えから見て明らかに教条違反だが、そのことをどう考えればよいのか、という一点は、「この種の推定」は一般にそのこと自体に「異様な空しさがつきまとうのだが」……といった、ポストモダン特有の冗語的修辞で「言い紛れ」させられ、彼は、ポストモダン的韜晦をへて、そこからまた別の観点へと、横断的に「転進」するのみなのである。

渡部の所論中、テクスト論の問題性に例を与える個所は、他にもある。彼は、テクスト論者らしく、この小説を横断的に読み、この小説において「三」という数字が特別の位置を占めていると見える点に読者の注意を喚起する。たとえば、古義人が奇妙なテロルに遭う挿話は、小説の「第三章」に「三人の男」による「三度」に及ぶ仕儀として登場している。帰国の夜送られてくるスッポンは、そのフランス語名（trionix＝三本爪）をことさらに紹介されもするが、それが意味するように、「三本爪」の生物である。しかもその尾は「三角形」をしている。そして、血だまりが「三センチ」にも及んだとされるそれとの「格闘」が終わるのは、これも「もう三時を廻っていた」と語られる時刻である――。

しかし、このような「多義的」なテクスト読解を示され、なるほど、と感心する反面、わたし達に「だからどうしたのだ？」とでもいうような苛立ちが起こるのは、その「多義的」な読みが、どのような読解をもたらすのか、という点のほうに、わたし達がふつう批評として理解している思考の行為の核心があると、わたし達の誰もが、確信しているからである。では、渡部は、こうした卓抜でないとは言えない「読み」を駆使して、この作品に関し、何を言おうとするのか。彼は言う。先の古義人の三回のテロルは、実は二度までしか作中に語られていない。三度目はふせられている。しかも、先の二度までは明らかに虚構とわかる書かれ方である。

　要するに、二度目までは如上あきらかな「虚構」と知れるそれが、文字通り三度目の正直として出来する潜在的な危険性。自分はその危険にたえず晒されているのだ、と、「古義人」ではなく大江健三郎その人が、ここでそう弁じているとみなければならない。（同前、七二頁、傍点原文）

それでは大江はなぜそんなことを弁じるのか。それは、「先に触れた近年の自選小説集から、『政治少年死す』はもとより、作者における最初の不敬小説たる『われらの時代』まで削除した配慮にたいする批判への自己弁護をも兼ねている」からだ。先の「アレ」云々よりも「これ」（自己弁護）こそがこの小説の「一編に秘められた主題とおぼし」い（同前、七二頁）。こういうことを、彼はテクスト論者が現実にふれるときに見せるあの冗談半分の身ぶりを見せながら、言う。書かれようは冗語混じりだが、書かれていることは、一つの読みである。それによれば、大江の『取り替え子《チェンジリング》』のテクストにおける「三」へのこだわりは、作中に現れない大江の虚構ではない右翼からのテロル（の可能性）を暗示している。そのことが語るのは、近年の大江の右翼のテロルに対する軟弱な応対に対するありうべき批判への、大江自身の自己弁護だと言うのである。

しかし、このような「読み」を示されて、こんな、それこそテクストを離れた下司の勘ぐり的な、読みとしてもひらめきのない、非テクスト論的解釈を導くため、あの卓抜とも言えるテクスト読解が動員されるのか、逆から言えば、「三」をめぐるテクスト解読の、これがその果実としての批評的結論なのか、という、憮然とした感想をもたない読者は、ほぼ皆無だろう。テクスト読解の最初から排除されたはずの現実の「作者」の意が、テクスト読解の最後に、小説「一編に秘められた主題」としてナマのままに回帰する。しかもその現実の「作者」の意の解釈たるや、通俗的かつ凡庸きわまりないものである。テクスト論を盲信する批評がなぜつまらないか、下らないか、ということの、これは好個の例示となっているのである。

とはいえ、この渡部の「三」の解釈は、テクスト論の問題点を考える上で示唆的であることをやめない。ここには、「作者」から切断されたトルソとしての「テクスト」の読み（＝「三」をめぐる多義的な読み）と、そこから切断された現実上の頭部としての「作者」（＝自己弁護する大江）だけがある。一方で、テクストが送り届ける「作者の像」つまり作者の「意」への追尋（＝密告という作中原事実への着目）は、これから切り離され、批評家としての渡部に訪れはするものの、しかとした権利を与えられないため、やむなく曖昧な形で遇され、「推測の域を出」ないものとしてうやむやのうちに韜晦される。しかし、必要なのは、この「三」をめぐる多義的な読みが、そこから、別様の作品読解への視角をもたらすことではないのか。

むろん、テクスト論批評のすべてがここに見るような難点をもつというのではないが、このことは、テクスト論の少なくとも批評としての核心が、読みの多義性の提示にあるのではなく、それを駆使して、どのような批評行為を行うかにあること、テクスト論という文芸理論がそれだけでは批評たりえないことを、わたし達に示唆しているのである。

8　テクスト論者たちの対応（3）——山城むつみの「隠喩」とプライヴァシー

『取り替え子《チェンジリング》』について渡部よりは数等踏み込んだ批評を試みている山城むつみの読みもまた、この意味で、渡部の場合と類似した身ぶりを示している。山城は、小森とは違い、この問題に正面から向き合う。渡部とも違い、この作品を高く評価し、こう問う。

さて、「アレ」とは何か。「おれたちの体験」とは何か。松山で、真夜中にふたりで「ガタガタ」になって帰って来たとき、彼らにどんな出来事があったのか。（「追憶と反復——大江健三郎『取り替え子　チェンジリング』を読む」『群像』二〇〇一年三月号、一八四頁）

彼が言うのは、仔牛の生皮かぶせは、別のことの「隠喩」なのではないか、ということである。

仔牛の皮をかぶせられたという体験には、当人にも理解できない「アレ」があった。それは、むしろその前日、「えたいの知れない場所」ゆえに二人の関係に生じたくるいあるいはひずみだろう。私には、翌日の仔牛の皮の経験はその隠喩に思える。（同前、一八八頁、傍点原文）

渡部と類似した身ぶりというのは、ここでも、山城に、テクスト論的な構えとの関係で、彼自身の読みとそれとの落差のつきつめが、回避されているさまが見てとられるからである。山城の批評はテクスト論ではないが、このような点で、やはりそのテクスト観が広義のテクスト論の枠内にあることが知られるのである。

山城のそれとして優れた『取り替え子《チェンジリング》』論を注意深く読んでいくと、彼が、この作品から一つの読みを受け取りながらも、それを明言することを避けていることがわかってくる。まず彼は論の最初近くで、古義人と吾良が二人、仔牛の生皮かぶせの椿事に遭った後、「ガタガタ」になって山から降りてきたさまを目撃した、吾良の妹でいまは古義人の妻である千樫の回想の件りを、ずいぶん長く引用するが、引用に際し、こう断る。

引用が長文にわたるがその描写を要約することはできない。千樫の動悸を聴き取りながら、少女とともに息を殺してこの光景を凝視してほしい。（同前、一八一頁）

彼が言うのは、ここで何が起こったのか、自分は明言しないが、それは、明言できない形で、人に食い入るていの「えたいの知れな」さをこのできごとが核にもっているからだ、ということである。だから、自分はそれを要約できない。そのまま引く。読者は、そこからその「えたいの知れな」さの核心を、「千樫の動悸を聴き取りながら、少女とともに息を殺してこの光景を凝視してほしい」。

これは、控え目に言っても、ただならぬ切迫感を漂わせた読者への呼びかけである。

しかし、わたしの考えを言えば、それは「明言」されなければならない。ここに言う「えたいの知れない」こととはいわば焼き付けることのできないネガである。明言はそれを白日にさらす。するとそれは黒化する。つまり、明言してもそれは伝わらない。かえってそのネガに映じていることを、その「焼き付けられなさ」を飛ばして読み手に受け渡し、「なあんだ、そんなことか」と受け取らせるのがオチである。しかし、たとえそうだとしても、そこからはじめなくてはならない。真っ黒なネガで示され、一度はなあんだと失望され、嘲笑されることを通じて、なぜ真っ黒なのかとその嘲笑者が考え、そこに理由があるかもしれないと思い直し、やがて、その顔から笑いが消える、そういう経過をふまなければ、そこに明言されえないものが万が一伝わるとして、それは、その万が一のケースをもたないのである。

ではそれを明言すれば何か。わたしの読みが間違っていなければ、山城が手にしているのは、仔牛の生皮かぶせの「前日」、二人の間に「えたいの知れな」さの体験として、同性愛的な体験を含むできごとが生じている、という読みである。つまり、そういう信憑を

『取り替え子《チェンジリング》』のテクストは自分に送り届けてよこす、ということであり、そういう「作中原事実」をこのテクストは、仔牛の生皮かぶせの前後のできごと（＝「作中事実」）の記述を通じて、伝えてよこす、ということである。山城は言う。「古義人と吾良にあった関係は、いわゆる友情というようなものではない。むしろ、ついにはそれを断ち切らねばならなくなるような関係である」「十七歳ともなれば　まじめ一筋ではいられない／ランボーの『ロマン』という詩で繰り返される一節である」。

ランボーは（中略）本当に十七歳になったときにはヴェルレーヌと知り合い、周知のとおり、同性愛的な関係に入る。「尻の穴のソネ」のような戯詩を二人で書いたのもその頃らしい。十七歳ともなればまじめ一筋ではいられなかったのである。では「ロマン」が同じ年齢の自分のための詩だと考えていた古義人はどうか。（同前、一八七～一八八頁）

しかし、山城も、この自分の読みを、テクストの外部の「作者」つまり大江自身への言及とも受け取られかねないものと感じ、この一点でテクスト論的金縛りにあう。つまり、ここまで述べてきたテクスト論の問題点のつきつめが彼においてもまた、なされない。そのため、それがテクストの送り届けてよこす「作者の像」、作者の「意」の信憑であって、それとテクスト外部の現実そのものとは別だ、というだけの見極め、見識が、彼のものとならない。したがって、先の隠喩、推定、連想が、明示されることなく暗示されたところで、彼はくるりと向きを変え、ひきかえす。やってくるのはまたしてもあの日本流ポストモダン特有の韜晦を含む、神経症的な言い方である。

ランボーの詩集を介した古義人と吾良の関係は、ヴェルレーヌとランボーの関係を連想させる。ただし、ここでも、何があったのかと事実を問うと誤る。（同前、一八八頁、傍点引用者）

しかし、もしここで、山城が「誤る」ことをおそれず、「何があったのかと事実を問う」としたら、そして、牛皮の椿事の前日の同性愛体験という読みについてふれたとしたら、それは、大江という小説家がかつて少年時に伊丹という友人と同性愛的な体験を経験した、ということを、言明することになるのだろうか。そうだとしたら、むろんそれは確証のあることではないので、誰にも、そういうことは「言明」できないことになる。しかし、先に山城が「明言」の不可能性について述べたことと、この「言明」の不可能性とは、その意味するところがまったく違っている。先のそれは、その「えたいの知れな」さがどうしても現像できないでいのネガとして存在しているという「言葉にならなさ」であるのに対し、後のそれは、いわゆるプライヴァシーにふれるための「言葉にすることのはばかり」だからである。その違いを明らかにしておくためにも、先の問いはつきつめて考えられなければならないのだが、この意味で彼のテクスト論的な批評の構えは、ここまでくると、あのマニ教的な善悪二元論的構造性を露わにし、完全にこうした問いに対応不可能であることを示すのである。

ここにあるのはどのような三者の関係か。

整理して言えば、こうなるだろう。わたし達は、テクストに促されて「作者の像」を受け取り、作者の「意」についてかくかくの信憑を受け取り、ある作中事実（テクスト内事実）Aは、それを通じ、ある作中原事実（テクスト内で作者の「意」により作中事実の背後に語られていると信憑される原事実）Bを読み手に伝えてよこすと、考える。ところで、その作中原事実Bと作品の言表行為の外にあるいわゆる現実Xとは、何のつながりもない。両者は、無関係なのである、と。

9　脱テクスト論の位置

しかし、これも、『取り替え子《チェンジリング》』の読みに即して述べるのがわかりやすい。わたし自身の『取り替え子《チェンジリング》』論で、わたしはこの問題について、こう書いている。

作者大江は、この作品の別の個所で、古義人の妻千樫に、以前夫の書いた『小説の手法』なる著作を思い出させているが、そのモデルをなす一九七八年刊の大江の『小説の方法』に、「手法の露呈化　dénudation」と呼ばれる小説の方法が紹介されている。「手法の露呈化」とは、もともと目立つ手法を用いる場合には、それを隠そうとするのでなく、もっとことさらに目立つものとすることで、ようやく作中に軟着陸できるものとなるというロシア・フォルマリストが作品事実から析出した小説の方法の一つである。ところで大江はそれを、「これは事実でない、事実でないことを語っているのだ、ということをあきらかにしながら記述してゆく書き方」と要約する（『小説の方法』一五二頁）。『取り替え子《チェンジリング》』では、先に述べた通り、妻の千樫が「あなたも、もう人生の時間は残り少ないのですから（中略）ウソでないことだけを、勇気を出して書いて下さい」と古義人に言い、そこから古義人のテロルの受難の回想がはじまるが、そこに語られるのはすぐに「ウソ」（虚構）とわかる挿話である。その挿話にはじまる物語が、「アレ」と意味ありげに書かれながら、実際に蓋を開けてみるとあっけない「椿事」でしかなく、読者皆が肩すかしに遭う、といった全体の書かれ方の構造をもつのは、明らかに大江の要約する意味での「手法の露呈化」の適用例である。ここで「作者」は、「書き手」をいわば明らかな嘘つきへと作り上げることで、「これは事実でない、事実でないことを語っているのだ」と、読者に語っている——目配せしている——のである。

では、主人公二人の仔牛の生皮かぶせという作中の事実を「これは事実でない、事実でないことを語っているのだ」という仕方で語ることで、作者は、何を読者に語りかけようとしているのか。むろん、それは読者にはわからない。しかし、その代わり、テクストは、作者が、こういうことを読者に語ろうとしているのではないか、という作者の「意」の像を、読者に送り届けてよこす。

こう述べて、わたしがそこに提出した読みとは、こうである。この作品が、作中事実を「仔牛の生皮かぶせ」というように明らかに捏造とわかる仕方で（これはグリンメルスハウゼン

『阿呆物語』の挿話の転用である）虚構化することを通じ、「作中原事実」として伝えてよこすのは、二人が山の若者たちに強姦され、その腹いせに大黄さんの決起計画を密告したという、「強姦と密告」の事実である――。

　すると、こうなるだろう。ここには、この作品の「アレ」について、テクストには牛皮かぶせの椿事と語られるが、その背後に、別のことがらが作中記述を通じて語られているのが感じられる、という読みが、三つあげられている。渡部はそれを「密告」と言い、山城はそれを非明示的にではあるが「同性愛的な体験」と比定し、加藤はこれを「強姦と密告」と読んでいる。ところでここで大事なことは何か。ここに提示されている三種の読みのいずれが正しいか、ということではない。なぜなら、これは正解のあるような問題ではないからである。このような「読み」を通じて、どのような作品の意味の受け取り、考察が展開されているのかが、ここで問われている。そして批評の問題は、むろんのこと、この先にあるのである。[*1]

　しかし、そのこととは別に、これだけは言っておかなければならない。「作中原事実」とは、作品外に想定される実体的な「事実」ではない。したがって、むろんこのわたしの読みは、現実に大江と伊丹が「強姦され密告した」ということを意味していない。現実に何があったか、それはわからない。しかし、作品は、その何かを、このような書かれ方を通じて、たとえば主人公二人が「強姦され密告した」という信憑でも代置可能なものとして、――しかし本当のところ何であるかは語られないものとして――、読者に送り届けてよこす。

　これら二つのものの間には違いがあり、無関係という切断があり、もう少し言うなら無関係という関係がある。無関係という関係とは何か。あの現実の写真を思い出そう。現実の肖像写真の、先に見た誰の目にも明らかな「事実に反する」使用は、その作中原事実Bと現実Xの間の落差、切断、つまりは無関係という関係を、表示しているのである。

この作中原事実の想定は、わたしの場合、これを「強姦と密告」としたが、これも仮の想定という以上の権利をもっていない。わたしは、「密告」でも、「二人の同性愛的体験」でも、後者についてはその「言葉にならなさ」を勘案したとしても、作中に語られる重大性に見合わないと考え、自分の解釈を「強姦と密告」とした。しかしそれは一つの信憑の像以上のものではない。けれども、それは、ここで言われていることが、批評として、厳密さ、正確さに欠けているということではない。批評はこのようにテクスト論破りの企てに応対する。批評はこのように、読み手がこの作品から受け取ったものが何かを、正確に、そして厳密に読者に伝えるのである。

テクスト論に欠けているのは、この例がはっきりと語っている読み手の読みの現場性の息吹きである。その風にさらされるなら、テクスト論の教条性などは問題にならない。後にふれるデリダはこういう言い方を否定するだろうが、読みは、必ずや作者がこう書いているのは、かくかくのことを考えてのことではないだろうか、そうに違いない、という、作者の像をともなう信憑の形で、読者に現前するのである。そしてそれは、テクスト論者が考えるように、作品の意味を作者の意図に還元するということとは、まったく意味の違うことなのである。

実際にコンピュータのプログラミングにより作られたテクストが前に置かれる場合にも、そのことが伏せられている限りで、読者は、そこにしかと作者の意図の像を見出す。では、それがコンピュータによる作品だった場合、読者はテクストに騙されたことになるのだろうか。読みを誤ったことになるのだろうか。そうではない。彼は正当にテクストを読んでいる。人が文学作品を読むという場合、人はそれを必ず誰かによって書かれた言葉として受けとっているのであり、テクストがそのように読めるということと、それが実際にテクストの外部の誰によって書かれているかということとは、まったく関係がないのである。

先に、わたしはテクスト論の致命的な欠陥として、この論の構えに立てば、一、批評がある作品Aを、別の作品Bよりも優れている、とする価値の提示が不可能になる、二、また、ある作品が「こうも読める」という読みの多義性への道は開かれるが、ある作品が、自分に「こうとしか読めない」という読みの唯一性に発する普遍性への道は、閉ざされることになる、と述べた。そのわけは、これを述べた折り、続けてそこに記したとおりだが、このことに関連してもう少し詳しく言えば、次の通りである。

カントは、道徳（モラル）の格率（マクシム）との違いを、こう述べた。格率とは人が自分のために、自分用に作り上げる決まりのことである。自分は、こうすることにしている、というのが格率の言い方である。しかし、道徳は、人が、人たるもの誰でも、そうすべきでない、と考えるがゆえに、わたしはそうしない、という形で、人が自分に与える決まりを指している。

たとえば、この意味での格率に、道徳が力をうしなった時代のルールの感覚の生き延びる方途を見る村上春樹は、その登場人物の一人に、自分は相手とのいさかいをセックスで解消することはしないことにしている、と言わせている。誰もがそうすべきだ、というのではない。それは、その登場人物にとっての格率、つまり自分にとっての、自分が自分だけに適用する、決まりごとである。しかし、それと、嘘をついてはいけない、という道徳とは、意味が違っている。後者を前者から隔てるのは、それは自分にとってだけ悪いことなのではない、誰にとっても悪いことであるはずだ、そうに違いない、という、普遍性への企投の姿勢が、そこにはある、という点である。善と悪とは、この、誰にとってもよくないことであるはず、誰にとってもよいことであるはず、という普遍性への企投の姿勢を内に含むことによって、善と悪、つまりモラルの基底となっている。それと、好き嫌いは、違うし、また、それと自分にとってだけの善悪であるところの、格率の善し悪しも、違っている。

これと同じことが、美ということについても言える。あるものが自分にとって美であると感じられるとは、それを自分がよいと思う、好きに感じる、ということではない。このことは次のことを考えてみればよくわかる。わたし達はある異性を好きになる時、誰もがその異性を好きになるはずだ、というようには、考えていない。そう考えなければならないとしたら、大変なことになる。これに対し、あるものを美と感じる場合、わたし達は、もし自分から見てまともだと思われるような人なら、誰もが、それを美と感じるはずだ、と考えている。

ある作品を読んでわたし達がそれに動かされ、この作品は傑作だ、よい、と感じる時も、同じことだ。その時わたし達は、ちょうど美の場合と同じく、自分から見てまともだと思われるような人なら、誰もが、この作品を読んだら、傑作だ、よい、と感じるはずだ、と考えている。ここにあるものを、普遍性への企投の姿勢と呼ぶなら、美の場合と同じく、誰もが、これを傑作と感じるはずだ、という確信、信憑――つまり普遍性への企投の姿勢――をともなって、ある価値の感受がやってくるとき、わたし達はそれを「美しい」と思うし、ここに「美」なる普遍的な価値がある、つまりこれは「傑作」だと、受けとるのである。

この普遍性への企投は、それ自体としては、そこに感じられている美がいわば客観的に、普遍性をもつことを保証していない。しかし、美の世界にあっては、実はそのような普遍性への企投という形でしか、普遍性は存在していない。まともな人士なら、誰もが、自分と同じように、これを傑作と感じるはずだ、という形で、人は、ある作品を「傑作だ（美しい）」と言うのであり、その美の言明が、一つ一つは違いつつもそれぞれが普遍性への企投として行われる。そしてその一つ一つがせめぎあう。これがいわば美の世界の構成の本質なのである。

ある文学作品のテクストの読解が、ある作品Aはある作品Bよりも優れている、という言明を伴うには、それが「こうも読める」ではなく「こうとしか読めない」という読みから成り立っているのでなければならない。ここで「こうも読める」と「こうとしか読めない」の差は、好悪と善・美の間の差と同じ、そこに普遍性への企投の姿勢があるかないかということである。ところで、よく考えてみればわかるが、ある作品が「こうとしか読めない」という形で読まれるのは、そこでの読解が、ふだんわたし達が作品を読むのと同じく、作者はこれをこう感じて書いたに違いない、という作者の像を伴うものとなっている場合に限られる。ふだんわたし達が作品を「こうとしか読めない」と感じながら読む時には、必ずそこにそれぞれの「作者の像」が伴われているのである。

わたしのこの論が一つの特徴をもっているとしたら、それは、作品を読むという、この批評の現場での体感を、足場にしていることである。その読むことの現場性、書くことの現場性から、その経験に照らして、かつてテクスト論は、従来の作者還元主義の批評はおかしい、と反旗を翻した。したがってそのテクスト論の考え方がおかしければ、もう一度、その同じ場所から、テクスト論の批評はおかしい、と言う必要があるのである。

Ⅱ　『海辺のカフカ』と「換喩的な世界」

1　形式体系と「一般言語表象」

前章ではテクスト論の弱点にふれ、それがテクストの多義性、複数性には途を開くけれども、テクストの価値の決定に対し不能性をもつことを、見た。

こうしたテクスト論の難点、欠陥は、どのようなその理論的構成からきているのか。本章では、そのことを明らかにしつつ、文学テクストの本質がどこにあり、それを取りだすのにこれに代わるどのような考え方が必要になるかを、新しいテクストを素材に、見てゆく。

まずテクスト論の淵源とは何か。そのことを見るため、もう一度、ソシュールの言語学に立ち帰ってみる。

テクスト論が、ソシュール言語学に多くのものを負っていることは、前章に見た通りである。ではソシュール言語学のどういう点が、テクスト論が生まれる上に大事だったか。それは、一言で言って、形式化という契機だったと言うことができる。

形式化とは、ものごとから個別の具体的な事象性を脱落させ、その構造、構成をとりだすことである。構造主義の考え方が優勢になると、ソシュール言語学は、マルクスの経済学、フロイトの精神分析学とともに、いわばその動きのもっとも深い層に位置するものと受けとられた。たとえば一九八〇年前後、いち早く文芸批評の世界で構造主義、ポスト構造主義の問題とぶつかった柄谷行人は、これら新しい動きの底にあるものを「形式化」への意志（「建築への意志」）と呼び、こう述べている。

二十世紀において顕在化しはじめた文学や諸芸術の変化、たとえば抽象絵画や十二音階の音楽などは、互いに平行し関連しあっているだけでなく、物理学、数学、論理学の変化にも根本的に対応している。一般的に、この変化を形式化《フォーマライゼーション》と呼ぶことができる。形式化とは、指示対象《レファレント》や意味内容・文脈《コンテクスト》をカッコにいれて、項（それ自体は意味のない）と項の関係のみを考察することだといってよい。先にいった全般的な変化の特徴は、それらがいわゆる自然・現実・経験から乖離することによって、自律的な世界を形成しはじめたところにあるが、そのことこそ形式化が意味することがらである。この現象は各領域でそれぞれ考察され歴史的に跡づけられているが、それらがパラレルなことが明らかであってみれば、この変化の性質は、より一般的に「形式化」ということそのものに見出されなければならない。

（『隠喩としての建築』四〇頁）

ソシュールは、言語を発語主体・受語主体との連関という人間との関係から切り離し、また、指示対象を名指す、あるいは指示対象に意味秩序をもたらすといったモノとの関係からも切り離すこと——人間の言語活動 langage を「形式化」すること——で、言語 langue の記号体系としてのシニフィアンとシニフィエの構造を取りだした。むろん、ソシュール自身は、この形式化により取りだされた言語学を「ラングの言語学」と呼び、これに対し、「ラングのコードの個人的行使」であるパロール parole をテコにした「パロールの言語学」がありうると考え、「我々は、ラングの言語学とパロールの言語学を二つ別々に考えることができる」と正当にも述べていた（丸山圭三郎『ソシュールの思想』八五頁）。しかし、この後者の側面を、発語者と言語（パロール）の連関から「表現」としての意味が生まれるという、後に触れる竹田青嗣のいう意味で受けとった言語学者、哲学者は、少なくとも現代思想の担い手たちの中には、わたしの見る限り、見あたらない。[*2] これを「語る主体への還帰」の契機と受けとったと丸山圭三郎の見るモーリス・メルロ＝ポンティにしても、彼が「コトバは記号ではない」と考えた意味は、ソシュールの場合と同じく、コトバが記号のように先＝存在する事物を指示する指標ではなく、指示対象のその事物の秩序を作り出す存在だ——「言語名称目録観」の否定——ということにすぎなかったからである（同前、一九五頁以下）。以後、ソシュール言語学は、この「形式化」の側面のみを引き取られる形で、構造主義、記号学の源泉とされてゆく。それは、そのようなものとして、吉本隆明の言語論はもう古いと宣告する新しい言語学として、一九七〇年代の日本の思想界を席巻してゆくのである。

ところで、先の著作の別の個所で柄谷が指摘するように、人為的なもの、「人間によって作られたもの」の特徴は、「その形態の構造が素材の構造より単純だという点にある」。「いかに複雑な構造が考えられてもなお、それは〝単純化〟を伴っている」（柄谷前掲、一九頁）。だから、たとえば、柄谷によれば、「マルクスはヘーゲルにおける『構造』（建築）が、そのつど多様な過剰な偶然的な何かに先行されていることを指摘している」（同前、二三頁）。

形式化は、こうして、多様で複雑な自然と人間の所作の「単純化」であることで、二つの帰結を生みだす。一つは、その結果取りだされた形式体系がそれ自体で一つの閉鎖系とならざるをえないこと、そしてもう一つは、その閉鎖体系が必然的にその外部に「そのつど多様な過剰な偶然的な何か」を「先行」させずにはいないことである。そこから生じる問題は、よく知られている。前者から生まれてくるのが、形式化の体系が必然的に構造的本質として「自己言及性」をおびるという形式体系の内部問題であり、後者から生まれてくるのが、同じく形式体系はその外側に「多様な過剰な偶然的な何か」の「先行」的な存在、つまり「外部」（柄谷行人）をもたざるをえない、という形式体系の外部問題である。形式体系内部における「自己言及性」による「決定不可能性」と、その外部における「語りえないもの」あるいは「多様な過剰な偶然的な何か」。柄谷は、以後、この外部存在を「外部」と呼び、それが内と外の二元論それ自体の外部に位置する「名づけられないもの」であるとする神秘的議論を展開するが、実は、これは、架空の問いであり、この二つは、形式化から直接に生まれてくる、コインの表裏のような付属概念、それこそ二元論的な一対の概念にほかならないのである。

　ソシュールの開いた言語学は、その「形式化」により、地球上で話される多様な諸言語を、共通の構造をもつ言語一般として考察する「一般言語学」への途をひらき、さらにその考察を通じ、言語が事物につけられた名称のようなものではないこと（言語名称目録観の否定）、人の意図を表現する道具のようなものでもないこと（言語道具観の否定）を示す。言語は、ソシュールの指摘をまってはじめて、これまで思われていたのとは逆に、むしろ事物の秩序を作りだし、人間の意味の秩序を作り出す本源であることを明らかにする。

　しかし、反面、それは、この「形式化」により、その形式としてとらえられた言語観の中に「自己言及性」の問題を生み、そこに「言語の謎」（竹田青嗣）を孕むようになる。

　それは、次のようなエピメニデスのパラドックスの名で広く人口に膾炙した、言葉がそれだけでは意味を決定できないという、決定不可能性のパラドックスである。

　それは、こう語られる。

「すべてのクレタ人は嘘つきだと一人のクレタ人がいった」。この言葉の意味は、これだけを取れば、決定することが不可能である。もしこのクレタ人が嘘つきなら、「すべてのクレタ人は嘘つきだ」という彼の言明はウソであり、その結果、言明がいうのは、すべてのクレタ人が嘘つきであるわけではない、ということになる。また、彼が嘘つきでないなら、「すべてのクレタ人は嘘つきだ」という彼の言明は真実として受けとめられなければならず、すると彼の言明内容と一致しなくなる。したがっていずれの場合も、この文章は真偽の決定が不可能である。

形式化にともなって生じるこの難題は、当初、形式化の内部で解決しうるものと考えられた。論理哲学のバートランド・ラッセルは、この文章が、たとえば「すべてのクレタ人は嘘つきだと一人のマケドニア人が言った」となっていれば、パラドックスを構成しないことに注目し、このパラドックスが、言明者（クラス＝上位レベル、この場合「一人のクレタ人」）と言明内容（メンバー＝下位レベル、この場合「すべてのクレタ人」）のロジカル・タイピング（階梯づけ）の混同を原因としており、これを禁止することで、そこから生まれた自己言及性の構造は解除できると考えた。しかし、その後、それがそれほど簡単な問題でないことが明らかになる。数学者クルト・ゲーデルが、形式化された矛盾のない体系は、それをどこまでも推し進めると、必ず「その体系の公理と合わない、したがってそれについて正しいか誤りかをいえない（決定不可能な）規定が見出されてしまう」ことを証明し、「どんな形式的体系も、それが無矛盾的であるかぎり、不完全である」こと――自分の根拠を証明することはできないこと――を明るみに出したからである（「不完全性の定理」）。

以後、この自己言及性のパラドックスは、形式化された体系のもつ解決できない問題として、構造主義の固有のアポリアとなる。そしてそこからポスト構造主義のさまざまな考え方が生まれ育っていく。これらの事情は、この数十年のテクスト論、ポストモダニズム、ポスト構造主義の動向に少しでも触れた人であれば、ほぼ誰もが、知っている通りだろうから、ここでは省略する。

　では、このエピメニデスのパラドックスは、どうやれば、解くことができるのか。一つはっきりしていることは、「形式化」の側面で引き取られたソシュールの言語学に立つ限り、これを解くカギは与えられない、ということである。逆に、ソシュールの言語学が「形式化」の産物である限りで、「形式化」の果てに現れたこの「言語の謎」は、ソシュール言語学の難関がどこにあるか、ひいてはあのテクスト論の考え方のどこに問題があるかを、わたし達に示唆するのである。

　わたしの考えでは、この問題にたぶんはじめてはっきりした答えを与えたのは、前章にふれた『言語的思考へ——脱構築と現象学』（二〇〇二年）を上梓した竹田青嗣である。彼は、同じく言語の形式化に立脚する論理哲学の領域に現れた、規則のパラドックスと呼ばれる次のような例にふれ、こう書いている。

　論理学者クリプキは、ある著作の中で「68 + 57 = 5」という数式についてこう述べている。この数式は、常識的には「68 + 57 = 125」となるが、「68 + 57 = 5」が間違っているとは言えない。なぜならこの時、ここでの「＋」記号がいわゆる「プラス」ではなく「クワス」、つまり「ある数に加算する数が57を越えるとき、答えは常に5である」という概念でなかったということは、厳密にはけっして証明できないからであると。

　このパラドックスは、別の形にすると、こうなるだろう。「2、4、6、8、10、12……という数列のつぎにくるのはどんな数か」という問いがある。答えは常識的には「14」である。

しかしクリプキによれば、これはどんな任意の数も正答となりうる。たとえばそれは「16」でありうる。なぜなら少なくともここまでの数の並びで見るかぎり、この数列の「規則」が「12までは2ずつ、12を越えると4ずつ加算された数が並ぶ」というものでなかったとは言えないから、というわけである。（竹田青嗣『言語的思考へ』二四六頁、傍点原文）

これらのパラドックスは、なぜ起こってくるのか。竹田によれば、それは、ここで言語記号が、発語主体との連関を切断されて、言語としての「意味」の発生回路を切除されてしまっているからである。竹田は、たとえばポール・ド・マンが例に使い、柄谷行人が引用するこんな言語の意味の決定不可能性の例をも、取りあげている。まず柄谷のあげる例。

有名な漫画の人物アーチー・バンカーが、女房に、ボーリング・シューズのひもを上結びにしてほしいか下結びにしてほしいかと聞かれて、“What's the difference?”と答えたとき、女房はその違いを説明しようとする。いうまでもないが、亭主は「そんな違いがどうだっていうんだ」といったのに、女房はそれを「どういう違いがあるか」という問いとして受けとったわけである。ド・マンは、これを、文法的に同一な文が相互に排他的な意味を生みだす例としてあげている。われわれは、その文がはたして問うているのか、問うことそのも

のを拒んでいるのかを、すくなくとも「形式主義」のなかでは、決定できない。（柄谷前掲、五〇頁、傍点原文）

柄谷もまた、これは「形式主義」のなかでは、決定できないという。しかし、だからといってその「形式化」自体を疑問に付すわけではない。彼によれば、「形式化」の不毛を「形式体系」の「言葉の牢獄」の外に出て、外から批判するのは、「安易すぎる」（同前、四三頁、五二頁）。彼はしばしばこの種の神経症的なポストモダン的禁止語を繰り出し、指摘はするが、実行しない。そして、なぜそれが「安易すぎる」のか、なぜ指摘するところが実行されないか、その理由が彼自身によって明らかにされることはない（ここでの理由を忖度すれば、彼が「形式化」の不毛を「形式化」の徹底によって踏み越えるという言い方で「形式化」の趨勢に従うことに固執するのは、これが執筆当時の、高度な思想水準を体現する「世界の趨勢」だからというほかない）。

これに対し、竹田は、逆に、形式化された体系の中におかれれば、このように意味が決定不可能になる言葉が、なぜ普通の生活の場面でなら通用するのか、考えてみる必要があるだろう、と言う。そう考えれば、先の“What's the difference?”も、だいたいの場合は、「そんな違いがどうだっていうんだ」というように受けとられるはずだ、そうわたし達は判断している。そういうおおよその判断がほぼ誰にもあるため、また、そうであることを漫画家自身が予期できているため、漫画家は、こういう場面を漫画にし、女房がそれを「どういう違いがあるか」と受けとめるこの場面が、読者の笑いを誘うのである。

　では、人は、なぜよく考えてみると、その意味が決定不可能であるにもかかわらず、その「謎」をわけもなく通りすぎているのか。答えはそう難しいものではない。そこでこの“What's the difference?”が、現実の場面では文脈——言語コンテクスト——のうちにおかれているからである。言語コンテクストとは何か。この言葉が、誰によってどういう場面で発語されているかというあの「発語主体—言語表現—受語主体」連関のことである。普通であれば、女房（受語主体）は、夫（発語主体）がこう言ったのを、前後の文脈から「そんな違いがどうだっていうんだ」という意味の言葉として受けとめるはずである。どのような言葉も、前後の文脈におかれ、発語者、受語者との連関のうちに受けとめられることで、その意味を——その意味の信憑を——確立させるのである。わたし達はこの言語連関を足場に意味信憑の確信成立を予期し、洞察することができる。そして、誰もがそう思う（はずだ）という判断がわたし達の誰にも備わっていればこそ、この漫画の笑いは成立しているのだというほかない。

　このことは、この文章が例文として、英語の教科書にこれだけであげられていれば、たちどころにポール・ド・マンの言う「意味の決定不可能性」を生じさせるだろうことからも、逆に知られる。そこでは、この言葉が、発語者との連関を切り離され、いわば形式化された言語と同じ状態におかれている。言葉は、形式化により、先の「発語主体—言語表現—受語主体」の連関を切り捨てられると、とたんに「言語の謎」を作り出すのである。

　しかし、そのことは、この「発語主体—言語表現—受語主体」連関が、言語にとって本質的な契機をなしていることを示している。それを「形式化」により切除してしまえば、もうそれが「言語」ではなくなることを、示唆しているのである。

竹田は、このような検討をへて、この形式化され、「発語主体―言語表現―受語主体」連関（「言語コンテクスト」連関）を切除された言語を、「一般言語表象」と呼び、逆に同じ連関のうちに捉えられ、発語主体との関係におかれた言語を、「現実言語」と呼ぶことにしよう、と述べる。「一般言語表象」とは、たとえば辞書の語義、教科書の例文のように言語コンテクストをもたない言語表現をさし、「現実言語」とは、わたし達が普段行っている言語コンテクストの連関のうちにおかれた言語表現をさしている。そのうえで、竹田は、形式化された思考、論理哲学で扱われる言語表現が、すべて右の言語連関を断たれ――これを捨象し――、「一般言語表象」となっていることを明らかにする。この竹田の指摘は、きわめて重大な意味をもっている。それは、いわゆる形式主義的な思考、論理哲学的な思考の致命的な欠陥をついており、そこでのパラドックス論議を、一挙に終わらせるものとなっているのである。

この考えに立つなら、ここ数十年の間、問題にされてきた「言語の謎」は解消される。先のクリプキのパラドックスを見てみよう。

「2、4、6、8……」という数列が与えられて、このつぎにくる数を答えよ、といった問いが示される場合、その問いが眼前にいる人間によってなされようと、あるいは教科書での数列問題として示されようと、われわれはやはり暗黙のうちに発語主体を想定し、この発語主体の「意」へと了解企投を投げかける。つまり、そこにひとつの問いが示され、ある「答え」が予想されつつ要求されている、という信憑をもち、そしてこの要求に対して答えを返そうとする。ここに受語主体がなす言語行為の本質がある。すなわち、ふつう、「2、4、6、8、10、12……という数列のつぎの数を示せ」という問いが示されるとき、人はこの問いをもまたそのような「発話主体―受語主体」の信憑構造において受けとるのである。しかしクリプキは、（中略）この数式の問いを「一般言語表象」として扱う。その結果、それは何が要求されているのでもない単なる数列となる。そのために「2、4、6、8、10、12……」という数列のつぎに並ぶ数は無規定となるのである。（竹田前掲、二四七～二四八頁、傍点原文）

もう少し引いてみる。その指摘は完膚なきまでにクリプキのパラドックスの空疎さを明らかにしている。続けて、

「12という数のつぎにくる数は何か」という設問は、この問いを発する主体（特定の人物、数学を教示する匿名の主体等）の暗黙の要求に対する信憑に相関してでなければ、これに答えることに意味がないだろう。人がこのとき「2、4、6、8、10、12……」という数列のつぎにくるべきある特定の数を推測するのは正当であって、はじめから、ここでの可能な考え方をすべて示せ、と言われたのであればそうするだろう。はじめの提示を人は前者の問いと

して受けとるのであって、この信憑がなければ問い自体が無意味なものとなるからである。
（同前、二四八頁、傍点原文）

この竹田の解明を援用すれば、はじめにあげたエピメニデスのクレタ人のパラドックスについては、こう言われるはずである。「すべてのクレタ人は嘘つきだと一人のクレタ人がいった」という文章の意味とは、「この文章は、意味が確定できない」ということであり、「この文章は、意味が確定できない」と、エピメニデスが言った、ということである。このパラドックスにもやはり発語者がいなければならず、事実、それが、エピメニデスによって発語され、次にラッセルによって取りだされているとは、そういうことだからである。すると、その場合、これは、意味不明な文章が存在する、という意味ある言明である。そして、これに対する答えは、言葉は、発語主体―受語主体の連関を切断されれば、言語の本質から切り離されるため、意味が決定不可能になる、この例文も、この言語連関を断たれて、意味不明になっている、もしすべてのクレタ人は嘘つきだと、あるクレタ人が言ったのであれば、それを聞いた相手が、じゃあ、おまえはどうだ、と訊くだろう、この言明は、「現実言語」としては意味が不明なのではなくて、不鮮明なのだ、というものになる。これを「現実言語」として受けとれば、そうなる。したがって、そこに「言語の謎」はない。

つまり、ラッセルのように、これを、一個の言葉として受けとり、言語はどうすれば意味の決定不可能性をまぬかれるかとロジカル・タイピングの禁止を発案したりするのは、馬鹿げている。その錯誤は、この発語主体から切り離された「一般言語表象」（＝言語でないもの）をいわゆる普通の「言語」と同じ範疇のものと受けとったところから来ている。言語の意味を、形式化した論理的記号としての言語をもとに考えようとするラッセル流の言語哲学の出発点に、すべての錯誤は、埋め込まれていたのである。

竹田は、「発語主体―受語主体」の連関を外されれば、たとえば「空は青い」、「空には星がある」、「このハンマーは重い」といった普通の言葉ですら、意味の決定不可能性に陥ることを示すことで、このことを逆の方からも立証している。たとえば、「このハンマーは重い」という言葉、これはハイデガーが引いている例だが、この言葉は、ハンマーに関する事実の提示であるかも知れないが、また、「このハンマーは鋲を打つには重い、もっと軽いものを持ってきてくれ」という要請の意味で言われているのかもしれない。そのいずれであるかは、この文章だけからはわからない。その時この普通の言葉もまた、意味が「決定不可能」である。

ポール・ド・マンの引く“What's the difference?”やエピメニデスのパラドックス、またよく引かれる「私は嘘をついている」という文章などだけが、意味の決定不可能性をもつのではない。「発語主体―受語主体」の連関すなわち文脈を切断されれば、大なり小なりどんな言語表現も、「意味の決定不可能性」を帯びるのである。

2　デリダの「作家の死」と「虚構言語」

テクスト論における「作者の死」の理論も、「形式化」の所産である。それは、ソシュール言語学における言語概念の形式化による「発語主体―言語表現―受語主体」連関の切除に対応する、文学理論における「作者―作品―読者」連関の「形式化」にあたっている。テクスト論者は、この「作者の死」により「作品」が「テクスト」となり、その意味解釈に多義性と複数性とが生じることを喜んだのだが、それは、形式化による言語の意味の「決定不可能性」の別名、そのコインの裏側にほかならないのである。

その理論が、前章に述べたように、作品を多義的に解釈はできても、評者のその作品への普遍的な価値づけ、あるいはある作品を別の作品よりも高く価値づけるといった所作において著しい不能性を露わにせざるをえないのは、そのためである。テクスト論の文学理論としての致命的な難点もまた、その淵源を、「形式化」にもっているのである。

しかし、ここに問いが生じる。では、なぜそのような難点にもかかわらず、テクスト論は、文学理論として、かくも広範な人々の心をとらえることになったのか。そしてそれは、こう問いを立て、それについて考えてみれば、理由のないことではないことがわかる。わたしの考えを言えば、文学テクストが一般のテクストと違って、固有にもつある特質に、あの「作者の死」という考えが、はじめて光をあてた、ないしあてるものと、受けとられたからである。

視野を広くとるなら、先の竹田の「言語の謎」の解明は、ソシュール言語学が日本の思想界を席巻し、吉本の言語論を駆逐して以来、三十年して、ようやく二つの言語理解を「つなぐ」新しい言語理解が現れたことを語っている。竹田は、ソシュール言語学がその形式化によって切除した「発語主体―言語表現―受語主体」連関の回復なしには、言語がその本質を失い、「一般言語表象」となるほかないことを明らかにすることで、言語の本質を「発語主体―言語表現」の連関において「自己表出―指示表出」の構造として提示した吉本の言語論の観点の重要性に、もう一度わたし達の目を向けさせているのである。二つの言語理解を重ねるなら、ソシュールが述べた「ラングの言語学」と「パロールの言語学」のうち、もし「パロールの言語学」つまり「発語の言語学」を、ソシュールが、メルロ゠ポンティや丸山圭三郎の言う意味でなく、竹田の言う意味で、「コトバは記号ではない」という方向に展開することができれば、そこで吉本の言語理解とコンパチブル（接合可能）なものとなったろうことが了解される。その場合には言語学はいわばソシュール言語学に代表される共時的言語学（ラングの言語学）と吉本の言語論に代表される通時的言語学（パロールの言語学）の二分肢からなると受けとめられるはずである。言語学は、ひと巡りして、もう一度、「発語主体―言語表現」の連関で言語をとらえなければ、その形式化の袋小路を打開できない段階に、たどりついているのである。

けれども、この「発語主体―言語表現」連関の切除の有無が、竹田の考察において焦点化しているのは、吉本とソシュールの対位ではない。彼の考察でその焦点をなしているのは、ジャック・デリダのフッサール批判である。

なぜ、テクスト論は人の心を摑むか。たとえば、文学作品を書く時、人は自分のかすかな「死」を感じる。また文学作品を読む時、人はただの通信文を読むのとは異なる「作者」との距離を感じる。テクスト論のあの「作者の死」という考え方は、文学にふれる時に誰もが受けとるあの不思議な感じに、コトバを与えるものと受けとられるのである。

　ここにあるのはどういう問題だろうか。

　デリダのフッサール批判の焦点は、「現前の形而上学」批判と呼ばれる。それは、「根源的・能与的明証性、充実した根源的直観に対する意味の現前〔présent〕ないし現前性〔présence〕を、すべての価値の源泉および保証者とみなす」フッサールの「諸原理の原理」という考え方に向けられた、疑念の表明である。

　フッサールの「諸原理の原理」とは、「いまありありと私の眼前に現われている個的な経験」は、その現象の原因をそれ以上遡行できず、またそれ自体の存在を疑うことが無意味であるような意識現象の基底であるという意味で、一切の知や認識の正当性の源泉をなす、という考え方である。デリダによれば、ここに示されているような一切の認識についての根本的な源泉が確定できるという思考、またそれが「現前（＝ありありと現われていること）」の意識にこそ根拠づけられるという思考こそ、絶対的真理主義の土台をなすものである。その意味でこれを「現前の形而上学」と呼ぶことができるが、フッサールの「諸原理の原理」の概念は、このような現象学における「現前の形而上学」を支える要石である。（竹田前掲、二

○頁、傍点原文）

卑近なことを言えば、わたしはこの竹田の指摘に接して、ふいにここに言われている「現前（présent）の意識」つまり「いまありありと私の眼前に現われている個的な経験」の意識が、わたしのこれまで用いてきた用語で言えば、「実感」というものにほぼ重なること、「現前」を「実感」と読み替えてはじめて、自分とデリダの関係のスタンスが明瞭になるということに気づかされた。これまでは「現前の形而上学」と言われてもう一つピンとこなかったのだが、考えてみれば何のことはない、デリダは、「実感」などというピタッとした感じに立脚する哲学思考は、すべて「ヨーロッパ哲学の伝統的な真理主義、客観主義、絶対主義」のくびきのもとにあるとして、わたしの考え方がそうであるような「実感の形而上学」を攻撃していたのである。

わたしは、むろんそうは考えない。デリダの考えに反対である。わたしがそう考える理由は、これを一言でいえば、フッサールの言うように、デリダの否定する現前なしに、意味は生じないからである。このことをデリダに沿って、こう言うこともできる。デリダのいう現前の形而上学批判は、実は「現前の不在」の上に文学テクストの意味作用一般が成立していることを言うための礎石として語られている。しかし、現前をはなから否定する彼の批判の構えでは、「現前」をなくすことはできても、「現前の不在」をあらしめることはできないのである。デリダのその「現前の形而上学」批判は、言語に関する場面で、こう語られている。

フッサールは、言語の基本的契機として、「指標」と「表現」という区分を立て、前者が発語主体・受語主体との連関なしに機能し、後者が発語主体・受語主体との連関つまりその「直観」による「意味作用」によって、「意味付与」「意味充実」される、つまり機能する、と見なしている。しかし、言語記号が一方で「指標」として機能するということは、記号は発語主体との連関なしにも記号表現として機能するということである。フッサールは、話者や聞き手の「直観」が言語に与えたり、読み込んだりする「意味作用」を「表現」の本質として重視するが、むしろ言語表現においては、言語記号が「指標」として機能していることこそ本質的なのである。言語表現が言語表現たるゆえんは、フッサールが述べるのとは違い、言語表現が直観による意味作用から「独立している」点にある。

> 直観の、したがって直観の主体の、不在は、言述によってただ単に許容されるのではない。意味作用一般の構造をそれ自体において少しでも考えてみればうなずけるように、直観の不在は意味作用一般の構造によって要求されているのである。直観の不在は根本的に要求されている。いいかえれば、或る言表の主体およびその対象の全面的不在——作家の死（la mort de l'écrivain）、もしくは（および）彼の書きえた諸対象の消滅——は、意義作用のテクスト〔texte〕を妨げない。逆にむしろ、この可能性が意義作用を意義作用として生じさせるのであり、意義作用を聞かせたり読ませたりするのである。（ジャック・デリダ『声と現象』高橋允昭訳、一七六〜一七七頁、訳を一部変えた）

急いでつけ加えれば、このデリダの一九六七年の「作家の死」(la mort de l'écrivain) の主張が、これを読んだバルトに翌六八年、前章でとりあげた「作者の死」("La mort de l'auteur") と題されたエッセイを書かせているのであろうことは、ほぼ疑いがない。そしてやがてその延長上に、七一年、やはりバルトによる「作品からテクストへ」が書かれる。そのことを考えるなら、このデリダの『声と現象』が、テクスト論の「作者の死」という考えを最も深いところで基礎づける著作の一つとなっていることがわかる。しかし、見ればわかるように、両者の姿勢の間にはちょうど「作家 écrivain」と「作者 auteur」ほどの、微妙な違いがある。バルトが、主にテクスト読解の観点から――受語主体の側から――この「発語主体―言語表現」間の連関の切断を、評価し、「作者 auteur」の死を見ようとするのに対し、デリダは、テクスト執筆の観点から――発語主体の側から――この同じ連関の切断の意味を、「作家 écrivain」の死と語っているのである。

デリダは、この「主体の死による (また死後の) 主体の全面的不在にもかかわらず機能する記号の通常の名称」として、「エクリチュール」をあげる。フッサールが言語の意味を「発語主体―言語表現―受語主体」の連関から生じると述べるのに対し、デリダは、むしろテクストの意義作用は、この連関の切断によって生じる、と言う。

しかし、このデリダの「直観の主体」つまり「実感の主体」の否定は、すぐにわかるようにバルトの「作者の死」の論と同じ難問を抱えている。デリダは「直観の不在」は「意味作用一般の構造によって要求されている」というが、その場合、この彼のいう「意味作用一般」は言語連関から切断されているため、これもまた早晩、意味の決定不可能性に見舞われざるをえないからである。

　さて、わたしは、この竹田の記述を手がかりに、そこからこのデリダの言明に、「作家の死」という文学テクスト固有の観点を配慮し、竹田とはいくぶん違った角度から、接近してみたい。そして、先の「現実言語」、「一般言語表象」という竹田の二分法に対し、次のような別種のあり方を、文学テクストのために付加してみたいと考える。

　その思惑を先に述べておくと、竹田は、言語から言語コンテクスト連関を取り去った言語表現を「一般言語表象」と呼び、人が現実に使う言語コンテクスト連関の中におかれた言語表現を「現実言語」と呼ぶ。しかしわたしは、竹田が「現実言語」と呼ぶものも、厳密に言えば、現実の発語・受語の言語主体同士の連関とはなっておらず、そのうえ、これのほかに、現実の発語主体と言語表現間の言語連関が「不在」のまま言語コンテクストを構成するていの言語表現があり、それがいわゆる文学テクストだけの固有性にあたっている、と考える。わたしはこの側面を「虚構言語」というもう一つの範疇として、立てられるのではないかと思うのである。

　その場合、「一般言語表象」と「虚構言語」の違いは、「一般言語表象」では、言語コンテクスト連関（「発語主体―言語表現」連関）が「ない」のに対し、「虚構言語」では、言語コンテクスト連関が「抜き取られている」ことである。たとえば、辞書の語義、教科書の例文、ポストモダニストやテクスト論者がしきりに引用する「私は嘘をついている」式の自己言及性の文章(「単文」)は、最初から、発語主体との関係をもっていない。これは、言語コンテクスト連関の「ない」「一般言語表象」の例である。しかし、発語主体との関係を日常言語のように直接にもたない文学テクスト――たとえば小説――では、その言語表現は、発語主体との関係をもたないのではない――したがって「一般言語表象」ではない――が、一方で、その発語主体との関係は、竹田の言う「現実言語」とも違っている。それは、発語主体との連関を「もたない」のではなく、また「もつ」のでもなく、いわばこれを発語主体の像化を通じて、「切断されたもの」(抜き取られたもの)として、つまり「ないこと」として、「もっている」のである。

だいぶ、変なことを言っているようなので、改めて説明してみよう。

竹田もまた、この著作で「文学テクスト」について別に考えている。そこでおおよそ、次のようなことが語られている。

まず現象学の言語の「意味」理論では、「対象―発語主体―言語表現―受語主体」の言語コンテクストの連関のうち、前段階の「対象―発語主体―言語表現」の系列は①認識問題(発語主体は対象の認識を正しく言語化できるか)、後段階の「発語主体―言語表現―受語主体」の系列は②意味伝達・意味理解の問題(受語主体は発語主体の「意」を正しく受けとめることができるか)として考えることができる。

図6：竹田青嗣の現象学的言語「意味」論の構図

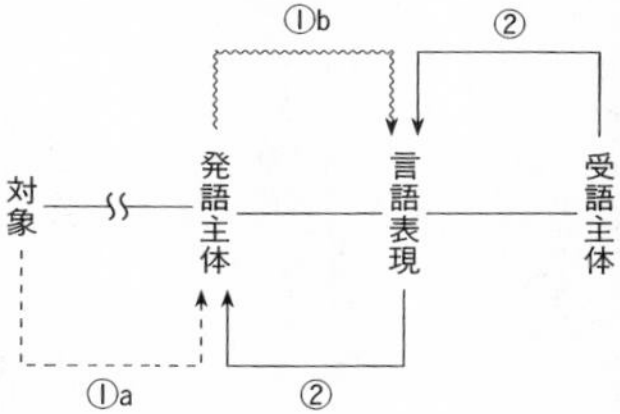

①前段階（発語連関）
②後段階（受語連関）

①前段階の認識問題は、こう書けばわかるように哲学上の「主観―客観」問題（主観と客観の一致問題はどう考えれば解けるか）と同型であり、これは、発語主体の「意」の言語表現に対する妥当＝一致の信憑関係に変換される（作者が、自分はこの言語表現によってこういうことを書いた「つもり」だと信憑する。図6①b、波線部分）。また、②後段階の意味伝達・意味理解の問題は、言語主体（発語主体・受語主体）間の言語を介した「意」の妥当＝一致、「信憑の確信成立」の問題であり、具体的には受語主体による言語を介した発語主体の「意」の信憑の確信成立の問題として受けとることができる（読者が、作者はこういう「つもり」でこの言語表現を行ったに違いないと信憑する。図6②）。言語の「意味」は言語表現の中にあ

るのではない。この言語連関の関係式の「発動」から生まれる。その関係式の発動の中にあって、受語主体は、言語表現を手がかりに、発語主体の「意」がどのようなものであるか了解企投を行い、このようなものであろうという「妥当＝一致」の信憑がそこに生じたとき、その「意味」を解したという確信をもつのである。

さて、このうち、文学的な言語表現のもつ特質は、その言表が「物語」「喩」「寓意」などの方法で虚構化されていることである。「それが語りであれエクリチュールであれ、文学的な表現では、その全体がいわば事実それ自体ではないという意味での『括弧』に括られていると考えることができる」（竹田前掲、一六八頁、傍点原文）。フッサールにも、ある命題全体をある現実的判断定立から「中立化」することができるという「中立変様」の概念がある。言表全体を一つの仮構された「物語」に置くことなどは、そうした言語表現の「中立変様」の一例である。

デリダのテクスト論にリアリティがあるとすれば、そこで「テクスト」という言葉で思い描かれているのが主として「文学作品」、つまり「中立化」された「物語」だからである。そして、ここでは「発語主体」―「言語」―「読み手」という関係における「意」の信憑構造という構造性が変様されるように見える。

文学的表現においては、言表の全体が「物語化」され「中立化」させられる。このような「中立化」された言表においては、言語表現は「意」の直接的な伝達という一義的な連関としては現われなくなる。「言語表現」全体の存在意味が「あたかも～かのように」へと変様されるからだ。（中略）話者が専門的な「語り部」として「物語」を語るとき、この「物語」は独自の性格を帯びる。そこで「物語」は、語り手が自分の「意」を直接伝えるものとして現われないし、またある別の出来事を伝聞として「引用」しつつ伝えているというのでもない。それはいわば「物語を語ること」という独自の水準を形成する。（竹田前掲、一六八〜一六九頁、傍点原文、原文中のアルファベット記号を省略した）

では、文学表現において「対象—発語主体—言語表現—受語主体」という連関における意味生成の構造は、どのように、なぜ、「変様」されることになるのだろうか。そこで言語表現が「意」の「直接的な伝達」という「一義的な連関としては現われなくなる」とは、この生成構造がどう変わることなのだろうか。竹田は、右の引用に続け、「『物語』や『文学表現』の本格的な本質論については、それ自体独立した著作を要するだろう」と述べ、これ以上このことについて述べていない。しかし、この竹田の考察の先を考えるなら、これは、次のようなことになる。

竹田は、主に図6に示した彼の一般言語表現の構図をもとに、右の文学テクストの意味生成構造をも考えている。そこでは、言語の意味とは、「表現行為において生じるひとつの関係の意識そのもの」であり、「この『関係の意識』の核をなすのは、直観（感）的な『思念』と『表現』との間にある『妥当＝一致』がある、あるいはないという『信憑』の意識」である（一四二頁）、「言語においてわれわれが『意味』と呼ぶものは、基本的に、『意』と『表現』の『妥当＝一致』についての『確信』の意識にかかわっている」（一四四〜一四五頁）、また、「かくして『言語の意味』は、言語主体（発語主体・受語主体）における『意』と『表現』の有意義連関についての、適合性、有意味性に関する〝確信成立〟のありかたとして定義される」（二四六頁）と言われている。

ところで、ここで言語表現のあり方を、文学テクストを書く場合とそれ以外の一般言語表現とに分けてみると、文学テクストを書く場合が、その構造において他に比べやや特殊なあり方をもっていることがわかる。つまり、一般言語表現のケースでは、発語において発語主体は、自分がこれから何を言うか、あらかじめだいたいわかっている。そのため、言語連関のうち、発語の場面に当たる先の図6①ａｂの連関における「対象―発語主体―言語表現」の系列で、「妥当＝一致」の軸足は、多くの場合「発語主体」に置かれ、大筋としては、あらかじめ軸足としてある発語主体の「意」に照らして、「言語表現」がこれに適合しているかいないかの「妥当＝一致」性が測られるのが、ふつうである。これに対して、文学テクストを書く場合には、書き手にとってこれから自分が書こうとするものの全容はあらかじめ明確ではない（図6①でいうなら、対象の項と発語主体の項の間の連関①ａが弱く、その結果として発語主体の「意」の項が薄弱である）。書き手は言語表現を繰り返しつつ、むしろ発語主体と言語表現の間の連関（図6①ｂの部分）において、語とのズレの感覚から、自分の書きたい「意」を、教えられ、確かめ、生みだしている。そのため、多くの場合、この発語主体の「意」と「言語表現」の関係は、一般言語表現のケースに比べ、圧倒的に「言語表現」の比重が重くなり、「発語主体」の比重は軽くなる。その結果両者の関係はほぼ対等におかれるというのが、文学テクストにおける特徴である（むろん一般言語表現の場合に似て、発語主体の「意」が重きを占める場合もあるだろう。しかし、逆に、書かれる「言語表現」がその「意」に働きかけ、それを形成していく場合もそれと同じくらい多いとしなければならない。文学テクストの発語場面において、発語主体の影は、一般言語テクストに比べ、だいぶ薄い）。

また、発語主体と受語主体との関係でも、こういう特殊性がある。竹田は言っている。

誰かに向かって「発話」すること、つまり、叙述したり、警告したり、命令したり、質問したり、願ったり、確認したり、物語ったり、うたったりするために「発語＝陳述」すること。このことの基本動機は何だろうか。「陳述」の本質的動機は、事態の認識や関係了解を他者と共有することだと言える。（中略）パロールの場合、この関係行為は特定の他者との関係に向かって投げかけられるが、エクリチュールの場合には、不特定の他者が関係の対象として含まれうる。（同前、二三五〜二三六頁、傍点原文）

ここに言う「エクリチュール」、つまり「書く」形での発語にあって、「不特定の他者が関係の対象として含まれ」ることが表現のあり方に最も影響するケースが、文学テクストであると言える。そしてそこでは、「不特定の他者」が読み手、受語主体となることの見返りとして、発語主体は、彼もまた、彼らにとっての「不特定の他者」となる。ところで、彼は、受語主体にとっての「不特定の他者」となることを通じて、実をいえば、彼自身にとっても一定程度、未知の「他者」であるところの存在になりかわっている。彼が彼であるのは、彼を彼と認める人たちの中にいるからだ。彼を彼と認めない「不特定の他者」との関係の中では、彼自身が彼に対して「見知らぬ他者」となるのである。

文学テクストの言語表現は、こうして、発語主体と言語表現の関係を、いわば「影の薄い」微弱化された発語主体と「比重の重い」言語表現の関係に変え、またその受語主体との関係から、これをまた、「架空の発語主体」と「実体ある」言語表現の関係に変える。ところで、現実の発語主体が彼にとって「見知らぬ他者」となるという意味で述べられたこの「架空の発語主体」という項は、別にいうなら「現実の発語主体の消滅」と書かれてもよい。さらにこれが、前章での、読み手から見ての「作者の像」という言い方の名指す、発語主体の「像化」にあたっていることに思いあたるなら、わたし達は、デリダの言う発語主体から見られた「作家の死」という言い方を、彼の言い方から離れ、わたし達の文脈の中で、再定義したことになるはずである。

すると、こうなる。

ここに新たに再定義された〈作者の死〉（バルトの言うそれと区別するためこれをヤマカッコで示す）とは、第一義的には、書き手のうちに現実の作者が「中立変様」して——現実的判断定立を「中立化」させて——存在しているということである。そこには、現実の作者と書き手との断絶がある。発語連関において、これは、現実の作者の架空化（像化）という契機をなし、受語連関において、これは、テクストが読み手に「作者の像」を信憑させるという契機として現れる。

これに対し、デリダが「作家の死」というのは、言語表現の本質は、テクストの言語連関を切断するところに現れるという考え方、つまり、発語連関から作者の項を切除することが、テクストが十全にテクストとなるための条件だという考え方である。そしてこれを受け、バルトは、受語連関においても、作者の項を切除することが、テクストを十全に多義的な複数性のテクストに開放する、という趣旨の彼のいわゆる「作者の死」の主張を行う。そこから前章で見た「作品からテクストへ」というテクスト論の原論が生まれる。

ここから次のことがわかる。バルトの「作者の死」は、デリダの発語連関における「作家の死」の指摘をそのまま受語連関に〝応用〟したノーテンキなもので、前章に見たように、ほとんど問題にならないが、これに対し、デリダの「作家の死」は、発語主体が言語表現を行う際に起こる主体の像化ともいうべき「微弱な死」の事態を言い当てようとしながら、うまく言い当てられなかった言い方として、これと別種の対応が可能である。その言い方は、先の〈作者の死〉をバルト同様、意味生成の連関構造から切り離し、実体化しているが、もしこの〈作者の死〉を実体的に見ることをやめ、実際に言表行為の中で起こっている事態の表現として、先のように再定義するなら、この言い方は、ここに言う「発語主体の微弱化」また「発語主体の像化」をさすものとして、一つの有意味性をもつからである。

ところで、その場合、わたし達は、こう言うことが許されるだろう。なぜ文学テクスト、より厳密にいうなら虚構テクストを書くことが、人間の行為として、他にない大きな意味をもつのかと言えば、これが、発語主体が現実の自分ではなくなる、現実の自分から解放される、ほぼ唯一の表現のケースだからである。というより、そういう表現の経験をさして、わたし達は、文学＝虚構創作の行為と呼ぶ。虚構の文学表現行為は、発語主体に微弱な「死」を、つまり微弱な「不在（ないこと）」を、もたらす。〈作者の死〉とテクスト論は、この文学テクストの発語場面における「発語主体の微弱な死」、「発語主体の像化」を言い当てるものとして、デリダの言う意味とは別に、それから独立して、人に働きかける理由をもっているのである。

書かれた作品を、現実の作家（écrivain）に直接に結びつけることは、その作品の読解として正しくない、というテクスト論の主張は、実をいえば、このことがあればこそ、根拠をもつ。バルトが言う、受語主体たる読み手は、作品に対しては、その現実の作者（auteur）に向かって「死」を宣告し、その存在から作品を切り離した上で、これを読まなければならない、という主張は、そこに現実の作者に換え、「作者の像」を置いてはじめて、妥当な言明となると言うべきなのである。

3 〈作者の死〉を生きること

ところで、このように新しく再定義された〈作者の死〉は、デリダ、バルトの言う言語コンテクスト連関からの「発語主体」の項の切り取りという実体的な主張を越えて、また別種の「作者の死」の意味を、言語表現のうちにもたらすように見える。

両者の違いは、デリダ、バルトの主張では、「作者の死」は、そのまま言語コンテクスト連関からの「作者」の項の削除を意味するが、わたしの言う〈作者の死〉では、それは、何ら「作者」の項の削除を意味しないばかりか、むしろ「作者」の項の現存を「要求する」ところにある。再定義された〈作者の死〉とは、言語コンテクストの中に「作者」の項がないことをではなく、「作者」の項の「ないこと」が、あることを、意味するのである。

またまた話が面倒に聞こえそうなので、説明してみる。

わたしの言う〈作者の死〉の言語表現――これが「虚構言語」の言語表現なのだが――においても、発語主体とテクストの関係は、あり続けている。ただ、そこでは、一般の言語表現――「現実言語」の言語表現――におけるように、「現実の発語主体―言語表現」の連関があるのではなく、それが、「架空の発語主体―言語表現」の連関に取って代わられている。ところで、この現実の発語主体が架空の発語主体に換わることは、この言表行為において、どういう意味をもつだろうか。一つには、それは、言語表現からの現実の作者の切断を意味する。現実の作者の項が切断され、しかも言語連関は生きているというあり方が、受語主体のテクストへの関係企投（了解企投）を通じ、テクストから、受語主体へと「作者の像」を送り返させている。つまりそれは、現実の発語主体を像化するという意味をもっている。けれどもその像化ということの意味は、発語主体の方から見るなら、それにつきるのではない。わたしの考えを言えば、発語主体の像化は、それ以外にも、別種の〈作者の死〉をテクストにもたらす。

現実の発語主体は、そこで像化した「発語主体の像」に取って代わられ、それ自身は言語連関の外部に遺棄される。それは、いわば言語連関にとっての――つまり言語表現、テクストにとっての——外部存在となるが、この外部存在は、あることがらを語らない、という形で、その「死」を言語コンテクスト連関のうちに——言語表現、テクストのうちに——「書き込む」ことができるのである。

それを、こう考えてみよう。

テクスト論の致命的な欠点は、そこでそれが、書かれたものをしか、テクストとして、取り出せないことである。しかし、作品は、そこに書かれないことをも、書かれないことを通じ、テクスト化する力をもつ。たとえば一九二六年に書かれたアガサ・クリスティの推理小説『アクロイド殺人事件』では、語り手の医師が、実は彼自身の語る殺人事件の犯人であることを、彼の語る物語の中の登場人物であるポワロによって追いつめられ、最後に明らかになるまで、語らない。そこでのもっとも大事なテクストの要素は、語り手が、自分の知っていることを、故意にそこに「語らない」ことである。作者は、登場人物あるいは語り手に、あることを「語らせない」ことでも、テクストを編み上げることができる。つまり、現実の作者は、言語連関内に生きる像化された作者＝書き手に、書かせないことで、また語り手に語らせないことで、さらに登場人物に知っていることを話させないことで、テクストの中に外部存在として遍在しうる。作者は、書かないことでも、テクストに関与する。語り手は、語らないことでも、言表活動を行う。登場人物は、知っていることを読者に知らせないことでも、あるいは、相手の登場人物に知らせないことを読者にわからせることでも、言語活動を行う。テクストは、そういうことを可能にする空間なのであり、作者はそこで、死ぬことをへて、いなくなるのではなく、いなくなることで、死者＝外部存在として、生きはじめる。〈作者の死〉は、そういう形でも、言語連関のうちに生きうるのである。

デリダが本来、「作家の死」という言葉で語らなければならなかったのは、彼が行ったように、発語主体の「直観」の言語連関からの削除ではなく、むしろこういう事態だったのではないか、というのが、わたしの考えである。彼がそれを言おうとし、その言い当てに失敗した理由は、竹田の指摘からもはっきりしているが、一言で言えば、「作家の死」を実体的に考え、そのためそれをただちに「発語主体―言語表現」連関自体の切除に結びつけたからにほかならない。彼は、切除は「許容」されているのではなく「要求」されているのであり、これがあればこそ言語表現（エクリチュール）はその意味作用を十全に発現できると考えたが、発語主体の項を殺せば、発語主体の項が「なくなる」だけである。それでは「作家の死」がエクリチュールの言語表現の地平から、消えてしまう。「作家の死」つまり「ないこと」を言語表現のうちにあらしめるには、そもそも、言語連関を切除してはならないのである。

さて、わたしが、竹田の「一般言語表象」と「現実言語」の二分法に対し、ここに「虚構言語」を加えた三分法を考えてみるのもまた、こうした考えによる。この第三のケースでは、現実言語を成り立たせている言語コンテクスト連関のうちに、現実の作者の項が、像化されて存在しているか、あるいは像化に加え、さらに「不在」の外部存在の形で現前している。わたしの考えでは、後に触れる理由から、竹田の言う「現実言語」にも実はこの発語主体の像化は生じているのだが、その上で言えば、「虚構言語」は、ここに言う現実の作者の項の文学テクストの言語連関への、外部存在としての「不在」の形での関与のケースのみをさすことになる。その場合、「現実言語」、「一般言語表象」、「虚構言語」の相互の関係は、記号で示せば、「A」（現実言語）、「0」（一般言語表象）、「-A」（虚構言語）となる。「発語主体—言語表現」の言語連関が、ここでの「A」の意味である。

竹田とわたしの違いは、竹田が、デリダの「作家の死」の射程にそれ以上のものを見ずに、これをテクストの「一般言語表象」化とみなすのに対し、わたしが、これをひきとり、デリダの見解とは別に再定義した上、これをテクストの「虚構言語」化とみなす点である。竹田は書いている。

エクリチュールでは、発語主体を現実存在として確定できない。したがって発語主体は、眼前に存在するこの人間ではなく、仮想としての「主体」となる。つまり、デリダが「作者の死」という概念で言わんとしたことの本質は、「エクリチュール」における言語表現の記号的「意味」としての自立性、ということではなく、さしあたっては「発語主体」の存在性格の確定不可能性ということにほかならない。（同前、一七二頁、傍点原文）

言い方は似ているが、厳密に言えばわたしとは違っている。わたしの考えでは、デリダは、「作者の死（作家の死）」ということで、単にエクリチュールにおける言語表現の「自立」を言おうとしたのではなく（この場合「作者の死」は「0」である）、「現実の発語主体―言語表現」の関係を抜き取られた「仮想としての発語主体―言語表現」連関の文学テクストにおける現前をこそ言い当てようとしている（この場合「作者の死」は「A」である）。しかも、その「現実の発語主体（＝作者）」の死は、作者が言語連関からの切除をへて、外部存在として「不在」のまま言語連関に関与するあり方をも、可能性としては示唆している（この場合「作者の死」は「－A」である）。しかし、言語の意味を形式論理的に受けとり、そこでの主体の消滅を実体的に考えているため、結局デリダの言い方は、「発語主体―言語表現」連関自体を切除したテクスト論的エクリチュール論となり終わっている（この場合「作者の死」は「0」である）。したがって、デリダの言っていることは、竹田の指摘の通りであり、竹田の指摘は正しいが、デリダの言わんとしたところは、それとは少し違っているのだ。

　このことに関連して、もう一つ言っておけば、竹田とわたしの違いの第二は、この文学テクストの意義の着目の深浅により、その言語コンテクスト連関の図式が、竹田では、

図7a：竹田言語意味論の骨格図

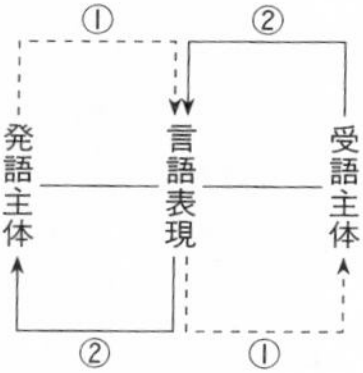

①発語連関
②受語連関

となっているところ、わたしでは、

図７ｂ：加藤の「虚構言語」の意味論の構図①
（発語連関における「見知らぬ他者」と〈作者の死〉の現前）

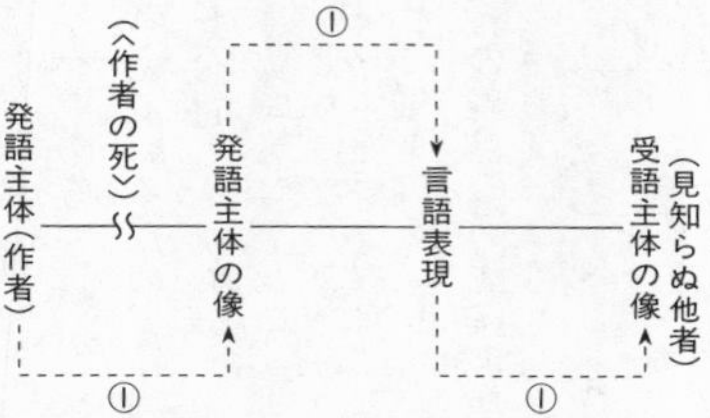

図７ｃ：加藤の「虚構言語」の意味論の構図②
（受語連関における「作者の像」の出現と「読み手」の像化）

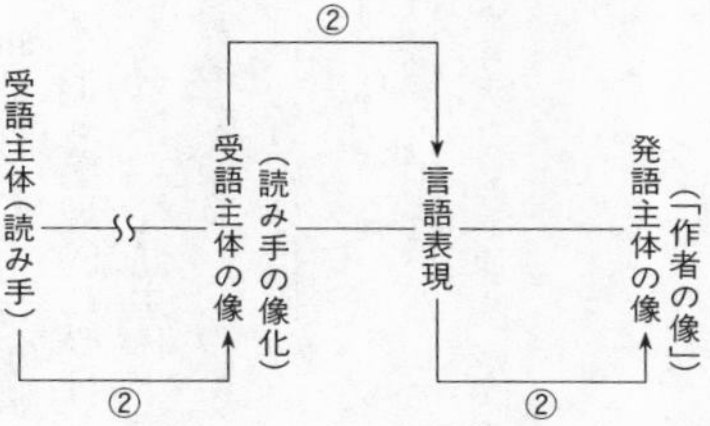

となっていることである。竹田では、文学テクストが特に念頭におかれているというのでないせいか、テクスト読解の場面で受語主体に対して発語主体が、言語表現を通じていわば「作

者の像」として現れてくる側面（図7c）、文学テクスト執筆において発語主体から「自分の架空像」が生みだされ、いわば現実の自分が「不在化」される側面（図7b）への意味づけが、それほど強くない。そのため、たとえば、

言い換えれば、エクリチュールでは、「確信成立」の条件が「読み手」と「言語」という関係の内部だけで閉じられ完結している。これに対して、「対話」によるパロールの場合では、「意味」（あるいは意）の了解は直接に相手に確かめることができ、それを何度でも反復することができ、またこのプロセスにおいて了解の確信は強められたり、変更されたりする可能性をもっているのである。（同前、一七三頁、原文中のアルファベット記号を省略した）

とか、

デリダの考えに相違してパロールとエクリチュールの本質的な差異は、エクリチュールにおいては発話主体の現実存在がつねに「仮想的」なものとして留保され、ただ想定されるだけのものとなっていること、そのため意味了解の「確信成立条件」の確認が受け手の主体内部で閉じられ完結している、という点にこそある。（同前、一七三頁）

とかといったことが語られる。しかしわたしの考えでは、文学テクストで受語主体の読むと

いう行為が「読み手」と「言語表現」という「関係の内部だけで閉じられ完結している」のは当然のことであって、それが、パロールと比較しての狭さを意味するとは結論されない。この「読み手」と「言語表現（テクスト）」の閉ざされた関係の中で、「読み手」はテクストに了解企投し、テクストから「作者の像」を受けとり、その作者の像からくる「意」との間に信憑関係を作りだすのであって、テクストの意味は、あくまでその内部的関係企投から生まれてくる。そのありようは、現実上の「対話」を交わすパロールのケースと比べても、変わらない。現実の「対話」においても、了解の構造は、それぞれ自分の思い描く相手の「像」と自分の間で成立しているのであり、それはちょうどネットの位置に大きな透明の板をはりめぐらしたテニスコートで、目に見える相手と、しかしボールは透明な板にぶつかって返ってくるものを、自分の陣地で打ち返し続ける二人のプレーヤーが行う、「向かい合わせの一人ゲーム」のようなものである。デリダの言い方ではエクリチュールの発語主体が「仮想的」なものとしての「想定」に終わってしまうということと、デリダの言い方にかかわらず、エクリチュールにおいては発語主体が消えることなく、その「不在」を生き続ける、ということは、ともに言いうることなのである。（さらに付言すれば、文学テクストの受語の経験は、一般の言表行為における受語の経験に比べ、受語主体を仮構化しているとすら言いうる経験を含んでいる。そこで受語主体は、「読者」だが、たとえば推理小説で書き手から「読者よ」と呼びかけられ、「読者への挑戦状」をつきつけられたとしても、それを受けとるのは、現実の受語主体（読み手）の中に仮構されたもう一人の「読み手」である。ボードレール『悪の華』冒頭における読者への呼びかけも同様。厳密に言えば、文学テクストを読むのは、現実の読み手であるというよりは、「読み手」である。）

4 「ないこと」とラカンの換喩的世界

ところで、文学テクストの虚構言語においては、現実の発語主体が外部存在として「不在」のままテクストに遍在し、そこでは、「発語主体—言語表現」の連関が、切断されたものとして——「ないこと」として——ある、と述べた。「ないこと」があるとは、どういうことだろうか。そもそもそれは、何もないことと、どう違うのだろうか。

これまた、贅語めいた胡散臭い言い方と聞こえるだろうが、考えてみれば、わたしはこのようなあり方を言葉にすることに、だいぶ長い間とりつかれてきた。

文学テクストの「虚構言語」のあり方、切断されたものとしての「発語主体—言語表現」の連関が文学テクストの言語を意味あらしめている、というあり方を示すのに適当な比喩として、かつて用いたものを再び使うなら、この切断したまま つなぐというあり方は、しばしば高圧線の電線の架線に見られる、絶縁するための陶器製の碍子を用いた「絶縁架線」が、わたしにおいては適切な例を提供してきた。たぶん高架線を支える鉄塔のバランスを整えるためなのか、高圧線が、鉄塔の双方向から伸び、この絶縁碍子でつながっているのを見かける。そこで双方向からの電線は、絶縁されつつ、つながれている。

また、「ないこと」が形をとって存在する例にこういうものもある。ポンペイの遺跡に行くと石膏でできた人体の像がある。その人体は、走って石に躓いて転んだ、というような格好でうつむいたまま寝そべっている。何が起こったのか。想像してみるに、ポンペイの遺跡の発掘中、遺跡に空洞が多いわけにハッと思いついた一人が、その一つに石膏を流し込んでみた。しばらくして、それが固まったのを見てみると、それは人体の形だった。その空洞は、かつて人体があり、溶岩が固まるにつれ、溶けて生まれることになった人体の「ないこと」の形だったのである。

かつてその話を引いたわたしのエッセイのタイトルは「ポンペイの透明人間」と言うが、その前段のタイトルは、「水銀柱の上の空白」と言う。これは、トリチェリの真空のことをさすが、これまた、はじめて得られたとき、真空という「ないこと」が、この世にあらしめられていることに気付かれた事例にほかならない。(ともに『日本風景論』の最終章「風景の影」の章題)

さて、ここでわたしは、これから、引用するのに慎重を要することでは定評のある精神分析のジャック・ラカンに言及するが、竹田の引くフッサールにも、これに類する「架空化」、「不在化」の概念が見つからないわけではないことを見ておきたい。先にあげたフッサールの「中立変様」の意味は、「命題全体をあらゆる現実的判断定立から『中立化』すること」と語られるが、これは、以前わたしの提示した小さな概念である「風景化」というものととても似ている。「風景」という概念について、そのおりわたしに一つのヒントを与えたジンメルは、その風景論で、次のように言う。

われわれは郊外を散策し、さまざまな風物、事物を眺める。しかし、「一つの対象に注目したり」「これとあれとを合わせ見ている」かぎり、「『風景』を見ている」という意識はまだ生じない。

それが生じるには、視野に映じる個々の内容がもはやわれわれの意識を把えていてはいけないのである。個々の要素を超えたところに、それらの特殊な意味と結びつきもせず、またそれらから機械的に寄せ集められたのでもない、一つの新しい全体を、統一的なものを、われわれの意識は所有しなければならない。かくしてはじめて風景は生まれる。（ジンメル「風景の哲学」杉野正訳、『ジンメル著作集』第十二巻、一六五頁）

こうした意味での「風景化」の概念。つまり「微弱な不在化」の概念。これも、「中立変様」の一分肢である。という以上に、一時的判断停止としての「エポケー」、これがフッサールの現象学の概念の中ではもっともよく知られた「現実的判断定立」の微弱な抜き取り、「現実的判断定立」における部分的な「ないこと」の現前だった。

「ないこと」があること、つまり「－A」があることと、何もないこと、つまり「0」であることとは、どう違うのだろうか。

ありていにいまわたしの手持ちの言い方で言えば、「ないこと」があることとは、たとえば恋人に死なれることである。何もないこととは、恋人がそもそもいないことである。恋人に死なれた男には、恋人がそもそもいない男とは違う何かがある。外から見れば、彼らは恋人のいない独り者である点、変わらないが、前者には、恋人の「不在」「喪失」「欠如」すなわち「ないこと」がある。それに比べ、後者には単に恋人の「無」だけがある。「無」とは「あること」もないが、「ないこと」もない、ということである。これに対し、この意味での「不在」「喪失」「欠如」は、「ないこと」がある、ということなのである。

この言い方は、恋人のいない男に対し、恋人に死なれた男がもっている特異なあり方を言い表わす、またとない言い当てとなっている。彼は寂しい。彼は悲しい。彼は悲嘆をもっている。わたし達は彼についてさまざまなことを言う。しかし、彼の存在態様について、この、彼には〝「ないこと」がある〟という言い方以上のものを、わたしは知らない。

わたしの見るところ、この「ないこと」があることの意味について、深い仮説的考察の地平を切り開いているのは精神分析のジャック・ラカンである。彼は、こう言っている。

無（nothingness）は問題となりえない。……問題は、欠如（lack）、喪失（loss）、空虚（void）、不在（absence）といった、それぞれまったく異なった性質のもののさまざまなあり方を規定することである。（一九六六年の国際討論における発言、石田浩之『負のラカン』題辞より）

しかし、ここでラカンを取りあげるについては、少々の前置きが必要となる。ラカンについて、たとえばフランス思想の専門家でもある内田樹が、「正直に言うけど、私はラカン派の学者の書くものがよく理解できない」と書いている（『ためらいの倫理学』一七九頁）。わたしも実をいえば、つい最近まではそうだった。今回、ラカンについて述べるのは、あるラカン論を読み、それに「ラカン派の学者の書くもの」としてはじめて、得心の行くところがあったからである。以下は、その珍しい著作、右に引いた石田浩之『負のラカン』の知見に刺激されて述べる、わたしのラカン考にほかならない。

まずここにいう石田のラカンが世に出回っているラカンとどのように違うか、どういう点でわたしを説得するか、一言断っておこう。

ラカンの言明に、名高い「嘘つきのパラドックス」に関するものがある。これは先にふれたエピメニデスのパラドックスと同工異曲のもので、「私は嘘をついている」という文章がもつ意味の決定不可能性を言う。これについて、たとえばラカンの専門家の一人である新宮一成はこう述べている。この「私は嘘をついている」という言明がパラドックスなのは、これが、真か偽かを決められないからである。このようなことが起こるのは、意味論的には、「言表行為の主体」と「言表内容の主体」が区別されないからである。

私が真なる言明を行なっているとすると、言明の内容により私は偽りを言っていることになり矛盾するし、私が偽っているとすると、言明の内容により私は偽っていない、つまり真実を述べていることになりやはり矛盾する。この言明をしている私は、自分がウソをついて

いるのか真実を述べているのかが分からなくなってしまう。(『ラカンの精神分析』一一四頁、傍点引用者)

この説明の前段は、ほぼラッセルの先のロジカル・タイピングの混同によるパラドックスの発生という説明と変わらない。「私は嘘をついている」とAがいう。彼が嘘をついていないなら、彼は正直者であり、言明内容と矛盾する。彼が嘘をついているなら、その言明内容は、彼は嘘をついていない、となり、言明行為と矛盾する。これは言明行為と言明内容のそれぞれの主体がロジカルにタイピングされるべきところ、されない(「私は嘘をついている(と私は言う)」)ところから起こる典型的な「形式的」パラドックスである。

しかし、ひるがえって考えてみれば、先に見たようにわたし達はふつう、この「私は嘘をついている」という言葉をいくらでも日常生活で口にしている。たとえば、わたしの妻がわたしににやりと笑い、「わかる? 私は嘘をついているのよ」と言う。するとわたしは、すぐに先に彼女が私に語ったことのうち、そのいずれが嘘だったかを吟味すべく、数分前の会話を思い浮かべる……。そこに意味の真偽の決定不可能性はみじんもない。理由ははっきりしている。わたし達が生きているのは、具体的な現実言語の生きている世界であり、そこは「形式化」をほどこされていない世界だからである。

だから、わたしは、この説明が、後段の「この言明をしている私は、自分がウソをついているのか真実を述べているのかが分からなくなってしまう」と続くのを読むと、逆に、アレレと思ってしまう。「私は嘘をついている」と言明して、現実の場面で、自分が「ウソをついているのか真実を述べているのかが分からなくなってしまう」ようなら、それこそ、精神分析医のお世話にならなければならない。そのようなことをもし、ラカンが言っているのなら、ラカンとわたしは、無縁だと思わざるをえない。そしてこれまで、ほぼラカン派の学者の大半は、これに類するラカン観を世にふりまいてきたのである。

これに対し、石田は、こう述べている。

「私は嘘をついている」という有名なパラドックスがある。いわく、言葉通り嘘であるのなら、本当は真実を発言して《エノンシアシオン》いるのであり、ほんとうは真実であるのなら「私は嘘をついている」という発言されたもの《エノンセ》と矛盾する……。ところで、これがパラドックスになるのは、この言葉《パロール》にさまざまな人為的制約を課したときだけである。より自然な、人間の発言としてこの言葉をみたとき、そこにはなんのパラドックスもないことをラカンは述べている。（石田浩之『負のラカン』ⅰ頁、傍点引用者）

先の説明とこの説明のいずれが本当のラカンを伝えているのか、わたしにはにわかに判定できない。しかし、一つわかることは、前者の説明はわたしを説得しないが、後者の説明なら、よくわかるということである。

実をいえばラカンは、このパラドックスを先の竹田が解明しているほど、明瞭に解除しえてはいない。そこで彼が行っているのは、前者の引用者が述べるように「言表する主体」と「言表された主体」の違いへの着目ということであり、その指摘はラカン特有の不明朗さをつきまとわせている。しかし、たしかにラカンは、上の言表にパラドックスを見る「あまりに形式的な論理学者の思考がいかに馬鹿げているか」は明白で、「そこに矛盾がないことは誰もが知ってい」る、とは述べている（「分析と真理、あるいは無意識の閉鎖」『精神分析の四基本概念』一八二頁）。少なくとも、「私は嘘をついている」と言明すると、それが本当か嘘かわからなくなるなどという「馬鹿げた」言説には、与していない。以下、同様に自分なりに納得したままに、石田の説明を入り口にラカンについて知ったところに従い、「ないこと」をめぐるラカンの考えを祖述してみる。

石田は言う。この種のパラドックスをパラドックスとして受けとるか、それとも「形式化」された場合にのみパラドックスと見える文と受けとるかは、言語に関する見方の違いによる。「言葉を単なる論理的記号と考える」ラッセルの言語観に立てば、これは、パラドックスである。しかし、言葉を「人間の主体的行為としての言語、能記と考える」ラカンの言語観に立てば、それは、パラドックスでもなんでもない、と。つまり、石田によるラカンは、ポストモダン思想の大御所という位置どりにもかかわらず、言語観に関し、まったくデリダとは違うスタンスに立っている。そうわかった上で検討するなら、ラカンは、たしかにあのポストモダニストに通有の「形式化」された言語観を、例外的に、彼自身の形式化された論理のただなかにあっても、免れているのである。彼はいう。

いかなる言語学者もいかなる哲学者も記号の体系としての言語の理論をもはや主張するわけにいかないでしょう。記号の体系なるものは、健全な精神が健全な身体に宿るという完全な一致によって定義されるもろもろの現実の体系を裏づけるというものです。（中略）人間の言語は人間が嘘をつく道具ともいうべきものですが、一方でこれは人間の真実の問題によって貫かれてもいます。（中略）

言葉は記号ではなく、意味作用の結び目なのです。（『エクリ』第一巻、宮本忠雄他訳、二二四〜二二五頁）

ラカンにあっても、言語は、あの竹田の言う言語連関なしには存在しない。たとえば、彼は、無意識は言語の産物であってフロイトの言うような意味での「本能」でも「欲動」でもないと言うが、その意味は、わたしの理解によれば、次のようである。たとえば、わたしが「kepo」と言う。わたしを知る者は、驚いてわたしを見るに違いない。わたしを知らない人も、わたしが人間であることを認めれば、「頭のおかしな男」がそこにいるという表情でわたしを眺めることだろう。なぜなら、人々は、わたしが人間であることを認めた時点で、わたしが言葉を話すことを知っている。そのわたしが「わけのわからない言葉」を口にしたので、彼らは、ここに「わけのわからない男」がいると思うのである。ところで、もしここに現れて「kepo」という者が、人間ではなく、カンガルーだったとしたら、どうだろう。人々は、そこにカンガルーが声をあげているのを認めはしようが、「わけのわからないこと」を言っているとは思わないに違いない。なぜなら、彼らは、その場合、この「kepo」を言葉とは受けとらないからである。

では、この「kepo」なる言葉が、意味不明ながら言葉であるとは何を語っているか。それは言葉であるかぎりで、何かを語っている。では人々はこの意味不明の言葉に何が語られているのを聞くのか。彼らはそこに意味が「ないこと」を聞く。というより、意味の「ないこと」があることを聞く。意味不明の言葉とは、意味のない物音とは違う。意味のない物音にわたし達は「無」(「0」)のメッセージを受けとるが、意味のない言葉にわたし達は「意味不明」のメッセージ、つまり「−A」のメッセージ、「意味がそこにないこと」の現前を認めるのである。「意味がそこにないこと」とは何か。わたしが「kepo」というと、わたしのその意味不明の言葉は、わたしの中の「意味がそこにないこと」が声をあげていることを人に知らせる。というより、人々が、そこに意味不明の言葉を認めることで、その言葉の「意味」の場所に、「意味不明」が書き込まれるのである。これを図示すればこうなるだろう。

図8：
「意味不明の言葉」
の記号構造

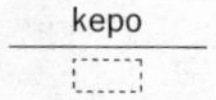

この破線で囲まれた四角が「無意識」である。「無意識」は、わたしが「kepo」という意味不明の言葉を口にすることで、人々の中のわたしの像の内部に作り出される。以後、「kepo」は意味不明ながら、わたしの無意識がわたしに語らせた言葉となる。

ここで、この図をあのソシュールのシニフィアン・シニフィエの構造に重ね合わせてみよう(図9、ソシュールではSEシニフィエが上でSAシニフィアンが下、両者が楕円にくるまれているが、ここでは逆にし、楕円を除いてある)。

図9：ソシュールの記号構造の基本部分

$$\frac{\mathrm{SA}}{\mathrm{SE}}$$

SA：シニフィアン（聴覚映像）
SE：シニフィエ（意味内容）

意味不明の言葉「kepo」において、kepoはシニフィアンにあたる。意味不明の言葉とは、意味をもたない言葉、ラカンによればシニフィアンだけで存在する言葉であり、人間は、意味不明の言葉を口にする、その発語によって、自分の中に「無意識」を作り出すのである。

ラカンは言う。

> 無意識は、初めからあるのでもなく、本能的なものでもありません。それは、もともとシ

> ニフィアンの要素しか知らないのです。（同前、第二巻、二七四頁、原文に基づき訳を少し変えた）

あるいは、

> 予備教育の時期に、生徒に対して、言語活動の、あるいは人間の言語活動の効果を欠かしたままで、動物における無意識を想像できるものかどうか、尋ねることで、われわれは言表行為の効果を説明することができる。生徒が、無意識成立の条件が言語活動であることを理解するなら、皆さんは彼のうちに、無意識という概念と本能という概念の間に開く断層を確認したことになるのである。（同前、第三巻、三五六頁、原文に基づき訳を変えた）

なぜ人間に「無意識」があるのか、と言えば、ラカンに言わせるなら、それは、人間だけが、意味不明のことを言うからである。意味不明なことを言うのを聞いて、わたし達は、その発語者に、何かそのシニフィアンに対応するシニフィエ（意味）の「ないこと」があることを知る。それは何もないことではない。人間に「無意識」があるとは、何ももっていないことではなく（それでは意味不明の言葉を言えない動物と同じになる）、意味＝意識の「ないこと」（欠如）をもっていることであり、それはゼロ（０）ではなく、意識Ａの欠如態、マイナスＡ（－Ａ）をもつことなのである。

しかし、これがラカンの主張にもかかわらず、仮説の域を出ないことも明らかだろう。そうわたしが考える理由も、以下に書きとどめておきたい。なぜわたしが「kepo」というとそれは奇妙な鳴き声ではなく意味不明の言葉となるか。なぜ人間だけが意味不明な言葉を言うか。その答えは人間だけが言葉をもつからである。まずはじめにわたしが人間で、人間は言葉を話すという事実がある。それがなければ、この違いは生まれない。ということは、意味不明な言葉とは、言葉があってはじめて生まれる表象なのである。

意味不明な言葉はSA/〔　〕というあり方、つまりラカンの用語である「浮遊するシニフィアン」として「無意識」を作るが、「浮遊するシニフィアン」のSA/〔　〕構造が可能なのは、それに先立ち、一対一対応の意味分明の言葉のSA/SE構造があるからである。ということは、「浮遊するシニフィアン」は言語記号の構造としてのSA/SE構造を前提としているのである。つまり言語はシニフィアンとしてのみあるという言い方そのものが、すでに言語がシニフィアン・シニフィエの構造でなければ言えないことであり、言葉は、シニフィアンとしてのみあるのでなく、シニフィアン・シニフィエの構造としてある、ということなのである。ラカンの言い方は、ソシュールに基づいてソシュールを否定するいわば「おんぶされている子守の頭を叩く」言い方になっているのだ。とすれば、言語が先にあり、無意識を作り、その無意識が言語に出会って象徴界を作るという進みゆきにおいて、その連関は循環論とならずにはいないだろう。なぜなら、ラカンによれば言語があってはじめて象徴界はできるが、その象徴界があってヒトははじめて人間になるのであり、しかも言語は、その人間によってしかもたらされない、と言うのだからである。

ここでは述べないが、ラカンの理論は後年、現実界・想像界・象徴界という三層の構造をもって完成となる。そして、言葉にしえない現実界から想像界をへて象徴界という言葉ある世界に踏み出ていくものとして人間を描く。しかし、現実界とは言葉以前の世界であり、それが言葉以前の世界であるとは、それが象徴界と呼ばれる言葉の世界の産物だということにほかならない。言葉以前の世界は、言葉なしに存在しない。言葉以前が可能になるのは、言葉以後、なのである。

それと同じく、現実界から象徴界にいたり、事後的に人は、「自我」をもち、自分がかつて現実界の存在であった自分という「主体」からしてみればすでに一個の他者であることを知る、とラカンは言うが、その事後的な認識の主体が、事後的な自分＝他者たる自分でしかない以上、その他者たる自分（＝認識される「自我」）は、そもそも他者たる自分にとっての他者たりえない。自分がかつての自分にとっての他者であるという想定は、そのような「受けとり」が現実に——「ないこと」の現前として——あるという以外に足場をもたない、それ以上言えば、すべて仮説としかなりえない、「お伽噺」なのである。

しかし、逆から言えば、このことは、「ないこと」がある、ということだけは、否定しえない人間的な「受けとり」として、存在しているということである。そして、そうである限り、ラカンの論は、仮説的理論として、存在の権利をもつ。

たとえば、母を出産の産褥熱によって失った子供は、父親に育てられるうち、人間には父親だけがいると思うかもしれない。その後、彼は、学校などに行くにつれ、そうではなく自分にはいるはずの母親がいないのだと知るだろう。彼は、自分に母親がいない、という形で母親がいたことを知る。人間は母親なしには生まれてこない以上、彼は母親をもっている。しかし、この場合、彼の人間的事実に即して言えば、彼は、母親を「ないこと」としてもつのである。この一点を足場に、ラカンはさまざまな示唆に富む洞察をわたし達にもたらす。中でも、人は言語によって「ないこと」があることをはじめて手にするという彼の言語観は、「虚構言語」としての文学テクストを考えようとしているわたし達の考察にとって、枢要な位置を占めている。

なぜ言葉は記号ではないのか。その言語観において、記号とはイメージ（絵）にあたっているが、石田は、ラカンにおけるイメージと言語との関係を、次のような図をあげ、こう述べている。

図10：
イメージ（絵）は
「リンゴがない」
を表わせない

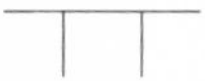

> わたし達は、イメージで何かがあることは示せるが、何かがないことは示せない。たとえ

ば、テーブルの上にリンゴがないことを示そうと、図10のような図を描いても、その意味は、テーブルの上に何かがないということではなく、テーブルがある、である。とはいえテーブルを描かなければ、何もなくなる。

イメージや記号では、「ないこと」はないことでしか表わせないのである。したがって、「リンゴがない」ことを表現したければ、リンゴ（能記）を消さなければならず、つまり「描かない」ということでしか表わすことができない。ところが、絵《イメージ》で表わされなければ、それはまったく現われないのだから、リンゴが「ない」ではなく、「リンゴがない」全体がそっくりなくなって「　」としか表現できない。しかし、これでは描いているのか描いていないのか分からない。結局、絵《イメージ》で「ないこと」を表現することはできないのである。

（石田前掲、三二頁）

その記号の構造を図示すれば、言語の、

図11ａ：言語におけるSA・SE関係の恣意性

$$\frac{SA}{SE}$$

（横線は遮断を示す）に対する、絵の、

図11ｂ：記号におけるSA・SE結合の一義性

SA
｜
SE

という関係にある（縦線は連結を示す）。絵＝記号は、言葉と違い、SAとSEの間に恣意性の断絶の横線をもたず、一対一に互いに相手を結びつける一義的な記号であるため、「あるもの」はそれに対応する「あるもの」によってしか表現できず、逆に「ないこと」は「記号がないこと」によってしか表現できなくなる。（絵は、モノを手にもつことの代わりに手にモノをくくりつけることである。すると手は手でなくなる。モノが離れないので便利だが、別のものに持ち変えることができなくなるし、モノを手放し、何ももたなくなることもできなくなる）

これに対し、言語ではいともたやすく「リンゴがない」という言葉でその「欠如」「喪失」「空虚」「不在」を表すことができる。なぜか。ソシュールもシニフィアンとシニフィエの一対性の指摘とは別の個所で確認しているように、シニフィアンとシニフィエは、「どんな内部関係によっても結びつけられていない」。すなわち両者は「結合されていない」。そのため、シニフィアンは、自分とは結びつかないものとも一対関係を結ぶことができる。その結合のまったき恣意性が、言語が発語主体との連関のうちにおかれることと相まって、シニフィアン「ａ」でもってシニフィエ「Aがないこと」が表現される、そういうシニフィアンを生みだすのである。例として石田は、「ゼロ」をあげている。

> ゼロという概念は言語記号なしでは考えられない。0は「何もないこと」を「何かあるもの」で表わしているのであって、これは能記と所記とを遮断する横線、つまり恣意性がなければそもそも存在しえないものなのである。（同前、四四頁）

同じく、もっと適切な例をあげるなら、「A」。つまり「Aがない」あるいは「Aがいない」あるいは「Aが死んだ」。これらは「A」つまり「あるもの」が「ないこと」を、別の「あるもの」で表現する、言語によってしか可能とならない表現である。言葉を得て人間ははじめて、「ないこと」を――「ないこと」があることを――表現できるようになるのである。

しかし、ひるがえって考えるなら、さきほどの「無意識」ではないが、言語がこのような「ないこと」の存在を可能にしたため、人間は、逆に「ないこと」をもつようになるのではないだろうか。そしてその場合、言語の記号との違いは、記号が発語主体との連関なしに形式体系として成立しうるのに対し、言語が発語主体との連関を本質として、存在している点なのではないだろうか。というのも、先の意味不明の言葉の例に明らかなように、ラカンの言語観は発語としてあるシニフィアンを本質とする。そもそも言葉がシニフィアンだけで存在できるのは、記号体系におけるシニフィアンとシニフィエとの関係に立脚して存在するからではなく、発語主体、また受語主体との連関のうちに「吊り下げられている」からである。それは、ちょうど二つの歯の間の義歯が歯根との関係を「もたない」まま、ブリッジの形で両脇の歯に支えられ、存在しているようなものなのである。

　そこから、ラカンの一見奇矯な次のような言語観が生まれる。彼によれば、言語の本質はシニフィアンのみであり、そこにシニフィエはない。「約束」とは何かと考えて、わたし達はこれをあらかじめの「とりきめ」だと言う。では、「とりきめ」とは何かと考えて、その意味は、「合意」だという。この意味の問い直しはこの先どこまでも続きうる。ソシュール流のSA／SEの構造の中で、SEの位置にくるものも、言語記号の意味内容として言語で語られたとたん、今度はその意味内容をさらに問われうるSAとなる。これが、ラカンのSA／（SA以外のすべてのSA）という式の意味である。

　これだけだと、何やら空しいポストモダン的贅語と見えるが、これは、次のように考えれば、わたし達の通常の了解との関係がわかる。たとえばわたしが右の「約束」とは何かという疑問にとらえられ、それを「とりきめ」と言い換えられてもわからず、次にその「とりきめ」を「合意」と言い換えられてもわからず、さらにその「合意」とは「事前のルール」のことだと言い換えられてはじめて合点したとする。その場合、わたしは、「事前のルール」という言い換えにあってはじめて「ああ、あのことか」と自分の生の経験に照らしての了解をえた（竹田流にいえば妥当＝一致をえた）のである。そうでなければ、この言葉の言い換え、ラカンの言う「シニフィアンの回付」は永遠に続くだろう。たとえば精神分裂病（統合失調症）の患者にとって、この回付は永遠に続き、彼にとっての世界は、この意味で「了解」をもたらさない「浮遊するシニフィアン」だらけとなっているはずである。そして、これがラカンの言う事態なのである。

またこうも言える。たとえば、わたしが突然「雨」という語を発語する。すると、その発語＝シニフィアンの意味は、「雨」以外のすべてでありうる。なぜなら、その発語により、わたしは、明日は雨だ、と言っているのかもしれなければ、今日は雨だったから明日は晴れだ、と言っているのかもしれず、また、雨が降ったから明日の約束はナシだ、と言っている可能性もあれば、二年前、ある友人と会ったとき楽しかったと言っている可能性もあるからである。この最後のケースでは、その日、雨が降るというので二人とも傘をもっていったのだが、雨がふらずに二人でチャンバラのまねごとをして、楽しかったのである。等々。

しかし、ここで言語はつねに受語主体、ないし発語主体との連関で考えられていることが重要である。形式化された言語観で発語主体・受語主体との連関を断たれた言語表現＝一般言語表象が意味の決定不可能性に陥ると言われたのとは対極の場所で、ラカンは、言葉の意味は発語主体あるいは受語主体との関係で決まる、発語主体ないし受語主体が言語を媒介に相手に了解企投すれば、意味不明の言葉でさえ、意味——意味の「ないこと」があること——を帯びる、と言う。ラカンは、他のポストモダン思想家たちとは逆に、言葉の意味は、それがどんな言葉だろうと、どのようにも、決定可能だと言っているのである。

こう見てくれば、ラカンの言語観がその外見に反して「形式化」の対極としての性格を色濃くもっていることがわかってくるだろう。文学テクストを「発語主体—言語表現」の連関が抜きとられた連関として受けとるという先の「虚構言語」としての受けとりが可能となるのも、そこで文学テクストが、発語主体＝作者との言語連関のうちにとらえられているからにほかならない。その原的な言語連関が強く把持されていればこそ、その言語表現は、「発語主体—言語表現」の連関の切断という形でも、その「ないこと」が生きられる形で、受語主体に受けとめられる。ラカンの言語観は、デリダの見立てに反して、言語表現が、作者との言語連関を強度に把持されてはじめて、〈作者の死〉をその言表行為のなかにあらしめることを、示唆しているのである。

こうした〈作者の死〉をあらしめる読解の可能性を考える上で、いまここに見ておきたいラカンの説とは、換喩をめぐる次のような考え方である。

換喩について、ラカンは言う。

　シニフィアン的な連鎖のこの構造が明るみに出すのは、まさしく私がその言語を他の人々と共有する限りで、すなわちこの言語が存在する限りで、それが言うのとはまったく別のものを意味するのにこの言語を使うという私の手にある可能性です。この機能は、主体の思惟（ほとんどの場合、言い当てられないものですが）を偽る、つまり本当のことを探究する過程におけるこの主体の位置を示す機能であるより、むしろパロールの中で強調されるにふさわしい機能です。（中略）

言語活動の中でこう描かれる固有なシニフィアン的機能は、一つの名をもっています。（中略）この名とは、つまり換喩（métonymie）です。（「無意識における文字の審級、あるいはフロイト以後の理性」『エクリ』第二巻、二五二〜二五三頁、傍点原文、訳を少し変えた）

続けて、ラカンは換喩についていくつかのことを述べているが、そこで述べられていることの意味を正確に受けとることはほとんど不可能である。しかし、換喩の機能の可能性ということで彼の言おうとすることは、はっきりしている。ここで換喩（メトニミー）は隠喩（メタファー）との対位関係で取りあげられている。この対位関係での両者の違いを言えば、隠喩が語と語のシニフィエを介しての結合であるのに対し、換喩がシニフィアンだけによる「語から語への結合」であることである。

例をあげよう。

まず喩とは何かと言えば、ここに「ライオン」というコトバがある。それがふつうにあの〔百獣の王〕と呼ばれる野獣を意味する場合、この「ライオン」は言葉である。しかし、これが別のもの（たとえば〔カメルーンのサッカー・チーム〕）をさす場合、この「ライオン」は、喩となる。

言葉：「ライオン」（SA）→〔百獣の王〕（SE）

喩：「ライオン」（SA）→〔百獣の王〕（SE）

喩は、ここでの観点、つまりラカンの観点から言うなら、大きくメタファー（隠喩）とメトニミー（換喩）の二種からなる。

メタファー（隠喩）は、この「ライオン」が〈カメルーンのサッカー・チーム〉をさすようなケースである。このとき、「この〈サッカー・チーム〉は〈百獣の王〉のように強い」という意味内容の繋がりが、ここにあり、この「強い」という両者の媒介項が言葉の水面下に隠れている。こういうとき、この「ライオン」を、言葉ではなく喩、それもこの場合、喩の種別として、メタファーと呼ぶ。

メタファー：「ライオン」（SA）→〝強い〟（SE）→〈サッカー・チーム〉（SE）

一方、「ライオン」というコトバが、この名を冠した練り歯磨き製品、「ライオン歯磨き」をさす場合、この「ライオン」はメトニミー（換喩）と呼ばれる。このとき、「ライオン」が意味する〈百獣の王〉と「ライオン歯磨き」が意味する〈歯磨き〉の間に意味内容（SE）の繋がりはない。繋がりはむしろ「ライオン」と「ライオン歯磨き」というコトバ（SA）のほうにある。意味内容の繋がりが「ない」まま、コトバ部分だけで「ライオン」（SA）→「ライオン歯磨き」（SA）→〈ライオンというコトバをもつ歯磨き〉（SE）という意味作用が生じている場合、この「ライオン」もまた言葉ではなく喩であり、この場合、その喩は種別として、メトニミーと呼ばれる。

メトニミー：「ライオン」（SA）↓〝ライオン歯磨き〟（SA）↓〔歯磨き〕（SE）

両者の違いを図示すると図12のようになるだろう。

図12：言葉と二つの喩

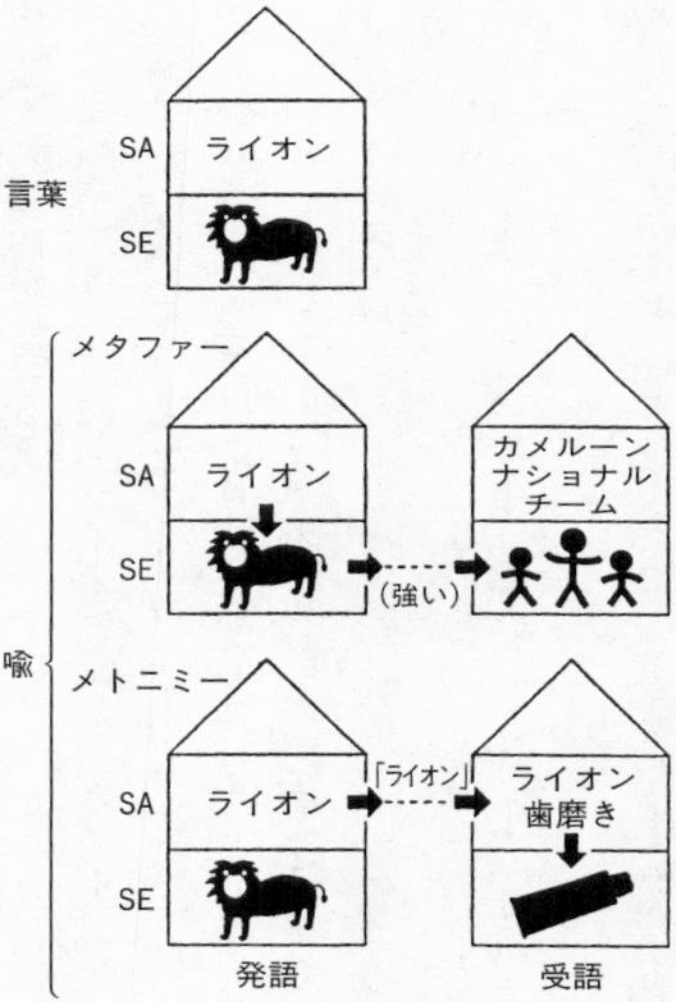

言葉は、形式化され、発語・受語連関を除去されても成立するが、喩は、発語・受語連関、

つまり言語コンテクストなしには成立しないことがこの図からわかる。喩における二つの家のうち、左側の家は発語をさし、右側の家は受語をさすと考えることができる。

メタファーでは、コトバ(SA)が左の家の二階部分から一階部分におりて、芝生を歩き、右の家の一階部分の意味内容(SE)と出会っている。

メトニミーでは、コトバ(SA)が左の家の二階部分からそのまま右の家の二階部分に飛んで、そこから一階部分に降り、右の家の意味内容(SE)と出会っている。

メタファーでは意味内容(SE:一階部分)が意味作用の媒介項であるのに対し、メトニミーではコトバ(SA:二階部分)が意味作用の媒介項である。つまり、メトニミーは、SEを媒介にしない、SAだけによる――「語から語への結合」としてある――「コトバ」と(別の言葉の)「意味内容」のつながりなのである。

なぜラカンが比喩として、ここで修辞学を離れ、隠喩的なあり方と換喩的なあり方とを、ものごとを考える際の二つの類型と考えたか、その理由ははっきりしている。それは、わかりやすく言えば、他とは違う精神分析の関係構造を、例示しているからである。

精神分析の世界では、精神分析医が精神を病んだ患者とさまざまな対話を繰り返し、患者の治癒を試みる。そこで一番大事なことは、医師と患者の対話を通じ、患者の疾病の原因が何であるかを医師が外在的に究明・了解することではなく、患者自身がそれを了解し、その内在的了解を手がかりに、治癒することである。そこで病の原因の外部的かつ誰の目にも明らかな形での究明は、しばしば絶望的に困難である。

これに対して、内科や外科の場合は、疾病の原因が何であるか――その「症状」が本当のところどういう見えない「疾患」をイミしているか――を究明しなければ、これを治すことができない。そのため、原因を外部的かつ誰の目にも明らかな形で究明することが、患者を治すための必須条件となる。

内科・外科の場合、原因究明の判断の是非は手術によって患部を開ければ確かめられる。加療の是非は死後の解剖で確認できる。しかし、精神の病いは、外部からの、また事後からの「確かめ」の手段をもたない。心は生きており、死ねば消える。そのため、内科医、外科医が、「症状」の原因を探り、そこを加療し、その結果として患者の「治癒」へといたるのに対し、精神分析医は、患者と対話し、患者に彼ないし彼女の「症状」に対する一つの解釈者となって働きかけ、二人の間に一つの〝物語〟という架橋を行い、その結果、患者がこの解釈の〝物語〟の橋を渡ってこちらの世界に渡ってくることができれば、つまり患者の内閉世界を内側から開けて出てくれれば、それが「治癒」したということの意味なのである。そして、いったん治療が成功して患者が「治癒」したと判断されてはじめて、人はこの事実に立って、検証こそ不可能であれ、先の病気の原因を推定することができることとなる。このような方法で「治癒」したのであれば、きっと病気の「原因」はこれこれのことであったのであろうと。そして、原因自体はたとえ確定されえないとしても、その確定なしに、人は治癒する。精神疾患の治療においては、原因という真実（シニフィエ）の確定はないまま、治癒したという真実（シニフィアン）が、存在するのである。

こうして、「原因」の推定と「治癒」の成就の順序が、内科・外科の場合と精神分析の場合とでは、逆になる。また「原因」の推定と「治癒」の成就の一対が、内科・外科にあってソシュール言語学におけるSEとSA同様、「紙の表裏」のようであるのに対し、精神分析にあっては、ラカンの言語観における「浮遊するシニフィアン」同様、その治癒に原因の究明は必須でない。そこで治癒は、原因（SE）の究明を介してというより、「物語」（SA）の架橋を介し、やってくる。これを称するに、内科・外科の世界は、隠喩的であり、精神分析の世界は、換喩的なのである。

図13：内科・外科と精神分析

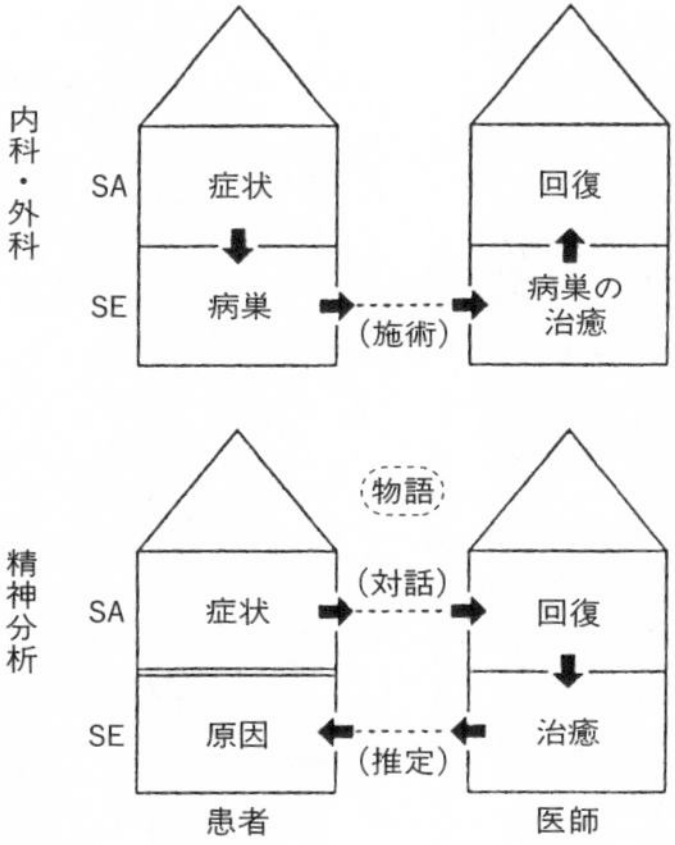

石田によれば、ラカンはシニフィアンだけで連関する彼の言語観を、表のみあって裏のないメビウスの輪にたとえることを好んだという。換喩は、言語的世界としては、SEを経由しない言語世界を、また精神分析的世界としては、いわば二階から二階へと跳んで移る「浮遊するシニフィアン」の世界を表す、一つの言語的機能素、それ自体一個の喩として、示されているのである。

さて、なぜ、わたしがこのラカンの提示する換喩的世界に関心をもつかと言えば、このようなあり方を手がかりにして、はじめて、先に見てきた〈作者の死〉が生きられた虚構言語の文学テクストの読解は、可能になると考えるからである。

前章でわたしは、作品を読むという過程における〈作者の死〉を取りあげ、作品の「こうとしか読めない」読解が、読み手にあっては、ここで作者はこう考え、これを書いたに違いない、という「作者の像」をともなう信憑の形で存在するほかないことを明らかにした。そのような言語連関なしに、言語表現＝作品に、意味の決定は生じないからである。

しかし、それに加え、作品を書くという過程でも、そこにおける〈作者の死〉は、批評が、作者―作品―読者の言語連関の繰り入れなしには、これをとらえきれないものであることを、明らかにしている。その理由は、文学作品が、テクスト論者が信じるところとは異なり、「書くこと」（あること）の上に立脚しているというよりは、「書かれないこと」（ないこと）の上に、立脚しているからである。

作者は、文学作品にあっては、「書かない」ことによっても彼の思いを作品に〝書き込む〟。

また、登場人物に語らせないことによっても作品にその登場人物の思いを〝語らせる〟。しかし、なぜ読み手が、その書かれていない言葉、語られていないコトバを、読みとることができるのかと言えば、その読解に、作者―作品―読者の言語連関が生きており、ここでも、作品読解が、「作者の像」をともなう信憑の形で、成立しているからである。文学作品は、書くという過程にあって、虚構言語として、仮説→虚構→実験→結果→原因という換喩的な経路をたどって言表行為を行うが、批評もまた、これを追い、同じ経路をたどることで、言語連関をもたない、実体的なテクスト論の規矩を踏み越え、換喩的な構造を、身にまとうのである。

また、わたしが換喩的なあり方に関心をもつ第二の理由は、前章にあげた作品群に加え、いま、このような受けとめなしにはその意味を充分に受けとることのできない、やはりそのような意味でも「テクスト論破り」と呼ぶほかない、強度に換喩的な作品が、わたし達のまわりに現れてきていると見えるからである。むろんそうした作品がこれまでになかったのではない。しかし、そういう作品の多くも、いままでは、このような読解によっては吟味されてこなかった。そうした強度に換喩的な作品では、作者がこの小説で何を言おうとしているか、実際には、この話はどういう話なのか、というSE部分は、少なくとも直接の形で、語られない。したがって、狭義の意味での作者と作品の連関も、問われることがない。しかしそれらにあっては、作者と作品の連関が「ない」、ないし「きわめて弱い」、のではなく、「ないこと」として濃密に存在している。読み手はそこから、作者が自ら作品との連関の橋を焼いて落としているという、むしろ「ないこと」の現前の感覚を受けとる。こうした作品からは、〈作者の死〉がそこにあるというよりは、それが作者自身によって生きられているという読後感が、ひしひしと読み手に伝わってくるのである。

ここでは、そのような換喩的なあり方に光をあて、またいまこのような作品が現れてきていることの意味を考えるべく、例として、三つの小説を取りあげてみる。一つは、戦中のもので、カミュが一九四二年に書いた作品、二つめは、ここでも新しい傾向を示す、阿部和重が二〇〇一年に書いた作品、そして最後が、このようなあり方でしか接近できない、村上春樹が二〇〇二年に書いた作品である。

5 カミュ、一九四二年

二年前だったか、機会があり、久しぶりに『異邦人』を読んで強い刺激を受けた。何よりいささかも古びていないその小説世界の印象、薄青いアルジェの夕暮れの風情などがまたとないものと思われたが、なかでもこれまで思ってもみなかった異質な読みが自分に訪れたことが、その後さまざまなことを考えるきっかけとなった。

これから述べるわたしの読みは、いわゆる『異邦人』論というものではない。そのようなものとしてこれを書くことにわたしはいささかのためらいを感じる。それは、いわゆる従来の小説読解に倣って言えば、普遍妥当性の骨格ともいうべきものを欠いている。しかし、それだけに、その読みの訪れに、わたしは、未知の性格がまじっているのを感じる。一言で言えば、わたしの読解は、換喩的、ないしは精神分析的なのである。

『異邦人』には、一つえもいわれない感じを与える要素がある。それは次の一連の場面からくる。

（一）作品冒頭、母が死ぬ。ムルソーは会社を休み、母の住んでいた養老院に行く。葬式を終えてから二週間と少しして、ムルソーが友のセレストの店でいつもの通り食事をとっていると、「小柄の変わった女が入って来て」ムルソーの席に座ってもよいかと訊く。ムルソーはよいと答える。女はテーブルの向こう側でせわしなく計算書やラジオの番組表を眺めては印をつけ、そそくさと食事をすますと「自動人形（automate）めいた正確さで」ふたたびジャケットを着て、立ち去る。ムルソーは好奇心にかられ、しばらく後を追うが、「姿を見失」う。道をとって返し「あれは風変わりな女だと考え」るが、「じきに忘れてしま」う。（『異邦人』窪田啓作訳、文庫版四六〜四七頁、原文に基づき訳を少し変えた、以下同）

（二）その後、殺人を犯し、ムルソーは刑務所に収監される。彼は言う。「断じて語りたくなかったことどももある。刑務所に入って、数日たつと、私は自分の生活のこうした部分を語りたくないということが、わかった」と。彼によれば、「すべてがはじまったのは、マリイの、最初にして最後の訪問を受けてから後のこと」である。（七五頁）

その日、面会を告げられ、彼は応接室に行く。応接室は大きな部屋で、そこを縦に断ち切る二つの格子が「八メートルから十メートルの距離」で、三つの区画に分けている。十人ほどの囚人と一緒に、一方の席についた彼は、向こう側の区画に二人のモール女にはさまれた恋人のマリイを認める。多くのカップルが大声で語り合う中、彼とマリイも話す。ふと見ると、ムルソーの左隣りに「ほっそりした手の、小柄な青年」がいて、彼は向こう側の老女と「食い入るように(avec intensité)」見つめ合っている。母親らしい老婆は「唇を固く結んでいる(aux lèvres serrées)」。二人は身じろぎもせず、口をきかない。やがて、面会時間が終わり、面会人たちが一組、二組、立ち去るにつれ、応接室は静まってくる。隣りの青年と老母は黙って見合ったまま動かない。やがて「小さな婆さんが仕切格子に近づ」く。「と同時に、看守が息子に合図した。息子が『さよなら、ママン』といった。婆さんは、二つの格子の間に手をさしのべて、息子に、ゆっくり長々と、小さな合図を送った」。

時間がきて、ムルソーもマリイと別れる。マリイは「顔を格子に押しつけ、引き裂かれ、引きつったような同じ微笑をたたえて」彼を見る。

一人称の語り手ムルソーは言う。「マリイが手紙をよこしたのは、その直後のことだった。そして、その時から、私の断じて語りたくないことどもが始まったのだ」。(七九頁)

(三)やがて日がたち、裁判が始まる。ムルソーは傍聴席で、一人の若い記者が自分を見ているのを認める。「けれども、そのうちの一人、青いネクタイをして、灰色のフランネルの服を着た、大分若そうな青年は、万年筆を眼の前に置いたなり、私の方を見つめていた」。「その眼はじっと私の方を注意深く見ていたが、はっきり言葉にしうるものは何一つ表わしていなかった」。ムルソーは「まるで自分自身の眼でながめられているような、奇妙な印象をうけ」る。

証人尋問がはじまり、セレストが証人として呼ばれ、立ち上がる。するとセレストのそばに先の「いつかレストランにいた小柄な女が、覚えのあるジャケットを着て、例の正確で断固たる態度で控えているのが見え」る。「彼女は食い入るように（avec intensité）私をながめていた」。裁判が進む間、「記者の中の年若の青年と例の小柄な自動人形（automate）の視線を、私は感じていた」。

さて、たとえばわたし達は、こうした一連のくだりから、こんな感想を受けとる。ムルソーは、刑務所に入ってからしばらくして、「断じて語りたくないことども」が自分の中にあることに気づいた、と書く。そして、その「断じて語りたくないことども」が、ある日のある時の経験をもとにはじまったと書く。しかし彼は結局、その「語りたくないこと」を最後まで語らない。では、彼は、なぜそんなことを書くのか。もし「語りたくない」ことがあるのなら、「語りたくないこと」があるというそのことを、語らなければよいのではないか、と。

しかし、いったんそんな奇妙な問いにつかまってみると、それに類したことが他にもこのくだりには付随していることがわかる。彼がその「語りたくないこと」の自分の中にあることに気づくのは、マリイとの面会の日のできごとがきっかけである。そこで彼は、老婆と息子の面会と別れの場面に立ち会う。ところで、その老婆と息子の一対は、また別の形で裁判の場面の「年若の記者と自動人形めいた小柄な女」の一対として、反復されるが、その「自動人形めいた小柄な女」が最初にレストランに現れる場面（（一））で、ムルソーは、彼女を追いかけたあと、姿を見失い、その後、彼女のことを「じきに忘れてしま」う。しかし、「忘れてしまった」ことを、人は書けない。これらの奇妙さに緻密に立ちどまる、興味深い一連の論考を残している清水徹は、この点に関し、こう書いている。

第一部第五章で、セレストの店で見かけた「自動人形のような小柄な女」についての挿話が語られる。調べえたかぎりで、まだいかなる研究論文でも触れられていないのだが、これは小説『異邦人』の時間構造においてとても重要な作用因子となっている挿話である。この挿話の終りで、この女に好奇心を起こしたムルソーは、しばらくあとをつけるが、見失う。「風変わりな女だ、と思った、しかしぼくはじきにその女のことを忘れた」とある。（中略）しかし、一人称の語りで、自己の経験を追いかけるようにして詳しく語った直後に、「ぼくはその女を忘れた」と書く、——そういう記述は意味論的に不可能なのだ。（中略）一旦忘れ、その後思い出したあとでなければ「ある事柄を忘れた」とは書けない。（清水徹「『異邦人』の時間構造」『フランス文学特輯』第二五号、明治学院論叢、七四頁、傍点原文）

つまり、ムルソーは、自分には「語りたくないことがある」と語り、しかもその中身を語らない。またあるできごとを記述した後、自分はそれを「忘れた」と書く、つまりこれは自分の忘れたことだと書く。わたし達は、容易に、ここに、あのラカンの「ないこと」があること、という書法が生きていることに気づく。作者カミュは、ここで語り手ムルソーにこうした奇怪な「語り」の身ぶりをとらせることで、この主人公の青年が、先にあげた例でいうなら、「恋人に死なれた男」のように、恋人の「ないこと」（不在・喪失・欠如）をもつ存在であること、ムルソーには「ないこと」こそがあるのであることを、告げ知らせているのである。

では、この小説においてムルソーに「ないこと」があるとは、どういう事態か。

わたしは、ラカン派の学者ではないから、それをあっけなく言葉にするが、ムルソーは、マリイとの面会の後、一つのことに気づいている。それは、自分が、あの死んだ母を心から愛していたこと、自分で気づかぬほど、深く愛していたということである。彼はそれに気づく。面会室で彼とマリイのすぐ傍らに現れた「唇を固く結んだ」老婆、それは、――ムルソーは読者にそう語らないが――ムルソーの死んだ母と瓜二つの老婆、ムルソーの母である。そして、その前に向かい合わせで座り、互いに「食い入るように」見つめ合う「ほっそりした手」をもつ「小柄な青年」とはムルソー自身にやはり瓜二つの存在、彼なのである。彼はそう感じる。マリイと話しながら、彼は、その老婆と息子が、自分にしか見えていないのではないかと疑う。それは、自分に再現してきた母の幻像なのではないか。彼は、しかしそのことは、読者に向かっては語らない。彼は、ただいくぶん韜晦して、「マリイが手紙をよこしたのは、その直後のことだった。そして、その時から、私の断じて語りたくないことどもが始まったのだ」と、読者に向かい、語る。想像をたくましく深読みすれば、マリイからの手紙を見て、彼は、先の幻像がまさしく幻像で、マリイには見えていなかったことを知り、自分が、母の不在、死、「ないこと」に「とりつかれている」ことを、思い知っているのである。

最初、母の死から二週間ほどして、セレストのレストランで一人食事を取ろうとすると、同席してもよいかと言ってくる「自動人形めいた小柄な女」に、ムルソーは好奇心を抱く。それは彼に、――このこともムルソーは読者に言わないが――彼女の身ぶりが死んだ母を奇妙になぞるものと見えたからである。それは、彼に、そのことを通じ、彼女のしぐさを「自動人形めいた」ものと感じさせる。彼は、早々と食事をして立ち去る彼女に好奇心を覚え、その後を追う。そして、見失う。その時には、彼に、その女性が亡母の「再現」であることが、薄々感じられている。彼は母の死後、母のことは忘れていた。いや、忘れていたのではない。忘れていた、というより抑圧していたのは、その反対に、彼が母を「忘れられないということ」のほうだった。しかし、彼は、自分が母を「忘れられない」でいること、母の死が「ないこと」として自分の中にあり続けていること、そのことを「じきに忘れてしま」う。彼はその小柄な自動人形の女のことを「忘れる」。亡母の再現であることが忘れられる。清水の指摘するテクストの奇妙な書かれぶりのわけを忖度するなら、そのことが「忘れられ」た結果、この小柄な自動人形の女性は、ただの奇妙な女として、彼の「記憶に残」っているのである。

清水によれば、カミュの研究者にとり、最後、死刑で死ぬムルソーが、その自分を回想して語る構造をもつ『異邦人』は、その一人称の語りの書き手がムルソー自身ではありえないことから、誰が書き手と擬されるべきか、この作品が刊行された直後から、大きな謎であり、この謎をめぐって多くの論考が試みられてきたという。そこから現れた一つの有力な説が、(三)の場面に現れる万年筆の手を休め、明るい色をした眼で「注意深く」ムルソーを眺める「年若の記者」が、『異邦人』のテクストの「作者」だとする説である(カミュは一九三八年十月から四〇年一月までアルジェで新聞記者をしていた)。この年若い「記者」は、じっとムルソーを見る。ムルソーは、彼の眼差しに「まるで自分自身の眼でながめられているような、奇妙な印象をうけ」る。やがて、裁判が進み、彼からは外界の像が遠のき、彼には、その場にこの「年若の記者」と裁判所に再び現れた「自動人形の女」の二人の眼差しだけがあると感じられる。いまでは、ムルソーには、この「自動人形の女」が死んだ母の再現(幻像・幽霊)であり、またこの「年若の記者」が自分の「死後」の再現(幻像・幽霊)であるかのようにすら、感じられている、と言えるかもしれない。しかし、それらすべてをムルソーは、読者に語らない。いや、ムルソーが読者に語らないのではない。作者カミュが、語り手ムルソーに、これら一切のことを、語らせない。しかも作者は、ここでそういう身ぶり一つ見せず、それを行う。作者としての彼は、死んでいるのではなく――不在なのではなく――、彼の死を――彼の不在を――生きているのである。

清水も右に引いたものと一対をなす別のエッセイで述べているように、たとえば面会のシインで、ムルソーは明らかに「死んだ母が面会に来てくれた情景というのを幻覚のように思いうかべてい」る(清水徹「ムルソーの半世紀」『新潮』一九九二年七月号)。先に引いた清水の論考には、一行、サルトルも言及している(『見知らぬ男の肖像』序文)アガサ・クリスティの『アクロイド殺人事件』の名が登場する。先に説明しておいたように、この一九二六年に書かれた推理小説では、記述が進み、最後になってようやく、この小説の語り手である医師が、この一連の殺人事件の犯人だったことが判明する。それまで語り手は多くのことを読者に説明する。しかし、一番肝心なことは、黙り続ける。つまり、『異邦人』と『アクロイド殺人事件』、二つの作品に共通しているのは、この〈作者の死〉の現前の結果、読者の知らないことを語り手（＝登場人物）が知っているという、いわば小説文法のロジカル・タイピングの逆転が起こっているということである。このどちらの作品にも、「ないこと」がある。カミュは、この先行作をどれだけ意識していたかは知らず、ほぼこれと同じ書法を、クリスティとは違う要請に動かされ、ここに採用しているのである。清水は、書いている。

法廷におけるこの（自動人形の――引用者）女の再登場は、第二部第二章でマリーが面会に来た挿話に語られた「ほっそりした小柄な青年」と向き合う「唇を固く結び、黒い服を着た小柄な老婆」と結びつく。マリーとの面会の場でムルソーは、（中略）この（親子の――引用者）ひと組にひたすら惹かれるのだが、おそらくムルソーはこのひと組において、母が自分に面会にきてくれたという無意識的幻像を眺めている。（ちなみに、「唇をくいしばった……（aux lèvres serrées――引用者）」という描写は、カミュの世界の《母》の像においてしばしば認められる）このふたりが「喰いいるように（avec intensité――引用者）見つめあっていた」という描写が、法廷の傍聴人席にいる「風変わりな小柄な女」についての「彼女はぼくを喰いいるように見つめていた」という描写と呼応する。（「『異邦人』の時間構造」、注、九三頁、傍点原文）

これに続け、清水は、これらの「風変わりな女」のくだりを辿ると、

ムルソーの内部の無意識にどうやら《母》の像が、——それも死の影に浸された母、ムルソーを死の影で脅かす母、つまりムルソーに自責の念を覚えさせるような母の死というようなもの、言葉にそう出してしまってはいけないような何かしらが浮かびあがってくるような感じがする。フロイトは『無気味なもの』のなかで、無意識のうちに抑圧したもののよみがえりが「無気味」な印象をあたえると言っているが、母の死に際してムルソーが無意識のうちに抑圧した何ものか——母は自分が殺したようなものだ（中略）等々といったさまざまな想いのもつれあい——がよみがえってくるとき、「無気味さ」を感じさせ、傍聴人席から「自動人形のような女」＝母が被告席のムルソーを裁いているように思わせるのではないか。（同前、九三頁）

とも書いているが、見ていただけばわかるように、この奇矯なわたしの読解も、こうした周到な清水の読解と、その出所はそう違っていない。ただ、「ムルソーの内部の無意識」にひそむ「《母》の像」が、清水の言うようにムルソーに「言葉にそう出してしまってはいけないような何かしら」と感じられていること、そのことに作品の要素として、権利を与えるかどうか、与えるとして、それに権利を与える読解は、どのようなものとならなければならないか、そのあたりのことをどの程度重視するか、という判断の軽重が、わたしの精神分析的な読解

と、清水の内科・外科的な読解とを、隔てているのである。

カミュは、このことについては何も語っていない。そのため、面会室で、ムルソーが読者に向けて語る「唇を固く結んだ」老婆が、ムルソーの眼に、わたしが言うように亡母と瓜二つに見えていたかどうかは、誰にもわからない。しかし、このことにこそ、この作品の、あの換喩的構造は潜んでいる。それがわたしの読みなのである。

ここに顔を出しているのは、こういう問題である。

ふつう、わたし達は、『異邦人』という作品を読み、そこから感動を受けとったとして、その感動を受けとったわけを、たとえばここで主人公＝語り手ムルソーがこういう所作言動を示すのは、あるいは、作者カミュがここでこのような記述を行うのは、かくかくの意図からだという言い方で記す。そして、なぜ自分がそう推定するか、その「わけ」（理由）を作品に即し、ここで作者がこう書いているのは、その意味なのだ、というように証拠をあげ、自説を展開する。むろんこれらの全体が、文学テクストの読解においては、読み手とテクストの間の連関の、竹田言うところの「内部」における信憑として、行われている。しかし、作品中のある表現（SA）の意味（SE）は、こうだという読解者の判断（SE）を、また批評の表現（SA）の形で書き記すのが、ここに言う文学テクスト読解の表現（批評）の構造なのである。それは、図14のように描かれる。

図14：
従来のテクスト読解の表現のあり方

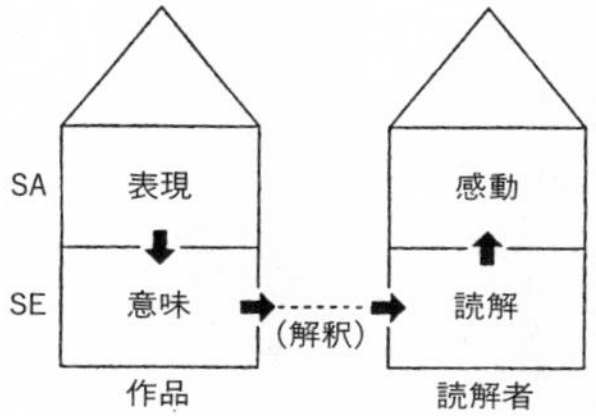

しかし、いったん、わたしがここに感じたように、作品から受けとられる感動が、何よりそこに、あることが書かれていない――「ないこと」がある――という読みとして訪れている場合、読解者にとっての足場は、彼自身の受けとりだけということになる。彼は、自分がこう感じたうえは、そこでの作品の意味はこうであり、そこで作者はかくかくの理由で、その「あること」を書かなかったのであろう、しかも、それを書いていない、ということを、読者に知られまいと、姿を隠している、あるいは自分を死なせているのであろうと推定するが――つまり了解企投を試みるが――、そのすべては、いわば大きな「仮定」なのである。

その場合の批評は、表現の構造としては、あの精神分析の場合と同じ型、メトニミー的となる。

図15の左の家には、二階から一階に下りる階段がない。つまり「表現」されたところから「意味」がとれない。これがテクスト中に〈作者の死〉が生きているとわたしの言う、虚構言語による文学テクストの場合にあたる。

このような換喩的な読解を要請しているものを、ここで「換喩的世界」の作品と呼ぶなら、わたしの考えでは、カミュの『異邦人』は、まさしくクリスティの『アクロイド殺人事件』と同様、「換喩的世界」としてある作品の嚆矢に位置する一つである。ここには、こうした作品が、もはやテクスト論文学理論では歯が立たないことは言うまでもないとして、これまでの蓄積に立ついかに繊細な内科・外科的な文学批評をもってしても、同様に、充分に対応できるも

図15：
換喩的なテクスト読解の表現のあり方

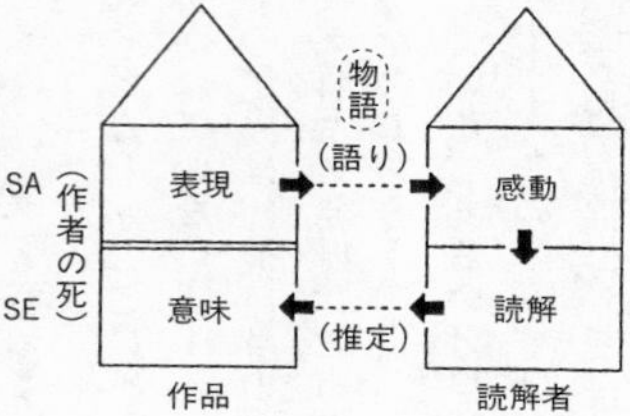

のでないことが、示されているのである。

『異邦人』についても、わたしの読みは一つの仮説にすぎない。というのも、このような点につき、ムルソーに見えていたのは母である、とは作者カミュは言っていないからである。もっとも、たとえ作者カミュがそう言ったとしても、ムルソーに母が見えていたことにはならないし、逆にそれをカミュが否定したとしても、ムルソーに母が見えていた可能性は、消えない。

では、そのような〈作者の死〉を生きる作品に、わたし達はどう向き合うのがよいのか。わたしの答えは、批評の換喩的なあり方に権利を与えること、しかも、そのような批評のあり方を確立すること、というものである。デリダは、「作家」の項をエクリチュールから切除したが、わたし達が取りだそうとするのは、そしていまそのようなわたし達の前に見えてくるのは、〈作者の死（主体の死）〉を生きる、「換喩的世界」としての、文学テクストなのである。

6　阿部和重、二〇〇一年

阿部和重の『ニッポニアニッポン』を、前章に引き続き、取りあげるのは、これが、現在のわたし達の同時代作家によって書かれた、典型的な「換喩的世界」の作品でもあるからである。まずこの作品は、奇妙な時間構造をもっていることでわたし達の注意をひく。

この小説は、前章に取りあげた通り、ストーカー歴をもつひきこもり気味の少年（十七歳、作中、十八歳の誕生日を迎える）が、佐渡の国鳥トキ（ニッポニア・ニッポン）に自分を投影し、これを襲撃し、結果的にこれを解放する話である。ところで、最後に読者に残る疑問の一つは、『異邦人』の場合に似て、いったい誰がこれを書いているのだろうか、というものである。というのも、この作品は、主人公鴇谷《とうや》春生が佐渡トキ保護センターを襲撃し、逮捕されるまでを描き、かつ語り手が、現実の作者とは明らかに異なるレベルからこれを読者に向かい、語りかけるものとなっていつつ、何より、そこに語られる話の最終場面が、作品の発表時点より、後の時点に設定されるという、奇妙な成り立ちをもっているからである。

そこから推測されることは、ここで現実の作者である阿部和重が、この作品の語り手を、たとえば二〇〇六年ないし二〇〇七年といった、作品発表の時点から見ての未来に位置させているのではないか、ということである。つまり、具体的に言うと、このような襲撃事件の結果、逮捕され、刑務所に収監された主人公春生が、数年後、事件を回想して語っている、というのが、この小説の「語り」の性格から読者が思い描くことのできる、一つの可能的な仮定なのである。

しかし、そう考えようとすれば、読者は、こんな二つの難題にぶつかる。

第一。作品の最後、エピローグ風に、このニュースを聞いたひきこもり系の小学五年生の子供が、自分の数ヵ月前のフリーメールでのやりとりの相手が、どうもこの襲撃事件の犯人らしいということに気づき、それを裏のBBS（インターネットのフリー掲示板）に書き出すが、誰にも相手にされない、というエピソードが語られる。

春生は、これに先立ち、トキ襲撃に備える準備段階において、最悪のケースに備えて銃も必要になると考え、「超裏ネタ」というウェブサイトのBBSに「本物のピストルが欲しい」と書き込み、それに「トカレフ（弾8発付き）売ります」と書いてきた匿名の相手と数回、フリーメール・アドレスでやりとりした。そのやりとりは、前金振り込みが条件だったため、春生からの連絡打ち切りで頓挫し、その後両者の間で匿名の口汚いやりとりが交わされる。ところで、小説の語り手は、春生の物語を語り終えた後、この匿名の相手を最後に登場させ、それが実は小学五年の子供であることを明らかにするとともに、彼が、この「超裏ネタ」のBBSに「自分は犯人と事件前にメールでやりとりしていた」と宣言して、「しょぼいネタ書くなガキ！」と罵られ、ひきこもり生活を中断し、「久しぶりに外出してみ」ようかと思う場面を、描くのである。

もし、この作品の語り手が数年後の春生自身だとしたら、このくだりはどう考えればよいのか。

また、第二。作中、こういう挿話が出てくる。上京後、一人で住む春生のもとに、二、三週間に一度、携帯電話に誰かから彼を嘲弄する悪戯電話がかかってくる。春生が通話ボタンを押すと、郷里でストーカーを働いた相手である本木桜の春生を非難する声がテープから聞こえ、かつ正体不明の男の声で、春生を嘲弄するコトバが吐かれる。この人物は、春生の携帯の番号を知っており、またその生活ぶりにも通じている。そのくだりが、こう語られている。

出鱈目を語る悪戯電話の主は、正体不明の男だった。自らは名乗らぬし、顔が見えぬため、それが誰なのか春生は突き止められずにいた。本木（桜。春生がストーカー行為を働いた元同級生。後、別の男性に失恋し、投身自殺をする――引用者）の父親ではないかと春生は見当を付けていたが、声自体は自分の父のそれに似ていた。（『ニッポニアニッポン』八〇頁）

こう語り手に「語らせている」ところを見れば、きっと作者は、これが誰かを知っているのだろうと思われるのだが、では、その悪戯電話の主は誰か。またそれを「語り」の時点の語り手が知っているとすれば、それは、なぜか。

そして、こう問いをあげた上でわたしの考えを記せば、やはりこの書き手は、数年後の春生と考える以外にない。この作品に出てくる登場人物中、彼自身以外に、これだけ春生のことに通じている人間はいない上、いったんそう考えれば、この軽く春生を揶揄した「語り」が、納得されるからである。

しかし、そう考えれば、先の二つの問題は、こう考えられるしかないことになる。まず、第一点。エピローグの「ひきこもりの小学五年生」が、春生のニュースを聞いてBBSに自分の見聞を書き込み、「しょぼいネタ書くなガキ！」と罵倒される最後の挿話は、数年後、二〇〇六年くらいの時点の二十代なかばの春生が、かつての拳銃をめぐるやりとりの匿名の相手を、「ひきこもりのガキ」に想定して描いてみせる、いくぶんの悪意と揶揄をこめた――しかし、一抹の共感もないわけではない――捏造部分である。また第二点。作中、春生にかかってくる悪戯電話の主たる「正体不明の男」は、春生自身である。

この以前の自分を回想した物語が、こういう捏造個所で終わることは、ありえないことではない。また、悪戯電話は、春生自身によるものとしか、考えられない。大の大人である本木桜の父や春生自身の父がそんなことをするとは考えにくい。春生の耳にどうも「自分の父のそれに似て」聞こえた声とは、したがって彼自身の声なのである。

しかし、こう考えれば、この想定は当然ながら、春生が、この時、いわば解離性同一性障害、多重人格の少年としてここにいることを示している。語り手の問題を追って、わたし達はどうやってみても、こうだろうという主人公の像として、つまり、彼が——あの『アクロイド殺人事件』の語り手の場合同様——むろん自分でそう言うわけはないのだが、解離性同一性障害であるらしいことが、どうもこの作品のテクストに「ないこと」として書きこまれていること、語られないままに、そういうことが語られているようだという感触に、突き当たらざるをえないのである。

そして、いったん、このことに気づいてみると、当初からそう書かれていたのではないか、そのことにいま気づく、というようにこの作品は、先に見えていたのとは別の相貌を読者の前に現わす。

この小説は、二〇〇〇年初秋の春生の退学と上京から物語られ、二〇〇一年四月の主人公の十八歳の誕生日までを描いた後、半年飛んで、二〇〇一年十月の主人公によるトキ襲撃と、その逮捕までを描くが、作品自身は、それに先立つ、二〇〇一年五月に発表され、同年八月に刊行されている。その結果、現実に、佐渡のトキ保護センターが、この小説を理由に小説における襲撃日である十月十四日に特別警戒したという信じられないようなおまけまでついていたことは、先に述べた[*3]。

ところで、作中、約半年の沈黙をへて、一転して二〇〇一年十月の佐渡行きが記されるくだりで、突然、語り手は、こう言う。計算してみれば、この旅行計画の結果残る額は、約六万円である。しかし、これだけの金額があっても春生はもう本木桜とは会えない。というのも、

> 何をどう頑張ろうと、故人は甦《よみがえ》らぬのだし、ほんの些細な会話を交わすことですら、叶うはずもなかった。（同前、九四頁）

後に語られるように、本木桜は、関係のあった数学教師に捨てられ、この半年の空白期間、この年の四月二十九日に女子高の屋上から飛び降りて自殺している。春生の恋いこがれてきた桜が、もうこの世にいないことが、こうして、遠回しに読者に示される。しかし、作品の記述は、そのことを読者に語った数行後、そう思い、眠り込もうとして眠れない春生の前に、一人の少女を登場させる。それは、中学二年の女の子で、その時は、読者には明かされないものの、後での回想によれば本木桜と「面影が似ている」、というか、「そっくりだと言っても過言ではない」、「彼女は確かに、本木桜と見た目が瓜二つ、まるで生き写しだ」とすら、春生に感じられていると語られる、桜によく似た女の子である（同前、一〇三〜一〇四頁）。

その彼女は、その後、新幹線を降り、佐渡に渡る新型フェリー「みかど」でも、その「みか

ど」を降りる佐渡の両津でも、まるで「見目形を若干変えて実体化した、本木桜の亡霊」であるかのように、春生の前に三度まで「再来」し、ついに春生は、その女の子、瀬川文緒に話しかけ、襲撃の直前まで彼女と一緒に過ごすことになる。しかも、彼女は言う。自分は「嫌いな人から送られてきた手紙」の処理に手こずり、それを捨てたが、それを落とし物だと勘違いした弟が、それを拾おうとして電車に轢かれて死んだ。その弟を供養しようと、賽の河原のある佐渡にやってきたのだと。ただ、彼女は、頼りにしてきたメル友に騙され、もとより潤沢なお金をもっているはずもなく、困っていると言う。春生は、その瀬川文緒を妹と称してホテルに泊まらせ、一緒にトキ保護センターを事前偵察し、また賽の河原に連れていく。そして、その後、彼女と別れ、トキ襲撃の実行にかかる。

しかし、その襲撃は奇妙な具合に失敗に終わる。トキの飼育ケージにまで入り込んだのはよいが、トキを捕捉するのに手間どり、彼は、かけつけた警備員を一名刺殺してしまう。そして、茫然自失している春生の目に、朝の薄明かりの中、ケージを抜け出したトキが「今にも空へ飛び立とうとしてい」るのが見えてくる。春生は、結果的にトキを解放し、その後、レンタカーで両津の文緒と別れた場所に戻り、そこで車をとめるが、そこに警察がやってきて、逮捕される。

話はこのように展開し、ついで、先に述べた「小学五年生」の挿話が語られ、終わっている。読者にやってくるのは、こんな読後感である。すなわち、彼は思う。ここに描かれる瀬川文緒は、ストーカーに送りつけられた手紙を捨てようとして、弟を死なせ、佐渡まで来た中学二年の女の子である。中学二年といえば、春生が桜と教室で隣りになったなれそめの年の桜と同年である。実は、彼女は、春生自身もそう感じているように、春生の前に現れた、死んだ本木桜の「亡霊」なのではないだろうか。そして、そのことは、実は春生自身がどのようにしてか——殺害したのかもしれず、言い寄ったあげく女子高の屋上で誤って転落させてしまったのかもしれず、あるいはまた、別の形でそういうことが生じているのか、それは定かではないが——、本木桜を死に追いやったことを、作者がわたし達読者に「語らないまま」に暗示する、その意味でテクストにとって大事な、「換喩的」な挿話なのではないだろうか、と。

物語は、春生と文緒の同行の道行きを描く。でもそれは、それ全体が春生の妄想にすぎず、あるいは、トキ襲撃に先立ち、賽の河原を訪れているのは、春生一人で、しかもそれは、死んだ桜を供養しようとしてのことだったのかもしれない。あるいは、ここで警備員一名が、作品の内容からは殺害されないでもよさそうなのに、誤って殺害されているが、それは、春生が桜を誤って屋上から落下させてしまったまさにそのことの「置き換え」なのかもしれない。つまり、ここでも、『異邦人』の場合に似て、わたし達は、この作品に、「語られていない」ことがあること、その意味で、この小説がきわめて換喩的《メトニミック》な作りになっていること、換喩的なテイストをもっていることに、気づかされるのである。

例によってこの作品については別に書いているので、関心のある向きはそちらを読んでいただきたいが(「現代小説論講義」第十七回・第十八回、『一冊の本』二〇〇二年十一月号、十二月号)、ここでの問題は、これが一個の作品論だとして、このわたしの読みには、『異邦人』の場合と同様、何の根拠も示せないことである。このわたしの読みは、しかし、一つのことを語っている。それは、もし、ここで作者が主人公を解離性同一性障害の少年として描こうとしているなら、ここで書き手は、『異邦人』におけるカミュと同じような書法を採用せざるをえず、また語り手は、『アクロイド殺人事件』の語り手（＝犯人）のように語るしかなく、そこで作品は、〈作者の死〉を生きるものとして成り立っていなくてはならないことになる、ということである。そしてまた、これがそのような作品であると言明する批評は、その批評もまた、あの精神分析のケースに似て、足場のないものとなるほかない、ということである。

では、この作品で阿部は何を語ろうとしているのだろうか。

この作品は、『異邦人』の場合と同じく、作者が自分の「意」の「不在」をこそ賭け金に、いまこの世界に生きる若い人間がある解離性の世界像のうちに生きているさまを、その内側から描く。人は、解離性同一性障害の主人公――つまり自分が行っていることを自分で知らない存在――を、むろん外側からなら容易に描くことができる。しかし、ここでめざされていることは、そういうことではない。作者はむろん、ここで自分の世界に自分が「ないこと」、というより、そこに自分の「ないこと」こそがあるという事態を生きる主人公の体感を描きたい。また、〈作者の死〉がありありと生きられる、そういう作品が書きたい。そういう書かれ方によってはじめて表現される主人公の「ないこと」（喪失）の「ないこと」の現前――つまり喪失それ自体が奪われているという経験――、それが、ここで作者に描出をめざされているものなのである。なぜなら、それがいまの時代の「苦しみ」の一番深い表現たりうると、彼には感じられているからだ。しかしそれは、〈作者の死〉をありありと生きる、「虚構言語」の作品によってしか書かれえない。たぶんそういう直観が、作者阿部和重を動かしているのである。わたしには、この作品を通じ、そういう「作者の像」が受けとられる。なぜ、作品が刊行された時点で、作品内容がまだ終わっていないという変則的な作品が書かれなければならないのか。なぜ、よく考えてみれば、未来の一点に位置するとしか思えない語り手が、仮構されているのか。これらの問い（SA）にも、同様に答え（SE）はない。しかし、本当のところどうなのかという答え（SE）なしに、作者の意図（SA）が、やはり確とした証拠（SE）のない解釈（SA）を、二階越しに読み手に届けること。この「換喩的な世界」に、いまわたし達に訪れつつある世界の感触は、よく現れているのである。

7　村上春樹、二〇〇二年

村上春樹の一九八二年の作品に「納屋を焼く」と題する短編がある。作家をしている妻帯者の僕が、ある時、パントマイムを勉強している風変わりな女の子と知り合う。彼女は、いつも仕事を変わったり、住所を変えたり、気ままな生活を送っているが、父親が死んで少しまとまったお金が入ると、それを機に北アフリカに行くと言い、姿を消す。三ヵ月後、彼女は新しい恋人を連れて帰ってくる。新しい恋人は、背が高く、ハンサムで、きちんとしており、感じも悪くない。ある時、この彼氏が、彼女と首都圏郊外にある僕の家を訪れ、彼と僕とは大麻をたしなむ。ビールを大量に飲み、女の子が仮眠しに二階の寝室にあがり、二人だけになると、彼が、ぽつりと言う。自分は「納屋を焼く」のが趣味で、時々めぼしい、誰にも迷惑のかからない、十五分くらいでボッと「焼けおち」てしまう納屋を見つけておいては、それを焼いているのだと。僕は興味をそそられる。でも、焼きたい時にいつもおあつらえむきの納屋があるとは、限らない。そういう場合はどうするのか、と僕は訊く。彼は言う。もちろんそう、ですからあらかじめ選んでおく。「実は今日も、その下調べに来たんです」。「ということは、それはこの近くにあるんだね」。

「すぐ近くです」と彼は言った。
それで納屋の話は終った。(「納屋を焼く」『螢・納屋を焼く・その他の短編』文庫版七〇頁)

僕は、興味をそそられ、地図を買ってきて自分の家の近くに候補になりそうな五つの納屋を選び、そこを一巡するジョギングのコースを作り、毎日、それを走る。しかし、いつまでたっても納屋は焼かれない。しばらくしたある日、街で彼の銀色のスポーツカーを喫茶店の前に見かけた僕は、素知らぬふりをしてそこに入っていき、彼に挨拶する。「座ってもかまいませんか?」「もちろんです。どうぞ」。僕は、納屋のことはどうなったの? と訊く。「もちろん焼きましたよ、きれいに焼きました」「家《うち》のすぐ近くで?」「そうです。ほんとうのすぐ近くで」。「ところであれから彼女にお会いになりました?」「いや、会ってないな。あなたは?」

「僕も会ってないんです。連絡がとれないんです」

二人はほどなく別れる。その後、僕は彼女に会おうと連絡するが、彼女は電話に出ない。アパートまで行くと、留守で、次にしばらくしてから行くと、ドアに別の住人の札がかかっている。彼女とはその後、会っていない。僕はまだ毎朝、五つの納屋の前を走っている。この作品は、こんな感じで終わっている。

ところで、迂闊なことだが、この物語が、どういう意味であるのかに、わたしはこれを読んでから十年近くの間、いっこうに気づかなかった。いや、気づかなかったことにすら、気づかなかった。これが実はどういう作品かを教えられたのは、七、八年前、かつての勤務先の同僚の中学生の娘さんが、これを読んで母親の寝床に、「お母さん、この小説、怖い」といってもぐりこんできたという話を聞いたからである。娘さんが言うには、これは、若い女性を殺す若い男の話である。ここで背の高い、ハンサムな彼氏が言う「納屋を焼く」は、「女の子を殺す」という意味で、「今日も下調べに来た」、「納屋はすぐ近くにある」というのは、二階に仮眠するパントマイムの女の子のことなのだと言うのである。

その時わたしの考えたことは、こういうことだ。確かにそのようにこの短編は書かれている。その答え、証拠があるというのではないが、そう思えば、この作品の本当のよさが明るみに出ると感じる。そのこと以外に、そのこと以上に、わたし達はこの作品が実はどういう作品であるかを「確証」する手段をもっていない。さて、迂闊にもわたしはそれをこうは読めなかったし、わたしにわかる限り、その時までに、そういう読みは、どんな職業的な読み手、つまり書評、作品論の類からも披瀝されてはいなかった。では、もしこういうことが十年、二十年と続いたとすると、いったいこの小説は、どういう作品だということになるのだろうか。その期間、作者の村上は、それまでそうだったように、その後もこの作品の「真の意図」がどこにあるかなどとは言わない。彼は口をつぐんでいる。作品は誤読され続ける。しかし彼は、それが「誤読」だなどと、出ていってけっしてお節介を焼かない……。

もし、作者が出ていって、この作品の「真意」はこうだと言ったら、その時、その作品は死ぬ。そうわたし達は感じる。しかし、その時、何が死ぬのだろうか。作者は、作品を書いた。その作品は誤読されて久しい。そこで作者が出ていって、この作品は、実は、若い男が若い女を次々に（レイプして）殺す怖い話なのだ、と言う。読む人間は、なるほど、と思う。それでどこが都合が悪いのだろう。しかし、それは作者による作品殺しというものだ。そうわたし達は感じる。そこで何が死ぬのか。この作品には何より〈作者の死〉が生きている。この作品でも、テクストに「書かれない」ことが、バルトの言い方を借りるなら（『表徴の王国』）、テクストの真ん中に、〝皇居〟（＝空虚）のように居座っている。わたし達をゾッとさせるのは、実はこの〈作者の死〉がもたらす、「ないこと」がここにあるという感触だ。作者のお節介は、この〈作者の死〉を殺してしまうのである。

二〇〇二年、つい最近上梓された『海辺のカフカ』にも、わたしはこういう〈作者の死〉を強く感じる。この作品は、それを強く感じさせることで、〈作者の死〉がいま、なぜ作品に姿を見せるか、という問題をわたしに差し出す。実をいえば、この作品を、この作品が書かれたままに読むのに、どんな批評家の側の準備が必要なのか、ということを言おうと、わたしはここまで新しいテクスト理解の考え方について述べてきた、とすら言ってよい。ここは、『海辺のカフカ』を正面から論じる場所ではないから、簡単に行く。しかし、簡単にとは言っても、一定の手続きは踏まなければならず、また最低のことは、言わなければならない。

まず大枠から。

この作品は、次のような梗概をもつ。小説は『世界の終りとハードボイルド・ワンダーランド』の場合にも少し似て、二つの世界からなる。一つは、十五歳の少年、「田村カフカ」を自分で名乗る少年の物語で、こちらは、彼の一人称で語られる。もう一つは、六十代の猫語を解する（と自分で感じている）老人、ナカタさんが、彼を助ける二十七歳のトラック運転手、星野青年と織りなす物語で、こちらは猫が言葉を話し、ウィスキーのラベルに描かれた人物がそのままこの世に現れてき、空から魚の降ってくる『オズの魔法使い』的な語りで、三人称を使い、展開される。二つの世界は、田村カフカという名の少年の章が奇数章、ナカタ老人の章が偶数章と、交互に進む。また最初と最後近くに、児童文学めいた飾りケイをもつ「カラスと呼ばれる少年」の章が挿入される。全体として、難しい漢字にはルビがふられているから、もし十四歳ないし十五歳以下の少年がこれを披いても、読み通すことができるだろう。たぶん作者は、これを、児童文学でもありうる小説として、読者の前に差し出している。そしてそのことがもつ意味は、きっとそんなに小さくない。

さて、田村カフカの章では、この少年が、十五歳の誕生日を境に、家出を決行し、何かにひきつけられるように四国に渡り、高松の甲村図書館という私設図書館に寄宿し、そこで佐伯さんという母を思わせる女性に出会い、やがて図書館で司書をする大島さんに導かれ、四国の山奥の森のキャビンを訪れ、そこに口を開く森の異界をへて、この世に帰ってくる。彼の幼い頃、両親が離婚し、母は血のつながらない子供である姉だけを連れて、出ていった。自分は父との家に取り残された。彼は母に捨てられたと思っている。家出の旅の途中ではその姉を思わせる女性と会う。というか、会った女性を姉ではないかと感じ、つきあう。そういう少年の、毀損された生からの自立と回復の物語という外見を、この少年の章はもっている。

一方、ナカタ老人の章は、この老人がまったく言葉の読み書きができなくなるきっかけとなる戦時下の奇怪な事件の顚末が語られた後、時点は現在となり、少年の章に随伴しつつ、先になり、後になりしてこれと併走する。ナカタさんは、九歳の時、山梨の疎開先の「お椀山」と呼ばれる場所で、集団催眠的な原因不明の事件に遭い、それを機に、知能に障害を受け、まったく読み書きができなくなる。その後、長野県の母の実家に引き取られ、なぜか猫語を解し、暇さえあれば猫と会話していた。それから、技能を習得し、十五歳から五十歳をすぎるまで近くの家具製造会社の木工所で働く。木工所が閉鎖されると上の弟に引き取られ、東京の中野区のアパートに住まい、両親からのわずかな遺産と東京都の知的障害者への補助金で生活するようになる。彼は現在、猫語を解することを奇貨として、ふとしたきっかけから、近くの迷い猫、行方不明猫探索の「猫探し」のアルバイトをしている。

さて、ある日ナカタさんは、猫の探し先で付近の猫を殺しているジョニー・ウォーカーと名乗る人物に遭遇し、自分を殺さない限り猫を殺し続けると脅迫され、やむなくこの人物を殺害する。しかし、気づくと血はついていない。その後、なぜか西に向かって行かなければならないと感じ、ヒッチハイクで西に向かう。途中で出会ったトラック運転手が星野青年で、それ以後は、星野青年が、ナカタさんを助け、彼をともなって四国に渡り、高松にたどり着き、異界に通じるらしい「入り口の石」を見つけてそれを動かし、異界への入り口を開け、ナカタさんを甲村図書館の佐伯さんに会わせる。その後、ナカタさんは死ぬ。星野青年はナカタさんの言いつけ通り、ナカタさんから出てきたぬめぬめしたものを殺し、入り口の石を閉じる。そして、ナカタさんの遺志を継ぐように、なぜか冒険の過程で人間的に成長したこの星野青年が、高松を去るところで、こちらの物語も終わっている。

二つの物語の合成としてあるこの小説は、読むと、さまざまな疑問と感想を読者に送り届ける。しかし、とりあえずここでわたし達が考えなくてはならないのは、何が描きたくて、村上がこの小説を書いているか、ということ、また、この小説をよきものとして受けとる場合、いったい人は、ここから何を読みとっていることになるのか、という問題である。

その際、考えられるべきことの一つは、次のことである。すなわち、なぜ、この小説には、これまでの彼の作品同様、さまざまな変事が生じているのに、読者は、読んでいて、「謎」が解かれずに残ることからくる不消化感を、少なくともこれまでの彼の作品に抱いたような形では、受けとらないのだろうか。わたしは、個人差はあるだろうが、今回の作品には、そういうことが言えると思う。そして、その理由を、この小説において、あの現実の作者の境位が、これまでと違うものになっていることに、求めることができると思う。たとえば、『ねじまき鳥クロニクル』の第一部・第二部が発表された時、文芸評論家の中条省平は、この作品にばらまかれたまま解かれていない「謎」を十七あげ、その「放置」を強く難じたが、その時の評論のタイトルは、「作家の倫理的責任の放置といわざるをえない」というものだった（『リテレール』一九九四年夏号）。そこで「謎」とされているのは、具体的に言えば、間宮中尉が「僕」のところにもってくる本多老人の形見が、あけてみると空のカティサークだった、というようなことである。それは、読者の好奇心を喚起する。いったいなぜか、と読者は思う。しかし、その答えは最後まで書かれない。現実の作者——村上——は、どういうつもりなのか。なぜ彼はそれについて書かないのか。その「書かない」ことが、「作家の倫理的責任」の放置だと非難されたのである。

今度の作品にも、「謎」は頻出する。たとえば、東京は中野区で、ナカタ老人が猫殺しのジョニー・ウォーカーを殺害するのに、殺害後、気を失って気づくと、いつもの空き地におり、身体には血一つついてない。そしてその代わりに、というように、四国、高松にいるカフカ少年が神社の境内らしきところで気を失い、気づくと、シャツに血がべっとりとついている。このテレポーテーションめいた変事は、何を語るのか。いや、というより先に、あのジョニー・ウォーカーとはいったい何か。そもそも、ウィスキーのラベルに描かれた「人物」が、この世界をあたかも「浮遊するシニフィアン」のようにうろついている、そんなことがあってよいものだろうか。さらに、人が猫語を解する、そんなことが現実にあるものなのか。わたしの答えを言えば、しかし、この作品では、これら頻出する「謎」は解かれずに放置されても、少なくとも前作のようには読者に不消化感を残さない。これらの「変事」が「謎」となるために必要な何かが、ここには欠けている。謎とは、現実から見て、現実的に説明されていない非現実をさす。それは、説明されれば現実に着地する。しかし、ここには、その非現実を「謎」とさせ、浮遊させるところの現実の大地がない、と感じられる。あの現実の作者という境位が、なぜかわたし達現実の読者と地続きのものと感じられない。中条は、「謎」の放置を「作家の倫理的責任の放置」と言うが、『海辺のカフカ』には倫理的責任を生じさせる「作家」の実在の大地が、すでに消失していると、感じられるのである。

したがって、はじめの問いは、むしろこうなるはずである。この小説を読むと、主人公の田村カフカはどうも父を激しく憎悪している。しかしそれだけではない。しかし、なぜ彼が父をこれほどまで強く憎むのかは、彼の口から語られない。作者もまた、それについては口を噤んでいる。なぜ、主人公はかくも激しく父を憎むのか。しかもなぜ、その理由を現実の作者は、明示的かつ非明示的に、主人公に、またテクスト全体に、語らせようとはしていないのか。むしろ語らせまいと、しているかに見えさえするのか。

また、この作品の最後は、この田村カフカの顔に笑いが浮かび、その目から涙がこぼれる場面で終わっている。しかし、このことは、できるだけ目立たないものとして、描かれている、ないし、描かれているかに見える。では、なぜ、この笑いと涙が、小説の終わりとなりうるのか。しかもそれが気づかれにくい形で、そっと述べられていると見えるのは、なぜなのか。
わたしの考えを言えば、今回の作品の「謎」は、こういう形で存在している。作中登場する「カーネル・サンダース」とは何ものなのか、という問いは右に述べた理由から「謎」にならない。そして、作者はこの前者の「謎」に、書かれた言葉としては答えてはいない。しかし問いの形から想像されるように、彼は、「答えていない」ことで、わたし達の問いに、「答えている」のである。

こう考えてみる。

まず、この小説のカギは、巻頭の「カラスと呼ばれる少年」の章と、田村カフカの章の冒頭、第1章の記述にある。

作品刊行後の期限つき公式サイトにおける読者とのやりとりで、現実の作者である村上は、この「カラスと呼ばれる少年」の章について、もう一個所の同名の章ともども、他の部分が書かれた後に挿入したとも読めないわけでない趣旨の回答を行っている（やりとりのno.317、『少年カフカ』一三二頁）。このことについては、後で触れるが、きっとこの「カラスと呼ばれる少年」の章は、そのように追補されたのだろう。その結果、この作品は、こんなふうに読めるものとなった。作者は主人公をこう造型している。

まず、田村カフカは、これまで一度も笑ったことがない。

僕は思い出せないくらい昔から一度も笑っていなかった。微笑みさえしなかった。他人に

対しても、それから僕自身に対しても。（『海辺のカフカ』上巻、一五頁）

また、彼は、父とはずいぶん前から顔を合わせないようにしている。そしてそれは、彼にとっては「言うまでもないこと」で、なぜそうなのかとさえ、彼は考えたことがない。

父とはずいぶん前から顔をあわせないようになっていた。同じひとつの家に住んでいても生活する時間帯はまったくちがっていたし、父は一日のほとんどの時間、離れた場所にある工房にこもっていた。そして言うまでもないことだけど、僕は父と顔をあわせないですむようにいつも用心していた。（同前、一三～一四頁）

以下、煩瑣にわたるので引用はやめるが、彼は、しようと思えば「父親を殺すことはできる」し、「母親を記憶から抹殺することもできる」、でも二人の遺伝子からは逃げられない、それを追い払うには「僕自身を僕の中から追放するしかない」、とそうも考えている（同前、一七頁）。

彼は四歳の頃、母に棄てられた。その後、たぶん父にうとまれ、精神的にか肉体的にかあるいはその両方でか、虐待されて育った。また「中学に入ってからの2年間」は、十五歳の誕生日になったら家出すると決め、「その日のために」ずいぶんと長い期間、身体を鍛えてきた（同前、一三頁）。

彼には「予言」が「装置として」「埋め込まれている」。その予言とは、後で明かされるが、「父親が何年も前から」「まるで僕の意識に鑿《のみ》でその一字一字を刻みこむみたいに」「繰りかえし」言って「聞かせた」と彼の口から言われる予言であり、父の死後、はじめて読者の前に示される。「お前はいつかその手で父親を殺し、いつか母親と交わることになる」。また「姉ともいつか交わることになる」。それを口にすると彼の心の中に「大きな空洞」が生まれ、そこで彼の心臓は「金属的な、うつろな音」をたてて彼のうちで動く。この予言の中身は、この第1章の時点では、まだ読者の前に明かされていない。ただ、それが作動すると、彼はそれに従って動くしかない。彼はそう、感じている。そして、その彼の中には、いつの頃からか「カラスと呼ばれる少年」が住みつき、「いくぶんのっそりとした」「深い眠りから目覚めたばかり」のようなしゃべりかたで、時々、彼の中に現れては彼に忠告し、彼に命じ、また彼を勇気づける。「カラスと呼ばれる少年」は言う。君は「世界でいちばんタフな15歳の少年になる」と。なお、この第1章で彼は、まだ十五歳になっていない。十四歳である。第1章の終わり、家出を果たし、誕生日を迎え、彼は十五歳になる。

以上、だいぶ意味ありげな書き方をしたが、他意はない。言いたいのは、こういうことである。自分の中の別人格に、誰からも負けない人間、「世界一タフな少年」になれ、と力づけられるような少年を、思い浮かべてもらいたい。ここからわかることは、この少年が、あの酒鬼薔薇聖斗少年のように、その中に別人格（バモイドオキ神）を住まわせ、さらに、「自分自身を自分から追放した」、解離性同一性障害（多重人格）を病んだ少年なのではないか、ということではないだろうか。この第1章の記述は、それに先立つ冒頭の章とともに、虚心に読むかぎり、そういう像を読者に送り届ける。これらの章は、たぶんそのように書かれているのである。[*4] したがって彼は人に彼自身の本当の名前を名乗らない。彼は彼の生まれたときの名前を棄てている。彼は自分の名前を「カフカ」と名乗る。「カフカ」は、「カラスと呼ばれる少年」を守護神とし、その守護神に守られて存在する「彼」の別人格にほかならない。ここには三つの人格がある。田村少年と、彼の作り出した「カラスと呼ばれる少年」と、その守護神に守護される「田村カフカ」と。

少年が家出を果たし、姉ではないかと感じるさくらと出会う場面で、作者は、さくらにこう言わせ、それへの少年の応答を、こう記述している。

「場所の名前なんてどうだっていいんだよ。(中略)そんなものに意味はないよ。なんに意味があるかといえば、私たちがどこから来て、どこに行こうとしているかってことでしょう。ちがう?」

僕はうなずく。僕はうなずく。**僕はうなずく**。(同前、三九頁、ゴチック原文)

そして、三つの人格のうち、ここで僕と名乗っているのは、「田村カフカ」の人格の少年である。ここには、小説に登場しないもう一人の少年がおり、そのことは、その田村少年の「本名」が、たとえば他の登場人物大島さんの検索する田村浩一(田村少年の父)殺害事件関連のウェブサイト、あるいは後半、甲村図書館に田村カフカについて調べにくる警察官のメモには、出てくるか、また記されているだろうことが推測されるにもかかわらず、それを大島さんにも知られないものとし、それを明かされないままにとどめおく、作者の〈作者の死〉めいた身ぶりから、逆に読者にネガの形で示されている。（下巻の第27章にいたり、田村カフカの使用した携帯電話の通話記録が手がかりになり、私服刑事が甲村図書館を訪れて、司書の大島さんに少年のことを問いただす。私服刑事が帰った後、大島さんは少年にそのことを語る。彼は、警察が、父の殺害の日まで市内のビジネス・ホテルに「田村カフカという名前の、君によく似た少年が滞在していたことをつきとめた」と、知らせる〔下巻、六一頁〕。この記述は、この時点で、田村カフカの「本名」が、警察からホテルへの問い合わせの時点で、警察官からホテルの人間に向かい、作品世界内部にあって「口にされた」ことを教える。田村カフカの「本名」はこの作品の中に存在している。しかし大島さんは、それを知らされておらず、読者もまた、これを知らされることはない。作者は大島さんに、カフカに対し、わざわざ「だいたい僕は君の本名さえしらないんだよ、田村カフカくん。」と言わせている〔下巻、一八五頁〕。その「本名」に象徴される、もう一人の田村少年は、存在するが名前を明かされず、この小説に登場しない。それは、「知られないもの」、「語られないもの」として、作品世界を通過してゆく。）

したがって、彼（＝「田村カフカ」）は、自分（田村少年）の行なったことを自分で記憶していない。彼は、その自分（田村少年）を両親の遺伝子を受け継いでいるという理由から自分

（＝「田村カフカ」）の中から追い出しており、その彼（＝田村少年）が戻ってくるときには、逆に自分（＝「田村カフカ」）が彼の容れ物から退去している。後のことになるが、私服刑事が彼のことを「一種の問題児」だと言っていたと大島さんに聞かされ、彼は言う。


「僕にはそうなってしまうときがあるんだ」

「自分ではおさえがきかなくなる」と大島さんは言う。

　僕はうなずく。

「そして人を傷つけてしまうんだね？」

「そんなつもりはないんだ。でもときどき自分の中にもうひとりべつの誰かがいるみたいな感じになる。そして気がついたときには、僕は誰かを傷つけてしまっている」（下巻、六四頁）

　すると、この読みの「仮定」に立脚して、こういう想定が可能である。

「田村カフカ」少年は、十四歳の最後の夜に、父を殺さなければならないと思っていた。それは、そういう「予言」が彼の中に埋め込まれている（過度の虐待を受けて育った結果、彼自身を超えた力で、そういう固定観念が彼をとらえていた）からだ。それで彼は、「父を殺した」。この小説冒頭、「カラスと呼ばれる少年」の章は、次のようにはじまるが、これはたぶん、この「田村カフカ」の世界で、「父を殺害した」直後の、彼と彼の守護神の間の会話なのである。

「それで、お金のことはなんとかなったんだね？」とカラスと呼ばれる少年は言う。いくぶんのっそりとした、いつものしゃべりかただ。深い眠りから目覚めたばかりで、口の筋肉が重くてまだうまく動かないときのような。でもそれはそぶりみたいなもので、じっさいには隅から隅まで目覚めている。いつもと同じように。

僕はうなずく。

「どれくらい？」（上巻、三頁、傍点原文）

この変則的な冒頭の章「カラスと呼ばれる少年」に続く第1章の第二行目には、刃渡り「12センチ」の「鋭い刃先をもった折り畳み式のナイフ」が登場してくる。同じ公式ホームページでのやりとりで、村上はなぜカラスという少年がいつも田村カフカと一緒なのか、という素朴な問いに、冗談めかして「カラスと呼ばれる少年」は折り畳み式でリュックに入っているからだと答えているが（no.637、『少年カフカ』二四〇～二四一頁）、この、理由あって周到に冒頭に置かれたと想像されるくだりが示唆するのは、カラスと呼ばれる少年が、それこそナイフの精のようなものなのではないか、ということである。彼は、父の「殺害」後、これまで開けることの許されなかった父の机の引き出しを開け、中を調べ、「引き出しの奥」に自分と姉のいる写真をはじめて見つける。テクストにそう書かれているわけではない。でもこの個所はそう読める（上巻、一〇～一一頁）。ふつうの父の留守中であれば、可能でないことが可能になり、その結果として、彼は、父のナイフを手にし、父の携帯電話を自分の手に摑み、時計もどうしようかと考えている。父の留守中に、ふだんでもそうすることができたのであれば、この写真の存在に彼はもうとうに気づいていなければならない。そのことは次に引く数行後の言葉にもかかわらず、これが単なる父の留守中のことではありえないことを、わたし達読者に考えさせる。母の写真はない。しかし彼は、母を知っている。母は高松にいる。ただ、自分の中に埋め込まれた「装置」によって、母の記憶を抹殺しているので、母を知っているという、そのことを彼はこの時、自分で知らない。またこのとき、彼（「田村カフカ」）は自分（「田村カフカ」）が父を「殺した」ことにも気づいていない。この「装置」が作動し、彼（「田村カフカ」）を彼自身から遮蔽しているのかもしれない。これから家出をして、一人で生きていこうと思っている。そのため、彼は、

　少し考えてから携帯電話を持っていくことにする。なくなったことがわかれば、父は電話会社に連絡をして契約を取り消すかもしれない。（同前、一一頁）

などと考えている。しかし、「予言」は、彼に、父を殺した後は、母を見つけ、母を陵辱し、姉を見つけ、姉を陵辱せよ、と命令している。その予言が、「父」からなされたものだと、彼は思っている。

田村カフカの章は、たぶんこの「想定」で、ほぼその骨格部分は説明がつくはずである。た

とえば、彼が「カフカ」を名乗るのは、大島さんに答えるようにカフカの作品が好きだからではない。母が十代で作った曲が『海辺のカフカ』と題されているからである。それが最初にあり、そこから彼のカフカ読書がはじまり、彼は、カフカを名乗り、かつて「カフカ」の名をもつ歌を歌った母、自分を捨てた母に、会いに行く。けっして、カフカと名乗って訪ねた先で、偶然、『海辺のカフカ』というレコードと出会うのではない。事実、後に彼は、母が自分を見捨てていった場面をありありと思い出す。彼は記憶している。彼は言う。

　母は出ていく前に僕をしっかりと抱きしめることさえしなかった。ただひとときれの言葉さえ残してはくれなかった。彼女は僕から顔をそむけ、姉ひとりをつれてなにも言わずに家を出ていってしまった。彼女は静かな煙のように、ただ僕の前から消えてしまった。（下巻、三〇二頁）

ここから浮かんでくる主題とは、次のようなものである。

8　『海辺のカフカ』と「存在の倫理」

「完全に損なわれた人間がいるとして、彼は、どうであれば、回復しうるのか」。
これが、この小説を構想するに際し、たぶん村上の頭に宿った最初の問いだったろうとわたしは思う。

この作品を書くにあたり、村上は、「もっとも損なわれている存在」とはどういう存在だろう、と考えたはずである。その答えとは、「親から完全に見放された子供、親に愛されることなく育った子供」である。なぜなら、親に愛されて育ち、いったん成人になってしまえば、人は原理的にどんな試練に出会っても回復しうる。しかし、そうなるまえに損なわれた子供に、回復は考えられるかぎりで、困難なものとなるからである。[*5]

田村少年は、幼くして——彼の言葉に従えば四歳のとき——母親に見捨てられる。母は、彼を残し、姉だけを連れて彼のもとから去る。彼は、その後、父からも虐待される。それでもどのようにしてか生き抜くために、彼の生体が彼にもたらした防御機制が、「カラスと呼ばれる少年」(=守護神)を生みだし、自らそれに守護される別人格(=「田村カフカ」)となり、父と母と姉への復讐という「予言」を装置のように体内に埋め込むこと、いわば一種の鋼鉄人間になること、だった(彼は身体を鍛え、その「筋肉は金属を混ぜこんだみたいに強くな」る)。

作品の最後近く、記憶の抹殺が解け、田村カフカに彼を動かしてきた問いがようやく言葉の形になってやってくる。

疑問。

どうして彼女は僕を愛してくれなかったのだろう。

僕には母に愛されるだけの資格がなかったのだろうか?

その問いかけは長い年月にわたって、僕の心をはげしく焼き、僕の魂をむしばみつづけてきた。母親に愛されなかったのは、僕自身に深い問題があったからではないのか。僕は生まれつき汚れのようなものを身につけた人間じゃないのか？　僕は人々に目をそむけられるために生まれてきた人間ではないのだろうか？（下巻、三〇一～三〇二頁、傍点原文）

彼は、母が自分を見捨てていった場面をありありと思い出す。そしてやがて、この小説の主題が姿を現わす。彼は、「仮定をする一羽の黒いカラスになる」。「カラスと呼ばれる少年」が現れ、彼に言う。「彼女は君のことをとても深く愛していた」、そう考えろ。「それが出発点になる」と。

一つの仮定。「母は僕を愛していた」。その母が自分を捨てたのには、それなりの事情があったからだ。その「仮定」からはじめること。そう考えてみること。彼はカラスと呼ばれる少年になり、自分に言う。

「君はじゅうぶん傷ついた、それにもかかわらず、回復可能だ」、佐伯さんを許すんだ。

「では、彼はどのようにして、彼を捨てた母を、許すことができるか」。

問いはこうであり、小説が教える答えは、次のようなものである。

彼は、母であると思う女性に会う。そして、なぜ自分を棄てたのかと問いただす。すると、その母である女性は言う。自分は、二十歳のときに、その人間なしにはとても一人で生きてゆけないと考えた人間に突然、死なれた。一人この世に遺棄された。以後の人生を自分はそうして抜け殻のようにして生きてきた、と。

このあたりの村上の用意した答えが、充分に読者を説得するかどうかは、それを聞く人の考えによる、としか言いようがない。それは、誰にも納得できるものとはなっていないが、こういう場面では、そもそも誰にも納得できる答えはないからだ。しかし、こういう女性を彼の前に母であるかもしれない存在として立たせることで、村上の考えた答えが、どういうものだったか、その原型を読者は受けとることができる。そして、それがもし充分に作品で言いえているとすれば、その答えは、次のようなものだったろうと、読者は、自分の力で、それを復元することができる。

ここに置かれた田村カフカのように、完全に損なわれた存在が、回復しうるただ一つの回路は、自分を棄てた人間が、かつては自分と同じように、人に棄てられた人間だったと、深く、心の底から、思い知ることである。母は、自分（＝息子の自分）がもう誰も信じられないと感じる、それとまったく同じ強さで、誰をも信じられないと感じ、その結果、自分を棄てた。その場面では、自分を棄てた母は、自分であり、自分はまた、自分を棄てる母でありえた。そう心から思えること、そしてそう心から思うことを通じて、自分を棄てた母にいわば自分と同類の存在を見、その彼女を、許せる、と感じること。それが、一筆描きの要領で言えば、村上の唯一、答えとみなしたあり方だったと、わたしは思う。

そこにひそむのが、どういう考え方か。ここでも最低限の範囲でそのことに触れておけば、人間の「存在の倫理」という概念をめぐり、吉本隆明は、こう述べている。

誰が生んでくれと頼んだ？　自分も若い時、親にそう言ったことがある。

そしたら、親父は急に黙っちゃったんですよ。それは、げんこつで殴られるよりも、僕にはこたえましたね。僕は、それが親父の最大の怒り方である、というふうに感じました。

（吉本隆明『超「戦争論」』上巻、八二頁）

ああ、親も同じなのだ、ということ。親も、生物として、同じなのだ、とわかること。これが、親を責められなくなるきっかけとして、自分に現れた了解だった。そう吉本は言っている。そこで親が言葉を呑んで、「言えないでいる」こと、それは、言葉にすれば、こういうことである。

自分がお前を生んだのは、たしかに勝手に自分がセックスをしたためだ。しかし、自分が一人の女とセックスをしたいと思い、セックスしたのは、自分がそういう存在としてこの世に生み落とされたからである。自分も、お前と同じように、自分の親を、「誰が生んでくれと頼んだ？」と責めることができる。事実、責めもした。しかし、その親も、そういう、成人し、好きな相手をみつけ、その相手とセックスする、セックスした結果、子供がうまれてしまう、という人間が生まれ落ちてもっている「業」（他者への原責任性）を宿命づけられている。自分は、成人するにつけ、そういうことがわかった。だから自分の親を責められなくなった。責めない。自分で自分がいることの責任は引き受けるしかないと思っている。だから、お前が、子供だとは言え、そのことに思い及ばず、こうして自分を責めるのを、自分は甘受する、しかし、それはおかしい、お前はけっして自分がイノセント（無罪）だと思うべきではない。自分とお前の間ではたしかに子供であるお前は無実だ。しかし、関係の中におかれれば、その「子供の無実性」は消える。そして、一人一人がやはり引き受けなければならない、「存在の倫理」が姿を見せる――。

吉本は、そこにひそむ転回の了解点を、相手が自分と同じ存在であること――同じ問いをもち、同じ苦しみを味わった存在であること――を思い知ること、と言っている。そして、そこから得られる新しい了解を、「存在の倫理」の名で呼ぶことができると言う。

うまくわたし達がそのように受けとることができるかどうかは人によるとして、ここで村上が作り上げようとしている構図も、田村カフカが、自分の子としてのイノセンス性を壊し、自分を捨てた母が、かつての自分（と同じ見捨てられた存在）だったという洞察をへて、相手を許す気持になる、という形をとっていることが、重要であると、わたしは思う。

この小説の奇数章は、この「許し」を経て（この「許し」が田村カフカに種子のように植えられるため、許される佐伯さんはこの時死んでいなければならない。それで佐伯さんは、まず死に、その後、幽霊になって、田村カフカに許させるため、彼の前に現れる）、完全に損なわれた人間がそれでも手にする、そこからの回復の可能性を描くのである。

最後、母を「許し」、この世界に戻る彼の前に、まったく否定的なものをもたない人間像が現れる。その「サダ」が弟大島さんと余りに「よく似」ているというので、田村カフカは微笑む。これまで一度も笑ったことのない彼に笑いが訪れる。また、彼は、夢で陵辱し、姉に擬したさくらを、最後、「お姉さん」と呼ぶ。こう読んでくれれば、ここまでつきあっていただいた読者にはわかるだろうように、作品の終わり、岡山で乗り換えた帰りの新幹線の中で、はじめて「田村カフカ」に涙が流れる次のシインは、初読の際とは、また違った色合いで、わたし達の前に見えてくる。作者は書く。

　目を閉じて身体の力を抜き、こわばった筋肉を緩める。列車のたてる単調な音に耳をすませる。ほとんどなんの予告もなく、涙が一筋流れる。その温かい感触を頬の上に感じる。それは僕の目から溢《あふ》れ、頬をつたい、口もとにとどまり、そしてそこで時間をかけて乾いていく。かまわない、と僕は自分にむかって言う。ただの一筋だ。だいたいそれは僕の涙ではないようにさえ思える。それは窓を打つ雨の一部のように感じられる。（下巻、四二八頁、傍点引用者）

　この田村カフカの物語に、ナカタさんの物語は、ほぼ次のような意味でかかわっている。ナカタさんは、別の意味で田村カフカと同じくらいにやはり「完全に損なわれた存在」である。そして、田村カフカが母を赦し、回復するには、このナカタさんが自分でも知らずに、また田村カフカにも知られずに、一方的に、自分の身を犠牲にして、田村カフカを救うのでなければならなかった。なぜそういうことが必要なのか、それはわからない。しかし、小説は、そう書かれている。ここで作者は、そう考えているのである。

それをこう言ってみよう。

この小説では、少年が家出をして十日目に、少年の父、世界的な彫刻家である田村浩一氏が殺害されている。殺害を報道する新聞記事によれば、田村氏の事務所秘書は、殺害前日まで田村氏が「いつもと変わりなく創作を行っていた」のを目撃している。したがって、少年が家出した時、父はまだ生きている。少年が父を殺害して家出したのでないことは、はっきりしている。では、少年の父は、ナカタさんの前にジョニー・ウォーカーとして現れることで、少年の家出から十日後、少年が四国にいる間に、ナカタさんに殺害されているのだろうか。でも、そうだとすれば、その日（家出から十日後にあたる五月二十八日）、高松で気を失って倒れていたことに気づく少年の胸に血がべっとりついていたことは、説明できない。この家出から殺害までの十日間のズレを、どう考えればよいのか。わたしの考えを言えば、作者村上は、この小説では、そのいずれもが本当にあったことなのだと、言っている。そんなバカな、と言われるかもしれないが、この小説は、これを田村カフカの内側から眺めるなら、少年が父を殺害し、それから家出している。しかし、これを田村カフカの外側から見るなら、少年の父は少年の家出時には殺害されておらず、それから十日後、書斎で全裸のままナイフで刺し殺されるのである。

なぜこのように、この小説が読めてしまうのか。その理由を二つの方向から言ってみることができる。第一に、そういう意味では、これは、一般の小説の作りとは、違う起点をもっている。この小説には唯一の現実というものが、ない。なぜなら、この小説の主人公にすでに、唯一の現実というものがないからである。この小説は、現実の唯一性を失った解離性同一性障害のうちにある少年の、そこからの回復を、内側から描こうという小説なのである。

　また、これが第二の論点だが、そのような形で作品を提示するため、村上は、当初作り上げられた作品の骨格を壊しさえしている。当初書き上げられた作品に、あの「カラスと呼ばれる少年」の章を新たに書き加え、それを冒頭と、終わり近くの二個所に、投げ込んでいるのがそれで、なぜ彼がそんなことをしたのかと忖度するなら、それなしには、この小説は、先に中条省平の批判にふれて述べたあの「現実の大地」をもつ、新聞記事の客観性に従属する、一般の小説になるほかない、村上はそう考えている。少年の内側から見られた物語に、外側から見られた事実性と同等の権利を与えるため、作者は、あの奇妙な「カラスと呼ばれる少年」の章を新たに付与しているので、その結果、たとえばわたしが、この冒頭の章を、「田村カフカ」が父を殺害した直後の、彼の守護神との対話だと妄想的に受けとるとしたら、それは、少なくともこの作品の読解にあって、権利ある誤読と言わなければならないのである。

　たぶん、村上は、当初、小説自体を田村少年の想像力がナカタさんを駆って異界の父殺害を実現させているというように考え、この小説を書いている。しかし、この後、彼はこの作品の構造を壊す。ここから立論可能な説明をすれば、たとえば以下がその一つの解釈例である。

　小説は田村カフカが父を「殺した」直後の場面からはじまる。しかし、それは、いわば原田村少年ともいうべき第一の人格の境位からすれば別人格が別の世界で父を「殺した」と無意識裡に見なしているという意味で、田村カフカの章の中でこそほぼ「現実」としての権利をもつものの、田村カフカの章とナカタ老人の章の合成としてあるこの小説世界の原現実ともいうべきレベルでは、覆しうることとして存在している。そうであるため、この原田村少年の「現実」とは田村カフカの章と同じく別個に存在し、独立した権利をもつもう一つのナカタさんの「現実」の中で、ナカタさんは、この父親をもう一度「殺し直す」ことができる。

この小説の現実構造は、かなりの程度に重層的である。まず周囲の描写を見る限り田村カフカが目覚める神社（上巻、一一八～一二一頁）と後に星野青年がカーネル・サンダースに案内され、「入り口の石」を見つける神社（下巻、七四頁）は、同一である（ともに「けっこう広い」（前者）「かなり大きな」（後者）神社で記述上、「高い」（前者）「大きな」（後者）水銀灯によって特徴づけられる）。またジョニー・ウォーカーがナカタさんに刺される身体の部位（上巻、二五七頁）と田村カフカのTシャツの上に残る血痕の位置（上巻、一一九頁）は、同一である（「胸」と「胸のあたり」、血が外側からの付着でないこと）。さらに目覚めた後、田村カフカはさくらに電話し、さくらのアパートに一泊するが、次の日アパートの階段で「白と黒のぶちの猫」に出会い、しばらく「その大きな雄猫の身体を撫で」、「なつかしい感触だ」と感じる（上巻、一六三頁）。これらのことから、ナカタさんによるジョニー・ウォーカー殺害は、田村カフカの分身による田村カフカの分身の殺害という様相をもっていることがわかる。現実にそれまで猫殺しを繰り返してきたのは、たぶん田村父ではなく田村少年なのだろう。神社で目覚めたときついていた血は、ナカタさんの受けた返り血であると同時にジョニー・ウォーカー＝田村カフカ自身の血でもある。ジョニー・ウォーカーは田村父のシニフィアンであると同時に、田村カフカの父への憎悪が像を結んだものでもあり、現実の田村浩一氏がどういう人物だったのか、書かれたものからは、何の手がかりも得られない（彼は息子がそんなふうに自分を思っているとは夢にも知らない「好人物」だったかもしれない）。

この小説は、こうして唯一の現実と思われるもの（SE）を次々に仮想現実（SA）のレベルに回付していく「換喩的な世界」の力学のうちにある。そして、重要なことは、このような構成をもつことで、この小説世界が、どのように完全に損なわれた存在にも回復が可能な世界に作り替えられ、ここでなら、「殺し直し」というものが、可能になっていることである。村上はこの小説世界をそのようなものとして造型している。ナカタさんは、田村少年の父を「殺し直す」ことで、いわば最初の田村カフカの父殺しを「消す」。ちょうど、台風の高波で一回座礁してしまった船が、それ以上に水位の高い高波をもってくることではじめて離礁させられるように、ナカタさんは、田村少年の殺意の化身とさえ言える田村父のシニフィアンであるジョニー・ウォーカーを、田村少年よりさらに激しく刺し殺すことで、田村カフカの父殺しを「離礁」させ、海に戻しているのである。

さて、もし、この小説をこのように読むことが許されるなら、こうして、ナカタさんは、田村カフカの父殺しを事後的に代行し、カフカの行った父殺しの事実をカフカから除去し、カフカの代わりに、母佐伯さんに死をもたらしに行く。そして佐伯さんは、ナカタさんのような息子の身代わりの人間が自分を死なせにくることを知っていた、というように、この物語は展開してゆくことになる。

では、このナカタさんの、ナカタさん自身にも知られないカフカ救助、カフカ自身にも知られないその「善」は、どこに行くのか。それは、そこでも当事者にその意味が知られることなく、星野青年の人間的な成長をもたらす。

この小説は、入り口で、田村カフカとナカタさんが子供の一対として現れ、進展するが、田村カフカを救済する劇の中で、影を半分ずつしかもたないナカタさんと佐伯さんが、田村カフカの父、そして母となる。そのことを通じて、カフカは回復し、この世に戻ってくる。最後、小説の出口で、最初の子供の対位は、カフカと星野青年というようにいわば青年の対位に変わっている。

『世界の終りとハードボイルド・ワンダーランド』は「自分の中の世界」と「世界の中の自分」という二つの世界で話が交互に進むパラレル・ワールドの作品だったが、『海辺のカフカ』は、この二つの世界を、ラカンの好むメビウスの輪の構造としてもっている。そこでは、一つの世界をたどると、もう一つの世界に抜け出し、逆にもう一つの世界をたどると、先の世界に抜け出る。いったいどこまでが主人公の少年の妄想で、どこからが現実なのかと、わたし達は問うべきではない。少年の内側から見られた世界の像と世界の内側におかれた少年の像が、同等の権利で、並立し、落差を際だたせる。そこに二つの現実があること、しかもそれが同等の権利をもつこと、つまりここにあるのがあの精神分析の世界であり、「換喩的な世界」

であることが、この小説の一番大きなメッセージなのである。そこで主人公は、自分の中にまったく根拠のない架空の物語を作り、その架空の物語の開く「自分の中の世界」を通過し、その「入り口」からもう一つの「入り口」へと抜けることで、そこから、「世界の中の自分」へと出ている。

そこで大事なことは、主人公の作り出す物語が、まったくの出鱈目であり、また、まったくの出鱈目であるほかない、ということだ。完全に損なわれた人間は、完全に損なわれた出来損ないの、つぎはぎだらけの物語を捏造し、その物語の「入り口」から入り、もう一つの「入り口」へと抜け出る。それをいくら出鱈目だと難じても無駄である。それが出鱈目でしかないこと、そこに、その物語の真実はひそんでいる。

「場所の名前なんてどうだっていいんだよ。（中略）そんなものに意味はないよ。なんに意味があるかといえば、私たちがどこから来て、どこに行こうとしているかってことでしょう。ちがう？」（上巻、三九頁）

この小説は、自分から追い出された少年が、自分に「死ね」という宣告をした相手に会いにゆき、その相手を「許す」ことを通じて、自分に回帰してくる物語である。かつてわたしは、内閉した人間が、回復するには、内側からカギを開けなくてはならないと述べたことがあるが（「二つの視野の統合」『可能性としての戦後以後』所収）、ここに描かれているのは、そういう内側からの回復の、内側から見られた姿なのだ。そこには、言ってみれば妄想しかない。そこには真実が何一つない。しかし、それにもかかわらず、この小説は、真実を語っている。真実の「ないこと」こそ、「換喩的な世界」の真実なのである。

9 「作者の像」の伝えるもの

さて、ここに述べたことのうちに「作者の像」はどのように顔を見せるだろうか。

こうした「換喩的な世界」の作品では、書かれた言葉は読者にふつうの意味での「作者の像」は、送り届けてよこさない。『海辺のカフカ』も一見これまでと同じ一人称の小説ではあるけれども、そこでの「僕」の語感は、これまでの村上の作品、たとえば『ノルウェイの森』とはまったく異なっている。それは、いわば高品質のセラミックあるいは鋼鉄のようで、さりげなく読者の感情移入を、謝絶している。作品世界には誰もいない。読者はそう感じる。勢い、彼は、その作者の不在の気配の淵源を追って、その作者の意のありかを部屋の外へと辿るが、そのあげく、作者がじつは、そこにいないこと、作品世界の埒外に位置していることに気づく。作者の気配のなさ、その空白が、実は作者の作り出しているものであり、その「ないこと」のうちに作者の「意」を受けとり、この空白を「作者の像」(の代替物)として受け取るべきことに、思い当たるのである。

『取り替え子《チェンジリング》』が、作品世界に現実の写真を投げ入れることで、テクスト論を手前側に踏み破っているとすれば、『海辺のカフカ』は、作品世界に「語られないこと」を投げ込むことで、テクスト論をその向こう側に、踏み破っている。

しかし、こんな問いが残る。なぜこのような作品が現れてきているのか。そこから浮かび出る「作者の像」は、どのような「作者の意図」をわたし達に伝えてよこすのか。

なぜこのような作品が現れてくるかという問いには、文学作品には、本来、このような換喩的な構造が埋め込まれているのだという答えが可能である。『アクロイド殺人事件』は一九二〇年代に書かれているが、語られないことによって、語り、書かないことによって、ある意図を伝えるということは、古来、文学テクストに備わる機能の一つでもあった。しかし、ここで問われているのは、そうした古来備わる機能が、なぜいま、ある切実さを伴って近年の文学作品に復活するようになってきているのか、ということである。このような作品の伝える「作者の像」には、いちようにある現代的な感触が浮かんでいる。いまわたしの頭にあるのは、次のような思いである。

ラカンは、自分の精神分析的な世界をそれまでの思考世界から区別するために、かなり強引な仕方でではあるけれども、換喩的な世界という像を提示した。彼によれば、これまで思考世界は隠喩的に、ここでの言い方で言うなら内科外科的に存在していたが、もうそういう仕方では、新しく現れつつある世界は、とらえられない。それは、換喩的に、精神分析的に存在する世界を、もう追うことができない。

それでは、この換喩的な世界とは、何か。それをラカンを離れ、わたしなりの言葉で言うなら、換喩的な世界とは、そこで頭と心と身体とが、ばらばらになった世界のことである。世界は、ある時から、そこに頭と心と身体とを、ばらばらに預けなくては、生きていけないものと変わった。そのため、そこで人は、頭は頭として生き、心は心として生き、その一方で、身体は身体として生きる。そしてそこに生きて人のもつ苦しみもまた、この頭と心と身体の分岐の上に結像するのである。

村上の作品で言うなら、それは高度資本主義社会の到来によって新たに現れつつある世界を描く一九八八年の『ダンス・ダンス・ダンス』あたりから露頭してくる。その作品に登場する「僕」の友人五反田君は、殺人を犯しながら、そのことを自分で十分に実感できない。そのため、そのことを見抜き、それを指摘するユキという超能力の少女が登場してくることになる。これに対し、頭と心と身体が一体のものとなった世界を、隠喩的な世界と呼ぶことができる。たとえばこれに先立つ作品である一九八七年の『ノルウェイの森』では、人は頭と心と身体とが一体のまま生きている。だから、直子は、「あちら側」の世界に行くのに、頭と心と身体ごと、そうする、つまり死ぬのでなければならない。隠喩的な世界では人は死ぬことで「あちら側」に行く。「あちら側」はそこで〝他界〟と呼ばれる。しかし換喩的な世界で人は、五反田君のように身体が行ったことを心が実感できない。時にそれを頭もまた把握できない。人はそこで身体はここにありながら、心だけ、「あちら側」に行く。頭と心はここにあって、身体だけ、「あちら側」に行く。その世界で「あちら側」は、死んで人の行く〝他界〟ではなく、生きたまま、行ってまた帰ってくる、〝異界〟と呼ばれる。

大島さんは、田村カフカに言う。

たとえば光源氏の愛人であった六条御息所は、正妻の葵上に対する激しい嫉妬に苛まれ、悪霊となって彼女に取り憑いた。夜な夜な葵上の寝所を襲い、ついには取り殺してしまった。（略）光源氏は僧侶を集め、祈禱をして悪霊を追い払おうとしたが、その怨念はあまりにも強く、それに対抗することはなにをもってしても不可能だった。

しかしこの話のもっとも興味深い点は、六条御息所は自分が生き霊になっていることにまったく気がついていないというところにある。悪夢に苛まれて目を覚ますと、長い黒髪に覚えのない護摩の匂いが染みついているので、彼女はわけがわからず混乱する。それは葵上のための祈禱に使われている護摩の匂いだった。彼女は自分でも知らないあいだに、空間を超えて、深層意識のトンネルをくぐって、葵上の寝所に通っていたんだ。（上巻、三八七〜三八八頁）

『海辺のカフカ』には、この五反田君の先に現れる頭と心と身体がばらばらになった人々が続々と登場してくる。誰より「金属を混ぜこんだみたい」な筋肉をもち、「金属的な、うつろな音」をたてて動く心臓をもつ田村カフカがそうであり、心と身体は生きているのに頭だけが死んでいるナカタさんがそうであり、頭と身体は生きているのに心だけが過去に置き忘れられている佐伯さんが、そうである。そこでは、人は、死ぬことなく「あちら側」に行き、また半分死んだまま、「こちら側」に、ゾンビのようにして生きる。しかしそれは、ほんの少し極端化されてはいるものの、いまのこの「頭と心と身体がばらばらな世界」を生きる、わたし達の姿なのではないだろうか。

この換喩的な世界、精神分析的な世界に、正答はない。しかし、そのことはそこに真なるものが何一つないということを意味していない。こう考えてみよう。『海辺のカフカ』はそもそもどう読まれるのが正しいのか。たとえば現実の作者である村上が、もしこの小説を自分はこう書いたと言ったとして、それが正しい読み方だということになるだろうか。あるいは、大多数の人に、この小説が、いっぷう変わったファンタジーの小説だと受けとられるとして、そうだとすればこれは、そのように受けとめておくのが妥当だ、ということになるだろうか。作者の意図も、受けとり方の多様性も、そこでは読みの普遍性を基礎づけるものとならない。では、いったい何がそれを基礎づけるのか。読みの普遍性は、ただ一つ、ある読者が、その作品から感動を受けとったとして、その感動のやってくるゆえんを説明すべく必要とする、そこでの読み方からだけ、もたらされる。むろん感動にも多種のものがあり、その説明にも多様なものがありうる。しかし、感動した読み手が、自分の受けとったものにこそ、（あの、誰もがそう感じるはずだという形での）普遍性があると確信する限りで、――それが普遍性への企投として語られる限りで――そうした複数の感動に裏打ちされた読み手の読解のせめぎあいが、それ自体、真なるものの可能性の場となるのである。しかし、文学作品における真とは、そもそもがそのようなあり方、正答がないことの上にそれがある、というあり方のうちに、本質をもつのではないだろうか。そこに真なるものはないが、真なるもののないことが、そこでは、一つの真として生きているのである。

Ⅲ 『仮面の告白』と「実定性としての作者」

1 「作者の死」と「主体の死」

テクスト論批評として約四十年ほど前に世に現れ、この国ではさしたる成果ももたないいま、ずいぶんと長い間先進的文学理論として公認されてきた考え方が、そのようなものとしては、もうとうに破産しているのではないか、と言おうとして、ここまで書いてきた。

これまでの趣旨を要約すれば、この考え方が文学批評の理論として致命的なのは、何より文学批評理論としてあの作品Aがこの作品Bよりもすぐれているという価値づけを、行えないからだった。この「価値の決定不可能性」ともいうべきものを、テクスト論は、あの言語理論の形式化による「意味の決定不可能性」から受け継いでいる。その形式化が捨象しているのは、言語が記号として発語主体、受語主体との間に保っている、言語コンテクストの連関である。

この形式化による言語コンテクスト連関の捨象は、さらに致命的な帰結として、テクスト論の「作者の死」という概念をきわめて平板なものにしてしまう。テクスト論は作者（発語主体）という項目に権利を与えないが、そのために、テクストは読み手（受語主体）の恣意に委ねられるというだけでなく、作者が書いたものとしてのいわばテクストの不透明な厚みそれ自体を、失ってしまう。

そのため、書かれた言葉にはその言葉としての不透明な厚みを通じて「作者の死」が宿る、と語られるにもかかわらず、テクスト論は、その書かれた言葉＝作品に宿る「作者の死」を論じることができない。それは「作者」をテクストから追放することを通じて実は「作者の死」をもまた、追放してしまうのである。

これまでテクスト論批評として知られてきたものについて言えば、その創始者の一人ともいうべきロラン・バルトは、作者の手から自由になったテクスト＝記号の織物を、目にもあざやかな手つきで読解し、テクスト論の切り開いた領野の可能性を開示してみせたが、それを文学作品批評の新方法として受けとったいわゆるテクスト批評論者のほうは、そのツケを支払う形で、以後、この考え方が内包する「価値の決定不可能性」という難問に、苦しむようになる。この国でも、少しは気の利いた文学批評として有効性をもつテクスト論者の批評が、皆無だったわけではないが、多くの場合、その批評は、作者の項目の除外というテクスト論の教条を標榜しつつ、その禁を実は犯す形で、作者（発語主体）との言語連関をその批評対象に取り入れ、これを行っていた。すなわち彼らも、批評の現場ではとてもテクスト論の言うままの「作者の死」の理論につきあいきれないということはわかっていたものの、公然とこの違和感を取り上げ、「作者の死」という考え方が硬直しているというところまで——テクスト論を否定し、脱テクスト論＝ポスト・テクスト主義批評の主張を推し進めるまで——の大胆さは、もたなかったのである。

ところで、それは、理由のないことではない。

この「作者の死」という考え方が、文学理論の世界で力をもってきたのは、何もここまで見てきたような、従来の作者還元論的な文学観への否定、新しいテクスト読解の可能性の開示という、もっぱら文学的な（？）理由だけが、人々に共感されたからではない。それはテクスト論の広がりにとっては副次的な要因と言えた。この考え方は、その一つの淵源を文学のうちにおいているが（ミシェル・フーコーの場合はそうである）、それにとどまらず、もう少し広い場所で、人間が生きるレベルでの「主体の死」、自己同一性に基づいてものごとを考えるあり方への懐疑、抵抗という考えを導くものとして、さらに言えば、デリダに関して先にふれた、あの「実感」（＝現前）に基づいて考える従来の「形而上学」のあり方に疑問を提示するものとして、人々に働きかけ、これと連動する形で、人々を説得してきたのである。文学理論としての「作者の死」を否定しようとすれば、いきおい、人は「主体の死」の論、「主体の形而上学」批判、「現前の形而上学」批判にも立ち向かわなくてはならなくなる。これは、テクスト論、構造主義にとどまらず、ポスト構造主義と呼ばれる新しい考え方の根本に対する異議申し立てということを意味する。いくら批評の現場での体感が、「作者の死」はおかしいと囁いても、これを口に出して反対を唱えるのは、相当な覚悟のいることだったのである。

この論では、ここまで、第Ⅰ章「「作者の死」と『取り替え子《チェンジリング》』」において、ロラン・バルトのテクスト論を一瞥した後、大江健三郎の『取り替え子《チェンジリング》』を取り上げ、それに対する従来型のテクスト論的な接近がもはやなにごともなしえないものとなっていることを実地に見た。第Ⅱ章「『海辺のカフカ』と「換喩的な世界」」では、ジャック・デリダの言語論への批判と竹田青嗣のそれの検討をもとに、竹田の言う「一般言語表象」、「現実言語」という概念に、文学テクストのための「虚構言語」という概念を新しく付加し、カミュの『異邦人』、阿部和重の『ニッポニアニッポン』、村上春樹の『海辺のカフカ』を取り上げた上で、「作者の死」が作品の中に現前するとはどのような事態であるのかを、ジャック・ラカンの言語理論を手がかりに、「換喩的世界」の成立という形で論じた。

これを受け、この章では、「作者の死」と「主体の死」の連関をつなぐミシェル・フーコーの考え方を取りあげ、その上で、〈作者の死〉を生きること、「主体の死」を生きることが、それ自体として作者あるいは主体にとっての当為（意味付与の行為）でありうること、つまり〈作者の死〉「主体の死」の考え方の生きられるあり方が、必ずしもフーコーの述べているような形をとらないことを、いくつかの文学作品を取りあげることで、見てゆく。その考察が、フーコーの「主体の形而上学」批判、デリダの「現前の形而上学」批判への疑念の提示、それの反批判となること、同時にそれを通して新たな批評原理を展望するところまで進むことができれば、それがこの論の終点である。

2　ミシェル・フーコーの「作者とは何か?」

ミシェル・フーコーの「作者の死」の論としてわたし達の前にあるのは、「作者とは何か?」と題する一九六九年二月二十二日に行われたフランス哲学会主催研究会での講演記録である。そこに提出された要旨の冒頭で、フーコーは、「だれが話そうとかまわないではないか」という、挑発的なサミュエル・ベケットのエッセイ中の言葉を引き、彼の作者についての考えの基調を、披瀝している。

引かれるベケットの言葉は、『サミュエル・ベケット短編集』中にある、次のような言葉である。

捨ててしまえ、わたしはもう少しでそんなものはみんな捨てろと言うところだった。誰が、い、い、い、い、い、いしゃべろうとそんなことはかまやしない、誰がい、い、い、い、い、い、い、い、いい、い、い、い、い、い、い、い、い、い、い、い、誰かが言った、誰がしゃべろうとかまやしない、と。間もなく出発だ、わたしも行きたい、だが行くのはわたしじゃないだろう、わたしはここに残る、わたしは遠くにいる、これはわたしじゃないとわたしは言うだろう、だがもう何も言うまい、なにかの物語ができそうだ、誰かが物語を話してみようとしている。そうだ、否定なんか糞くらえだ、みんな嘘《うそ》だ、時間の嘘に、すべての時間と時制の嘘にだまされていよう、あれが済むまで、すべてが済んでしまうまで、声が黙るまで、あれはただの声なの

だ、ただの嘘なんだ。（サミュエル・ベケット「短編と反古草紙」第三、片山昇・安堂信也・高橋康也訳、一〇三頁、傍点引用者）

フーコーの「作者の死」の論は、ここまで見てきたバルト、デリダ二つの論に重ねて言えば、これを読み手のほうから論ずるバルトのそれに近い。しかし、バルトにおける「作者の死」がいわば人形の首を切るような機械的、構成的営為としてあるとすれば、フーコーにおいてそれは、書き手のほうからこれを考えるデリダにおけるそれと同じく、生きているものを死なしめるていの生動感をもつ。フーコーは、生きている作者を、この「だれが話そうとかまわないではないか」という投げやりな無関心でもって、放置し、死なしめよ、と言うのである。

彼は、その要旨のメモをこうはじめている。

《だれが話そうとかまわないではないか》――この無関心のなかに、今日のエクリチュールの倫理的原則、おそらくもっとも根本的な倫理的原則が明確な姿を見せている。作者の消失は批評にとって、これ以後日常的な主題となっている。だが肝心なのはその消滅を改めてもう一度確認することではない。作者の機能が作用する位置を、空虚な（中略）場として標定しなければならないのである。（ミシェル・フーコー「作者とは何か？」清水徹訳、『作者とは何か？』清水徹・豊崎光一訳、所収、一一頁）

わたしの考えを先に言っておけば、わたしはとりわけこの講演要旨メモに論の基軸として示された「無関心」と「倫理」の組み合わせに関心を抱く。それというのも、「無関心」――それも真摯な無視といったものでない、むしろ投げやりでちゃらんぽらんな――に、それとは裏腹に深刻ぶりを隠しもしない「今日のエクリチュール」の「もっとも根本的な倫理的原則」を見出す、この身ぶりは、フーコーにおける、そしてまた彼の影響を受けたポストモダン的言説一般における、「作者の死」そして「主体の死」の言明につきまとう外暈のような存在と感じられるからである。それは一瞬わたし達を魅了する。しかし少しするとよくわからない感じが残る。以後、その言明は、しっかりと腑に落ちないまま、わたし達の心を領する……。フーコーの「作者の死」、「主体の死」の言明につきまとうこの言説の身ぶり、語調（トーン）、そこに彼の「作者」の論の核心が姿を見せているというのが、わたしの直観である。

まず、ここでのフーコーの論を、祖述する。

〔作者名〕

フーコーは、まずはじめに作者名が特に書かれたものとの関係で、固有名詞とは異質の働きをもつことに読者の注意を喚起する。

ピエール・デュポンという人がいる。青い眼をしていると思ったが、実は眼が黒かった、という場合、この名前が固有名（＝ふつうの人名）である限り、属性が変わっても、この名が先と同じ人物を示すことに変わりはない。先と同じ人物であるところのピエール・デュポンが、実は青い眼ではなく、黒い眼だった、のである。しかし、もしシェイクスピアが、その名でこれまで発表された全作品を書いたのではなく、それを書いたのは、別人だったと判明した場合――一時シェイクスピア＝ベーコン説があったがそのような場合を念頭においてもらいたい――、シェイクスピアという作者名の指示内容は、同じだろうか。その場合は、先と同じ人物であるところのシェイクスピアが、実は『ハムレット』も『リア王』も『ベニスの商人』も書かなかったとはならず、『ハムレット』も『リア王』も『ベニスの商人』も書かなかったのであれば、このシェイクスピアという名前でわれわれに知られていた人物は、シェイクスピアの作品の作者ではなかった、つまり「シェイクスピア」ではなかった、となる。作者名シェイクスピアと固有名ピエール・デュポンは、違う働き方をするのである。

作者名とは、〝その名の下に書かれたとされる作品を書いたところの人物に付された〟固有名である。ふつうの固有名が何にも先行されないという理由で固有名であるのと違い、作者名は先行要件をもっている。したがって、その要件が変容すれば、指示内容は変わることになる。

このことは、作者という存在が作品に対してもつ、ふつうの存在とは違う特別な機能について、そういうものがあることをわたし達に教える。ところで、それは、歴史的な存在でもある。作者は本来、作品に先行された存在だが、歴史的には、ある時から、その順序を転倒させ、作品に先行するようになる。

〔作者の機能の第一から第三。「主体」化的な機能〕

こう述べてフーコーは近代以降の言説観における作者の機能として次の四つをあげる。まず、第一から第三。

一、所有関係。かつてはある著述がその作者に属するという意味は、その著述ゆえに作者が処罰されるということのうちに表現されていた。つまり著述は――所有の対象である――モノ（著作物）ではなくて――処罰の対象である――コト（著述行為）だった。その布置が十八世紀末から十九世紀初頭にかけ、転換し、著述は以後、著作（＝モノ）と変わり、著作権、作者と出版者の関係、復刻・転載権をはじめとする「テクストに対する所有制度」があいついで制定されるようになる。作者の機能の第一は、テクストの所有者ということである。

二、帰属関係。かつて著述は、少なくとも文学においては作者への帰属を必要としなかった。物語、小説、叙事詩、悲劇、喜劇が、作者を問題にすることなしに流通し、価値を与えられていた。かえって、いまなら科学テクストと呼ばれるだろう言説が、作者の名を記されていなければ受け入れられなかった。その布置が十七世紀あるいは十八世紀に転換する。人々は科学的言説を「それ自体として、すでに確定された真実ないしはつねに新たに証明しうる真実、という無名性において」受け入れるようになる。その反面、「《文学的な》言説」は作者名と結びつけてでなければ受け入れられなくなる。いまや、

詩やフィクションのいかなるテクストに対しても、人びとは、それが何処から来たか、だ

れが書いたのか、いかなる日付に、いかなる状況で、あるいはどのような企てに発して書かれたのかと問いかけるでしょう。（中略）そしてなにかある偶発的出来事のためにせよ明白に作者の意志によるにせよ、それが匿名の状態でわれわれに届いてくる場合、作者を発見しようとする動きがただちに起る。文学上の匿名性はわれわれには耐えられないのです。われわれはそれを謎というかたちでしか容認しないのです。（同前、四一頁）

作者の第二の機能は、言説を現実の誰かにつなぎとめること、その帰属関係によって文学を文学たらしめ、わたし達を〝落ち着かせる〟ことである。

三、統一性の原理。これは近代以降の文学批評において顕著な機能だが、「作者の聖性」によってテクストの価値を証明しようとしたキリスト教的注釈学からの流れを受けて、作者は、テクストに対し、一種の「統一性の原理」として機能する。

（それは、――引用者）作者とは作品のなかでの若干の事件の現存と、それら事件のさまざまな変貌、変形、変更に対する説明（作者の伝記、作者の個人的展望の標定、その社会的所属あるいは階級的位置の分析、その根源的投企の解明による説明）を可能ならしめるなにものかだ、という考え方です。同様に、作者とはエクリチュールのある一種の統一性の原理だ、――あらゆる差異はすくなくとも、生成、成熟、影響の原理によって解消されるべきであるとする考え方。作者とはまた、一連のテクストのなかに繰りひろげられることのある諸矛盾の超克を可能ならしめるなにものかだという考え方。つまり、作者の思考あるいは欲望、意識あるいは無意識のある地平に、ある一点が——それを出発点とすれば、もろもろの矛盾が解消され、相い容れぬ諸要素がついにはたがいに結びつくか、または根源的・始源的な矛盾のまわりに組織されるような一点が——あるはずだという考え方。もうひとつつけ加えれば、作者とは、作品のなかでも、草稿のなかでも、書簡のなかでも、断片のなかでも……、それぞれに完成度の差はあっても、同一の価値を担って、はっきりと顕現するところの、ある表現の中心だという考え方です。(同前、四五～四六頁)

フーコーはその古代における例として作品の真正性を分別するための聖ヒエロニムスのプリミティブな四つの基準をあげ、いまから見ればその内容が素朴にすぎるとしても、そこにあげられた基準が作者の「真正性」に基づく作品の相対化をもたらしている点、それは、いまなお近代批評の作者観の母型をなすと言う。作品が真正であるかどうかを選別する「真正性」の淵源が、作者の機能の第三である。

〔作者の機能の第四。非「主体」化的な機能〕

以上三つの機能は、いずれも作者の「主体」化作用ともいうべき、フーコーの観点から見ての否定的な機能だった。けれども最後、フーコーは、作者の肯定的な機能をあげる。作者の肯定的な機能とは何か。彼は言う。作者がテクストの所産だとしてもなお、そのテクストに作者が先に存在することを指し示す幾つかの要因がある。たとえば「私」という代名詞、「いま」とか「ここ」といった時と場所の副詞といった記号がテクスト中に残存し、それがつねにテクストを読む者に対し、それを書いた作者に送り返すといった作用がそれである。そのような要因があるため、「作者」をもつ言説には、そうでない言説にはない、特別の作用が付与されることになる。すなわち、「作者」をもたない言説——たとえばふつうの手紙とか、伝言のメモ——では、そこに書かれる「私」は、そのまま「現実の発話者」へと回付される。そこでの「私」とは、手紙、メモを現に書いた「現実の発話者」のことである。しかし、「作者」をもつ言説——たとえば小説、物語——の場合、こうした「回付機能」をもつ記号の役割はそれよりずっと「複雑で可変的」になる。というのも、それが物語であれば、そこに書かれる「私」「いま」「ここ」は、けっして正確には「作家」——それを書いた現実の個人——にも、またその彼が現に書いている執筆時点・執筆地点にも送り返しはしないからである。では、それらの諸記号は読み手を誰に回付するのか。

　それらは、もうひとつの自己《アルテル・エゴ》へ、——そこから作家までのあいだに程度の差はあれ距離が介在するばかりか、その距離が作品の展開してゆく経緯そのものにおいても可変的であるう《ママ》るようなもうひとつの自己へ、と送り返すのです。（その場合、テクストの——引用者）作者を現実の作家の側に探すのも、虚構の発話者の側に探すのも同様に誤りでしょう。機能としての作者はこの分裂そのもののなかで——この分割と距離のなかで作用するのです。（同

前、四八頁）

　ところで、こう述べてきて、フーコーは、この虚構作用を介して生起する「作者の死」ともいうべきものは、文学テクストに固有のあり方なのではない、と言う。フーコーによれば、それは、「作者」をもつ言説一般に等しく備わる作者の機能であり、「作者」をもつ言説は――小説、詩といった「準言説」にとどまらず――、すべていわば「複数の自己」を含みもっているのである。フーコーはそう述べて数学論文を例にあげる。数学論文の序文で「論文作成の状況」を語る「私」は、経験的な自己である。これに対し証明過程で「私は結論する」とか「私は仮定する」と述べる自己は、いわばイデア的な「私」である。さらに証明後、証明の数学的な意義について考察する「私」がいるとすれば、その「私」は、この二つのいずれとも違う第三の「私」である。

　つまり、「こうした言説においては、機能としての作者は、これら三つの同時的な自己が散乱するようなかたちで作用すると言わねばならない」とフーコーは言うのである。

　さて、ここまで長くフーコーの作者の機能の論の骨格を追ってきたが、ここに見たことは、あのフーコーの「無関心」であることの「倫理」性という基軸に関し、何を教えるだろうか。

　この意味で興味深いのは、ここにフーコーの引いているベケットの断章中の言葉と、先に紹介したベケットの原文中の言葉との間に、一点、ほんの些細な、けれども見ようによっては喚起的な、と言えなくもない異同が、見つかることである。

講演でフーコーは、この言葉を次のように紹介している。

ある主旋律《テーマ》から私は出発したいと思っているのですが、それをはっきりと言葉に表したかたちを、私はベケットから借りることにします。《だれが話そうとかまわないではないか、だれかが話したのだ、だれが話そうとかまわないではないか》という文です。この無関心のなかに今日のエクリチュールの根本的な倫理的原則のひとつを認めねばならないと思います。「倫理的」という言葉を使ったのは、この無関心が、話したり書いたりする仕方を性格づける特徴であるというよりは、むしろいわば内在的規則の一種、たえず繰り返して取り上げられるのだが、けっして完全には適用されることのない規則、エクリチュールを結果として印づけるのではなく実践として支配する原則であるからです。この規則はあまりにも知られているものですから、これを長々と分析する必要はありますまい。（同前、一九～二〇頁）

ここに引かれたベケットの言葉と、先のわたし達のもっているベケットの日本語訳の該当個所とには、見られる通り、「だれが話そうとかまわないではないか」という言葉を、誰《ヽ》が《ヽ》話《ヽ》しているのか、という点に関して、明らかに相反する言明の形が示されている。ベケットの英語による原文著作にあたる限りは、先の日本語訳は、間違っておらず、そこには英文のまま引くと、こう記してある。

What matter who's speaking, someone said what matter who's speaking. (Samuel Beckett, *Stories & Texts for Nothing*, Grove Press, 1967, p.85)

対応する日本語訳は、この章の冒頭にあげたように、「誰がしゃべろうとそんなことはかまやしない、誰かが言った、誰がしゃべろうとかまやしないと」である。もともとベケットはフランス語と英語で書いており、この英文著作も、もとはフランス語で書かれているが、そこにも、

Qu'importe qui parle, quelqu'un a dit qu'importe qui parle.

とあり（*Nouvelles et textes pour rien*, Editions de Minuit, 1958, p.143）、これは右の英語テクストのままである。フーコーのこの講演のフランス語原文——初出"Bulletin de la Société française de Philosophie", 63e année, no.3 (1969) が入手困難なので再録の *Dits et Ecrits: 1954-1988*, v.1, c1994 を見た——も、これと同じであるから（p.792）、この異同は、日本語訳者のいわば意訳の産物であることがわかる（一九六九年刊の右に記した初出フランス語原文は見ていないが、一九九四年の再録版（*Dits et Ecrits*）をもとに補訳〔根本美作子訳〕を付した一九九九年刊の日本語版『ミシェル・フーコー思考集成 III』所収「作者とは何か」訳稿〔清水徹訳〕でも右の該当個所〔二二八頁〕に変更はない。そこからこう推定できる）[*6]。つまり日

本語の訳が、フーコーの引いたベケットの、英語で言うなら、“What matter who's speaking, someone said what matter who's speaking.”とある個所を、言ってみるなら、もう少し言うなら、“What matter who's speaking, someone *said*, what matter who's speaking.”と、もう少し言うなら、“What matter who's speaking, someone *spoke*, what matter who's speaking.”と、解し、「意訳」したため、日本語でのベケット文と日本語でのフーコー講演におけるベケット引用とに、違いが生じているのである。

この異同にフーコーは関係していない。けれども、この日本語訳の――たぶんはフーコーの意を訳者なりに忖度した結果なのだろう――「意訳」から生じることになった違いは、フーコーのこの言明の構造に、興味深い視角から光を投げかけている。というのも、ベケット原文には、フーコーの論の日本語訳ベケット引用文にあるのとは別種のこの「だれが話そうとかまわないではないか」という言明に関する〝扱い〟が示されており、そこまでを受けて、これをベケットの原文における彼の言明の〝全容〟と見なし、これを――こちらは日本語訳の「意訳」の内容の如何に左右されない――フーコーのフランス語言明の「言明内容」と「言明行為」とからなる〝全容〟のかたわらに置いてみると、フーコーとベケットの言明が、その〝全容〟において、対立の関係にあることが、わかるからである。

ベケットは、彼の作品のなかで、語り手「わたし」に「だれが話そうとかまわないではないか」と言わせ、ついで彼自身の信条そのままに、そういうことを誰か知らないが「だれかが言った」と続けさせている。ベケットの「わたし」は、誰が話そうとかまわないと考えているので、そう言ったのが、誰かは知らない、とにかく「だれかがそう言った」のだ、と述べる。彼は無関心に、無関心でいいよ、と言うのである。これに対し、フーコーは、彼自身も、そのフランス語原文で、「だれが話そうとかまわないではないか」、ベケット（ないしベケットの「わたし」）もそう言っている、と言い、そこに現れたベケットの「だれ」への無関心に現在のエクリチュールの「もっとも根本的な倫理的原則」があると述べるのだが、その言明を〝全容〟において見ると、彼は、この言葉をベケットとは違い、「だれかが言った」と「匿名のだれか」が述べた言葉として引用するのではなく、あのサミュエル・ベケットが（作中に）述べた言葉として、引いている。つまり、フーコーの言明は、これを、その言明を言明するフーコーというところまで繰り入れ、〝全容〟として見るなら、その言明行為の〝全容〟において――言語行為論的に言うなら言遂行的（パフォーマティブ）に――、言明に語られていること――同じく言陳述的（コンスタティブ）な内容――を、裏切っている。母親が子供に、（親の言いなりにならずに）自分で物事を決めなさい、と言うと、子供はどう行動すればいいのかわからなくて身動きできなくなる。こうしたあり方をとらえて二重拘束《ダブル・バインド》と言うが、この言明における「だれが話そうとかまわないではないか」という陳述的内容と、それを「そうサミュエル・ベケットが（作中に）言った」と語るフーコーが述べているという言明事実（＝言遂行的事実）との間にあるのも、これとほぼ同じ二重拘束的な構造である。

フーコーは、この二つを、「だれが話そうとかまわないではないか」という投げやりな語調（トーン）と、それをあのサミュエル・ベケットという「今日のエクリチュールにおいてもっとも」重要な小説家のひとりが書いたという「どうでもよくない」むしろ〝深刻〟な（?）事実指摘の組み合わせとして語るが、先のフーコーにおける「無関心」と「倫理」の取り合わせは、ここに言う、「だれが話そうとかまわないではないか」とベケットが言った、ということのフーコーのエピメニデスの逆説にも似た意味決定の困難な言明と、その〝全容〟において、対応しているのである。

「作者の死」の言明にとどまらない。彼の「主体の死」をめぐる言明にも、この二重拘束の構造は、見え隠れしながら、つきまとっている。

「作者とは何か?」の講演とほぼ同時期に書かれたとおぼしい、次の『知の考古学』（一九六九年）序論最後の言葉は、彼の「主体の死」の言明につきまとう独特の外暈をよく示すものとして、人口に膾炙しているが、そこからやってくるのも、ちゃらんぽらんさと真摯さの共存ともいうべき、同種の感触である。

おそらく、私だけでなく、ほかにも顔をもたぬために書いているひとがいるはずである。私が何者であるかをおたずね下さるな、同一の状態にとどまれなどとは言って下さるな。同一であることは戸籍の道徳であり、この道徳が身分証明書を支配しているのです。書くことが問題なときには、それから自由になって然るべきです。（『知の考古学』中村雄二郎訳、改訳版新装、三二頁）

「私が何者であるかをおたずね下さるな」は、先の「だれが話そうとかまわないではないか」が読み手の側から見た「作者」をちゃらんぽらんな無関心をもって死に追いやろう、という提言であったとしたら、書き手の側から見た「作者の死」の宣言である。「私は作者として死んでいるのだ、だれも私にかまわないでくれ」と、彼は言っているのである。

この言葉は、ほぼフーコーの中で一対のものとして、同じ「作者の死」の場所から出てきているはずである。そしてこのことは、この言明がフーコーにおいてあの「主体の死」の言の嚆矢をなすものと受け取られていることが示唆しているように、彼における「作者の死」と「主体の死」のつながりを教える。「作者とは何か?」で言われた読者から見ての「作者の死」は、『知の考古学』序論に言われる「書くことが問題なときには」「(書き手である)私が何者であるかをおたずね下さるな」という書き手から見ての「作者の死」を通じて、たぶんはあの、これまた、名高い、

たぶん今日の標的は、私たちが何者であるかを見出すことではなく、何者かであることを拒むことであろう。(「主体と権力」渥海和久訳、『ミシェル・フーコー思考集成 IX』所収、二〇頁)

という権力論の一環のうちにある「主体の死」の言明へと、接続するのである。

そこに一貫して見られるもの、それがあのちゃらんぽらんさと真摯さとの共存ともいうべき

フーコーが言うところの「主旋律（テーマ）」、――語調（トーン）である。いわばここでは、細心の配慮をもって筋肉を弛緩させること、精神を集中しないように、精神を傾注すること、そうした高度な精神の身体技法が、求められている。そこにあるのは、あたかもアイスクリームを天ぷらの衣でくるむとでもいった相反する二者の結合である。わたしの考えでは、フーコーにおける「作者の死」、ひいては「主体の死」の言明は、これを保持するのに、こうした過度な精神の身体技法を必要としている点で、一貫しているのである。

この「だれが話そうとかまわないではないか」は、そのちゃらんぽらんな無関心への誘いでわたしを唆す。けれどもわたしがこの言明の前に置くのは、本当に、「だれが話そうとかまわない」のだろうか、という野暮な問いである。わたし達は知っているのだ、本当は「だれが話そうとかまわない」のではないことを。そうでなければ小説一つ読めないことを、わたし達は、実はよくわかっているのだが、ただこの無関心との関係が、よくわからないのである。「私が何者であるかをおたずね下さるな」という言明は、無名の存在には不可能だろう。かつてフランスの高級紙ル・モンドが企画した対談シリーズの冒頭に登場した「無名の哲学者」が、実はミシェル・フーコーその人だったという話は、フーコーに関してよく知られた挿話の一つだが、本当の無名者に、匿名者となることはできない。匿名になる特権をもつのは、つまり「私が何者であるかをおたずね下さるな」という言陳述的（コンスタティブ）な内容を、意味あるものとして言遂行的（パフォーマティブ）に言明できるのは、名前をもつ者、確乎とした作者名として存在している者である。そして、このことは、一九八二年に書かれた右に引用した言葉における、「何者かであることを拒む」という言明を、押しも押されもせぬ「何者かである」ミシェル・フーコーが行うことで、その言明に意味が生じている構造のうちにも、まったく同型のまま、反復されている。しかしそのことをもまた、わたし達は、知っている。わたし達は知っているが、ただそのわたし達の身体的な知の意味に、気づかないのである。そしてそれがたぶんはこのフーコーの「作者の死」「主体の死」にかかわる言明が、典型的な二重拘束の構造をもっていながら、そのことにわたし達の眼がいかないことの理由なのだ。

なぜこのようなことになるのか。

3 「実定性」という概念

私の見るところ、フーコーの「作者とは何か?」は、その作者の論を通じて、その理由の発端を私たちに明らかにしている。

その発端とは、フーコーが、作者の機能の第四として、作者をもつ言説は「もうひとつの自己《アルテル・エゴ》」を作り出す（＝自分を死なせる）、と述べたくだりで、この「作者の死」が生きられるテクストを、文学テクストを越え、作者をもつテクスト一般に拡大適用できるとしていることである。

もう一度、おさらいするなら、そこでフーコーは大略、こんなことを述べている。

一、まず、フーコーは、作者の機能の第四として、作者の項がなければもたらされえない作用に、「自己の複数化」ともいうべき事態をあげている。つまり、作者の項を切除してしまえば「作者の死」もまたなくなる。バルト流のいわゆるテクスト論ではダメなことを、フーコーはよくわかっている。これは、前章までのわたしの論で言うなら、言語コンテクスト連関があって〈作者の項があって〉はじめて、虚構言語における〈作者の死〉がテクスト内に現存せしめられる、ということである。

二、しかし、すぐに指摘しておかなければならないが、フーコーでは、この〈作者の死〉は、「自己の複数化」（＝「複数の自己の散乱」）ととらえられる。わたしの論では、主体が死んで、主体の死が主体によって生きられるとなるところ、フーコーの論では、主体が死んで、複数の非主体が散乱する、となるのである。

三、しかも彼は、この「複数の自己の散乱」は文学テクストにとどまらない、作者をもつ言説すべてについて言えることであると、いわば虚構言語のあり方を作者をもつ言説一般（たとえば数学論文）にまで拡大適用する。

しかし、この拡大適用は正しいだろうか。

先の祖述を思い出していただきたい。〔作者の機能の第四〕に触れた個所で、フーコーは、テクストの中に、テクスト自身を「作者へと送り返す」要素があることに着目して、その送り返し先が、「現実の発話者」であるケース（一般テクスト）と、「もうひとつの自己」であるケース（文学テクスト）とに分け、後者においては、現実の作者がいわば自己同一的な主体を複数の自己に散乱させていると述べていた。彼によれば、そこで文学テクストの「機能としての作者」は、「現実の作家の側」と「虚構の発話者の側」の「分裂そのもののなかで——この分割と距離のなかで」作用しているとされた。これは、作者がいわばテクスト中の「虚構の発話者の側」の記述を手がかりに、——読み手がそこから「作者へと送り返される」ことで手にする——「作者の像」として、存在している、ということである。逆から言えば、この時、「現実の作者（＝発語主体）」は、同一的な自己からの離脱、つまり発語主体としての〈作者の死〉を経験しているのである。

現実の発語主体は、虚構言語の言語連関のなかで文学テクストを書くことを通じ、いったん死んで、架空の発語主体ともいうべき境位を獲得する。これが前章に述べた、作品の中に現前しているものとしての、わたしの脱テクスト論に言う〈作者の死〉だが、これが、フーコーでは、「もうひとつの自己」の獲得、またそれを通じてのテクストを書くことにおける「複数の自己の散乱」につながり、またそれが、文学テクストという特殊な〈準言説〉に限定されない、となる。

しかし、文学テクスト、たとえば小説におけるこの「もうひとつの自己」の獲得と、先にフーコーが例とした数学論文における「三つの複数の自己」の獲得と、この二つを同一視できるだろうか。わたしは、それは無理だと思う。

フーコーは、数学論文を例に、序文を書く経験的な「私」、証明過程におけるいわばイデア的な「私」、さらに証明を終えて、その意義を考察する「私」は、それぞれに異なる三つの自己であって、数学論文にもまた、「複数の自己の散乱」が見られると言う。彼に従えば、同じことが、多かれ少なかれ、「機能としての作者」を備えた哲学の論考にも、社会科学の政治論文についても言える。しかしそれは、これらのテクストを「機能としての作者」の働きとして観察した場合、事後的にそういう「作用」が見出されるということにすぎない。そこには、「複数の自己の散乱」はあるが、その自己の複数化によって死にいたらしめられるあの単数の作者の自己の死、つまり〈作者の死〉は、存在しないのである。

なぜ、数学論文の「複数の自己の散乱」には〈作者の死〉がないのだろうか。「複数の自己の散乱」が〈作者の死〉を意味するとは、それがそこで死ぬ単数の作者に「複数の自己」へのいわば「自己裂開」として生きられるということである。そのためには、そこにいわば、単数の自己の場ともいうべきものが、あるのでなければならない。文学テクストにあり、数学論文にないのは、その「複数の自己の裂開」を乗せる場としての「単数の自己の場」、こう言ってよければ「複数の自己の裂開」を生きる主体としての「作者の単一性」である。数学論文において、読み手は、序文の私、証明の私、証明の意義考察の私と、三つの自己がそこにあるのを認めるだろうが、その三つの自己の散乱（?）によって分裂・裂開している、単数的な場としての第四の自己を、そこから受け取ることはない。この単数的な自己を複数の自己への裂開、つまり一人の「死」として送り届けてくるものが、文学テクストであり、そこで起こっているものを、わたし達は、〈作者の死〉と呼んでいるのである。

数学論文にこの単数の自己の場、作者の単一性がなく、文学テクストにのみ、それがありありと存在するのは、文学テクストが数学論文と違い、言語連関によってのみ、その独自の意味を生みだす言語表現だからである。「単数の自己の場」の本体は、文学テクストからわたし達の受けとるあの「作者の像」にほかならない。むろんわたし達も数学論文が、複数の自己をもちつつ、単一の現実の作者によって書かれていることは知っている。しかし、数学論文は、テクストとして、その単一の「作者の像」を足場にその言表の信憑を送り届けてくるのではない。わたし達は、数学論文を読んで、ここは、書き手＝作者＝筆者が、こう考えてこう表現しているのだろう、というようには考えない。文学テクストにおいてのみ、わたし達は、作者の像をともなう信憑を必須のものとして、その言語連関のうちに、その言語表現を受けとる、そして味わうのである。

では、フーコーが数学論文と文学テクストを同一視するのは、なぜなのだろうか。ここまで見てきたことは、自己には、「複数に散乱する自己」と、それを載せる「単一性の場としての自己」というように、二つの位相のあることを教えているが、フーコーは、自己にこの二つの位相のあることを認めていない。彼はその二者を識別するのに必要ないわば自己の二層性的な把握を、欠かしている。彼の「主体の死」の論、「同一性の否定」の論についても同じことが言えるのだが、なぜ、彼のこの系列の言明がいつも二重拘束的な構造をもたずにはいられないかといえば、その言明の形が、この二つの自己を峻別することをせず、認めるべき自己の単一性を排除すべき自己同一的なイデオロギーと同一視した上で、いわば赤子を盥の水と一緒に捨てるようにして、これをひとしなみに——力を抜きつつ——否認せよと、定言化されるものにほかならないからである。

こう考えてみよう。わたし達は、いま自分の周囲で、自己同一性という言葉が二様に語られてきているようだという感想を、もたないだろうか。それは、一つには、それなしには人がふだんの社会生活を営むことができない、最低限自己が自己であるために必要なありようである。たとえば、日本精神神経学会は二〇〇二年に差別や偏見を招きやすいという理由で「精神分裂病」という呼び名を「統合失調症」に改めたが、ここに言う「統合」の「失調」とは、いわば自己同一性の統合の場が、変調し、自己から失われていることを指している。これに対して、さまざまな多様性、複数性、ノイズを単一なあり方に係留し、回収するイデオロギー作用の起点概念であるとするまた別の、この語の用法・解釈がある。そして、フーコーの「主体の死」の論、「同一であること（＝自己同一的であること）は戸籍の道徳であり、この道徳が身分証明書を支配している」といった理解は、その代表的なものの一つにほかならない。これは、権力分析などを通じて明るみに出されるいわばイデオロギーの基礎概念としての「自己同一性」である。フーコーは、このうち、前者の位相での自己同一性が後者のそれと異なる意味をもつことを見ていない。フーコーの言い方のヴァルネラビリティ（批判誘因性）ともいうべきものは、ここから来ている。必要なのは、人間に不可欠な自己同一性と人間に不要な「自己同一性」（イデオロギー）とを区別し、前者は、これを服用し、後者は、これを忌避することなのだが、その二つを識別せずに自己同一性一般は権力貫徹の具であると、糾弾の対象に据えるため、彼の言明は、あのアクロバティックな精神の身体技法を必要とするあり方を、不可避のものとせざるをえないのである。

ここに顔を出しているのは、どういう問題だろうか。

フーコーの概念を借りて、これを換骨奪胎し、再定義したうえで用いることになるが、それは、実体としての作者と、いわば実定性としての作者とは、分けて考えられなければならない、ということである。この点については、同じことが、主体についても言えるだろう。

フーコーの「作者の死」「主体の死」にまつわる言明の意味構造的な危うさは、端的に言って、そこでの作者観が、テクスト論者の場合と同様、実体的、平面的であるところからきている。

再び先の祖述の、今度は〔作者の機能の第三〕、「統一性の原理」の個所を思い出していただきたい。フーコーは、テクスト一般における作者の機能の第三として、それが言語表現上の諸矛盾を解消する、ある聖性を帯びた「一種の統一性の原理」となっていることをあげていた。彼が言うのは、むろん、このようなものとしての「作者」は、テクスト受容の場からすみやかに排除されるべきであり、こうした自己同一的な「作者」が消滅した後の「空虚な場」として、今後、「作者の機能」の領域が「標定」されなければならない、ということである。

しかし、彼は、彼の言う〈エクリチュールのあらゆる差異を解消し〉・〈テクスト内の諸矛盾の超克を可能ならしめ〉・〈作者の思考の矛盾を解消し、相い容れぬ諸要素を結合し〉・〈作品、草稿、書簡、断片といったさまざまなレベルのテクストを位階化し、統合し〉てしまうこの「統一性の原理」としての「作者」を排除しようとして、ここでも、それ以上の、またはそれ以外の「作者の機能」を合わせ、排除してしまう。彼には、それ以上の、それ以外の「作者の機能」などは思いあたらない。つまり、彼にとって作者の機能の第三は、上にあげたいわば実体的な機能がそのすべてにあたっていて、先に作者の第四の機能を検討した際に言われ、また自己同一性の位相で言われた「単数の自己の場」としての「作者」は、その念頭にのぼらないのである。

しかし、フーコーの言にもかかわらず、作者の機能とは、〈エクリチュールのあらゆる差異を解消し〉・〈テクスト内の諸矛盾の超克を可能ならしめ〉・〈作者の思考の矛盾を解消し、相い容れぬ諸要素を結合し〉・〈作品、草稿、書簡、断片といったさまざまなレベルのテクストを位階化し、統合し〉てしまうところにその主眼があるというより、その手前で、〈エクリチュールのあらゆる差異を差異ならしめ〉・〈テクスト内の諸矛盾を諸矛盾ならしめ〉・そこに〈作者の思考が矛盾として現れ、思考内の諸要素が相い容れぬものとして現れ〉・その名のもとに書かれた〈作品、草稿、書簡、断片といったさまざまなレベルのテクスト間に差異・矛盾・食い違いをもたらす〉ところの、そのような意味での、「統一性の原理」ならぬ「統一性の場」たるところに、その核心は、存在しているのである。

フーコーは、「作者」はエクリチュール、テクスト、作者の思考、さまざまなテクスト相互間における差異・矛盾・食い違いを、超克し・解消し・うち消してしまう「統一性の原理」であるから排除されるべきだというのだが、そもそもそれに先行する何らかの「統一性の場」なしに、差異・矛盾・食い違いは、生じることがない。統一性の場が先行してあるためにそこに差異が可能になり、整合的な場が先行してあるためにそこに矛盾が生じ、露わになり、統一的な場が先行してあるために、そこに食い違いが、新たに生まれる。ノイズを解消する統一性の原理としての「作者」を糾弾する前に、そのノイズの生存を可能ならしめる統一性の場としての「作者」があることを見なければならない。先に見た自己同一性の場合と同じく、前者を最高綱領としての「作者」だとするなら、後者は、最低綱領としての「作者」である。テクスト論は、この作者の二層性を見ずにこれを単一な実体としてとらえるため、ここに言う最高綱領としてのノイズ解消の「作者」を切除しようとして、「ノイズ」をあらしめる統一性の場としての「作者」までをも切除してしまい、あの〈作者の死〉を取り逃がしているのだが、フーコーもまた、同じく、ノイズを解消する「統一性の原理」としての「作者」を排除しようとして、ノイズをあらしめるいわば「統一性の場」としての「作者」までを解消し、そこからあの二重拘束的な言い方を呼び寄せてしまっているのである。

では、この「統一性の場」としての「作者」とは、これを概念として措定すれば、どのような存在か。これを的確に再定義できさえすれば、フーコーの言う、実定性（positivité）という概念が、それを言いあてる有効な手がかりになる。フーコーの言う実定性とは、定義として言えば、あることについて「真または偽の諸命題を肯定しもしくは否定」することが可能になるような、その議論の土俵となる「客体の諸領域を成立」させる力のことを言う（『言葉と物』巻末事項索引、四三頁参照）。わたし達がAについてその是非を侃々諤々と議論するという場合、そもそもその議論が可能になるAという命題を「成立せしめる」力、それが言説のもつ実定的な力である。フーコーの論理では、そのため、たとえばわたし達が無自覚に天皇制について論じれば、その言説が天皇制を批判する内容のものでも、言説構造の〝全容〟としては、この言説の実定的な力により、天皇制を強化してしまう結果になる、というような語られ方が導かれる（たとえばそのような主張の応用例の一つに酒井直樹「歴史という語りの政治的機能――天皇制と近代」（『死産される日本語・日本人――「日本」の歴史―地政的配置』所収）がある。このような考え方の欠落点については二〇〇〇年刊の拙著『日本人の自画像』第一部「自画像制作とは何か」で詳しく論じている）。しかし、それを、一つ審級をあげ、そこで命題を成立させているのは言説の力であるというより、その手前で、言説にその力の行使を可能にさせている言語連関の力であるというように考え――言語連関のなかに置かれた言説を場に、その言語連関から生じてくる力とみなし――、言説が諸命題の肯定もしくは否定の言説の前提をなす「客体の諸領域」を〝成立させる〟以前に、そのような言説の力の行使が可能になるためにすでに〝成立している〟言語連関の、「関係企投と信憑形成を通じて言説に意味決定を可能にさせる力」であるというように再定義すれば、フーコーに欠けているのは、作者の機能がもつ、差異・矛盾・食い違いを排除する実体的な作用の一つ手前で、そもそもその差異・矛盾・食い違いをあらしめている、第五番目の、実定的＝創設的な作者の機能である、と言ってみることが可能である。そしてその場合には、同様に、フーコーが見落としているのは、差異を排除する「自己同一性」というイデオロギーの一歩手前で差異をあらしめている実定性としての自己同一性の存在であり、矛盾を統一する「主体」の前でその矛盾のうまれることを保証しているところの実定性としての「主体」の存在であり、同じく、差異・矛盾・食い違いを抑止する「作者」＝「現実の作家」への遡及の手前で、それとは異なるものとして成立している実定的な「作者」の位相であると、言えることになる。この意味での実定性こそ、先の「作者」概念の定義の内容であり、このような実定性としての「作者」、「単一性の場」としての作者が、またわたし達がこれまで、「作者の像」と呼んできたものの意味なのである。

4　三島由紀夫、一九四九年

ここまできて、ようやく、改めて、わたし達はフーコーの「作者とは何か?」に対して向けられるべきただ一つの問いを、口にすることができる。

それは、こう言う。

そもそも、本当に、「だれが話そうとかまわない」のだろうか。

フーコーのこの言明行為自身が、これをベケットの言葉だとして紹介することで、この言明内容を裏切っていた。一方この言明を生きるベケットの言葉は、text for nothing（無としての文）として、つまり文学テクストとして、記されていた。

本当に、フーコーが言うように、一般のテクストにおいて、また文学のテクストにおいて、「だれが話そうとかまわない」のだろうか。

一般のテクストにおいて、「だれが話そうとかまわない」という「作者」の実定的な機能までをも切断するテクスト受容は、そのことが語られてからおよそ四十年、わたし達に、「意味の決定不可能性」と「自己言及性」とからなる〝言語の謎〟を届け、やはりそれでは言語が言語でなくなる、という心証をわたし達に与えるまでにいたっている。この問題を解いた竹田青嗣は、前章にふれた『言語的思考へ――脱構築と現象学』で、この「だれが話そうとかまわない」言説を、言語連関を断たれた「一般言語表象」と呼ぶが、彼が言うのは、言語表現一般の受容において、「だれが話しているか」、つまり発語主体への遡及による言語連関の回復は、不可避でもあれば、不可欠でもある、ということである。

では、文学テクストにおいてそれは、どうだろうか。

ここまで見てきたことは、もうこの問いに答えている。文学テクストは、一般のテクストにおいて「だれが話しているか」が枢要の要件であるのとは違う理由から、しかしむしろことによればそれ以上に強く、やはりそれが必要不可欠の要件であることを示すのである。その理由も、はっきりしている。作者はある場合、自分が死ぬために、そのことを目的に、作品＝文学テクストを書こうとする。その結果、その作品に「複数の自己の散乱」が生まれるだろうが、それは、池に石が投げ込まれ、その後にできる波紋のようなものであり、彼にとって重要なことは、その波紋を浮かべてそこに生まれている「統一性の場」としての「私」の空域で、実体としての「私」が、ありありと死ぬことである。〈作者の死〉が生きられてあること、それが作者にとって、そして作品＝文学テクストにとって必須の条件となるが、そのために「話している」のが、「作者」であって、現実の（実体的な）作者でないことが示されることが、――「だれであるか」に読み手の関心が遡及することが――この文学テクスト受容にとっては不可避でもあれば、不可欠でもあるのである。その発語主体への遡及は、フーコーが考えるように、テクストのノイズを解消するものではない。逆に、テクストのノイズをあらしめる。次にわたしは、そのような文学テクストを例に取り上げる。一九四八年から四九年にかけて書かれ、四九年に発表された、〝自分殺し〟の企てともいうべき、三島由紀夫の『仮面の告白』がそれである。

三島由紀夫の『仮面の告白』は、敗戦後まもない一九四八年に執筆を開始され、翌四九年七月、著者はじめての書き下ろし長編として刊行された。刊行直後は、さほど評判にならなかったが、「読売新聞今年のベスト・スリーに川端（康成——引用者）をはじめ六名が選び、花田清輝が『この作品から文学上の二〇世紀が始まる』と絶賛」すると「俄然売れ出」し（「年譜——三島由紀夫」『中世・剣』講談社文芸文庫、所収）、刊行一年後には作者を押しも押されもせぬ新時代の寵児に押し上げる出世作となった。

ここでわたしがこの作品を取り上げるのは、この小説が、「だれが話そうとかまわないではないか」という作者への無関心とは対極的な場所、「だれが話しているのか」ということこそが問題になる場所で書かれることを自ら選ぶことで、そのことでようやく可能になる〈作者の死〉を、極限的な形で生ききった作品となっていると、思うからである。このような作品が存在することが、〈作者の死〉が成り立つために、作者への関心——それもきわめて繊細なこの項への関心——が必要であることの何よりの証左となっている。フーコーは、これまでの作者への関心が必要な繊細さを欠いていることを指摘して、それを排除した後に残された作者という空虚な領域を「標定」することを彼の作者観の目標にかかげたが、その彼の作者観それ自体にも、従来の作者観と同様の繊細さの欠落があった。必要なのは、従来型の作者還元的な鈍感な関心に、二重拘束的で心をそそる「無関心」を対置することではない。そうではなく、これに、その二重拘束を踏み破る繊細な「関心」を、代置することである。この作品は、こうした繊細な関心が浮かび上がらせる作者の実定性の領域が、どのような〈作者の死〉の現前を可能にするものであるかを示すのである。

『仮面の告白』はすでに定評ある異能の新進小説家のいっぷう変わった書き下ろし長編小説として世に現れ、それが書き手を戦後日本の代表的小説家の座に押し上げた後は、いわゆる意識的な、偽悪趣味の毒をも含んだ、異色の「半自伝的な長編」（佐伯彰一「三島由紀夫　人と文学」新潮文庫版『仮面の告白』解説）として世に受け取られた。読者は、そこに書き手の分身らしき人物が自己告白する文章を読むが、表題を見れば「仮面の告白」とある。フィクションとしての告白なのか、フィクションをまじえた告白なのかは知らず、偽りの、少なくともそのまいわゆる「告白」と信じて読むべきではないものとして、それは当時の読者に受け取られた。いまも大枠としてはその受け取り方に変化はない。しかし、この作品を執筆した時、作者がいまだ二十四歳の、戦前期に一部でその天才的文才を謳われていたとは言え、戦後になり、新規にやり直さなければならなくなった新進小説家であったことを考えると、なぜ彼がこの時点で、こうした「半自伝的な」作品を書こうとしなければならなかったか、そして現に書いているか、という問いは、それほど簡単でないことがわかる。

これは、ことをなしとげた老年の政治家ないし小説家が、これまでの自らの来し方、多くの人間に知られたそれについて、本人の側から光を当てるといったていの自伝ではない。また、これから小説家となろうとする新人が、自分の奇抜な、また特色ある半生の実人生を告白してみたという小説でもない。彼はそこで多く自分について語っているが、そのことでたしかに作品のただなかにあって何かが遂行されているという感触を、読む者は受け取る。それは、もしそれがフィクションとしての告白というものだとしたら、そもそもフィクションとしての告白とは、何か、と考えさせる力を、読者に及ぼすのである。

問いはこうなる。

ここで彼は何をしようとしているのか。何をしたのか。その結果、何が達成されているのか。

さしあたって、書かれたテクスト上にあってわたし達の関心をひく指標は、次の二つである。

第一。ここで三島は、きわめて特異な、いわばテクスト執筆上の痕跡を残している。この「半自伝的な」体裁の小説を読み始めた読者は、ほどなく、数頁先に、たとえばこんな記述を見る。

——こうして私が生れたのは、土地柄《とちがら》のあまりよくない町の一角にある古い借家だった。

こけおどかしの鉄の門や前庭や場末の礼拝堂ほどにひろい洋間などのある・坂の上から見ると二階建であり坂の下から見ると三階建の・燻《くす》んだ暗い感じのする・何か錯雑した容子《ようす》の威丈高な家だった。（三島由紀夫『仮面の告白』新潮文庫版、八頁）

このナカグロによって形容を併記し、あるいは単に読点にそれを代替する・ほとんど事務文書的と言ってよい・便宜的な・何より三島の古典的ないし擬古典的文学観に照らして「非文学的な」書法は、この後、作品に、

大正十四年の一月十四日の朝、陣痛が母を襲った。夜九時に六五〇匁《もんめ》の小さい赤ん坊が生れた。フランネルの襦袢《じゅばん》・クリームいろの羽二重の下着・お召の絣《かすり》の着物を着せられたお七夜の晩、祖父が一家の前で、奉書の紙に私の名を書き、三方《さんぼう》の上にのせ、床の間に置いた。（同前、八〜九頁）

あるいは、

私がそのために愛を諦めたと自分に言いきかせたほどに烈《はげ》しかった嫉妬は、右のような秘義にてらして、なお愛なのであった。私は自分の腋窩に、おもむろに・遠慮がちに・すこしずつ芽生え・成長し・黒ずみつつある・「近江と相似のもの」を愛するにいたった。……

（同前、七九〜八〇頁）

といった形で、後半にいたるまで、継続して出現する。そして、さらに後に進むにつれ、この書法は、同性愛者である自覚を強める主人公の前に現れる女性の恋人である園子にふれた形容等に、たとえば、

一瞬毎《ごと》に私へ近づいてくる園子を見ていたとき、居たたまれない悲しみに私は襲われた。かつてない感情だった。私の存在の根柢《こんてい》が押しゆるがされるような悲しみである。今まで私は子供らしい好奇心と偽わりの肉感との人工的な合金《アマルガム》の感情を以てしか女を見たことがなかった。最初の一瞥からこれほど深い・説明のつかない・しかも決して私の仮装の一部ではない悲しみに心を揺ぶられたことはなかった。（同前、一三三頁）

あるいは、

時折彼女の口に微笑がにじんで来た。すぐそれは私に伝染した。そのたびに私たちの目が合った。するとまた園子は、隣りの声に耳をすます・きらきらした・悪戯っぽい・心おきなげな眼差《まなざし》になって私の視線をのがれた。（同前、一三六〜一三七頁）

といったように現れ、そのやや特異ともいえる出現ぶりから、何となく、書き手のテクスト執筆時における何らかの事情の表示となっているのではないか、という心証を、読み手に与える。

むろん、いつも形容が重なる時にこの書法が現れるというのではない。また、主人公の最初の同性の憧れの対象である近江、最初の異性の恋人である園子に関する形容がつねにこの書法を伴うというのでもない。しかしその印象は、何よりその頻度の高さから、容易に忘れがたいものとして、読者のうちにとどまるのである。

さて、こうした書法は、わたしの知る限り、三島の長編作品にあっては、それまでになく、それ以後もない。長編での唯一の例外は、管見による限りでこの作品の直前に書かれた『盗賊』における「意志といふ突つかひ棒のおかげで、彼は父祖伝来の秘密主義の・自己韜晦《たうくわい》のもやもやを見事に整理して来たではないか」という一文（『盗賊』第三章）で、この部分が雑誌掲載時点から見てやはり彼の大蔵省在職中に書かれていることから、ことによればこの書法が内部の事務文書的書法として官庁で行われていたかもしれないことを疑わせはするが、その『盗賊』にしても、「――一九三〇年代に於ける華冑界《くわちうかい》の一挿話」という副題をもち、後の作者自身の回想に十代時親炙したレイモン・ラディゲを意識して書かれたとあるように、『仮面の告白』におけるような、意識的な「非文学的書法」の行使となじむ感触はない。ただし、短編に範囲を広げ、詳細に調べてみると、かなりの出現例を見出すことができる。とはいえ、一作品内での出現に留意して見ていく限り、大方は、少数の散発的な使用にとどまり、意識的な使用という印象にはほど遠い。唯一の例外と思われるのは、同時期に書かれた中編作品「魔群の通過」だが、これも三島が「いそいで無理押しに書いた作品」と後年解説していることからわかるように（『三島由紀夫短篇全集3』あとがき、講談社、一九六五年）、作家的生命を賭けて書いた『仮面の告白』での使用と同日に論じることは、できない。[*7]

三島は、この後、翌一九五〇年には『仮面の告白』に続く書き下ろし長編として戦後の愛の物語である『愛の渇き』、ついで戦後社会に取材した『青の時代』と立て続けに長編小説を発表するが、それら内容的には戦後の風俗にふれた作品にあっても、その書法で、こうした「非文学的」あり方が繰り返されることはないのである。

ではこの三島にあるまじき書法の、事情があってのものとしか思われない出現は、この作品に関し、何を語るのだろうか。

第二。三島は、この作品を一人の人物の自伝として書く。その冒頭は、余りに名高いが、

> 永いあいだ、私は自分が生れたときの光景を見たことがあると言い張っていた。それを言い出すたびに大人たちは笑い、しまいには自分がからかわれているのかと思って、この蒼《あお》ざめた子供らしくない子供の顔を、かるい憎しみの色さした目つきで眺《なが》めた。（同前、五頁）

というものであり、この作品は以後、ここに「私」と名乗る人物が、幼少期、汚穢屋の青年と自分を同一化したいと思い、胸をときめかせたオルレアンの英雄（ジャンヌ・ダルク）が女

であることを知って打ちひしがれ、練兵から帰る兵士の汗の匂いに憧れをそそられたりしながら、やがて自分が同性愛者であることに気づいていく過程を語る。

この人物は、ある時――それはこの人物の十三歳の時のことだが――、父の戸棚の奥深く隠されていた画集に、「聖《サン》セバスチャン」の殉教の絵を見つけ、それに「異教的な歓喜」をおぼえ、われ知らずはじめて自瀆を行い、射精する。彼は、後年自分がこの聖人について書いた「未完の散文詩を左に掲げる」として、そこに自作の散文詩を引用したりもする。

この人物は、男子校である中学・高校と進み、その過程で「不良性」の同性の同級生に「恋する」ようになる。その後、女性に対して欲望を覚えないことを通じ、自分が世の常の人間と違う出来であるらしいことを、うすうす感じる。戦争がはじまり、彼は大学に入る。彼ははじめて友人の妹に精神的な「恋愛感情」――と彼には思われるもの――を抱く。彼はしかしこの恋人――園子――と結婚しない。戦時下の、彼女との接吻の試みは、自分が女性に欲情しない身体であることを彼に思い知らせる。

戦争が終わる。平和はずいぶんと間の抜けた形でこの人物に訪れる。彼は、官吏登用試験の準備をし、いまは別の男性と結婚した園子と出会う。やがて彼は試験に合格し、大学を卒業し、ある官庁に事務官として奉職する。一年後、彼と園子は数ヵ月に一度ずつ会い続けている。しかし、ある「目ざめ」がくる。ある「晩夏の一日」二人は会う。彼は「役所をやめ」ている。二人は話す。二人はダンスホールに行く……。

ところで、こうして語られるこの人物の「性的自伝」(三島由紀夫「作者の言葉(『仮面の告白」）」『決定版三島由紀夫全集』第二十七巻）ともいうべきものは、この作品の作者である三島がその後、『金閣寺』を書き、『英霊の声』を書き、『豊饒の海』四部作を書いてあのような形で自裁して果て、さまざまな研究が行われ、詳細な年譜的事実が明らかになっているいま、このテクストを読む限りで、それを読み進む読者に、不思議な感触を送り届ける。というのも、たとえば、この人物——とりあえずこの小説の語り手として現れる「私」としておこう——は、先の引用にあるように、自分は「大正十四年の一月十四日」の「夜九時に六五〇匁の小さい赤ん坊」として生まれた、お七夜の晩、祖父が自分の「名」（「私の名」）を書き、それを三方にのせ、床の間に置いた。また、「父母は二階に住んでいた」が、「二階で赤ん坊を育てるのは危険だという口実の下に、生れて四十九日目に祖母」が「母の手から」自分を「奪いとった」等々と話すが、そこに話されることが事実であるか否かは、明らかに、このテクストが書かれた時分には、読み手にとってどうでもよいことだったにもかかわらず、ということは、読み手から見られた「言語表現—受語主体」間の言語連関にとってはどうでもよいことであるにもかかわらず、すべて、異様なまでに現実の作者つまり三島由紀夫という筆名をもつ平岡公威という人物のそれに重なっていることが、いまの目に、明らかだからである。

ちなみにいえば、この語り手「私」の話は、これを年譜的事実として受け取るなら、いま、わたし達の手にすることのできる「年譜——三島由紀夫」（前出）と題された年譜の、以下の記述に該当している。

一九二五年（大正一四年）
一月一四日午後九時頃、父平岡梓、母倭文重の長男（二・四三八kg）として東京市四谷区永住町二番地（現、新宿区四谷四丁目）に誕生。祖父が公威（きみたけ）と命名。四九日目二階の両親の元では危険と祖母は母から公威を強奪し枕辺に移し溺愛。（安藤武作成、『中世・剣』講談社文芸文庫、所収、二七二頁）

では、この小説においては、「だれが話」しているのか。そこで「私」と名乗り、これらのことを話しているのは、誰なのか。しばらくすると、この人物の名前が、作中に出てくる。


或る従妹——杉子《すぎこ》としておこう——の家で、私が七歳の早春、（中略）記念すべき事件が起った。（中略）

（「私」は〝杉子〟達と「戦争ごっこ」をする。そして——引用者）タンタンタンと連呼しながら追いかけてくる女兵を見ると、胸のあたりを押えて座敷のまんなかにぐったりと倒れた。

「どうしたの、公《こう》ちゃん」

——女兵たちが真顔で寄って来た。目もひらかず手も動かさずに私は答えた。

「僕戦死してるんだってば」（同前、二八〜三〇頁）

この人物は、自分の名前を「公ちゃん」と呼ばせる。これはいまの目からみれば、この人物がどうも平岡公威という名前をもつ人物らしいということである。つまり、作者は、読者から見ればどうでもよいことであることを重々知りながら、そこに律義に、いわば自分の「本名」を書き込み、自分の「本当の」生年月日を書き込み、自分の家族の構成、自分の履歴一般にまつわる事実を逐一手を加えずに書き込むのである。煩瑣にわたるので、ここにはあげないが、そこに書かれる事柄に省略はあるにせよ、意図的に事実を曲げて書かれていること、つまりフィクションを加えて書かれていることは、たぶんないのだとわたしは考える。むろんこのことは確かめられないが、事実としても、確認可能な事項について、小説中の記述が事実を曲げたものであるという例は、これまでにわたし達の目にふれた限りで、何一つない。たとえば、作中「私」が一九四五年二月、「たまたま休日にかえった自宅で」「夜の十一時に召集令状をうけと」り、「本籍地の田舎の隊で検査をうけた方がひよわさが目立って採られないですむかもしれないという父の入知恵《いれぢえ》で」「近畿《きんき》地方の本籍地のH県で検査をうけ」、若い軍医の誤診の結果、肺浸潤と診断されて「即日帰郷」を命ぜられるくだり（一二五〜一二六頁）は、これが事実なら、この時のいわば兵役逃れに似た振舞いに対し、後年、三島がそれへの反動として戦前の皇軍賛美に走ったことが了解される、重要な年譜的事実の一つだが、その後、作者自身の口から事実か否かが一度も語られなかったにもかかわらず（奥野健男『三島由紀夫伝説』）、作者の死後、父親平岡梓の書いた『伜・三島由紀夫』によって、これがほぼ事実通りの記述だったことがいまではわかっている（異同は、即日帰郷となり、付き添いの父と二人して営門を出ると、父に「手を取」られるようにして「駈《か》け出し」た（『伜・三島由紀夫』八六頁）というのと

「営門をあとにすると私は駈け出した」（『仮面の告白』一一七頁）の違い。父の在不在に関し、省略はあるが、事実の骨格に変更は加えられていない）。それだけではない。たとえば先の「三島由紀夫」の「年譜」のこの一九四五年（二〇歳）の項に、「一月、東京帝国大学勤労報国隊として群馬県中島飛行機小泉工場に学徒動員。二月、招《ママ》集電報が来て、遺書、遺髪、遺爪を残し兵庫県高岡廠舎で入隊検査、軍医の誤診で即日帰郷」とあるのに続いて、三行後、「六月一三日、軽井沢の恋人邦子に会い、人生で最初の美しい接吻を交わす」（二七五頁）とあるのを見ると、わたし達は、年譜作成者が何を典拠にほぼ確認不可能であるはずのこうした私的側面の「事実」をこの「年譜」に記載できているのかといぶかしむ。そしてこれが「年譜――三島由紀夫」と題されているのを思い出し、その典拠の一つが、ことによれば文学テクストであるところのこの『仮面の告白』なのではないか、ということに思いいたるのである。

『假面の告白』初版本完全復刻版（河出書房新社、一九九六年刊）をみても、先の引用の「公ちゃん」の個所の「公」にはわざわざ「こう」とルビがふってある（三三頁）。そうだとすれば、わたし達は、公威（きみたけ）という読みの名前をもつこの人物が、幼少時、このように呼ばれていたと考えて、たぶん、さしつかえない。作者はここまで律義に現実の自分をなぞるのである。

　なぜ、この「半自伝的な」作品では、こうした異様ともいえる書法が取られているのだろうか。

5 「作品」について

その答えは、この作品における「書く私」と「書かれる私」のへだたり、——あの〈作者の死〉が、この作品のなかで生きられていいるからである。

まず、三島は、この作品を書くにあたり、行き詰まっていた。その困難を打開するために、これまでにないことを自分に対し、遂行しなければならないと感じていた。生前三島と親しく、その最もよき理解者の一人だった文芸評論家の奥野健男は、三島の死後に著した評伝的批評『三島由紀夫伝説』の中で、この作品の執筆を構想した時点における三島の状況を、大略次のように述べている。

三島は、一九四一年、対米戦の開始の年、十六歳で「三島由紀夫」の筆名を用い、「花ざかりの森」で小説家としてのデビューを果たす。その後、戦時下をもっぱら例外的な天才的新人と嘱望されて過ごすが、敗戦後、文学的なパラダイムが変わると、逆に戦時下の「名声」が災いし、一時は「全く見捨てられ」、「帰り新参の無名作家」として再出発しなくてはならなくなる。彼は、戦後二年ほどの間、あらためて戦後師事し直した川端康成の紹介で、ようやく短編「煙草」を発表、続いて中編「岬にての物語」などの雑誌掲載にこぎつけるが、評判はかんばしくない。それ以上に、彼の中で、それらを執筆しながら、これまで自分のものであった「自己の妄想や欲望を抑圧すること」による別種の形姿の「芸術的、文学的なエネルギー」の奔出という小説の方法が、もうこの戦後の新しい現実下では無効となっているのではないかという不安が、確信に近いものに変わる。それは、一方にまぢかな死を予期しなければならない特異な状況下にあって、高圧のフラスコ内の水が六十数度で沸騰するようなメカニズムのもとに作動していた。その圧力釜的状況が敗戦で破砕されれば、「自己の内部の秘密な野放図の空想を、美しい芸術に昇華《サブリメイション》し、純粋結晶化する」彼の戦時下のエクリチュールの「機作《メカニズム》」はほぼ作動不能の状態に陥らざるをえない。「もういくら待っても、自らの官能が、古代や中世や上流階級の美しい夢や物語に転化することはない。とすると、もう自分は文学者でも芸術家でもない。たとえ小説を書き続けていても、それはレース編みのような手工芸、それもにせものの模造品しかつくれないだろう」(二二七頁)。一言でいえば、敗戦後二年、三島はこの時、完全な小説家としての行き詰まりの自覚のうちにあるのである。

そういう深い危機感と絶望があり、そこから反転すべく、「清水《きよみず》の舞台からとび降りる」覚悟で『仮面の告白』の構想はこの二十三歳の「帰り新参」の小説家に、訪れている。

この小説家は、この新しい構想に立つ作品を、前年十二月二十四日から事務官として奉職していた大蔵省をほぼ九ヵ月でやめ、これからは作家一本でやる覚悟のもとに、一九四八年九月の辞職からほどなく、起稿している。彼は後年、「あたかもそのころ」「河出書房から書下ろしの依頼を受け」たのは、そういう自分にとり「まことに時宜を得た、渡りに舟の申入れであった」と辞職の決意が先だったように書くが、事実は逆である。依頼した編集者坂本一亀はその回想に、その申し入れが八月二十八日になされたことを証言している。三島はその話を聞くと、即座に「快諾」、五日後の九月二日に辞表が書かれる。事実は、この起死回生の小説の試みのためには、大蔵省をやめておかなくてはならないと感じ、大蔵省をやめようと思っていたところに、書き下ろしの話がきた。そこで渡りに舟と――作品を書いた、ではなく――大蔵省をやめた。なぜ大蔵省をやめたか。この作品のためにやめた。なぜこの作品のためには大蔵省をやめておかなくてはならないと考えたか。ここに彼の構想の核心が顔をのぞかせているというのが、奥野の推論である。

奥野によれば、この起死回生の構想と大蔵省辞職の決意がこの時期に三島に訪れていることについては、その直前に起こった一人の小説家の死が影響を及ぼしている。同じ年の六月十三日の太宰治の心中自殺がそれであり、三島は、その直前に掲載を開始された太宰の『人間失格』を読み（『展望』一九四八年六月号〜八月号）、これに衝撃を受け、そのことも要因の一つとなって、この作品の執筆を志した。そのことには「何の資料的裏付け」も「ない」が、自分の読解上の「文学的必然から」、自分は「そう確信する」。そのくらい『人間失格』と『仮面の告白』は発想が酷似している」（二一六頁）。三島は、『人間失格』に作者のこれまで誰にも明かさなかったただならぬ内奥の秘密が語られていることを直覚し、自分もまた、この『人間失格』に匹敵するものを書くことによってでなければ、先に出られないと感じた。告白することはあるか。ある。誰にもこれまで秘してきたこと、誰にも知られない自分について語ることが、それである。それを書くこと、それこそが、文学者として戦後に蘇《よみがえ》る唯一の道だ。（中略）是非とも書かねばならぬ、書かずにはいられないテーマである。それによって自分は文学者としての主体性をはじめて取戻し、独自な文学者として自立し得る。（中略）

しかしこれを書き発表した時、自分は社会人としては葬られるかも知れない。まともな人間として社会的生活はできなくなるかも知れない。学習院出としての貴族のサロンの出入りはもちろん、大蔵省の役人の生活にも支障を来たすであろう。これを書くためには、世俗のすべてを捨て、文学者に徹しなければならない。そのためにはまず大蔵省の公務員を辞める必要がある。（『三島由紀夫伝説』二一一～二一二頁）

はたしてこの小説家が、続けて奥野が述べているように、「真実の自己を描く」ために新しい小説を構想したのかどうかは、わからない、としなければならない。しかし、彼が、一九四八年の夏の頃、自分の深い内的な要請に促されて、これまでとは異質で、決定的な、新しい意味を自分に対してもつ、小説家として起死回生的な小説を書こうとしていたらしいこと、そこに出版社からの書き下ろし長編小説執筆の依頼が舞い込み、即座にこれを引き受けるとともに、そこからすぐに大蔵省をやめる決意をしたこと、またそこに太宰治の『人間失格』とその後の太宰の死が影を落としていることについて、奥野の指摘は説得的である。

太宰の『人間失格』は、三島の第一作『花ざかりの森』を出版した七丈書院を合併した筑摩書房の看板雑誌『展望』に載った。戦前のよしみで三島はこの出版社に先に「大部の原稿を持ち込んだが、相手にされ」ていない。三島は必ずや『人間失格』を読んだろう。そしてこれを読んだとすれば、必ずやその発表途中での太宰の心中死に震撼したに違いない。その判断には、同時代的にこの二つの作品を連続して読み、その二つに衝撃を受けた奥野の「文学的必然」が働いているが、わたしもまた、この二つの作品を続けて読み、そこから受け取られるものの「酷似」した印象をもとに、この奥野説に同意するのである。

この若い小説家は、行き詰まり、追いつめられていた。それが書かれれば、現在の大蔵省奉職に「支障を来たす」可能性がある、そういう小説を彼は書こうとしていた。しかし、その時、小説は、まだ書かれていない。そこで、問題は、そのこれまでにない、自分に新しい意味をもつと直観される起死回生の小説が、彼に、その時点で、どのようなものと感じられていたか、ということになる。

わたしの考えを言えば、ひとまず、彼がそう考えたのは、そこで自分のことを赤裸々に書こうとしたからである。赤裸々に書くことで、自分を抹殺しようとしたからである。自分を抹殺することで、芸術家としての自分を作り出そうとした。そのためには、もはや平岡公威は、存在してはならない。

彼は、現実に生きる「平岡公威」を抹殺するために、これを書こうと考えるのである。

この新しい小説執筆の傍ら書かれた、「川端康成論の一方法――『作品』について」と題する、その実自分の現下に執筆しつつある小説の秘密にふれた文章に、この小説家は、こう書いている。

彼（川端康成――引用者）はもつとも無自覚な作業からはじめた。「十六歳の日記」がそれだ。これは作品としてこの世に生れたものが、苦しげに生み出した実在の最初の記念だ。作品の目がいはゆる「人生」を見てゐるのだ。決定された実在が、あがきがとれぬかのやうでゐて数倍あつけらかんとした始末に負へぬ仮定された実在を見てゐるのだ。彼は忠実に写した。（中略）細大もらさず逐語的に写された「人生」、それがこの作品の目に、彼自身の決定された存在の仕方が自ら立つてその範となるべき最初の対象として映つてゐた。（中略）十六歳の少年はしばしば涙を流してゐる。涙を流したと書くこと、それはむしろ流す前から書かれてゐたことに他ならなかつた。写す前に写されたものがある、書く前に書かれたものがある。なぜその上に書かねばならないのか。それは決して解説の義務ではなかつた。書かれた作品としてこの世に生れて、彼は負債《おひめ》を果たさねばならぬであらう。（「川端康成論の一方法――『作品』について」一九四九年一月、『決定版三島由紀夫全集』第二七巻所収、一三六頁）

当時『近代文学』に掲載されたこの文章は、同誌の同人にもほとんど意味のとれぬ難解な一文と受け取られたらしい。しかしここで念頭に置かれている小説の試みの「仕組み」を頭に入れて読めば、書かれていることは、明快である。この一文は、小林秀雄、保田與重郎ばりの高踏的な文学批評と見えてその実、「川端康成の一方法」ならぬ「川端康成論の一方法」と題されている。主語が人間（＝作者）ではなく、作品（＝書かれたもの）なのだ。作者と作品の審級が逆転しており、もう少し言えば人間と作者の審級が逆転している。副題「『作品』について」に言われる「作品」とは、フーコーあるいはバルト流に言えば〝書き込まれたもの（＝テクスト）〟ということだが、この小説家にあっては小林、保田におけるように、あるいはフーコー、バルトにおけるように、モノをさすのではない、ヒトをさす。「作品」すなわち「作品としてこの世に生れたもの」の「目がいはゆる『人生』を見てゐるのだ」とは、川端康成という「芸術家＝小説家」として書き込まれてこの世に生まれた実在が、同じ名をもつ現実の実在の「人生」を見、小説にこれを「忠実に写し」ているということであり、ここでの副題「『作品』について」とは、「『川端康成』について」ということである。そこでこの小説家は「川端康成」にかこつけて「三島由紀夫」について書いている。

彼が言うことは、まず、三島由紀夫は「三島由紀夫」ではない、ということだ。三島由紀夫は、たとえば埴谷雄高が現実の戸籍上の個人般若豊の筆名であるように、戸籍上の個人平岡公威の筆名という審級にある。そのため、そこには小説家としての三島由紀夫と現実上戸籍上の〝人の子たる〟平岡公威の双方が共存する。しかし「三島由紀夫」は違う。

それは、ちょうどラカンの「浮遊するシニフィアン」が、ソシュールの言語記号であるSE／SAに対し、SEをもたないSA（SA／〔　〕）として存在しているように、三島由紀夫が、

三島由紀夫―平岡公威

として存在しているのに対し、

「三島由紀夫」――（　　　　　　）

として存在するのである。彼によれば、この「三島由紀夫」は、平岡公威という社会人（後天的に書き込まれた存在）に先行して「（先天的に）書き込まれた」芸術家という「書かれたもの」＝「作品」であり、なぜこの芸術家が社会人に先行できるかといえば、「三島由紀夫」とは、彼にとって、降臨して後は、平岡公威に座を譲られるべき〝先験性〟だからである。そこでは、一般の筆名のケース（SA|SE）とは逆に、いわば作者と作者の素材たる個人とが剝離＝分裂させられた上で、前者SA（「三島由紀夫」）が実存する「決定された実在」、後者SE（平岡公威）が抹消されるべき「仮定された実在」と見なされている。審級関係が逆転している。ここに遂行されているのは、「作者の素材たる個人」の殺害を手がかりにした、「作者の死」ならぬ――「『作者』の生誕」なのである。別に言うなら、『仮面の告白』の方法とは、平岡公威という現実の作者をこの世から抹消する、「作者殺し」の企てなのである。

だから、「細大もらさず逐語的に写された『人生』」が「この作品の目に、彼自身の決定された存在の仕方が自ら立つてその範となるべき最初の対象として映つてゐた」とは、平岡公威が「三島由紀夫」の目に、自分がむしろその導師（オリジナル）となるべき最初の弟子（オリジナル素材でかつ最初の反転コピー）と映っていた、ということである。ヨルダン川の洗礼の場面での、救世主イエスと預言者バプテスマのヨハネの関係が連想される（イエスが「三島」、ヨハネが平岡）。作品に「自分」が「涙を流した」と「書くこと」は、世界に書き込まれた者としての自分が「涙を流した」と世界に書き込み返すことであり、そのことは「むしろ（涙を）流す前から書かれてゐたこと」だとは、そこにもう現実に涙を流した十六歳の少年たる川端某なる少年が消えているということだ。川端少年は、「川端康成」が「十六歳の日記」に彼を「仮定された実在」として書くことによって、抹殺されているのだ、というのが、この評論の書き手の主張なのである。

「三島由紀夫」は、三島由紀夫と平岡公威の筆名と戸籍名という審級が逆転すること、その逆転によって平岡公威が三島由紀夫に殺害されることによって誕生している。しかし、なぜそのようなことが起こるのか。何が、この審級の逆転を可能にするのか。この小説家によれば、その逆転の試み、それが芸術ということである。

逆転はどのように起こるか。

自己をめぐる無数の仮定的な実在（勿論自己の内面も含めて）を作品といふ決定的な実在に変容させる試みが芸術であるとすれば、それに先立つてまづ、自我の分裂が必要とされる。即ち書く自我と書かれる自我と。作品の形成はこの書く自我と書かれる自我との闘争に他ならぬ。しかも書く自我の確立に伴つて、書かれる自我は整理され再編成されるのである。青年の仕事はこの分裂の過程を写すものであるだけに、一生のうちで一番困難な仕事だ

> と思はれる。書く自我が確立される前に、書く自我と書かれる自我との分裂を書かねばならないのだから。彼はどこに立つて書くべきであらうか。もしかしたら、何かまやかしを演ずるか、それとも書かないでゐるか、この二つ以外に道はないのではなからうか。この二つ以外にも道はないではあるまい。しかし危険な方法である。綱渡りに類した方法だ。それは書かれる自我を書く自我が模倣し、一種無自覚な状態で書く方法だ。書く自我自身が、書かれることを夢みて書くのだ。（同前、一三九頁、傍点原文）

彼は言う。そのためには、「自我」が「書く自我」と「書かれる自我」の二つに分裂し、闘争関係に置かれなければならない。そのうえで、二つの自我の審級が逆転し、「書く自我」の優位が確立された上は、「書かれる自我」が、ヨルダン川でイエスを迎えるバプテスマのヨハネのように、今度はイエス（「書く自我」）の機制のもとに自らを「整理」し「再編成」する。つまり、「書く自我」の力で自ら「整理され再編成される」のである。（ヨハネはイエスを見るや、私が待っていたのはあなただ、私こそあなたから洗礼を受けるべきだと、座を譲る。）この逆転のための道は「危険な方法」である。それは「書かれる自我」すなわち平岡公威を「書く自我」すなわち三島由紀夫が「模倣」する、つまり三島が平岡になって「一種無自覚な状態で」書く方法だ。「書く自我」自身が、「書かれることを夢みて」つまり「書かれる自我」＝平岡公威たることを「夢みて」、書くのだからである。

小説家は、この「書く自我」と「書かれる自我」の分裂を自分にもたらすため、つまりは自分を二つに分割するため、ただ一つの虚構を作品に投げ込んだ。「書かれる自我」たる平岡公威から、ただ一点、彼の属性を抜き取る。すなわち彼が小説家であるという属性を抜き取る。すると、その抜き取られた一点から、――アダムの一本の肋の骨から生まれるイブのように――「書く自我」のみからなる、いわば小説家＝存在としての、「三島由紀夫」が得られる……。

『仮面の告白』を読む人は、そこでの告白者「私」が行う、幼少時、汚穢屋の青年に心を奪われ、十代になって聖セバスチャンの殉教図を前に自瀆し、その後、同性愛者の自覚を育て、異性の恋人の求婚をはぐらかすが、戦後、官吏登用試験を受け、それに合格し、ある官庁に事務官として奉職する、というまでの話を追いながら、不思議な感想を抱く。というのも、そこに語られる「自伝」は、ふつうなら『若い芸術家の肖像』のように、あるいは『失われた時を求めて』のように、ここに自分について語る主人公が、最後、小説家となって現在にいたるまでを描いて、円環を閉じるはずのところ、最後近くなって、ふいにこの主人公が消える。姿をくらますからである。

この小説の最後は、奉職後数ヵ月たったある「晩夏の一日」の彼と元恋人園子の逢瀬を描く。彼女はすでに人妻である。その官庁は、明示こそされていないが、平岡公威の勤めた大蔵省であり、この「晩夏の一日」とは、明らかにあの平岡公威のもとに出版社の人間が訪れ、長編書き下ろし小説の依頼をした一九四八年八月二十八日以降、あるいは彼が辞表を書いた九月二日前後の一日である。というのも、この日、彼は、園子に「逢うとすぐ」「役所をやめたいきさつを話」す。小説家がここに投げ込んだ唯一の虚構の掟に従って、その「いきさつ」の中身は語られない。しかしむろん、彼が現実には、ここで、彼女に、「小説家一本でやっていこうと思う、書き下ろし長編の依頼が来たので、やめることにした」と話しているのである。つまり、〝彼〟は、もうすぐそこに来ている。もう一歩前に進めば、この小説を書く、「書く自我」たる三島由紀夫と重なる。〝彼〟の靴音が聞こえる。その姿が見えかかる。と、園子は尋ねる。

「おかしなことをうかがうけれど、あなたはもう、、でしょう。、、もう勿論《もちろん》あのことは御存知の方《ほう》でしょう」

私は力尽きていた。しかもなお心の発条《バネ》のようなものが残っていて、それが間髪を容《い》れず、尤《もっと》もらしい答を私に言わせた。

「うん、……知ってますね。残念ながら」

「いつごろ」

「去年の春」

「どなたと?」

――この優雅な質問に私は愕《おどろ》かされた。彼女は自分が名前を知っている女としか、私を結びつけて考えることを知らないのである。

「名前は云えない」

「どなた?」

「きかないで」

あまり露骨な哀訴の調子が言外にきかれたものか、彼女は一瞬おどろいたように黙った。

(『仮面の告白』二三六〜二三七頁、傍点原文)


小説はこの後、「顔から血の気の引いてゆく」ような緊張の中、別れの時間がきて、「私」の前に筋骨逞しい若者の一団が残した卓上の飲物が「ぎらぎらと凄《すさ》まじい反射をあげ」るのが見える、名高い場面で終わる。平岡公威は、すぐそこまで来ていた。しかしいまはいない。そして小説が終われば、そこには、素顔を食べてしまった仮面、「三島由紀夫」だけがいるのである。

読者は、この「方法」をうまく受け取れただろうか。むろん先の一文における「書く自我」が芸術家である三島由紀夫であり、「書かれる自我」が戸籍上の個人である平岡公威なのである。三島由紀夫が「平岡公威」を模倣し、「平岡公威」になって書くことで、「三島由紀夫」の到来以前に預言者バプテスマのヨハネとしてそこにオリジナル・モデル=第一人者として生きてきた平岡公威は、そこに生まれる作者たる「三島由紀夫」のイエスとしての到来によって逆に「整理され再編成され」て、オリジナル・モデルとしては姿を消す。そして、作品が書かれた後には、それまでの〝筆名三島由紀夫=戸籍上の個人平岡公威〟たる実在、『盗賊』を書くまでの作者三島由紀夫に代わり、戸籍上の個人平岡公威をそっくりくりぬいた仮面だけの実在である新しい作者、「三島由紀夫」が生まれているのである。

三島は書いている。

　この本は私が今までそこに住んでゐた死の領域へ遺さうとする遺書だ。この本を書くことは私にとつて裏返しの自殺だ。飛込自殺を映画にとつてフィルムを逆にまはすと、猛烈な速度で谷底から崖の上へ自殺者が飛び上つて生き返る。この本を書くことによつて私が試みたのは、さういふ生の回復術である。（「『仮面の告白』ノート」『決定版三島由紀夫全集』第二七巻所収、一九〇頁）

また、

　私は無益で精巧な一個の逆説だ。この小説はその生理学的証明である。私は詩人だと自分を考へるが、もしかすると私は詩そのものなのかもしれない。詩そのものは人類の恥部《セックス》に他ならないかもしれないから。

＊

多くの作家が、それぞれ彼自身の「若き日の芸術家の自画像」を書いた。私がこの小説を書かうとしたのは、その反対の欲求からである。この小説では、「書く人」としての私が完全に捨象される。作家は作中に登場しない。（中略）従ってこの小説の中の凡《すべ》てが事実にもとづいてゐるとしても、芸術家としての生活が書かれてゐない以上、すべては完全な仮構であり、存在しえないものである。（同前、傍点原文）[*8]

ふつう、わたし達が作品を書くという場合、そこにはいわば現実の作家たる個人Aと作品の作者たる存在Bとその作品の語り手＝主人公たる存在Cという三つの審級の「自己」がある。そしてそこでの関係は、A＞B＞Cである。現実の作家たる個人平岡公威には作者たる三島由紀夫のもたない社会生活があり（平岡公威＞三島由紀夫）、作者三島由紀夫は当然その書く小説『盗賊』の主人公藤村明秀にない認識論的権能がある（三島由紀夫＞藤村明秀）。わたし達はこの審級関係を信じている。そこでたとえば「作者」が機能として書くことの差異・矛盾・食い違いといったノイズを解消してしまう「統一性の原理」となっているとは、わたし達がしばしば小説の書き手である三島由紀夫の問題を、現実の三島由紀夫である平岡公威の伝記的レベルに還元して、説明してしまうような事態をさし、そこで、平岡公威の審級は当然、三島由紀夫の審級より高次なのである。しかし、ここでこの小説家（三島由紀夫）は、自分の書く小説の主人公の位置、自分よりも低次の審級に、いわば現実の自分たる「平岡公威」を据える。彼は、自ら「平岡公威」になり、彼の自伝をそこになぞる。そこでの審級関係は、平岡公威＞三島由紀夫＞「平岡公威」といったものになる。そうすることで、彼は、平岡公威＞三島由紀夫の関係を三島由紀夫∨平岡公威へと逆転し、先の審級関係から〔　〕∨「三島由紀夫」∨「平岡公威」といった新しい審級関係を作り出す。彼三島由紀夫は、こうして平岡公威という原・作者ともいうべき実在（フーコーが言う「現実の作家」）を殺し（消去し）、新・作者ともいうべき実体をもたない仮面存在「三島由紀夫」として、生まれ変わるのである。

　書き下ろし長編小説『仮面の告白』に挟み込みの月報として付された右の「『仮面の告白』ノート」は、これまでしばしば逆説を弄したトリヴィアルな警句、アフォリズムの類と受け取られているが、その実、彼のめざしたことを、正確無比に書いている。それがそう受け取られないのは、そこで「三島由紀夫」と「平岡公威」が逆転し、実は作者の素材たる戸籍上の個人平岡公威が消えていることを、読み手が知らないからである。

　そのことを頭に入れれば、先にあげた二つの指標の意味は明らかである。

いわゆる自伝的作品というもので、書き手が現実の自分の年譜的事実を作品中に「写す」ところ、この作品で、小説家は、現実の自分の年譜的事実を寸分違わず「事実」として書きつくすことで、その背後にもはや書き残された真実がないという事態を作り出している。彼にあっては、すべて秘密は、書かれることで、秘密＝現実としての聖性を奪われ、聖性をもつ現実としては扼殺される。しかも彼はそれを、自ら「書く自分」（三島由紀夫）が書くようにではなく、「書かれる自分」（平岡公威）が書くように書く。『仮面の告白』には、「私」が読者に向かい、これまで自分の書いたものを引用の形で示す個所が幾度か出てくる。一度は、先にふれた、「私」が十三歳の自分の聖セバスチャンの殉教図との出会いのくだりで、「私は、私の官能的な激甚《げきじん》な歓《よろこ》びが、いかなる性質のものであったかを、もっと深く理解されたいために、私がはるか後年になって作った未完の散文詩を左に掲げる」と述べ、四百字詰原稿用紙で六枚に及ぶ「聖セバスチャン《散文詩》」と題する詩が引かれる。また一度は、「私」が第三章で自分の「十五六の少年」の時期の感情生活を回顧するくだりで、「私が現在の考えで当時の私を分析しているにすぎないという誹《そし》りを免れるために、十六歳当時の私自身が書いたものの一節を写しておこう」として、原稿用紙で二枚ほどの「陵太郎」を主人公とした小説の反古原稿の一節が引かれる。ところで、このことは信じてもらわなければならないが、作者は、この引用のもととなる原稿を、けっしてこの『仮面の告白』のために新たに用意しているのではない。それは、かつての彼つまり平岡公威＝三島由紀夫であった時分の彼が書いた、そのままの文章の「引用」なのである。この小説の文章が「私」＝「平岡公威」によって書かれているのでなければならない理由は、上に述べた通りだが、その「私」を「平岡公威」に書かせるため――「書く自我」（三島由紀夫）に「書かれる自我」（平岡公威）のエクリチュールを「模倣」させるため――、小説家は、他にもさまざまな方法を駆使している。彼は、自分を二つの「自我」に分裂させ、この二つを「闘争」させなければならない。いつのまにか、書いているのが、これまでのように「書く自我」たる三島由紀夫に戻ってしまってはならないのだ。あの、ナカグロ使用の「非文学的」書法は、その「闘争」の痕跡としてある、というのがわたしの考えである。それは、彼が、自分に、書いているのは「書かれる自我」たる平岡公威であることを確認させるための気付け薬的な書法、そのことにつねに覚醒してあるべく眠気覚ましに太股に刺される錐の書法のプンクトゥム（尖跡）として、テクスト中に残存する闘いの跡なのだと、わたしは考えたいのである。

また、なぜこの小説が克明に平岡公威という人物の年譜的事実をそのままになぞるかの説明は、これまで語ってきたことから明らかなはずである。ここに意図されているのは、これまで文学において一度も企図されたことのない「作者の死」、文字通りの文学的な自殺の企て、あるいは「作者殺し」の企てなのである。ルネ・クレマンの『太陽がいっぱい』という映画では、アラン・ドロン扮する貧しい美青年がモーリス・ロネ扮する金持ちの青年を殺害し、彼になりすます。海底深く葬り去ったと信じていた金持ちの青年の死体が殺害したヨットのロープにからまった状態のまま回帰してくるため、その犯罪は完全犯罪になりそこねるが、ここで三島は、その貧しい青年のように、平岡公威という戸籍上の一人物を実は殺害している。そして、文学的な仮構である自分「三島由紀夫」が、以後は、その社会的対応物としての「平岡公威」になりすまし、あたかも三島由紀夫が平岡公威の筆名にすぎないかのような擬態に隠れ、仮面だけの存在として、生きてゆくのである。

先に見た「年譜――三島由紀夫」なる年譜記述の不思議さは、この三島の企てた擬態が、その死後も、わたし達をとらえていることの好個の例証であるところからくる。「年譜――三島由紀夫」とは（仮構としての「三島由紀夫」から振り返られた平岡公威年譜であるという点）逆説的だが、転倒しているのはその年譜の枠組みだけではない。たとえばそこに「一九二五年一月一四日午後九時頃」誕生した〝彼〟が「二・四三八kg」と記されるのは、たぶん『仮面の告白』の「六五〇匁」からの逆算であり、一九四五年六月十三日に〝彼〟が「人生で最初の美しい接吻を交わす」と記されるのも、年譜作成者が、そこに記された接吻の相手に取材し、それが平岡公威という人物にとって人生最初の接吻だったことを確認したからであるというより、「三島由紀夫」が、この『仮面の告白』に、「平岡公威」がそうしたと書いているためなのである。

しかし、なぜ〝彼〟はそうしているのか。ここまで書いてきたことが理由でなければ、どんな理由が考えられるのか。

これまで『仮面の告白』について書かれたさまざまな論の中でただ一つ、こうしたこの作品の奇怪な性格に気づいて書かれたと思われる『「三島由紀夫」とはなにものだったのか』の中で、橋本治は、こう述べている。

「三島由紀夫」という名義で書かれた『仮面の告白』という小説のタイトルは、平岡公威にとってだけ意味がある。それは彼にとって、「仮面＝三島由紀夫のする告白」なのだ。別に、平岡公威が仮面をつけて告白をしているわけでもない。三島由紀夫が仮面をつけて告白をしているわけでもない。ただ、平岡公威の仮面である「三島由紀夫」が告白をしているのである。『仮面の告白』は『仮面（＝三島由紀夫）の告白』で、三島由紀夫と平岡公威との間には、直接どのような関係もない。仮面である「三島由紀夫」の下には、いかなる人物も存在しない。平岡公威ならぬ「作家の三島由紀夫」は、そのように自分自身を設定するので

ある。（『「三島由紀夫」とはなにものだったのか』八七〜八八頁）

この本で橋本がいうのは、三島は仮面を作り、仮面としての芸術家となることで、現実のただの人間である平岡公威から逃げたのではないか、巧妙なすり替えが、この作品によって生じているのではないか、ということである。橋本の考えでは、三島は平岡公威から逃れるためにこれを書いたのではないが、この小説を書くことで、そこから逃れる結果となっている、とされる。橋本は、実は、三島という存在が、異性を愛せないというより、そもそも同性を含め、他の人間を愛する能力を欠かした人間だったのではないか、というところまでを見届けており、この非凡な批評作品の語るところは示唆に富む。しかし、ここに述べてきたところからわかるように、彼の見方はわたしの見方と、ちょうど逆である。橋本は平岡公威を実と見るが、わたしは「三島由紀夫」を「実」と見る。橋本は、『仮面の告白』は、『仮面（＝三島由紀夫）の告白』であって「三島由紀夫と平岡公威との間には、直接どのような関係もない」と言うが、わたしは、この作品は『仮面（＝三島由紀夫）の告白』であることで、三島由紀夫による平岡公威殺しを遂行している、と考えるのである。

「平岡公威のペンネーム」という点で、「三島由紀夫は仮構《フィクション》」である。しかし『「仮面の告白」ノート』の言う《假構》は、別のことを指す。「仮面である〝三島由紀夫〟の、その仮面の下にはいかなる人物も存在しない」である。『「仮面の告白」ノート』が《すべては完全な假構であり、存在しえないものである。》と言うものの主体は、「『仮面の告白』に書かれた内容」ではなく、「『仮面の告白』を書いた三島由紀夫」なのだ。(中略)《完全な假構》《存在しえないもの》は、この小説の内容ではなく、この小説の作者なのである。三島由紀夫は、『仮面の告白』に書かれる内容を〝事実〟とするために、作者である自分自身を「虚」にしてしまったのだ。(同前、九〇頁、傍点原文)

橋本の見方に立てば、仮面の下は「虚」であって、そこに実在はないことになる。しかし、わたしの考えでは、三島は、仮面の下の素顔たる「平岡公威」を殺すことで、自分を「虚」にしたというよりは、「虚」としてのみ存在する現実存在、現実の「実」をすべて扼殺した実在――「三島由紀夫」という新たな「実」――として、生まれ変わっているのである。ここは、この作品について論じる場所ではないので、この作品の文学的な意味についてはこれ以上ふれない。見ておいてもらいたいのは、このような作品を前に、なおわたし達は、「だれが話そうとかまわないではないか」と言えるか、ということである。

この時どういう「小説家」が生まれようとしているのか。

ここに不思議な偶然がある。この時生まれた「三島由紀夫」は、一九七〇年十一月二十五日に自裁する。ところでこれは、前出の「年譜――三島由紀夫」がこの作品『仮面の告白』の起稿日としてあげている、その日にほかならない。この日はこれまで、信奉する吉田松陰の獄死した命日を彼が選んだものと語られてきた。しかしむしろ、それは彼の生まれた起源の日でもあるものとして、選ばれているのではないだろうか。彼（「三島由紀夫」）が生まれた日、それは、彼（平岡公威）が彼（「三島由紀夫」）の手で殺害された、起源の日でもある。*9

6　水村美苗、一九九〇年

フーコーの「だれが話そうとかまわないではないか」は、さらにわたしにもう一つの作品を思い起こさせる。一九八八年から一九九〇年まで『季刊思潮』に連載され、一九九〇年九月に単行本として刊行された、それまで全くの未知の小説家であった、水村美苗による『續明暗』が、それである。

この作品は、一九一六年に夏目漱石によって朝日新聞に連載され、同年十二月九日のその死によって中絶した遺作『明暗』（連載は十二月十四日まで）を、その中絶を受ける形で、十二歳から米国に在住し、そこで漱石を愛読してきた水村が、「続編」として書きつぎ、これに完成形を与える目論見のうちに書かれた擬似的な『明暗』続編である。

『明暗』は、当年とって三十歳の男津田とその妻お延をめぐる「家庭」の愛の物語である。二人は好きあって恋愛結婚をしたが、夫婦になってみると津田はその性格もあり容易に妻のお延が求めるようにはお延を愛さない。お延は津田に自分なりの理想の夫の姿を見て、結婚した。自分が津田を愛している以上、津田にも自分が愛するように自分を愛してほしい、と強く思う。しかし、妻としての意地もあり、自分のそのような気持に素直になれない。自分の愛するように、夫に自分を愛させる力が、自分には備わっているべきだと心のどこかで考えている。

一方、津田が言わないため、津田の周辺ではお延だけがそれを知らないが、実は津田はお延と知り合う前に清子という女性と恋愛し、結婚直前に理由も聞かされずに清子に去られている。津田は、心のどこかでその清子への未練を断ち切れずにおり、しかもそのことに気づかない。

津田とお延との結婚は、津田の会社の重役の夫人で、それに先立ち津田と清子との仲の取り持ち役でもあった吉川夫人が媒酌した。吉川夫人は津田に対し親和性を示し、なにかあればその相談に快く応じる。世俗的な諸事全般での津田の庇護者を任じ、世間的な夫婦関係に泥《なず》もうとしないお延の態度に面白からぬ気持をもっている。

津田にはお秀という、器量望みで遊び人の堀に嫁いだ器量よしの妹がいる。お秀にはすでに二人の子があり、世間一般の夫婦関係を営むものとして、津田との夫婦関係を自分の力で築きあげようとするお延に、彼女もまた、言葉にならない苛立ちを感じている。

お延と津田の両親はともに京都にあり、お延は東京にあって義理の叔父にあたる岡本の家で娘同然に育った。津田も雑誌などに手を染める叔父の藤井のもとで親子同然に育つ。岡本の叔父は鷹揚な成功者であり、津田の上司である吉川とは親友の関係にある。一方津田の叔父藤井のもとには、津田の友人で食い詰め、朝鮮に一旗揚げに行こうとしている、生活の苦渋を離れた津田の階層を目の敵にする、一癖ある小林が、出入りしている。

津田は、新婚生活の当座をこれまで京都に住む父からの援助を収入の不足分に当てることで営んできた。それが最近の物入りで父との関係をこじらせ、その援助を当てにできない形勢におかれる。贅沢な生活を好む一方で自尊心をもつ彼は、如才なさから遠く、人知れず苦衷を抱える。どちらかといえば派手な生活を好むお延も、金銭的には同じ懸念を抱えている。

さて、物語は、書き手が津田にも、お延にも、それぞれ等距離を置き、他方、男性だけでなく女性の内面にも立ち入る漱石としては異例の書き方のうちに、津田の痔疾による入院をきっかけとしたお延と津田の心の葛藤を軸に語り進められる。津田の入院により一人で留守を守ることになるお延は、しだいに津田が自分に秘密をもっているらしいこと、その秘密は女性に関することで、津田の交友圏では、どうも自分だけが知らないらしいことに気づいてゆく。そのことはお延の自尊心をくじく。不安は募り、その孤独は深まる。一方、津田は、父との関係がこじれ、高まる経済的な不安の中で、妻のお延との関係でも心の不自由を強く感じる。心たのしまない日々を予後を養いつつ病室に過ごすが、父からの援助のお金のことで、見舞いに来たお秀と衝突し、それがきっかけで来訪した吉川夫人に、いま清子が流産後の身体をいたわるために山間の温泉の湯治場にいるが、行って会ってきてはどうかと勧められ、逡巡のあげく、お延には静養のためと偽り、そこに赴く。

温泉地で、津田は清子に会う。清子は意外な出会いに棒立ちとなるが、その後、面会した二人は話すうち、津田は、自分が、清子から去られてからの一年ほどの間、なぜ自分が去られなければならなかったのか、ということを心の底で気にかけていたこと、それを尋ねるべくここに来ていることに、ようやく、思いあたる……。

漱石の『明暗』は、連載の一八八回にあたる、この津田と清子の会見の場面で途絶えている。その後、津田と清子はどうなるか。お延は津田とどうなるか。また吉川夫人の、お延に世間体を叩き込みたいとでもいうべきやや奇怪な欲求とそこからくる画策の首尾はどうなるか。はたまた一癖ある友人小林は、そのまますんなり朝鮮に渡ってくれるのか。さらに、このこれまでとは明らかに異質な書き方を採用する長編小説にあって、漱石は最後に、何を言おうとするのか。読者は、こうしたさまざまな問いを抱えながら、小説の前に取り残される。水村は、その後を、彼女の読解に沿って、見事に書きつぎ、この未完の遺作の問いに、一つの回答を与えているのである。

　これまで、この作品のその後の展開については、さまざまな予想と論評が加えられてきた。たとえば、漱石の第一の弟子をもって任じる小宮豊隆は、各登場人物の我執の物語であるこの小説の主題が「則天去私」にあるべきことをもって、一人我執から離れた人物である清子にその理想が体現されるだろうと予測し、温泉行の直前、津田が小林に、「よろしい」、自分と君と「何方《どっち》が勝つかまあ見てゐろ。小林に啓発《けいはつ》されるよりも、事実其物に戒飭《かいちょく》される方が、遥かに覿面《てきめん》で切実で可《い》いだらう」（第一六七回）と捨て台詞を残されているところから、最後、お延が死に、その事実に「戒飭」され、津田が自分の「業」から「救抜される」ものとその結末を予想している（小宮豊隆「『明暗』」『漱石作品論集成』第一二巻）。また、江藤淳は、この作の近代小説的本質に照らしてここにおける「則天去私」重視の観点をありえないものとし、漱石が津田に、「平生の彼に似合はない粗忽な遺口」で「医者に相談して転地を禁じられでもすると、却つて神経を悩ます丈が損《そん》だと打算」（第一五三回）させ、病気の術後再発の懼れをおして湯治

場行を行わせているところに伏線を見て、むしろ津田の死を予測し、

彼（津田——引用者）は清子に逢うが（そこまでで「明暗」は中絶されている）、救済されるどころかしたたか攻撃され、——あたかもお秀にそうされたように——宿痾を再発して死ぬ。……彼の経験するのは和解ではなくて闘争であり、勝利者は、清子、——ある意味ではお延——である。このような結末によってのみ、以上にのべて来た「明暗」の世界は、破綻から免れ得る。（江藤淳「明暗」『漱石作品論集成』第一二巻、一一四頁）

と判定している。さらに、大岡昇平は、これらを受け、清子の夫である関を加えての津田、お延、清子との「四人関係」、津田と清子の不倫関係への進展、お延が湯治場にやってきて起こるお延と清子の津田を間にはさんでの対決、湯治場の奥にあると予告されている滝を見下す高みを舞台としてのお延の投身自殺等、作品の記述から窺われる可能性を逐条検討したうえ、最後、滝の上の岩に現れたお延が、津田と清子の一緒にいるのを認め、「不意に二人の間にどんなことがあってもどうでもよくなってしまう」「突然の変心」でこの小説が終わる、という展開を示唆している（「『明暗』の結末について」『小説家夏目漱石』）。最後の回（第一八八回）で女中が、二人に「滝の方へ」の散歩をすすめるくだりが挿入されており、話の大団円は滝の場面になるだろうこと、また、作中記述から、お延がこの作品で「作者によって可愛がられている人物」となっていることなどが、彼の判断の理由である。

水村の出している答えは、このような、大正期以来の『明暗』解釈史に照らしても遜色ないものである。彼女の『續明暗』で、話は、こう進む。

温泉地で津田が先客夫婦をまじえ、清子と滝に散歩に行ったりしている間に、東京では話が意外な形で進展する。津田が静養に出発してほどなく、お延は津田の留守宅に吉川夫人の訪問を受け、津田が自分から温泉行きを言い出したのだと実は虚偽の讒言を受ける。翌日には再び吉川夫人から連絡があり、吉川邸を訪れて、その地に以前の恋人である清子も逗留していることも告げられる。吉川夫人は、お延に、「貴女《あなた》のやうに一人で力んで」「自分丈《だけ》は可愛がられよう」としては「男の人には負擔にな」る、夫の心の離反を招いたこれまでの態度を改めてはどうかと忠告する。これまで吉川夫人との間に緊張関係をもってきたお延は、この苦言を屈辱にふるえながら聞くと、温泉地に向かう。一方、温泉地で、津田は、清子の心を確かめようと、聞きたいことがあるのでもう少しこの地を離れないでくれと頼む。翌日、清子はいない。滝を見に行ったと聞いてその後を追う。彼女に会った津田がとうとう本心を打ち明け、なぜ自分は「突然」「嫌はれたんでせう」と尋ねると、清子は、津田のことを「嫌ひになつた」のではないが「厭になつた」、何でも吉川夫人の言いなりになるのが「厭」だった。「貴方は最後の所で信用出來ないんですもの」と、津田に答える。そのくだりは、こう書かれている。

「何が信用出來ないんですか」

津田の聲には微《かす》かな焦立《いらだ》ちが露《あら》はれてゐた。

「何がつて、そんな風に訊《き》かれたつてお答しやうがないわ」
清子は素氣なく津田から眼を離し、再び横顔を見せた。（中略）
「例へば、――現に斯《こ》んな所にゐらつしやるぢやないの」
津田は跳《は》ね返されたやうに清子の顔を見返した。女は顔色を動かさずに男の視線を受けた。瀧の音が切れ目なく續いてゐるのが今更《いまさら》のやうに耳を打ち、同時に邊《あた》りの濕《しめ》り氣を帯びた空氣が突然肌の露《あら》はな部分を刺激した。津田を見据ゑる清子は、今は呼息《いき》も止めたやうに凝《じつ》としてゐた。（水村美苗『續明暗』第二五九回、二六〇～二六一頁）

清子は、あなたは「御自分のお氣持にも充分に眞面目になれない」、「自分を捨てるつていふことがおありぢやないから些《ちつ》とも本物ぢやない」のだと言う。清子の目から涙が流れる。「女の眼が深い海とな」る。「何物かが大濤《おほなみ》の崩れる如く一度に」津田の胸を浸し、津田は立っているのが苦しくなる。「其時《その》である」。お延が現れる。

清子の眸《ひとみ》が不意に津田の眼を離れると、遠くの一點に焦點を當てた。津田は彼女の顔色がさつと變はるのを見た。彼は覺えず慄然《りつぜん》とした。轟《ぐわう》と音がして山の樹が悉《ことごと》く鳴つたやうな氣がした。（同前第二六〇回、二六五頁）

津田が振り返ると、滝の下方、「先刻《さつき》津田が立ち止まって清子を見上げてゐたのと同じ場所」に、お延が立っている。

津田は清子にお延を紹介する。女のことだから、何か言葉を交わすだろうと高をくくった津田の当てがはずれ、「二人はただ相手の顔を見詰める丈《だけ》」で、言葉は行き交わない。しかしそこにあるのは「反感の色ではなく」「寧《むし》ろ何か別のもつと深いもの」である。「私《わたくし》、先に歸りますわ。どうぞ御機嫌よう」。清子は「津田にともお延にとも片附かないお辭儀をすると身を翻《ひるがへ》」す。後に津田がお延と残される。


お延がぴたりと止まつたのは先刻《さつき》清子が津田と話をしてゐた場所である。

「一體何《ど》うしたんだ」

お延は先刻《さつき》の清子と同じやうに青竹の手欄《てすり》越しに瀧壺を覗き込んでゐた。

津田は仕方なしにお延の隣に並んで立つた。すると忽然《こつぜん》とお延が清子と畧《ほぼ》同じ脊丈《せい》の高さをしてゐることに氣がついた。(中略)心持ち顎《あご》を肩掛の中に埋め、俯目勝《ふしめがち》に瀧壺を見下《みお》ろしてゐるお延の姿は、つい先刻《さつき》まで同じ所に立つてゐた清子の影像《イメジ》と氣味の悪い程正確に重なるものであつた。(同前、第二六一回、二六八〜二六九頁)

『續明暗』では、この後、小林とお秀がお延の親代わりでこの日娘の見合いのため東京を離れられない岡本の名代格として、お延を心配した彼に差し向けられ、この地にやってくる。津田は、なおも世間体を気にしつつ、彼らを前に、事態を糊塗しようとする。しかし、翌朝払暁近く、目覚めると、術後の痔疾からひどく出血しており、慌ててお延を呼ぶが、応えはない。驚いた番頭の手で医者が呼ばれ、一方、行方の知れないお延に向けて宿から探索の者が早朝の空の下に向かう。津田は痛みにたえ、医者の到着を待ちながら、小林にお延を滝の付近に探しに行ってみてくれと頼む。医者はなかなか来ない。津田に悪夢の懸念が訪れる。汗が流れる。「津田は後悔といふものを初めて痛切に經驗した」。お秀がやってくる。ところへ一昨日の雨と嵐で不通だった回線が回復し、東京の岡本からお延の安否を問い合わせる電話が届く。床から立ち上がれない津田は、お秀に代わりに出てくれるように言う。しかしお秀は何と答えればよいのかわからない。本当のことを言うべきか。二人の押し問答が続く。「本當の事を云つて可《い》いんですか」「いや、駄目だ」。ややあって、血走った眼で津田は口を開く。「おい」。


「何よ、兄さん」

お秀は津田の逡巡《ためらひ》を前に催促した。津田は其儘《そのまま》眼を合はせずに云つた。

「今日お嬢さんの見合があるさうだが、吉川の細君の媒介《なかだち》なら廢《よ》したが可《い》いつて津田が申して居りますつて、左《さ》う岡本さんに傳へておいて呉《く》れ」(同前、第二八五回、三六三頁)

その頃、お延は滝壺の上で投身をようやく思いとどまり、岩にしばらく佇んだ後、やがてそこを離れようとしている。彼女は、山の上に向かう。一方、宿で、医者はなかなかこない。津田は「恐ろしくて堪まらな」くなり、立ち上がると、下血した状態のまま、裏庭に出て、滝への道を進む。またその頃、お延は、山の上に出て、自然のまっただなかにいる。ふっと身体から力が抜ける。「恰《あたか》もお延を取り巻く空氣そのものが、微《かす》かに搖《うご》いたやうだつた。自然の全くの無關心が不意にお延を打つたのであつた」。

7 「文士」と「人間」

水村の『續明暗』をこれまでの漱石読みの解釈史の中に置くと、何よりその解釈が、お延に軸足をおいた女性の自立の物語になっていることに気づく。そしてこれまで何人もの評者に指摘されてきたことだが、漱石がこの小説ではじめて女性をその内側から描いた、そのことのもつ作者としてのコミットメントの意味が、正面から受け取られ、その可能性の相において、生き生きと展開されていることに驚かされる。

ここでのあらすじ紹介には省いたが、それまでの自尊心を粉々に砕かれ、お延が小林を探し自分から貧民街まで訪ねたあげく、不在で逆に自宅で小林の訪問を受けるくだりで、彼女が彼に、屈辱にたえつつ「清子」のことを尋ねると、尋ねられた怨念の男たる小林の面差しに、「一種の眞面目な眼の光」が宿るあたりは、この作品に小林を導入した漱石が念頭に置いただろう、ドストエフスキーの筆致を彷彿とさせる。男の偽善を体現した津田が滝の場面で、清子とお延に挟撃され、清子が消えてみると、お延と清子が相似の存在となって津田に迫ってくるあたりは、秀抜な展開と言わなければならない。最後に、津田が、眼を血走らせ、自分の上司吉川の親友であるお延の叔父の岡本に、娘さんの見合いには吉川夫人の手を借りるなと伝言させる右の引用のくだりも、最後の津田の反転を示しつつ、吉川夫人への作者の回答を示しており、間断するところがない。

むろん、そこに津田が十分の深さで描かれていないではないかといった不満が、特にこれまでの読者から出てくることは予想される。しかし、いわゆるこの種の接ぎ木的小説として、この作品が水準を遥かに抜いた傑作の域にあることは、少なくともわたしの目に、疑うことができない。

作者は、この作品は「批判を予想して書かれたもの」だと述べている。「いわく、漱石はこのようには『明暗』を終えなかったであろう。いわく、漱石はより偉大である。いわく、このような作品の出現にもかかわらず、漱石は依然として漱石である」。だが、このような批判にどのような意味があるのか。そう述べ、彼女が引くのは、『明暗』執筆中に漱石が当時新人として現れつつあった芥川龍之介ら『新思潮』の面々に書き送った、次のような文面である。

牛になる事はどうしても必要です。吾々《われわれ》はとかく馬になりたがるが、牛には中々なり切れないです。……牛は超然として押して行くのです。何を押すかと聞くなら申します。人間を押すのです。文士を押すのではありません。

人が、「それでも書こうというのは、漱石の言う通り、『人間を押す』ことを望むからである」。自分が相手にし、「押」そうとしたのは、「文士」ではない「人間」、ただの読者だった。『文士を押す』ことを目標にしているかぎり『明暗』の続編は書けない。『文士』こそ今まで『続明暗』が書かれるのを阻《はば》んでいたものだからである」。

水村は述べている。

「人間」とは何か。それは私と同様、『明暗』の続きをそのまま読みたいという単純な欲望にかられた読者である。漱石という大作家がどう『明暗』を終えたかよりも、お延《のぶ》はどうなるのか、津田は、そして清子はどうなるのかを『明暗』の世界に浸ったまま読み進みたい読者――小説の読者としてはもっとも当然の欲望にかられた読者である。小説を読むということは現実が消え去り、自分も作家も消え去り、その小説がどういう言語でいつの時代に書かれたものかも忘れ、ひたすら眼《め》の前の言葉が創《つく》り出す世界に生きることである。それを思えば、「人間」であることこそ小説を読む行為の基本的条件にほかならない。(『続明暗』新潮文庫版「あとがき」三七八頁)

いわばただの読者の場所に立つこと、それが『續明暗』を書かせた、と水村は言っている。彼女が言うのは、「文士を押す」つまり漱石の解釈史の中に身をおいては、とても『明暗』の続編は書けない。このような作品に対する態度こそ、いままで『續明暗』といった試みがなされるのを阻んでいたのだ、ということである。

その意味では、『續明暗』が解釈史の中でどういう評価に堪えるかといったわたしが先に試みた検討などは、「文士を押す」ものとして、この作品の成就していることの意味を考えるうえであまり役に立たない。作品に分析的に対すること、この作品にどのような伏線が用意してあり、それを生かすにはどう展開がなされるべきかと考えること、あるいは漱石がこの時抱懐していただろう主題に思いを馳せ、そこからどんな後半の展開と結末が考えられるか、と考究すること。先にあげた大岡昇平の「『明暗』の結末について」などは、さだめしそうした探偵小説的——分析的——視角からこの〝問題〟に取り組めばどのような帰結を生むかの一例証を提供している観があるが、そこからわかることは、このような接近視角からは、『明暗』に関する新しい発見も、また、ただの読者の好奇心に答える説得的な回答も、もたらされえないこと、こうした試みは、ちょうど空を飛ぶゼノンの矢から、運動を取り除き、これを空間上の線分として微分する企てと変わらない、ということである。

とはいえ、このことは、逆に、そうであれば、ただの読者として小説を読むこと——「人間」であることをその基本条件に数えて小説を読むこと——とは、小説を、どう読むことであるのか、と考えさせる。『明暗』の後に、成心なく、その続編について考え、中途で「動かなくなった」登場人物の身の上に思いをめぐらすのは、ただの読者の特権だが、そのように読むだけでは、ただの読者として、小説を書くことに、つながらないからである。

ここにあるのは、たぶんこういう定式である。人は「文士」（批評家・研究者・専門家）として小説は読めるだろうが、小説は書けまい。「文士」として読むのは分析的に作品に対することだが、分析からは非分析的残滓であるノイズは生まれない。人は分析的には作品を生み出せない。人が小説を書けるのは「人間」(ただの読者・素人・非専門家)としてだけなのである。分析を越えるもの、あるいは分析以前に人を動かすもの、そういうものなしに、小説は書かれない。

しかし、ふつう「人間」がこうして書くものは、『明暗』ではあっても、『續明暗』ではない。人は小説を書こうとすれば、まず、作品を書くのであって、未完の作品を見つけてきて、それに接ぎ木的に続編を書くのは、いくらただの読者としてその後が知りたいと思ったにせよ、その思いだけでは無理で、それと別個の分析的作業と、さらにそれと別個のある理由が、それには必要なのである。

ここに、ただの読者として書く、ということの難しい内容が顔をのぞかせている。ただの読者として書く、「人間を押して」書く、とはどのように作品を読み、そしてその続編を書くことなのか。

わたし達は、ここに来て、あのフーコーの「だれが話そうとかまわないではないか」という声の反響を、再び、耳にしているのである。

8　理論vs.幻肢痛

水村美苗自身はこう述べている。

自分が『續明暗』を書こうと思ったのは、「漱石で書きたいと思ったのが最初にあったのではなくて、まず小説を書きたいと思ったのが最初」である。「今のこんな状況の中で何が書けるか、何を書くべきか、そういうふうに考えていったときに『明暗』の続きというものにつきあた」った。それは「今小説を書くというのはどういう意味か、という理論的な問題にもつながる」。「『續明暗』のようなものを書けば新しい問いかけになるのではないか」、そう考えた。

このうち、「今のこんな状況の中で何が書けるか、何を書くべきか」というのは、こういうことをさしている。

まず、文学の読み方が変わったということが一番基本にあると思います。作家中心の読み方からテクスト中心の読み方へと移行したということですね。ここ二十年くらいの間の変化です。まず、そういう理論的背景が『續明暗』の根底にある。それをぬきにしては、漱石のテクストなどには、おそれ多くて手をつけられなかったと思います、私なんか。（《インタビュー》水村美苗氏に聞く──「『續明暗』から『明暗』へ」〈聞き手石原千秋〉、『文学』一九九一年冬号、八三頁）

また、

そういうオリジナルな言説がある。その背後にそういう言説を発した一人の人間を見ることなるのです。つまり、『明暗』の背後に漱石を見る。「則天去私」という境地に達した漱石でも、達することの出来なかった漱石でも、どっちでも同じことです。小説の背後に作家を見る。(中略)

そういう作家中心主義を可能にしているのは、(中略)人間中心的な言語観ですね。それ自身、近代文学の根底をなす言語観です。(中略)そういう言語観のなかでは、言葉はいわば二次的なものでしかない。そのかわり、個人の意識というものが、一次的となってくる。だから当然のこととして、テクストよりも作家のほうが中心になるわけです。デリダにロゴセントリズム批判っていうのがありますよね。書き言葉を話し言葉よりもおとしめるのが、ロゴセントリズムであるっていう。(中略)そんなものも、今申し上げたような人間中心的な言語観に対する、批判のひとつとしてとらえられるものだと思います。(同前、八三頁)

また、

もちろん漱石自身このような作家中心主義的な読み方をされてきた。神格化されてきたわけです。

(中略)作家とテクストの関係で言えば、要は、作家が神のような立場にある人間として見られるということですね。テクストの創造主。創造主であるからこそ、テクストの本当の意味を知っている人間。極端に言えば、『明暗』の本当の意味を知ってるのは、漱石のみだと

いうことになります。（中略）『明暗』は犯してはならないものとして、存在してしまうんです。（同前、八四頁）

水村が言っていることは、この論でここまで検討してきたことから言えば、テクスト論の考え方、なかでも「作者の死」という考え方が、自分が漱石のテクストに「手をつけ」ようと思い立った背景に、これを支えるものとしてあった、ということである。水村の「テクスト中心の読み方」とその背景にある考え方についての理解は、引用部分が示すように、世に一般に行われているテクスト論のそれと完全に重なる。「小説の背後に作家を見る」――「その背後にそういう言説を発した一人の人間を見る」――作家中心主義の呪縛から自由な世の中になったことが、彼女の『續明暗』を可能にした。つまり「だれが話そうとかまわないではないか」という、テクストと作者の機能の分離、それが彼女を自由にした。これがここでの彼女の自作解説の趣旨である。

また、もう一つ、「今小説を書くというのはどういう意味か、という理論的な問題」のほうは、こう説明される。

ポストモダニズムという概念がありますね。（中略）実際に新しいことが何も言えないかどうかということではなく、新しいということに意味がない。そもそも、新しいということの意味がわからない。進歩というテロスを失ったときに出てきた歴史的な概念です。その時、過去のすべての芸術形態が同じ価値をもって目の前に並ぶわけです。

（中略）

（そういう条件の中で——引用者）『續明暗』というのはほんとにドンピシャリじゃないかという感じがしたんです。（同前、八四頁）

また、

そもそも『續明暗』自体が広義の意味の引用そのものなんです。私自身が書いている時の大部分は、意味の中にどっぷり浸かって書いている。でも、そういうこととは別に、引用で書けるということを、やっぱり言いたかったんですね。『續明暗』に入っている（他の漱石の小説からの——引用者）引用というのは、偶然入っているんじゃなくて、引用が多ければ多いほどおもしろいというふうな意味があって入っているわけですね。（同前、八五頁）

また、

私たちは与えられた言葉を必然的にしようがなくて使っているだけで、言葉というものは私たちがつくるものじゃないわけですね。そういう意味ではオリジナルな発語《エナンセーション》というのはまったくあり得なくて、全部が引用なわけですよね。引用する以外に自己表現がないですから。というよりも、引用、つまり、言語によってしかそもそも自己などというものも概念として構築されない。『續明暗』での引用は、いわば、そういう理論的な意味が、その中心にあるわけですね。（同前）

しかし、『續明暗』を〝体験〟するために、改めて漱石の『明暗』を第一八八回まで読み、時を置かず、その第一八八回から第二八八回にいたる水村の『續明暗』を読んで、〝『明暗』全編〟からわたしにやってくる感想は、ここに語られる「作者の死」についても、「引用」についても、作者水村の自作にふれて行う説明とは、ずいぶんとその内容が違っている。

『續明暗』の企ては、何よりわたしに、ある一つの実験的な医療行為を思い出させる。それはアメリカの神経科学者Ｖ・Ｓ・ラマチャンドランによって二〇〇〇年に発表されたもので、あの第Ⅰ章にふれた、「幻肢」の痛みを取り除く、手術の報告である。

たとえば右手を手首から先、事故で切断し、失った人が、その後もその存在しない右手があるように感じる、そしてその指先が痒かったり、痛かったりするのを覚える、こういう現象を幻肢と呼ぶが、脳科学とコンピュータサイエンスの学際領域で脳と心について考え、「クオリア」という概念を提出した脳科学者の茂木健一郎によれば、この「幻肢を持つ患者は、時には耐えがたい痛み（幻肢痛）さえ感じる」。歴史上名高い「幻肢痛」の事例として知られる「カナリー諸島を攻撃中に右腕を失い、その後幻肢痛に苦しめられた」イギリスのネルソン提督のケースでは、ネルソンは、「もうないはずの右手の指が右手の掌《てのひら》に食い込むという幻覚」に悩まされた。この例におけるように、幻肢はしばしば「耐えがたい痛み」で患者を苦しめる。手足を失った患者の八〇パーセントが、幻肢痛を体験している。
ところで、患者が幻肢痛に苦しめられるのは「幻肢」として「存在している」ものが、現実には「実体」として「存在していない」からである。幻肢痛とは「存在していない」ものが「存在していない」ことによって「あらしめられる」現実の痛みなのである。そのことに気づいたラマチャンドランは、たとえば右手を失った患者の場合、左手を入れると対称的に「右手」の像が〝存在しない右手〟の位置に映し出される鏡箱の装置を作り、それを使って、「存在していない」手足を「あらしめる」ことで、幻肢痛を取り除くことに成功した。

例えば、事故などで右手を失った患者がいたとする。この患者の左手を図のように装置の中に入れると、鏡の対称の位置に、もう存在しない右手があたかも存在するかのような視覚像が現れる。このような条件下で、患者は、左手と右手を同じように動かすように指示される。すると、鏡に映った左手が、まるで左手と同時に動いている右手のように見える。つまり、右手がまだそこにあって、「右手を動かす」という運動指令の通りに右手が動いているかのような視覚のフィードバックが得られるのである。（茂木健一郎『心を生みだす脳のシステム』一一八頁）

このような視覚フィードバックの結果、十人中六人が、「幻肢を動かしているという感覚」

が復活したと報告し、うち四人の患者は、ネルソン提督を悩ませた幻肢痛、もうない右手の指がもうない右手の掌に食い込むという幻覚に伴う、しかしこれは現実の痛みから、解放された。つまり、

彼らは、復活した「幻肢を動かしている」という感覚を使って、（幻の──引用者）掌に食い込んでいる幻の指を解きほぐすことに成功したのである。（同前、一一九頁）

問題は、失われた手足を蘇らせることでも、幻肢を消し去ることでもない。手足は蘇らないし、幻肢はなくならない。しかし、人は「幻肢を動かしている」という感覚は復活させることができる。そしてその感覚を駆使することで、ない指がない掌に食い込むことから生じる「痛い」という、こちらもこれだけは現実の感覚を、除去することができるのである。

わたしが正続二編からなる『明暗』全編を読んで感じる読後感も、これと似ている。『明暗』は、作者夏目漱石を失って未完の遺作としてある。これが完成されることはありえない。また未完の部分が「失われた」とも言えない。その部分は、書かれなかった。書かれなかったものは、失われようがないからである。しかし、まったく存在しなかったかと言えば、そうとも言えない。それは、かろうじて執筆中の漱石の脳裏に、定かならぬ不定形の形であった。それがあったというのは、その不定形のものなしに、人は小説をその完結形に向かって、書き進めることは不可能だからである。その不定形のものとは、まだ書かれていない部分を「まだ書

かれていない」未了性と感じる、ひりひりとした痛みのようなものである。その意味で、その不定形のものは、漱石の中に、幻肢痛としてあった、と言いうる。

そして、それに見合うものが、この続編を書いた水村の中にもある。彼女は、『明暗』のただの読者の一人として、これを読んだ。しかし、作品は中途で切断され、その先がない。ただの読者は、その作品の切断面で、痛みを味わう。痛みは、水村の言う、この後、「お延はどうなるのか、津田は、そして清子はどうなるのかを『明暗』の世界に浸ったまま読み進みたい」という、ただの読者の「単純な欲望」である。その現実に存在する痛いような欲望、それが、漱石の中にあった痛みの復元形として読み手に生まれる、水村にとっての幻肢痛なのである。

水村は、——文庫版「あとがき」の記述によれば——その欲望にだけ足場をおいて、『明暗』続編を書く。それ以外の書き方が、不可能である以上、わたし達はこの言葉を信じてよいだろう。するとその結果、何が起こっているのか。わたしが『明暗』全編を読んで気づいたことは、『明暗』を正続で読むと、続編の部分が新たに加わるだけではない、実は正編の部分、漱石の書いた『明暗』の部分が、これまでとは全く違うように読め、そのテクストを更新している、という意外な事実だった。先に私は、一度、『明暗』を読み、時をおいて『續明暗』を読み、これをよくできた異色作ではないかと思った。しかし、今回、これを続けて読んでみれば、新しく加わったのは続編ばかりでない、漱石の書いた『明暗』正編が、以前とは違うものに変わっているのである。

何より続編を読んでしまえばお延、清子がこれ以前の形ではもう読めない、と感じられる。

小林、お秀が、以前以上にくっきりした輪郭をもって迫ってくる。その展開のありよう、解釈に不満をもつか、もたないかに関わりなく、不満を抱けば抱いたまま、ただの読者からは、あの「先を読みたい」という欲望が消えている。気づいてみればあの幻肢痛が、消えているのである。

こういうことで、何を言いたいか。ここにあるのは、テクスト論のいう「作者の死」といった暢気なテクスト受容の一形式ではない、先に見た三島の作者の側からの「作者殺し」に見合う、読者の側からの「作者殺し」(＝作者蘇生)の劇であり、幻肢たる「作者の像」の回復の劇なのである。また、これは同じく「作者の死」「オリジナルの死」ゆえに正当化される「引用」の理論的応用などではない。水村美苗という「小説家」の殺害を通じて「水村美苗」という小説家を誕生させるための、そういう「引用」が、ここで敢行を目論まれている。つまり『續明暗』から読後感としてくる感触は、その執筆を水村に可能にさせているものが、水村自身の考えているのとはまったく異なる事情なのではないか、そのようにわたしに考えさせるのである。

まず水村は、自分に『續明暗』の執筆を可能にさせたのは「テクスト中心の読み方」だというが、もし彼女自身が、テクストは読み手である自分が恣意的にこれを受け取ることができる、とみなし、「だれが話そうがかまわないではないか」とばかりに『明暗』を受け取っていれば、このような幻肢痛を除去する続編は書けない。同じインタビューの別の個所で、彼女は、

「一読者として『明暗』を読むたびに、これはどうなるんだろう、多分こうなるんだろうなとか思ったので、その延長として完結させたいという欲望は自然にありました」、「(『明暗』と『續明暗』の「差異」の意味について問われ——引用者)それは同一性があっての差異だというふうに思うんですね。最初から全然違うものを書こうと考えた場合には、『續』である必然性もなくなってしまいます」、またさらに、

(物語に発展がないとか、当り前の終え方だとか、独創性に欠けるという意見もあるが——引用者)少しでも想像力のある人間なら、そんなところで独創性を発揮するのは、少しもむずかしいことではないんです。そもそも物語などというものは、いくらでもひとりで暴走するものなんですから。ただそんなところで独創性を発揮してしまったら「續」である必然性がない。「續」を書く困難も楽しみもありません。(水村前掲インタビュー、八二頁)

と述べているが、実をいえばここにまっとうに述べられていることと、先の「テクスト中心の読み方」云々の「理論的背景」として述べられていることとは、両立しないのである。

むろん、水村は幾度も『明暗』を読み、「これはどうなるんだろう」「多分こうなるんだろうな」と思い、その延長で「この先を書きたい」と思っている。ということは、『明暗』を漱石から切り離して読んでいるのではなく、つまり「だれが話そうとかまわないではないか」と考え、作者という「統一性の場」(実定性)を排除して「テクスト」として読んでいるのではな

く、『明暗』のテクストを通じ、その背後に彼女自身の「作者の像」を育て、その彼女の「作者の像」に照らして、この自分の内なる「作者」が作者であれば、ここはこの先「多分こうなるんだろうな」、そうためつすがめつしつつ、あの言語連関のなかで、これを「作品」として読んでいるのである。

さて、このこと、テクストの背後に彼女が「作者の像」を思い浮かべ、それを育てつつ『明暗』を読むことと、彼女が「作者中心主義」だとして否定する「小説の背後に作家を見る」読み方とは、同じだろうか。

彼女のイデオロギーとしてのポストモダニズム理論は、これを同一だと言う。しかし、彼女の小説家としての経験は、そこに「統一性の原理」としての作者と「統一性の場」としての作者の像という差異を見つけ、自分は、ノイズを解消してしまう作家還元主義のイデオロギーは否定するが、テクスト読解の背後に作者の像を見る「ただの読者」の読み方は肯定する、と言っているのである。

同じことが、その「引用」についても言える。先の引用部分における、「言葉」が自分達の「つくる」ものでないから、「そういう意味ではオリジナルな発語《エナンセーション》というのはまったくあり得」ず、「全部が引用」だというのは、言語が所与としてあることの本質を見損なった、初歩的な言語観の誤りであると言わなければならない。また、もはや新しいことは何も意味をもたないというポストモダニズムの本質と引用の意味を結びつける、これはより強調されている後段の知見の披瀝にしても、そこで言われていることは、ここでなされている彼女自身の「引用」の解説として、正確とは言えない、という以上に、その本当の意味を見失わせるものである。

こうした言い方では、「引用」を多用した『續明暗』執筆は、オリジナルな発語がいまや不可能でもあれば無意味でもあることを根拠にした、そのことを確認するとともにオリジナル否定による作品生成を遂行する、批評的営為だということになる。しかし、ここで水村が、そんな「イデオロギー」に動かされてこの作品の膨大な引用の収集ともいうべき作業に没入しているとは思えない。それでは彼女が「文士」になる。やはり同じインタビューの違う個所での発言によれば、『續明暗』には、可能な限り、漱石の他の小説からの引用が使われている。彼女が言うには、引用は基本的に「漱石の小説、漱石の言説」に限ったが、一個所だけ、「温泉場へ向かうお延が汽車を降りたときの描写」を泉鏡花の『高野聖』から借用した。聞き手が、これを受け、「それは、やっぱりお延の意味に関連するんですか」と聞くのに、水村は、そうではなく、単に「列車を降りたとたんのシーンというのが漱石にはあんまりない」、探したが見つからないのでこちらで用を足したと答えていることなどは、『續明暗』において引用のもつ意味、引用のもたされている意味を、余すところなく伝える、「人間」的な一挿話である。

それというのも、引用は、ここで、先に三島の『仮面の告白』にあって「平岡公威」の年譜的事実が一点のフィクションをも加えないで用いられたのと、ほぼ同じ意味をもって遂行されている。たとえば、『續明暗』には温泉場で津田と清子が一日同宿客夫婦の出発を見送りがてら小旅行を行い、帰途、嵐に遭う挿話があり、それは、一読して『行人』の二郎と嫂お直の小旅行を連想させる。その引用について、水村は、「季節が違ったんで苦労した」と言う。彼女は、それこそジグソーパズルのカケラをはめ込むように、津田が清子と会見するシイン、清子が滝の上に現れるシイン、お延が吉川夫人と会見するシインと、いわば小さな場面ごとに、これまでの漱石読書で彼女の自家薬籠中のものになった漱石のテクストを探し出し、適所に配置する。可能な限り、それを行う。それはまぎれもなく彼女が「ただの読者」として、書いているのである。

三島における克明な「平岡公威」の年譜的事実の記述は、執筆行為から「書く自我」＝書き手（書く主体）の神格性ともいうべきものをはぎとるために、つまり『仮面の告白』にあっては書いているのが非三島由紀夫であって、三島由紀夫ではないことの「不在証明」として、必須のものと考えられた。ここ、『續明暗』では、本文を漱石の他の作品の引用で覆い尽くし、理念としては、すべて他の漱石の文章からのパッチワークとしてこれを織り上げることが、作者水村美苗がどこまでも空疎な作者存在――〈作者の死〉を生きる存在――にとどまり続けるために、必須の作業だと考えられている。オリジナルなことを書けば、書き手は「作者」になるが、徹底して非オリジナルなことを書きつづければ、書き手は羽根をむしられたトンボのように、どこまでいっても虫けら同然の位置、「ただの書き手」の位置を保持できる。ここにあるのは読者の側からの「作者殺し」（＝作者蘇生）でもあれば作者の側からの「作者殺し」（＝作者誕生）でもある、二重の「作者殺し」の企てなのである。

したがって、『續明暗』における引用は、水村が考えているように、漱石の文章をオリジナルとは認めない、崇めないことのポストモダニストの信条告白の具としてではなく、逆に水村が作者水村美苗の作者性を空虚化するため、敢行されている。『續明暗』は、あの「だれが話そうとかまわないではないか」という「作者」へのやや粗雑な「無関心」の所産であるどころか、ありうべき「作者の像」を自分の読みにかけて吟味しつくした、「ただの読者」の幻肢痛に似た「欲望」の所産として、もたらされているのである。

9 「類似」と「主体化」

三島における自己の内なる非小説家的存在の克明な「筆写」による自己剝製化の試み、またそれによる小説家＝存在としての「三島由紀夫」捏造の企て、さらに、水村における「ただの読者」の書法、また、他者の文の「引用」で自分の小説を満たし、その執筆を通じて自分の小説家性、作者性を扼殺しようという試みは、最後の水村の試みに関しては、その「理念型」のありようを通じてという条件がつくとはいえ、ともに、フーコーのいわゆるテクスト論的な「作者の死」の論がもつ致命的な死の空域を、わたし達に教える。しかし、それと同時に、わたし達をもう一度、フーコー、そしてデリダらの議論へと、連れ戻すものであるようにも見える。

フーコーのあの「だれが話そうとかまわないではないか」という提言には、「私が何者であるかをおたずね下さるな、同一の状態にとどまれなどとは言って下さるな」という『知の考古学』序論の「主体の死」への呼びかけの声が隠されていた。それと連動するものであればこそ、「作者とは何か?」の論は、わたし達に深く働きかけたのである。さらに、そのむこうには、なぜ「主体化」が問題であり、否定されなければならないのかを論じた権力と主体化に関する独立した論考が控えている。その「主体の死」論の母型までさかのぼり、そこでの問題点を明らかにするのでなくては、たぶんこのわたしの〈作者の死〉の論は、終われないはずである。

また、〈作者の死〉を生きるということに関連して、わたしはここに「作者の像」という考え方を提出している。しかし、この考え方をいわばテクスト論全体の前提を相手取って提示しようとするなら、その基底を構成している「現前」＝「再現」の考え方の是非まで立ち返り、これをささえる言葉の考え方がものを考える上に権利をもつことを、明らかにする必要がある。それに直接関係するのは、前章にふれた「現前の形而上学」批判をめぐるデリダの議論だが、そこでもそれに先行するものとして、わたし達は、フーコーが一九六〇年代に切り開いた新しい知見の場所に、送り返されるのである。

したがって、ここでは、論を締めくくるに際し、通時的と共時的と二つの側面から、ここにわたしが述べたこととフーコーの論が切り開いた知見との関係を見ておく。一つは、「類似」という概念の発見にかかわるものであり、もう一つは、「主体化」という概念の発明にかかわる検討である。

フーコーの「類似」とその引照項である「相似」というあり方についてふれようとして、さしあたり、わたしが起点に念頭に置くのは、フーコーの初期の著作『レーモン・ルーセル』（一九六三年）に見られる、彼の関心の初期形のありようである。

レーモン・ルーセルは、奇怪な小説の夢に取りつかれた。いわばそれを構成する言葉だけに意を用いて彼は小説を書いた。その親友を父にもち、彼自身幼少の時からこの異数の小説家に親しく接したミシェル・レリスは、その回想資料に、この小説家が、『ロクス・ソルス』という彼自身の四五九頁に及ぶ小説の全文を諳んじていたという証言を伝えている。その小説の独自の書法の出発点となったとされる小説『アフリカの印象』のコントの一つ、「黒人たちのあいだで」は、フランス語の原文で一語中のアルファベット一つを除いて、後は全く同じ、二つの文章にはさまれた形で書かれている。すなわち、このコントは、

Les lettres du blanc sur les bandes du vieux billard formaient un incompréhensible assemblage.（古びた撞球台のクッションに沿って記された白墨の文字は不可解な集まりを形作っていた）

という一文ではじまり、

Les lettres du blanc sur les bandes du vieux pillard.（年老いたかっぱらいの徒党に関す

る白人の手紙)

という一文で終わる。冒頭の"Les lettres du blanc sur les bandes du vieux billard"と末尾の"Les lettres du blanc sur les bandes du vieux pillard"の違いは、それぞれの最後の一語(billardとpillard)の最初の一字bとpである。ルーセルは言う。「私はほとんどそっくりな二つの単語(中略)を選んだものだ。たとえばbillardとpillardのような。そのあと、それに、まったく同じいくつかの単語、二つのちがった意味にとられた単語を付け加え、かくして私は二つの同一《そっくり》な文章を得るのだった」(『どうやって私はある種の本を書いたか』、フーコー『レーモン・ルーセル』豊崎光一訳より再引用、三二頁)。その次にどうするか。これを一つの単純化されたモデルとして説明すれば、こう述べても許されるだろう。彼はその文章がそこにおかれてしかるべき場面、場面を許容する挿話、挿話を許容する物語を捏造する。一方に、「ヨーロッパ人の男がいて、難船のあと、黒人の酋長に捕えられている」。そういう挿話が設定される。彼は妻に「延々と一連の便りを書き送る」。それは「年老いたかっぱらいの徒党に関する白人の手紙」である……。また他方に、「すでに少し虫食いのある緑のラシャで蔽った大きなテーブルのふちに白墨で描かれた文字記号」をめぐる雨の午後の、田舎の別荘に閉じこめられた友人同士のグループの一挿話が考えられる。彼らは判じ絵を出して気晴らししようとしているのだ……。かくして、最初の場面、挿話、物語のブロックと最後の場面、挿話、物語のブロックが仮の資格で設置され、物語は、岩盤の両側から掘り進むトンネル工事のように、手探りしつつ、書き進められる……。その結果生まれる小説は、何を語るか。何も語らない。ただそれは姿によって、冒頭と末尾の一文がほぼ同一であるという指標によって、自らがそこから「意味」をうけとるべきではない小説であることを、控えめに読み手に知らせるのである。

こういうマイナーな小説家の奇怪な企てが、フーコーを立ち止まらせる。彼は、こういう小説家の試みに留意しつつ、そういう関心の延長上で、たとえば『言葉と物』といった歴史的な知のエピステーメーの巨視的転換の分析を行うのである。

そこで、何が彼の足をひきとめているのだろうか。

わたしにこうした彼の原初的な関心の好個の絵解きと思われるのが、ルネ・マグリットの絵にふれて書かれ、「類似」についての創見を明らかにしている、『これはパイプではない』という著作である。

フーコーはまず「これはパイプではない」という言葉を付したマグリットの絵のシリーズ中の一枚を取り上げている。

それは、ほぼ正面下半分の空間に画架の三脚にかかったパイプを描いた画布があり、その上方、ほぼ上半分の空間に、画布と画架の大きさから推定して巨大と思われるパイプが浮かんでいる絵である。パイプは画布の中央に描かれ、その画布中のパイプの下には一行、「これはパイプではない」と書かれている。

整理すると、この作品には、パイプが二つ存在する。一つは浮かんでいるところを描かれたパイプであり、もう一つは、描かれた図として描かれているパイプであり、この絵の中の絵のパイプの下には、「これはパイプではない」と書いてある。

フーコーによると、この絵は、次のような不思議さ、わたし達がもう気づかなくなっている次のような、いつの頃からか当然視されるようになった物の見方の奇怪さに、わたし達の注意を差し向けるべく、描かれている。

不思議さは二つある。

その一。ふつうわたし達は、パイプに似た形が画として描かれていると、それをパイプだと思う。わたし達は、そういう図柄に触れると、なぜかこれは「パイプ」を描いたものだと考えるのである。

しかし、こういう絵の場合はどうか、とフーコーは言う。同じくマグリットの「再現《ルプレザンタシオン》」という絵。それは低い壁で囲まれたテラスから眺められたサッカー試合の情景を文字通り再現して描いたものなのだが、よく見ると、そのテラスの左側の低い壁には欄干がついていて、そこにできた垂直方向の線の内側にこれとそっくりの情景が半分くらいに縮小された形で見えているのである。すると、見る人には混乱が起こる。情景が一つだけの時は、それは、「サッカー試合」を描いたものだと見えた。しかし、ほぼ二分の一大のこれに相似した情景がテラスの壁にもあると、それだけで、先の情景は、「サッカー試合」を描いたものだとは思われなくなるのである。

ここにあるのは、「類似《ルサンブランス》」と「相似《シミリチュード》」の違いである。フーコーは書いている。

マグリットは類似《ルサンブランス》から相似《シリミチユード》を切り離した上で、後者を前者に対立させているように思われる。類似には一個の「母型《パトロン》」というものがある。すなわちオリジナルとなる要素であって、それから取り得る、だんだんに薄められてゆくコピーのすべてを、自己から発して順序づけ、序列化するものだ。類似しているということは、処方し分類する原初の照合基準《レフェランス》を前提するのである。（これに対して――引用者）相似したものは、始まりも終りもなくどちら向きにも踏破し得るような系列、いかなる序列にも従わず、僅かな差異から僅かな差異へと拡がってゆく系列をなして展開される。類似はそれに君臨する再現《ルプレザンタシオン》＝表象に役立ち、相似はそれを貫いて走る反復に役立つ。類似はそれが連れ戻し再認させることを任とする原型《モデル》に照らして秩序づけられ、相似は相似したものから相似したものへの無際限かつ可逆的な関係として模像《シミュラクル》を循環させる。（『これはパイプではない』豊崎光一・清水正訳、七三〜七四頁）

『これはパイプではない』は、主論考が一九六八年一月に発表された後、かなりの量の増補を加えて一九七三年に刊行されている。内容的には通時的に『レーモン・ルーセル』のモチーフを継承しながら、共時的に『言葉と物』（一九六六年）と主題を共有している。そこでの「類似」の概念は、類似を相似との対比で用いていない『言葉と物』における用法と同じではないが、『言葉と物』における「類似」の主題はむしろこの相似と対比された「類似」の概念により展開された形として結実していると思われる。

フーコーによれば、「類似」とはそれに似た〝図柄〟があると、それをそれが現す〝モノ〟

の再現形だと受け取るわたし達のあり方であり、「相似」とはその〝図柄〟がいつまでも図柄にとどまり、それが現す〝モノ〟との関係に置かれない場合のわたし達の受け取り方である。先の例で言えば、サッカー場の情景が絵の中に一つだけ入っていれば、当然のことにわたし達はその〝図柄〟をサッカー試合という〝モノ〟を描いたものだと思う。つまり、サッカー試合の絵だと思う。しかし、すぐ隣の欄干下の空間に、庭の木々のかわりにそれと同じ約二分の一大の〝図柄〟がジグソーパズルのカケラのようにはまっていれば、その受け取りはわたし達の中で失効する。先ほどのサッカー試合を表現（これがフーコー用語に言う再現――《ルプレザンタシオン》――の意味の一つだが）していた〝図柄〟、「類似」としての機能をもっていた図柄は、もうサッカー試合という現実（の観念）との対応を失い、単なる〝図柄〟という審級に下落する。それは、あの現実の試合の表現であるという「類似」の機能を失う。それは単なる「相似」の図柄となる。どこまで行っても、それはオリジナルに辿りつかない。つまりそれは（オリジナルありの）コピーならぬ、（オリジナルなしの）シミュラークルなのである。

その二。「類似」に続く不思議さの第二は「絵」と「言葉」の共存不可能性である。

クレーにアルファベットを図柄にして、アルファベットでできた船や家や人の姿をかたどった絵がある。それは、文字でもなく、絵でもない。あるいは文字であり、絵である。象形文字のことを思い浮かべればわかるが、あるカタチをかたどられたものは、それが絵として見えている限り、言葉として映らない。縦にゆらゆらした描線が三本描かれ、これは水の流れ（絵）だと言われればそう見える。しかし、これは「川」という字だと言われれば、それは、字として見えてくるが、もう水の流れの絵としては見えない。それは、字として見えるか、絵として見えるかのいずれかであり、字でありかつ絵でもある、というカタチはないのである。

それをフーコーは絵（図）と言葉の関係で、わたし達は、言葉が絵（たとえばレンブラントの絵）の解説であるような両者の関係（そこでは絵が主で言葉が従）と、図（たとえば化学実験の手順図）を説明図として言葉で綴られた学術報告におけるような両者の関係（そこでは言葉が主で図が従）との二つしかもっておらず、絵と言葉がそれぞれに主となれば〝両雄並び立たず〟という混在状態が現出するという言い方で述べている。クレーの絵は、そういう混在状態を現出させているのである。

先の「これはパイプではない」で、一つのパイプは絵に描かれた画布の上に描かれ、もう一つのパイプは絵の中に描かれている（浮かんでいる）、そして前者の画布には「これはパイプではない」という言葉があるのだが、この複雑な構図で、マグリットはあの（1）「類似」と「相似」の混在する、そして（2）「絵」と「言葉」が主従の関係におかれない、フーコーの用語で言えば、いわば二重にエテロクリット（混在郷的）な空間を、つくりだしている。

フーコーは、このようなあり方が「十五世紀以来二十世紀に至るまで」西欧的な概念に言われる絵画の世界を、「支配してきた」、と述べている（同前、四七頁）。わたしはあの青の美しいジオットの壁画を思い浮かべるが、彼以前の中世の絵画では、描かれた図柄は、それが指し示す現実を表していなかった。それがジオット前後から、以来、描かれた図柄——たとえば聖者の背後にある張りぼての岩のようなもの——が、現実の荒涼たる風景を「表したもの」に変わるようになるのである。

そういう発見を披瀝することによってフーコーがわたし達の世界理解に新しく加えている知見とは、こうである。

わたし達は言葉を見ると、その〝図柄〟を見て、そのむこうに〝それが表すもの〟を想定する。その〝図柄〟から〝それが表すもの〟を受け取る（それは上の例で言えば「類似」というあり方を無意識に生きているということである）。ところで、ここで〝図柄〟をシニフィアンと置き、〝それが表すもの〟をシニフィエと置けばわかるように、これは、ソシュールの言う、シニフィアン―シニフィエの構造である。しかし、フーコーによれば、このような受け取り方は、人間の存在のいわば原初の〝自然状態〟に照らしても、また絵画の例からわかるように歴史的なエピステーメー（知の地平）の変転過程に照らしても、たかだかここ数百年の歴史的所産といったものであり、それをささえている知の配置がこれまでそうだったように、ある日、根底から覆されれば、それにともない、早晩、「波打ちぎわの砂の表情のように消滅する」（『言葉と物』四〇九頁）さだめのものである。

近代社会の「狂気」の歴史は、このような「類似」のあり方をとらない知のあり方を、社会が狂気として排除してきた過程として跡づけられる。また、いまやわれわれは言語を「シニフィアン―シニフィエ」が一枚の紙の表と裏のように〝切り離すことができない〟ものと考えているが、それを出発点と考えるいわれもまた、どこにもない。歴史的には「類似」の手前に「相似」があった。「類似」――「かのように」――は「相似」のもつ差異のざわめきを抑止することで成立している。言語表現を前にしてわれわれは、それが「表現しているもの」を紙背に見る、「小説の背後に作家を見る」、しかしこれもまた「類似」の一所産であり、そのことによってその背後に多くの「差異のざわめき」が死に追いやられている。シニフィアンは、シニフィエといつも一対でなければならないということはない。それは、「相似」のあり方の中で、シニフィエなしに「浮遊」(ラカン)するのでよいのだし、またそれは「シミュラークル」となって別種の社会、「高度消費社会」(ボードリヤール)を到来させるのでもよい。そういうわけで、このフーコーの切り開いた知見をテコに、「形式化」の構造主義は批判を受け、ポスト構造主義へと移行してゆくのである。

一方、フーコーの「作者の死」ひいては「主体の死」の議論をその背後でささえているのは、『監獄の誕生──監視と処罰』(一九七五年)で展開されている「主体化」の論である。彼の「主体化」の議論は、近代になって生まれた囚人収容建築物である「一望監視施設(パノプティコン)」と、キリスト教社会が発展させてきた教会内の「告解室」(信徒が神父に告白する密室施設)とに体現される二つの権力機構を手がかりに、その機能の分析として展開されるが、ここでは前者「一望監視施設(パノプティコン)」にふれた議論を例にする。

パノプティコンというのは、十八世紀末ジェレミー・ベンサムによって考案された究極の監獄施設である。真ん中に塔があり、それをぐるりと囲むようにいわば花弁状に環状収容施設が拡がる。環状収容施設は小さな独房に分けられているが、そのそれぞれが中央の塔に向き合っている。各個の独房は同型で、塔を中心にした放射状に、〝ぶちぬき〟の構造になっており、内側と外側に窓がある。中央の塔からもしサーチライトの光を発するとすれば、その光線はすべての独房を貫く形に三六〇度、放射されることだろう。また独房に、日の光は外から入るから、中央の塔から見れば、収容された囚人各人が逆光の中にシルエットでくっきり浮かび上がる勘定である。

内側の中央に立つ塔は、いくつかの大きな窓がうがたれ、そこから三六〇度、周囲の独房が監視できるようになっている。その内部は暗い。したがって、囚人にすれば、いったいいつ、自分が看守に監視されているのかは確認できない。こうして、たとえ中央の塔の看守が怠けて居眠りをしていても、二人で将棋をさしていても、もっといえば、そこに誰もいなくとも、二十四時間、囚人のほうは自分が監視されているかもしれないという幻想のもとに置かれ、監視態勢はつねに十全に維持される。

このパノプティコンの効果から、「主体化」の論が導かれるフーコーの論理の推論過程を、内田隆三は、こう要約している。

この装置のなかで、囚人は自分の外面的な身体を中央監視塔にある権力の眼によってあますところなく奪い取られ、その存在を純粋な内面性に還元される。彼はこの内面の主体としてはじめて自己自身に重なり合うことができるのである。だが、この自己の意識は中央監視塔にある権力への隷属関係を通して与えられている。

囚人にとって自分の内面は、明るい独房のなかの唯一の隠れ家であり、囚人が自己自身を取り戻す暗がりである。彼がその主体（＝アイデンティティ）を確保する場所としての内面性は、権力との関係を通して与えられている。すなわち、主体が自己自身に重なり合い、自己の意識（主観性）を獲得するとき、権力は常にすでにその意識の折り目に宿っているのである。（『ミシェル・フーコー――主体の系譜学』一七八頁）

このパノプティコンにおける看守と囚人の関係に、近代社会における権力の本質が雛型として図示されているというのがフーコーの考えにほかならない。ここから、この新しく把握された権力装置の三つの特徴が取り出される。同じく、内田によれば、第一に、そこでの権力の行使にはお金がかからない（権力が不可視で匿名の存在であるため）、第二に、この権力は、ある特定の意志とか人格の中にではなく、その手前の「身体・表面・光・視線などの慎重な配置のなか」に存在し、拷問道具はもちろん、もはやジョージ・オーウェルの『一九八四年』の社会におけるような二重思考（ダブルシンク）も新語法（ニュースピーク）も、使用されない。その代わりに「それは身体のレベルを通じて囚人に直接作用する」。また第三に、「この権力関係を維持するのは、自分が見られているという意識をたえず覚醒される囚人自身である。そこで囚人は権力の眼を内面化し、自分で自分の状態を監視するようになる。ここでは、権力の効果と強制力を支えるのは囚人自らであるように仕組まれている」。（同前、一七九〜一八〇頁）

フーコーは書いている。

その事態を承知する者（つまり被拘留者）は、みずから権力による強制に責任をもち、自発的にその強制を自分自身へ働かせる。しかもそこでは自分が同時に二役を演じる権力的関係を自分に組込んで、自分がみずからの服従強制の本源になる。（『監獄の誕生』田村俶訳、二〇五頁）

つまり近代社会では、権力は、各個人を「主体」とさせ、自ら実は「権力による強制」であるものに対し〝それに自分は責任がある〟と思わせる。ひいては自発的にその強制を自分に及ばせるべくそれに〝コミットメント〟させもする。主体 subject がフランス語では「主体」と「服従・隷属・臣民」を合わせ意味するところからくる、よく知られたフーコーの概念語を使えば、各人は、自分ではそれと気づかず、コミットし、「主体」となることで――「主体化 assujettissement」を通じて――、時には時の権力に抵抗しながらでも、権力に組み込まれ、権力への「従属化 assujettissement」を、完遂するのである。

これが、フーコーの「主体化」＝「従属化」という「主体」否定の議論の原型である。あの「作者の死」の背後にある「主体の死」の、そのさらに背景にあるのは、こういう権力観にもとづく「主体」化批判なのであり、テクスト受容においても、そこで「主体」として振る舞うことは、この空間をパノプティコン方式の、不透明な暗がり、ノイズの場所がどこにもない、権力空間に変えることである、という認識を背後に、あの「だれが話そうとかまわないではないか」という〝ちゃらんぽらんな〟(非主体的)無関心と「今日のエクリチュールの根本的な倫理的原則」の一対は、わたし達の間に生きてきたのである。

パノプティコンの中の無限

さて、わたし達は、この「類似」と「主体化」というフーコーが一九六〇年代以降、八四年の死までの間にもたらした新しい知見に、どう答えることができるだろうか。わたしの考えを言えば、こうなる。

「類似」について。

たしかに文学テクストを読み、その背後に「作者の像」を思い浮かべ、その「作者の像」との間に信憑形成と関係企投を行うわたしの脱テクスト論の構成は、表象としてあるものを「類似」の構成因と見る近代的な見方にとらえられている。「類似」は、広く言うならシニフィアンをそのシニフィエとの連関において見る記号受容をささえる見方だから、そこにあらかじめ近代の抑圧機制――それ以前の差異・矛盾・食い違いの整序の機制――の貫徹されていることを見るフーコーの二分法に立てば、ソシュールの言語観も、レヴィ=ストロースの構造主義も、すでにして差異・矛盾・食い違いの抑圧である。ましてやわたしの「作者の像」の論は、この観点からすれば、すでにその言語観、文学観の基底において、差異・矛盾・食い違いを排除することで成立している、となるはずである。先にふれたように、この二分法における「相似」の立場は、「類似」の側に分類される構造主義に対する、ポスト構造主義の立場を表している。

これまで理の当然と考えられていたこの「類似」の原理に、絵画の世界でゆさぶりをかけてみせたのが、先に『これはパイプではない』で見たルネ・マグリットの作品だった。この著作でフーコーはほかにも、クレー、カンディンスキーにいわば「相似」のもつ差異性に目を向けた画家を見ている。

では、この「類似」の罠にとらえられなかった小説家に、どんな例があるか。先にふれたレーモン・ルーセルが、その好個の例である。

とすれば、ここでフーコーの「類似」が文学批評理論の一例としてのわたしの「作者の像」ともつ関係は、どんなものになるのだろう。

わたしはまず、こんな例を思い浮かべる。

ルソーは、中世的な世界とは異なる近代社会の成り立ちをモデル化して、一般意思を媒介にしての社会契約説というものを考えた。彼によれば、近代社会は、それ以前のいわば万人の万人に対する闘争からなる自然状態の中で、人々が自分の生命の安全、財産の確保などの必要から、社会契約という成員相互間の合意をもとに、作りだしたものである。

もしこの「契約」によって日の目を見ることになった「社会」なるものを、「類似」によって可能になった「言語」に該当させるなら、フーコーが「相似」の原理の提出によって「類似」の機制に対して行う異議申し立ては、ちょうど、このルソーの社会契約によって成立した社会にたいして、ある人が行うだろう、この社会は、それが成立する以前の〝自然状態〟のもっていた差異・矛盾・食い違いを、排除して成り立っているのではないか、という主張、異議申し立てに重なるはずである。では君はどうしたいのだ、と訊かれてこの異議申し立て人は、たとえば、こうした差異性を圧伏するあらゆる権力の行使のない世界を、実現したいのだ、と言うかもしれない。しかし、この場合、こういう異議申し立ては、有効だろうか。

わたしの考えでは、すべての権力が差異・矛盾・食い違いを抑止するものだとして、だからすべての権力は悪だと言うのでは、先はない。そうではなく、どういう権力であれば、この差異性の抑圧への反対の立場からして、認めうるか、そう考えるべきであり、わたし達のこの点に関する議論も、そう進むべきである。

「類似」についても、わたしは、同じように考える。たしかに現在わたし達の生きている「類似」の構成をもつ言語世界は、かつての「相似」の原理に立つ言語構成のもっていたノイズを抑止して成り立っているかもしれない。しかし、だから「相似」の世界に存在した差異性を回復せよ、という主張には、先がない。レーモン・ルーセルがきわめて特異な小説家で、その生涯をかけて企てた小説執筆が、近代の原理に亀裂を入れるていのものだったとしても、わたし達は、すべての小説家に、レーモン・ルーセルになれと言うことはできないし、そう言うとすればそれは、馬鹿げてもいるのである。

ここまで考えてくれば、次のことがわかる。

わたし達はテクスト論の内と外を概観することで、テクストを書くこと、そしてまた読むことをめぐる差異・矛盾・食い違いの発露と排除の機制を、見てきたのだった。そしてわかったことは何だったか。わたし達は、自己、あるいは作者の機能の二層性ともいうべきものに気づいた。自己の同一性には、わたし達がわたし達であるために必要不可欠な〝差異をあらしめる〟同一性と、「統一性の原理」として作用し、必ずしも生きるのに必要としない〝差異を排除する〟同一性とがあった。同じように、作者の機能には、〝差異をあらしめる〟実定的な作者の機能と、〝差異を排除する〟いわば実体的な作者の機能とが、あったのである。

ところで、そのことに応じてわたし達が差異・矛盾・食い違いと呼ぶあの作品のノイズ性にも、位相を異にする二つのそれがある。一つは、前者の実定的な作者の機能を前提として、そこから生まれてくるノイズ性、もう一つが、この実定的な作者の機能それ自体を忌避、切除するところから生まれるノイズ性である。ここまでの考察に重ねていえば、前者が「類似」に立つノイズ性、後者が、その「類似」を否定する、「相似」に立つノイズ性であることになる。

だから、ここには、批評のあり方として、三つの種別がある。第一が、近代の「類似」に基づく機制に立脚し、本来「類似」のノイズ性を生きる作品から、そのノイズ性を取り去り、作者還元の見方で読解する従来型の作者還元主義の批評であり、第二が、「類似」に立つ作品にはそれ以前の「相似」のノイズ性を排除したものとして否定的に対し、むしろ「相似」に立つ作品のノイズ性に注目せよと説くフーコー型の、テクスト論的な批評であり、第三が、「類似」のノイズ性を生きる作品から、そのノイズ性を取りだすために、むしろこのフーコー型のテクスト論の構えを脱しなければならないと考える、わたしの言う脱テクスト論的な批評である。

この第三の批評の論は、「相似」のノイズよりも「類似」のノイズを文学のノイズ性の本体とみなす。レーモン・ルーセルの作品に体現される差異・矛盾・食い違い——「相似」のノイズ——のほかに、三島由紀夫の『仮面の告白』に体現される差異・矛盾・食い違いがある。そしてそれが、「類似」に立つ、そして「類似」によって可能になる、新しい「類似」のノイズだが、現在、文学作品のノイズ性を取りだそうとすれば、このノイズ性こそが問題となる。わたしはここのところを、こう考えるのである。

わたし達は、言葉を読んで、そこに何かが表現されていると思ってきたのだった。そして、だいぶ以前には、そこに書かれていることの意味を知るには、それを書いた当の本人に訊けばよいと言い交わしてきたのだった。その考え方をいま、わたしは、間違いだと考える。しかし、わたしがそう思う理由は、先にフーコーがあの「作者の死」の論で述べた理由とは、違っているのである。

フーコーは、「作者」には無関心で対して、最後には死にいたらしめるのがよい、と言った。その最大の理由は、作者が「統一性の原理」であり「真正性」の基準だとされたからである。これに対し、わたしは、「作者」を二層的に考える。差異をあらしめるためにこそ、「作者」という項が、存在し、そこから言語連関が発動することによって、作品に不可欠な作者の実定性が生じるというのが、わたしの脱テクスト論の要諦である。

では、そう考えるわたしが、わたし達はテクスト読解において実体的な作者、「当の本人」

である現実の作者に尋ねるべきではないと考える理由は、どのようなものか。わたしは、テクスト論者のように、そうすることが「作者中心主義」であるから、そうすべきでないと思うのではない。たとえばわたしがある小説を読み、そこから作者はここをこう考えたのであろうと想像し――文学テクストのむこうに「作者の像」を思い浮かべ――、それについて書くと、本物の作者だ（＝作者本人だ）という人物が登場してきて、小説とは違ういわば土俵の外で、それは違う、と言うとする。その「本人」の土俵への乱入に、わたしが困ったものだと思うとすれば、それは、その死んだはずの「作者」の亡霊としての登場が、わたし達がテクスト受容空間で、言葉を読み、そこに表現されていることを自分なりに受け取ることのうちに生きられている揺らぎを、消し去るものだからである。

わたし達は、テクストを読み、そこからわたし達なりの「作者の像」というものを受け取る。それは、わたし達が、きっと作者はこのテクストのむこうに――フーコーに倣えば「現実の作家」と「虚構の発話者」の「分割と距離のなか」に――このように存在しているのであろう、作用しているのであろうと、その像を思い描くということである。そこに思い描かれる像は、一人一人、違っている。ところで、そこに思い描かれる像が、その人の中では、これ以外にない、という確かさ、単数性を堅固に帯びながら、同時に、読み手の間で、各人各様に、微細に、多彩に、異なり、そこでその差異と矛盾と食い違いのせめぎあいにそれぞれの単数性が揺らぐようであること、――それがここに言うテクスト＝作品読解の揺らぎの意味である。「類似」のノイズ性は、フーコーの言う「相似」のノイズ性と違い、希少で特異な経験のうちに現れるというより、「ただの人」の「ただの読書」という誰にも日々生きられる経験のうちに生きている。しかし、そもそも、文学も、ノイズも、漱石の言うように、また水村の肯うように、「文士」の経験のうちではなく、「人間」の経験のうちに、息づくのである。

レーモン・ルーセルは特異であり、その特異さでわたしを立ち止まらせる。しかし、彼を標準に、わたし達は文学を、考えない。文学の、「類似」の、それが「類似」であることで新しくもつことになったノイズ性は、これとは別種の、たとえばわたし達が三島を読み、ドストエフスキーを読む時に感じる差異であり、矛盾であり、食い違いであるものの経験にほかならない。わたし達に文学のノイズとして生きるものは、この近代文学になお消えずに残るノイズであり、「類似」の上に立って死なない、その上に立ってこそより多様に発揮される、耐性あるノイズなのである。

「主体化」について。

「主体化」についてもわたしの答えは、基本的に、「類似」における場合と、同型である。たしかにわたしの「作者の像」の論では、そこに「像」化された作者について、読者はあれこれと思いめぐらす。そこで足場をなすのは、このような読み方が、歴史的に、構造的に、言説の布置として、どういう機能を果たし、どういう機制のうちにあるか、という知の考古学的な考察ではなく、外的な情報（?）については何も知らされないまま、単に読者としてテクストにあたる、ただの人の読書の経験である。フーコーがその権力分析と「主体化」の論で展開している構図の中で、わたしのいる場所は、あたかもあのパノプティコンの独房にあたっている。

テクストを読むわたしの境遇は、ちょうどあの囚人の位置と重なるかのようである。フーコーによるなら、わたしの「作者の像」の論は、テクストの背後に「主体」の像を思い描くものであり、そのような意味では、やはり囚人らしく、ほぼ「主体化」の動きに沿うものと見えるからである。

しかし、簡単にわたしの思いを吐露しておけば、人がある場所で生きることと、その彼の生が鳥瞰的に歴史的存在としてとらえられることとは、同じではない。「君は自分では社会にコミットしているつもりになっているが本当は権力の構造に組み込まれているのだ」という、ここから出てくるフーコー式の言い方は、わたしに、たとえば「上部構造は下部構造に規定される」（さだめし、この文脈では、「いくら金持ちの君がこの小説をこう読んで感激しても、本当はそれは君の生まれ育ちの環境に拘束された限定つきのものでしかないのだ」となるだろう）という、マルクス主義以来の脅かしめいた言い方に重なって聞こえる。しかし、ただの蛆虫としての生には鳥瞰者のうかがい知れぬ知がある。そして、なぜ人がある場所にただの人間として生きることが、その彼の生を俯瞰する「知」には考量できない、別種の知を彼にもたらすのかと言えば、この別種の知が、俯瞰する視野には、なかなかとらえられにくい性格をもつからである。

先に見た自己同一性の二層性と同様、「主体」の働きにも、その同じ二つの位相がある。それは、イデオロギーとして働く場合は、ノイズを排除する。しかし実定性として働く場合は、ノイズがあらしめられるその基底である。ところで、そのこと、主体のなかになお、「主体」

のもつ統一性の原理に先行するもののあることが、何も知らずに生きてなお、人が権力にからめ取られいつの間にか権力の具になるかに見えてそうならないことの根拠であり、また、囚人が、「主体化」を通じてなお、その「主体化」に抵抗する道を見つけうることの、基底なのではないだろうか。何も知らずに生きていくことが、生きるということの原形である。何も知らない人間に適用できないことは、普遍的でないという以上に、考え方として弱い。あれだけ明晳な頭脳をもつフーコーが、こういう人間の生の側面に思い至らないとは信じがたいのだが、人がある場所で何も知らずに生きる経験は、彼が何かものごとを考えていく際に引照すべき、最終の、そして最強の、試金石なのである。

フーコーの権力論は、権力というものが、そもそも悪なのか、また、近代以前の権力と近代以後の権力とが同一なのか、といった権力の本質論を内包していない点——漠然と権力を悪と前提している点——、権力論として不徹底である。しかし、近代以降の権力の本質が、いまや「身体のレベルを通じて」各人に「直接作用する」と結論されるあたり、また、この権力関係が維持される場が、どこかに存在する権力機構ではなく、各人の内面に移転したと指摘されるあたり、刺激的な喚起力をもっている。しかし、たとえそこに言われることが半分以上あたっているとしても、だからわれわれは、「主体化」を権力の罠だと考え、これを否定すべきだと進む議論は、転倒している。「主体化」にもまた、先に見られたと同じ二層性があるのであり、「主体化」のうちにある実定的な働きに立って、「主体化」の作用のうちのマイナスの働き、その実体的な働きをどう克服するか、とわたし達は考えるべきなのである。

たとえば、ここにパノプティコンに収容された囚人たるわたしがいるとしよう。そこでわたしはフーコーの『監獄の誕生』を読む。そしてわたしのいる世界の構成を知り、わたしが唯一のわたしの所有である「内面」の暗がりに立てこもり、権力に対し抵抗すること、それはむしろ権力に取り込まれることだと知ったとしよう。ではわたしはそこで、絶望すべきなのだろうか。わたしは、それでもなお、たとえば、あのちゃらんぽらんな抵抗といったものを考案するだろう。しかし、その場合、その考案は、フーコーの著作の教える俯瞰する「知」から出てくるのではない。たとえそれが、ちゃらんぽらんな抵抗を推奨するていのものであったとしても、そこでの発意、そこでのコミットメントは、実をいえば、むしろこうしたフーコーの理論を含む、外からやってくるものへの抵抗、といった形でなければ可能でないのである。

この世界の構成がどうなっているか知らなければ対処できない方法は、ここでも、「文士」ならいざ知らず、「人間」の採用するところとならないのだ。

フーコー自身が、別の場所で、こう述べている。

十八世紀末、カントはドイツの新聞に短い文章を寄せた。表題は「啓蒙とは何か」。これは長い間、比較的重要でないと考えられてきた論考だが、私には、「きわめて興味深くかつ謎めいたものに思われてしかたがない」。というのも、「哲学者が形而上学的体系や学問的知識の基盤のみでなく、歴史上の出来事——しかも最近の、同時代の出来事——を、探究すべき哲学的課題としてとりあげた」のは、このカントが初めてだったからである。

一七八四年に啓蒙とは何かという問いを発した時、カントが言わんとしたのは、たった今進行しつつあることは何なのか、われわれの身に何が起ころうとしているのか、この世界、この時代、われわれが生きているまさにこの瞬間は、いったい何であるのか、ということであった。(中略)これをデカルトの問いと較べてみるがよい。私は誰か。ただ一人にして、普遍的で、非歴史的なこの私は。デカルトにとって「私」は、いつ、どこの、誰でもかまわないのだろうか。

しかしカントはもっと別のことを追求している。われわれは何者なのか——歴史の特定の瞬間において。カントの問いは、私たちと私たちの現状の両方を衝いているように思われる。(「主体と権力」一九〜二〇頁)

実はこのすぐ後でフーコーは、いま自分達にとって大切なのは、「私たちが何者であるかを見出すことではなく、何者かであることを拒むこと」であるという、先に引いた言明を記していて、こちらははっきりとあの「主体の死」の論の延長にある。しかし、同一性を拒んだ彼らしく、そのすぐ前で言っているこの言明では、むしろ「いまという時の問題、まさしくこの瞬間においてわれわれが何者であるのか」ということが、「私たちが何者であるか」、つまり「私は誰か」という「普遍哲学」の問いとの間で、その意味を、吟味されている。

わたしには、「私たちが何者であるかを見出すこと」と「何者かであることを拒むこと」の対置より、「歴史の特定の瞬間——この瞬間——において」「われわれは何者なのか」と考えることと「私たちが何者であるか」と考えることの対置のほうが、実は、フーコーにとっても、わたし達にとっても、大事だと思われる。人は鳥瞰的にここがどういう世界であり、いまがどういう歴史的構成のうちにあるのかを知った後も、生きる時は、「ただの人」としてそこに――何も知らない人と同じ資格で――、生きる。現在の位置と現在の時点の意味を鳥瞰的に「知る人」は、なぜ、それを知ってなお、それを知らない「ただの人」と同じなのだろうか。それを知らない「ただの人」はなぜ、知らないことを通じて、普遍的たりうるのだろうか。そのつながりとその普遍性とをささえているのがあの「単数性としての自己の場」、実定性としての自己のうちにある普遍性である。「ここにいる私たちは何者か」という限定された問いのほうが「われわれは何者か」という形式として普遍的なそれより、これをうまく問うことができれば、普遍的なのだ。脱テクスト論もまた、これと同じ道を通る。

「家畜が餌を食うことは家畜自身のよろこびであるからといって、それが資本の再生産過程の一環であることに変わりはない」という『資本論』のマルクスの言葉をとらえ、見田宗介が、こう書いている。

　ここでマルクスの言っていることは正しいけれども、この命題は、同じ資格で、反転してみることもできる。つまり家畜が餌を食み、生殖欲求をみたすということは、牧畜業者の資本の循環の一環をなすからといって、それが家畜のよろこびであることに変わりはない、と。(『現代社会の理論』三七頁、傍点原文)

ここに、脱テクスト論の方法的な転回点がある。

注

＊1（73頁）　この後作者の大江氏は『取り替え子《チェンジリング》』続編にあたる『憂い顔の童子』（二〇〇三年）を発表しているが、そこに、先に暗に牛皮かぶせその他の椿事を介して作者自身によって示唆された事実が、実は、吾良目当てで大黄さんの錬成道場にやってきた占領軍の若い同性愛者の将校ピーターの殺害であったと受けとられる旨の記述を、行っている（『憂い顔の童子』一四二頁）。しかし、そのことによっても、『取り替え子《チェンジリング》』のこの「アレ」の解釈の問題に関し、正解がないという事実は変わらない。たとえ現実の作者自身がそうだと考えているとしても、作品の独立性を前にしては、その作者自身の解は、読者それぞれの解と同じ権利しかもっていない。作者は「死んでいる」。作品が成立しているとは作者が死んでいること、現実の作者が作品を前に何らの権利をも、もたないということであり、「作者の死」の主張は、その限りで、完全に正しいからである。したがって、ここには、「アレ」に関し、この三つに加え、ピーターの殺害という作者自身の手になる四つ目の解釈が示されている。なお、この四つ目の解釈は、現実の作者大江氏自身によってなされているのではなく、別の作品の中で、その書き手の手で、やはり虚構言語として提示されている。そこに大江氏の、現実の作者としての、「作者の死」の原則の貫徹が認められる。

＊2（81頁）　拙論の第I章の発表後、これにもふれつつ、「読書にひらく文学の授業——『夢十

夜（第一夜）』から——」と題する学会発表を行った寺崎賢一氏が、その要旨に、三浦つとむ『弁証法はどういう科学か』の方法を手がかりに、ソシュール言語学を〈共時言語学〉、弁証法的な世界観に立つ言語学を〈通時言語学〉と呼んでいるのを、その要旨の寄贈を受けて知った。ここでの言い方に重ねれば、ソシュールの言う「ラングの言語学」が共時言語学、「パロールの言語学」が通時言語学にあたる。概念規定としては、この寺崎氏の言い方のほうが、普遍性をもつ。三浦の同書にこの言い方は出てこない。寺崎氏の創見の可能性もあるが、こういう理解が三浦の著作のどこかに示されているのかもしれない。

＊3（164頁）この物語の時点と発表時期の落差という作者阿部の企ては、単行本『ニッポニアニッポン』が二〇〇一年八月三十日に刊行された直後の九月十一日のニューヨークでの同時多発テロの勃発によって、吹き飛ばされ、見えにくいものとなった。この出来事がなければ、阿部のこの時間軸に沿った企ては、もっとはっきりと読み手の目に映ったことだろう。

＊4（180頁）「神戸須磨児童連続殺傷事件」に関する犯行の当事者の言行には、これをたとえば手元のウェブサイトで一瞥しただけでも、本文にふれた「バモイドオキ神」以外にも『海辺のカフカ』の田村カフカとカラスと呼ばれる少年、ジョニー・ウォーカーの造型との連関を思わせるものが少なくない。たとえば、その逮捕のきっかけの一つは、「猫や鳩を殺害する」など、小動物に虐待行為を働いていたことであった。また、当初、地方新聞に「酒鬼薔薇聖斗」の名が間違えられ「鬼薔薇」と記されたのに抗議して書かれた第二の挑戦状にある文言には、「人の名を読

み違えるなどこの上なく愚弄《ママ》な行為である。（被害者の口にさしこまれた挑戦状の——引用者）表の紙に書いた文字は、暗号でも謎かけでも当て字でもない、嘘偽りないボクの本命《ママ》である。ボクが存在した瞬間からその名がついており、やりたいこともちゃんと決まっていた。しかし悲しいことにぼくには国籍がない。今までに自分の名で人から呼ばれたこともない」とある。さらに、「そこでぼくは、世界でただ一人ぼくと同じ透明な存在である友人に相談してみたのである。すると彼は、『みじめでなく価値ある復讐をしたいのであれば（略）君の趣味を殺人から復讐に変えていけばいいのですよ。そうすれば得るものも失うものもなく、それ以上でもなければそれ以下でもない君だけの新しい世界を作っていけると思いますよ』。その言葉に突き動かされるようにしてボクは今回の殺人ゲームを開始した」とも記されている。また、同じウェブサイトによれば、彼は、「今から9年の間に14の純粋な魂を取らなければならない」ともあるが、ここでの「透明な存在である友人」を「バモイドオキ神」につながるものと考えれば、この会話は、田村カフカとカラスと呼ばれる少年のやりとりを連想させる。またこの連想の中に立つなら、ジョニー・ウォーカーは、ここに考えている以上に、田村カフカと近い存在であるかもしれない。

＊5（186頁）では、村上はなぜ、この小説で「完全に損なわれた人間」としての「親から完全に見放された子供」という主題を追い求めているのか。それには、もう一つ長いスパンでの考察が必要となる。ここにはふれないが、前作『神の子どもたちはみな踊る』に収録されている連作が、そこに隠された主題として「父なるものへの憎悪」とも言うべき主題を抱えていることは、そのことを考える一つの手がかりとなるだろう。作中、甲村図書館の案内ツアーに田村カフカと

一緒に参加する「大阪からやってきた中年の夫婦」について、作者は、田村カフカに、「悪い人たちではないようだ。彼らが僕の両親であればいいのにとは思わないけれど、ツアーに参加するのが僕ひとりでないとわかって少し安心する」等々、奇妙にひっかかるコトバを口にさせている(上巻、六七〜七二頁)。そこになぜか、作者の「両親」像が淡く投影されているように感じられることとも、たぶんそれは、淡く、関係している。この主題に村上がぶつかっているとした場合のその理由については、別に、『イエローページ村上春樹　パート2』(荒地出版社、二〇〇四年)で、考察している。

＊6 (218頁) 拙論を雑誌に発表した後、この論の訳者である清水徹氏から以下の指摘をいただいた。一、氏が一九九〇年に「作者とは何か?」を訳した際に参照した初出"Bulletin de la Société française de Philosophie", 63e année, no.3 (1969) のテクストでは、フーコーの引くベケット引用文が、"Qu'importe qui parle, quelqu'un a dit, qu'importe qui parle."とカンマが二つ入る形となっている、二、英語とフランス語の文法の違い(英語の what は said の目的語となるがフランス語の que は疑問代名詞でありこれだけで接続詞と疑問代名詞の両方を兼ねることはできない)から、英語の場合とフランス語の場合を同一視できないために両者の比較はそう単純ではないはず、三、ベケット原文が短編である以上、フーコーがこのベケットの言表を「ベケット」のものとして語っているというのは不正解で、それはベケットの書いたこの短編の語り手＝主人公「わたし」ということになるのではないか。

以上の指摘に対する筆者の考え、筆者の手元で確認された事実は以下の通りである。これを本文への補足としたい。

　第一点に関して。1、フーコーの一九六九年フランス哲学会での発表の記録では、ベケットの引用は、清水氏の指摘の通り、ベケットのフランス語原文と異なる形になっている（ベケット本文ではカンマが一個所のところ、カンマが二個所）。それが、フーコーの意図に立つものか、彼の単なるケアレスミスによるものかはわからないが、フーコーが周到きわまりない文献学者であったことを考えると、後者の可能性は少ない。この点に関して、今後検討されることが望ましい。しかし現時点では、その理由はわからないとしておくほかない。2、これに対し、この初出を再録した一九九四年刊の"Dits et Ecrits"では、この異同が注記なしに"Qu'importe qui parle, quelqu'un a dit qu'importe qui parle"というカンマが一つだけのベケット原文通りの表記に変更されている。編纂者が単なるフーコーのケアレスミスとみなしたためか、この異同に意味を認めなかったためかはわからない。なお同書にはこのフーコーのベケットの引用に関する出典記載はない。3、この"Dits et Ecrits"にしたがって、日本語における補訳が新たに根本美作子氏が訳者に加わる形で行われている。その所産として、『ミシェル・フーコー思考集成　Ⅲ』（一九九九年）に補訳版翻訳「作者とは何か？」（清水・根本訳）が収録されている。しかし、この個所について訳文に手は加えられておらず、元の清水単独訳とのあいだに異同はない。

　第二点に関して。以上、すべてを勘案しての妥当な訳は、現行の英語版訳「誰がしゃべろうとそんなことはかまやしない、誰かが言った、誰がしゃべろうとかまやしないと」でも、清水訳、清水・根本訳にある「だれが話そうとかまわないではないか、だれかが話したのだ、だれが話そうとかまわないではないか」でもなく、「だれが話そうとかまわないではないか、だれかが話し

とかまわないではないか」、だれかが言った、だれが話そうとかまわないではないか」（加藤案）といったものになるのではないかと思われる。これが、英語とフランス語の文法的な違い、そのはざまで書いたベケット、そのはざまで読んだかもしれないフーコーの判断の可能性の幅を考慮して考えられる、現時点で、妥当な日本語訳だろう。

第三点に関して。清水氏の言うとおり、厳密に言えば、わたしの書いた個所は、フーコーは、ベケットがその作品で、語り手「わたし」にかくかくのことを言わせている（あるいは、ベケットの作品中で語り手「わたし」がかくかくのことを言っている）と、言明している、と書かれなければならない。フーコーが、ベケットがかくかくのことを言っている、と言明している、とするわたしの言い方は、その意味で、厳密さに欠ける。しかし、フーコー自身はこの引用を、特に（短編）作品からのものと断って行ってはいない。また、引用の原典はたしかにベケットの文学作品ではあるが、たとえそうだとしても、フーコーがこの言明内容をその作品の作者であるところのベケットに結びつけて言表しているという言表〝全容〟の基本構造は、変わらない。そのことを総合的に判断すると、この点に関する判断は、そのままでよいだろうと考える。

以上、三点について、右のように考え、たしかに第三点の指摘の通り、ベケットに関しては記述に厳密さが欠けているので、その部分を一部変えたが、それを除けば、この補足を置くことで、本文のこの個所の記述は初出発表時から動かさなかった。なお、単行本『作者とは何か？』には、他に「距離・アスペクト・起源」（豊崎光一訳）、「空間の言語」（清水徹訳）が収載されているため、単行本の訳者表記は清水徹、豊崎光一の両氏だが、講演記録「作者とは何か？」は清水氏単独の訳業である。また清水氏より、このやりとりに際し現在入手困難なフーコーの初出講演記録のコピーを御恵贈いただいた。記して、深く感謝したい。

＊7（242頁）　短編作品におけるナカグロ使用の例については、拙論の雑誌発表後、何人かの方から、短編にはかなり見つかること等、有益な指摘、助言を受けた。出現例として、これまで新たに確認できたものに次のものがある。

A―①「菖蒲前」（一九四五年十月）、②「中世」（一九四六年一月）、③「軽王子と衣通姫」（一九四七年四月）、④「夜の仕度」（一九四七年八月）。

B―⑤「恋重荷」（一九四九年一月）、⑥「大臣」（一九四九年一月）、⑦「魔群の通過」（一九四九年二月）。

C―⑧「家庭裁判」（一九五一年一月）、⑨「女流立志伝」（一九五一年一月）、⑩「偉大な姉妹」（一九五一年三月）。

Aは、『仮面の告白』以前の短編作品への出現例。このうち、①と②は、戦時下に書かれている。しかし出現数も少なく、内容も「泉・森・田舎家・丘・み寺・雲・小滝・径・谷川・林・深山・隠沼」（①）「躑躅・楓・橘」（②）といった名詞の羅列が主である。これに対して③④は戦後の作。出現はいずれも少ないが、例えば④では「急降下したB29からうらしく天から降ってきた・両手を入れてもまだ余るやうな・巨大な」というような『仮面の告白』での出現例を思わせる形容詞、副詞的用語の羅列が見られる。Bは、『仮面の告白』の執筆時期（一九四八年十一月〜四九年五月）と重なる時期に書かれた作品での出現例。このうち特に⑦には、『仮面の告白』

に匹敵するほどナカグロ表記が頻出する。しかし、これはむしろ『仮面の告白』の執筆からの波及ないしそれとの連動とも考えられる。Cは、『仮面の告白』の後の出現例。「自分の無邪気さ・単純さ・木訥さ」(⑧)といった名詞の羅列であり、数も少ない。そして以後、出現例はなくなる。

これらの敗戦後数年間における自然散発的な出現の理由はどこに求められるべきだろうか。『仮面の告白』を除くとこれに並び、最も出現例の多い「魔群の通過」について、三島が、本文にふれた「いそいで無理押しに書いた作品」という感想に並び、「当時、戦後文学のパロディーを書こうという意図」があったと述べていることが、いささかの参考になる。戦時下からの出現であるので、戦後とは限定できないが、いわば「戦後的な」ざらざらした感触への志向、気分の表出ということが、平凡ながら、そこから考えられるとりあえずの答えである。

ところで、『仮面の告白』におけるナカグロ使用が意識的なものであることは、真摯に打ち込んだ作品でのその頻出ぶりに明らかだと思われるが、その傍証の一つとなりうるものに、次の事実がある。最近発見された「扮装狂」という小文に、『仮面の告白』に出てくる「私」の天勝などをまねた幼時の扮装ごっこへの熱中のエピソードの原型と思われるくだりが出てくる(『決定版三島由紀夫全集』第二十六巻、新潮社、二〇〇三年)。そこに「お母様のもつてゐられる着物のなかで一番ごてごてしたきらびやかな着物を引摺り出した」とある部分(四四七〜四四八頁)が、『仮面の告白』には、「母の着物のなかでいちばんごてごてした・きらびやかな着物が引摺り出された」となって出てくる(新潮文庫版、一八頁)。この「扮装狂」には、「一九・八・一(完)」と擱筆時期が明記されているが、このことは、やはり『仮面の告白』におけるナカグロ使用が、どのような意味でのものかは知らず、『仮面の告白』における新たな要素であったことを、示していると思われる。

＊8（262頁）　しかしこの「作者殺し」の企ては、実をいえば、ただ一点で、綻びを見せている。「私」が園子に「役所をやめたいきさつを話」すと、園子は訊く。

「どうなさるの、これから」
「成行きまかせだよ」
「まあ呆れた」（『仮面の告白』二〇三頁）

ここのところで、園子は、「なぜおやめになるの」と訊かない。読者もまた、「なぜ私はやめるのか」とは、疑問に思わない。とはいえ、こう問うてみよう。なぜ、園子は、「なぜ役所をやめるのか」とは訊かないのか、と。その答えは、園子が、「私」が小説を書く才能豊かな人間であることを知っているからである。また、なぜわたし達読者もまた、この物語の成り行きを前に、「私」はなぜ「役所をやめる」のか、とは疑問に思わないのか、自問してみよう。その答えは、わたし達読者もまた、この「私」が実は、三島由紀夫であり、小説を書くために辞めようとしているのだろう、程度に感じているからである。では、三島の言う、「この小説では、『書く人』としての私が完全に捨象される」という言明はどうなるのか。それは、結局この小説には生きていない。作者は、そう言明するが、何より、登場人物を自分の共犯者にし、読者をも共犯者に仕立てることで、自分の不完全な言明を、実現しているのである。

一個の他者たる読者なら、なぜこの小説では、小説家でも何でもない「私」がせっかくの役所勤めをやめるのに、誰もその理由を訊かず、その説明が「私」からも与えられないのか、と疑問を感じる。その疑問に、この小説は答えることができないのである。

＊9（269頁）「文学的な意味」にはこれ以上ふれないと述べたが、しかし一言、この作品の、「文学的な意味」について述べておこう。なぜ三島は、このような「自分殺し」を敢行しているのか。浮遊するシニフィアン——「平岡」なしの「三島」——たろうとしているのか。彼の敗戦直後のエッセイに、それこそ神戸須磨児童連続殺傷事件の犯行者のそれを思わせる、「中世に於ける一殺人常習者の遺せる哲学的日記の抜萃」なる文章がある。そこでの言葉の感触は、『仮面の告白』の文体に通じ、また、『海辺のカフカ』の田村カフカの「僕」の金属的感触に通じる。そこには換喩的なテイストがある。「芸術家」として生きる以外に、まともな人間として生きる道はない、そうこの芸術家がどこかで考えたのだとしても、わたしは、驚かない。

あとがき

わたしは学生時代にフランス文学を学んだ人間である。一九六〇年代の後半のことで、フランス文学に親しむようになったきっかけは、恥を言うようだが、当時、十六歳の文学少年として熱烈なファンを自任していた大江健三郎氏がフランス文学科の出身だからだった。当時の誰もとほぼ同じように、わたしのフランス文学遍歴はカミュにはじまり、サルトル、ブランショ、アルフレッド・ジャリ、アントナン・アルトー、ソレルス等々と広がっていったが、そこに一九六八年の十月八日の羽田事件、ついで全共闘運動というものが起こり、さらに一九七二年の連合赤軍事件へとそれが続くに及んで、わたしの中で、何かのポキリと折れる音がした。以後、わたしの中には、音をたてるものと、その音を聞くものと、二人のわたしが棲むようになった。

本書は、その音をきくものが、音をたてるものに対して懸命に耳を澄ませるように、書かれている。テクスト論という考え方の根本にある、書くことのうちにある作者の死というものを、コトバをかきつける者の一人として、わたしはよく知っている。人はこれをテクスト論批評への批判として読むかも知れないが、わたしは、この起点から考えていく限りで、テクスト論は、本来、こういう形で語られるべきだったろうと思われるものを、書いてみた。

ほんとのことを言うと、あまりに小説というものを知らない人々が、慣れないものに手を染めた結果が、いまわたし達の前にある、テクスト論と呼ばれる批評である。わたしはただの読者として小説を読むということだけを心がけた。この本にもしほんの少しの新しさがあるとしたら、ただの読者が小説を読むという経験だけで、バルト、デリダ、フーコーといった「作者の死」の論者たちの説に、向き合っていることだ。ここに脱テクスト論と呼んでいるものこそ、これまでの作者還元主義批評に対する、ありうべき否定の論、その克服の論なのだと、実はわたしは考えている。

一九九〇年に湾岸戦争が起こった際に行われた、一群の「文学者」による「文学者の反戦署名」というものにごく少数の反対者の一人として反対の声をあげたことがきっかけで、わたしは、ほぼ九〇年代全般にわたって、文芸評論家としての仕事から遠ざかった。九〇年代の前半は、写真の世界に関心を向かわせ、後半は、いわゆる戦後の歴史認識等にまつわる論考で社会を騒がせる（？）ことになった。

そのわたしが再び同時代の小説に関心を向かわせるようになったのは、気づいてみたら、ほとんど文芸評論家というべき人種が、絶滅しており、ほぼ誰も、同時代の小説家が力を込めて書いている小説に、作品として、正面から向かいあっていないように見えたからである。これではいけない、とわたしは思った。当代随一の小説読みは、反対する人も多いかも知れないが、わたしの考えでは、先年亡くなった文芸評論家の江藤淳氏である。以前、一度だけ、鼎談の席でご一緒させていただいた時、だいぶ激した論議をかわした後、氏は、でも君は、ちゃんとバッター・ボックスに立たないじゃないか、と言われた。いま考えると、その言葉が、かつて政治と文学論争で中野重治が平野謙・荒正人らに言った苦言と重なって聞こえてしまい、わたしの顔に苦笑――チェシャ猫の笑い――が浮かぶ。しかし、バッター・ボックスに立ってみたら、いま書かれている小説は非常に水準が高く、これは、思ったよりずっと面白い仕事だった。

誰かがやらなければならない仕事を、自分もやらなければならない、といまのわたしは考えている。二〇〇〇年から勤務する大学で、同時代の、それも新しい傾向をもつ小説を、少数の学生と、とことん読み抜くという授業をはじめ、そこでの蓄積を土台に、二〇〇一年から、「現代小説論講義」と題し、同時代の小説作品を具体的な作品論として論じる連載を行った。先の数十年にわたる自分の中での内的な観察と、ここ数年の作業の合体した結果の成果が、この本である。九〇年代後半の『敗戦後論』をはじめとする仕事もここには影を落としている。

そこでぶつかった「主体の形而上学」批判といったものに、きちんと答えるには、この「作者の死」の場所まで、その淵源をたどらなければならなかった。

「愛せなければ通過せよ」という言葉があるが、「通過」するには、いささかわたしの「愛」は深かったようだ。「通過」できずに、テクスト論とポストモダン思想とに立ち止まり、考察した、これは三十年がかりの、実を言うと、わたしなりのポストモダン批評の企てでもある。

この本ができるには、さまざまな人の助けを得ている。長年にわたって、さまざまなご教示と刺激を与えていただいただけでなく、今回も貴重なご指摘を賜った清水徹氏（拙論の雑誌発表後の指摘にとどまらず、本書で扱った氏のカミュ論、訳書『作者とは何か？』が、ともに気づいてみれば氏からのご恵贈だった）、拙文の雑誌掲載後、二〇〇三年十一月に三島由紀夫文学館で行われたシンポジウムの際に、三島由紀夫のナカグロ表記の使用例についてご教示、ご示唆下さった『決定版三島由紀夫全集』編集委員の田中美代子氏、編集協力にあたられている井上隆史氏、参加者の衛藤純司氏、また文献の探索でお世話になった三島由紀夫文学館の工藤正義氏、明治学院大学図書館の金子頼子氏、水村美苗『續明暗』の重要性に目を開かせてくれた演習聴講生の林千章氏、ほかに、授業、演習を通じさまざまなヒントをくれた明治学院大学の学部生、院生、卒業生諸君に、感謝する。また、連載時、言葉につくせないご苦労とご心労をかけた『群像』編集部の寺西直裕氏、単行本化の作業で今回も数多く助けていただいた講談社出版部の見田葉子氏、左に述べる同時刊行のもう一冊ともども二冊の装丁を快く引き受けて下さった南伸坊氏に、お礼を申し上げたい。

この本は、わたしの中で、同時進行で書かれた先に述べた連載「現代小説論講義」（『一冊の本』二〇〇一年七月号〜二〇〇三年十月号）と一対のものとなっている。言ってみれば、この本が、理論編で、右の連載がこの本の実践編、臨床編である。本論にもふれたが、ここに扱った作品のうち、大江健三郎『取り替え子《チェンジリング》』、高橋源一郎『日本文学盛衰史』、阿部和重『ニッポニアニッポン』についての詳しい作品論がそこで読める。この連載は、この本と同時に、『小説の未来』の名で朝日新聞社から刊行される。あわせ読んでいただければ、ありがたいと思います。

二〇〇三年十一月

加藤典洋

加藤さんに「読まれた作者」のひとりとして思うこと

解説

高橋源一郎

加藤典洋さんが亡くなられてもうすぐ一年がたとうとしている。その間、ぼくは、加藤さんが書き残したたくさんの本を読んだ。そして、そのことを少しだけ書いたりもした。

加藤さんは、ぼくと年齢も近く、一緒に仕事もした。また、お互いが重要であると思っていて近い、あるいは似た意見を持ち、しかも、その意見が、他の人たちとは異なっている場合も多かった。また同時に、大切なことについて、大きく意見が異なっていて、けれども、その異なりについて考えることがきわめて有意義に思えることもあった。要するに、加藤さんは、ぼくにとって、ほんとうに大切な人だったのだ。

加藤さんは、この世にはいなくなったけれど、本を開くと、加藤さんのことばは残っていて、そこに「加藤さん」がいて、ぼくに話しかけてくるような気がする。

そんなことがあるのだろうか。それは、ぜんぶ、気のせいなんじゃないだろうか。驚くことに(今回、久しぶりに読み返してみて)、たとえば、そういうことについて(死んだ人が本の中から自分に向かって話しかけてくるような気がしてならないようなこと)、この本は書いているのである。だとするなら、誰だって読みたくなるんじゃないかな。

『テクストから遠く離れて』は、一見、難しそうに見える本だ。もう、この本を読みかけているか、読み終わっているかしている読者なら、同意してくれると思う。というか、難しいことが書いてあるように「見える」し、実際、加藤さんの文章を読んでいて、「えっと、さっきどんなことを書いていたっけ」と何度も、その前の文章を読み直したこともある。けれども、難しいのには理由がある。それは、ほんとうに大切なことだけれど、それをきちんと理解するためには、ぼくたちがふだん考えているような、「適当な」、あるいは、「みんなが考えているのでそうだと思いこんでいる」やり方では、ダメだ、という場合があるからだ。ときには、「堅い」ものを噛まなきゃならない必要がある。ぼくたちのからだに必要な「栄養」を与えてくれるものを、摂取するためには。


ほんとうは、誰の解説も読まず、ひとりで読むのがいいのだと思う。その「難しさ」も含めて、そうやって一冊の本と対面してゆくべきだ。そのとき、大したことなどなにも起こらない本も多い。でも、加藤さんの本はちがう。そこで、読者であるぼくたちは、必ず、「事件」に出会うことになる。

それはどんな「事件」だろうか。加藤さんが歩いた道を、同じような速度で、歩いてみよう。そのことで、なにが起こったのかが、わかるかもしれないから。ただ、気をつけてもらいたい。ここで、これからぼくが書くのは、加藤さんが書いた「堅い」なにかを、ぼくが「嚙んで」「咀嚼」したものだ。あるいは、ぼくが、加藤さんが書いたものから「受けとったもの」だ。だから、おそらくは、この本の他の読者が受けとるものとはちがうだろう。それでもいい。というか、それの方がいい、とぼくは思う。

一冊の本から、読者がそれぞれに、必要と思われるものを「受けとって」ゆく。それ以上に、その一冊の本にとっても、その読者にとっても重要なことはないはずだ。

仮に、ぼくが受けとるものと、この本を読んだ別の読者、たとえばあなたが受けとるものがちがうなら、最高だ。ふたりの読者の受けとるものがちがうことがわかって、そうなのか、そういうものも受けとることができるのだ、と思い、それからもっと素晴らしいことに、そうやって感心したときには、すでに受けとったものとはさらにちがうなにか、を受けとることになるからだ。なぜ、そうなるのか、ということの説明も、実は、この本の中に書いてある。でも、いい、まずは、前に進もう。

☆いわゆる「テクスト論」について、ちょっとだけ

この本は、タイトルにも出てくるように「テクスト」ということをめぐって書かれている。書かれているけれど、でも「テクスト」がものすごく大切だ、ということではない。じゃあ、たいして意味なんかないのかというと、そうでもない。そういうものとして、「テクスト」が

出てくる。そのことを覚えておいてほしい。加藤さんが書きたいのは、「テクスト」のことじゃない。もしかしたら、そういうことばを使いたくなかったんじゃないだろうか。ぼくはそう思う。「テクスト」ということばなしでもいえるはずなのに、「テクスト」ということばを介在させないとわかりにくくなっている。そんな時代に、加藤さんは、この本を出した。そのことも大切だと思う。最初に加藤さんは、こんなことを書いている。

「まずテクスト論ないしテクスト論批評について、その輪郭をざっと一筆描きの要領で、おさらいしておく。

テクスト論とは、これまでの批評理論が「作品」の意味を「作者」の意図、主題、生涯、時代背景へと還元することを通じて確定し、その確定にいたる過程の作業を分析と称する作者還元主義の立場に立っていたのに対して、これに反対し、これとは違う考え方を提起すべく、新しく生まれてきた批評理論である。それは、「作品」と「作者」の関係を切断し、「作品」を書かれたもの単独ないし書かれたもの相互の関係性のなかで、分析・考察しようとする」

以上だ。「テクスト論」の「輪郭」の「一筆描き」としては、これで十分だと思う。加藤さんは、この先で、「テクスト論」がどんな背景で、誰の手によって生まれ、どんな激しい論争を巻き起こしてきたか、その良さはなにで、問題はどこにあるかを書いている。この数十年、「文学」はずっとこの問題にかかわりあってきた。だから、ほんとうにこの問題、つまり「テクスト論」について考えようとするなら、「輪郭」や「一筆描き」ではなく、精密な議論をしなければならないし、加藤さんはしている。

だが、一読者としてのぼくに、その必要はない。もっと重要なことがあるからである。「輪郭」の「一筆描き」がぼくたちに教えてくれるのは、「作品」（「テクスト」のことである）は独特の世界である、ということだ。

長い間、「作品」よりも「作者」の方がエラい、と思われてきた。つまり、「作品」は単に「作者」が作り出したもので、それは確かに傑作であったり、名作であったりするかもしれないけれど、そのすべては「作者」の負うものだった。しかし、あるときから、「作品」は「作者」と切り離した方がいいと考えられるようになったのである。

しかし、こう書いても、なんとなく納得できないような気がしませんかね。どう考えても、ぜんぶ「作者」が書いているのじゃないかって。

そうではない。「そこ」では、特別なことが起こっているのである。それが「書くこと（エクリチュール）」といわれることだ。「作者」のひとりとしていわせてもらうなら、確かに、「作品」を書いているときには、「作者」である自分が書いている、というより、なにか特別な空間で、自分とはちがうなにかになって、その世界の独自の法則に従いながら、「書いている」ような「書かされている」ような特別な体験をしている。それこそが、「作品」を「書くこと（エクリチュール）」なのである。

……とまあ、ここまでは、加藤さんではなくても、「テクスト論」をかじった人なら、誰だっていいそうなことだ。加藤さんが書きたかったのは、「その先」だったのだ。

☆「作品」の中ではなにが起こっているのか、あるいは、なにかが起こっていることに敏感な、あるいは、なにかを起こそうとしている「作家」について

この本の最初のところで、加藤さんは、三人の作家とその作品についてとりあげている。大江健三郎と彼の『取り替え子《チェンジリング》』、高橋源一郎つまりぼくとぼくの『日本文学盛衰史』、阿部和重と彼の『ニッポニアニッポン』である。

どれも、「作者」がいてその「作者」が全面的にコントロールしながら「作品」を「書く」という古い考え方ではないやり方で書かれている、と加藤さんは考える。ぼくの小説の場合は、どうなっているのか。

「この小説は、当初こそ、日本の近代文学史の著名な担い手である二葉亭四迷、石川啄木、国木田独歩、田山花袋といった面々が、さまざまなレベルで変形を蒙りながら、この小説の視点人物ないし語り手となって話を織りなしてゆく構成をとったものの、ほぼ連載半ばの時点で、作者高橋にストレス性胃潰瘍から失血死寸前の状態で病院にかつぎこまれるという変事が起こると、それからしばらくは、小説の様相が一変し、作品の中に現実のできごと、現実に存在する個人が、そのまま実名で登場してくるという変容が起こってくる……この小説では作品と作者の関係の領域に、小説制作の虚構化の機微の生じる主戦場が移っているため、この「作者―作品間の神経系統」つまり両者間の「言語連関」をすっぽり切除してしまったテクスト論の構えでは、この小説の意味を追うことは、事のはじめから不可能なのである」

この小説を読んでいない方のために説明しておくと、この小説で作者（ぼく）がやったいちばん目立つことは、ある作者をその作者が自分をモデルにして書いた作品の中に登場させてみる、ことだった。意味わかりますか。たとえば、森鷗外の『舞姫』という小説は、鷗外自身の体験をもとに書いた作品なんだけれど、その『舞姫』をぼくの作品の中に、現実に起こったこととして再現して、主人公の名前を「鷗外」にしてしまう、ということですね。すると、どうなるかというと、作者が自分の作品の中を歩いている、なんてことになるわけです。しかも、自分がいる場所が自分が書いた作品の中だと気づかずに。まさか、鷗外さんも、死んだ後に、自分がそんな目にあうなんて思ってもいなかったでしょうね。それだけならばまだいいとして、その「作者が自分の作品の中に出てくる」ような世界に、それらのことをずっと書いている（＝他の作家たちを無理矢理、出演させている）作家（つまりぼく）まで、出てきた。さあ、大変だ。

いったい、なぜ、作者（ぼく）は、そんなことをしたんだろう。作者は絶対にほんとうのことをいわない、という前提で書くと、この小説の読者は、次のような印象を受けるんじゃないだろうか。

「なんかわかる。自分も、ときどき、誰かが書いた作品や物語のひとりのような気がするんだ。そのことを作者はいいたかったんじゃないかな」

なるほど。作者（ぼく）がいいたかったことがなになのかは置いておくとして、ぼく（作者ではない現実のぼく、こういう区別が大切だと、繰り返し、加藤さんは書いている）にも、その「自分が誰かの書いた物語の登場人物」という感覚はある。それは、いいかえると、「現実感覚が希薄になった」ということなのかもしれない。目の前にある「現実」が、なんかこうビミョーに薄っぺらでふわふわしている。そのせいだろうか、自分というものにも現実感が感じられない。そんな人はたくさんいるだろう。いや、実際にはもっと進んでいて、その薄っぺらな現実感そのものにも慣れてしまって、そうではない生々しいものに触れると、「気持ワル！」と思わず後ずさりする、それが、現在の「現実感」なのかもしれない……というような感覚が、たぶん、この作者（ぼく）の小説の背景にはあるような気がするのだ。

この作者（ぼく）の作品だけではなく、加藤さんは、さっきもあげた大江健三郎さんの『取り替え子《チェンジリング》』、阿部和重さんの『ニッポニアニッポン』、そしてさらに、アルベール・カミュの『異邦人』、村上春樹さんの短編「納屋を焼く」や長編『海辺のカフカ』、三島由紀夫の『仮面の告白』、水村美苗の『續明暗』をとりあげている（名前だけ出てくる、太宰治の『人間失格』も、このリストの中に入るだろう）。それらの作品は、もちろん、ぜんぜんちがう。なにもかもが。けれども、同時に、ひどく似ているところがある。なにが似ていて、なにがちがうのか。そのことがわかったとき、あるいは、わからないまでも、少なくとも、「そこ」では、なにか「事件」が起こっていることだけはわかったなら、加藤さんのこの本を読んだことになるはずだ。

では、その「事件」がなになのかを読みとくことが、読者が、この本でやらなければならない仕事ということになる。この本の中でとりあげられた「作者」のひとりとして、その「事件」について、ぼくはこう考えている。

「作品」はひとつの世界である。それは、ぼくたちが生きている世界が、そうであるように、はっきりと存在している。「作品」とのちがいは、生きている世界は、ずっと存在していたのに、「作品」は、ある瞬間から、「作者」の手によって存在するようになったことだ。そして、その世界は一つずつ生まれ、どれもが異なった法則、規則を持っている。その法則・規則を「作った」のは「作者」だが、実は、その「作者」は、その「作品」世界を作った当人なのに、その世界の法則・規則を完全に知っているわけではないのである。いや、完全に知らないからこそ、「作品」世界を「作る」ことができるのである。それを、ぼくたちは「事件」と呼ぶのである。そして……いや、それ以上は、加藤さんの歩いた場所を歩きながら考えてもらいたい。なにより、加藤さんがそのことに気づいたのは、加藤さんもまた、そのような「作品」を作る「作者」であったからなのだ。

年譜

加藤典洋

一九四八年（昭和二三年）
四月一日、山形県山形市に生れる。父光男、母美宇の次男。父は山形県の警察官。
一九五三年（昭和二八年）　五歳
幼稚園の入園試験に落第。
一九五四年（昭和二九年）　六歳
四月、山形市立第四小学校入学。
一九五六年（昭和三一年）　八歳
六月、父の転勤に伴い新庄市立新庄小学校に転校。
一九五八年（昭和三三年）　一〇歳
四月、鶴岡市立朝陽第一小学校に転校。一〇月、山形市立第八小学校に転校。
一九五九年（昭和三四年）　一一歳
四月、高校受験を控えた三歳年上の兄光洋を山形に残し、一家は転勤に伴い引っ越す。尾花沢市立尾花沢小学校に転校。家にあった『シートン動物記』全六巻を愛読。貸本屋に入りびたり、白土三平、つげ義春などの漫画、講談社版『少年少女世界文学全集』などを耽読する。家にテレビが入り、草創期のテレビで米国の番組、とりわけ無名時代のジェイムズ・コバーンの出る「風雲クロンダイク」に夢中になる。
一九六〇年（昭和三五年）　一二歳
四月、尾花沢市立尾花沢中学校入学。

一九六一年（昭和三六年）一三歳
四月、山形市立第一中学校に転校。志賀直哉、井上靖『あすなろ物語』、吉川英治『宮本武蔵』などのほか、デュマ『モンテ・クリスト伯』と間違って借り出したロマン・ロラン『ジャン・クリストフ』などに親しむ。
一九六三年（昭和三八年）一五歳
四月、山形県立山形東高等学校入学。弓道部ついで文芸部に入部。ヘルマン・ヘッセ『デミアン』、堀辰雄『聖家族』などに親しむ。
一九六四年（昭和三九年）一六歳
友人戸沢聡、村川光敏と同人雑誌を発刊。六月、家にあった『文學界』バックナンバーに連載中の大江健三郎『日常生活の冒険』を読み、同時代の日本文学の面白さに驚倒。手に入る大江健三郎の小説作品すべてを買い求めて読む。県立図書館から借り出した奥野健男の評論集『文学的制覇』を手がかりに倉橋由美子を知り、愛読。ほかに島尾敏雄、安部公房、三島由紀夫などを読む。コリン・ウィルソン『アウトサイダー』を手引きにドストエフスキー、ニーチェなどを知る。
一九六五年（昭和四〇年）一七歳
二月、新潮社より刊行された『現代フランス文学13人集』によってヌーヴォ・ロマンを知る。四月、父が鶴岡に転勤になり、一人山形に残って下宿。県立図書館から現代詩のシリーズを借り出し、鮎川信夫、田村隆一らの『荒地』グループを知る。『現代詩手帖』、『美術手帖』を愛読。詩人では特に長田弘、渡辺武信を好んだ。また市内の映画館でジャン・リュック・ゴダール「軽蔑」、フランソワ・トリュフォー「突然炎のごとく」、「ピアニストを撃て」を見、フランス現代映画のとりことなる。秋、山形東高文芸部誌『季節』第三〇号に小説「午後」と映画評「『軽蔑』について」を発表。山形北高の教師津金今朝夫氏にロレンス・ダレルの存在を教えられる。

一九六六年（昭和四一年）　一八歳
四月、東京大学文科三類入学。東京都狛江市のアパートに兄と同居。近所に住んでいたクラスの友人斎藤勝彦の影響で小林秀雄を読みはじめる。九月より杉並区高井戸に一人引っ越す。本屋で見つけたJ・M・G・ル・クレジオの『調書』に刺戟を受ける。ドストエフスキー、ヘンリー・ミラー、カフカ、リルケ、ゲーテ、トーマス・マンなどを読む。学内サークル「文学集団」に所属。竹村直之、若森栄樹、石山伊佐夫らを知る。初夏、ビートルズ来日。フーテン風俗周辺の新宿東口、歌舞伎町、新宿二丁目、渋谷百軒店界隈でジャズなどを聴き、那須路郎、星野忠、鈴木一平らと遊ぶ。

一九六七年（昭和四二年）　一九歳
四月、応募小説『手帖』が教養学部の銀杏並樹賞第一席入賞、学友会雑誌『学園』第四一号に掲載。一二月、同じ作品を『第二次東大文学』創刊号に転載。「文学集団」の一学年下に芝山幹郎、藤原利一（伊織）、平石貴樹がいた。ロートレアモン、ランボオ、ジャリ、アルトー、ダダイズムの諸作品などを耽読。フィリップ・ソレルス、ジャン・ルネ・ユグナンなど初期『テル・ケル』の書き手などに親しむ。受賞をきっかけにクラス担任の教師でもあった仏文学者平井啓之先生の知遇を得る。九月、杉並区阿佐谷に引っ越す。一〇月八日、第一次羽田闘争。前日友人に誘われ、断っていたが、翌日朝の新聞で炎上する装甲車を空から撮った写真を見、京大生山崎博昭が死亡したことを知って衝撃を受ける。一一月一一日、エスペランチスト由比忠之進が首相佐藤栄作の北爆支持に抗議して焼身自殺。翌一二日、第二次羽田闘争で生まれてはじめてデモに参加する。

一九六八年（昭和四三年）　二〇歳
三月、一月以来の医学部の無期限ストライキのあおりを受け、東大卒業式中止。四月、東京大学文学部仏語仏文学科に進学。本郷に移るが、雰囲気になじめず、一年間の休学を決め、友人荻野素彦夫妻の住む大阪釜が崎・喫茶「銀河」付近で寄食生活をするが、大学闘争が全学に広まる気配となり、六月、帰京。その間、五月、パリで五月革命。七月、医学部を中心に東大闘争が全学に広がるにつれ、学友会委員に名を連ねていたことなどから闘争にしだいに関与する。四月、鈴木沙那美（貞美）、窪田晌（高明）らの同人雑誌『変触』第一号の特集「フィリップ・ソレルス『ドラマ』をめぐって」に「ソレルスに関しての試み・1」を、一〇月、同誌第二号に小説「男友達」、評論「〈意識と感受について〉前書き――ソレルスに関しての試み・その2」を発表。同月、東大全学無期限ストを決定。同月二一日、国際反戦デー新宿騒乱。一二月、東大次年度入試中止決定。世田谷区松原に引っ越す。なお、この年より、受験生対象の学生組織である東大文化指導会の機関誌『$\alpha\beta$』の編集部員となり、九月、同誌にエッセイ「閉じられた傷口についての覚え書」を、一二月、「岸上大作ノオト――ぼく達のためのノオト」（無署名）を寄稿する。

一九六九年（昭和四四年）二一歳

一月、『$\alpha\beta$』に李賀の詩にふれ「巻頭言」（無署名）を寄稿。同月一八、一九日、安田講堂攻防戦。三月、下宿を出るように言われ、武蔵野市吉祥寺に引っ越す。五月、『$\alpha\beta$』の特集「東大を揺るがした一カ年」にエッセイ「黙否する午前――〈東大闘争〉の提起している問題」を寄稿。九月、日比谷野外音楽堂での全国全共闘連合結成大会、赤軍派の出現を目撃。これを契機に以後全共闘運動は終熄にむかう。この年、プルースト、ジュネなどを読む。

一九七〇年（昭和四五年）二二歳

無期限ストに終結宣言が出ないため、時々孤立した文学部共闘会議の少数の集まりに参加するほか、部屋で無為にすごす。講義には出ず、卒業論文はスト続行中につき、指導教員なしで執筆することを決める。ただ一人読める日本語の書き手として中原中也の詩と散文を読みつぐ。『ガロ』の漫画家安部慎一の作品を偏愛する。五月、『現代詩手帖』にエッセイ「〈背後の木〉はどのように佇立しているか」を、九月、友人藤井貞和のすすめで『犯罪』第一号に小説「水蠟樹」を発表。またこの年、北海道大学新聞に表現論を数回にわたり、また『都市住宅』に芸術論「〈未空間〉の疾駆」を発表。秋、東京大学をやめ、海外に向かう平井啓之先生と会食。一二月、『現代の眼』編集部の竹村喜一郎氏（現ヘーゲル研究者）から依頼を受け、評論を執筆中、三島由紀夫の自決にあう。この年、東大仏文の大学院の試験を受け落第。

一九七一年（昭和四六年）　二三歳
一月、『現代の眼』特集「現代の〈危険思想〉とは何か」に「最大不幸者にむかう幻視」を、三月、同誌の特集「総括・全共闘運動」に「不安の遊牧――〈全共闘〉をみごもる〈表現〉とは何か」を寄稿。世田谷区北沢に引っ越す。以後、就職のため、いくつか出版社を受けるがすべて落ちる。題目を長年準備してきたプルーストからロートレアモンに代え、一二月、指導教員なしのまま卒業論文を提出する。

一九七二年（昭和四七年）　二四歳
二月、連合赤軍事件起き、衝撃を受ける。東大仏文の大学院を受けるも再度落第。三月、『現代の眼』に「言葉の蕩尽――ロートレアモン覚え書」を発表。四月、唯一受かった国立国会図書館に就職。閲覧部新聞雑誌課洋雑誌係に配属。以後四年にわたり新聞雑誌の閲覧受付と出納業務、洋雑誌の管理に従事する。一〇月、清野宏、智子の長女清野厚子と結婚。一一月、はじめて妻と中原中也の生まれた山口県湯田を訪れる。
一九七四年（昭和四九年）二六歳
六月、『新潮』に小説「青空」を発表。一一月、長女彩子誕生。
一九七五年（昭和五〇年）二七歳
この年、勤務のかたわら、時折りボクシングの世界タイトルマッチを義弟の運び込むテレビで観戦するほかは中原中也論の執筆に没頭。一二月、『変触』第六号に「中原中也の方へ・1」として「初期詩篇の黄昏」を寄稿。
一九七六年（昭和五一年）二八歳
一月、『四次元』第二号に「立身出世という無垢——中原中也の場所について」を発表。四月、国立国会図書館で整理部に異動となり、同第一課新収洋書総合目録係に配属。以後二年間、年に数十万枚に上るカードの整理に従事する。この前後、中原中也論の執筆を継続。
一九七七年（昭和五二年）二九歳
一〇月、長男良誕生。中原中也について書き続けている間生まれた子どもの誕生日がそれぞれ中原の亡児文也の死亡の日（一一月一〇日）、誕生の日（一〇月一八日）と重なったことに因縁を感じる。
一九七八年（昭和五三年）三〇歳
一一月、応募が受理され、国会図書館よりカナダ・ケベック州モントリオール大学東アジア研究所図書館に派遣される（一九八二年二月まで）。モントリオールに降り立ったのがその年最初の吹雪（タンペート）の日だった。同地でフランス語圏カナダ初の日本関係の研究および図書施設の拡充整備業務の傍ら、同大学の研究者に協力し、研究活動のコーディネイト業務等に従事。研究者のロバート・リケット（元和光大学教授）、アラン・ウルフ（元オレゴン大学教授）のほか、同じモントリオールにあるマックギル大学に勤める太田雄三氏（現同大名誉教授）と交遊を深める。日本より送った荷物のうち中原中也論草稿一千数百枚を入れた箱が届かず数年間の仕事が水泡に帰した。

一九七九年（昭和五四年）　三二歳
夏、家族でプリンス・エドワード島で保養。九月、マックギル大学に客員教授としてやってきた鶴見俊輔氏の講義を聴講する（一九八〇年春まで）。当時マックギル大学にいた辻信一（現明治学院大学教授）を知る。鶴見氏の人柄に接し、世の中を斜に構えて生きるのは美しくないことをさとる。この年、ロバート・リケットとニューヨーク行。はじめての米国訪問。またアジア学会に参加するため、アラン・ウルフとワシントン行。

一九八〇年（昭和五五年）　三三歳
この年、車の運転をおぼえ、秋、フランス、スイス、イタリア、スペインを二十数日にわたり、家族で自動車旅行。何度か運転のまずさから死にかかるが、数千キロを走破して無事生還。

一九八一年（昭和五六年）　三三歳
九月、勤務するモントリオール大学東アジア研究所に客員教授として多田道太郎氏を招聘。多田氏との交遊はじまる。一一月、友人鈴木貞美のすすめで鈴木が編集委員をしていた『早稲田文学』に梶井基次郎、中原中也、小林秀雄にふれた評論「二つの新しさと古さの共存」を寄稿。

一九八二年（昭和五七年）　三四歳
二月、ニューヨーク、ロサンゼルス、ハワイに立ち寄った後、帰国。横浜市金沢区の狭い公務員住宅に落ち着く。国立国会図書館の蘆原英了コレクション準備室に配属。四月、同調査局調査資料課海外事情調査室に転属。フランス語担当として、国会議員を対象としたフランスの新聞記事の講読・翻訳紹介の業務に従事する。同調査室の客員調査員として同僚にロシア専門家の袴田茂樹氏、アメリカ担当の田久保忠衛氏（現日本会議会長）らがいた。八月から一一月にかけて三回にわたり『早稲田文学』に田中康夫の『なんとなく、クリスタル』を手がかりに江藤淳と日米の関係を論じた評論「『アメリカ』の影――高度成長下の文学」を発表。江藤氏より書状をいただく。以後、文芸評論家としての活動をはじめる。

一九八三年（昭和五八年）　三五歳

一月、当時『文藝』副編集長の高木有氏の依頼を受け、二月から一二月にかけ、四回にわたり、『文藝』の「今月の本」欄に新刊を素材とした長編書評を担当。村上春樹、柄谷行人、村上龍、川崎長太郎を扱う。また、夏に勤務先に当時『群像』副編集長の天野敬子氏の訪問を受け、『群像』一一月号に「崩壊と受苦――あるいは『波うつ土地』」を寄稿。

一九八四年（昭和五九年）　三六歳

九月、『文藝』九月号に江藤淳と本多秋五両氏の無条件降伏論争にふれ、世界史への原爆の登場の意味について考える「戦後再見――天皇・原爆・無条件降伏」を発表。

一九八五年（昭和六〇年）　三七歳

一月、『文藝』で竹田青嗣氏とともに江藤淳氏を囲んで鼎談「批評の戦後と現在」を行なう。三月、埼玉県志木市に引っ越す。四月、表題評論に「崩壊と受苦」、「戦後再見」を加え『アメリカの影』を河出書房新社より刊行。またこの年、『文藝』誌上でそれぞれ柄谷行人氏（五月号）、竹田青嗣氏（一一月号）と対談。一二月、『海燕』に新人作家島田雅彦を論じ「君と世界の戦いでは、世界に支援せよ」を発表。文学的内面の現代的な意味をめぐって富岡幸一郎氏と論争を行なう。また、この年、立教大学・シカゴ大学共催のシンポジウムに参加し、大江健三郎、ノーマ・

フィールド、酒井直樹の諸氏を知る。

一九八六年（昭和六一年）　三八歳

四月、一四年間勤めた国立国会図書館を退職し、新設された明治学院大学国際学部の文化部門の一つ、文学の担当教員として就任（助教授）。担当の講義は、二つの演習のほかに現代文学論、言語表現法。同月、『思想の科学』の特集「『戦後世代』107人」に「加藤三郎——小さな光」を寄稿。六月、『中央公論』に「リンボーダンスからの眺め」を、九月、『群像』に吉本・埴谷論争にふれて「還相と自同律の不快」を発表。

一九八七年（昭和六二年）　三九歳

二月、『世界』に「『世界の終り』にて」を発表。七月、弓立社より『批評へ』を刊行。この年、沖縄に研究旅行。同僚の都留重人氏の指導のもとに学部論叢『国際学研究』の創刊準備に携わる。また、多田道太郎氏らが主宰する現代風俗研究会に参加。梶井基次郎と京都新京極界隈にふれて同会例会で発表。一二月、現代風俗研究会年報『現代風俗'87』に「キッチュ・ノスタルジー・モデル」を寄稿。さらに『思想の科学』の編集委員会に顔を出すようになる（後に非会員のまま編集委員となる）。

一九八八年（昭和六三年）　四〇歳

一月、筑摩書房より『君と世界の戦いでは、世界に支援せよ』を刊行。三月、『国際学研究』第二号に「『日本人』の成立」発表。七月、朝日新聞社よりモネの絵画強奪事件に取材したテッド・エスコット著『モネ・イズ・マネー』を翻訳刊行。同月より『群像』に「日本風景論」を隔月連載開始（一九八九年六月まで）。四月、『文學界』でポストモダン思想が席捲するなか難解な用語を振り回す風潮に苦言を呈する座談会「批評は今なぜ、むずかしいか」（高橋源一郎、竹田青嗣両氏と）を行なう。これに批判を加えた浅田彰氏に、八月、『文學界』に「『外部』幻想のこと」を寄稿して反駁。柄谷行人、蓮實重彥らの論者を批判し、いわゆるポストモダン派と論争を行なう。また、この年の暮れより、『中央公論文芸特集』(季刊)に「読書の愉しみ」を七回にわたり連載を開始(一九八八年冬季号から一九九〇年夏季号まで)。

一九八九年(昭和六四・平成元年) 四一歳

一月、昭和天皇死去。毎日新聞に寄稿した文章により数次にわたる電話による脅迫を受ける。六月、中国で天安門事件。七月、宮崎勤事件起こる。八月、『思想の科学』の天皇死去の報道をめぐる特集「天皇現象——一九八九年の日蝕」を編集委員黒川創と企画(後に「図像と巡業」としてまとめ『ホーロー質』に収録)。一一月、現代風俗研究会の年報『現代風俗'90 貧乏』を責任編集。同月、ベルリンの壁崩壊。この年、七月より一年間、『月刊 ASAHI』書評委員を務める。

一九九〇年(平成二年) 四二歳

東欧革命の余震続く。一月、講談社より『日本風景論』刊行。八月、イラク、クウェートを侵攻。九月、『思想の科学』に「帰化後の氏名」、『中央公論文芸特集』秋季号に「中野重治の自由」を発表。一一月、中央公論社より「読書の愉しみ」の連載を『ゆるやかな速度』として刊行、現代風俗研究会年報『現代遺跡・現代風俗'91』に学生との共同研究「東京オリンピック・マラソンコースの発掘」を発表。この年一年間、共同通信の文芸時評を担当する。

一九九一年(平成三年) 四三歳

一月より、『本』に竹田青嗣氏と往復書簡「世紀末のランニングパス」を連載(一九九二年五月号まで)。同月一七日、湾岸戦争勃発。二月、柄谷行人、高橋源一郎から田中康夫、島田雅彦まで若い文学者を中心に組織された「文学者の討論集会」の名で反戦声明が発表されたのに対し、三月『中央公論文芸特集』春季号に「聖戦日記」を、五月、『群像』に「これは批評ではない」を書いてその対応を批判。孤立し、以後しばらく文芸ジャーナリズムから遠のく。六月、河出書房新社から笠井潔、竹田青嗣両氏との鼎談『対話篇　村上春樹をめぐる冒険』を刊行。市村弘正・松山巖両氏らの同人雑誌『省察』第三号に「洗面器を逆さにして、押しこむ……」、「わたしの肖像」を発表。八月、河出書房新社より『ホーロー質』を刊行。

一九九二年（平成四年）　四四歳

一月、平安神宮爆破その他で罪に問われた加藤三郎氏の思想の科学賞受賞作を含む著書『意見書――「大地の豚」からあなたへ』（思想の科学社刊）に解説「この本について――『世界革命戦線・大地の豚』からの声」を寄稿。同月より『太陽』で写真展、新作写真集を対象とした写真時評を担当する（一二月号まで）。三月、『国際学研究』第九号の共同研究報告「戦後日本の社会変動の研究――『高度成長』を鍵概念に」に「『高度成長』論覚え書――『高度』の語感をめぐって」を発表。七月、竹田青嗣氏との往復書簡『世紀末のランニングパス――1991-92』を講談社より刊行。一〇月、『Voice』に「考え方の順序」を、一二月、『思想の科学』に「感情論覚え書」を発表。この年、三ヵ月、終刊まぎわの『朝日ジャーナル』の書評委員を務める。一二月、平井啓之先生死去。

一九九三年（平成五年）　四五歳

一月、「がんばれチヨジ、という場面」を『新沖縄文学』に、二月、東京都写真美術館展「発言する風景」カタログに「風景の終り」を、一一月、『思想の科学』に「理解することへの抵抗」を発表。この年、四月から朝日新聞の書評委員を務め（一九九五年四月まで）、同じく、四月から読売新聞の文芸季評を担当する（一九九五年一月まで）。
一九九四年（平成六年）　四六歳
三月、初の書き下ろし評論として『日本という身体――「大・新・高」の精神史』を講談社より、ヴィジュアルなメディアについて論じた文章を集めた『なんだなんだそうだったのか、早く言えよ。――ヴィジュアル論覚え書』を五柳書院より刊行。春から夏にかけ、東京新聞より原稿依頼を受けたのをきっかけに、戦後の問題について徹底的に考える。八月、『思想の科学』の特集「日本の戦後の幽霊」を企画、中沢新一、赤坂憲雄両氏とそれぞれ「幽霊の生き方――逃走から過ぎ越しへ」、「三百万の死者から二千万の死者へ――戦後に死者を弔う仕方」と題する対談を行なう。一〇月、一連の短文五篇を東京新聞に寄稿（後「敗戦論覚え書」として『この時代の生き方』に収録）。この年あたりから三年間、大学で阿満利麿、竹田青嗣、西谷修の諸氏に岸田秀、瀬尾育生、若森栄樹、百川敬仁の諸氏を加え、明治学院大学国際学部による近代天皇制研究の共同研究を行ない、本居宣長の輪読会、伊勢神宮、幸徳秋水墓所への研究旅行などに参加する。
一九九五年（平成七年）　四七歳
一月、『国際学研究』第一三号にこの間の大学での講義を素材に研究ノート「花田清輝『復興期の精神』私注（稿）（上）」を発表。同月、『群像』に「敗戦後論」を発表。翌月の朝日新聞の文芸時評で蓮實重彦氏に批判を受ける。八月、『世界』で西谷修氏と「世界戦争のトラウマと『日本人』」と題し対談し、高橋哲哉氏の『敗戦後論』批判に答えたことから、以後数年の間高橋氏との間に論争が起こる。一一月より『広告批評』で多田道太郎、鷲田清一の両氏との連載鼎談「立ち話風哲学問答」を開始する（一九九六年一一月まで一二回、一九九八年一〇月から一九九九年一〇月まで一二回連載)。一二月、講談社より『この時代の生き方』を刊行。なお、この年、阿満利麿、竹田青嗣、西谷修らの諸氏と沖縄に研究旅行。『思想の科学』で五回にわたる特集「戦後検証」を企画する。

一九九六年（平成八年）　四八歳

四月、大学からの在外研究派遣により、パリにあるコレージュ・アンテルナシオナル・ド・フィロゾフィの自由研究員として一年間フランスに滞在。家族全員に猫三匹（ジュウゾウ、クロ、キヨ）を同道する。五月、『思想の科学』休刊。七月、福岡市の出版社海鳥社より対談・講演を集成した『加藤典洋の発言』シリーズ（全三巻）の第一巻『空無化するラディカリズム』を刊行。八月、『群像』に「戦後後論」を発表。夏、友人の瀬尾育生・荒尾信子夫妻とオーストリア、チェコ等を旅行。以後、積極的にヨーロッパ各地を旅した。コレージュのセミナーに顔を出し、ハンナ・アーレント論を準備。一〇月、編著『村上春樹　イエローページ』を荒地出版社より、『言語表現法講義』を岩波書店より刊行。一一月、海鳥社より『加藤典洋の発言』第二巻『戦後を超える思考』を刊行。

一九九七年（平成九年）　四九歳

二月、『中央公論』に「語り口の問題」を発表。四月、帰国。八月、「敗戦後論」、「戦後後論」、「語り口の問題」に加筆し『敗戦後論』を講談社より刊行。賛否両論が起こる。六月、『言語表現法講義』が第一〇回新潮学芸賞を受賞。一一月、『みじかい文章——批評家としての軌跡』、『少し長い文章——現代日本の作家と作品論』を五柳書院より同時刊行。またこの年以降、竹田青嗣、瀬尾育生の諸氏とともに共同研究組織「間共同体研究会」をはじめ、橋爪大三郎、見田宗介、大澤真幸といった諸氏を加え、討議を行なう。

一九九八年（平成一〇年）　五〇歳

四月、岩波書店より岩波ブックレット『戦後を戦後以後、考える――ノン・モラルからの出発とは何か』を刊行。六月、『敗戦後論』が第九回伊藤整文学賞を受賞。八月より『群像』で「戦後的思考」を隔月連載（一九九九年六月まで）。一〇月、『敗戦後論』の韓国語訳『謝罪と妄言のあいだで』を韓国・創作と批評社より刊行。同月、『加藤典洋の発言』シリーズの第三巻、講演篇『理解することへの抵抗』を海鳥社より刊行。

一九九九年（平成一一年）五一歳

三月、岩波書店より『可能性としての戦後以後』を刊行。四月、作品社より編著『日本の名随筆98　昭和Ⅱ』を刊行。この月より一年間、大学より特別研究休暇をもらう。五月、平凡社より平凡社新書の一冊として『日本の無思想』を刊行。七月、江藤淳氏自死。九月、『中央公論』に「戦後の地平――江藤淳氏の逝去によせて」を寄稿。八月末から九月にかけ、パリに滞在し、イタリア、オーストリアを訪問。一一月、連載分に加筆し講談社より『戦後的思考』を刊行。この年、筑摩書房より三鷹市との共催の形で復活した太宰治賞の選考委員の委嘱を受ける。

二〇〇〇年（平成一二年）五二歳

三月、岩波書店より『日本人の自画像』を刊行。五月、朝日新聞社より多田道太郎、鷲田清一両氏との鼎談『立ち話風哲学問答』を刊行。五月二六日、猫のキヨ、癌で死ぬ。この間続けてきた日本と戦後に関する仕事では、もうしばらく読者がいないのではないか、という感じに襲われる。七月、ポルトガル、フランスに短い旅行。一一月、径書房より橋爪大三郎、竹田青嗣両氏と『天皇の戦争責任』を刊行。この年、講談社より群像新人文学賞の選考委員の委嘱を受ける（二〇〇八年まで）。

二〇〇一年（平成一三年）五三歳

七月、『一冊の本』で「現代小説論講義」の連載を開始（二〇〇三年一〇月まで）、文芸評論の世界に復帰する。九月、ニューヨークでの同時多発テロ。一一月、先に奈良女子大学で行なった討議をまとめた小路田泰直編『戦後的知と「私利私欲」――加藤典洋的問いをめぐって』が柏書房より刊行される。

二〇〇二年（平成一四年）　五四歳

五月、クレインより『ポッカリあいた心の穴を少しずつ埋めてゆくんだ』を刊行。一〇月、『群像』に「『作者の死』と『取り替え子《チェンジリング》』」を発表。一一月、見田宗介、橋爪大三郎、宮台真司、竹田青嗣の諸氏を迎え明治学院大学国際学部付属研究所主催シンポジウム「9・11以後の国家と社会をめぐって」を企画、司会を行なう。基調発言「『世界心情』と『換喩的な世界』――9・11で何が変わったのか」を発表。一二月、トランスアートより編著『別冊・本とコンピュータ5　読書は変わったか？』を刊行。同月、猫のジュウゾウ死ぬ。この年、新潮社より小林秀雄賞選考委員の委嘱を受ける。

二〇〇三年（平成一五年）　五五歳

一月、『論座』に前年のシンポジウム「9・11以後の国家と社会をめぐって」の記録を掲載。「『世界心情』と『換喩的な世界』」（短縮版）を発表。二月、『群像』に「『海辺のカフカ』と『換喩的な世界』」を発表。春、明治学院大学国際学部の内部事情から早稲田大学に移ることを決める。五月、長野県小諸市郊外浅間南麓に中村好文氏に設計を依頼していたごく小さな仕事小屋が建つ。以後夏は多くその小屋で過ごす。九月、『群像』に「『仮面の告白』と『作者殺し』」を発表。一一月、『国際学研究』第二四号の前記シンポジウム特集に「『世界心情』と『換喩的な世界』」（完全版）を発表。

二〇〇四年（平成一六年）　五六歳

一月、この間『群像』に発表した文芸評論と『一冊の本』の連載をまとめ講談社より『テクストから遠く離れて』を、朝日新聞社より『小説の未来』を同時刊行。三月二七日、母美宇死去。四月、『新潮』に「『プー』する小説――『シンセミア』と、いまどきの小説」を発表。五月、荒地出版社より編著『村上春樹イエローページ Part 2』を刊行。七月、『テクストから遠く離れて』、『小説の未来』が第七回桑原武夫学芸賞を受賞。八月、早稲田大学新設学部での英語での講義に備え、カナダ、バンクーバーのブリティッシュ・コロンビア大学英語夏期講座に参加。一一月、東京大学大学院「多分野交流演習」で「関係の原的負荷――『寄生獣』からの啓示」と題し講演。同月、晶文社より『語りの背景』を刊行。

二〇〇五年（平成一七年）　五七歳

二月、鶴見俊輔『埴谷雄高』に解説「六文銭のゆくえ――埴谷雄高と鶴見俊輔」を寄稿。四月、明治学院大学国際学部を辞し早稲田大学国際教養学部教授に就任。米国、カナダ、デンマーク、シンガポール、韓国からの留学生からなる七名の受講生を相手にJapanese Contemporary Literatureの授業を行なう。五月、岩波書店よりシリーズ「ことばのために」の一冊『僕が批評家になったわけ』を刊行。八月、再度、日米交換船の調査をかね、英語研修のためカナダ、バンクーバーのサイモン・フレーザー大学夏季英語講座に参加。九月、Intellectual and Cultural History of Post-War Japanの授業を担当。一〇月、河出書房新社『日本文芸史第七巻　現代Ⅰ』に第二部第二章「批評の自立」を、一一月、同第八巻『現代Ⅱ』に第一部第三章「批評」、第二部第二章「批評」を寄稿。同月、六本木ヒルズ森美術館での杉本博司氏の写真展「時間の終わり」展で同氏と特別対談を行なう。一二月、筑摩書房よりちくま文庫の一冊として『敗戦後論』を刊行。この年、講談社より講談社ノンフィクション賞選考委員の委嘱を受ける（二〇一〇年まで）。

二〇〇六年（平成一八年）　五八歳

一月、これまで書いた村上春樹に関する文章をまとめ若草書房より『村上春樹論集1』、二月、同『村上春樹論集2』を刊行。二月、『考える人』に「一九六二年の文学」を発表。三月、新潮社より黒川創とともに鶴見俊輔氏の戦時の経験を聞き記録にとどめた『日米交換船』を刊行。また、四月より朝日新聞で文芸時評を担当（二〇〇八年三月まで）。九月、編集グループSUREより鶴見俊輔氏他との談論記録『創作は進歩するのか』を刊行。同月、*The American Interest* 第二巻一号に"Goodbye Godzilla, Hello Kitty : The Origins and Meaning of Japanese Cuteness"を発表（翻訳マイケル・エメリック）。これをきっかけに同誌編集委員会委員長フランシス・フクヤマ氏を知る。一一月、『群像』に「太宰と井伏　ふたつの戦後」を発表。同月、猫のクロ死ぬ。

二〇〇七年（平成一九年）　五九歳

三月、筑摩書房より筑摩書房ウェブサイトで二〇〇五年から行なってきた人生相談「21世紀を生きるために必要な考え方」をまとめ『考える人生相談』を刊行。四月、『群像』に前年 *The American Interest* 誌に発表した英文論考の日本語原文「グッバイ・ゴジラ、ハロー・キティ」を発表。同月、講談社より『太宰と井伏――ふたつの戦後』を刊行。同月、勤務する早稲田大学国際教養学部のゼミでゼミ内刊行物『ゼミノート』の刊行を開始する（二〇一四年三月まで）。六月、『論座』に「戦後から遠く離れて――わたしの憲法『選び直し』の論」を発表。一〇月、父脳梗塞で倒れる。以後だいぶ機能回復するも後遺症残る。一二月二日、多田道太郎氏死去。
二〇〇八年（平成二〇年）六〇歳
六月、筑摩書房より前記ウェブサイトの人生相談の二〇〇六年以降分をまとめ『何でも僕に訊いてくれ――きつい時代を生きるための56の問答』を刊行。七月、『中原中也研究』第一三号に前年、中原中也の会で行なった講演「批評の楕円――小林秀雄と戦後」を発表。九月、妻、娘を伴い、パリを経由してイタリア・シチリア島に旅行。同月、『小説トリッパー』に「大江と村上――一九八七年の分水嶺」を発表。一二月、『群像』に「関係の原的負荷――二〇〇八、『親殺し』の文学」を発表。同月、朝日新聞出版よりこれまで行なった文芸時評と直近の文芸評論をまとめた『文学地図――大江と村上と二十年』を刊行。
二〇〇九年（平成二一年）六一歳
二～三月、プリンストン大学エバーハード・L・フェイバー基金とアジア研究学科より招聘され同大学を訪問、二月二五日、ゴジラと戦後日本について英語の講演（"From Godzilla to Kitty : Sanitizing the Uncanny in Post-war Japan"）を行なう。三月三一日、旧知の編集者入澤美時急逝。四月、『週刊朝日緊急増刊・朝日ジャーナル』に「『連帯を求めて』孤立への道を」を発表。七月、加藤ほか著『ことばの見本帖（ことばのために別冊）』（岩波書店）に「さようなら、『ゴジラ』たち――文化象徴と戦後日本」を寄稿。九月、『群像』に「村上春樹の短編を英語で読む」の連載を開始する（二〇一一年四月まで）。一九八五年刊行の『アメリカの影』を、講談社学術文庫版（一九九五年）をへて新たに講談社文芸文庫として再刊。同月二〇日、早稲田大学で親しかったロシア文学者、水野忠夫氏が急逝。一〇月二四日、思想の科学研究会主催の「『思想の科学』はまだ続く――五〇年史三部作完結記念シンポジウム」にパネラーとして参加。

二〇一〇年（平成二二年）　六二歳

二月、井伏鱒二『神屋宗湛の残した日記』（講談社文芸文庫）解説として「老熟から遠く」を発表。三月一三日、東京工業大学世界文明センターでの『大菩薩峠』研究キックオフ・シンポジウムで「『大菩薩峠』とは何か――文学史と思想史の読み替えの可能性に向けて」を講演。四月より、一年間の特別研究休暇で、デンマークと米国に赴任。前半はデンマーク、コペンハーゲン大学文化横断地域研究学部に客員教授として滞在（九月まで）。その間、ポーランドのオフィチエンシム（アウシュヴィッツ）、北極圏のノルウェイ・ロフォーテン諸島、アイスランド、ハンガリー、バスク地方など、研究をかねて、欧州各地を旅行する。ブリューゲルを手がかりにヨーロッパの南北と東西の構造を取りだしたい関心があった。五月一一日、ケンブリッジ大学ウォルフソン・カレッジのアジア中東学部で"From Godzilla to Hello Kitty"と題し、日本の文化史をめぐり講演。七月、『さようなら、ゴジラたち　戦後から遠く離れて』を岩波書店から刊行。八月二二日、米国紙ニューヨークタイムズに日本がGDPではじめて中国に世界二位の座を奪われたことで「ほっとした」と述べるコラム"Japan and the Ancient Art of Shrugging"を寄稿（翻訳マイケル・エメリック）。欧米の未知の読者から多数のメールが舞い込む。同月二八日、デンマーク、ミュン島での二日間の村上春樹氏のトーク・イベントに観衆の一人として参加。九月一七日、コペンハーゲン大学を離任する。ニューヨークにしばらく滞在の後、カリフォルニア州サンタバーバラへ。二三日以後、カリフォルニア大学サンタバーバラ校（ＵＣＳＢ）学際的人文研究所（ＩＨ

C）に客員研究員として赴任（二〇一一年三月まで）。ゼミ、講義、勉強会への参加など を通じ、マイケル・エメリック同大上級准教授、島崎聡子コロラド大学ボールダー校准教授のほか、ジョン・ネイスン、ルーク・ロバーツ、キャサリン・ザルツマン＝リ、長谷川毅といったUCSBの教授たちと親交を結ぶ。また、友人たちに勧められ、拙著『敗戦後論』への米国での批判に対する反論を執筆する。読んでみて、米国に流通している主な批判が拙著の原テクストをほぼ読まないでされた杜撰なものとわかったため（しかし、反論はその後曲折を経たあと、いまだ欧米での発表にいたらず）。

二〇一一年（平成二三年）　六三歳

一月一四日、コロラド大学ボールダー校で"From Godzilla to Hello Kitty"と題し、講演。三月、カズオ・イシグロを論じた"Send in the Clones"（翻訳マイケル・エメリック）を *The American Interest* 六巻四号に発表。同月三日、UCSBのIHCで先の講演を拡張した"From Godzilla to Hello Kitty: Sanitizing the Uncanny in Postwar Japan"を講演。一一日、東日本大震災、福島第一原発事故が発生。三一日、一年の研究休暇を終え、震災直後の故国に帰国。四月より共同通信で隔月交代コラム「楕円の思想」を担当（もう一人の担当はマイケル・エメリック）、その第一回取材のため、同月六日、友人の住む南相馬市を訪れる。同地域に原子炉爆発後、日本の新聞記者が一人も入っていないことに衝撃を受ける。五月、「死に神に突き飛ばされる——フクシマ・ダイイチと私」を『一冊の本』に、「ヘールシャム・モナムール——カズオ・イシグロ『わたしを離さないで』を暗がりで読む」（先のイシグロ論の日本語版）を『群像』に、「独裁と錯視——二十世紀小説としての『巨匠とマルガリータ』」を『新潮』に、それぞれ発表。六月、南相馬市での経験を記し日本のメディアを批判する「政府と新聞の共同歩調」を『週刊朝日緊急増刊　朝日ジャーナル』に寄稿。同月二五日、第一五回ASCJ（日本アジア研究学会）大会、第三セッション"Murakami Haruki: A Call for Academic Attention"で司会を務める。七月、米国で書き下ろしたJポップ論、『耳をふさいで、歌を聴く』をアルテスパブリッシングより刊行。八月、『村上春樹の短編を英語で読む　1979～2011』を講談社より刊行。九月二二日、東京日仏会館でフランスの詩人・演劇家クリストフ・フィアットと「福島以降、ゴジラをどう考えるか」と題し対談を行なう。一〇月、『小さな天体　全サバティカル日記』を新潮社より刊行、同月、中尾ハジメ著『原子力の腹の中で』（編集グループSURE）に討論者として参加。一一月、夏に書き下ろした論考「祈念と国策」を収録して『3・11　死に神に突き飛ばされる』を岩波書店より刊行。一二月、井伏鱒二『鞆ノ津茶会記』（講談社文芸文庫）解説として「『黒い雨』とつながる二つの気層」を発表。

二〇一二年（平成二四年）　六四歳

三月、「ゴジラとアトム——一対性のゆくえ」を慶應義塾大学アート・センターBooklet 第二〇号に発表。同月三日、山口県立大学で「戦後思想　そのポストコロニアルな側面」を講演。一六日、吉本隆明氏が死去。一七日、『中国新聞』に「此岸に立ち続けた思想——吉本さん追悼」を発表。一九日、『毎日新聞』に「『誤り』と『遅れ』から戦後思想築く——吉本隆明さんの死に際して」を発表。以後、学内の刊行物『ゼミノート』を自らが編集人となって毎週発行態勢に変え、「三・一一以後の思想」の模索を目的に考察をノートし、後に連載「有限性の方へ」へと合流する草稿群の執筆・掲載を開始する。五月、『新潮』に「森が賑わう前に」を発表。同月一四日と二八日、東京工業大学世界文明センターで「三・一一以後を考える」と題し、連続講演。七月、菅野昭正編『村上春樹の読みかた』(平凡社)に「村上春樹の短編から何が見えるか――初期三部作を中心に」を寄稿。同月二日、埼玉高社研修会で「戦後とポスト戦後――その境界をどこに置くか」と題し、講演。一四日、早稲田大学校友会宮城県支部で「三・一一以後の世界をどう考えるか」と題し、講演。八月二六～二八日、新潟県妻有大地の芸術祭の里での福島からの避難家族を主対象にした林間学校で宮沢賢治「やまなし」を題材に授業を行なう。九月二九日、福岡ユネスコ協会で「考えるひと　鶴見俊輔」と題し、講演。同月、『新潮』に「海の向こうで「現代日本文学」が亡びる――あるいは、通じないことの力」を発表。一三日、朝日カルチャーセンター新宿で「吉本隆明と三・一一以後の思想I――戦後から三・一一へ」を講演。一二月一日、第六七回日本文学協会年次総会で「理論と授業――理論を禁じ手にすると文学教育はどうなるのか」を講演。同月四日、朝日カルチャーセンター新宿で「吉本隆明と三・一一以後の思想II――先端へ、そして始源へ」を講演。一五日、台湾日本語文学会年次大会で「村上春樹の国際的な受容はどこからくるか――その文学の多層性と多数性」を基調講演。

二〇一三年(平成二五年)　六五歳

一月、『ふたつの講演　戦後思想の射程について』を岩波書店より刊行。同月一四日、都心に雪降りしきる早朝、息子加藤良、事故で死ぬ。二〇日、友人の京都・徳正寺僧侶井上迅(扉野良人)の勧めにより埼玉県朝霞市の葬場で葬儀。喪主挨拶を読む。二月、「有限性の方へ」を『新潮』に連載開始(五～六月を除き、二〇一四年一月まで）。同月六日、三鷹ネットワーク大学で「太宰治、底板にふれる――『姥捨』をめぐって」を講演。三月、黒川創氏との共著『考える人・鶴見俊輔』を弦書房から刊行。四月、大学の基礎演習の教材に『ソクラテスの弁明』・「クリトン」・「パイドン」を選ぶ。五月、高橋源一郎氏との共著『吉本隆明がぼくたちに遺したもの』を岩波書店から刊行。九月、『シンフォニカ』第一号に「小説が時代に追い抜かれるとき――みたび、村上春樹『色彩を持たない多崎つくると、彼の巡礼の年』について」を発表。一〇月一三日、第五二回日本アメリカ文学会年次総会で「overshoot（限界超過生存）――有限性の時代を生きること」と題し、基調講演。サリンジャー研究の先駆をなした米文学者井上謙治氏にお目にかかる。一一月、鶴見俊輔『文章心得帖』（ちくま学芸文庫）解説として「火の用心――文章の心得について」を発表。この月、インターナショナル・ニューヨークタイムズ（以下、INYT）紙の固定コラムニストに就任。以後、天皇、安倍政権の右傾化、沖縄問題、原爆投下などにふれ、月一回、コラムを掲載する（翻訳マイケル・エメリック、二〇一四年一〇月まで）。一二月、上野延代『蒲公英　一〇一歳――叛骨の生涯』に「上野延代という人」を寄稿。同月一四日、早稲田大学RILAS主催シンポジウム「東アジア文化圏と村上春樹――越境する文学、危機の中の可能性」に参加、「六十九年後の村上春樹と東アジア」を発表。中国の小説家閻連科氏と知る。この年、早稲田大学坪内逍遙大賞選考委員に委嘱を受ける。

二〇一四年（平成二六年）　六六歳

二月、河合隼雄『こころの読書教室』（新潮文庫）解説として「そこにフローしているもの」を寄稿。同月一〇日、友人の鷲尾賢也

(元講談社取締役、歌人の小高賢)が急逝。一四日、告別式で友人代表として弔辞を読む。三月、『小高賢』に「まだ終わらないもの――小高賢さんのこと」を発表。同月三一日、早稲田大学国際学術院国際教養学部を退職、同名誉教授となる。四月、二〇〇七年四月から毎週刊行してきた『ゼミノート』を全二〇九号で終刊とする。またこの月より、岩波書店ウェブサイトで「村上春樹は、むずかしい」を月一回更新で連載開始(二〇一五年六月まで)。五月、中尾ハジメとの共著『なぜ「原子力の時代」に終止符を打てないか』を編集グループSUREより刊行。六月、『人類が永遠に続くのではないとしたら』(「有限性の方へ」を改題)を新潮社より刊行。またこの月から、前記『ゼミノート』を引き継ぐ続編『ハシからハシへ』を以後、不定期刊(平均月に二度)、一〇〇部未満の規模で知友に配るウェブ刊行を開始する。同月、『kotoba』で佐野史郎氏と「『ゴジラ』と『敗者の伝統』」と題し対談。『吉本隆明全集7』月報に「うつむき加減で、言葉少なの」を発表。七月、『新編 特攻体験と戦後』(島尾敏雄・吉田満対談)に解説「もう一つの『0』」を発表。同月六日、父加藤光男、死去。同月一日、安倍政権、集団的自衛権行使を閣議決定。一一月一一日、日本記者クラブで「七〇年目の戦後問題」と題し、講演。一二月一三日、東京外国語大学で「33年目の『アメリカの影』」と題し、講演。このあと、翌年八月まで戦後論の執筆に没頭する。

二〇一五年(平成二七年) 六七歳

一月、『うえの』に「上野の想像力」を寄稿。二月八〜九日、北川フラム企画の奥能登国際芸術祭キックオフ・シンポジウムにパネラーとして参加。三月、季刊誌『kotoba』に「敗者の想像力」を連載開始(二〇一六年一二月まで)。四月、『myb』新装版第一号に「戦後の起源へ　今、私の考えていること」を発表。五月二四日、大竹昭子、堀江敏幸両氏らの企画「ことばのポトラック　vol．12」に参加、朗読を行なう。七月、一九九七年刊の『敗戦後論』を、ちくま文庫版（二〇〇五年）をへて新たにちくま学芸文庫として再刊（解説内田樹・伊東祐吏）。同月二〇日、鶴見俊輔氏が死去。二八日、『毎日新聞』に「『空気投げ』のような教え――鶴見俊輔さんを悼む」を寄稿。九月、『すばる』に「死が死として集まる。そういう場所」を発表。同月六日、義母清野智子が死去。一〇月、『戦後入門』をちくま新書より刊行。『世界』に「鶴見さんのいない日」を、『岩波講座現代第一巻　現代の現代性』に「ゾーエーと抵抗――何が終わらず、何が始まらないか」を発表。同月一七日、新潟の坂口安吾生誕祭で「安吾と戦後――戦争・占領・戦後を彼はどう通行したか」を講演。一一月七日、竹内整一名誉教授主宰の東大院臨時「多文化交流演習」『人類が永遠に続くのではないとしたら』書評会に参加、多彩な研究者を迎えて討議。同月一四日、東洋大学国際哲学研究センターで「フィードバックと生体系、コンティンジェンシー、リスクと贈与―『人類が永遠に続くのではないとしたら』、次の問いへの手がかり」と題し、講演。二五日、扉野良人に招かれ京都に滞在（一二月二日まで）。二九日、京都・徳正寺で「戦後ってなんだろう」と題しトーク。扉野の友人ほしよりこと知る。ともに越前海岸の宇佐美爽子氏アトリエを訪問する予定も宇佐美氏体調崩され、果たさず。一二月、『村上春樹は、むずかしい』を岩波新書より刊行。一九九九年刊の『日本の無思想』を『増補改訂　日本の無思想』として平凡社ライブラリーより再刊。同月五日、日本ヤスパース協会第三二回大会で「敗戦という光のなかで――

ヤスパースの考えたこと」と題し、講演。九日、日本記者クラブで「『戦後入門』をめぐって——戦後七〇年目の戦後論」と題し、講演。

二〇一六年（平成二八年）　六八歳

一月、『現代思想』で見田宗介氏と「現代社会論／比較社会学を再照射する」と題し対談を行なう。同月二四日、義父清野宏が死去。二月、『うえの』に「少しずつ、形が消えていくこと」、『法然思想』第二号に「世界をわからないものに育てること——伝記という方法」、『早稲田文学』春号に「水に沈んだ峡谷への探索行の報告（抄）」を発表。三月、『山田太一エッセイ・コレクション3　昭和を生きて来た』（河出文庫）に解説「空腹と未来」を発表。同月二九日、ウェブサイト「10・8　山﨑博昭プロジェクト」に「私の秘密」を発表。四月一六日、桐光学園で「ヒト、人と出会う?!」と題し、講演。五月、『法然思想』第三号に「称名とよびかけ」を発表。同月五日、水俣フォーラム水俣病公式確認六〇年記念特別講演会で「水俣病と私——〝微力〟について」と題し、講演。二三日、この間、交遊のはじまっていた宇佐美爽子氏が急逝。二八〜三〇日、台湾淡江大学の村上春樹研究センター主催第五回村上春樹国際シンポジウムで「『1Q84』における秩序の崩壊、そして再構築」と題し、基調講演。ポーランド語の翻訳者アンナ・ジェリンスカ＝エリオットと知る。早稲田大学での教え子、英国ニューカッスル大学准教授のギッテ・M・ハンセンと再会。三〇日、東呉大学で「『小説』をめぐるいくつかの話」と題し、講演。六月、大澤真幸編『憲法9条とわれらが日本　未来世代へ手渡す』（筑摩書房）にインタビュー「『明後日』のことまで考える——九条強化と国連中心主義」（聞き手・大澤真幸）を発表。七月、『新潮』に

「死に臨んで彼が考えたこと――三年後のソクラテス考」を発表。『図書』で石内都氏と「苦しみも花のように静かだ――永遠のフリーダ・カーロ」と題し対談を行なう。『飢餓陣営せれくしょん5　沖縄からはじめる「新・戦後入門」』に「加藤典洋氏に聞く『戦後』の出口なし情況からどう脱却するか」（聞き手・佐藤幹夫）を、内田樹編『転換期を生きるきみたちへ　中高生に伝えておきたいたいせつなこと』（晶文社）に「僕の夢――中高生のための『戦後入門』」を発表。同月、シンポジウム「鶴見俊輔と後藤新平」にパネラーとして参加、「鶴見と後藤の変換式」を発表。八～一〇月、インターナショナル・ニューヨークタイムズ寄稿コラムの日本語版などを収めた『日の沈む国から　政治・社会論集』、文学論を編んだ『世界をわからないものに育てること　文学・思想論集』、吉本隆明氏、鶴見俊輔氏など大事な人々をめぐる文を集めた『言葉の降る日』を月ごと、私的な三部作の心づもりで岩波書店から刊行。八月八日、天皇、生前退位の意向をビデオメッセージで表明。同月一五日、ニューヨークタイムズ紙に“The Emperor and the Prime Minister”（翻訳マイケル・エメリック）を発表。九月一四～一五日、日経ビジネス電子版に「『シン・ゴジラ』、私はこう読む」（前・後編、藤村公平記者インタビュー）を発表。この月、『うえの』に「今年の夏に思うこと」を発表。鶴見俊輔遺著『敗北力　Later Works』（編集グループSURE）に解説を執筆。一〇月、『新潮』に「シン・ゴジラ論（ネタバレ注意）」を発表。同月一五日、朝日カルチャーセンターで「シン・ゴジラの誕生――ゴジラ、3・11以後の展開」と題して講演。二二日、梅光学院大学で「文学、このわけのわからないもの」と題して講演。二六日、足利女子高校のキャリア支援講演で「文章の研ぎ方――おいしいご飯のような文章を書くには」と題して講演。二九日、下北沢B&Bで、近著『日の沈む国から』をめぐってトーク。またこの月、二〇一四年八月より不定期刊でウェブ刊行してきた『ゼミノート（加藤ゼミノート）』の続編『ハシからハシへ』全五巻五〇号を通号二六九号をもって終刊する。一一月、講談社文芸文庫『戦後的思考』を刊行、解説は東浩紀氏。同月二六日、共同通信新春対談のため田中優子氏と対談収録。一二月、『学鐙』冬号に「『複雑さを厭わずに考える』こと」を発表。

二〇一七年（平成二九年）　六九歳

一月、岩波書店の『図書』に「大きな字で書くこと」と題し、一ページの連載を開始（〜二〇一九年七月）。同じく同書店より岩波現代文庫として『増補　日本人の自画像』を刊行。二月、ベン・ファウンテン『ビリー・リンの永遠の一日』（上岡伸雄訳）書評「テキサススタジアムでイラク戦争を。」を『波』に発表。同月二五日、妻方の甥西條央のタイ人女性との結婚式出席にかこつけ、ひとりラオスの古都ルアンプラバンに数日を遊んだ後、タイ奥地ウドンタニ近郊の花嫁の生まれた村で結婚式に出席。その後プーケット島に飛んでリゾートホテルでの披露宴に参列。四月、『myb』第三号に「もうすぐやってくる尊皇攘夷思想のために――丸山真男と戦後の終わり」を発表。同月、黒川創氏の新作『岩場の上から』をめぐり『新潮』で対談。五月二一日、一橋大学で開かれた二〇一七年日本哲学会大会で哲学者森一郎氏が企画された「戦後再考　加藤典洋『戦後入門』を手がかりに」と題するワークショップ討議に参加。この月、『うえの』に「明治一五〇年と『教育勅語』」を発表。集英社新書として『敗者の想像力』を刊行。六月一日、私にとって六〇年代『ガロ』の偶像（アイドル）の一人、マンガ家・鈴木翁二氏を迎える荻窪の書店「Ｔｉｔｌｅ」でのトークに詩人の福間健二氏とともに参加。七月九日、大阪の河合塾で「三〇〇年のものさし——二一世紀の日本に必要な『歴史感覚』とは何か」と題し、文化講演会の一環として友人・野口良平の企画による講演を行なう。二五日、ジュンク堂書店池袋本店で『敗者の想像力』をめぐりマイケル・エメリックＵＣＬＡ准教授とトーク。八月二七日、信州岩波講座で「どんなことが起こってもこれだけは本当だ、ということ——激動の世界と私たち」と題して講演。この日、妻厚子、小諸の整骨院にて脊椎を損傷、以後、翌年八月まで圧迫骨折による重度の腰痛に苦しむ。九月一一日、東浩紀氏ほかによる新著『現代日本の批評　1975—2001』をめぐって東氏と対談。この月、幻戯書房より『もうすぐやってくる尊皇攘夷思想のために』を刊行。一〇月一九日、かわさき市民アカデミーで「人が死ぬということ」と題して講演。二〇日、代官山ヒルサイドテラスで北川フラム氏と鶴見俊輔をめぐるトーク。一一月二〇日、ジュンク堂書店池袋本店で松家仁之氏の新作『光の犬』をめぐるトーク。またこの月、長年望んでいた吉本隆明氏との座談会「半世紀後の憲法」、対談「存在倫理について」を収録した『対談——戦後・文学・現在』を而立書房より刊行。嬉しさあり。一二月一～五日、九州を訪問、熊本市で開催された「水俣病展２０１７」で二日、「加藤典洋さんと映画『水俣病—その20年』を見る」と題して講演。その後福岡に移り、旧知の花乱社社主別府大悟氏らと旧交を温め、秋芳洞をへて中原中也の生地湯田温泉に遊ぶ。

二〇一八年（平成三〇年）　七〇歳

一月、『三田文學』一三二号に「一八六八年と一九四五年——福沢諭吉の『四年間の沈黙』」を発表。またこの月以後、創元社の「戦後再発見」双書の一冊として刊行する憲法九条論の執筆を開始。二月二日、ブックファースト新宿店で装丁家桂川潤氏と桂川氏新著『装丁、あれこれ』をめぐりトーク。三月六〜九日、ニューカッスル大学での村上春樹デビュー四〇周年記念シンポジウム"Eyes on Murakami: 40 Years with Murakami Haruki"に参加。八日、"From 'harahara' to 'dokidoki,' Murakami Haruki's Use of Humour and his Predicament since *1Q84*"と題して基調講演を行う。主宰はギッテ・M・ハンセン同大准教授。翻訳ワークショップも同時開催され、柴田元幸、ジェイ・ルービン、辛島デイヴィッドなど多彩な翻訳者たちが各国から参集したほか、マイケル・エメリック、エルマー・ルーク、ロバート・スワード、アンナ・ジェリンスカ＝エリオットなど旧知の懐かしい友人たちも集合、旧交を温める。一〇日、パリに移動、一五日まで定宿のホテルに荷をほどき息子の旧友北学と数日を遊ぶ。二四日、北海道横超会で「戦後、吉本隆明に『自己表出』のモチーフはどのようにやってくるのか——戦中と戦後をつなぐもの」と題して講演。同地で詩人の高橋秀明氏、写真家の中島博美氏を知る。四月より一年の予定で信濃毎日新聞に「水たまりの大きさで」と題する月ごとのエッセイの連載を開始（〜二〇一九年三月）。またこの月から再度、早稲田大学の図書館から大量の本を借り受け、九条論の執筆を本格的に再開。五月九日、太宰賞の選考に出席、これをもって選考委員を辞任する。岩波書店より『どんなことが起こってもこれだけは本当だ、ということ。——幕末・戦後・現在』（岩波ブックレット）を刊行。七月、晶文社より白井晟一の原爆堂をめぐる対話集『白井晟一の原爆堂 四つの対話』を刊行。八月、『私の漱石『漱石全集』月報精選』（岩波書店）に「「それ以前」の漱石――世界のはずれの風」が収録される。同月、安岡章太郎『僕の昭和史』（講談社文芸文庫）に解説「一身にして二生をへること」を執筆。一〇月一一日、日仏会館でのカナダ・ケベック州の思想家ジェラール・ブシャール氏の講演「間文化主義とは何か――多様性に開かれたネーションの再構築へ向けて」（司会・伊達聖伸上智大准教授）に対話者として参加。一二日午前、この間打ち込んできた九条論千枚超（四百字詰め原稿用紙換算）の第一稿を脱稿の後、小林秀雄賞贈呈式に参加。『新潮45』問題をめぐる他の賞の委員挨拶に嫌気、途中で退席する。その後、疲労感あり。一一月二一日、先月より続いていた息切れが貧血によるもので実は病気を発病していたことが発覚し衝撃を受ける。同様にショックを受ける妻を面白がらせるため突如、言葉いじりをはじめ、毎日見せるようになり、それが齢七〇歳にしてはじめて「詩みたいなもの」の制作（?）に手を染める端緒となる。三〇日、埼玉医大総合医療センターに入院。治療を開始。

二〇一九年（平成三一・令和元年）七一歳

一月中旬、治療の感染症罹患による肺炎となり一週間あまり死地をさまよう。二月上旬、ようやく肺炎をほぼ脱し、中旬、都内の病院に転院。以後、入院加療を続ける（三月下旬まで）。今後はストレスのかかる批評のたぐいからは手を引くこととする。友人瀬尾育生の導きにより『現代詩手帖』二月号に「小詩集『僕の一〇〇〇と一つの夜』その1」を発表（〜四月）。三月、『すばる』四月号に一年前のニューカッスル大学村上春樹シンポジウムで行なった講演の日本語オリジナル版「『はらはら』から『どきどき』へ――村上春樹における『ユーモア』の使用と『1Q84』以後の窮境」を発表。これを日本の文芸誌に掲載してもらうのに一年かかる。感慨深し。『加藤ゼミノート総目次&総索引』とCDのセット（本文全文を含むCDと有機的に連動）を一〇〇名弱の知友、旧知のメディア関係者に送付する。四月、創元社より『9条入門』（「戦後再発見」双書8）を刊行。五月、講談社文芸文庫『完本　太宰と井伏　ふたつの戦後』を刊行。解説は與那覇潤氏。

同十六日、肺炎のため死去。

六月、『群像』七月号に「追悼　加藤典洋」（竹田青嗣「魚は網よりも大きい」、原武史「追憶」）、『小説トリッパー』二〇一九年夏号に「追悼　加藤典洋」（内田樹「加藤典洋さんを悼む」、マイケル・エメリック「「加藤先生」、津村記久子「加藤先生と私」）、『現代詩手帖』七月号に福間健二「実感からはじめる方法　追悼・加藤典洋」、七月、『新潮』八月号に「追悼　加藤典洋」（黒川創「批評を書く、ということ」、マイケル・エメリック「加藤先生、その人」）、『すばる』八月号に「追悼　加藤典洋」（橋爪大三郎「加藤ゼミの加藤さん」、ギッテ・M・ハンセン「Old Catoへ」、長瀬海「孤立を恐れない」）、『現代詩手帖』八月号に瀬尾育生「加藤典洋の一〇〇〇と一つの夜　追悼・加藤典洋」、『ちくま』八月号に「追悼　加藤典洋」（橋爪大三郎「主流に抗う正統（あまのじゃく）」、荒川洋治「加藤典洋さんの文章」）、八月、『群像』九月号に高橋源一郎「彼は私に人が死ぬということがどういうことであるかを教えてくれた」が掲載される。同月一八日、TOKYO FM、FM長野、FM高知、エフエム山形で加藤典洋をめぐる特別番組「ねじれちまった悲しみに」（出演・小川哲、マイケル・エメリック、上野千鶴子、長瀬海、藤岡泰弘、語り・藤間爽子）が放送される。一〇月、ちくま学芸文庫『村上春樹の短編を英語で読む　1979～2011』（上・下）を刊行。解説は松家仁之氏。一一月、岩波書店より『大きな字で書くこと』を刊行。同月、私家版『詩のようなもの　僕の一〇〇〇と一つの夜』を刊行し、関係者に送付する。一二月、「すばる」二〇二〇年一月号に遺稿「第二部の深淵——村上春樹における「建て増し」の問題」を掲載。同月、講談社選書メチエ『超高層のバベル　見田宗介対話集』に対談「現代社会論／比較社会学を再照射する」が収録される。同月、『飢餓陣営』二〇一九冬号に特集「追悼　加藤典洋」が掲載される。

二〇二〇年（令和二年）

一月、岩波現代文庫『僕が批評家になったわけ』を刊行。解説は高橋源一郎氏。同月、別冊ele-king『じゃがたら——おまえはおまえの踊りをおどれ』（Pヴァイン）に「じゃがたら」（『耳をふさいで、歌を聴く』アルテスパブリッシング）が収録される。二月、『わたしのベスト3　作家が選ぶ名著名作』（毎日新聞出版）に「加藤典洋・選　小川洋子」が収録される。三月、『群像』四月号に與那覇潤「歴史がこれ以上続くのではないとしたら——加藤典洋の「震災後論」」が掲載される。

（著者作成、編集部補足）

初出

「テクストから遠く離れて」

I 「作者の死」と『取り替え子《チェンジリング》』(『群像』二〇〇二年十月号)

II 『海辺のカフカ』と「換喩的な世界」(『群像』二〇〇三年二月号)

III 『仮面の告白』と「実定性としての作者」(『群像』二〇〇三年九月号、初出時のタイトル「『仮面の告白』と「作者殺し」」を改題)

底本

『テクストから遠く離れて』(二〇〇四年一月、講談社刊)

テクストから遠《とお》く離《はな》れて

加藤典洋《かとうのりひろ》

二〇二〇年四月一〇日第一刷発行

発行者――渡瀬昌彦
発行所――株式会社 講談社
東京都文京区音羽2・12・21 〒112-8001
電話 編集（03）5395・3513
販売（03）5395・5817
業務（03）5395・3615

デザイン――菊地信義
印刷――豊国印刷株式会社
製本――株式会社国宝社
本文データ制作――講談社デジタル製作

講談社
文芸文庫

ISBN978-4-06-519279-5

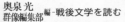

講談社文芸文庫

嘉村礒多	業苦｜崖の下	秋山 駿——解／太田静一——年
柄谷行人	意味という病	絓 秀実——解／曾根博義——案
柄谷行人	畏怖する人間	井口時男——解／三浦雅士——案
柄谷行人編	近代日本の批評 Ⅰ 昭和篇上	
柄谷行人編	近代日本の批評 Ⅱ 昭和篇下	
柄谷行人編	近代日本の批評 Ⅲ 明治・大正篇	
柄谷行人	坂口安吾と中上健次	井口時男——解／関井光男——年
柄谷行人	日本近代文学の起源 原本	関井光男——年
柄谷行人 中上健次	柄谷行人中上健次全対話	高澤秀次——解
柄谷行人	反文学論	池田雄一——解／関井光男——年
柄谷行人 蓮實重彥	柄谷行人蓮實重彥全対話	
柄谷行人	柄谷行人インタヴューズ1977-2001	
柄谷行人	柄谷行人インタヴューズ2002-2013	丸川哲史——解／関井光男——年
柄谷行人	[ワイド版]意味という病	絓 秀実——解／曾根博義——案
柄谷行人	内省と遡行	
柄谷行人 浅田彰	柄谷行人浅田彰全対話	
河井寛次郎	火の誓い	河井須也子-人／鷺 珠江——年
河井寛次郎	蝶が飛ぶ 葉っぱが飛ぶ	河井須也子-解／鷺 珠江——年
川喜田半泥子	随筆 泥仏堂日録	森 孝——解／森 孝——年
川崎長太郎	抹香町｜路傍	秋山 駿——解／保昌正夫——年
川崎長太郎	鳳仙花	川村二郎——解／保昌正夫——年
川崎長太郎	老残｜死に近く 川崎長太郎老境小説集	いしいしんじ-解／齋藤秀昭——年
川崎長太郎	泡｜裸木 川崎長太郎花街小説集	齋藤秀昭——解／齋藤秀昭——年
川崎長太郎	ひかげの宿｜山桜 川崎長太郎「抹香町」小説集	齋藤秀昭——解／齋藤秀昭——年
川端康成	一草一花	勝又 浩——人／川端香男里-年
川端康成	水晶幻想｜禽獣	高橋英夫——解／羽鳥徹哉——案
川端康成	反橋｜しぐれ｜たまゆら	竹西寛子——解／原 善——案
川端康成	たんぽぽ	秋山 駿——解／近藤裕子——案
川端康成	浅草紅団｜浅草祭	増田みず子-解／栗坪良樹——案
川端康成	文芸時評	羽鳥徹哉——解／川端香男里-年
川端康成	非常｜寒風｜雪国抄 川端康成傑作短篇再発見	富岡幸一郎-解／川端香男里-年